新编21世纪远程教育精品教材

· 汉语言文学系列 ·

中国现当代文学

（第二版）

主　编　刘　勇

副主编　李春雨　张　悦　陶梦真

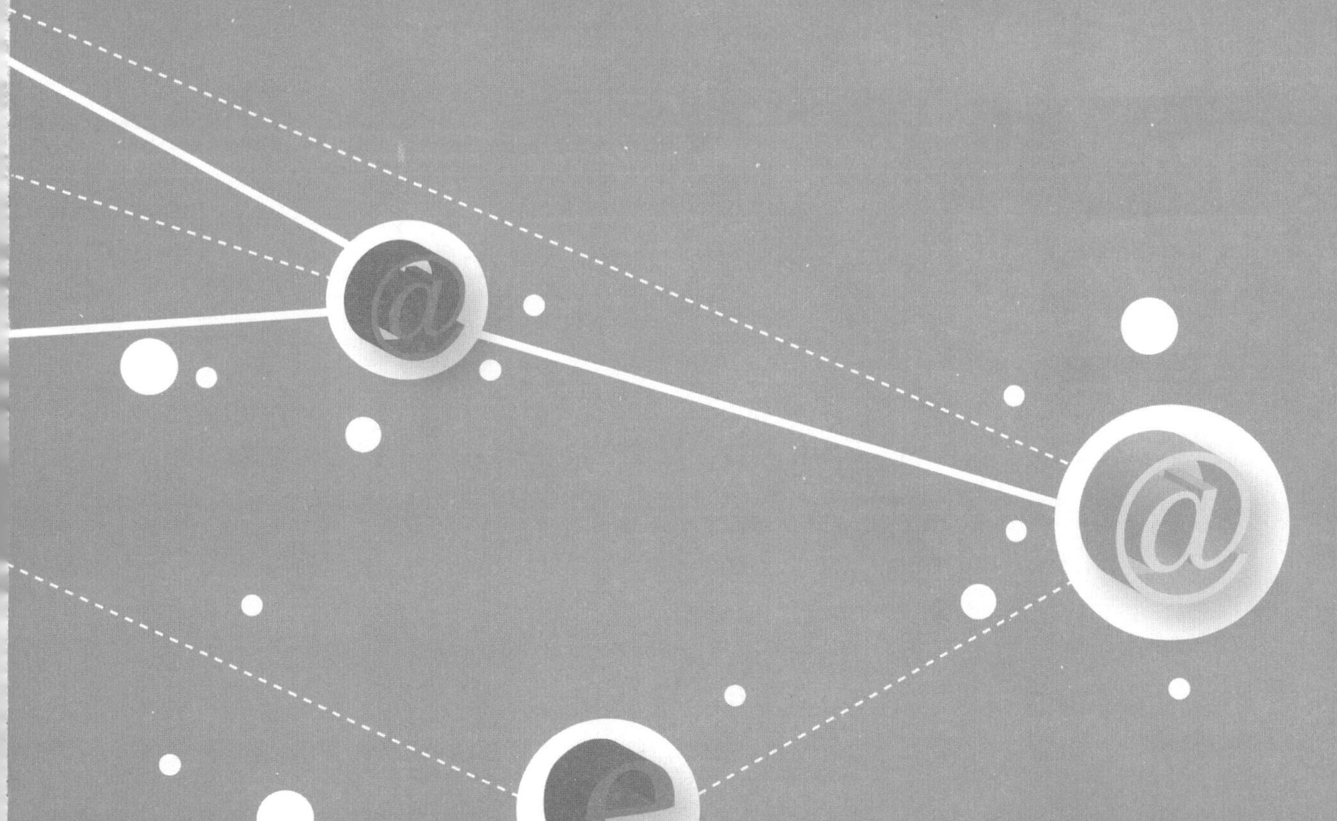

中国人民大学出版社

· 北京 ·

主编简介

刘勇 男，文学博士。北京师范大学文学院教授、博士生导师，北京文化发展研究院执行院长，中国现代文学研究会常务副会长，鲁迅研究会、郭沫若研究会、老舍研究会理事，《中国现代文学研究丛刊》副主编。2001 年入选北京市新世纪社科理论人才“百人工程”。2014 年被教育部评聘为“长江学者特聘教授”。长期从事中国现当代文学与文化的教学和研究工作，先后出版了《中国现代作家的宗教文化情结》《20 世纪中国现代文学研究》《现代文学讲演录》《中国现代文学研究的视域与形态》等学术著作，主编了《中国现代文学史》《中国现代文学作品选》《中国现代文学专题》等著作和高校教材，撰写并发表了学术论文百余篇。主要讲授“中国现当代文学史”“中国现代文学与现代文化”“中国现当代诗歌研究”“中国现当代散文研究”“中国现当代文学思潮研究”等课程。曾在日本、新加坡、中国香港等地大学担任客座教授，在新加坡、韩国、中国香港和中国澳门等地大学举办过“中国文学与文化”“中国内地中学语文教学的若干思考”“内地的海外华文文学研究”“鲁迅与北京文化”等大型学术讲座。

内容简介

本书凝聚主编 20 余年的教学经验，吸收最新学术研究成果，采用全新授课理念打造，按照中国新文学历史的发展顺序组织章节，有详有略，脉络清晰，重点突出。在时间上，打通现代文学和当代文学不必要的隔阂，使其前后融为一体；在体例上，史论与作品相结合，并增加了许多生动有趣的插文，使教材形式更为活泼。2003 年第一版出版以来，广受全国师生好评，2008 年获评北京市高等教育精品教材。

本次修订做了很大删改，删减了一些意识形态过强的论说及不必要的叙述，使行文更为流畅，篇幅更适合于教学。

总　序

我们正处在教育史尤其是高等教育史上的一个重大的转型期。在全球范围内，包括在我们中华大地，以校园课堂面授为特征的工业化社会的近代学校教育体制，正在向基于校园课堂面授的学校教育与基于信息通信技术的远程教育相互补充、相互整合的现代终身教育体制发展。一次性学校教育的理念已经被持续性终身学习的理念所替代。在高等教育领域，从1088年欧洲创立博洛尼亚（Bologna）大学以来，21世纪以前的各国高等教育基本是沿着精英教育的路线发展的，这也包括自19世纪末创办京师大学堂以来我国高等教育短短百多年的发展史。然而，自20世纪下半叶起，尤其在迈进21世纪时，以多媒体计算机和互联网为主要标志的电子信息通信技术正在引发教育界的一场深刻的革命。高等教育正在从精英教育走向大众化、普及化教育，学校教育体系正在向终身教育体系和学习型社会转变。在我国，党的十六大明确了全面建设小康社会的目标之一就是构建学习型社会，即要构建由国民教育体系和终身教育体系共同组成的有中国特色的现代教育体系。

教育史上的这次革命性转型绝不仅仅是科学技术进步推动的。诚然，以电子信息通信技术为主要代表的现代科学技术的进步，为实现从校园课堂面授向开放远程学习、从近代学校教育体制向现代终身教育体制和学习型社会的转型提供了物质技术基础。但是，教育形态演变的深层次原因在于人类社会经济发展和社会生活变革的需求。恰在这次世纪之交，人类社会开始进入基于知识经济的信息社会。知识创新与传播及应用、人力资源开发与人才培养已经成为各国提高经济实力、综合国力和国际竞争力的关键和基础。而这些是仅仅依靠传统学校校园面授教育体制所无法满足的。此外，国际社会面临的能源、环境与生态危机，气候异常，数字鸿沟与文明冲突，对物种多样性与文化多样性的威胁等多重全球挑战，也只有依靠世界各国进一步深化教育改革与创新、人与自然的和谐发展才能得到解决。正因为如此，我国党和政府提出了“科教兴国”“可持续发展”“西部大开发”“缩小数字鸿沟”等战略及“人与自然和谐发展”的科学发展观。其中，对教育作为经济建设的重要战略地位和基础性、全局性、前瞻性产业的确认，对高等教育对于知识创新与传播及应用、人力资源开发与人才培养的重大意义的关注，以及对发展现代教育技术、现代远程教育和教育信息化并进而推动国民教育体系现代化、构建终身教育体系和学习型社会的决策更得到了教育界和全社会的共识。

在上述教育转型与变革时期，中国人民大学一直走在我国大学的前列。中国人民大学是一所以人文、社会科学和经济管理为主，兼有信息科学、环境科学等的综合性、研究型大学。长期以来，中国人民大学充分利用自身的教育资源优势，在办好全日制高等教育的同时，一直积极开展远程教育和继续教育。中国人民大学在我国首创函授高等教育。1952年，校长吴玉章和成仿吾创办函授教育的报告得到了刘少奇的批复，并于1953年率先招生授课，为新建的共和国培养了一大批急需的专门人才。在20世纪90年代末，中国人民大学成立了网络教育学院，成为我国首批现代远程教育试点高校之一。经过短短几年的探索和发展，中国人民大学网络教育学院创建的“网上人大”品牌，被远程教育界、媒体和社会誉为网络远程教育的“人大模式”，即“面向在职成人，利用网络学习资源和虚拟学习社区，支持分布式学习和协作学习的现代远程教育模式”。成立于1955年的中国人民大学出版社是新中国建立后最早成立的大学出版社之一，是教育部指定的全国高等学校文科教材出版中心。在过去的几年中，中国人民大学出版社与中国人民大学网络教育学院合作创作、设计、出版了国内第一套极富特色的“新编21世纪远程教育系列教材”。这些凝聚了中国人民大学、北京大学、北京师范大学等北京知名高校学者教授、教育技术专家、软件工程师、教学设计师和编辑们广博才智的精品课程系列教材，以印刷版、光盘版和网络版立体化教材的范式探索构建全新的远程学习优质教育资源，实现先进的教育教学理念与现代信息通信技术的有效结合。这些教材已经被国内其他高校和众多网络教育学院所选用。中国人民大学出版社基于“出教材学术精品，育人文社科英才”理念的努力探索及其初步成果已经得到了我国远程教育界的广泛认同，是值得肯定的。

2005年4月，我被邀请出席《中国远程教育》杂志与中国人民大学出版社联合主办的“远程教育教材的共建共享与一体化设计开发”研讨会并做主旨发言，会后受中国人民大学出版社的委托为“新编21世纪远程教育精品教材”撰写“总序”，这是我的荣幸。近几年来，我一直关注包括中国人民大学网络教育学院在内的我国高校现代远程教育试点工程。这次，更有机会全面了解和近距离接触中国人民大学出版社推出的“新编21世纪远程教育精品教材”及其编创人员。我想将我在上述研讨会上发言的主旨做进一步的发挥，并概括为若干原则作为我对包括中国人民大学出版社、中国人民大学网络教育学院在内的我国网络远程教育优质教育资源建设的期待和展望：

- 新编21世纪远程教育教材的教学内容要更加适应大众化高等教育面对在职成人、定位在应用型人才培养上的需要。
- 新编21世纪远程教育教材的教学设计要更加适应地域分散、特征多样的远程学生自主学习的需要，培养适应学习型社会的终身学习者。
- 在我国网络教学环境渐趋完善之前，印刷教材及其配套教学光盘依然是远程教材的主体，是多种媒体教材的基础和纽带，其教学设计应该给予充分的重视。要在印刷教材的显要部位对课程教学目标和要求做明确、具体、可操作的陈述，要清晰地指导远程学生如何利用多种媒体教材进行自主学习和协作学习。
- 应组织相关人员对多种媒体的远程教材进行一体化设计和开发，要注重发挥多种媒体教材各自独特的教学功能，实现优势互补。要特别注重对学生学习活动、教学交互、学习评价及其反馈的设计和实现。
- 要将对多种媒体远程教材的创作纳入到对整个远程教育课程教学系统的一体化设计和开发中去，以便使优质的教材资源在优化的教学系统、平台和环境中，在有效的教学模式、学习策略和学习支助服务的支撑下获得最佳的学习成效。
- 要充分发挥现代远程教育工程试点高校各自的学科资源优势，积极探索网络远程教育优质教材资源共建共享的机制和途径。

中华人民共和国教育部远程教育专家顾问

丁兴富

修订说明

本书积极发挥教材培根铸魂的重要作用，做到知识传授与品德修养相互促进的高度统一。本书以习近平新时代中国特色社会主义思想为指导，全面融入党的二十大精神，始终把提高学生的思想道德素质与专业素养融为一体，培养学生诚实守信、爱岗敬业等优秀品质，为中国式现代化建设提供高技能人才支撑。《中国现当代文学》自第一版出版以来，在教学活动中产生了良好的效果，也得到了广大师生和同行的一致好评。但一本真正好的教材总是要在教学实践中不断打磨提高的，所以我们吸纳了更多更新的依据和意见，对教材作了如下修订：

第一，为了使全书的体例更加协调，我们对现代文学“第一个十年”的撰写方式进行了调整，从小说、戏剧、散文、诗歌四大文体出发，重新梳理了第一个十年内出现的作家作品、文学现象和思潮流派等，而且这样比起之前以作家个体为章节要更加全面，也更加具有系统性。

第二，为了整本书的内容更加精练，我们对一些章节进行了必要的精简，比如“‘文化大革命’时期的文学创作情况”等章节经修订后，在本书中只作为背景知识出现，具体的内容放在网络上作为扩展阅读资料。这样便于学生把握精髓，体现了重点内容与广博背景知识的深度契合。

第三，为方便学生的学习，本教材还特意附设了“作家小传”“作品欣赏”“经典评论”等辅助阅读的小栏目，使学生可以在把握文学史发展脉络的同时，领略文学自身的魅力。

此次修订工作是在主编刘勇主持下进行的，参加修订的人员还有李春雨、张悦、陶梦真、郝思聪、胡利平、郭霞、蒙娜、胡金媛、韩静、戴佩琪、蔡佳、万书言、谭望、孟学珂等。在这里向他们的辛苦付出致以诚挚的感谢！

刘勇
于北京师范大学

第一版前言

“中国现当代文学”是全国普通高等教育汉语言文学专业的必修课程，属于专业基础课，除中文专业外，它还是新闻和文秘等专业必修或选修的课程。

中国现当代文学的历史范畴是1917年前后至今，也就是现在所常说的“20世纪中国文学”。这100年的文学历程明显分为现代文学和当代文学两个大的发展阶段。现代文学是指以1917年至1949年中华人民共和国成立这一时期的文学，习惯上称之为新民主主义阶段的文学；而中国当代文学则是指1949年中华人民共和国成立至今的文学。现当代文学的内容包括在此期间发生的文学运动、文学论争、文艺思潮和在此期间出现的文学社团、文学流派以及不同类型作家的创作。本教材从学习的方便以及篇幅的限制等因素考虑，略去了中国当代文学中的港澳台地区文学部分。

中国现代文学虽然只有30年左右的历史，在中国几千年文学史长河中只是极为短暂的一瞬，但它的意义却是不能用时间来衡量的。它是整个中国文学历史发展进程中的一个巨大转折点，显示出新文化与传统旧文化的深深“断裂”，体现出中外文化的猛烈“碰撞”。它以全新的内涵和全新的表现形式掀开了中国文学史崭新的一页，开创了新文学的新天地。几千年古典文学的根本变化就从这里开始，当代文学的种种弊端就在这里显露。现代文学所具有的这种纵横交错、承前启后的历史特质，是中国以往任何一段文学史难以相比的。在中国现代文学的历史阶段，出现了鲁迅、郭沫若、茅盾、巴金、老舍、曹禺、沈从文、徐志摩、叶圣陶、郁达夫、朱自清、冰心、萧红、艾青、赵树理、孙犁、丁玲、张爱玲、钱锺书等一大批大师级的作家及其经典著作，这些都是中国文学和中华文化史上的宝贵财富。

1949年7月，中华全国文学艺术工作者代表大会在北京召开。会议肯定了毛泽东的文艺方针是新中国文艺工作的指导方针，成立了全国文联，完成了“总结以往的经验，策划未来的方略”的大会任务。这次会议标志着我国当代文学的开始。中国当代文学自诞生至今，大致经历了两个大的发展时期：新中国成立后十七年时期（统称为“十七年”）和新时期。在这两个时期中间的“文化大革命”十年，由于林彪、“四人帮”之流对文化的专制，当代文学呈现出停滞和断层状态。新时期以来，文学环境发生了根本变化，文学格局开放丰富，形成了多元的发展趋势。中国当代文学继承了“五四”以来新文学的现实主义传统，以毛泽东文艺思想为指导，坚持社会主义总方向，倡导社会主义现实主义创作方法，文艺工作成绩比较显著，出现了王蒙、贾平凹、汪曾祺、舒婷、高行健、莫言、池莉等重要的作家及其作品。

“中国现当代文学”这门课程要求学生在了解和熟悉作家作品等基本知识的基础上，准确把握中国现当代文学历史的发展进程以及各阶段文学发展的主要内容和特点，深入认识和理解各作家作品在文学史上的背景、作用、地位、价值、影响和意义，基本掌握各不同阶段的文学社团流派和文学理论思潮的独特作用与贡献，能初步分析文学发展的时代社会因素和文学内在的动因。“中国现当代文学”课程以及本教材的学习难点有以下几个方面，提请同学们在学习过程中给予特别的重视：

第一，对中国现当代文学史的整体发展以及几个具体阶段的特点，要有一个清晰的了解。中国现代文学的时间很短，为什么它的价值和意义如此巨大？现代文学、当代文学为什么都分为三个阶段，这三个阶段各有什么主要内容和特点？这三个阶段之间有着什么样的内在关联？现当代文学史上一些跨越不同阶段的作家，他们的创作及其风格有哪些发展和变化？原因又是什么？

第二，对重点作品的创作背景、创作动因及其在文学史上的地位和影响，应有准确的把握。比如，为什么20世纪30年代许多作家都积极创作有关农村和农民题材的作品？这与当时的时代背景有什么直接的关系？为什么40年代许多作家的作品都带有明显的反思倾向？这与当时的社会性质有什么内在的关系？这些都需要从作品的产生过程进行深入细致的挖掘。

第三，对不同风格流派的出现及相互之间的比较，要能够进行准确的判断和深入的分析，特别是对不同时期出现的某些相关相似的现象，要能够联系起来思考。比如，从鲁迅到赵树理，中国现代作家对农民的描写有什么根本性的变化？从鲁迅到钱锺书，中国现代作家对知识分子命运的关注，有哪些一以贯之的追求？这需要作品与作品的比较，作家与作家的比较，需要有开阔的视野和多重视角的分析。

第四，对各种文体的发展，要能够掌握其时代社会的因素，更要能够掌握其自身的内在的因素。比如，为什么现代新诗的发生和发展，与以往传统旧诗有着根本不同的样式？除了时代发展的原因之外，诗歌自身发展的原因是什么？又如，为什么现代散文不显山不露水，却发展得最好，成就最大？这与整个中国文学的传统观念有什么关系？与散文的作者队伍又有什么关系？所有这些都是需要放在文学发展的历史大框架之下进行思考的。

关于“中国现当代文学”课程及教材具体的学习步骤和方法，我们还提出以下建议供同学们参考：

一是应该仔细通读一遍教材，特别是结合教学课时计划，把第一章“绪论”部分和第二章、第七章、第十二章、第二十二章等有关现当代文学史各个阶段的概论部分进行认真的阅读，以求对中国现当代文学的发展轮廓和总体面貌有一个基本的把握。

二是对教学计划中提示的重点作家、作品，应有大致的了解，尤其是应仔细地阅读重点作家的代表作，以奠定掌握文学史的基础。这里特别提醒同学们，应该尽可能地认真阅读重点作家的代表作和那些风格独特的作品，加强对作品的真切感受，提高对作品的理解和分析能力。

三是学习每一章的时候，应先了解作家的人生道路、时代背景和创作动因，再结合作品的思想内涵和艺术特色来进一步思考作家的审美追求和文学史地位。

本书由刘勇负责统筹全稿，李春雨、潘艳、林方、张岩、王彦等帮助整理了部分资料并撰写了有关章节，具体分工如下：

刘　勇：第一、二、五、七、九章；
李春雨：第三、四、六、八章；
潘　艳：第十、二十、二十一章和第二十二章的第一、二节；
林　方：第十七、十八、十九章；
张　岩：第十一、十四、十五章；
王　彦：第十二、十三、十六章和第二十二章的第三、四节。

作者

目 录

绪　论　关于中国现代文学史的几个问题

近年来，关于中国现代文学史“重构”的呼声很高也很多，可以说这是自20世纪80年代以来又一次规模较大的关于文学史建构的集中探讨。那么究竟如何来看待这个既具理论性又具实践性的问题呢？对这个问题的讨论对我们当下乃至今后的研究和教学有什么重要的意义呢？

中国现代文学学科的设置是从新中国成立之后开始的，迄今已走过了近70年的历程。而中国现代文学史的建构，却早在20世纪20年代末30年代初就已展开，至于对中国现代文学史历史地位的思考则是伴随着“五四”新文化运动的发生而同步进行的。胡适、鲁迅、郑振铎、周作人等新文学先驱，从“五四”新文化运动一开始就注重探讨现代文学的源流等问题，可见现代文学史的建构与现代文学的发生、发展是一体化的，这既体现了现代文学自身的时代特点，又显示了“五四”以来中国现代作家的高度自觉。历史资料表明，从胡适的《五十年来中国之文学》(1923)，到陈子展的《中国近代文学之变迁》(1928)、谭正璧的《中国文学进化史》(1929)、周作人的《中国新文学的源流》(1932)、王哲甫的《中国新文学运动史》(1933)、李何林的《近二十年中国文艺思潮论》(1939)以及朱自清20世纪二三十年代在大学授课的讲义《中国新文学研究纲要》等，这些最初的一批关于新文学历史定位的研究与思考的著述，奠定并形成了现代文学史建构的基本框架。随着新中国的成立，20世纪五六十年代王瑶的《中国新文学史稿》、刘绶松的《中国新文学史初稿》、张毕来的《新文学史纲》、叶丁易的《中国现代文学史略》等最早的一批现代文学史专著或教材，确定了现代文学学科的基础，进一步巩固了中国现代文学史的建构。唐弢等主编的《中国现代文学史》横跨20世纪60年代和70年代，集个人与集体的力量和智慧，最大限度地展示了当时的学术水平，也最大限度地呈现了当时的历史局限，是一部具有重要过渡意义的文学史著作，既是学术著作，又被广泛当作教材使用，有着重要而深刻的影响。

上述几个历史阶段所形成的对文学史的思考和建构，到20世纪80年代中期被钱理群、陈平原、黄子平、陈思和等人相继提出的“重写文学史”的呼声所打破，其实重写文学史的要求并不是钱理群、陈思和等人的个性显现，而是最真实地体现了时代发展对文学史书写的基本要求。20世纪90年代以后，在更大的范围内出现了现代文学史建构的多重视角，在重写文学史呼声之后涌现出一批新的文学史著述，其中具有代表性的有钱理群、吴福辉、温儒敏的《中国现代文学三十年》(1998年修订本)，朱栋霖、丁帆、朱晓进的《中国现代文学史(1917—1997)》(1999)，郭志刚、孙中田的《中国现代文学史》(1999年修订本)，孔范今的《二十世纪中国文学史》(1997)等，至此，现代文学建构再次形成了比较稳定的格局。

近年来，全球信息化的巨大影响，加速了国内外学者文学史观念的更新，加上对新史料的不断发掘，关于中国现代文学史的建构面临着又一次新的冲击和刷新，中国现代文学史的建构呈现出新的发展态势，这集中体现在以下三个方面：一是时间上的纵向贯通。这不仅要求现当代文学一体化，而且也不满足于对晚清和近代文学历史渊源的追溯，甚至要把整个中国文学贯穿一体，力图建构整体性的中国文学史观和宏大的文学史构架。二是空间上的横向拓展。极力主张打通新旧文学各自为政的格局，要求把通俗文学、旧体诗词的创作和研究一并纳入现代文学史的建构之中，甚至要求把海外华文文学也纳入现代文学史研究的范围之内。三是在深度上，从文学史向学术史提升。近年来，关于现代文学研究之研究的成果，包括学术史的梳理、研究史的书写、史料学再次受到空前的重视，以及编撰史和接受史的建立，这些确已表明现代文学史进入学术史研究的阶段已渐成熟。但是，围绕上述三个方面的问题，还存在着明显不同的看法，甚至是激烈的争论。深入探讨这些问题，是把现代文学史的建构引向深入并推进到一个新高度的关键所在。下面即针对这三个方面的问题谈一些笔者自己的看法。

一、关于纵向时间贯穿的问题

中国现代文学史在其发展过程中一再拓展和放大，向当代文学和近代文学延伸，向古代文学领域延伸，乃至向整个中国纵向的文学方面延伸。文学史时间的贯通，看起来是文学史范畴的问题，是文学史所包含的内容范围的宽窄问题，是文学史发展脉络的问题，但实际上并不是如此简单。文学史的起止范围、分期、划段历来涉及文学史的观念问题，无论文学史视野的拓展还是凝聚，其实质都体现了在什么样的观念之下来定位一段时期文学的历史价值和现实意义的问题。王本朝在《中国现代文学史的反思与重建：学科还是意义?》中就“新国学与中国现代文学”和“重绘中国文学地图”，以及打通古代、现代和当代文学等诸多问题进行了讨论，并分析了它们的意图与意义：“它们有着扩大意义空间，确立学科地位，重建学术责任的意图和目标。就意义而言，是为了拓展中国现代文学史的研究对象和内容，扩大新文学史的地理时间；就学科定位而言，主要是为了使中国现代文学拥有更为准确而持久的学术归类，将新文学研究纳入新国学领域；就文学研究价值而言，是希望能与中国当代社会产生更为紧密的精神联系，重建学术研究的社会责任，让一个承担着学术和思想使命的中国现代文学，再次如人们期待的那样，在当下与历史、学术与思想之间建立真实而内在的联系，使文学研究能够重新履行已经逐渐丧失了的对文学和社会的解释力，在文学的历史事实上和当代价值之间实现新的融合与超越，让文学研究能够成为通向个体生命、民族国家和审美文化的价值认同和自觉实践。”① 有观点说，现代文学的历史价值只需要在整个中国文学发展的历史长河中得到确定，而我认为远远不够，还应该在世界文学的视野下来看待中国现代文学的价值和意义。我曾经为北京师范大学出版社主编过一套“走进经典”丛书，起初我从自身专业的习惯出发，排列了一大串中国现代著名作家的名字：鲁迅、郭沫若、茅盾、巴金、老舍、曹禺、沈从文、冰心、萧红、张爱玲、钱锺书、艾青、孙犁等，但当我面对世界各国的著名作家时，这个列着中国现代作家的名单就使人相当尴尬和犹豫了。当俄罗斯只选择了托尔斯泰、法国只选择了巴尔扎克、德国只选择了歌德、英国只选择了狄更斯、美国只选择了海明威、日本只选择了川端康成、印度只选择了泰戈尔的时候，中国现代作家应该列入几位呢？能够列入几位呢？这非常清楚地表明，我们不能只站在自己的学科范围内考虑问题。我坚定地认为，文学史只能越写越薄而不是相反，文学史在时间上的拓展应当是为了更好地凝聚视野而不是无限放大，这是历史的要求，而历史从来都是无情的。

---

① 王本朝．中国现代文学史的反思与重建：学科还是意义？．兰州大学学报（社会科学版），2009（6）.

我们再看看有关现代文学史视野扩大、时间打通的具体问题，比如所谓现当代文学一体化的问题。丁帆在《关于建构百年文学史的几点意见和设想》一文中就指出："中国当代文学史（1949—2009）的研究却面临着价值混乱，许多作家作品、文学刊物、文学现象和文学思潮亟待重新定位定性。因此，呼唤'大文学史'和'大文学史观'，用一个中国现代文学的整体观来进行百年文学史的整合，已经是我们刻不容缓的历史使命与任务，要说'创新'，这才是最大的创新！"① 关于现当代文学的打通、现当代文学的合二为一等问题，在20世纪80年代重写文学史呼声前后就已经提出来。这看起来是一个重要的理论性问题，但实际上更是一个实践性的问题。现当代文学的打通，在理论层面上解决起来并不困难，从人到事，现当代文学都存在着千丝万缕的联系；从文学自身的发展来看，1949年中华人民共和国的成立这一重大的政治事件，改变的是社会的性质、国家的命运，却很难成为两段原本就连接在一起的文学的截然分界线。现当代文学本来就是一个密不可分的、有机融合的整体，那种在特定时代下人为划线的简单做法很容易被超越。这一点在理论上达成共识并不困难，困难的是实际操作层面。事实上，无论在研究还是教学的具体环节中，都没有人反对现当代文学的一体化，困难的是现当代文学究竟如何打通、如何融合、如何一体化。现在全国绝大多数大学里的文学院或中文系，现当代文学在组织形式上都是合二为一的，何况现当代文学本来就同属一个二级学科，但这就解决问题了吗？现当代文学至此真正打通了吗？果真如此，丁帆等学者就不会那样大声疾呼了。实际上，在实际操作层面上，现代文学还是现代文学，当代文学还是当代文学。从课程设置、教材编写、人员分工等实际情况来看，它们至今都是分得一清二楚的，即使在许多学校，现、当代文学是一门课程，也出现了许多现、当代文学合在一起的教材，但是现代文学和当代文学还是分开讲授的。仅仅现、当代文学的贯通在实际操作层面上都如此困难，更不要说向近代和整个古代文学延伸了。

除了上述实际层面操作的困难以外，还存在理论上的认识问题。吴福辉在《"主流型"的文学史写作是否走到了尽头？——现代文学史质疑之三》这篇文章当中就提到了这样的一个问题："当年提出'二十世纪中国文学'和'重写文学史'时在学术界引发的轰动，还如在眼前。当然，因为历史条件的不同，我们这次的变动已经不可能再有那种效应了。两者确有联系，但第一，那次的背景，实际上是为了消解政治文学史和革命文学史。这次则是经过了一段'现代性'文学史的建构后，逐渐发生了破绽，而才自然萌生建立更上一层楼的文学史叙述的欲望的。第二，那次的消解是一次历史的'早产儿'，即是在改革的动机、欲求长久存在，而改革的具体准备并未完全做好的情境下，提前发生的。有点'消解了再说'的味道。这就难怪对新概念的解释匆促上阵，而运用新概念、体现新概念的文学史书写却长期阙如。"② 应该看到，就现、当代两段文学而言，的确有着内在的必然联系，甚至是本质上的一体化趋向，打通它们的确有助于我们在一个更完整的历史发展过程中来看待现当代文学的整体特性。但这并不是说，现、当代文学这两个不同阶段文学的不同点就不存在了，事实上，现、当代这两段文学各自的不同点，同样是带有本质意义的。比如"五四"时期文学的思想启蒙和1949年以后文学的思想教育是完全不同的，还有许多横跨现、当代两个时段的作家，他们的思想和创作，是有着深刻差异的，无论是那些复杂的现象还是看似简单的一个人，都不是用一体化能够简单整合的。只能说，该合就合，该分就分。

---

① 丁帆．关于建构百年文学史的几点意见和设想．文学评论，2010（1）．

② 吴福辉．"主流型"的文学史写作是否走到了尽头？——现代文学史质疑之三．文艺争鸣，2008（1）．

近、现代文学的关系也是如此。近些年来，从国内到海外，不少人都强调“没有晚清，何来五四”，如果说这个提法主要针对我们以往的文学史书写太不重视晚清而言，是有积极意义的，晚清文学无论从思想资源还是从诸多的文学尝试来看，的确都是“五四”新文学发生和发展的重要基础和有利契机，我们研究现代文学，不考虑晚清文学的前奏，是不完整也是不正确的。但这并不意味着，研究现代文学必须过于强调晚清文学的作用。如果过于强调晚清文学的价值，那么实际上，也就失去了其自身发展的逻辑意义。如果非要说“五四”的源头是在晚清，那么晚清的源头又在哪里呢？这样穷追不舍下去，到底哪里是源头呢？这同样是一个理论上容易说清楚而实际操作上难以解决的问题。

至于整个中国文学大文学史观的问题，我认为，这是个方法论的问题，是个宏观的视野问题，是一个理解中国文学整体背景的问题，而在实际操作中，我们不可能什么问题都从中国文学的“大局”去着眼。即使是中国古代文学内部不也是严格分段地来考察、研究的吗？先秦、两汉、唐宋、元、明、清，这些阶段加在一起，才叫中国古代文学，但我们不可能一口吃掉整个中国古代文学，总要一段一段地去看待和研究，每一段都有自己独特的东西，每一段都有别的阶段无法替代的东西。回到现代文学，它在整个中国文学的历史长河中，只有30年的历史，差不多是最短的一瞬，但这一瞬有没有特别需要注意的东西呢？它有没有作为一个独立阶段存在的价值和意义呢？如果有，那么不就与它前后的阶段晚清、当代区分开来了吗？在当下“打通”“贯穿”的呼声甚高的情况下，我更愿意借助“回到”这个词来说一句：回到现代文学。

当下，以现代文学为主体的文学史著述达到数百种之多，其中，“中国现当代文学史”“现当代中国文学史”“20世纪中国文学发展史”等以“打通”为特色的文学史著述就数十种，已达到相当饱和的程度了，现代文学史还要怎样书写呢？现代文学还能怎样建构呢？我以为现代文学史的建构（叫做重新建构也可以），最重要的是在扩大了认知范畴、拓展了文学视野、认清了历史发展的前后逻辑关系之后，应该回过头来，切实把握中国现代文学的本质内涵与特点，真正确立现代文学的经典，切实梳理总结现代文学的风范，真正建构现代文学自己的传统。否则一味追求“多元标准”，追求包容一切，就可能出现温儒敏指出的存在于当前现代文学研究中的一个重要现象与问题：“基本的价值标准放弃了，表面上似乎包容一切，结果呢，此亦一是非，彼亦一是非，公说公有理，婆说婆有理，连起码的学术对话也难以进行，只好自说自话。过去是一个声音太过单调，全都得按照某种既定的政治标准来研究，学术创造的通道被堵上了；现在则放开了，自由多了，但如果缺少基本的评判标准，‘多元化’也只落下个众声喧哗，表面热闹，却无助于争鸣砥砺，还会淹没那些独特的学术发现。”①

二、关于横向空间拓展的问题

如果说，在上一个问题里凸显的是文学史“重构”在时间上的打通，以期获得一种历史发展的纵深，那么，空间的拓展则是当下文学史“重构”中具有更多呼声的话题，这突出表现在如何处理新旧文学之间的关系，如何看待越来越多旧体诗词创作这一现象，以及如何面对和把握海外华文文学创作这一特殊情景等，这些问题如果不认真思考并及时加以解决，将直接影响现代文学研究的发展和格局，甚至动摇现代文学研究的基础。

先说新旧文学的关系问题。这里所谓的旧文学，并不是上一个问题所说的中国古代文学，而是指与新文学一直同时存在、并驾齐驱的通俗文学。要求把通俗文学纳入新文学的

① 温儒敏．谈谈困扰现代文学研究的几个问题．文学评论，2007（2）．

研究、纳入20世纪中国文学史的研究的呼声，近年来一直很强烈。比如，李天福在《通俗文学：20世纪中国文学史不可偏废的元素》中提出："只有破除传统的'中心'，消解传统的'正宗'，以巴赫金式的平等对待'大众文学'和'精英文学'的美学立场去开展文学史研究，方能呈现文学发展史的全貌——雅文学史和通俗文学史的二元统一。由此，通俗文学便成了科学的文学史研究范式不可或缺的内容。"① 他从文学通俗化的角度、从文学大众化运动所构成的文学发展的通俗化历史的角度来强调应该将通俗文学和以往所谓"五四"传统的精英文学并行看待，认为它们共同构成20世纪中国文学史的基本元素。陈波在《论通俗文学的合理性》一文中也指出："当我们追溯到人类文学发展历史中去看待问题的时候，或许能暂时撇开'五四'时期离我们太近而无法审视的局限。任何文学作品的流传与留传都不是某一时段某一意识形态所能决定的，当我们看到尘封书架上大量的革命文学作品时，我们或许更应该将一部作品的好坏交给历史，交给大众读者去评断。毕竟，无论严肃文学如何鼓吹文学的崇高理念，强调其艺术性，强调它对人性的解剖、对社会人生的洞悉，它始终无法脱离文学作为文学必需的'意味'。"② 在强调通俗文学应该进入现代文学史书写的话题之中，苏州大学范伯群先生、汤哲声先生等人的努力是最为执着的，也是最有成效的，当然这里首先要说明一点，就是范伯群、汤哲声等在通俗文学前面都加上了"现代"二字，这表明他们不是把通俗文学简单地看做是旧文学的。我认为这两个字加得好，事实证明，与"五四"新文学同步而来的通俗文学，无论从时间上看还是从内容上看，都的确具有现代意义，正如汤哲声所强调的："通俗文学入史使得我们关注的视角必须发生改变，治史者应该特别关注文学市场的变化。其实现代文学本身就具有很强的市场意识，只是长期以来被文化观念和创作观念遮蔽住了。关注文学市场就要求我们注意到作家身份的确立和对社会生活的关注。"③ 范伯群则更关注现代通俗文学与整个现代文学史整体格局的问题："首先是中国现代文学史的起点是否要'向前位移'问题，这实际上是一个古今演变与文学史重新分期的大问题。现在有几位中国现代通俗文学史的研究者提出，通俗文学从古典型转化为现代型的标志是1892年开始连载、1894年正式出版的《海上花列传》，认为韩邦庆的《海上花列传》是现代通俗小说的'开山之作'。"④ 此外，还有诸多学者普遍关注通俗文学的合理性与合法性的问题，其基本的观点在于，缺失了通俗文学的进入和研究，那么中国现代文学史乃至20世纪中国文学史的地位和研究，就存在是否合法、是否合理的问题。当然，不同的看法也不少，其主要意思是强调："五四"新文学及其研究格局的确立，就是建立在排斥包括通俗文学在内的所谓旧文学（还有旧体诗词等）的前提基础之上的，如果把通俗文学和所谓旧文学纳入新文学的范围中来，那么新文学及其研究格局也就解体了。这种看法也就是被指责为固守"二元对立"的僵化的观点。

其实，关于这个问题的讨论和争辩，已经有相当一段时间了，但我总觉得讨论和争辩的双方似乎都各执一端，缺乏一种彼此之间的呼应和观照，甚至在我看来，问题的双方就没有构成真正的冲突，而是各自在各自的轨道上行进着。比如，强调通俗文学及其研究的重要性、合理性、合法性，这本来就是对的，这有什么问题吗？在中国新文学也就是所谓的现代文学甚至是20世纪中国文学发生、发展的过程中，通俗文学也从未间断过自己的发展。从学者们列举的许多确凿事实来看，在相当长的时日里，通俗文学发展得比新文学红

① 李天福．通俗文学：20世纪中国文学史不可偏废的元素．求索，2007（1）．

② 陈波．论通俗文学的合理性．滁州职业技术学院学报，2007（4）．

③ 汤哲声．中国现代通俗文学的"现代性"和入史问题．文学评论，2008（2）．

④ 范伯群．现代通俗文学研究将改变文学史的整体格局．苏州教育学院学报，2009（1）．

火得多，有那么多的人对通俗文学感兴趣，自然也就有了宽广的研究基础。但问题在于，一方面，通俗文学的发展和研究一定要和新文学的发展研究“融为一体”才具有合法性和合理性吗？不和新文学融为一体它自己就不合法、不合理了吗？这至少在事实上是说不通的，你新文学不理我，你新文学反对我、排斥我，我通俗文学不照样发展得很好吗？为什么非要和你新文学融为一体呢？另一方面，新文学的建构者和确立者们，从新文学的确立和发生开始就是以反对旧文学、反对文言文为重要目标的，先不说这个目标对不对，能不能实现，是不是实现了，事实上从“五四”至今，新文学也就是现代文学的建构者们，是以排斥旧文学包括通俗文学来为自己建构范畴的，并以此来强调现代文学的合理性和合法性的。如果说从刚才列举的反对者的角度来看，新文学的建构者这么多年的反对和排斥并没能消除所谓旧文学特别是通俗文学的合理性和合法性，那么不就等于表明所谓的“新”“旧”文学，大路朝天各走一边，各自可以拥有自己的发展道路和发展空间吗？我总想，以这样的景观来构成20世纪中国文学的格局，不也是可以的吗？难道非要两股绳拧到一起不可，非此即彼吗？说实话，我不太赞成《中国现代文学三十年》（1998年修订本）中把新文学和通俗文学交织在一起的叙述方式。它在现代文学的三个十年之中，每个十年的文学发展基本按照小说、散文、诗歌、戏剧然后加上通俗文学五路并进的方式来叙述，我认为这种方式并没有真正有效地解决新旧文学关系的问题。我觉得比较简单的一种理解，就是在20世纪中国文学发展的广阔时空中，现代文学走现代文学的路，通俗文学走通俗文学的道，两者有各自的起伏跌宕，不存在彼此之间必然的关联，也不存在两者之间比照分析的必要性。两者的研究也可以在不同的视角和不同的层面上展开，没有必然的逻辑要将现代文学和通俗文学放在同一个层面上展开。新文学和通俗文学是一架飞机的两翼，是一辆车子的两轮，我非常赞同这个看法，只是多说一句：飞机的两翼不能合成一翼，汽车的两轮也不能并成一轮，左翼就是左翼，不能替代右翼，右轮就是右轮，也不能替代左轮，这两者，你是你，我是我，不存在你中有我、我中有你的关系，可以多元共生，但不必多元共融，你我是不同的。

再说旧体诗词的写作。眼下旧体诗词的写作人丁兴旺、势头正盛，在这一情景中特别是相当一部分新文学作家在“五四”以后也写下了大量的旧体诗词，有人专门分析了其中的原因：“一是古诗词这种文体自身具有生存下来的生命力，这是古诗词能够在现代时期生存下来的前提条件；二是新文学作家自身的原因，这是古诗词在这个特殊的背景下存在的关键；三是新诗本体存在的缺陷和新诗建设过程中经历的多重困惑，这是古诗词存在的外部条件。”① 其实，无论新文学作家写不写旧体诗词，旧体诗词都从来没有间断过自身的发展，这其中的道理非常简明，中国几千年古典诗词的深厚根基、登峰造极的辉煌成就具有强大的生命力，这种生命力不会因为“五四”以来新诗的出现而中断，这是一种正常的发展态势，它与现代新诗的发展不相矛盾，也不必非得将现代新诗与旧体诗词纠缠到一起去研究。写旧诗的人可以越来越多，包括刚才所述，一些写新诗的人也在改写旧体诗，但并不能说明这就是新诗的萎缩，也不能说明这标志着旧体诗再次替代了新诗的地位，在历史发展的长河中，新诗旧词并存而生的情况比比皆是，不足为奇。再者，旧体诗词研究也没有必要一定以新诗作为参照，而写作历史不足百年的新诗研究为什么一定要把旧体诗词纳入自己的研究框架呢？宽容有两层意思，一是包容，二是容忍，而容忍就是允许他者有自己的发展空间，允许他者有自己的研究格局。历史是客观的，也是宽容的，而非此即彼的思维往往是人们比较主观的想法。

---

① 谭旭东，卢力刚．“五四”后新文学作家古诗词创作探因．甘肃社会科学，2006（6）．

至于海外华文文学，其实没有多大的讨论空间，因为问题比较明显。有学者近来连续发表文章，应该说把这一问题讲得比较清楚了："曾有研究中国现当代文学的学者主张把世界范围内用华文创作的所有作品都包括到中国现当代文学史中来，写一部完整的中国现当代文学史。无疑，这不仅事实上做不到，而且包含着我们自己也不曾意识到的，却会被别的国家和民族误解为大国沙文主义的意念。"① "海外华文文学学科要走向成熟，必须更好地解决三个基础性的问题，第一是弄清楚海外华文文学要研究些什么，第二是明确由谁来研究海外华文文学，第三是搞明白为谁而研究海外华文文学。海外华文文学，不能当作中国现当代文学的一部分来研究；相反，要关注它的既不同于中国文学而又介于中国文学和世界文学之间的那种身份，以及这种身份所包含的海外华人面临中西文化冲突时如何从自身的生存经验出发调和中西文化矛盾，从而获得不可或缺的精神支柱的独特经验。"② "他们的作品反映的不是中国的社会问题，也不是中国人在中国社会生存面临问题时所产生的感受和思考。他们对中国的怀恋主要是一种文化乡愁，而其追求的方向则是想融入他们现在所移居的国家，建立起与居住地相联系的文化认同。他们内心也有矛盾，但只是在争取建立新的国家认同过程中的矛盾，这与林语堂等上一代中国人移居美国却不加入美国籍，最终还是要回归中国的情况是明显不同的。"③ 我是赞同这一看法的，至于有些学者强调："海外华文文学是一种世界性的特殊文化载体的文学，一种新的汉语文学形态。这种新的文学形态，既不同于中国本土文学，也有别于东西方各个国家的主流文学。其特殊性主要表现为它的世界性和跨文化性，有它自身的活力和张力。"④ 我认为，海外华文文学自然有其独特的价值和意义，也在世界文学发展进程中占有一席之地，但那是另外一回事。海外华文文学自身的价值和意义，与中国现当代文学关系不大，甚至就其本质意义来说，它与中国现当代文学就没有关系。旧体诗词、通俗文学跟中国现当代文学是两条道上跑的车，但那是在民族国家的范围内进行的事情，而海外华文文学则应另当别论。

三、关于文学史向学术史提升的问题

上述两个方面的现象和问题集中反映了当下中国现代文学史"重构"的新态势，究其本质来说实际上体现了两点欲求：其一是力图建构一种更为完备、更为宏伟、更为丰富、更为开阔的文学史叙述；其二是加强学科的建设，拓展学科的容量，扩大学科的视野，增强学科的辐射力和影响力。但在我看来，就中国现代文学史建构本身的实质意义而言，最重要的应该是凝聚目光，调准现代文学自身的焦距，提升现代文学自身的学术含量，同时知道如何更加历史地来看待现代文学。

第一，20 世纪中国文学是一个宏阔的概念，在这一概念之下，各种文学形态的确是多元共生的。在所谓的新文学即现代文学之外，通俗文学、旧体诗词甚至海外华文文学等都在这个大的历史时空下各自演进，与现代文学及其研究相伴而生，而近代文学乃至古代文学和当代文学研究也都以自己的框架和格局持续进行着。在这种纷繁情况之下，如何厘清现代文学自身的含义，更为准确地定位现代文学自身的价值，我认为是所谓重构现代文学史应该首先面对和重视的问题，只有真正重构现代文学自身的价值意义，才能更清楚地看到它与通俗文学、旧体诗词乃至海外华文文学之间存在（或不存在）的某种特定关系，才

① 陈国恩．华文文学学科建设的三个基本问题．南方文坛，2009（1）．

② 陈国恩．3W：华文文学的学科基础问题．贵州社会科学，2009（2）．

③ 陈国恩．海外华文文学不能进入中国现当代文学史．中国现代文学研究丛刊，2010（1）．

④ 饶芃子．全球语境下的海外华文文学研究．南方文坛，2009（1）．

能将现代文学研究与近代文学、当代文学乃至古代文学研究更加有机地结合在一起。从1917年文学革命正式兴起到1949年又一个新的历史阶段的开始，这大体30年的文学历程，作为“五四”新文学或中国现代文学（也就是不同于旧体诗词、通俗文学，更不同于海外华文文学，也不同于近代文学和当代文学）的基本历史阶段、基本面貌和基本特质，应该确定下来。现当代文学学科，应该把现代文学这一历史阶段作为一个重要的、相对独立的历史过程来更加充分地认识和研究。1949年以来的当代文学，也应该像现代文学那样，逐步形成一个确定的历史内涵，这是现当代文学学科的两个支点和落脚点，是现当代文学学科的主干，其他诸如旧体诗词、通俗文学、近代文学和古代文学等既可以作为现当代文学研究的重要参照，又可以单独进行研究，但不一定必须和现当代文学融为一体，“重构”不一定要叠加，厘清则是为了更好地“重构”。

第二，中国现代文学作为一个成熟的学科，它的“重构”应该更多考虑自身学术价值的提升，应该用更严格的学术史的眼光来梳理和观照现代文学自身的一系列根本问题，比如：现代文学生成和发展的学术背景、思想背景、政治背景乃至社会经济背景是什么？现代文学在其发生发展过程中，形成了哪些真正值得称为经典的东西？这些经典在整个中国文学的历史长河中处在什么位置，在当下还有什么重要的影响和意义？中国现代文学的存在，究竟给整个中国文学的发展带来了哪些新质，形成了哪些属于自己的新的传统？在这样的基础上，用学术的眼光来判断和梳理现代文学与通俗文学、旧体诗词、近代文学、古代文学、当代文学之间究竟有哪些本质联系。所谓从文学史向学术史的提升，就是说学术史研究应该是对文学史的研究，更具有学术眼光，更具有历史沉淀，也更具有时代穿透力。我想在这里再次强调一下关于学科建设的问题，学科建设有各个学科自身不同的特点，对于中国现代文学这样一个经过了近一个世纪的发展和半个多世纪的建设已经相当成熟的学科来说，它更需要的是提升自身的学术性，用更精准严格的眼光来审视自身的内涵，而不是涵括更多内容和扩大外延，其中有一项很重要的工作就是应该加强研究之研究：不仅要更严密地梳理文学史的发展脉络，而且要更严肃地梳理文学史研究的发展过程；不仅要认真总结文学史发展过程中的经典现象和经典作家作品，而且要认真总结文学史研究进程中的经典成果，清除研究中的泡沫。在此我想谈一谈黄修己先生的《中国现代文学研究史》（2008）。关于中国现代文学研究之研究的成果，近年来多有出现，但像黄修己《中国现代文学研究史》这样如此深入、系统地集中于中国现代文学本身研究的著述还是不多见的。黄修己概括了“五四”以来数代人对现代文学研究的主要贡献：其一是创建了现代文学的批评模式；其二是建构了现代文学的历史框架；其三是建立了现代文学自身的新的学科；其四是创立了学术上不断创新的学风。可以说这几点是对现代文学学科从创立到发展主要成就的准确概括，但是其中有一点是我想特别强调的，这就是学科建设虽然是几代人的相继追求和共同努力，但其中真正有学术价值的、有创新发现的往往源自某些学者个人坚守的独立思考的学术风范，没有这种个人的独立思考和发现，学科建设和发展其实是空的。我曾经听到黄修己先生在一次学术会议上概括他自己和他那代学人的一种研究的情态，他用两个字来概括，这就是“孤往”。我认为这是学术研究包括学科建设非常宝贵的一种精神品格，而这一点对学科建设来说是尤其重要的，没有一个个学者坚守独立思考的“孤往”精神，很难想象众人蜂拥而上的学科建设能产生多大的学术价值。

第三，越来越历史地看待中国现代文学。中国现代文学的历史化，是一个无法逆转的必然趋势，对此，既没有值得担心的地方，也没有可惜的地方。有些人觉得现代文学历史短似乎是一个不足，尤其是相较于中国当代文学而言，现代文学不仅短，而且越来越短，因为当代文学每过一年就增加一年的历史，而现代文学则永远定格在那亘古不变的30年。如果我们的学科建设和文学史研究看重谁的历史长、谁的历史短，谁的内容多、谁的内容少，那么就比较简单了。包括文学在内，一段历史的根本价值不是由时间的长短来决定的，也不是由内容的多少来判断的，而是由它在历史上的特殊位置和它所作出的特殊贡献所确定的。现代文学短短30年的历史，却处在中国文学历史发展长河中古今中外纵横交错的一个关键点上，它有着其他文学历史阶段所无法替代的重要性和独特性，这一点在此无须赘述。现代文学的历史化并不令人担忧，相反，是它更加成熟的表现。因为历史化，我们能够更准确、更客观地看待现代文学的复杂过程和重要现象。历史化为现代文学研究提供了具有真正学术意义的筛子，使现代文学史研究真正具备了越写越薄的可能性。因为历史化，我们可以更加清楚地看待现代文学发生、发展的历史原因，看到它对当代文学的实际影响，甚至可以看到它在将来文学发展中的命运。因此，我们应该用历史的眼光来看待现代文学历史化的过程，不仅仅是抱着"历史的同情心"，更应抱着一种历史的进取心，也就是说以一种更加积极的心态来看待现代文学的历史化现象。

现代文学离我们越来越远，这使得从动态的文学史向静态的学术史的提升具备了条件和可能，我们才有条件更加冷静客观地看待已经逐渐固化的现代文学。在这种审视中应始终持有一种大胆淘汰的精神。现代文学作家有许多已至百年诞辰，各种纪念活动层出不穷，如此大量的作家作品究竟有多少可以经受住时间、历史的检验？在这个问题上，俄罗斯文学为我们提供了很好的借鉴。当下俄罗斯文坛出现了一种重新定位托尔斯泰的风潮，一些研究者对托尔斯泰颇有微词，并认为陀思妥耶夫斯基更具有文学史研究的价值。这种大胆存疑和淘汰的态度同样适合对中国现代文学史的研究。当我们具备真正的世界眼光时，就知道自己的文学还有多少东西。现代文学30年，作家作品究竟沉淀下哪些学术传统，最重要的文学品格体现在什么方面，真正的生长点是什么，这些都值得我们冷静地思考和看待。我们既要看到其对前人的继承，也要注意其对我们、对未来有哪些影响。但是也非全面历史化、固态化。应注意提升要适度，避免将一些不够学术史分量的东西提升上来。

与现代文学越来越历史化相适应，我们在研究中也应该越来越增强历史化的意识，越来越保持理性和清醒的姿态，这也是不容易做到的。比如我们对鲁迅的研究依然存在许多难以摆脱的情感层面的东西。如何真正在历史的发展进程中看待鲁迅的历史价值，如何在历史发展进程中看待鲁迅的现实意义？我相信，只要我们对包括鲁迅在内的现代作家和现代文学的研究是客观的、准确的、符合历史状况的，那么鲁迅和现代文学的价值也就真正确立起来，并且是经得住历史检验的。

结 语

莫言获诺贝尔文学奖是当代文学发展中的大事件，而莫言获奖的意义超出了莫言本身。尽管在当代作家中莫言是更加厚重的，更加具有历史文化底蕴的，更加技高一筹的，更加具有语言特色的，更加具有叙事特点的，但莫言获奖更多应该被看作是一个事件与标志，标志着当代文学整体水平的提升，标志着当代文学为世界所认可。

这可以进一步解读为，一方面莫言获奖是当之无愧的，而另一方面当代作家可以获奖的大有人在。就这一点而言，我们可以看到当代文学的成熟。以往习惯说现代文学是成熟的，但时至今日，当代文学也走向了成熟。在余华、贾平凹、苏童、王安忆、迟子建、刘震云、毕飞宇这些作家身上，我们看到历史与文学的融合，看到他们笔下生活积淀的深厚。

由此可以相信，当代文学、当代作家在未来相当长一段时间内会不断走向成功与辉煌。

同时，也应该看到莫言这一代的成功与成熟来自他们的积淀，而非他们的超前。对于更年轻的一代作家，现在就需要高度重视积累与沉淀，才能保持当代文学不断持续发展的态势。莫言不是凭空腾飞的，因此，如果年轻一代作家没有深厚的积淀，就很难想象当代文学在莫言之后的再次腾飞，尤其是在这个经济飞速发展、信息不断铺开、文学正走向边缘的时代，更加需要我们深入思考。

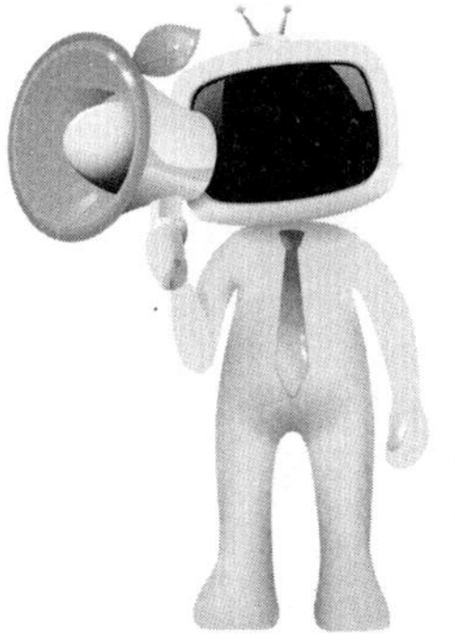

第一章　中国现当代文学发展的基本轮廓与总体特征

中国新文学通常被分为现代文学和当代文学两个阶段。现代文学是指以 1917 年至 1949 年中华人民共和国成立这一时期的文学，习惯上称为新民主主义阶段的文学；而当代文学则是指 1949 年中华人民共和国成立至今的文学（包括港澳台地区的文学）。

中国现代文学大致经历了三个大的发展时期，即三个十年：第一个十年（1917—1927）通常称为“五四”时期的文学，第二个十年（1928—1937）即“左联”时期的文学，第三个十年（1938—1949）即全面抗日战争与解放战争时期的文学。现代文学虽然只有约 30 年的历史，在中国几千年文学史长河中只是极为短暂的一瞬，但它的意义却不是能用时间来衡量的。它是整个中国文学历史发展进程中的一个巨大转折点，显示出新文化与传统旧文化的深深“断裂”，体现出中外文化的猛烈“碰撞”。它以全新的内涵和全新的表现形式掀开了中国文学史崭新的一页，开创了新文学的新天地。几千年古典文学的根本变化就从这里开始，当代文学的种种特质就在这里显露。现代文学所具有的这种纵横交叉、承前启后的历史特质，是中国以往任何一段文学史难以相比的。

这 30 年，它的首尾两端，恰恰连接着中华民族历史进程中两个闪光的年份——1919 年和 1949 年。这个事实本身说明，在中国具体的历史条件下，文学的发展离不开时代社会的变革，文学的命运和民族的命运休戚与共。

1949 年 7 月，中华全国文学艺术工作者代表大会在北京召开。会议肯定了毛泽东所代表的中国共产党的文艺方针是新中国文艺工作的指导方针，成立了中华全国文学艺术联合会，完成了“总结以往的经验，策划未来的方略”的大会任务。这次会议标志着中国当代文学的开始。中国当代文学自诞生至今，大致经历了四个发展阶段：十七年时期的文学、“文化大革命”时期的文学、新时期的文学和新世纪之交的文学。当代文学虽然在“文化大革命”中暂时出现停滞和断层状态，但在新时期特别是新世纪之交，文学环境发生了根本变化，文学格局日益呈现出开放、丰富并走向多元的发展趋势。

第一节　中国现代文学的历史发展进程及主要特点

○“五四”时期的文学　○“左联”时期的文学　○全面抗日战争与解放战争时期的文学　○现代文学的根本特点

一、现代文学发展的三个十年

（一）第一个十年（1917—1927）的文学发展

中国现代文学的第一个十年（1917—1927），通常又叫“五四”时期的文学，因为“五四”文学革命是这一阶段的重要内容。它是现代文学开拓与奠基的阶段。鲁迅、郭沫若等一批现代文学的奠基人及其现代文学的奠基作，文学研究会和创造社等最初一批重要的社团流派，都出现在这一阶段。这一时期文学的基本特征是：从文学革命向革命文学发展，即由文学形式的外在改革逐渐转向思想内涵的深刻变化。

1917 年初，胡适、陈独秀分别在《新青年》上发表了《文学改良刍议》和《文学革命论》，标志着文学革命运动的正式兴起。胡、陈二人的文章作为理论先导，对文学革命的兴起起到了鸣锣开道的作用。随后，钱玄同、刘半农、周作人、鲁迅、李大钊等人积极响应文学革命的主张，推进文学革命的发展。“十月革命”的炮声、马克思主义的传播、五四运动的爆发，把文学革命运动迅猛推向高潮。与此同时，以鲁迅、郭沫若为代表的作家创作的新文学作品，显示了文学革命的实绩，表明了新文学的实质性进展。小说方面，有鲁迅划时代的《狂人日记》和后来结集在《呐喊》《彷徨》中的诸篇小说，还有叶绍钧、冰心、郁达夫等一大批新文学作家创作的内容和形式全新的小说。诗歌方面，出现了胡适、刘半农、沈尹默、刘大白等众多的白话新诗人，他们以白话新诗动摇了千百年来旧体格律诗的正宗地位，尤其是郭沫若的诗集《女神》，以其内容和艺术的特有气势，开创了自由体白话新诗的一代诗风。散文方面的成就甚至超过了小说和诗歌，它体现在鲁迅、李大钊等人创作的大量文艺短论（随感录和杂文），还有周作人、俞平伯、朱自清、许地山等人创作的抒情叙事散文（“美文”）中；此外，瞿秋白创作的《饿乡纪程》和《赤都心史》等通讯报道，是中国现代报告文学的萌芽。话剧方面则有胡适、洪深、田汉、欧阳予倩等人创作的白话剧本，在中国首先尝试了话剧这一新文学样式。所有这些创作都以新的题材、新的主题、新的人物形象和新的语言形式，呈现出开创一代文风的崭新气象，充满了破旧立新的“五四”时代精神。这一时期文学创作最突出的主题是反封建。农民及其命运成为许多作品的主人公和素材，而且与历来的文学不同，作家在描写农民的过程中，彻底否定了整个封建旧制度，具有更为强大的批判力量。知识分子的生活、探索和思考也得到了广泛的表现，很多作品反映了进步知识分子对民族压迫和封建压迫的高度敏感，描写了他们摆脱封建道德束缚、争取婚恋自主、追求个性解放的奋斗与抗争，同样体现了反封建的思想主题。

1921 年以后，随着新文学理论和创作的深入发展，出现了大量的文学刊物，涌现出众多的新文学社团，较为重要的有：文学研究会、创造社、语丝社、新月社，以及未名社、莽原社、南国社、浅草社和沉钟社等。其中，文学研究会标榜为人生的写实主义，创造社鼓吹重艺术的浪漫主义，形成了各具特色的两大风格流派，对后来的文学发展产生了重要而深远的影响。此外，还出现了“问题小说”“身边小说”“乡土文学”“语丝文体”“象征派”与“现代派”诗歌等丰富多彩的风格和流派，这些社团流派的出现表明了新文学的成熟和壮大。这一时期新文学作家们还通过各种渠道广为译介大量的外国文学作品和文学理论，从而扩大了新文学的艺术视野，开创了中国文学与世界文学相联系的格局。

这一时期文学的局限在于，一些作家生活视野还较狭窄，不太熟悉自己以外的天地，崇尚自我和自我表现的情绪成为一时的风尚。有些作品还程度不同地带有感伤颓废情调，甚至有宿命论倾向。在译介外国文学的过程中，有些译者未能很好地区分精华和糟粕，缺乏应有的分析批判能力；而在对待民族文学遗产上存在的某些形而上学、虚无主义倾向，又影响了文学创作更好地实现民族化、大众化的艺术追求。

（二）第二个十年（1928—1937）的文学发展

第二个十年（1928—1937）的文学，也就是第二次国内革命战争时期的文学，通常也称“左联”时期的文学。左翼文学在这一时期迅速发展、高涨，并成为文学发展的主潮。值得注意的是，这一阶段除了出现一批左翼作家作品之外，还出现了巴金、老舍、沈从文、曹禺等一大批风格独特的作家及其代表作，并出现了众多的社团流派，形成了现代文学的繁荣局面。因此，它是现代文学发展、成熟的阶段。

1928年前后，为适应蓬勃发展的无产阶级革命运动，以后期创造社和太阳社为主，开始积极倡导无产阶级革命文学运动，并得到了广大进步作家的积极响应。20世纪30年代初成立的“左联”等左翼文学团体，把这一运动全力推向高潮，使无产阶级革命文学运动成为这一时期的文学主潮。这一时期文学创作的思想性和战斗性显著增强。作品的题材扩大了，很多作家注重正面反映轰轰烈烈的无产阶级革命斗争，揭露帝国主义对中国军事、经济、文化侵略的罪恶，批判半殖民地半封建的都市社会光怪陆离、纸醉金迷的腐朽生活。很多作品不仅表现农民的苦难遭遇，而且着力描写农民的思想觉醒和英勇斗争；不仅揭露封建压迫的残酷和阶级矛盾的对立，还注重展示帝国主义势力对农村的入侵和民族矛盾的加剧。这些都表明文学创作达到了新的思想深度。茅盾这一时期的代表作《子夜》、《林家铺子》、“农村三部曲”等，还有蒋光慈、洪深、田汉、臧克家、丁玲、张天翼、叶紫、洪灵菲，以及“左联”五烈士、“东北作家群”、中国诗歌会等作家和社团的创作，都显示了左翼无产阶级革命文学创作的辉煌成就。这一时期，左翼之外的一些重要作家也创作出了现代文学史上里程碑式的杰作和一些探索性、尝试性的作品，特别是巴金的“激流三部曲”，老舍的《骆驼祥子》，曹禺的《雷雨》和《日出》，以及沈从文的《边城》，李劼人的《死水微澜》《暴风雨前》《大波》等“大河小说”，还有以戴望舒为代表的现代派诗歌和以施蛰存等为代表的“新感觉派”小说等，这些作品都以不同的艺术方法从不同角度揭示了现实社会的矛盾，达到了较深的思想境地，显示了较高的艺术成就。这一时期，文学创作在反映现实生活的深度和广度上普遍超过了上一时期，但也存在着明显的缺陷。由于一些作家对群众的革命斗争生活还缺乏实际了解，因而有些作品生活实感较弱，革命者和劳动群众的形象塑造也不同程度地存在概念化的弊病，有些人物形象血肉不够丰满，甚至单薄苍白。一些作品虽反映现实较为及时，但缺乏精细的艺术磨炼，显得较为粗糙，以至影响了作品长久的审美价值。这一时期的文艺工作者们在理论和实践中虽也广泛注意到了文艺大众化的问题，并多次展开过专门讨论，但问题远未解决。

（三）第三个十年（1938—1949）的文学发展

第三个十年（1938—1949）的文学，通常叫全面抗日战争与解放战争时期的文学。这一阶段的重要特点是民族斗争与阶级斗争对文学发展的作用和影响进一步加强。

这一时期又以1942年延安文艺座谈会的召开为界，明显分为前后两个阶段。前一阶段是抗战初期的文学，广大作家纷纷走出书斋，投身抗日救亡运动，积极宣传一致抗日和爱国主义思想。围绕抗日救亡运动，出现了大量通俗明快、短小精悍的文艺作品，如街头诗、独幕剧等，也出现了一些大型的集体创作。这一阶段还出现了一系列历史剧，作家们纷纷借历史故事和历史人物之口，反映严峻的现实，表达人民的正义呼声。其中，以郭沫若的《屈原》《虎符》等历史剧最为成功，影响最大。后一阶段文学分为解放区和国统区两大区域的文学。在解放区，毛泽东的《在延安文艺座谈会上的讲话》提出了一套较为完整的马克思主义文艺思想方针，明确了文艺为工农兵服务的方向，解决了文艺大众化等一系列“五四”以来重要的文艺理论和实践问题，开辟了无产阶级革命文学的新阶段。在文学创作中，出现了新文学以来前所未有的新主题、新题材、新形式，涌现出了赵树理、孙犁、丁玲、周立波以及《白毛女》《王贵与李香香》等一大批具有典型民族风格和民族气派的作家和作品，显示了实践文艺为工农兵服务所取得的重要成就。在国统区，作家的创作主要围绕反压迫、争民主的民主革命运动展开，出现了大量具有讽刺性、揭露性的作品，如茅盾的《腐蚀》、巴金的《寒夜》、袁水拍的《马凡陀的山歌》、陈白尘的《岁寒图》和《升官图》等，作家从不同角度，运用不同体裁，全面而深刻地暴露和批判了国统区的黑暗现实。国统区很多作家在艺术风格上也努力向民族形式和大众化的方向发展，并取得了可喜的成绩。此外，沦陷区的张爱玲、钱锺书等人的创作也以独特的风格，显示了相当高的思想成就和艺术价值。

中国现代文学的发展是以“五四”以来的现实生活为土壤的，但也充分吸收了中国传统的、外来文学的丰富营养：它一方面与中国民族文学遗产保持着承继的关系，另一方面又汲取了世界文学潮流中有益的成分，现代文学批判地继承了中国古典文学的精华，而且直接以近代文学为其先导。广大现代作家身上厚实的古典文学根基，深刻地影响着他们的新文学创作。同时，现代作家又广泛译介了世界各国文学，打通了中国现代文学走向世界文学的道路。现代文学史上几乎所有重要的作家如鲁迅、郭沫若、茅盾、巴金、周作人、郁达夫、瞿秋白等，都参加了对外国文学的传播介绍。这种介绍在思想倾向、艺术观念及创作技法上，对整个现代文学的发展产生了重要的作用和影响。中国现代文学的历史，从某种意义上讲，也是中外文学互相交融的历史，是在交融过程中建立民族新文学的历史。

纵观中国现代文学 30 年，无论是它自身的演变，还是它和时代社会的关系，都可以看出，它是随着新民主主义革命历史的发展而发展的，是和新民主主义革命斗争相辅相成的；同时它又具有相对独立的鲜明特性。在 30 年的文学发展中，虽然出现了多样的创作方法，如现实主义、浪漫主义、象征主义、现代主义等，但总的说来，为人生、为革命的现实主义的基本精神渗透在整个现代文学的各个层面。

二、现代文学的根本特点

中国现代文学作为带有突出承前启后性质的一段文学，它具有自身鲜明的根本特点，具体表现为以下方面。

（一）现代文学与传统文学的冲突与承传

中国现代文学是在“五四”时期新的历史条件下产生的，它体现出全新的现代社会、现代人生的精神风貌和崭新的文学表述方式，但它也是几千年中国传统文学发展演进的必然结果。中国现代新文学与它几千年的文学母体有着难以分割的联系。中国现代文学的出现既体现了现代新文学、新文化与传统旧文学、旧文化的根本冲突和根本转折，也体现了两者之间的相互关联，新文学、新文化与旧文学、旧文化是在联系中更新发展的。譬如现代小说的发展，中国小说源远流长，明清以来更是出现了众多白话小说，然而以“五四”新文学为起点，中国现代小说以全新的思想内涵和前所未有的表现形式，掀开了中国小说发展史上崭新的一页，展示了现代人的行为方式与思维方式。虽然它是全新的，但这并不意味着它是孤立的，恰恰相反，它得益于对中国传统小说的继承与吸取。中国传统小说的思想精华与多种艺术技法在现代小说中有一种无形而深刻的承传。现代诗歌的发展亦然，中国现代新诗尽管是在对传统旧诗的反叛中出现的，但它植根于民族传统文化的土壤之中。传统诗歌的美学意境、古典诗人的审美修养，尤其是中国古典诗歌感时忧民、愤世嫉俗的传统精神，更是在深层次上对现代诗人的创作产生了无形的巨大影响。对传统的反叛往往是创造与更新的重要手段，而对传统精神的批判继承则是继往开来的重要规律。

（二）中外文学的相互交融

“五四”时期外国文学在中国的译介、传播和影响，对中国现代新文学的诞生和发展，毫无疑问，起到了重要的作用。中国现代文学是在充分吸收了外来各国文学与文化的情况下发展起来的。“五四”新文学的这一特点是当时整个时代特征的一个具体体现，而这一点又使中国现代新文学表现出了与以往几千年传统旧文学的根本不同。整个中国新文学的形成与世界文学大潮的冲击有着密切关联。客观地说，现代新诗的诞生在更大程度上是受到了外来文化思潮的撞击和刺激。当最初一些批判现实主义和浪漫主义的外国作家作品被介绍到中国之后，那种自由开放的思想追求与艺术形态，正契合了“五四”新文学的历史使命，催发了中国现代新诗的诞生。

（三）伴随始终的使命感和责任感

时代历史所赋予中国现代文学的特殊使命，造就了一大批大家及其名作，使其在整体上形成了自己特有的风格。小说方面有现实主义与浪漫主义双峰并峙的鲁迅与郭沫若，还有在长篇小说领域卓有建树的茅盾、巴金、老舍等诸位大家。有为人生写实派的小说作家代表叶绍钧、许地山；乡土小说的作家代表沈从文、王鲁彦等；幽默讽刺的小说作家代表沙汀、张天翼、钱锺书等；风格多样的女作家冰心、丁玲、萧红、张爱玲、苏青等；平和冲淡的学者式散文的代表周作人、废名等；各具特点的诗人闻一多、徐志摩、戴望舒、穆旦等；戏剧大师曹禺、夏衍等。30 年的时间里出现了如此众多的在中国文学史上留下深深印迹乃至蜚声世界文坛的作家及其作品，我们只能说这是时代历史对中国现代文学的特别赐予。中国现代文学在整体上形成了自己的根本特质，这就是责任感、使命感以及对艺术境界的不懈追寻。这种特质使中国现代文学在思想和艺术上都达到了很高的水准。应该说，中国现代文学在特定时空里出现的辉煌业绩，不是随便在任何历史时期里都能够出现的。懂得历史赐予的弥足珍贵，是一种深刻、成熟的文化心态。

第二节　中国当代文学发展的主要阶段及重要特色

○十七年文学　○“文化大革命”时期的文学　○新时期的文学　○新世纪之交的文学　○当代文学的重要特色

一、当代文学发展的四个阶段

中国当代文学的历史进程，从总体上说大致可分为四个发展阶段。

（一）十七年文学

新中国成立后十七年的文学运动和文学思潮，继承了“五四”以来新文学的现实主义传统，以毛泽东文艺思想为指导，坚持社会主义总方向，倡导社会主义现实主义创作方法，文艺工作成绩比较显著。这一时期文学的基本特征是：走进历史尤其是当代社会现实生活，展现中华民族除旧布新的、以工农兵为主体的社会变革风貌，表现社会主义的时代精神。

十七年的小说继承中外文学尤其是“五四”新文学的传统，以革命现实主义为主潮，在历史和农村现实题材方面，取得了突出的艺术成就。长篇小说如杜鹏程的《保卫延安》、曲波的《林海雪原》、罗广斌和杨益言的《红岩》、吴强的《红日》、梁斌的《红旗谱》、杨沫的《青春之歌》，短篇小说如王愿坚的《党费》和《七根火柴》等，大量优秀的革命历史题材作品以反映民主革命为主，真实再现了中国人民在党的领导下浴血奋斗的历史进程，热情歌颂了革命前辈艰苦卓绝的光辉业绩，引导人们理解今天的幸福生活。在农村现实题材方面，赵树理的《登记》和《三里湾》、周立波的《山乡巨变》、柳青的《创业史》、李准的《李双双小传》、浩然的《艳阳天》等小说充分表现了中国从“土改”到农业合作化，从“大跃进”“人民公社”到党对农村政策的调整等十七年中农村的一系列变革和农民伦理道德观念与文化心理的巨大变化。

十七年的诗歌与时代和现实紧密联系，以各种形式如叙事诗、抒情诗、自由诗、格律诗、自然风景诗、历史神话诗、爱情诗、政治讽刺诗等反映社会主义革命和建设的伟大斗争，热情赞颂祖国的新时代新生活。李季、闻捷、郭小川、贺敬之等一批诗人都在从内容到形式的诗歌艺术探索中获得重大的收获，为新诗的民族化、大众化做出了贡献。

十七年的散文在整体上超过了 20 世纪 40 年代解放区的散文创作，揭开了社会主义时期散文史的新篇章。叶圣陶、冰心、巴金等文坛宿将，徐迟、郭小川、峻青等诗人和小说家，吴伯箫、吴晗、邓拓、陶铸等教育家和历史学家或党政领导，杨石、郁茹等新人，组成了一支庞大的散文创作队伍，并由此形成一个以杨朔、秦牧、刘白羽等中年散文家为骨干的散文作家群，使散文走向繁荣。这一时期的通讯报告、抒情散文、报告文学、杂文等，比其他文学体裁更迅速、更直接地反映了新时代新生活。同时，散文创作者在艺术形式和表现手法上的突破，使得十七年散文园地更增勃勃生机和绚丽色彩。这一时期散文创作还有一个独特的收获和文学现象，即史传文学的崛起。大量具有珍贵史料价值的革命回忆录纷纷涌现，讴歌共产党领导下无产阶级革命的辉煌历程，但其缺陷在于一般都缺乏艺术方面的审美价值。

十七年的戏剧创作继承和发扬了解放区戏剧的现实主义传统，成绩较显著。这一时期戏剧创作题材广泛、品种繁多，有话剧、歌剧、戏曲和改编的传统剧，其中话剧成就最大。如老舍的《龙须沟》《方珍珠》、曹禺的《明朗的天》、崔德志的《刘连英》、胡万春的《激流勇进》、海默的《洞箫横吹》等剧作从多方面迅速地反映和表现社会主义革命和建设的现实生活，在探索话剧民族化、大众化方面取得可喜成绩。话剧中的历史剧创作，如郭沫若的《蔡文姬》、田汉的《关汉卿》、老舍的《茶馆》、曹禺的《胆剑篇》等有着很高的思想艺术成就，《茶馆》甚至在世界上享有盛名。十七年的歌剧、戏曲创作成绩比较显著，并在如何表现现实题材方面做出了成功的尝试。

十七年文学的局限在于：“左”倾思潮的严重干扰，导致这一时期的文学题材领域相对狭窄，人物形象单一片面，艺术风格、艺术形式的发展也受到很大限制。这一时期的文学运动，如对俞平伯《红楼梦研究》的批判、反胡风斗争、对《海瑞罢官》的批判、对人学思潮的批判等都在“以阶级斗争为纲”的错误思想指导下，严重阻碍了文学的健康发展。

（二）“文化大革命”时期的文学

1958 年，在经济上展开“大跃进”的同时，毛泽东在文艺上也提出了“大跃进”。这可以看作是走向“文化大革命”文学的重要一步。1966 年至 1976 年整整十年的“文化大革命”期间，政治观念和意图更直接地转化为文学作品，作品的接受行为也更明确地被赋予了特定时期的政治意义，而当时作家的写作和作品的发表也需要得到允许才能获得资格。

“文化大革命”期间的文学，存在不同的两个部分：一是在公开出版物上发表的作品；二是秘密或半秘密状态写作和传播的作品，通常称为“地下文学”。公开出版的文学创作，基本上遵循着文学激进派所确立的创作原则和方法。“文化大革命”时期的小说、诗歌、戏剧，其艺术经验主要来自 20 世纪五六十年代，但是意义指向确定的“公共”象征，用当代文学研究者洪子诚先生的话说是以“公共”象征取代了生活细节精确刻画的描述，其重要特征是：政治直接“美学化”。①

“文化大革命”时期的小说创作方面，代表作品有浩然的长篇小说《金光大道》。作品自觉运用“三突出”的“创作原则”来塑造高大光辉的英雄形象，在艺术上也更有力地贯彻当时倡导的“典型化”的象征方法。无论是作品中人物的个体意义，还是作家的体验本身，都被整合到小说所认同的“文化大革命”统一的历史叙述中。

“文化大革命”期间，戏剧在文艺诸样式中居于中心地位，“样板戏”的创作在这一时期被描述为与“旧文艺”决裂的产物，主要有《红灯记》《沙家浜》《智取威虎山》《林海雪原》等八个样板戏。“样板戏”本身的意义结构和艺术形态表现为政治乌托邦想象与大众艺术形式之间的结合，而作家、艺术家那种个性化的意义生产者的角色认定和自我想象被破坏和击碎了，文艺生产完全被纳入政治体制之中。

在写作方式上，文学批评最流行的方法是组织写作小组，这反映了文学批评的集体性、非个人性。“文化大革命”前后以姚文元名义发表的一些长篇文章，如《评新编历史剧〈海瑞罢官〉》《评“三家村”》等，都由设在上海的写作小组撰写。诗、小说、散文的发表，许多仍是个人署名的方式，但是“集体创作”得到鼓励和提倡，尤其是“工农兵”的创作。“文化大革命”期间，国内与外界的文化交流几乎处于完全隔绝的封闭状态，少量的文化交流主要出于政治意识形态的考虑。

（三）新时期的文学

新时期文学是指从“文化大革命”结束到1986年前后约十年时间的文学，所以又称为新时期十年文学。被“四人帮”严重破坏的文艺园地在十一届三中全会和第四次文代会精神指导下，于新时期走向复苏和新的繁荣。这一时期文艺思想的讨论十分活跃，文艺工作者特别是理论批评者在对“文化大革命”前十七年居于指导地位的文艺思想和文艺观念进行深刻反思、对被批判的各种文学观点进行再认识的基础上，积极探索文艺的新观念。这一时期作家队伍空前壮大，文学创作日趋繁荣，文学的题材、艺术方法、形式和风格极其丰富。此期间文学以现实主义为主潮，并吸收其他各种现实主义、现代主义的经验，广泛探索各种创作方法，真实反映历史、社会生活，深入开掘人的精神世界。在新时期文学创作中，象征主义、意识流、超现实主义、魔幻现实主义、荒诞派、黑色幽默等这些世界上一百多年来出现的文学思潮、流派、创作方法、形式几乎都有所表现，体现了新时期作家大胆的探索创新精神。

小说创作在新时期文学中成绩最显著，它充满了思考、探索与追求，其数量、质量与所产生的社会影响，在中国当代文学史上都是空前的。1977年底刘心武发表的短篇小说《班主任》打破了当时创作的僵滞局面，开“伤痕文学”之先河。“伤痕文学”虽然在艺术上成就并不突出，但它们率先否定了“文化大革命”，正视社会生活中的矛盾、问题，起到思想解放先声的巨大作用，推动了时代潮流的前进，同时为文学现实主义传统的恢复立下了不可抹杀的功劳。其后的“反思文学”是对“伤痕文学”的衔接和深化，这些小说的创作者试图站在一个较高的历史角度来观察和思考十年“文化大革命”的教训，求得对历史过程的深刻再认识，他们的作品在开拓题材、深化主题、塑造人物、艺术表现等方面都有比较突出的收获，将新时期现实主义小说发展深化到特定阶段。高晓声的《李顺大造屋》、从维熙的《泥泞》、茹志鹃的《剪辑错了的故事》等小说是“反思文学”的优秀作品。以上是新时期小说发展的第一个阶段，其主要艺术倾向是暴露和批判，主要审美情感是愤懑和

① 洪子诚．中国当代文学史．北京：北京大学出版社，1999：188.

反思。1979年蒋子龙发表的《乔厂长上任记》谱写了新的历史时期改革者的第一支响亮的赞歌，成为“改革文学”的先导，拉开了新时期小说第二个阶段的帷幕。此后，反映中国改革现实的佳作相继出现，如张洁的《沉重的翅膀》、陆文夫的《围墙》、贾平凹的《鸡窝洼人家》等。同时，这一阶段的许多作家开始了对健康人生、人情、人道主义的重新思考，张洁的《爱，是不能忘记的》、刘心武的《如意》、铁凝的《哦，香雪》等作品大都能把人性、人情、人道主义作为伦理观和道德观来表现，是新时期小说创作中现实主义精神发展的又一标志。这一阶段还有许多作品，如谌容的《人到中年》、高晓声的《陈奂生上城》、李存葆的《高山下的花环》等把笔触伸入社会生活各角落，广泛表现新时期的社会问题。欧阳山的《成功者的悲哀》等小说描写了祖国大陆人民与港澳台同胞、海外侨胞的感情，填补了当代小说题材上的空白。总之，这一阶段的小说创作注重揭示普遍性的社会心理和社会问题。1985年前后，新时期小说创作进入第三阶段，开始多角度、全方位地表现社会生活，实现了小说观念的重大更新。“文化小说”的出现是这一阶段的重要特征。阿城的《棋王》、韩少功的《爸爸爸》、莫言的《红高粱》等文化小说显示出作家们试图从民族文化的意义上寻求文学观念解放的努力和成就。他们通过对民俗、民生的历史审视，写出了上承传统、下接现实的民族文化心理的某些方面，以重铸民族精神、适应改革开放的要求为基调的文化小说体现了更高的文学创作目标和文学价值观念。这一阶段的又一重要特征是“现代派”小说的出现，如刘索拉的《你别无选择》、残雪的《黄泥街》、王蒙的《活动变人形》、马原的《虚构》等。这些作品不仅注重借鉴西方现代派文学的表现技巧、手法，而且更着力表现人们在改革开放过程中精神与现实的错位、心理所受的冲击和影响。这一阶段是一个真正多元的、全方位的文学阶段，新时期小说将会在不断实践、总结、再实践的基础上，沿着社会主义总方向迈出更坚实的步伐。

新时期十年的诗歌创作恢复和发展了现实主义优良传统，敢于直面人生，以声讨“四人帮”、悼念英烈、沉思历史、变革现实、揭示生活的真理为其主要内容。从诗歌艺术本身而言，这一时期的诗歌在真实性原则的指导下，由人性的复归导致诗人“自我”的复归。诗人们特别是年轻诗人在西方现代主义和东方古典诗学的双重影响下，自由选择题材、创作方法，以自己独特的审美感受、审美评价和理想追求去反映和表现世界，使整个诗坛异彩纷呈。艾青、公刘、流沙河、绿原等老诗人带着在东方美学传统和西方现代主义影响之间寻找平衡的诗作，声势浩大地归来，这不仅是诗人“自我”的归来，也是诗歌自身审美价值的归来。舒婷、顾城、北岛等朦胧派诗人则在东方诗学修养基础上，将西方现代主义思潮涌来的“意象”“客观对应物”“梦”“原型”“变形”“蒙太奇”等一一变成自己意象结构的方式和语言秩序的逻辑，用自己独特的风格重建人的本体和诗的本体，代表性诗歌作品有舒婷的《鸢尾花》、北岛的《一切》等。总之，新时期十年的诗歌创作园地是一个花团锦簇的世界。

新时期十年的散文从悼念性散文开始复苏、发展，新、老作家随着思想解放运动的展开，广泛择取题材，自由抒写自己的思想情感，充分表露自己的精神个性，继承和发扬了“五四”散文以作家个性为本位的散文传统。新时期散文创作的重大成就表现在报告文学的空前繁荣上。新时期的报告文学关注题材的新开拓和强烈的时代精神（如杨匡满、郭宝臣的《命运》，鲁光的《中国姑娘》），正视矛盾和解剖阴暗面，发挥干预生活的职能（如杨旭的《检察官汤铁头》、涵逸的《中国的“小皇帝”》）。在艺术上，本期的报告文学呈现出多元化态势，它向其他各种文学样式借鉴形式、方法、手法，打破传统的时空观念，运用多种剪裁视角、心理时空线索整合材料，深入人物复杂的内心世界，倾注主观的忧患意识和充沛感情，艺术性的强化使得新时期报告文学多姿多彩。

新时期十年的话剧创作从揭露批判“四人帮”的“阴谋戏剧”而再生、繁荣。宗福先、贺国甫的《于无声处》等剧作完成了以戏剧武器揭露批判“四人帮”罪行的时代使命。此后，一批“社会问题剧”相继问世，如崔德志的《报春花》、赵国庆的《救救她》等剧作着力反映现实，揭示社会矛盾，体现了作家们严肃的社会使命感及思想解放的特点，这无疑是现实主义传统在新时期话剧创作中的高扬。进入 20 世纪 80 年代以来，一批剧作家在文艺创新探索的浪潮及全国性的话剧热降温的情况下勇敢探索，形成话剧创作的多元化态势。探索话剧追求题材内容上的多义性和哲理性，如《魔方》《一个死者对生者的访问》等剧借助蒙太奇、荒诞等形式，对人生哲理作多义的、深层次的探求。探索话剧还追求人物心灵的外化、具象化，如《绝对信号》《车站》等剧作都做了成功的尝试。探索话剧在剧场艺术上追求综合化，它们打破了剧本结构的“三一律”束缚，追求自然流畅、开放多样的叙述性结构；从其他艺术门类中汲取表演手法，丰富自己的表现力；充分发挥舞台假定性，利用简约的舞美设计、剧场设计取得不受时空约束的极大自由，强化剧场的交流效果。《绝对信号》《血，总是热的》等剧作都体现了探索话剧追求剧场艺术综合化的成就。新时期的喜剧创作，从讽刺喜剧、赞美喜剧发展至风俗喜剧，形成一股创作潮流。新时期历史剧创作亦出现不少佳作。

新时期十年的文学也存在一些局限：一些诗人、作家或力求开拓新题材，却未能深入理解现代生活；或过分追求外来形式与技巧，而忽视本民族的优秀传统和作品内容的深化；或孤芳自赏、作茧自缚，甚至强调表现自己不甚健康的内心世界，而忽视文学的社会功能，放弃自己的社会责任，对新时期文学的发展造成不良影响。然而，从总体上看，新时期十年的文学成就是显著的。

（四）新世纪之交的文学

新世纪之交文学环境的一个重要特点是包罗万象，不同的文化形态和文化立场公开呈现。文学潮流的淡化是新世纪之交的文学现象之一。在文体形式上，比较突出的是“长篇小说热”和“散文热”。

新世纪之交的小说，尤其是长篇小说的数量大大增加，而且受到普遍的关注。王蒙、贾平凹、张炜、韩少功、张承志、余华、苏童、王小波、王安忆、池莉等，在最近十年最有影响的作品几乎都是长篇。长篇小说的增多，可以看作是作家和文学成熟的某种标志。代表作品有王蒙的“季节系列”、余华的《活着》、王小波的《黄金时代》、陈忠实的《白鹿原》、王安忆的《长恨歌》、池莉的《来来往往》、苏童的《米》、张洁的《无字》等。随着网络科技的发展，网络文化兴起，出现大量引起广泛影响的网络小说，具有重要代表性的作家作品有宁肯的《蒙面之城》、安妮宝贝的《告别薇安》、慕容雪村的《成都，今夜请将我遗忘》等。其中，有些网络小说具备了传统小说的优秀品质，比如宁肯的《蒙面之城》就成为 2002 年茅盾文学奖获奖长篇小说之一。

新世纪之交的诗歌，先锋性和探索性依然受到关注。代表诗人有海子、欧阳江河、西川、王家新、臧棣、伊沙、翟永明等，存在学院派与民间派等分别，他们对诗歌形式作了热烈的新探索。

新世纪之交的散文，学者式文化散文达到高潮。代表作家作品有余秋雨《文化苦旅》、史铁生《我与地坛》、韩少功《夜行者梦语》、张承志《荒芜英雄路》、张炜《融入野地》、王安忆《重建乌托邦》等。这些作品往往保持一种“精英”立场，试图寻求反抗商业社会的实用主义和功利主义的精神资源，人的生存意义与价值等形而上的主题得到强化。此外，还有生活随笔类散文、女性散文、时尚散文等成为热点，各种报纸杂志多刊登读者喜闻乐见的生活随笔。

新世纪之交的戏剧风格多样，形式多元，代表人物有林兆华、孟京辉、牟森、张广天等。1989年4月，于南京举行了中国第一届小剧场戏剧节，演出了《绝对信号》《童叟无欺》《屋里的猫头鹰》《火神与秋女》等15台戏，并展开了对小剧场戏剧美学特点、意义的探讨。1993年，由中国艺术研究院和中国话剧艺术研究会在北京主办了“93’中国小剧场戏剧展暨国际学术研讨会”，演出《留守女士》《热线电话》等13台戏，推动了小剧场戏剧的发展，促进了对中国小剧场戏剧特色的探讨。新世纪之交的代表性戏剧有孟京辉编导的《一个无政府主义者的死亡》《恋爱的犀牛》以及张广天的革命戏剧等。

新世纪之交的另一个文学现象是，文学批评在文学界的角色变得更具独立性，但也颇为尴尬。批评的理论化使其开始作为一种与文学创作同样重要的力量，参与到文学发展的进程中。

二、当代文学的重要特色

纵观中国当代文学发展历程，它是以新中国成立以来的社会现实生活为土壤的，与时代紧密相连。它一方面继承、发扬中国民族文学的优秀传统，另一方面又借鉴、吸取世界文学潮流中的丰富营养，在中外文学的交融中以现实主义为主流，沿着社会主义方向进一步走向民族化、大众化，走向更高、更完善的艺术境界。当代文学体现出以下三方面的重要特色。

（一）文学与时代的密切联系

中国当代文学是承传着“五四”新文学运动的血脉，在解放区文艺的沃土中孕育，在天安门开国大典的礼炮声中诞生的，是在社会主义制度的历史条件下，以马克思列宁主义、毛泽东文艺思想为指导的，以无产阶级思想为核心的社会主义文学，具有鲜明的社会主义性质。

这一社会主义性质决定了中国当代文学的总体方向，即社会主义方向。但这个总方向的提法发生过一些变化。1949年7月，第一次文代会决议把毛泽东提出的文艺为人民首先是为工农兵服务的方向，作为新文艺的基本方针，从而确立了社会主义时期新文艺的基本路线和方向。1962年5月23日，《人民日报》以社论方式，明确提出文艺“为最广大的人民群众服务”的口号，以适应阶级斗争结束后发展社会生产力的新形势与新任务。1980年7月26日，《人民日报》又提出了“文艺为人民服务，为社会主义服务”的新口号，以补救“文艺为政治服务”在理论和实践上的缺陷。这个新提法更符合文艺规律，更完整地反映了社会主义时代对文艺的历史要求，但它并不意味着当代文艺的性质、方向在根本上有什么变化。

可见，中国当代文学无论经过怎样的历史波折，无论文艺方向的提法有什么不同，也无论党对文艺方针怎样调整，其社会主义总方向的实质始终是鲜明的。

（二）由一元到多元的文学格局

中国当代文学向前发展，由一元走向多元格局。除了创作实践、理论探讨领域，当代文学思潮多元化体现得更为鲜明。从工农兵文学思潮到人道主义思潮、现实主义思潮、现代主义思潮、文化寻根思潮和新写实等，思想解放运动不断深入，文学逐步摆脱“工具论”的束缚，获得相对独立的地位，从而引起当代文学观念、文学价值的嬗变，借鉴、探索迭起，风格、流派争妍，文坛空前的活跃，呈现为多元、开放的格局。值得注意的是，浓郁的政治色彩一直是当代文学思潮的主要风貌，现实主义是当代文学思潮的主潮。中国当代文学就是在文学思潮中由单一到多元、由封闭到开放的发展态势和过程中发展成熟的，而且，可以预见，今后它也会沿着多元、开放的趋势更加壮大。

（三）探索与困惑并存的发展态势

文学随时代发展。随着社会的进步，各种文化差异和文化矛盾逐渐展示出来。当代文学的主要冲突从20世纪80年代针对文学与政治关系而提倡文学独立，更多地转移到如今文学创作与商业操作之间的冲突上来。在市场体制下，纯文学与通俗文学都无法离开出版运作和文化消费市场的选择。知识分子在整个社会中的作用和位置趋向“边缘化”，他们开始对自身的价值、曾经持有的文化观念产生怀疑。因而，90年代以来在文学表现的内容中，乐观情绪受到很大的削弱，犹豫困惑、批判反省的基调得到凸显，形成了探索与困惑并存的重要特点。

思考题

1. 现代文学作为中国文学承前启后的独特一段，体现出怎样的总体性根本特征？

2. 中国现代文学的第一个十年是开拓和奠基的阶段，请具体论述这一开创性特征具体体现在哪些领域。

3. 中国当代文学主要经历了哪些阶段性发展？各阶段分别体现出怎样的历史特征？

4. 中国当代文学呈现出与时代密切联系、由一元走向多元、探索与困惑并存的文学面貌，请对此加以论述。

延展阅读

多方面地深入了解中国现当代文学的历史进程及基本特征，你可以将阅读的视野进一步向下延伸：《中国现代文学史》（程光炜、刘勇等主编，中国人民大学出版社，2000）、《中国当代文学史》（洪子诚主编，北京大学出版社，1999）、《中国现代文学作品精选》（严家炎等主编，北京大学出版社，2001）、《中国当代文学作品精选》（谢冕、洪子诚主编，北京大学出版社，2002）等。

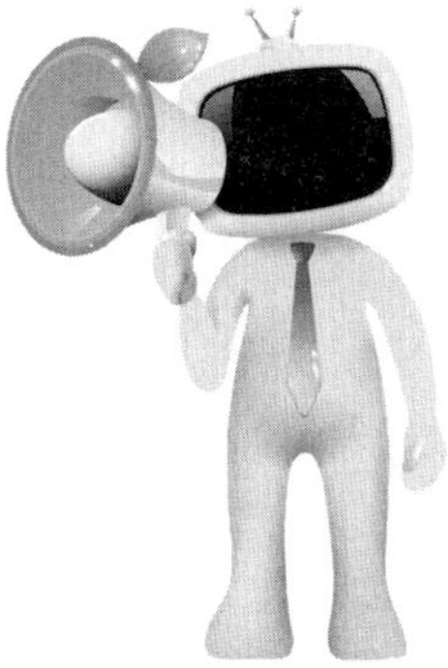

第二章 “五四”文学革命的发生

中国现代文学发端于五四运动时期，但以鸦片战争后的晚清文学为其先导。晚清文学的繁荣和当时西方文学的大量译介在思想内容以至文学形式方面，都为“五四”以后新文学的萌生做了必要的准备。“五四”文学革命开始于1917年，是在新的历史条件下为适应以思想革命为主要内容的新文化运动而发生的，在经过激烈的斗争后取得辉煌胜利。这场运动有力地冲击了封建思想，使中国文学从禁锢束缚状态走向自由开放，并在初期新诗、小说、散文、话剧的创作方面取得了重大实绩，为现代文学此后的发展奠定了基础。

第一节 晚清文学的繁荣

◯晚清维新思潮 ◯晚清文学的现代化倾向 ◯外国文学的译介

清嘉庆以后，清朝政府日渐衰微，国内各种矛盾空前尖锐，社会危机四伏。外国资本主义的大炮，打开了闭关自守的封建帝国的大门，中国社会逐步发生根本性变化。农村中自给自足的自然经济加速瓦解，沿海一带出现了资本主义经济，并且迅速形成了上海这类畸形繁荣的近代都市。新的阶级——中国的无产阶级、资产阶级乃至买办资产阶级——也随之产生。与此同时，中国人开始向西方国家寻找真理，西方文艺复兴以来的各种思潮在中国的传播，为晚清文学注入了新的内容。

早在鸦片战争时期，龚自珍、林则徐、魏源等比较开明的知识分子，就在诗文中揭示了“万马齐喑”的时代痛苦和“四海变秋气，一室难为春”的社会局面；同时，他们还呼唤改革的“风雷”，表现了抵御外国侵略的迫切要求。太平天国革命运动中，洪仁玕提出“文以纪实”“不须古典之言”“毋庸半字虚浮”的改革主张，产生了一些较为通俗并有革命内容的作品。随着政治上变法维新运动的发展，19世纪末，文化改良主义运动日趋高涨。郑观应在《盛世危言》里，王韬在《变法》和《变法自强》里，都对文化革新有所建议；康有为托孔子之名以求改制，在一定程度上冲击了当时的正统文化；而强学会、南学会、群学会等数十个学会、学堂、报馆在短期内的兴起和活动，更直接促进了维新运动的发生。

在文学上，随着晚清维新思潮的发展，中国文学又一次出现了繁荣的局面。这次文学繁荣是在中外文学的共同影响下出现的。当时，桐城派大力提倡“文学要有用于世”的经世致用思想，关注文学对现实的影响作用，主张为文要有用于社会。宋诗派及“同光体”等旧诗文流派也都不同程度地表现出对社会现实的关注。这些文学思潮和文学运动都对新文学的出现产生了一定程度的影响。但是，这次文学繁荣的独特之处主要表现在外国文学对它的影响上，并在这种影响下表现出文学的现代化发展趋势。这主要表现在以下四个方面：

一是文学观念的变化与现代性文学格局的形成。这里最重要的是晚清文学提高了小说和戏剧的社会地位，使小说、戏剧、诗歌、散文四大文体开始有了平等的地位，文学的格局更趋合理化，从而奠定了“五四”新文学整体格局的基础。

二是翻译文学的繁荣。1896 年至 1916 年的 20 年间，中国翻译外国小说 800 种左右，特别是林纾等人的翻译文学提高了外国小说在中国知识界的地位。外国诗歌、散文、戏剧作品的翻译成就也很大。晚清翻译文学的繁荣不仅影响了当时的文学创作，而且也对“五四”新文学作家产生了很大的影响。

三是“小说界革命”和小说创作的繁荣。晚清以梁启超为代表的维新派提倡的“小说界革命”，虽多是政治小说，艺术上并不成功，但它们体现出一种新的价值取向：寻求小说的普遍的社会价值，力图从严肃的社会目的出发，反对以游戏的态度创作专门娱人的作品。其中，被鲁迅称为“清末四大谴责小说”的李伯元的《官场现形记》、吴趼人的《二十年目睹之怪现状》、刘鹗的《老残游记》、曾朴的《孽海花》尤为著名。这些作品的出现促使中国小说开始向着现代化的方向发展，西方小说的一些新的表现方式初步得到了应用，第一人称叙事和第三人称限制叙事已被一些作家所重视；短篇小说也开始脱离单纯的故事框架，更为重要的是，小说的现实性加强了，直接取材于现实的人物和事件的作品多了起来，甚至出现了向塑造典型环境中的典型人物方向发展的趋势。而这一切，都为“五四”新文学作家实现中国小说的根本变革，提供了必要的借鉴与经验。

四是话剧的萌芽。晚清戏剧家的成就并不在于对中国传统戏剧做了一些改革，因为这一点对“五四”文学革命没有太大的影响；而与“五四”文学革命有直接关系的就是西方话剧的输入。西方话剧的引进为文学革命后话剧的发展直接奠定了基础。1906 年和 1910 年春柳社与进化团分别成立，春柳社 1907 年在日本东京演出的《茶花女》第三幕和排演的五幕话剧《黑奴吁天录》，是中国现代话剧的萌芽。

由此可见，晚清文学的价值和意义是重要而独特的：它是中国几千年传统文学向现代文学发生根本转型过程中的一个必不可少的过渡环节，如果忽视它，必然会导致整个中国文学研究链条的脱节。

第二节 《新青年》与文学革命的发生

○《新青年》○《文学改良刍议》○ 文学革命的“三大主义”

《新青年》是应思想启蒙运动需要而诞生的综合性文化刊物，也是整个“五四”新文化运动期间新文化阵营向旧文化进攻批判的主要阵地。《新青年》1915 年 9 月创刊于上海，第一卷名为《青年杂志》，主编陈独秀。《新青年》创刊号上发表的《敬告青年》一文提出了对时代青年的“六点希望”。1917 年 1 月，《新青年》第二卷第五号发表了胡适的《文学改良刍议》，提出文学改良的“八事”，也就是所谓的“八不主义”。这是一篇最早正式探讨文学革新方案的文章，它的发表是“五四”文学革命正式开始的一个重要标志。2 月，《新青年》第二卷第六号又发表了陈独秀的《文学革命论》，更鲜明地举起了“文学革命”的大旗，提出了文学革命的“三大主义”。胡、陈二人的文章拉开了“五四”文学革命的大幕，标志着中国现代新文

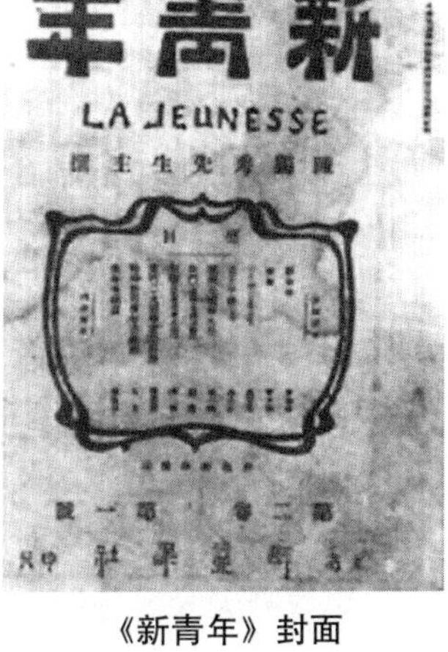

《新青年》封面

学的正式开始。

这一时期参加文学革命的干将们，致力于反对文言文，提倡白话文，同时在内容上反对“文以载道”“代圣贤立言”的旧的文学观念，要求文学应是合乎人性的，表达个人的感情，代表个人的意志。钱玄同提出小说、戏剧为文学正宗的主张，改变旧文学轻视小说和戏剧的传统观念；周作人发表的《人的文学》《平民文学》《新文学的要求》等一系列文章，反映了他的“人的文学”等主张；介绍、翻译外国文学也是文学革命的重要内容，是当时作家文学活动的一个重要组成部分，1918 年 5 月《新青年》出版“易卜生专号”，刊登了《娜拉》《国民公敌》等剧本，产生了很大影响。

文学革命在创作上也取得了重大成就。鲁迅的《狂人日记》《孔乙己》《药》等文，以崭新的形式，对封建主义批判的深度和明显的现代意识，显示新文学的实绩。郭沫若、胡适、刘半农的新诗，体现了五四运动反抗叛逆、破旧创新的精神，冲破了旧诗格律束缚。叶绍钧、杨振声等的白话小说也为新文学奠定基础。1920 年，白话文运动最终取得胜利，北洋政府教育部承认白话为“国语”，通令国民学校采用。

1917 年至 1920 年文学革命时期的文学思潮，现实主义占主导地位。民族危机的加重，使有志之士倾向于揭露社会黑暗、反映人民苦难的现实主义。他们的基本倾向是主张为人生的写实文学。以鲁迅的小说为代表，其清醒的战斗精神及以现实主义为主，融合浪漫主义、象征主义因素的创作方法，为新文学开拓了文学为人生的现实主义道路。浪漫主义成为这一时期另一股强大的文学思潮，其代表人物是郭沫若。他认为诗是感情的自然流露，《女神》中破旧创新的精神，对理想的热烈追求、歌唱，对大自然的歌颂，天马行空式的想象，磅礴的气势，极度的夸张，直抒胸臆的抒情方式，充分表现出浪漫主义的鲜明特色，在当时的诗坛产生了重要影响。

总之，“五四”文学革命经过激烈的斗争以及创作实践取得了辉煌的胜利，具有深远的意义。在思想上，它是中国历史上空前的一场文化大革新的组成部分。中国历史上还未曾有过如此大规模的彻底反封建的革命，因而，这场运动有力地冲击和扫荡了封建思想，对中国人民的思想大解放，对促进中国社会的进步，都有极重要的影响。在政治上，文学革命为新民主主义革命的到来做了舆论准备，同时它又是新民主主义革命的重要内容之一。它对封建思想、封建文学的坚决彻底批判，唤醒了许多青年，对中国革命的发展起了很大作用。就文学本身而言，它宣告了漫长的中国古典文学的终结，宣告了中国现代文学的诞生，这是划时代的伟大转变。它使中国文学从禁锢束缚状态走向自由开放，从闭关锁国状态面向世界，开创了中国文学一个崭新的时代，同时对世界文学革命的发展做出了自己的贡献。

第三节　文学论争与新旧文学的较量

◯文白之争　◯“甲寅派”与“学衡派”

和“文学革命”新思潮相对立的，是复古主义思潮。新文学与复古派的斗争，由 1918 年钱玄同和刘半农的双簧戏拉开序幕，扩大了文学革命的影响。最早起来反对文学革命的复古派是林纾（1852—1924）。林纾是晚清最著名的翻译家，先后译有狄更斯的《块肉余生述》、司各特的《撒克逊劫后英雄略》《十字军英雄记》、大仲马的《玉楼花劫》、斯陀夫人的《黑奴吁天录》等数十部世界名著，在清末民初的文坛上影响很大，对新文学也有一定程度的影响。但是，他尊孔复古，反对新文化运动和文学革命，反对白话，维护文言，大肆攻击《新青年》，因此受到李大钊、陈独秀、鲁迅等人的反击。

林纾之后，向新文化、新文学进行抨击的复古派主要有两个：一是20世纪20年代初期出现的“学衡派”，二是20世纪20年代中期出现的“甲寅派”。

《学衡》杂志1922年1月创刊于南京，主要编撰者有梅光迪、胡先骕、吴宓等人。与林纾相比略有不同，他们大都从国外回来，以“昌明国粹，融化新知”为宗旨，以“学贯中西”自我标榜。梅光迪在《评提倡新文化者》中写道：“杜威、罗素为有势力之思想家中之二人耳，而彼等奉为神明，一若欧美数千年来之思想界只有此二人者。马克思之社会主义，久已为经济学家所批驳，而彼等犹尊若圣经。其言政治，则推俄国；言文学，则袭晚近之堕落派。”吴宓也把对西方进步思潮和社会主义学说的宣传诋毁为“专取外国吐弃的余屑”“专取一家之邪说”[①]。此外，《学衡》杂志又重复胡先骕在“五四”前夕写的《中国文学改良论》一文中的许多论点，反对以白话代文言，反对语文合一，主张文学上的模仿。胡先骕在《学衡》第1卷第1期中作文反对白话诗，认为白话诗“仅为白话而非诗”。

1925年，章士钊的《甲寅周刊》在北京复刊（原《甲寅杂志》为月刊，1914年创刊于日本东京）。章士钊曾留学英国，当时担任段祺瑞政府的司法总长兼教育总长，自称是新旧之间的一个“调和派”。“女师大”风潮、“三一八”斗争前后，《甲寅周刊》刊载当权政府的许多文件，并发表评论硬说进步师生“越轨”，为当权政府辩护；还鼓吹“读经”，主张恢复科举制。章士钊在1925年9月《甲寅周刊》第1卷第9号上重登了他在1923年8月已经发表过的《评论文化运动》，接着又在第14号上发表了《评新文学运动》。在这些文章里，他认为“吾之国性群德，悉存文言，国苟不亡，理不可弃”；并直接诽谤白话文，“盖作白话而欲其美，其事之难，难如登天”[②]。刊物上发表的其他一些文章，也都主张“欲求文体之活泼，乃莫善于用文言”[③]，甚至公开提出取消“白话文学”这一名词。

针对以《学衡》杂志和《甲寅周刊》为代表的复古思潮，《向导》周报和《中国青年》及时发表文章，指出这一股复古逆流在政治上与封建势力有千丝万缕的联系，并号召进步的思想界联合起来，向“文学中之‘梅光之迪’等”反动思想势力“分头迎击，一致进攻”[④]。鲁迅及许多新文化和新文学运动拥护者也先后参加了这场论争。

《学衡》出版后不久，鲁迅即对这批新的复古派展开了斗争，指出他们“学了外国本领，保存中国旧习。本领要新，思想要旧。要新本领旧思想的新人物，驼了旧本领旧思想的旧人物，请他发挥多年经验的老本领”[⑤]。他在1922年写的《估〈学衡〉》里，以实际例子，揭出他们并非如自己认为的那样“学贯中西”。鲁迅接着又就《学衡》上那些以中学自炫的文章，逐篇批驳其内容谬误和文字不通，说明他们“于旧学并无门径，并主张也还不配”。名曰“学衡”，“‘衡’了一顿，仅仅‘衡’出了自己的铢两来，于新文化无伤，于国粹也差得远”[⑥]。章士钊虽然研究过逻辑，并以博古通今自命，但发表在《甲寅周刊》上的许多守旧派人物的复古主张，却往往不能自圆其说。鲁迅在《评心雕龙》等文中对他们的荒谬推理给予辛辣的讽刺。《十四年的“读经”》《古书与白话》则是针对《甲寅周刊》的“读经救国”“废弃白话”而发的，指出“读经”与“救国”绝不相干，不过有些“学而优则仕”的人想把它当作耍把戏的工具。至于说白话文要做好，就得“读破几百卷书”，那不

① 吴宓．论新文化运动．学衡，1922（4）．
② 章士钊．答适之．甲寅周刊，1925，1（8）．
③ 瞿宣颖．文体说．甲寅周刊，1925，1（14）．
④ 邓中夏．思想界的联合战线问题．中国青年，1924（15）．
⑤ 鲁迅．随感录四十八．新青年，1919，6（2）．
⑥ 鲁迅．估《学衡》．晨报副刊，1922-02-09．

过是“保古家”的“祖传的成法”。鲁迅认为“古文已经死掉了”，而白话文也还是“改革道上的桥梁，因为人类还在进化”。在《再来一次》里，他用“以子之矛攻子之盾”的办法，利用复古派反对白话时所举的例子，嘲讽了章士钊把“二桃杀三士”解释为“两个桃子杀死了三个读书人”的谬误；在《答KS君》里，又将章士钊的“旁加密圈”，自视名句的“得意之笔”，加以分析，指出他的骈文没有融化，急于闲扯，所以弄得文字庞杂，有如泥浆混着沙砾，字句和声调都陋弱可哂。“倘说这是复古运动的代表，那可是只见得复古派的可怜，不过以此当作讣闻，公布文言文的气绝罢了。”① 此外，郁达夫的《咒〈甲寅〉十四号〈评新文学运动〉》、成仿吾的《读章氏〈评新文学运动〉》、健攻的《打倒国语运动的拦路“虎”》、荻舟的《驳瞿宣颖君〈文体说〉》、唐钺的《文言文的优胜》等不少文章，针对《甲寅周刊》及其他守旧派所列举的反对白话文的种种理由，分别说明了文言改白话不是“避难就易”而是“去繁务实”；“活人要说活人的语言，没有模仿古人的必要”；白话自由活泼，既便于表达思想感情又有利于国语普及；白话文可写成美文，而“文言文实质上并不比白话文美”。沈雁冰的《驳反对白话诗者》说明旧诗声调格律拘束思想，而白话诗破弃一切格律规式，“并非拾取唾余，乃是见善而从”。这些文章大都有论有据，进一步阐发了白话的长处。

这场与复古派的文白之争此起彼伏，持续了四五年之久，虽然不是有组织地集中进行的，却再一次显示了新文化运动和文学革命的威力。《学衡》和《甲寅周刊》的挣扎是反对文学革命的尾声。从此以后，复古的声浪日趋低落。

在批判复古论调的同时，新文学阵营还不断地同鸳鸯蝴蝶派展开斗争。鸳鸯蝴蝶派“文学”滋生于半殖民地的“十里洋场”，风行于辛亥革命失败后的几年间，虽然有少数作品在某种程度上暴露了社会黑暗、家庭专制和军阀横暴等，但其总的倾向却不外乎“卅六鸳鸯同命鸟，一双蝴蝶可怜虫”，正如鲁迅说的是“新才子佳人”，“相悦相恋，分拆不开，柳阴花下，像一对蝴蝶，一双鸳鸯一样”②。文学革命兴起后，这类作品的地盘日益缩小，但在复古声浪中又纷纷抛头露面，与新文学争夺读者。一度中断的《礼拜六》周刊于1921年3月复刊。而《半月》《红杂志》《快活》等期刊以及专登这类作品的小报也纷纷出现。《玉梨魂》《兰娘哀史》《情网蛛丝》等小说重又风行。这些刊物标榜趣味主义，长篇小说大都内容庸俗，思想空虚，“言爱情不出才子佳人偷香窃玉的旧套，言政治言社会，不外慨叹人心日非世道沦夷的老调”③。在对鸳鸯蝴蝶派的斗争中，文学研究会的成员写了许多文章揭露这类作品对读者的腐蚀。沈雁冰在《自然主义与中国现代小说》一文中，指出鸳鸯蝴蝶派在思想上是“游戏的消遣的金钱主义的文学观念”，在艺术手法上是“记账式”和“虚伪做作”。郑振铎的《血和泪的文学》指出：“我们所需要的是血的文学、泪的文学，不是‘雍容尔雅’‘吟风啸月’的冷血的产品。”创造社及其他进步文学社团也积极参与对鸳鸯蝴蝶派的斗争。鸳鸯蝴蝶派的刊物和作品到20世纪30年代以后逐渐衰亡，这派人物后来有不同的变化。

在与各种复古派斗争的同时，新文化统一战线的分化也越来越趋于明显。在“问题与主义”论争以后不久，《新青年》编辑部逐步发生分裂。胡适因为《新青年》日益成为宣传马克思主义的刊物，于是退出该刊，在1922年另办《努力》周报，提倡“好政府”主义与“联省自治”。他开始倡导“整理国故”，列出一张含有将近二百部书籍的《一个最低限度的

---

① 鲁迅．答KS君．莽原，1925（19）.

② 鲁迅．上海文艺之一瞥．文艺新闻，1931（20）（21）.

③ 沈雁冰．自然主义与中国现代小说．小说月报，1922，13（7）.

国学书目》，一反以前的主张，列入并“表彰”了《三侠五义》之类宣传封建主义的作品。这种做法引起鲁迅的不满，鲁迅批评说：“少看中国书，其结果不过不能作文而已。但现在的青年最要紧的是‘行’，不是‘言’。”① 1924 年，陈源、徐志摩等创办《现代评论》，胡适亦积极参与。

思考题

1. 晚清文学的繁荣对“五四”文学革命的发生产生了哪些重要影响？
2. 《新青年》在文学革命中发挥了什么样的重要作用？
3. 如何看待文白之争在新文学发展过程中的作用？

延展阅读

1. 胡适不但是现代文学初创期的一位重要作家，而且是一位重要的文学研究者，《白话文学史》（上）集中体现他发动文学革命的理念，是其文学研究的代表作。

2. “五四”文学革命的发起对古典文学既有继承，也有断裂，现代散文的繁荣亦是如此。阅读古典散文的精选本《文选》或《古文观止》，比较古典散文与现代散文的异同。

---

① 鲁迅．青年必读书．京报副刊，1925 (67)．

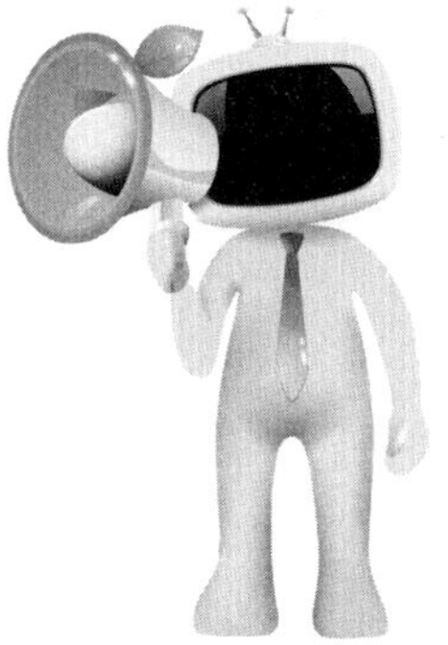

第三章　现代小说的全面创新

第一个10年的小说成就主要表现在以下几个方面：一是现代小说意识的建立。新文学的倡导者们在外国文学的参照下，明确了小说在文学家族中的重要地位，并批判了以鸳鸯蝴蝶派小说为代表的消遣、游戏的玩世倾向和“谤书”的倾向，把小说创作当作一种有益于人生的事业。二是丰富的小说体式的创造。这方面有以鲁迅小说为代表的写实体，有抒情体，有“自我小说”的浪漫抒情体，也有以废名小说为代表的田园抒情小说，有象征体，如俞平伯的《花匠》和王统照的《微笑》。三是短篇小说文体的成熟。历史小说方面，鲁迅的《补天》《铸剑》、郭沫若的《函谷关》、郁达夫的《采石矶》等风格各异。在第一个10年里，取得成就最大的是短篇小说。创作长篇小说需要更丰富的人生阅历、更成熟的人生思考和驾驭鸿篇巨制的艺术能力。显然，新文学作家们在这些方面存在着欠缺。因此，大多数小说家致力于创作短篇小说，并取得了丰硕的成果。这一时期短篇小说文体的成熟主要表现在以下几个方面：对中国传统短篇小说的艺术格局进行了革新，改变了其有头有尾的故事性框架，自觉地截取人生的“横断面”。小说描写的中心由以叙述故事为主，转向以塑造人物为主，高度重视心理描写。凌叔华的《酒后》《绣枕》就是当时以心理描写见长的短篇小说。鲁迅、郁达夫、郭沫若等的小说还借鉴了精神分析、意识流的手法，表现人物的潜意识。在叙述方式上，既有隐藏叙述者的第三人称的客观叙事，又有叙述者介入的第一人称的主观叙事。特别是限制性叙事技巧的引入，改变了传统全知全能的叙事方式。

第一节　“五四”小说创作概况

○问题小说　○乡土小说　○自我小说　○女性小说

在梁启超等人的大力提倡下，晚清民初的小说得到了发展，也出现了不少现代性的因素，为“五四”新文学小说的革新提供了条件。但民初小说的主流有两大突出的现象：一是以谴责时政、惩创人心为主的“社会小说”的末路与侦探小说汇流，堕入“黑幕小说”的邪道；二是言情小说盛行。一开始就被寄予厚望的“新小说”并没有真正挣扎出旧文学的泥潭而迈向新文学。

现代小说最早出现在新文化的阵地《新青年》和《新潮》上。从一开始，小说就被赋予了改造社会的重负。作家们也明显有此自觉。20世纪30年代初，鲁迅在谈到他为什么做起小说来的时候交代：“说到‘为什么’做小说罢，我仍抱着十多年前的‘启蒙主义’，以为必须是‘为人生’，而且要改良这人生。我深恶先前的称小说为‘闲书’，而且将‘为艺术的艺术’看作不过是‘消闲’的新式的别号。所以我的取材，多采自病态社会的不幸的人们中，意思是在揭出病苦，引起疗救的注意。”①

新文学小说家与晚清民初的小说家相比，更直接地受到了外国文学的熏陶。后者主要以中国传统小说为借鉴，读到的外国小说多是意译的；而前者有的留学日本或西方，有的虽在国内，但可以通过英文阅读外国小说，对外国文化有了更多、更深入的认识。

新文学的接受者主要是受过新式教育的青年学生，他们对现代文学创作的推动也至关重要。这是一个朝气蓬勃、思想活跃、很少受传统束缚的接受群体。同时，印刷技术的提高降低了书刊的价格，使他们可以花不多的钱买到自己喜爱的平装读物。晚清民初小说的发展受制于当时读者的状况。当时的读者主要是士人和一部分较富裕的市民。他们的成分复杂，大都深受旧思想和旧审美趣味的熏染，看重的是小说的消遣、娱乐功能。

现代小说的勃兴得益于“五四”文学革命先驱者们的大力提倡和理论探索。他们以外国文学为参照，明确了小说在文学家族中的重要地位，把小说创作当作一种有益于人生的事业，批判了旧小说消遣、游戏的玩世倾向和“谤书”的倾向。胡适、钱玄同、周作人等人都明确把小说当作文学的正宗，批判了“黑幕”小说的不良倾向。他们根据时代的需要，引导着“五四”小说向社会的、人生的方向发展。周作人在1920年的讲演《文学上的俄国与中国》中提出向俄国近代的“理想的写实派的文学”学习。② 而文学研究会的茅盾更是不遗余力地倡导“为人生”的现实主义小说。他们对小说的体裁的特性及艺术特征进行了探讨。胡适在《论短篇小说》中对什么是短篇小说作了比较正确的解说：“短篇小说是用最经济的文学手段，描写事实中最精彩的一段，或一方面，而能使人充分满意的文章。”③ 从而把短篇小说与传统的有头有尾的“某生体”区别开来。

1918年5月，中国现代的第一篇白话小说——《狂人日记》发表于《新青年》第4卷第5号上。接着，鲁迅发表了《孔乙己》《药》等小说。然而，在文学革命的最初几年里，小说创作的局面还是比较沉寂的。茅盾在《中国新文学大系·小说一集·导言》中介绍过当时的情形：“民国六年（1917），《新青年》杂志发表了《文学革命》的时候，还没有‘新文学’的创作小说出现。民国七年（1918），鲁迅的《狂人日记》在《新青年》上出现的时候，也还没有第二个同样惹人注意的作家，更其找不出同样成功的第二篇创作小说。民国八年（1919）一月，《新潮》杂志发刊以后，小说创作的‘尝试者’渐渐多了，然而也不过汪敬熙等三人，也没有说得上成功的作品；然而‘创作’的空气是渐渐浓厚了。1921年1月，《小说月报》也革新了，特设‘创作’一栏，‘以俟佳篇’；然而那时候作者不过十数人，《小说月报》（十二卷）每期所登的创作，连散文在内，多亦不过六七篇，少则仅得三四篇。而且那时候常有作品发表的作家亦不过冰心、叶绍钧、落花生、王统照等五六人。那时候［民国十年（1922）春］，《小说月报》每月收到的创作小说投稿——想在‘新文学’的小说部门‘尝试’的青年们的作品，至多不过十来篇，而且大多数很幼稚，不能发表。然而青年的‘尝试者’在一天天加多，确是可以断言的！”这种不景气的状况很快就得到了改变。1921年以后，随着大量的纯文学社团和各种文艺刊物的涌现，小说创作也很快繁荣起来。

从潮流或流派的角度来看，第一个十年的小说引人注目的有“问题小说”“乡土小说”“自我小说”“女性小说”。鲁迅的小说与“问题小说”“乡土小说”的关系甚大，但由于其杰出的思想和艺术成就，超越了“问题小说”和“乡土小说”的范畴，所以一般不把他的小说放在其中讨论。

---

① 鲁迅．我怎么做起小说来//鲁迅全集：4卷．北京：人民文学出版社，2005：526.

② 周作人．文学上的俄国与中国．晨报副刊，1920－11－15、16.

③ 胡适．论短篇小说．新青年，1918，4（5）.

一、问题小说

“问题小说”是现代小说发展过程中出现的第一股潮流，但还不能说是流派。它最早出现在1919年创刊的《新潮》杂志上。罗家伦（1897—1969）的《是爱情还是苦痛?》、俞平伯（1900—1990）的《花匠》、叶绍钧（叶圣陶）的《这也是一个人?》等是最早的“问题小说”。从1919年下半年开始，冰心发表了《两个家庭》《斯人独憔悴》《秋风秋雨愁煞人》等作品，使“问题小说”作为一种倾向更加引人注目。1923年以后，“问题小说”的创作风气才逐渐沉寂下去，其代表作家有冰心、王统照、叶圣陶、庐隐、许地山等。“问题小说”顾名思义是要揭露社会问题的。它的题材和主题十分广泛，触及当时的许多重大社会问题。有的关注下层劳动人民不幸的生活境况，如汪敬熙的《雪夜》和叶圣陶的《这也是一个人?》等小说；有的提出恋爱婚姻问题，如罗家伦的《是爱情还是苦痛?》、冰心的《两个家庭》；有的探讨人生的意义，如冰心的《超人》和许地山的《命命鸟》《商人妇》《缀网劳蛛》等宗教人生小说。这股创作潮流的出现既是思想启蒙的结果，又是思想启蒙的一部分。“五四”新文化运动唤醒了一代青年知识分子。他们接受了西方的人道主义和民主主义思想，发现了中国落后的社会现实中的种种问题，于是产生了改革社会的理想和热情，投身“问题小说”的创作。

理论上的倡导，是“问题小说”兴起的一个重要原因。胡适在1918年4月发表的《建设的文学革命论》中就要求文学作品描写“今日新旧文明相接触，一切家庭惨变，婚姻痛苦，女子之位置，教育之不适宜……种种问题”[①]。周作人于1919年2月发表的《中国小说中的男女问题》中更明确地说：“问题小说，是近代平民文学的出产物。这种著作，照名目所表示，就是论及人生诸问题的小说。……中国从来对于人生问题不大关心，又素以小说为闲书，这种小说自然难以发生。”[②] 他认为当前则应当提倡。

“问题小说”还明显地受到了俄国文学和易卜生戏剧的启示。俄国文学被新文学作家普遍认为是关注社会人生问题的文学的楷模。1918年《新青年》推出过“易卜生专号”，介绍这位挪威戏剧大师的“问题剧”。

“问题小说”致力于用文学的方式来探讨和解决社会问题。在“问题小说”中，问题迫切而答案渺茫，观念突出而生活质感不足，有着现实主义的倾向而又流露出浪漫主义和象征主义的色彩。

二、乡土小说

1923年以后，“问题小说”逐渐沉寂，代之而起的是“乡土小说”或称“乡土文学”。这是现代小说史上第一个现实主义的小说流派，主要作家有：许杰（1901—1993）、许钦文（1897—1984）、王鲁彦（1902—1944）、蹇先艾（1906—1994）、彭家煌（1898—1933）、台静农（1903—1990）、王任叔（1901—1972）、冯文炳（废名，1901—1967）等。许杰、王鲁彦、蹇先艾、彭家煌、王任叔等都是文学研究会的成员。什么是“乡土小说”呢？鲁迅在《中国新文学大系·小说二集·导言》中说：“凡在北京用笔写出他的胸臆来的人们，无论他自称为用主观或客观，其实往往是乡土文学。”又说这些乡土文学作品“隐现着乡愁”。鲁迅第一个用“乡土文学”来指称这一小说流派，也是现代“乡土小说”的开风气者，他的《孔乙己》《风波》《故乡》《阿Q正传》《社戏》等小说为“乡土小说”确立了风范，也

---

① 胡适．建设的文学革命论．新青年，1918，5（4）.

② 仲密（周作人）.中国小说中的男女问题．每周评论，1919（7）.

是20世纪“乡土小说”的源头。在上述“乡土小说”作家中，成绩较为突出的是王鲁彦、彭家煌、台静农和废名。他们分别著有小说集《柚子》《怂恿》《地之子》《竹林的故事》等。

“乡土小说”给文坛带来了一股清新的乡土气息和个性色彩。它在取材上突破了知识青年生活的狭窄的范围，把艺术描写的笔触伸向民间、伸向广大的农村，拓宽了新文学表现现实生活的范围，进一步发展了反封建的主题，大大深化了新文学的现实主义精神。在艺术表现上，注重生活质感，强化了场面和细节的描写，更加自觉地塑造典型的人物性格。因此，可以说“乡土小说”有力地促进了现实主义文学的成熟。它为20世纪30年代农村题材的丰收奠定了坚实的基础，也为以后的“乡土小说”提供了艺术的借鉴。“乡土小说”虽然有了一些思想和艺术上都比较出色的成功之作，但总体水平还不够高。

三、自我小说

“自我小说”的出现稍晚于问题小说，略早于“乡土小说”。“乡土小说”的作者以文学研究会的成员为主力，而“自我小说”则以创造社的成员为代表。“自我小说”又被称为“身边小说”“浪漫抒情小说”等。“自我小说”的创作正体现着创造社自我表现的文学主张。它受到了日本的“私小说”的影响。“私小说”的“私”字在日文中是“我”的意思，“私小说”就是“自我小说”。“私小说”是日本近代的小说样式。它以作家身边的琐事为题材，着力于对作家“心境”的露骨描写，又受自然主义的影响，主张暴露作家的私生活，暴露私生活中肉欲的苦恼、官能的刺激以及变态的性心理，从而向虚伪的旧道德挑战。除了“私小说”，“自我小说”还受到了弗洛伊德主义、表现主义、意识流等现代主义的影响。

“自我小说”常取材于作家自己身边的琐事，常用第一人称来自我叙述，着力表现作家自我的心境，袒露真实的自我，有着强烈的抒情色彩。“自我小说”在现代小说史上的贡献主要是在小说文体上，旨在表现自我，不重情节和结构，带有散文化和诗化倾向。

“自我小说”的代表作家是郁达夫。其小说中的主人公多是作家自我的写照，所写的大多是自己的亲身经历和所思所感，并且能够赤裸裸地将自己暴露出来。郭沫若创作了带有自传色彩的系列短篇“漂流三部曲”和《行路难》。除了郁达夫、郭沫若，创造社的“自我小说”派作家还有倪贻德、陶晶孙、张资平、叶灵凤等人。

写“自我小说”的并不仅仅局限在创造社的作家中，“自我小说”的浪漫抒情倾向弥漫在整个“五四”文坛。这类作家还有庐隐、淦女士，浅草社和沉钟社的作家陈翔鹤、陈炜谟等。

四、女性小说

“女性小说”的出现是“五四”小说创作的一件大事。“女性小说”是指带有明显的女性话语特点的小说。由于“女子无才便是德”“三纲五常”“三从四德”等封建观念的束缚，中国古代文学史上的女作家寥若晨星。五四运动前后，妇女解放运动使得一部分女性从家庭中走出，接受新式教育，成为职业女性。鲁迅的《狂人日记》问世不到半年，《新青年》上便出现了新文学史上第一个女作家陈衡哲。继她之后，在第一个10年中出现的女性小说家有冰心、庐隐、冯沅君、凌叔华、苏雪林、石评梅等。其中最具影响力的是冰心和庐隐。冰心和凌叔华是燕京大学的毕业生，庐隐、冯沅君、苏雪林、石评梅是北京女子师范学校的毕业生。她们为我们提供了在中国文学史上被男性中心主义压抑已久的女性经验。中国现代的“女性小说”是要从她们开始算起的。

陈衡哲（1893—1976）于1914年留美，1917年用白话写出反映美国女子大学一群新生一天的日常生活的小说习作《一日》，发表在《留美学生季报》上。小说有点像一篇流水账，艺术上很幼稚。这篇作品为国内读者所知是在1928年新月书店出版陈衡哲的小说集《小雨点》的时候。

在“五四”时期，表现女性意识最为大胆的要数庐隐（1898—1934）。她的小说重点表现知识女性爱情与生活的坎坷与苦闷。名作有短篇小说《成人的悲哀》《丽石的日记》和中篇小说《海滨故人》。《海滨故人》作为庐隐的代表作，是一部自传性的小说。女主人公露沙就是庐隐的化身，她的身世、性格、情感经历都与庐隐相同。暑假里，露沙与同窗好友欢聚海滨，后来有的结婚，有的失恋，有的归隐，如风吹云散。露沙正是在这样聚散无定的人生环境中，研究哲学，思考“人生究竟是什么”。她难以摆脱内心的矛盾与彷徨。她在自己的爱情生活中感到苦闷和惆怅，从女伴先后走到成人世界去的遭际感到“人间的束缚”。从露沙和她的好友身上，人们可以看到处于新旧交替时代的青年知识女性的不幸和困惑。

冯沅君（1900—1974），笔名“淦女士”，有短篇小说集《卷葹》。《隔绝》《隔绝之后》《旅行》是其中的名作。这几篇小说写的都是青年男女争取婚姻自由的斗争，其中细腻真实的女性心理描写在男作家的笔下是看不到的。

和20世纪20年代的其他女作家相比，凌叔华（1904—1990）是一个离时代较远的作家，不同于庐隐和冯沅君的叛逆，她在《酒后》《绣枕》等作品中更多地表现出了温婉的个性。

第二节　鲁迅的小说成就

○鲁迅的思想价值　○《呐喊》《彷徨》　○《故事新编》

作家小传

鲁迅：从弃医从文到拯救国民精神

鲁迅（1881—1936），原名周树人，字豫才，生于浙江绍兴城内一个没落的士大夫家庭。“鲁迅”是1918年他发表第一篇白话小说《狂人日记》时所用的笔名。青少年时代，鲁迅读过私塾，考过科举，打下了坚实的中国传统文化根基。1898年，他走出家乡，到南京考取了洋务派主办的江南水师学堂，翌年2月又转入江南陆师学堂附设的矿物铁路学堂。1902年，鲁迅于矿物铁路学堂毕业并考取留日官费生，赴日本东京弘文学院学习；1904年4月，鲁迅于弘文学院毕业，9月入仙台医科专门学校学医。在此前后，他日益认识到中国国民最应被拯救的不是病痛而是精神，于是决定弃医从文，选定文学作为自己拯救国民精神的途径。

鲁迅

1909年，鲁迅从日本回国，在杭州浙江两级师范学堂任教，1912年2月，应教育总长蔡元培之邀，到南京教育部工作，后随部迁到北京，担任教育部佥事、社会教育司第二科科长等职。新文化运动和文学革命开始后不久，他于1918年5月在《新青年》上发表了中国第一篇现代白话小说《狂人日记》，从此“一发而不可收”，后又连续发表了《孔乙己》

《药》《阿 Q 正传》等十几篇小说，于 1923 年结集成《呐喊》出版，这些作品以彻底反封建的深刻思想和新颖成熟的艺术形式显示了文学革命的实绩，深深地震撼了当时追求进步的知识青年的心，奠定了中国现代小说发展的基础。

1924 年至 1927 年，随着社会斗争的深入，新文化阵营的分化，封建复古派伺机反扑，鲁迅在充满激情地坚决向旧思想旧势力作斗争的同时，也深感斗争的复杂和艰巨。这一时期，鲁迅创作出版的作品如小说集《彷徨》，抒情散文集《野草》，叙事散文集《朝花夕拾》，杂文集《坟》《热风》《华盖集》《华盖集续编》等，不同程度地流露出当时内心的孤独、苦闷与彷徨，但更主要的还是一种百折不挠的探索精神。1927 年后，鲁迅定居上海，直至去世期间，他面临着更加复杂的社会局面和斗争形式。在斗争中，他不断掌握辩证唯物主义和历史唯物主义的原理和方法，更加深刻、冷静地思考中国社会的实际问题，对社会的黑暗、当局的反动统治以及国民的劣根性给予了更加彻底与无情的揭露和批判。在他人生的最后十年，他燃烧自己的生命之火，高密度地创作了《而已集》《三闲集》《二心集》《准风月谈》《南腔北调集》《花边文学》《且介亭杂文》《且介亭杂文二集》《且介亭杂文末编》等十部杂文集，还创作了借古喻今的历史题材小说集《故事新编》等。鲁迅的全部文学创作和文学活动都是为了一个崇高的目标，即改造国民的精神、拯救民族的命运，鲁迅作品及其思想的伟大和深刻亦源于此。

1936 年 10 月 19 日，鲁迅病逝于上海，他的灵柩上覆盖着绣有“民族魂”三个大字的旗帜。

一、一出现就是高峰

鲁迅作为中国现代文学最重要的奠基人之一，他在思想和艺术两个方面都代表了中国现代文学的深度、广度和创新价值。鲁迅及其他“五四”新文学思想先驱和艺术巨匠，以其独特的人生经历和强烈的文学使命感，为中国文学的发展做出了独有的贡献。纵观鲁迅的一生，有这样几个重要的经历决定了其文学创作的根本价值取向，使他的白话小说一出现便成为高峰，并在“五四”新文化运动中产生深远影响。

第一是少年时代家道中落、饱尝冷脸与白眼的人生经历。鲁迅诞生的时候，周氏家族已经处于衰落中，但仍可称为小康之家。周家原籍湖南道州，迁居绍兴，到鲁迅这一辈已是第十四代了。他们的先祖原是种地的农民，到了后来，不断发家，变成拥有大量土地的地主。鲁迅出生时，他的家庭还有四五十亩水田和一些店面房子，而他的祖父这时又正在京城做官，既有地租和店面的收入，又有朝廷的俸禄，仍是一个足衣足食的“仕宦之家”。但 1893 年鲁迅 12 岁时，发生了一场大的家庭变故，无情地摧毁了周家的安乐世界，败落与苦难随之降临。这年的秋天，鲁迅的祖父周福清因科场舞弊案入狱，被定为“斩监候”，在杭州的监狱里被关押了八年之久。被定为“斩监候”的周福清，年年都有被处死的威胁，家里人为了避免危险，每年都得花一大笔钱去通融，渐渐地，周家的元气丧尽。为了逃避被株连的危险，鲁迅随母亲到外婆家避难。他在外婆家被人瞧不起，往日曾巴结过他家的一些人，现在却把他当成乞丐看待，取笑他为乞食者。同族的长辈也看不起他们，甚至加以欺凌。1894 年冬，鲁迅的父亲周伯宜又因这场变故的打击病倒了。这使得作为长子的鲁迅过早地挑起了家庭的重担。从 13 岁到 17 岁间，他几乎每天出入于当铺和药店之间，在备受侮蔑和歧视的环境里，切身地感受到世态的炎凉、社会的冷酷和势利。在家庭没落的凄凉气氛中，鲁迅体验着人世的痛楚与冰凉，童年的甜蜜的梦破碎了。“有谁从小康人家而坠入困顿的么，我以为在这途路中，大概可以看见世人的真面目”，这是鲁迅后来在《〈呐喊〉自序》里说过的话，从中我们可以感受到他少年时心灵的余痛，可以得知他当时已深切地体验到中国封建伦理文化及其所塑造的人格的虚伪和冷酷。1898 年，心灵饱含着苦痛的鲁迅，带着母亲为他筹集的八元川资，离开家乡，“去寻求别样的人们”。他来到南京，考入了可以“学洋务”的江南水师学堂，后转入矿物铁路学堂学习。

第二是中外文化的熏陶，为鲁迅打下了广博深厚的学识根底。鲁迅在后来之所以对中国的社会和历史表现出那么深刻的认识，在向帝国主义、封建主义进行勇猛的冲杀中，表现出那样惊人的战斗力，是同他对中国传统文化的深切领会紧密相关的。7 岁时，父亲周伯宜就把鲁迅送进本家的私塾，到了 12 岁，又送入绍兴城内最严厉的私塾三味书屋，先后读了《鉴略》、“四书”“五经”、《唐诗三百首》等，同时，鲁迅还按照祖父的指点，读了《西游记》《水浒传》等小说及许多古典诗词。17 岁之前，他已经博览了中国古籍，除了当时一般士大夫所读的《论语》《孟子》及其他一些儒家经典外，他还涉猎过许多笔记、野史，打下了良好的中国古典文学基础。1898 年鲁迅来到南京后，在将近四年的时间里，不仅接触到了当时进步的书报上译载的近代科学、哲学和文学作品，而且还通过阅读严复翻译的英国博物学家和社会达尔文主义者赫胥黎的《天演论》，对西方正在盛行的达尔文的进化论产生了浓厚的兴趣，初步接触到进化论思想。“物竞天择”的规律使他不禁为中国在竞争激烈的世界上的命运产生了深深的忧虑。

1902 年，鲁迅以一等第三名的优异成绩于矿物铁路学堂毕业，东渡日本继续深造。这时的日本正处于东西方文化频繁交流的时代，轰动世界的达尔文学说在日本思想界十分流行，无政府主义和尼采哲学也受到知识分子的青睐，鲁迅阅读了大量被引入日本的西方古典美学著作和介绍最新思潮的报刊，关心一切具有特异精神的学说，并通过日本学者的译著研究了达尔文的进化论，为他后来从事文学艺术事业提供了丰富的营养。在日本，鲁迅先进弘文学院学习日语，两年后入仙台医科专门学校学习医学，希望学成回国后可以救治像父亲那样被庸医贻误的病人，以达到科学救国的目的。但到了第二学年，有一件事彻底改变了鲁迅的人生选择。一天，教师在授课之余为学生放映关于日俄战争的幻灯片，画面上出现了一个据说是为俄军当侦探的中国人，被日军捉住要杀头示众，一群体格健壮的中国人却在麻木地围观，对于同胞的惨状无动于衷。鲁迅深受刺激，他清醒地意识到，“医学并非一件紧要事，凡是愚弱的国民，即使体格如何健全，如何茁壮，也只能做毫无意义的示众的材料和看客”（《〈呐喊〉自序》），对于麻木的中国，紧要的不是用医学医治同胞的肉体，而是要设法唤醒同胞的灵魂。而能够改变精神的，在他那时以为当然要首推文艺。就这样，鲁迅离开仙台，回到东京，写文章、办杂志、搞翻译，更多更系统地汲取西方文化的营养。弃医从文，标志着鲁迅人生根本志向的确立，这不是一般的职业选择，因而在某种程度上决定了鲁迅在中国现代文坛的出现，注定就是一个崇高的起点。

知识链接

进化论对鲁迅的影响

在鲁迅的思想发展中，进化论产生过重要而深刻的影响。

进化论是唯物主义在自然科学领域的重大成果。恩格斯在总结自然科学的重大成就时，把进化论与能量的守恒和转化定律、细胞学说并列为 19 世纪的三大发现。达尔文出版于 1859 年的《物种起源》是进化论学说的奠基之作，它的问世，标志着生物学上的一次伟大的革命。进化论的核心观点是主张变化，阐扬进化发展的宇宙观，这一学说在当时震撼了整个世界。但进化论与中国封建传统中长期存在的“天不变，道亦不变”的观念相抵触，所以直到近现代之交，中国的有识之士才意识到它的重要性。晚清维新派的代表严复是第一个把进化论介绍到中国的人，他从1894年开始译述赫胥黎宣扬进化论的著作《天演论》，在1898年出版后即风行一时，给19世纪末到20世纪初的中国思想界带来了强烈的震动。康有为、梁启超乃至孙中山等思想先驱都接受和宣传进化论，以进化论作为自己的理论根据，阐述变法维新和实行政治革命的主张。鲁迅正是在这样的背景下接触并受到进化论思想影响的。

从鲁迅思想发展的历程来看，进化论是帮助他唯物地认识自然世界的理论基础，又是他观察社会问题的一种重要的视角和观点，同时也是他社会发展观的哲学基础。鲁迅曾经深信“将来必胜于过去，青年必胜于老人”（《三闲集·序言》），并在《我们现在怎样做父亲》等文章中强调过这样的信念：“一，要保存生命；二，要延续这生命；三，要发展这生命（就是进化）。”这些进化论的观点在鲁迅的人生体验和社会实践中不断被补充、完善，甚至是反省。从1898年鲁迅在南京求学期间通过阅读《天演论》接受进化思想以来，进化论就在鲁迅的思想中占有重要位置，并始终对他有着非常深刻的影响。

第三是“立人”思想的确立与改造国民性的追求。“幻灯片事件”只是引发鲁迅弃医从文的一个偶然契机，实际上，鲁迅从离开家庭赴南京等地求学，接触达尔文进化论，以及赴日本留学大量接触各种外国文艺思想与哲学、社会思想起，在相当长的一段时间里一直在苦苦思索关于“立人”的问题，也就是如何改造国民性的问题，他提出了“欲立国，必先立人”的重要思想。据许寿裳回忆，鲁迅在日本时与朋友讨论最多的就是国民性问题，他受梁启超论述的中国国民的四大弱点——“爱国心之薄弱”“独立性之柔脆”“公共心之缺乏”“自治力之欠缺”的启发，提出了互相关联的三个问题：其一，怎样才是最理想的人性？其二，中国国民性中最缺乏的是什么？其三，它的病根在哪里？渴望救国的鲁迅，反复思考着祖国的命运，并逐步确立了以文艺为武器改造国民性、进行思想启蒙和思想革命的志愿。需要指出的是，改造国民性并不只是鲁迅个人的想法，而是较为普遍地存在于当时先进知识分子中间的启蒙主义思想的一种表现。

1907年至1908年，鲁迅先后在《河南》杂志上发表了几篇重要的论文，强调从改变人的精神世界入手，探索中国的新生之路。这些论文包括《摩罗诗力说》《科学史教篇》《文化偏至论》等。《摩罗诗力说》把“立意在反抗，指归在动作”的西方浪漫主义诗人拜伦、雪莱、显克微支、普希金、莱蒙托夫等介绍到中国，并极力鼓吹敢于反抗强暴的拜伦式的精神战士。《科学史教篇》指出科学的发展常常要靠一种“超科学”的力量，即精神的力量，包括道德、理想、爱国精神等，科学固然是神圣的，但社会绝不能走只是崇尚科学的道路，一旦走上这种极端，人类美好的情感和敏锐的思想将会消失，社会将走入寂寞，科学也将随之走向虚空的深渊。在《文化偏至论》里，鲁迅系统地提出了他改造国民性的“立人”思想和个性主义思想。他指出，中国的严重问题在于人，不在于物；在于精神，不在于物质；在于个性，不在于“众数”。要“立国”，必先“立人”，而“立人”的关键在于个性的觉醒和精神的振奋。鲁迅确信只要国人精神振奋，个性崛起，中国将成为强大之邦而无敌于天下。但鲁迅旨在改变国人精神的文艺思想在当时并没有得到应有的反应。1909年鲁迅从日本回国，先后在杭州、绍兴任教，亲历了辛亥革命、民国成立、袁世凯窃国称帝、张勋复辟等事件，变得怀疑、失望、颓唐、悲观，自感生活在一间“铁屋子”里，里面都是沉睡的麻木的国民。在寂寞和痛苦中，他抄古碑、念佛经，进入一个思想低潮期。

1915 年，陈独秀创办《新青年》，开始掀起新文化运动，1917 年，胡适、陈独秀相继撰文，提倡文学革命。钱玄同邀约沉默中的鲁迅为《新青年》撰稿，这恰与他十年前的理想相合，便答应写稿。他的《狂人日记》《孔乙己》《药》等短篇小说以文学的形式揭露了封建礼教“吃人”的罪恶，解剖了中国传统和中国社会的痼疾，批判了国民的劣根性，全力催促中国新文化的诞生；《我之节烈观》《我们现在怎样做父亲》等杂文则对妇女问题、青年问题、家庭问题以及民主革命的出路问题作了深刻的分析。这些表现时代思潮的小说和文章从不同角度有力地深化了轰轰烈烈的思想革命和文化革命，也使鲁迅在 38 岁这一年以一个饱经苍凉的中年人的成熟姿态出现于文坛，成为“五四”新文化运动中斗争最彻底、影响最广泛的作家之一。鲁迅以文学作为“批判的武器”，进行文化批判、思想启蒙和现实斗争，在整个新文化运动中显示出巨大的震撼力，并开创了整个中国现代文学的主题：反封建、改造国民性、思想启蒙。如果说在日本时“立人”思想还是限于理念中的启蒙主义的话，那么，从新文化运动开始后这一思想就体现在鲁迅的文艺实践中了。

鲁迅的“立人”思想经历了一个不断发展的过程，早期他曾以浪漫主义的情怀热烈讴歌个性主义，而新文化运动以后，他开始从社会历史的角度重新认识个性主义，认为个性解放必须与社会解放相结合。他在小说中深刻地揭示了追求个性解放的一代知识分子“梦醒了无路可以走”的悲剧，在散文诗集《野草》中，他更以艺术的方式思考着中国现代知识分子的精神命运和思想矛盾。1925 年，北京发生了女师大风潮，面对北洋军阀政府对学生的镇压，鲁迅以鲜明的立场站在学生一边，以杂文为武器，进行坚决的斗争，这标志着鲁迅由文化批评、社会批评向社会斗争的转变，他开始在社会斗争中融入改造国民性的思想，将文化思想启蒙和社会政治斗争结合起来。1927 年鲁迅定居上海以后，虽然身处国民党政治统治的白色恐怖之中，但他仍以韧性的战斗精神，不屈地与专制主义、官僚主义、国民党反动派和帝国主义进行斗争，同时仍然揭露国民性的弱点，进行文化批判和思想启蒙，直到 1936 年逝世。

经典评论

毛泽东论鲁迅

鲁迅是中国文化革命的主将，他不但是伟大的文学家，而且是伟大的思想家和伟大的革命家。鲁迅的骨头是最硬的，他没有丝毫的奴颜和媚骨，这是殖民地半殖民地人民最可宝贵的性格。鲁迅是在文化战线上，代表全民族的大多数，向着敌人冲锋陷阵的最正确、最勇敢、最坚决、最忠实、最热忱的空前的民族英雄。鲁迅的方向，就是中华民族新文化的方向。

——毛泽东．新民主主义论．//毛泽东选集：第 2 卷．2 版．北京：人民出版社，1991：698.

二、小说集《呐喊》《彷徨》

《呐喊》《彷徨》是鲁迅前期的两部小说集。它们不仅是鲁迅一生文学创作的重要组成部分，也是中国现代小说的奠基之作和经典之作。鲁迅是带着明确的民主主义思想启蒙目的而从事文学活动的，《呐喊》《彷徨》是他长期思考中国反封建思想革命问题的艺术结晶。在这两部小说集里，鲁迅深刻地批判了封建制度、封建礼教的吃人本质，揭露了封建卫道者的虚伪；反映了处于经济压迫和精神奴役双重压力下的农村生活面貌，描写了在激烈的社会矛盾中挣扎着的知识分子的命运；对农民问题、妇女问题、知识分子问题、民主革命的出路问题和反封建、反传统等问题进行了广泛而深刻的概括和反思，热情地呼唤有别于旧民主革命的新的革命的到来。

《呐喊》1923 年 8 月第一次由北京新潮社出版，1926 年第三次印刷时改由北新书局出版，其中收入鲁迅 1918 年 4 月至 1922 年 10 月间所作的短篇小说 14 篇，包括《狂人日记》《孔乙己》《药》《明天》《故乡》《阿 Q 正传》《社戏》等著名作品。鲁迅为什么要“呐喊”？他在《〈呐喊〉自序》里这样说：“在我自己，本以为现在是已经并非一个切迫而不能已于言的人了，但或者也还未能忘怀于当日自己的寂寞的悲哀罢，所以有时候仍不免呐喊几声，聊以慰藉那在寂寞里奔驰的猛士，使他不惮于前驱。”鲁迅写小说，是“‘为人生’，而且要改良这人生”的，所以，他的取材“多采自病态社会的不幸的人们中，意思是在揭出病苦，引起疗救的注意”（《我怎么做起小说来》）。《呐喊》中的作品，描写了一系列不幸的人物形象——主要是农民、个体劳动者、下层旧知识分子的悲剧。

《呐喊》封面

《彷徨》1926 年 8 月由北新书局出版，其中收入鲁迅 1924 年 2 月至 1925 年 12 月间所作的短篇小说 11 篇，包括《祝福》《在酒楼上》《肥皂》《伤逝》《兄弟》《离婚》等。为什么题为“彷徨”呢？鲁迅在《南腔北调集·〈自选集〉自序》中说：“后来《新青年》的团体散掉了，有的高升，有的退隐，有的前进，我又经验了一回同一战阵中的伙伴还是会这么变化，并且落得一个‘作家’的头衔，依然在沙漠中走来走去，不过已经逃不出在散漫的刊物上做文字，叫作随便谈谈。有了小感触，就写些短文，夸大点说，就是散文诗，以后印成一本，谓之《野草》。得到较整齐的材料，则还是做短篇小说，只因为成了游勇，布不成阵了，所以技术虽然比先前好一些，思路也似乎较无拘束，而战斗的意气却冷得不少。新的战友在那里呢？我想，这是很不好的。于是集印了这时期的十一篇作品，谓之《彷徨》，愿以后不再这模样。”鲁迅当年的处境和心情可以想见，而这种处境和心情，无疑会反映或折射在作于 1924 年到 1925 年的这 11 篇小说中，因而《彷徨》中的作品都不同程度地流露出新文化阵营分化时期作者的寂寞、苦闷和彷徨情绪。

《呐喊》《彷徨》集中的小说具有鲜明的艺术风格：丰满而又洗练，隽永而又舒展，诙谐而又峭拔。在这两部小说集中，鲁迅采用的“杂取种种人，合成一个”的典型化方法，成功地塑造了一系列典型形象，创造了全新的小说格局，将浓烈的感情寓于客观的叙事之中，语言简洁、洗练、生动，形成了独特的民族风格。这些小说还善于运用“画眼睛”和“勾灵魂”的方法，以极俭省的笔墨“形神俱似”地凸显出人物的性格特征，给人以强烈的印象。无论是《白光》中陈士成的“含着大希望的恐怖的悲声，游丝似的在西关门前的黎明中”震荡，还是《孤独者》中魏连殳的突然长嚎，“像一匹受伤的狼，当深夜在旷野中嗥叫”，抑或是《祝福》中祥林嫂临死之前“消尽了先前悲哀的神色，仿佛是木刻似的”，却还是执拗地提出了地狱有无的问题……这些描写都能深入人物的精神世界，使艺术形象鲜活起来，增强了作品的艺术感染力。

《狂人日记》是《呐喊》中的第一篇，是鲁迅第一次用白话写成的小说，也是新文学史上第一篇真正具有现代意义的短篇小说。小说以“狂人”的病情发展为线索，以他流动的意识内容为描绘对象，逐层深入地揭露了封建道德的残酷性与虚伪性，揭露了这种道德是一种“吃人”的道德，几千年的封建史是一部“吃人”的历史。全文以现实和象征相结合的手法写成，狂人的意识流动分三个层次。一是感到赵贵翁和路人都是“吃人”的人，都要吃他。二是知道大哥也是“吃人”的人，也要吃他。三是怀疑自己也在无意中吃过人，以此揭示其象征性的思想内涵：封建道德在社会上的广泛影响，造成封建社会人与人关系的普遍冷酷；封建道德在家庭关系中的贯彻，即封建的家族制度，使家庭关系也带上反人性的“吃人”性质；在传统封建道德的无情浸染下，在封建社会中成长起来的人都有可能沾染上一些“吃人”思想，都有可能在无意中吃过人、害过人。《狂人日记》中的“狂人”形象也具有鲜明的象征意义，他是个“迫害狂”患者，象征着封建社会对启蒙知识分子的残酷压迫。

《孔乙己》在不到3 000字的篇幅里，塑造了孔乙己这一呼之欲出、令人难忘的形象。同时，小说还刻画了酒店掌柜、温酒的小伙计、短衣帮顾客、邻舍一群孩子等众多人物，惟妙惟肖、栩栩如生。主人公孔乙己是个封建思想、封建伦理道德的盲目维护者，他皓首穷经，百无一能，穷愁潦倒，沦落下层，受害而不觉悟，意识不到封建思想、封建道德的不合理性，在不自觉中被它们吃掉了自己的一生乃至生命。孔乙己在最潦倒时还摆出读书人的架子，不肯脱下代表他身份的长袍，不肯和“短衣帮”的人平起平坐地喝酒，他无以谋生，写有一手好字，却又不肯凭此吃饭，偷了书卖，反而振振有词地为自己辩白：“窃书，读书人的事，能算偷吗?”终于因此而被丁举人打折了腿。当这个虽迂腐却又善良、虽有坏脾气却又具好品行、有几分可厌可笑却又有几分可怜可悲的小人物，在咸亨酒店里得不到半点同情，只引起一阵阵的哄笑声时，读者就会深切地体会“一般社会对于苦人的凉薄”了。孔乙己的悲剧命运是封建思想、封建伦理道德的产物，而孔乙己则是在精神和肉体上的全面受害者。在这篇小说中，鲁迅表现了对被损害与被侮辱的下层知识分子的深切同情，对扼杀他们的封建思想和封建伦理道德进行了强烈控诉。小说采用的是小伙计的视角，以小伙计的所见所闻为中心结构故事，使小说的布局更加紧凑、精粹，同时也更增加了作品的真实感和生动性。

小说《药》利用双线结构精心设计了两条情节线索：明线是华老栓为了医治儿子小栓的痨病，听信刽子手康大叔的话，买人血馒头当药吃，但服后无效，小栓终于不治身亡。暗线是夏四奶奶的儿子夏瑜为解救民众的疾苦从事反清革命斗争，入狱后仍进行革命宣传，最后遭到封建统治者的杀害，华老栓买来的人血馒头，蘸的正是夏瑜的血。这种处理，使故事中两个人物的命运紧紧联系在一起，且平添了许多寂寞、悲凉的情调。夏瑜的血未能治好华小栓的沉疴，革命者的英勇牺牲也未能将沉睡中的民众唤醒，这正是华、夏两家也是整个华夏民族的悲剧吧。应该看到，这篇小说的两条线索都很深沉，都很重要。革命者夏瑜不懂得发动群众，不懂得思想启蒙的重要性，所以不仅他本人，乃至整个辛亥革命都失败了，都以悲剧而结局；而华老栓一家的悲剧正在于他们的愚昧和麻木，像他们这样热心于吃人血馒头的愚昧之帮，何年何月才能被启蒙、被发动起来?!

《呐喊》《彷徨》除以较多的篇幅描写农民物质上的“病苦”外，更侧重描写农民精神上的“病苦”。《故乡》中的闰土、《风波》中的七斤、《祝福》中的祥林嫂、《离婚》中的爱姑，都反映出辛亥革命前后，封建农村依旧沉滞落后的社会现实。《阿Q正传》是这一类题材中的经典之作，小说最初连载于1921年12月4日至1922年2月12日《晨报副刊》，署名巴人。作品通过阿Q的悲剧命运，深刻反映了辛亥革命前后中国农村的现实风貌，揭示和批判了资产阶级民主革命的不彻底性，尖锐地提出了中国民主革命的本质问题。小说表明：只有通过强有力的思想启蒙，彻底打碎农民精神上的枷锁，中国的民主革命才会有光明的前景。小说特别通过阿 Q 身上的“精神胜利法”，在更为深广的层次上揭露了中华民族的劣根性，揭示了病态社会中人们的不幸和病苦。

小说的主人公阿 Q 生活在辛亥革命时期阶级矛盾日益尖锐的一个江南村庄——未庄，是一个极其贫困的流浪雇农，也沾染了一些流氓无产者的习气，即鲁迅所说的“沾了些游手之徒的狡猾”。他上无片瓦，下无寸铁，无家无业，无亲无故，住在未庄的土谷祠里，“割麦便割麦，舂米便舂米，撑船便撑船”，靠给人做短工维持生活。未庄的人平时谁也不注意阿 Q，只有在活儿忙的时候才记起他这个廉价劳动力来。阿 Q 的社会地位非常低，连准确的姓氏都不可考，一次当他喝罢两杯黄酒，说自己原是赵太爷的本家时，赵太爷竟然差使地保把他叫去，给了他一记耳光，不许他姓赵。其他人对阿 Q 也可以随便嘲弄，使他的精神和人格都受到严重戕害。然而可悲的是，这样一个被侮辱被损害者，却似乎并无真正的愁苦，反而总是那么“达观”和“得意”，在精神上“常处优胜”。这是因为，在阿 Q 身上束缚着一种可怕的精神枷锁——“精神胜利法”：他自欺欺人、自我安慰，用从幻想中求得胜利、从精神上战胜对方的方法来消除耻辱，取得安慰；他爱面子，讳疾忌医，不敢正视自己的弱点和缺点，连身上的虱子不如王胡多也觉得“大失体统”；他还欺善怕恶，欺弱怕强，被赵太爷打了耳光，他不敢抗议，挨了假洋鬼子的哭丧棒，他不敢抗争，却转而向弱小者去报复，他的调笑小尼姑、与王胡以及小 D 的打架，都是怕强欺弱的典型表现。此外，阿 Q 还十分麻木、健忘，特别是对于被压迫被损害的麻木、健忘。在生活中受了侮辱，他会以“你算是什么东西!”“我的儿子会阔得多啦!”“我总算被儿子打了，现在的世界真不像样!”等“妙”语安慰自己，“战胜”怨敌，然后便愉快地跑到酒店里喝几碗酒，和别人调笑一通，口角一番，“得胜”后就愉快地回到土谷祠，倒头就睡了。这种惊人的健忘症，使得他总是处于被侮辱中而不自觉。“精神胜利法”是一种具有社会性的精神病态，鲁迅对它的解剖意在批判整个旧社会，鲁迅说过：“我的方法是在使读者摸不着在写自己以外的谁，一下子就推诿掉，变成旁观者，而疑心到像是写自己，又像是写一切人，由此开出反省的道路。”（《答〈戏〉周刊编者信》）阿 Q 的“精神胜利法”或曰“阿 Q 相”是概括了极其深广的社会历史内容的，是普遍存在于中国民族各阶层的一种国民性弱点，鲁迅多次表明，塑造阿 Q 的形象，实为画出国民的灵魂，以拯救民族的命运，所以阿 Q 是“现代的我们国人的灵魂”。阿 Q 身上的这种性格又远远超出了民族与国界，它是整个人类人性的某些弱点的集合，“阿 Q 不但是代表中国国民性的弱点，同时也代表世界性的一般民族弱点，尤其农村或被压迫民族方面，这种典型很可以随时随地找得到。所以当《阿 Q 正传》被译成俄文而呈现于苏联读者之前，苏联的文化人就说：‘我们这里也有很多的阿 Q。’”①不同民族的人，都能从阿 Q 身上看到自己的影子。

同时，小说对辛亥革命前后中国农村的社会面貌，尤其是辛亥革命的历史教训，也有着高度的真实的描绘，深刻反映了辛亥革命的不彻底性。辛亥革命没有发动群众、依靠群众，没有启发人们的觉悟性与积极性，没有把农民自发的革命要求加以发扬和引导，相反，而以牺牲农民的利益向封建势力妥协而告终。小说对辛亥革命的深刻描写，总结了革命失败的经验与教训，指出了在中国民主革命中启发农民觉悟的重要性这一重大问题。

《阿 Q 正传》突出的艺术成就体现在诸多方面：第一，艺术描写的高度典型化。《阿 Q 正传》在人物的塑造上采用了“杂取种种，合成一个”的典型化手法，表现出高度的概括性。小说故意淡化了阿 Q 的身份特征，把他作为连接社会各阶层乃至城乡的一个纽带加以描述，从而增强了阿 Q 精神对于中华民族乃至全人类的普遍适用性，而未庄也简直可以看

---

① 景宋（许广平）.《阿 Q 正传》上演．现实（上海），1939，1（1）.

作古老中国的一个缩影。这样的环境，为阿Q的“精神胜利法”的产生和滋长找到了合适的土壤。“精神胜利法”在当时具有极大的普遍性，它表现在作为流浪雇农的阿Q身上时又有其特殊性。这说明，鲁迅笔下的阿Q是深受封建思想毒害、富于个性化的落后农民的典型，而不是抽象概念的化身。第二，细节描写精彩传神。如对赵府点灯的描写，出现在不同的段落里，使赵太爷吝啬贪小的性格，一层深似一层地从三个“例外”里反映出来，活画了地主阶级卑污的灵魂。第三，强烈的批判与讽刺特色。小说不仅有头尾两部分的议论，而且其他许多地方也都穿插着议论成分，如小说开头关于作品的名目，阿Q的性格、籍贯的探讨和借题发挥，一方面对儒家的“正名说”、旧社会所谓“阔人”和“立言”的人以及有“历史癖与考据癖”的人进行了讽刺，另一方面又写出了阿Q生活的社会环境及其社会地位，因而与人物性格的刻画是密切相关的。又如第四章“恋爱的悲剧”第一段所发的议论，不仅直接批判了阿Q的麻木、糊涂、健忘，而且也间接地抨击了中国固有的封建主义的精神文明，鲜明地表达了作者的爱憎及作品的核心思想。这些诙谐而精辟的议论，给作品涂上了一层浓厚的思想批判色彩，显示了鲁迅作为一个战斗的思想家的特色。第四，《阿Q正传》语言准确、鲜明、生动、精练、饱含幽默，且好用反语，喜欢夸张，显示了卓越的语言艺术。《阿Q正传》以其深刻的思想性和高度的艺术成就，成为中国现代文学宝库中的经典作品。

经典评论

茅盾等论阿Q

刻画出隐伏在中华民族骨髓里的不长进的性质——阿Q相，我以为这是《阿Q正传》之所以可贵，恐怕也就是《阿Q正传》流行极广的主要原因。

——雁冰（茅盾）. 读《呐喊》. 文学周报，1923 (91).

这是充满讽刺的一种写实的艺术……阿Q的苦脸永远的留在记忆中的。

——柏生（孙伏园）. 罗曼·罗兰评鲁迅. 京报副刊，1926-03-02.

鲁迅的反封建的思想，对于传统的精神文明的攻击，以及在封建势力支配之下的“不可使知之”的一班所谓“愚民”的性格，在《阿Q正传》里是最具体的被表现着。在这一篇创作里，可以看到鲁迅的在反封建时代的思想的全部。

——钱杏邨. 现代中国文学论. 拓荒者. 1930，1 (2).

与鲁迅其他农村题材的小说相比，《阿Q正传》在一个更为广阔的背景中写出了当时中国农村的社会矛盾和阶级关系，并且直接联系到农民群众要求革命的问题。辛亥革命的命运是和阿Q代表的农民命运紧密地联系着的，阿Q被送上法场，辛亥革命也同时被送上了“法场”，一声枪响，这个革命运动的命运便与阿Q的命运一起结束了。鲁迅以其深刻的观察和沉痛的感受，通过艺术描绘，让人看清了辛亥革命的历史教训。如今，《阿Q正传》已被翻译成许多国家的文字，成为全世界进步人类共同的精神财富。

《彷徨》中的《伤逝》是鲁迅唯一一篇以爱情为题材的小说，但事实上表达的内涵绝不只是爱情，它通过男女主人公的爱情悲剧，揭示了深刻而广泛的社会内容。主人公涓生和子君都是“五四”时期年轻知识分子的代表，他们曾经勇敢追求婚姻自主和个性解放，发出过“我是我自己的，他们谁也没有干涉我的权利”的时代强音，并付诸了果断的行动，但他们的爱情最终归于失败，以悲剧而结局。他们的悲剧说明了什么？其一，封建势力依然强大，“五四”时期虽然出现了新思想新文化，但封建思想意识并不是即刻就被一扫而尽的，它仍然在各个方面影响着人们的思维和行为方式，并把他们的爱情追求压得粉碎。其二，知识分子个性解放的要求不可能离开社会解放而单独完成，离开了社会解放，无论他们曾经表现得如何坚决，他们的抗争终究是软弱无力，甚至是一事无成的。其三，从子君的角度来说，女性在追求婚恋幸福的过程中，首先应该获得人格和经济地位上的独立，不能仅仅依靠爱情本身，更不能依赖于男人，只有这样，爱情才能有所附丽，否则所谓的美满只能是空幻的愿望罢了。

《伤逝》在叙述方式上采用了“涓生手记”的形式，以涓生的回忆来叙述他与子君的这场悲哀心碎的恋情，便于直接表达人物的内心活动，便于充分地抒情，使小说写得异常凄切哀婉，情意悠长。比如，作品对热恋中的涓生在会馆里期待子君到来时的迷惘、忧虑、急切的心情，描述得非常真切：涓生心不在焉地翻着随手抓过来的书，耳朵却聚精会神地听着大门外一切往来的履声，细心地分辨着子君的橐橐的脚步声，憎恶着那不像子君或太像子君的脚步声，而脑子里却翻滚着种种祸事的忧虑……当涓生知道子君已死的消息时，对于涓生的悔恨和悲哀以及他内心深处的真情，作者也用第一人称淋漓尽致地表述出来：“我将在孽风和毒焰中拥抱子君，乞她宽容，或者使她快意……”

此外，小说在叙事过程中也时有涓生浓重的抒情。热恋中的深情，新婚后的喜悦，失业打击后的惶恐，感情濒于破裂时的痛苦，终于分手后的绝望，以及子君死后，涓生的悔恨和悲哀，都或隐或显、或淡或浓地表现出来，既客观真切地记叙了涓生、子君两人的情感历程及其悲剧结局，使作品表述的故事清晰、完整，同时也大大增强了作品的感情力度，凸显了涓生深深的自责与忏悔，更加重了故事的悲剧性，也加深了作品思想内涵的感染力。议论与抒情的不断穿插，还使故事情节的发展有一种波折起伏的意味，既真切又似有些朦胧，既有强烈的现实性，又带有一种凝重的历史感，既有生活细节的精心描写，又有高度概括的抒情性话语，给人留下很大的回味与思考的空间。

同情被压迫妇女，探索妇女解放的道路，是鲁迅作品中一个重要的主题。除了《伤逝》，在小说集《彷徨》里，鲁迅还写了《祝福》和《离婚》，由对知识女性的关注，转而描写背负着几千年因袭重担的中国旧式劳动妇女。《祝福》写的是旧中国贫苦农村妇女祥林嫂的悲剧。祥林嫂是一个勤劳、善良、安分的劳动妇女，她曾被迫与比自己小十岁的男人结婚，丈夫死后，又被迫再嫁，再度丧夫以后，便为社会所不容了。她第二次回到鲁四老爷家当佣工，希望用自己辛勤的劳动换取起码的生活，可是吃人的封建势力却不允许满足她这一低微的要求。封建礼教认为寡妇再嫁败坏风俗，何况她死了两个丈夫，更被视为不祥之物。封建卫道者鲁四老爷就告诫四婶，不要让祥林嫂祭祀时沾手，鲁镇的人们也以“又冷又尖”的态度对待她，祥林嫂精神上受到歧视、压迫，柳妈又告诉她死后要被阎王锯成两半分给两个男人，使她极其痛苦，灵魂不得一点安宁。祥林嫂为自己的命运奋斗、挣扎，但是她的一切努力终究得不到封建势力的承认，捐门槛赎罪后，四婶一声“你放着罢，祥林嫂”，给予她精神上的致命一击，在鲁镇的祝福之夜，她倒毙街头。作品深刻地揭示了封建礼教的系统严密、强大深固，压迫祥林嫂的从夫权、族权到神权，从物质到精神，从阳世到阴间，从鲁四老爷、四婶到婆婆、大伯，这个封建网络决定了中国妇女的悲惨命运，也无情地压碎了“祥林嫂们”的一切挣扎与努力。《祝福》选取鲁四老爷家三次祝福的场景并作了细致的描绘：第一次祝福大典，祥林嫂辛勤劳作，干得愉快；第二次祝福大典，祥林嫂因再醮守寡，被视为不祥之物而受到打击；最后一次恰恰又是在“祝福”的喜庆气氛中，祥林嫂却悲凉地死去。这样的艺术构思具有一种强烈的对比效果，特别是用“祝福”作为小说的题目，强化了这种对照作用，有力地展现了封建宗法制度和伦理道德的残酷与虚伪。

《离婚》写于1925年底，是鲁迅最后一篇以现实生活为题材的小说，也是揭露和抨击封建礼教、封建社会秩序，为社会底层妇女鸣不平的代表性作品。《离婚》的主人公爱姑大胆泼辣，具有强烈的反抗意识。丈夫姘上了小寡妇，要跟她离婚，她哭诉无门，只好回娘家，投靠父母兄弟，下决心“要给他们一个颜色看，就是打官司也不要紧”。她骂公公是“老畜生”，丈夫是“小畜生”，对于曾出面劝过四次的地主慰老爷，根本没放在心上，对庞然大物七大人，开始也没怎样看上眼，甚至对自己的父亲，她也批评他“看得陪贴的钱有点头昏眼热了……”，在她的身上也已经具有了近代社会男女平等思想的萌芽，但是最终，这场争执了三年的纠纷还是以爱姑的失败而告终，爱姑的幻想破灭了。鲁迅之所以把爱姑处理成“这一个”特殊的性格，是有着深刻用意的，这其中最重要的就是为了说明封建宗法势力，尤其是夫权对妇女的统治，不论是性格善良、安分，像《祝福》中的祥林嫂那样，还是大胆、泼辣，在当时的人看来很不安分，像爱姑这样，同样都要受到压迫和摧残，同样都逃脱不了悲剧的下场。

三、历史题材的小说集《故事新编》

《故事新编》1936年1月由上海文化生活出版社出版，收入了鲁迅1922年至1935年所作的小说八篇，除“序言”外，包括《补天》《奔月》《理水》《采薇》《铸剑》《出关》《非攻》《起死》。《故事新编》作品中的重要人物和事件，基本都有文献根据，但鲁迅不受文献的束缚，在把握古人古事精神内核的基础上进行了大胆的艺术想象和虚构。所以说，《故事新编》取材于古代神话传说和历史故事，但实质上是以历史讽喻现实，是历史与现实相交融的小说。《故事新编》中的作品热情地歌颂了勇于献身民众正义事业的古代英雄：《非攻》赞扬了墨子反对侵略战争的正义感，《理水》歌颂了大禹为民治水造福的献身精神，《补天》歌颂了女娲的劳动创造精神，《奔月》赞扬了后羿的正直性格，《铸剑》称赞了宴之敖者坚定不移的复仇意志。鲁迅是把这些古代英豪作为“中国的脊梁”来歌颂的，对这些古人的称颂，意在激励中国人民的创造精神，鼓舞人民的斗争意志。《故事新编》中的作品也批判和讽刺了老庄等人的复古倒退、清静无为、无是非观等错误思想：《出关》批判了老子“无为而不为”的无为主义哲学以及所谓“与世无争”的超现实态度；《起死》批判了庄子的“无生死观”与“无是非观”等错误思想；《采薇》批判了伯夷、叔齐不食周粟饿死于首阳山的复古倒退行为。对古人这些错误意识的批判，是从反面呼唤人民积极入世，投身现实主义大潮。《故事新编》中的作品还有着寓古于今的现实批判精神和强烈的现实针对性，是既有历史根据，又有的放矢的现实批判，如对《理水》中文化山上的那些“学者”的描写，就是讽刺当时一些国民党御用文人和文化官僚的，这种借古讽今的批判笔法在20世纪30年代初、中期发挥了重要的战斗作用。

《补天》作于1922年，是鲁迅选取古代题材写成的第一篇小说，根据女娲“抟黄土造人”，后来又“炼石补天”的神话传说写成。小说一开始就写大地回春，一派生气，赞美了女娲充沛的创造激情和巨大的创造力，成为赞颂创造力的一曲色彩绚丽的歌，这与“五四”时期的“创造”精神是一致的。《奔月》作于1926年，是根据“嫦娥奔月”的神话创作的，但在这里，鲁迅却将自私的嫦娥作为次要人物，而致力于描写后羿，塑造了一位真正的、带些傻气的、曾以他的神箭为民除害而此时却处于落魄境地的英雄形象。作者写后羿，通篇都带有一种嘲讽的意味，嘲讽他的尴尬与无奈：妻子嫦娥因厌烦了吃乌鸦炸酱面而时时赏以白眼，老婆子因母鸡被射杀而骂他是骗子，学生逢蒙从他那里学会了箭术却恩将仇报，最后竟是妻子偷服了他早已寻来却不愿独享的仙药，飞上月宫。然而这一切都是源于他的正直、天真、傻气，源于他的只知为人、不知防人，因而好心办了坏事，甚至好心不得好报。但鲁迅的这些嘲讽又都充满善意，更加使人感到后羿的可亲和可爱。《铸剑》完成于1927年4月，原名《眉间尺》，小说写于1926年北洋军阀制造的“三一八”惨案之后，写于阶级矛盾极其尖锐的时代，具有深刻的现实意义。小说成功地塑造了眉间尺、宴之敖者两个复仇者形象。少年眉间尺的性格有一个发展变化过程：从优柔的性情到毅然割下自己的头颅为父报仇。宴之敖者则纯然是复仇精神的化身，他冷峻似铁，刚毅机智，为自己、为眉间尺、为一切被残害者挺身而出，割下自己的头颅，与眉间尺一起向暴君讨还血债。通过这两个形象，作品表现了对暴虐的黑暗势力“血债必须用同物偿还”的反抗复仇思想。深沉炽烈的感情，丰富奇特的想象，离奇荒诞的情节，夸张的手法，构成《铸剑》浪漫主义的主要倾向。小说以复仇为主题，而描写的却是幻想世界，采用神话手法，用现实中荒诞离奇的故事，表达作者观念中的特定内涵，特别是金鼎沸水中头的歌舞和三头搏斗，堪称浪漫主义的极致，把誓死向暴君讨还血债，至死也不停息战斗的复仇精神表现得淋漓尽致，气宇轩昂。这种用非现实性描写表达现实意志的浪漫主义幻想与想象，不仅增强了故事本身的生动性和鲜明性，同时也给读者留下了深刻的印象。

写于1934年8月到1935年底的《非攻》《理水》《采薇》《出关》《起死》五篇作品是鲁迅生命后期创作的重要代表。鲁迅在《汉文学纲要·第三篇》中谈到春秋战国百家争鸣的情况时说：“当时足称‘显学’者，实止三家，曰道，曰儒，曰墨。”这五篇小说就是对这三大思想流派的重新评价。《采薇》是抨击儒家的，将批判的矛头指向儒家的政治伦理思想，不仅指出了儒家思想的内在矛盾，同时也揭露了儒家所谓王道的虚伪性。《出关》《起死》是批判道家的。《出关》批判了老子的“无为”和“不争”哲学，嘲讽了其一味地逃避斗争的言行；《起死》暴露了庄子相对主义理论的荒谬性。在小说中，庄子一方面不断地空谈他的相对主义，诸如“要知道活就是死，死就是活呀，奴才也就是主人公”等；另一方面为了应付汉子索要衣物这样一个现实的纷争，他又反反复复地与汉子区分死活、古今、大小、是非、功过。两相对照，庄子哲学的空谈性和虚妄性暴露无遗。《非攻》和《理水》是肯定、赞扬墨家的。《非攻》体现了鲁迅对墨子人格精神的钦佩和赞扬，墨家学说中的一些主张，如“兼爱”“非攻”“节用”等，反映了下层人民的利益和愿望，得到了鲁迅的首肯。《理水》以大禹治水为题材，塑造了一个实事求是、勇于创新、公而忘私、拼命硬干的古代治水英雄形象，大禹是墨家推崇的“大圣”，对大禹人格精神的推崇，仍然是对墨家思想的肯定和赞扬。

《故事新编》在艺术技巧上也是相当圆熟的。作者将历史题材与现实题材相交融，把大量现实生活内容自然而巧妙地糅进历史故事中，运用批判与讽刺相结合的手法、漫画式的笔触对人物和事件进行了夸张和渲染，使作品充满了幽默讽刺意味。例如《奔月》中后羿所说的“上饭馆”，王升所说的“他们今天也不打牌”，《非攻》中提到的“募捐救国队”，《出关》中账房先生所说的“提拔新作家”等，都是古今杂糅、制造幽默的手法的体现。鲁迅自己虽然曾在《故事新编·序言》中称这些为“油滑之处”，并说“油滑是创作的大敌，我对于自己很不满”，但《故事新编》中从《女娲》《奔月》到后来的《采薇》《出关》《起死》诸篇都继续出现了这样的“油滑”，它们虽曾为人所诟病，但也不失为《故事新编》的一大特色。此外，《故事新编》对人物形象的塑造多用速写式笔法，线条粗犷，没有精雕细刻，但其中的人物，尽管是历史或传说以至神话中的人物，有的还经过了改编，但都写得栩栩如生。正如鲁迅在《故事新编·序言》中所说，他“并没有将古人写得更死”；即使是小说中的一些次要人物，如《补天》中的“小东西”，《奔月》中的“老太太”，《理水》中的“治水大员”和“下民”，《采薇》中的“阿金”，《铸剑》中的“王后，妃子，老臣”，《非攻》中的“门丁”，《起死》中的“汉子”和“巡视”等，也都写得个性鲜明，富于内涵。《故事新编》的问世，为中国历史题材的小说创作提供了宝贵的经验。

第三节　文研会作家的小说创作

◯冰心和她的“问题小说”◯叶绍钧和他的“教育小说”◯许地山创作的宗教哲思　◯王统照创作中“爱与美”的玄想

一、冰心

冰心是文学研究会享有盛名的女作家，她在小说、散文、诗歌等创作方面都取得了不俗的成绩。冰心的创作大致经历了三个发展阶段：

第一阶段，1919 年至 1920 年，以“问题小说”起步，表现了冰心探究人生意义的热忱。在轰轰烈烈的五四运动中，受过西方启蒙主义思想影响的部分青年，以极大的社会责任感将目光投注于落后的中国社会，他们发现了那么多的不合理现象，于是，他们热衷于提出问题，并力图找到解决这些问题的答案，出现了所谓“问题小说”的热潮。

作家小传

冰心：“有了爱就有了一切”

冰心

冰心（1900—1999），原名谢婉莹，福建长乐人。父亲是清政府的海军军官，她的童年较长时间住在烟台的海边，这对她以后的创作有深远的影响。冰心 1913 年随家到北京，曾在贝满女子中学读书，1918 年入协和女子大学学习，1923 年燕京大学毕业，随后到美国留学，基督教的文化背景对冰心的人生和创作也产生了深远的影响。1919 年，她便以处女作《两个家庭》在《晨报》崭露头角，1921 年参加文学研究会后，集中创作以社会、家庭、母爱、童心为主题的小说、诗歌和散文，成为新文学初期最早享有盛名的女作家。其“问题小说”的代表作主要有《两个家庭》《斯人独憔悴》等，“爱的哲学”的小说代表作有《超人》《烦闷》等；小诗集有《繁星》《春水》；散文集有《往事》《山中杂记》《寄小读者》《关于女人》等。冰心的文学生涯持续了将近一个世纪，她的全部创作可以用一个字来概括，这就是“爱”；她的人生信条和文学追求，用一句话来概括，就是“有了爱就有了一切”。

知识链接

冰心与“问题小说”

“问题小说”是盛行于 20 世纪 20 年代初的一个小说流派，以文学研究会成员冰心、叶绍钧、许地山、王统照、庐隐、鲁彦等为代表。主要作品有冰心的《去国》《超人》《往事》，王统照的《春雨之夜》，许地山的《缀网劳蛛》，庐隐的《海滨故人》等文集中的部分小说。问题小说体现了文学研究会“为人生”的文学主张，关切社会人生，探索并力图回答“人生究竟是什么”等问题。由于作者各自的思想不同，对问题的答案也不一致：有的希图以“爱”和“美”来弥缝人生的缺陷；有的主张用“憎”来解决人生的矛盾；有的对人生产生迷惘和怀疑。虽然都未能正确回答自己提出的问题，但表现了“五四”时期觉醒的青年对社会人生问题的思考和对黑暗现实的不满。五卅运动前后，对人生问题的冥想，已经无法适应剧烈动荡的社会现实，这一流派也因失去存在的客观条件而逐渐消失。在“五四”时期的“问题小说”创作中，冰心是最为突出的代表作家之一，可以说，是“问题小说”把冰心推上了现代文坛。

冰心在《两个家庭》《斯人独憔悴》《秋风秋雨愁煞人》等“问题小说”中揭露了“旧社会旧家庭的不良现状”。其中，《斯人独憔悴》写参加学生运动的颖铭、颖石两兄弟与顽固守旧的父亲之间的矛盾，小说真实地反映了“五四”时期具有相当普遍性的父子两代人的思想冲突，传达了当时一班不甘为家庭所拘囿的新的时代青年的愁苦，产生了强烈而广泛的社会影响。这些小说来自投身于五四运动的青年冰心的真切感受，她敏锐地捕捉住时代的脉搏，目的在于“感化社会”“叫人看了有所警觉”“想去改良”，透露出鲜明的时代气息，也显示了冰心从家庭窗口审视社会的独特视角。此时的冰心，也把同情的目光投向处于社会下层的劳动人民，描写他们的不幸和凄楚，如《三儿》等。

第二阶段，以 1921 年发表的《超人》为发端，突破了第一阶段对社会问题“只问病源，不开药方”的局限，冰心在这个时期的作品中开出了她对种种社会问题的“药方”——爱的哲学。冰心把艺术视为给人们以精神慰藉的手段，竭力寻找一种救治时代“病源”的药方，这便是“万全之爱”。冰心深受基督教博爱思想和泰戈尔哲学的影响，在她看来，只要世界上的人们彼此相爱，便可以化解一切痛苦，而母爱、童心和大自然便是使人体会到这种超越一切的“爱”的桥梁，因而也成为冰心作品的三大母题。《超人》是冰心宣扬“万全之爱”、讴歌伟大的母爱的代表性作品。原本冷心肠的何彬，信奉尼采的超人哲学，但在“母爱”与童心的感化下，转而虔信“世界上的母亲和母亲都是好朋友，世界上的儿子和儿子也都是好朋友”。书信形式的心理独白以及富有诗意的梦境描绘，使作品笼罩着浓厚的抒情气氛。可以看作《超人》续篇的《烦闷》和《悟》进一步发展了这种“爱的哲学”，把亲子之爱推及为万物之爱。对冰心的“爱的哲学”历来持批判态度者居多，普遍的看法是，虽然出于良好的动机，但是冰心的作品所贡献的却只是一个幻美的影子，并不能从根本上解决问题。但也应该看到，冰心在创作中着意渲染的是超越了贫富智愚和阶级地位的绝对平等的爱，是基督教式的，它不同于中国传统儒家文化的以严格的等级制度为前提的“仁”，因此具有一种独特的反叛精神和反封建的思想内涵。从这个角度可以说，冰心以她温婉而执着的“爱”，开阔了新文学的视野。

第三阶段，从美国学成归国后沉默数年的冰心在 1931 年发表了小说《分》《冬儿姑娘》等，宣告了她的小说创作进入一个新的阶段。这时的作品显然从作者以往信奉与宣扬的“爱的哲学”与早期潜隐地受到的基督教教义的影响中有所超拔。颇具童话色彩的《分》透露了冰心思想中开始萌生的某种阶级观念。冰心的“问题小说”围绕着“爱的哲学”经历了发展变化的阶段，从追寻到宣扬，最后疑信参半，构成冰心小说的独特旋律。

冰心的创作具有净化人的心灵、陶冶人的情操的作用，纯正的审美趣味与强烈的道德力量，使她的作品有永不凋萎的艺术青春。这正是冰心的作品能赢得读者的喜爱并得以传世的主要原因所在。

二、叶绍钧

作家小传

叶绍钧：实实在在的“写家”

叶绍钧（1894—1988），字圣陶，江苏苏州人，著名作家、教育家。1911 年于苏州草桥中学毕业后辗转苏州、上海、杭州等地，任小学、中学教师。1914 年开始写作短篇小说。1918 年开始用“叶圣陶”这个名字发表小说。1921 年参与发起成立了文学研究会，并被邀为茅盾主编的《小说月报》和《晨报副刊》的撰稿人。1923 年至 1930 年间任职于上海商务印书馆国文部，1930 年底改任开明书店编辑。抗战爆发后，先后在重庆中央国立戏剧学校、武汉大学等校任职，并在成都继续主持开明书店的编辑事务；抗战胜利后，曾主编中华全国文艺协会总会会刊《中国作家》。

叶绍钧的小说创作经历了由“问题小说”向更广阔的社会现实拓展的过程。1919 年发表在《新潮》上的《这也是一个人?》鲜明地提出了妇女人格和社会地位的问题，引起较大反响。此后，他凭借自己的一系列创作实绩，逐渐成为新文学初期有着较高知名度的作家。叶绍钧的代表作主要有长篇小说《倪焕之》，短篇小说集《隔膜》《火灾》《线下》《城中》《未厌集》等，他还创作了最早的现代儿童文学作品集《稻草人》《古代英雄的石像》等。

叶绍钧始终坚持“为人生”的文学主张，对生活有着细致入微的观察和体验，他提倡写自己最熟悉的生活，由于长年的教员生涯，叶绍钧对现代中国教育界的情形了解得深切详明，擅长描写小市民和小资产阶级知识分子的灰色人生。茅盾曾说过：“冷静地谛视人生，客观地写，写实地写，描写着灰色的卑琐人生的，是叶绍钧。”“他的‘人物’写得最好的，是小镇里的醉生梦死的灰色人。”[①] 叶绍钧以教育界、学校生活为题材创作的“教育小说”不仅在他全部的小说创作中占很大比重，也开拓了中国现代小说的题材范围，塑造出了形形色色的小知识分子的卑琐形象，寄寓着作家对小知识分子灰色灵魂的深刻讽刺和批判。

长篇小说《倪焕之》比较完整地写出了知识分子从辛亥革命开始到大革命失败这一时期的追求与遭遇，是叶绍钧小说创作最重要的作品，也是现代文学史上第一部较有分量的直接反映“五四”以后的时代形势及其对知识分子命运深刻影响的长篇小说。小说以小学教师倪焕之从信奉教育救国到投身社会革命的生活经历为线索，真实再现了从辛亥革命开始到大革命失败期间一系列重大历史事件的原貌，反映了这些历史事件对部分小资产阶级知识分子的命运所产生的巨大影响。倪焕之的生活道路相当真实地表现了一个富有革命理想的小资产阶级知识分子在时代潮流的推动下，从改良主义走向社会革命的思想历程，高度概括了从五四运动到大革命失败这一历史时期那些追求真理、探索前进的知识分子的共同人生道路，完整地刻画了近代中国追求进步的知识分子的心灵变迁史。整个作品以阔大的艺术视野和宽广的历史背景，以浓郁的时代气息和强烈的战斗精神以及鲜明丰满的人物形象，成为新文学长篇小说创作中占有独特一席的重要作品。

短篇小说《潘先生在难中》以 20 世纪 20 年代江浙军阀齐燮元、卢永祥的混战为大背景，把人物放在最能考验人的战争环境中，刻画了主人公潘先生卑琐、自私、麻木的性格，深刻地批判了旧中国小资产阶级知识分子的“临虚惊而失色，暂苟安而又喜”的卑怯可憎

---

① 茅盾．小说一集：导言//中国新文学大系．上海：良友图书印刷公司，1935.

心理，活画出小知识分子的灰色灵魂，引发人们对小知识分子生活道路的深沉思考；同时，小说也反映了军阀混战给人们生活带来的种种苦难。《潘先生在难中》不仅在取材方面反映了叶绍钧的小说尤其善于描写城镇小市民和教育界小资产阶级知识分子灰色生活的特点，而且在艺术表现手法上也显示了叶绍钧小说的基本特色：第一，在艺术结构上不追求曲折离奇的情节，而是以质朴的描写，如实地表现平常人的平凡的故事，作品具有很强的现实性和真实性；第二，不仅客观地描写潘先生这类小市民的生活状貌，更注重挖掘其矛盾、卑琐的内心世界，使人物形象立体化；第三，善于运用富有特征的动作和典型细节来突出人物性格，并使之具有某种特定的幽默感；第四，语言纯净洗练、准确严谨而又富于表现力和感染力。这些都构成了叶绍钧小说的基本风格：朴实无华、真切自然。此外，在叶绍钧仅有的几篇反映农村生活的小说中，《多收了三五斗》描写 20 世纪 30 年代初“丰收成灾”的畸形社会现象，成为当时动乱农村的一幅灰色剪影。

总之，叶绍钧小说的艺术风格最突出地表现为对底层生活和小市民知识分子的描写，观察细致准确，较为鲜明地体现了文学研究会作家为人生而艺术的审美追求和客观写实的创作原则。

三、许地山

作家小传

许地山：对终极人生与现实人生的双重追求

许地山（1893—1941），名方塑，字地山，笔名落花生。出生于台湾省台南市，甲午战争后随家人迁回大陆，落籍福建漳州。1920 年毕业于北京燕京大学，获文学学士学位，并留校任助教。1921 年与茅盾等人发起成立了文学研究会，开始发表文学作品。1922 年又毕业于燕京大学宗教学院，获神学学士学位，同年留学美国哥伦比亚大学，获文学硕士学位。1925 年赴英国牛津大学，研究宗教比较学、印度哲学、梵文及民俗学，1926 年回国，1927 年后任教于燕京大学。1935 年赴香港大学任教，直至 1941 年病逝。许地山对佛教、道教、基督教等多种宗教文化均有涉猎并深受影响。因此，他的创作一方面表现了对现实人生问题的扎扎实实的探讨，另一方面又显示出较为浓厚的宗教文化色彩。他的代表作主要有小说集《缀网劳蛛》《危巢坠简》，影响较大的小说作品有《春桃》《铁鱼底鳃》等；此外，他的散文诗集《空山灵雨》不仅风格独特，而且也是中国现代文学史上最早问世的散文诗集之一。

尽管许地山的创作一开始就汇入了“问题小说”的热潮之中，但却显出了与冰心、叶绍钧、王统照、庐隐等人不同的奇彩异趣，其创作最引人注目的特点就是它的异域色彩、宗教氛围和情节上贯穿的爱情线索，在这三者之下，隐伏的是作者深沉的身世之痛、家国之感。他的故事往往发生在缅甸（《命命鸟》）、印度（《商人妇》）、新加坡（《醍醐天女》）、马来西亚（《缀网劳蛛》）等异域；国内的“生活区”大多在闽、粤等地（《黄昏后》），萦绕着异域色彩：彩云环绕的瑞光大塔，碧浪翻涌的“干多支”，美妙的“雀翎舞”，动听的“巴打拉”……宗教氛围是作品的另一特色：法轮学校、乞食、礼拜、涅槃、晚祷、讲经说法、极乐寺、放生池……使他的小说流溢出浓重的宗教气息；在小说的情节上，几乎都以一条“爱情”线索贯穿，《命命鸟》中的加陵和敏明，《商人妇》中的林荫乔与惜官，《缀网劳蛛》中的长孙可望和尚洁……这些男女主人公离合悲欢、微妙幽婉的爱情故事，都相当曲折离奇。但是，许地山的作品绝不是对宗教教义的宣传，而是在宗教氛围中曲折地探讨人生的意义，表达了对黑暗社会、扭曲人性的封建礼教的批判以及对被侮辱、被损害的弱者的同情和对人生的执着追求。因此，许地山小说的主要特点是既描写现实又不等同于现实主义，既倾向浪漫又不等同于浪漫主义，风格独特、颇具个性。

许地山的小说创作可以分为两个阶段，早期的代表作有《命命鸟》《商人妇》《缀网劳蛛》等，其中《命命鸟》描写了一对仰光的青年男女因爱情受到家庭反对，携手投湖自尽的故事，有力地控诉了封建婚姻制度对青年的残害，也流露出明显的消极出世、重返“极乐国土”的宗教情绪，充满着“生本不乐”的思想。许地山早期的其他小说也同《命命鸟》一样，充满了浪漫主义的传奇色彩，故事情节曲折生动，蕴含着宗教意味。这些传奇故事的主人公多是女性形象，对生活抱有一种任其自然、逆来顺受的态度，以德报怨，宿命观点严重。正如《缀网劳蛛》的主人公尚洁说的“我像蜘蛛，命运就是我的网”那样，典型地体现出东方人的坚韧不拔和乐天知命，集儒、道、佛文化和基督文化于一身。随着时代的发展，许地山的思想和创作风格发生了很大的变化，由早期的飘忽不定的玄想和温柔敦厚的文风转为激愤，浪漫色彩减弱，现实主义倾向增强。1928 年，许地山发表的《在费总理的客厅里》是他走向写实主义的开端；而真正标志着他走向切实沉着的现实主义创作道路的转折之作，是他发表于 1934 年的长篇小说《春桃》。在《春桃》中，作家以饱含感情的笔触，刻画了一个在命运的拨弄面前稳健地驾驶着人生之舟的强者。兵匪战乱使春桃的生活中同时出现了两个男人，春桃做出大胆的决定，三人同睡一起，共同生活，共同劳动。在“我是我自己的”，“咱们的事，谁也管不了”的信念驾驭下，她和两个男人开起了三人公司，以自己的意志支配自己的命运，表现了劳动者在生活的重压下相濡以沫的高尚情操和道德准则。春桃的积极进取的人生观不仅显示了比敏明、尚洁、惜官等早期小说中的女性高得多的道德审美价值，也显示了作者许地山对劳动人民的真正了解。《春桃》的结局，表现了作者的民主思想和反封建的积极意义。春桃的形象塑造得生动感人，她朴实、宽厚、富于勇气，无论对以前的丈夫还是后来的爱人，她的出发点都不是封建的婚姻观念，也不是怜悯，而是出自内心的正直、善良和对同一命运的人相濡以沫的关怀，以自己的意志支配自己的命运，体现出积极进取的人生态度。虽然这一人物带有些微的理想色彩，但作者却不是牵强地把这些外加于人物，而是通过现实矛盾的自然进展加以展示，细节真实可信，对春桃感情生活的描写，尤其生动。作品取材新颖、情节独特，小说的结尾出人意表，语言也富有表现力，但稍嫌生涩。

1925 年 6 月由商务印书馆出版的《空山灵雨》是许地山唯一的散文集，也是中国现代文学史上最早的散文诗集之一。显而易见，“空”“灵”二字似乎已经定下了这部作品的思想基调和艺术旨趣。对人生哲理的玄思，是《空山灵雨》的基本内容，“生本不乐”的佛教多苦观浸润在《心有事》《蝉》《海》《债》《头发》等许多篇章中。此外，平民主义的礼赞构成了《空山灵雨》中最为积极的因素，《落花生》集中表现了作者的这一倾向，散文以质朴无华的语言引发出为人的道理“人要做有用的人，不要做伟大的、体面的人”，寓意深长，令人回味。夫妻情感的抒写是《空山灵雨》中又一个饶有情趣的组成部分，《香》《愿》等篇透露出性爱与信仰、人性与佛性的冲突，以及二者由共处到对抗的路径，而以人本主义对禁欲主义的胜利表明了作者弃佛入世的心路历程。

在艺术风格上，“空”与“灵”的韵味境界，是《空山灵雨》在艺术上的独特造诣，感伤的情调、忧郁的情绪、迷离的构思、精美的语言，使《空山灵雨》颇具晶莹神秘之美。《空山灵雨》中的不少作品都带着若隐若现、迷离怅惘的朦胧，洒脱超逸的语言，蕴含着颇费咀嚼的玄理思辨，巧妙的比喻、隐喻，丰富的想象，奇特的构思和小说化倾向，别有一番艺术魅力。同时，寓言体式无疑增强了《空山灵雨》的宗教文化色彩和思想启发力。一部分作品类似于佛经文学“设喻式”加“对话体”的形式，比较玄妙空灵，往往暗含哲理，启人顿悟，如《暗途》，在简洁的对话中制造了一个喻体：黑暗中行路，与其提着灯把自己亮在明处，不如不要灯，把自己隐在暗处。作品以此巧妙地传达出一种以暗为明、以退为进、以守为攻的人生哲理和姿态，既切要明了，又令人深思。因此可以说，无论从思想性还是从艺术性上看，《空山灵雨》都不愧为一部融合多重宗教玄想的人生寓言。

作品欣赏

《海》是《空山灵雨》中最富有象征意味的篇章之一。茫茫空海漫无边际，人随时都有可能被吞没，然而我们能做的只有“划船”，只有这样，才有可能在迷茫中把握自己，在“无为自然”的境地里达到现实与精神的双重超脱。基督教文化的博爱、执着、使命感，佛教文化的空寂、宽容以及道教文化的顺其自然、无为而治，在这里浑然合一，形成了一种多义性文化的人生境地，升腾为一种特有的许地山式的人生哲理。

海

我底朋友说：“人底自由和希望，一到海面就完全失掉了！因为我们太不上算，在这无涯浪中无从显出我们有限的能力和意志。”

我说：“我们浮在这上面，眼前虽不能十分如意，但后来要遇着底，或者超乎我们底能力和意志之外。所以在一个风狂浪骇底海面上，不能准说我们要到什么地方就可以达到什么地方；我们只能把性命先保持住，随着波涛颠来播去便了。”

我们坐在一只不如意底救生船里，眼看着载我们到半海就毁坏底大船渐渐沉下去。

我底朋友说：“你看，那要载我们到目的地底船快要歇息去了！现在在这茫茫的空海中，我们可没有主意啦。”

幸而同船底人，心忙得很，没有注意听他底话。我把他底手摇了一下说，“朋友，这是你纵谈底时候么？你不帮着划桨么？”

“划桨么？这是容易的事。但要划到那里去呢？”

我说：“在一切的海里，遇着这样的光景，谁也没有带着主意下来，谁也脱不了在上面泛来泛去。我们尽管划罢。”

——许地山．空山灵雨．石家庄：河北教育出版社，1994.

总之，许地山的小说与散文，开拓了新文学的描写领域，丰富了新文学的创作方法，不仅在文学研究会的作家中显得特立不群，而且在“五四”时期乃至整个新文学发展史上都占有独特的位置。

四、王统照

作家小传

王统照：“爱与美”的表现者

王统照（1897—1957），字剑三，山东诸城人。1918 年赴北京，就读于中国大学。1919 年参加五四运动，在《新潮》杂志上发表过列宁文章的译文。1920 年在《小说月报》上发表短篇小说《湖中的夜月》，次年参与发起创建文学研究会，从此开创了他文学活动的道路。王统照一生创作颇丰，主要代表作有短篇小说集《春雨之夜》《霜痕》《号手》，长篇小说《一叶》《山雨》等，另有不少散文小品集、诗集和评论。“五四”时期，王统照将“爱与美”视为人生的终极目的和改良人生、社会的药方，他在作品中极力倡导建设爱与美的社会，描写理想生活的丰富美丽，形成了鲜明独特的美学风格。

对“爱与美”的玄想从一开始就成为王统照进行创作的出发点和归宿，收入《春雨之夜》中的短篇大都体现了他的这一美学追求。又如《沉思》写一个漂亮的女演员琼逸的故事，琼逸为了帮助画家韩叔云完成艺术作品，为他做裸体模特儿，但周围的人却以势利的占有的态度对待她的美，她的男朋友因为她做模特儿而与她反目，画家韩叔云也对她产生了非审美的心思……独自沉思这种社会现象，琼逸感到不解和失望。小说以此批评了不懂美、亵渎美的社会现实，表达了作者对美的尊重。

王统照是本着“为人生”的目的执着地追求爱与美的理想境界的，但追寻的结果却处处是失望和幻灭，随着对社会和时代认识的加深，他的作品逐渐加重了写实的倾向。1922年创作的《湖畔儿语》表现了贫民的悲惨生活，代表了王统照小说创作的新倾向，其中对于独行者追梦的抒写让位于对下层劳动者的殷殷关切和深深同情，当年曼妙的童声为如今苦涩的“儿语”所掩，对于纯真童心的讴歌由此真正具备了切实的内涵。1933年完成的反映农村社会变迁的长篇小说《山雨》则标志着王统照现实主义创作的成熟。《山雨》以军阀统治下的北方农村为背景，较深刻地反映了在帝国主义经济侵略和苛捐杂税、天灾兵祸下农村经济的凋落，农民寻求出路的摸索与挣扎，展现了20世纪30年代初北方农村在政治腐败、经济崩溃的双重阴影下广阔的生活图景。作品以农民奚大有一家的生活遭遇为线索呈纵向式结构展开，涉及城乡两面，把农民对故土的依恋、离乡的无奈和流入城市寻求生活的艰苦一一写出，在动荡的社会背景下画出了一幅新时代的流民图，尤其是对农民心态的细腻体察与表现，倾注着作者对于家乡的深情。奚大有本是一个安分、憨直的农民，他的愿望只是依靠土地、依靠自己的劳动过一种普通的、以维持温饱为度的生活。但农村经济崩溃的残酷现实，一系列事件的打击，使这个最依恋乡土的农民一步步离开了乡土，同时也一步步走上了反抗和觉醒的新路，寻求与父辈不同的归宿。有评论家曾说1933年是“《子夜》《山雨》年”，此外还有“北有《山雨》”“南有《子夜》”的说法，可见王统照的《山雨》在当时产生的较大的影响。

在现代小说创作中，像王统照这样长期致力于象征与写实关系的探索的作家并不多见。就艺术情调而言，与他题材上从知识者到农民、从一般的生活背景到注目于齐鲁大地相适应，王统照的创作大致上画出了从感伤的抒情到凝重的写实、从优美到壮美的发展演变轨迹。

第四节　创造社作家的小说创作

◯郁达夫和他的“自叙传”小说　◯“张资平模式”的历史际遇　◯郭沫若与《残春》

一、郁达夫

作家小传

郁达夫：忠实于“自叙传”的“零余者”

郁达夫（1896—1945），原名郁文，浙江富阳人。早年丧父，家境贫寒，幼年时就表现出很好的文学修养，读小学时就能写作旧体诗。1913年随长兄赴日本留学，先学医，后改学法律、经济，但对文学更感兴趣，此间，阅读了大量中外文学名著，并开始小说创作。1921 年 7 月，郁达夫与郭沫若等人在日本发起成立创造社并负责《创造》季刊等刊物的编辑工作。1922 年回国后，在继续从事文学创作和创造社的文学活动的同时，他还积极参与各项进步活动，先后参加“民权保障自由大同盟”和“左联”等组织。抗战爆发后，他积极投身于救亡运动，1945 年 9 月 17 日被日本宪兵秘密杀害于南洋。

郁达夫在散文、旧诗词、文学理论、翻译等方面都有独到的贡献，而以小说创作影响最大。郁达夫的小说创作深受日本私小说的影响，擅长用“自叙传”的方式抒写一个时代“零余者”徘徊于人生十字路口的痛苦心灵。代表作主要有小说集《沉沦》《茑萝集》《寒灰集》，散文集《闲书》《屐痕处处》等。

郁达夫

郁达夫是创造社小说家的代表和旗帜，他在现代文坛的崛起，正是从他的小说集《沉沦》开始的。1921 年 10 月出版的小说集《沉沦》由《银灰色的死》《南迁》《沉沦》三个短篇组成，是郁达夫自己的也是中国现代文学史上的第一部白话短篇小说集。《沉沦》中的作品抒写了“五四”青年的苦闷与彷徨，以及由此形成的某种病态的人格。作者在《〈沉沦〉自序》中说他是在“描写着一个病的青年的心理，也可以说是青年忧郁病的解剖”。

《沉沦》是郁达夫最有影响的短篇小说代表作。小说描述了一个中国留学生在日本的“沉沦”乃至忏悔，并且由忏悔而投海自沉的悲凉故事。小说刻意表现了主人公“他”作为一个弱国子民，在日本那样陌生而异质的文化环境中所产生的“文化震惊”感和由此导致的心灵失衡、孤独感和屈辱感。《沉沦》的主人公“他”本是一个热爱自由、富有反抗精神而又多愁善感的时代青年，出于对社会现实的不满，他来到日本留学，企图将来一展宏愿。但作为一个“弱国子民”，在异国他乡遭遇到的不是温暖和尊敬，而是不堪忍受的歧视和凌辱。严重的忧郁、压抑和伤感使他的心理变态以至绝望，主人公在投海之前，面对着祖国的方向，发出了期待祖国早日强盛的深情呼唤。小说对主人公时代忧郁症和变态性格的大胆描写，有力地揭露了封建伦理道德的虚伪和罪恶，体现出强烈的反帝爱国情思和特定的“五四”时代精神。同时，小说所表现的“五四”青年对个性解放的追求和被生活挤出轨道的“零余者”的哀怨，也鲜明地表达了一种爱国主义和人道主义的情怀。

经典评论

《沉沦》的反响

小说集《沉沦》问世以后，其中违背传统道德观的大胆的自我暴露引起了社会的轰动，也引发了各方的指责，很多人直斥其为“淫书”，周作人署名“仲密”的文章《沉沦》（郁达夫研究资料：下．天津：天津人民出版社，1982）以一种世界性的眼光对郁达夫的创作进行了客观的分析和评价，最终奠定了其在文学史上的经典地位。周作人开篇即对读者和评论界某些人认定《沉沦》为“不道德的文学”的调子进行了纠正：“我在要谈到郁达夫所作的小说集《沉沦》之先，不得不对于‘不道德的文学’这一个问题讲几句话，因为现在颇有人认为它是不道德的小说。”周作人援引英国莫台耳（Mordell）《文学上的色情》一书中对于“不道德的文学”的界定，指出郁达夫的小说不属此列，《沉沦》“虽然有猥亵的分子而并无不道德的性质”，只是“非意识的不端方的文学”，“虽不是劝善的而也并非诲淫的；所有自然派的小说与颓废派的著作，大抵属于此类”。在文末，周作人再一次郑重声明：“《沉沦》是一件艺术的作品，但他是‘受戒者的文学’（literature for the initiated），而非一般人的读物。”在这里，周作人用他一贯的广博的知识向文学界以及读者指出了对于《沉沦》的正确解读之路，不仅帮助《沉沦》厘清了非议，而且他对于《沉沦》的“是一件艺术的作品”，“而非一般人的读物”的高度赞誉，对于《沉沦》在文学史上地位的确立奠定了重要的基础。

此外，色与欲的描写、烟花柳巷、秦楼楚馆等在《沉沦》中的表现也比较明显和大胆。但是，郁达夫的这些描写与所谓的“黄色文艺”“色情文学”有着本质的区别：它是作者自觉地反叛封建道德、抨击虚伪礼教的叛逆精神的惊世骇俗之举，它有力地揭露了假道学们的把戏，使他们感到作伪的困难；它以严肃的态度，力图在文学作品中探讨人的自然本性，呈现出它作为生命现象与社会现象的一部分。这些描写，不是对性行为的无意义展示，它伴随作者痛苦的自我解剖，是对于纯真爱情的向往以及求之不得的结果，作者总不忘在描写主人公性饥渴、性变态的行为的同时，施以严厉的自我谴责和良心审判，让主人公进行激烈的内心搏战，以获得灵魂的升华。

1922年回国以后，郁达夫为生活所迫，辗转各地，广泛接触了国内生活，创作视野渐趋开阔，目光投向社会底层的被污辱被损害者，表现出思想的进步，开始从抒写“性的苦闷”向诉说“生的苦闷”转变。1927年发表的《过去》与1928年发表的《迷羊》，显示了郁达夫创作路向的转移，有着比较鲜明的政治倾向。

《春风沉醉的晚上》是郁达夫后期小说中一篇具有独特风格的作品，它在显示郁达夫小说的基本特色及其发展变化等方面有着特殊的意义，而这些都与作品的抒情主人公的思想意蕴有着密切的关联。郁达夫的小说创作始终遵循一个基本原则，即作家的创作都是其“自叙传”。因此，《春风沉醉的晚上》也不例外，作品中的“我”，一个穷困潦倒、一文不名的底层知识分子，在很大程度上闪现着作者自身的人生感受，“我”的种种不幸实则映现了作者对人生与社会的多重悲哀。《春风沉醉的晚上》是郁达夫小说由主观浪漫抒情向现实主义转变途中的重要作品，作品中的“我”虽然与作者自身的人生经历、主观情感多有重合，但这个“我”毕竟多了一分冷静与清醒，作品透过“我”的感受对人生与社会有了比较透彻的体认和一种严肃的批判眼光。“我”与烟厂女工陈二妹的情感交流，不再是郁达夫许多作品中常见的那种男女之情，而上升为一种纯真的关爱与体贴，是一种同是天涯沦落人的真诚理解，虽然“我”对人生与社会仍然存有无限的哀愁，但毕竟从陈二妹身上得到了几许人间的温暖。作品的可贵之处还在于，它既写了底层知识分子与劳动者之间的心心相印，又写出了他们之间存在的实际差异。

概括说来，郁达夫小说的基本风格主要表现在：第一，大胆无遗的自我暴露，忠实于“自叙传”的叙述方式。从初期的《沉沦》到中后期的《春风沉醉的晚上》《茫茫夜》《迟桂花》……不论是作品中的“他”“伊人”，还是“我”“老郁”，或是“李白时”，甚至古代的“黄仲则”，没有一个不带有作家本人的身影或精神气质。郁达夫以自我的个人经验、情感生活为单纯的线索，宣泄一己的情怀，既有卢梭式的自白，也有维特式的自怜，自惭、自卑与自尊、自傲相纠结，构成时代的“零余者”的心史、情绪史。作者深信透过“自我”心灵的观照，也能折射大千世界，因为通过一个人最真切、最可靠的感情体验，能够深刻地表现社会。小说中的形象不只是作者本人的写照，也是“五四”时期一大群染了“时代病”的彷徨、苦闷的青年们的典型。第二，浓郁的浪漫主义抒情色彩，突出表现抒情主人公的情感世界，着力抒发自我的内心感受，把主人公亦是自我的感情脉搏和心灵历程艺术地呈献在读者面前。郁达夫的小说注重抒发主人公抑郁寡欢、孤独凄清的情怀，暴露和宣泄人物感伤的、悲观的甚至是厌世颓废的心境。郁达夫将人物心理的细腻描摹与外在景物恰到好处的衬托相结合。《沉沦》中的“他”和《南迁》中的“伊人”的纤弱自卑，《春风沉醉的晚上》中的“我”与《茫茫夜》中的于质夫的自伤沦落等“有病的呻吟”，表达了作者的社会态度和对人生的悲观感情。第三，以人物情绪的起伏变化来结构作品的“情绪流”结构方式，不注重故事本身的发展，一切以人物情绪的波动来推进情节的发展。如《沉沦》中以主人公“我”的孤独感、苦闷感及感伤情调来贯穿前后，形成作品结构内在的一种凝聚力量。现代小说中的一种崭新的体式——自我写真的抒情小说，正是这样在他富有创造性的实践中确立的。第四，如泣如诉的语调，浓烈明快的语言，清新秀丽的文风。郁达夫的小说，笔触所及，都显出“清、细、真”的特色。淡远和清愁配以清丽、流畅、自然、真挚的文辞，表现着主人公心灵的某种律动，真有呼之欲出的情韵。有时着墨绮丽，却也不掩一腔真情；更多时是以朴素、直白取胜，随兴而至，平淡无奇的文字间，显出跌宕多姿的笔意，如《迟桂花》等佳作，语言的色彩与其独特的风格高度一致，进入了创作的圆熟境界。

在中国新文学史上，郁达夫对自我写真的抒情小说的试验，既体现了日本私小说的影响，也呼应了20世纪20年代时代思潮的一个侧面——浪漫而感伤的时代氛围，吟唱出张扬个性、崇尚感情、表现自我的文学咏叹调，从道德的角度、心理学的范畴对现代小说的表现领域进行了大胆的开拓，引领了一种以浪漫主义为风格的小说派别，开创了与以鲁迅为代表的写实主义风格不同的小说创作路向。正是从这个意义上说，郁达夫不愧为享有盛名的一代文学巨匠，在中国现代文学发展史上占有重要的地位。

知识链接

私小说

20世纪初叶，在日本文坛盛行的私小说创作与当时在日本风行的自然主义思潮密切相关。小杉天外、永井荷风等人最早把西欧以左拉为代表的自然主义文学主张及作品译介到日本，他们标榜自然主义的审美追求，提出“原封不动写真实”的口号，极力主张不管是人生的秘密还是恶魔的私语，尽可不加主观判断地和盘托出。在这种理论的引导下，日本文坛开始出现了一些自然主义的作品，其中，岛崎藤村的《破戒》（1906）、田山花袋的《棉被》（1907）是最有影响的代表。以《破戒》和《棉被》为代表的日本自然主义文学思潮虽然来源于西欧，但却对左拉等人作品中广泛的社会性明显缺乏重视，只是一味地着力于自我表现、自我暴露，使自然主义文学思潮在日本演绎为一种忠实地表露作者私生活的记录性文学。自然主义文学对当时日本文学的影响是非常广泛和深刻的，盛行一时的私小说就是在自然主义文学思潮的直接影响下产生的。在连接西方自然主义与日本式的自传体私小说方面，岛崎藤村起到了重要作用，他的《新生》《一个女人的一生》等都是比较典型的自传体的私小说。

所谓“私小说”，即以“我”为中心题材的小说，它着力表现的是“我”及其身边的生活与情感，它最感兴奋的是表露“我”内心深处的隐秘，继自然主义文学流行之后，私小说作为一种纯文学的主要形式，在日本文坛经久不衰。最负盛名的私小说代表作家有德田秋声、宇野浩二、左藤春夫等。

日本自然主义文学及私小说的盛行对当时留学日本的中国作家，尤其是创造社的郭沫若、郁达夫、张资平等人产生了重要影响。创造社最擅长小说创作的郁达夫，他的自叙传式的小说创作就明显地受到了日本私小说的影响。

郁达夫的散文创作造诣不在小说之下，但影响不如小说大，除了小品、杂文、书简、日记之外，其游记最可关注，这些作品以其情韵、意境、个性和独特的赏鉴能力，给人以高度的艺术享受，《一个人在途上》《钓台的春昼》等都是其中的名篇。

二、张资平

张资平是创造社另一位有影响的小说家，但他却主要以"色情小说"而闻名。张资平是一个多产的作家，一生写过 20 多部中长篇小说和近 50 部短篇小说，中长篇小说如《冲击期化石》《梅岭之春》《苔莉》《飞絮》《爱之焦点》等，均产生了较大影响，其中，出版于 1922 年的《冲击期化石》还是中国现代文学史上的第一部长篇小说。他的作品行销量之大，不仅在当时而且在整个现代文学史上也是少见的，如出版于 1926 年的《飞絮》到 1930 年已经印刷 11 版，创下了当时少有的纪录。

20 世纪 20 年代末到 30 年代，张资平等的三角恋爱小说还引发了一场"性文学热"，他们的作品虽然遭到新文学主流的强力抵制，但仍然在市场上蔓延。性意识在现代文学作品中的潜在影响和作用，显然不能仅仅通过性意识自身的内涵予以充分说明，它具有更为广阔的文化背景和更为深入的时代动因。1926 年、1927 年分别出版了《飞絮》和《苔莉》两部长篇并以其中的性意识吸引了大批读者之后，连续好几年，张资平的作品"行情一直看涨"。如果把当时那么多读者愿意读张资平的作品仅仅归结为读者的情趣低下，问题就简单化和片面化了。中国历史长期对性文化、性意识的禁锢，不仅加剧了人们对性的好奇心和性的神秘感，而且形成了人们的一种潜意识的逆反心态。尤其是中国千百年来层出不穷的道德规范和伦理说教的巨大压力，强化了人们普遍的变态心理。"五四"以来的新思潮，有力地冲击了传统文化的禁锢，使人们得以从反封建的时代要求出发，表现出对人性及人生重新认识的哲学思考。人格独立、个性解放，包括对性意识多方面的着力张扬，不仅是一种历史潮流，而且成为当时一种新的、广泛的文化心态。因此，人们读到张资平的作品，尽管都是千篇一律的题材，单调乏味的故事，但还是接受了。所以与其说人们对张资平的作品有兴趣，不如说他们对自己更有兴趣，对自己需要的性意识更有兴趣；与其说张资平的作品是故意的"性的展览"，不如说它们是人们对性意识的自觉追寻和无意识的契合。

张资平的小说虽然在某种意义上有着对传统观念的反叛，但在总体上陷入了一种市场运作的怪圈，最终使他的创作越来越走向粗制滥造，有的作品甚至遭遇了"腰斩"的厄运。当年，《申报·自由谈》连载张资平的长篇小说《时代与爱的歧路》，连载至一百零一次时，因"读者来信，表示倦意"，编辑部"为尊重读者意见起见"，断然"停止刊载"[①]，这就是文学史上轰动一时的"腰斩张资平"事件。由此可见，读者的阅读心理期待对小说的连载起着至关重要的作用，真可谓"成也萧何，败也萧何"，这一点在张资平身上得到了无情的印证。

三、郭沫若的《残春》

郭沫若一生的创作以诗歌和历史剧数量最多、成就最大，此外，他在小说和散文方面也有不俗的成绩。特别值得提到的是，郭沫若早期小说创作对弗洛伊德精神分析理论的吸取和运用具有特殊的意义和价值。郭沫若 1922 年 4 月创作的短篇小说《残春》是他实验弗洛伊德精神分析理论的一个典型代表。其时弗氏精神分析理论正在中国现代文坛引起重视

---

① 编辑室启事．申报·自由谈，1933-04-22.

并产生一定的影响。当时一些作家已经敏感地注意到了精神分析的重要，并开始了不同程度的尝试，鲁迅在《肥皂》《明天》等作品中就显示了深刻老辣的精神分析笔法，但这种笔法更多地还是掩映在客观现实描写的主调之下。而郭沫若的《残春》则完全是以梦幻、以精神分析作为“全篇的中心点”和“全篇的结穴处”，整个作品的着力点并不是注重于事实的进行，而是“注重在心理的描写”，“是潜在意识的一种流动”。人物内心与现实的矛盾，情感与理智道德的冲突，原始的人性，纯真的情致，都在无形无影的梦境中得到展现、消融和升华。这篇小说本身的情节内容也许像当时有人指责的那样“没有什么深意”，但小说中的那场梦却做得相当完满、成功。可以说，中国现代文学史上这样充分、成功地运用精神分析手法的小说，《残春》或许是第一部。尽管《残春》不能算是一篇完美的精神分析小说，但它首先通篇运用的精神分析手法，从一个独特的角度打破了中国传统小说的基本格局和中国读者传统的阅读心理和批评心理。成仿吾当时就针对有人觉得《残春》“平淡无味”、缺乏“连络”，指出了《残春》在这一方面的特殊意义，认为《残春》实际上冲破了“在中国一般人心理”对“内容的最高点”的企盼，冲破了小说形式程序上完备的讲究。[①] 在中国现代文学史上，《残春》不是一部有影响的重要的作品，但《残春》的创新意识是重要的、有影响的。它无疑为西方精神分析理论及手法在现代中国文学中的运用，为后来现代文学创作中陆续出现的心理分析小说，提供了一个有力而有益的范例。正是在这个意义上，《残春》及郭沫若早期的其他小说创作是不应该被忽视的。

思考题

1. 鲁迅的创作在中国现代文学史上一出现就是一座高峰，你怎么理解这个现象？

2. 你怎么看待阿Q身上的“精神胜利法”？

3.《故事新编》以史喻今的叙述特点主要体现在哪些方面？

4. 你怎样理解冰心写“问题小说”的动机？

5. 许地山小说与散文的宗教色彩表现在哪些方面？其现实人生的态度又体现在哪些方面？

6. 郁达夫《沉沦》中主人公“他”的性格特征及思想蕴涵是什么？《沉沦》在哪些方面代表了郁达夫小说创作的总体风格？

延展阅读

1. 在《我怎么做起小说来》中，鲁迅曾说过：“记得当时最爱看的作者，是俄国的果戈理（N. Gogol）和波兰的显克微支（H. Sienkiewitz）。日本的，是夏目漱石和森鸥外。”（《南腔北调集》）实际上，鲁迅不仅深受他们的作品的影响，而且还亲自或鼓励他人将其作品译介到中国。因此，要更深入地了解鲁迅的小说，这些外国作家作品尤其值得关注，如果戈理的《狂人日记》《外套》，显克微支的《炭画》，夏目漱石的《我是猫》等。

2. 1925年，鲁迅先后翻译了日本文艺理论家厨川白村的《苦闷的象征》和《出了象牙之塔》两部著作，使其文艺思想很快在中国流行起来并深深地影响了一大批中国读者。特别是鲁迅，他的《野草》所采用的象征主义的手法，明显受到了《苦闷的象征》中的理论的指导。

3. 在中国现代文学研究领域，鲁迅研究的成果最多，水平最高，聚集的学者力量最为

---

① 成仿吾．《残春》的批评．创造季刊，1923，1（4）．

雄厚，这已经成为一个不争的事实。在当今学人中，王富仁的《中国鲁迅研究的历史与现状》（浙江人民出版社，1999）对80年中国鲁迅研究的历史状况和现实状况进行了较为系统和全面的考察，并对它的前景做出了概略性的预测，读后，将对我们理清中国鲁迅研究的历史演变轨迹、把握中国鲁迅研究的整体态势有重要帮助。

4. 除了小说、散文之外，叶绍钧还创作了《稻草人》《古代英雄的石像》等童话集，其中《稻草人》还是中国现代最早的一部童话集。阅读这些作品不仅能够了解叶绍钧在儿童文学创作方面的才华和成就，更重要的是，它将有助于我们了解叶绍钧作为一个“教育”作家的重要特色。

5. 郁达夫作为中国现代最突出的浪漫主义抒情小说家之一，其小说创作的一个最重要手法就是“自叙传”，而在这一点上，他特别受到了日本私小说的影响。阅读日本私小说作家德田秋声、宇野浩二、左藤春夫等人的代表作品，了解郁达夫小说风格、特色形成与他们的渊源关系。

第四章　现代新诗的初创与开局

“五四”新诗人经过草创时期的探索，大胆革新了中国诗歌的语言和形式，实现了诗体大解放，创造了多种多样的新体式，拓展了诗歌表现的范围，大大贴近了现代国人的思想和情感，使得新诗呈现出青春勃发的气象和开放的态势。中国文学中的诗歌生态发生了翻天覆地的变化。同时也应看到，诗歌这个文类对传统文化的依赖很深，在缺少更直接而有效的借鉴的情况下，革新的难度也较小说、散文要大，本时期白话新诗的羽翼尚未丰满，对中国传统诗歌和外国诗歌的认识和借鉴还存在着不足或误区。

第一节　胡适等人白话新诗的尝试

○《尝试集》　○刘半农的新诗　○初期白话诗歌的特点

“五四”文学革命初期白话诗的创作有着明确的理论自觉。胡适（1891—1962）是最早尝试新诗创作、最有代表性的初期白话诗人。他在发表于1919年10月的著名文章《谈新诗》中指出：“若想有一种新内容和新精神，不能不先打破那些束缚精神的枷锁镣铐。”形式的变革是晚清“诗界革命”的盲点，是“五四”文学革命的突破点。胡适提出了一个响亮的口号——“诗体的大解放”。他在《〈尝试集〉自序》中说：“诗体的大解放，就是把从前一切束缚自由的枷锁镣铐，一切打破：有什么话，说什么话；该怎么说，就怎么说。这样方才可以表现白话文学的可能性。”他又在《谈新诗》中更具体地解释“诗体的大解放”：“不但打破五言七言的诗体，并且推翻词调曲谱的种种束缚；不拘格律，不拘平仄，不拘长短；有什么题目，做什么诗；诗该怎么做，就怎样做。”他又把“诗体的大解放”表述为“做诗如做文”。1915年他在一首诗中写道：“诗国革命何自始？要须做诗如做文。”他所谓的“诗体的大解放”大致包含下面几层意思：打破格律的束缚，提倡自然的音节；用白话写诗，并且用白话的语法代替文言的语法；实现格式和体裁的自由。

1917年2月，胡适在《新青年》上率先发表《白话诗八首》。1920年3月，出版新诗集《尝试集》，是中国现代第一部新诗集，影响重大。1922年胡适于《〈尝试集〉四版自序》中说：“我现在回头看我这5年来的诗，很像一个缠过脚后来放大了的妇女回头看她一年一年的放脚鞋样，虽然一年放大一年，年年的鞋样上总还带着缠脚时代的血腥气。”确实，从《尝试集》中，人们可以看到新诗从旧诗中蜕变出来的印迹。第一编、第二编译诗《关不住了》以前的诗作大都是从旧诗词曲中脱胎而来，以白话入诗，带有半文半白的色彩。胡适自称《关不住了》是他的“‘新诗’成立的纪元”。他从美国的意象诗得到启发，认识到新诗创作必须充分地采用白话的字、白话的文法和白话的自然音节。第二编《关不住了》以后的诗作和第三编的诗作获得了较大的解放。《尝试集》的语言虽然个别诗篇有文言的色彩，但大都是经过艺术加工的白话语言，明白易晓，接近口语。《尝试集》中有《尝试篇》，他在《自序》中也曾引用，以表明自己的态度，其中有云："'尝试成功自古无！'放翁这话未必是。我今为下一转语：'自古成功在尝试！'"《尝试集》的历史功绩正在于它的首开风气的大胆"尝试"。

作家小传

"但开风气不为师"的胡适

胡适，安徽绩溪人。幼时就读于家塾，习四书五经。1910 年赴美国留学，1914 年在康奈尔大学获文学学士学位后，入哥伦比亚大学读哲学，师从杜威，深受其影响。1917 年回国，任北京大学教授，积极参加新文化运动和文学革命运动，发表《文学改良刍议》，为文学革命的发难之作，引起很大反响。嗣后又发表《历史的文学观念论》《建设的文学革命论》等一系列论文，把白话文学提到"中国文学之正宗"的地位，这是文学观念的一个大变革。他提出文学革命要创造一种"活的文学"，即"国语的文学"，并写了白话诗集《尝试集》和独幕话剧《终身大事》，希望"但开风气不为师"，为白话新文学开路。这对于开展文学革命和创建新文学，起了重要的倡导和推动作用。

胡适一生的学术活动主要在史学、文学和哲学几个方面，主要著作有《中国哲学史大纲》（上）、《尝试集》、《白话文学史》（上）和《胡适文存》等。胡适为人谦和，过于理性，缺乏诗人所特有的激情，因此他在文学上的成就远远不如他的学术成就，但是，他对早期新诗还是具有一定影响的。一个不擅长新诗的学者，却揭开了新诗乃至新文学的序幕，这是颇耐人寻味的。

1918 年 5 月，刘半农在《新青年》上发表《卖萝卜的诗人》，这是中国现代最早出现的无韵新诗；同年 7 月，他又在《新青年》上发表《窗纸》和《无聊》等作，这是中国现代最早出现的散文诗。刘半农的著名诗篇还有《教我如何不想她》《相隔一层纸》《学徒苦》等。他的代表诗集有《扬鞭集》和《瓦釜集》。

此外，初期白话诗的代表作品还有：沈尹默的《月夜》和《三弦》，周作人的《小河》《过去的生命》《山居杂诗》，俞平伯的《冬夜》和《西还》，康白情的诗集《草儿》，刘大白的诗集《旧梦》和《邮吻》等。

初期白话诗人对中国诗歌的重大变革和贡献主要有两点：一是以白话写诗，将中国诗歌从文言语体中解放出来；二是创立了自由诗体、无韵诗体、散文诗体，将中国诗歌从旧诗词的体式中解放出来。这两大变革都是诗歌形式方面的变革，但其意义不仅仅限于诗歌形式上，它所触动的是附丽在形式上的种种传统心理、观念、意识。

初期白话诗具有很浓的旧诗的味道，像胡适的新诗，有脱胎于格律体的，有演化自古乐府的，不少诗干脆是在词牌下填字。但是，初期白话诗人经过摸索，很快突破了旧诗体的束缚。稍晚从事新诗写作的沈尹默、周作人、康白情、刘大白等人，都写出了一些优秀的诗作。沈尹默的《月夜》就是一首比较出色的新诗："霜风呼呼的吹着，/月光明明的照着，/我和一株顶高的树并排立着，/却没有靠着。"这首诗不仅描画出一幅动态的夜景，显示出一种幽远旷达的意境，而且在表达上也取得了节无定句、句无定字的充分自由。周作人的无韵诗《小河》《过去的生命》《山居杂诗》等都写得很不错。其中，《山居杂诗・七》融合了中国绝句和日本俳句的神韵，写得尤为成功："苍蝇纸上吱吱的声响，/是振羽的机械的发音么？/是诉苦的恐怖的叫声么？/虫呵，虫呵！难道你叫着，业便会尽了么？/我还不如将你两个翅子都粘上了罢。”

当然，初期白话诗毕竟只是新诗的开端，不可避免地存在诸多不足，比如缺乏情感和想象力，语言散文化，缺少应有的韵律美和节奏感等。但这些前进中的缺点随着新诗的发展渐渐得到了克服。

第二节　郭沫若：新诗是可以这样写的

◯“球形天才”与永远的“未成品”　◯《女神》的创造精神与宏伟气势
◯《凤凰涅槃》的英雄主义基调和传奇色彩

郭沫若曾经说过，天才的发展有两种类型，“一种是直线形的发展，一种是球形的发展”①，他举孔子和歌德分别为这两类天才的代表。其实，郭沫若自己就是一个球形发展的天才，他同时在多种文学领域驰骋才华，发挥着自己的创造力。他敢于接受各种新的时代思潮及方法，并大胆实践于自己的创作之中，西方现代派的一些创作方法如象征主义、表现主义等，都在他的新诗和历史剧里有不同程度的展现。我们实际上所面对的绝不仅仅是他那辉煌的成就，而是面对一种活生生的创造精神，“一个永远伟大的未成品”，这是郭沫若对他所崇敬的诗人雪莱的评价，其实也正是郭沫若自身艺术品格和艺术价值的生动体现。

作家小传

郭沫若：“球形天才”与永远的“未成品”

郭沫若（1892—1978），生于四川乐山县一个殷实的家庭。幼时入私塾，学习《诗经》《尚书》《周礼》《易经》等经籍和唐宋诗文，1914年赴东京学医，想以此来“作为对于国家社会的切实贡献”，但不久，他就沉迷于文学，并形成了自己浪漫主义的诗风。1921年，郭沫若与张资平、郁达夫、成仿吾等留日学生发起成立了创造社，同年出版了自己的第一部也是奠定了中国现代白话新诗格局的第一部诗集《女神》。随着与国内实际社会生活的深入接触，他的现实主义倾向不断增强，他主持的后期创造社，是公开倡导革命文学运动的主将。大革命失败后，郭沫若东渡日本，开始了十年的流亡生活，此间，他潜心从事中国古代历史和古文字学的研究并取得了重大成就。1937年抗日战争全面爆发，他毅然回国，积极投身于抗日救亡运动。同时，他还以自己的文学创作，为时代社会敲响警钟，为民族命运提出深切的思考。他创作于20世纪40年代初的《棠棣之花》《屈原》《虎符》《高渐离》《南冠草》《孔雀胆》六部历史剧都引起了巨大的反响。抗战胜利后，郭沫若在国统区与广大进步文化人士一起，站在民主运动的前列，为争取和平、民主的新中国而斗争。新中国成立后，他在担任科学、文化和外交等方面领导工作的同时，也不断有新的创作问世。1978年病逝于北京。郭沫若一生以其独有的创造精神，在多种不同领域取得了累累硕果，是中国现代文学史上少有的“球形天才”。

① 郭沫若．论诗三札//沫若文集（文学编）：第10卷．北京：人民文学出版社，1985：206.

郭沫若的文学理论和创作实践都贯穿着特有的诗人气质，表现出浓郁的浪漫特征，神奇的联想和想象力，富有激情的创新精神和创造才华。而郭沫若的诗人的青春型特质不仅体现在他的诗歌创作中，也体现在他的美学主张以及小说、散文和历史剧创作中。

郭沫若是现代文学史上高扬浪漫主义文学主张的第一人。他极为注重艺术的自身规律，曾反复强调诗的本质在抒情，在自我表现，在感情的自然流露，在主观直觉的自由驰骋；认为诗应该是纯粹的“内在律”，诗的形式应该是绝对自由的。但他的浪漫主义文学主张不是狭隘的、固定的，而是开放性的、变动着的，其中充分融合他对现实主义理论的认识和理解。他认为，“作家和现实的关系，决不是单纯的投影过来，反射过去，而是把很多现实的东西，吸收到作家的意识中，经过他的酝酿重新创造出来”；“可能他创造出来的东西并不是现实中有的，但却可以成为比现实还要真实的东西”①。因此，在郭沫若看来，现实主义和浪漫主义在精神本质上是互通的，问题的关键不在于创作方法的区别，而在于创作的核心都是“综合创造”——根据客观现实的材料经过作家的主观酝酿来加以创造。郭沫若是极力崇尚自然的，是力主艺术表现自然的，但是在自然与艺术关系的根本问题上，他却一贯反对对自然的模仿，反对“受动”的文艺，而是主张突破自然、创造自然、超越自然。在郭沫若的笔下，无论自然世界，还是人类社会甚或科学研究的论断，都有一种“动”的力量和“动”的精神，都显示出一种超越自然、超越人生的“活”的启发性和再生性。

一、《女神》的时代精神与浪漫主义风格

《女神》出版于1921年8月，是郭沫若的第一部新诗集，也是中国现代文学史上一部具有突出成就和巨大影响的新诗集，《女神》以崭新的内容和形式为中国现代诗歌开拓了全新的天地。《女神》的问世，使人们在中国诗歌和诗人身上第一次真正看到了一种崭新的时代意识，一种伟大的反抗的力，一种20世纪的力的表现。《女神》那遒劲壮丽的诗风，宏大浓深的意境，不受技巧约束的一腔纯情，强烈地感染了当时的读者。可以说，《女神》的出版结束了一个旧的诗歌时代，同时也开辟了一个新的诗歌时代。

《女神》除《序诗》外共收诗56首，其中最早的诗写在1918年初夏，大部分写于诗人留学日本期间，只有一小部分为1921年诗人归国后所做。《女神》对于封建藩篱的勇猛冲击，对于改造社会的强烈要求以及追求和赞颂美好理想的无比热力，都鲜明地反映了“五四”革命运动的特征，传达出“五四”时代精神的最强音。这种破旧立新的精神贯穿在《女神》的多数重要篇章中，反映出郭沫若在“五四”时期所持的彻底革命的而非改良的文艺态度。在艺术上，奔腾的想象、急骤的旋律、宏伟的气势、瑰丽的色彩、自由的诗体形式等构成了《女神》的浪漫主义特色。“五四”精神赋予了诗人激越的情调，《女神之再生》《凤凰涅槃》《天狗》《炉中煤》《晨安》等《女神》中的代表性作品，从时代的制高点上，对古老民族在“五四”革命运动高潮中的伟大觉醒做出了色彩鲜明的象征性反映。《女神》是“五四”狂飙突进精神的典型体现，它是对一切旧秩序、旧传统、旧礼教的大胆否定和无情诅咒，海啸般地呼喊着创造与光明、民主与进步，激动和鼓舞了整整一代人。《女神》的思想内容主要集中在如下三个方面：个性解放的强烈要求；反抗、叛逆与创造精神的歌唱；爱国情思的抒发。虽然当时也有许多进步诗人写过向往光明的诗歌，但像《女神之再生》和《凤凰涅槃》那样敢于同旧世界决裂，敢于向旧世界宣战，充满着创造的信心和乐观的精神，充满着英雄气概和革命理想主义的诗篇，却很少见到。

---

① 郭沫若．就目前创作中的几个问题答《人民文学》编者问．人民文学，1959（1）．

气势雄浑豪迈的自由体诗，是《女神》里最具特色、最能激动人心的篇什，它们真正为“五四”后的自由诗开拓了新的天地。这些诗篇的出现，一方面是诗人自己博大不羁的襟怀和丰富强盛的想象力的表现，另一方面也是五四运动涛奔浪涌似的反帝反封建的时代精神的产物。郭沫若的自由诗突破了诗歌的樊篱和束缚，它没有固定的格律和形式，甚至连脚韵也不押，但是诗的内在旋律与诗人感情的节拍是和谐一致的。在很多地方，诗人用重叠反复的诗行表现层出不穷的想象和情思，给予读者以强烈的内心激动，使他们跟着他一起愤怒，一起高呼，一起反抗。就像他在《序诗》里所期望的那样，《女神》对“五四”时期的青年而言，就是“把他们的心弦拨动，把他们的智光点燃”了。

《晨安》一诗是诗人站在海岸上眺望时，在心胸激荡的时刻写下的，是一首即景生情、缘物抒怀的即兴诗。它从太平洋一直抒写开去，唱出对眼前景物的赞美，气魄宏大、境界开阔，灌注了令人惊叹、仰慕的雄奇形象和澎湃激情。诗一开始便不加推敲琢磨，冲口而出，往下一口气铺排了几十句“晨安”的祈祷赞叹的句式，真情自然流泻，达到真挚直率的极致，使我们感受到从诗人口中奔涌而出的不仅仅是诗人的语言，更是生命本身。诗人远眺时，看见的是太平洋上的“白云”“晨光”“海山”等实景，而脑海里驰骋的却是广阔辽远的宇宙万物：有他怀念的祖国的“南方的扬子江”“北方的黄河”“万里长城”；有他向往的异域“俄罗斯”“大西洋”“新大陆”“红海”；有他仰慕的政治文化伟人华盛顿、林肯……所有的万事万物纷至沓来，融合在诗人飞迸而下的无暇修饰的诗句里，构成了对于宇宙间自发的力的赞歌，具有一种“海涛的节奏”，充满了崇高美的艺术力量，唤起人们对自身力量的自觉意识和对生活的巨大热情，激发人们以全部生命的力去努力创造，去追求光明，去获取力的艺术和力的美。而抒情形象所显示的这种独特的感情、心理，正反映了被“五四”怒潮唤醒的知识青年那朝气蓬勃、清新刚健的形象。

《天狗》是郭沫若早期诗歌的名篇之一。在《天狗》中，人们见到一个要将身上一切的光与能全部释放出来的飞奔、狂叫、燃烧着的“天狗”形象，“天狗”冲决一切罗网，破坏一切旧事物的强悍形象，正是“五四”时期个性解放要求的诗意化夸张。“天狗”原来是传说中能吞吃日月的神物。在科学不发达的年代里，人们逢到月食日食，就敲锣击鼓，驱赶天狗，营救日月。诗人对此民俗推陈出新并加以诗意的生发，“天狗”可以吞吐一切，并且拥有无际的光焰和“全宇宙底 Energy 底总量”。这是何等雄奇博大的“自我”颂歌。《天狗》是一篇充满浪漫主义色彩的作品，它在艺术形式上无拘无束，是典型的自由诗。全诗 29 句都以“我”字开头，在短促强烈的句式中又稍有变化，使人如听“军歌、军号、军鼓”，自然地受到震荡和鼓舞。诗人还把“X 光线”“神经”等科学名词融入诗内，极度夸张了“天狗”那种气吞日月、囊括宇宙的磅礴气势，使全篇充满了昂奋腾越的音调和浓烈瑰丽的色彩。

不论是从《晨安》还是《天狗》中，我们都可以看到，气势构成了《女神》独有的风格。《女神》中的有些诗篇甚至是没有技巧可言的，像《晨安》那种整首诗排比到底的结构，像《天狗》那种狂乱奔跑的不合逻辑的思路，明显是诗人在直觉思维作用下满腔热忱的一泻千里，喷发而出。与周作人的《小河》、康白情的《草儿》、沈尹默的《三弦》、俞平伯的《冬夜》等相比，《晨安》的艺术手法或许过于单调甚至有些粗糙了，但它有自己的气势，它的气势是当时任何一位新诗人及其诗作都无法相比、望尘莫及的。那一气贯下、摇撼山岳的 27 个“晨安”，喊出了诗人的情感，喊出了读者的共鸣，喊出了时代的回音——更重要的是喊出了一个创造者的果敢与气派！至于那条敢于吞下宇宙、吞下一切的“天狗”，人们通常最称道的是诗人非凡的想象和夸张，显然，在这里更重要的并不是想象和夸张本身，而是诗人敢于这样想象和夸张的胆魄。这种胆魄使郭沫若的创作总是能够站在时代历史的高处，能从大处着眼，直接与时代历史对话，与人类社会对话，与大自然对话，与整个宇宙对话。

《女神》具有鲜明的革命浪漫主义特色，是诗人强烈情感的自然流露。贯穿诗集中的对黑暗现实、陈腐传统的彻底反抗与破坏，对自由解放、光明新生的热切追求与赞美，以及对革命前途的坚信，对创造理想的乐观等，都强烈地反映了中国人民特别是青年知识分子的革命愿望、理想和要求，这种革命理想主义正构成了《女神》革命浪漫主义的基本精神。诗篇奔腾的想象与大胆的夸张，宏大的构思与热烈的色彩，激昂的音调与急骤的旋律以及神话的巧妙运用等，又都同诗人的“火山爆发式的内发情感”相适应，反映了革命浪漫主义在手法上的长处。郭沫若曾说：“诗不是‘做’出来的，而是‘写’出来的。”《女神》中的诗，大多是感情的自然流露。当他写作《凤凰涅槃》《地球，我的母亲！》等诗时，往往是诗兴突然袭来，无暇仔细推敲、反复加工，任凭诗句奔泻成章，但由于诗人感情饱满，艺术修养深厚，所以无论是粗犷的还是婉约的，都信手写来，不事雕琢而能达到和谐铿锵的境地。

在郭沫若的文学活动特别是诗歌创作中，泰戈尔、海涅、歌德、雪莱、波德莱尔等多位世界著名诗人都对他产生了重要的影响，其中，美国诗人惠特曼对其影响最大。郭沫若深受惠特曼诗风的感染，歌颂大自然的自由精神，对社会的保守势力和旧的礼法持毫不留情的攻击和蔑视态度。正是与主体的这种自由精神相联系，郭沫若的诗歌形式也体现出极端自由的状态，这两者都从根本上契合了“五四”时期的自由精神。郭沫若自己说过：“惠特曼的那种把一切的旧套摆脱干净了的诗风和五四时代的暴飙突进的精神十分合拍，我是彻底地为他那雄浑的豪放的宏朗的调子所动荡了。”（《我的作诗的经过》）“他那豪放的自由诗使我开了闸的作诗欲又受了一阵暴风般的煽动。”（《创造十年》）可以说，惠特曼点燃了郭沫若诗歌创作最有影响和最有力度的爆发期，从郭沫若的代表诗篇《凤凰涅槃》《立在地球边上放号》《笔立山头展望》《地球，我的母亲！》《天狗》《晨安》《匪徒颂》等诸多诗篇中都十分明显地可以看出惠特曼诗风的影响。

知识链接

惠特曼的浪漫主义诗风

沃尔特·惠特曼（1819—1892）是美国19世纪最杰出的浪漫主义诗人。1919年，为纪念惠特曼100周年诞辰，日本文坛掀起了一股“惠特曼热”，特别是经过“白桦派”的介绍和鼓吹，惠特曼名声大振。这使当时正在日本留学的郭沫若得见《草叶集》，并形成了他诗歌创作的“惠特曼式”风格。

惠特曼生于长岛一个木匠家庭，很早便开始谋生，当过木匠、律师事务所差役、排字工人、乡村教师、编辑等。惠特曼虽未受过高等教育，但他博览群书，勤奋好学，与底层劳动者有密切的接触，又接受了超验主义的影响，从而促进了其民主思想的形成与发展。在美国北部地区的旅行使他深感美国的辽阔广大和景色优美，沸腾的生活激发了他的无限遐想，诗思勃发。1855年，《草叶集》问世，其中的诗篇充满了对民主和自由理想的歌颂，对美国普通劳动者的歌颂。作为19世纪美国伟大的民主诗人，惠特曼反对农奴制，歌唱民主、自由、平等，赞美人类的创造和大自然。他的作品思想情感积极昂扬、雄浑康健，在艺术表现上打破了诗歌的传统限制，创造了崭新的自由诗体。《草叶集》是美国19世纪最有影响的一部诗集，它不仅倡导了一种清新、质朴、自由奔放的文风，将美国文学中的浪漫主义诗歌推上了顶峰，同时也真实地记录了处于资本主义上升时期新兴的美利坚前进的历史脚步。

郭沫若也广泛地阅读了我国古代诗人的诗歌作品并深深浸润于其中，尤其是浪漫主义诗人屈原和李白对他有重大影响。郭沫若对屈原有深深的喜爱，他在诗剧《湘累》中所表达的那种沛然若决江河的反抗丑恶现实、追求美好理想的精神，既有屈原的性格，也是“五四”时期诗人自己处境和心情的闪现。这种精神贯穿在《女神》的很多诗篇里。李白也是郭沫若所喜爱的诗人，他曾将李白的《日出入行》按照新诗的形式分行写了出来，诗中“吾将囊括大块，浩然与溟涬同科”的风格、精神和气质与郭沫若息息相通。这些都说明了他同两位古代诗人之间深刻的精神联系，也说明了《女神》正是对中国古典诗歌浪漫主义传统在新的革命年代的一个继承和发展。

《女神》的意义还在于它为诗歌的革新和创造树立了榜样。在诗的形式上，作者主张“决端的自由，决端的自主”，在主情主义基础上让感情自然流露，以此支配诗行，或长或短，对格律进行大胆的革新，引起了诗歌史上的大革命。郭沫若的诗作远不是尽善尽美的，但这并不重要，重要的是郭沫若的诗作开了先河，辟了道路，他的新诗的那种创造精神已经远远胜于其诗作本身的优劣得失。除了自由体诗之外，《女神》中也有一部分诗形式格律相当严谨。例如诗剧《棠棣之花》的歌唱部分采用的是传统的五言诗形式，《晴朝》和《黄浦江口》有着相当整齐的形式和韵律，而《西湖纪游》中的某些短诗则表现了词的小令的风味，由此可以看出诗人是如何善于采用多姿多彩的形式来抒发自己不同情感的。

《女神》所显示出来的鲜明的时代色彩、宏大的艺术魄力、独创的艺术风格，丰富了中国诗歌创作的宝库，对后来的诗人产生了巨大的影响。就在《女神》出版后不久，闻一多在《〈女神〉之时代精神》一文里写道：“若讲新诗，郭沫若君底诗才配称新呢，不独艺术上他的作品与旧诗词相去最远，最要紧的是他的精神完全是时代的精神——二十世纪底时代的精神。有人讲文艺作品是时代底产儿。《女神》真不愧为时代底一个肖子。”[①] 闻一多还认为，《女神》“不独喊出人人心中底热情来，而且喊出人人心中最神圣的一种热情”[②]。周扬在《郭沫若和他的〈女神〉》一文里也称郭沫若“是伟大的‘五四’启蒙时代的诗歌方面的代表者，新中国的预言诗人”，称《女神》“是号角，是战鼓，它警醒我们，给我们勇气，引导我们去斗争”。这些评论从一个侧面说明了《女神》能够获得较大影响的根本原因。

二、《凤凰涅槃》的思想内涵和艺术特色

《凤凰涅槃》是《女神》中最具代表性的篇章，它以凤凰“集香木自焚，复从死灰中更生”的传说作素材，借火中凤凰的故事象征旧中国以及诗人旧我的毁灭和新中国以及诗人新我的诞生。除夕将近的时候，在梧桐已枯、醴泉已竭的丹穴山上，寒风凛冽，一对凤凰飞来飞去在为自己安排火葬。临死之前，它们盘旋低回地起舞，凤鸟“即即”而鸣，凰鸟“足足”相应。它们诅咒现实，诅咒冷酷、黑暗、腥秽的旧宇宙，把它比作“屠场”，比作“囚牢”，比作“坟墓”，比作“地狱”，怀疑并且质问它“为什么存在”。它们从滔滔的泪水中倾诉悲愤，诅咒五百年来沉睡、衰朽、死尸似的生活——在这段悠长的时间里，有的只是“流不尽的眼泪，洗不尽的污浊，浇不熄的情炎，荡不去的羞辱”；在这段悠长的时间里，看不到“新鲜”和“甘美”，看不到“光华”和“欢爱”，年轻时的生命力已经消逝。于是它们痛不欲生，集木自焚。在对现实的谴责里，交融着郁积在诗人心头的深深的民族的悲愤和人民的苦难。凤凰的自我牺牲、自我再造形成了一种浓烈的悲壮气氛，当他们同

---

① 闻一多．闻一多全集：第2卷．武汉：湖北人民出版社，1993：110．

② 同①117．

声唱出“时期已到了，死期已到了”的时候，一场漫天大火终于使旧我连同旧世界的一切黑暗和不义同归于尽。燃烧而获得新生的不只是凤凰，也象征性地包括了诗人自己。他在写这首诗的前两天，就曾在一封信里表露了自己愿如凤凰一样，采集香木，“把现有的形骸烧毁了去……再生出个‘我’来”① 的愿望。这种把一切投入烈火、与旧世界决裂的英雄气概，这种毁弃旧我、再造新我的痛苦和欢乐，正是五四运动中人民大众彻底革命、自觉革命精神的形象写照。至于对凡鸟的浅薄和猥琐的描写，在鞭挞现实中的丑恶和庸俗的同时，进一步衬托了凤凰自焚的沉痛和壮美。“火中凤凰”的传说给予诗人以现实的启迪，使诗歌的革命精神与历史乐观主义态度紧密结合。诗人以汪洋恣肆的笔调和重叠反复的诗句，着意渲染了一派大和谐、大欢乐的景象。这是经过斗争冶炼后的真正的创造和新生，它表达了诗人对“五四”新时代的歌颂，也是祖国和诗人自己开始觉醒的象征，洋溢着炽烈的向往光明、追求理想的热情。

《凤凰涅槃》是郭沫若在一天之内分两次写成的，诗里倾泻式的感情和急湍似的旋律，充分地体现了诗人在创作上狂飙突进的精神特质，即彻底的不妥协的反帝反封建精神，充满了对黑暗旧社会的深恶痛绝、势不两立和反抗现实的强烈精神。诗中借凤凰“集香木自焚，复从死灰中更生”的故事，体现出诗人否定旧我、诅咒旧世界、追求新生的精神。现实世界已经变得陈旧腐朽，梧桐已经枯槁，醴泉已经消歇。四周“冷酷如铁”“黑暗如漆”“腥秽如血”，成了“脓血污秽着的屠场”“群魔跳梁着的地狱”。在这样一个世界里，一切都变得陈腐，失去了生机，凤凰也失去了年轻时的“新鲜”“甘美”“光华”和“欢爱”。为了寻求新生，它们集香木自焚。《凤凰涅槃》也表现了诗人对新的理想社会的热烈追求和对新生活的积极创造精神，饱含着诗人对祖国的眷恋之情。诗中凤凰毫不怜惜旧生命的死亡，焚烧了旧我，获得了新生，整个宇宙也获得了新的生命，一切都变得“新鲜”“净朗”“华美”“芬芳”，一切都变得“生动”“自由”“雄浑”“悠久”。诗人通过凤凰的再生来抒发他对社会改造的勇气和决心，是他对祖国新生的强烈渴望在诗作中的自然袒露。《凤凰涅槃》还歌颂了富有叛逆精神的自我形象，表现了与万物相结合的自我力量，体现了“五四”时代个性解放的鲜明要求。在诗作中有这样的诗句：“我们便是他，他们便是我！我中也有你，你中也有我！”这个自我不是拘囿于个人主义狭小天地里的孤独高傲、忧伤颓废的自我，而是体现着时代要求和民族解放要求的自我，这个“自我”是诗人自己，也是当时千千万万要冲出陈旧腐朽的牢笼，要求不断毁坏、不断创造、不断努力的时代青年。

《凤凰涅槃》中对自由解放、光明新生的热切追求与赞美，对创造理想的乐观坚定的态度，决定了诗篇的浪漫主义特色：以火山爆发式的激情和狂飙突进的气势，抒写了凤凰自焚追求新生的全过程，基调高昂而悲壮，想象丰富、色彩瑰丽，新奇的想象伴随着大胆的夸张，使作品具有强烈的艺术魅力。《凤凰涅槃》中充满英雄主义基调和传奇色彩，诗篇借古代历史故事和神话传说中的英雄抒发现世的理想，把宇宙的新生、世界的新生、中国的新生和诗人自我的新生融为一体，并通过凤凰的新生一体多能地表现出来。在诗歌形式上，诗人主张“绝对自由”，他说要打破一切诗的形式来写自己够味的东西。《凤凰涅槃》正是他这一主张的体现，全诗采用诗剧的形式，诗的气氛随着故事和谐发展，全诗节奏明快而悠扬，句法多变而活泼，不拘一格，随心所欲，富有很强的音乐性和舞蹈性，对中国现代自由体诗的发展产生了深远的影响。

---

① 郭沫若．1920 年 1 月 18 日致宗白华信//宗白华等．三叶集．合肥：安徽教育出版社，2000.

第三节　新月社的诗歌理论与创作

○新诗“三美”的主张　○闻一多的诗歌——节制的美　○徐志摩的诗歌——灵动飞扬

新月社是“五四”以来最大的以探索新诗理论与新诗创作为主的文学社团。徐志摩是新月社的发起人。1922年10月，徐志摩在留学美国和英国后回到北京，发起旨在联络留学欧美同学感情的聚餐会，后来，成立于1923年的新月社就是在此基础上产生的。早期的新月社不是所谓纯文艺性的，而是一个带有文化倾向的社交团体，出入其中的都是当时北京的上流人士，组织也很松散，社员有作家、大学教授，也有政界、实业界和金融界的人物，其中的知名人士有胡适、陈源、丁西林、凌叔华、林徽因等。1926年4月《晨报·诗镌》创刊后至1933年6月《新月》终刊的一段时间，可以说是新月社在诗歌创作和探索上取得巨大发展的时期，徐志摩从1925年10月开始接任《诗镌》编辑，闻一多、朱湘、饶孟侃、孙大雨、杨世恩等也都参与了《诗镌》的活动。从一开始，新月诗人就打出了反对“感伤主义”和“伪浪漫主义”的旗帜，虽然新月派的诗歌创作同样受到了西方浪漫主义文学的影响，后期创作中也仍有着浓重的感伤情调。针对自由体新诗出现的散文化倾向，闻一多、徐志摩等人提出新诗格律化的理论主张，即新诗的“三美”（“建筑美”“音乐美”“绘画美”）的主张。他们强调，文学的力量不在放纵，而在集中和节制；他们要求诗歌在形式上有适度的表现，要求澄清文学艺术“型类的混乱”；追求诗歌的格律，希望诗人“戴着镣铐跳舞”。新月社的理论主张在一定程度上克服并纠正了“五四”以来白话新诗过于松散、随意等不足，对中国现代新诗的健康发展做出了特有的贡献。如果说“五四”时期以郭沫若为代表的浪漫主义、思想解放是伴随着诗歌的“放足”和自由诗的盛行而发展起来的，那么这时的新月派对格律的严格讲究则代表了他们对于那个时代应该结束的一种宣告。换句话说，新月诗人对格律的倡导，不仅是为了提高新诗的艺术性，增强新诗的格律和结构，而且是要倡导一种与惠特曼的影响不大相同的“诗情诗意以及诗人们底人生态度”。

一、闻一多

作家小传

闻一多：“新诗格律化”的倡导者与实践者

闻一多

闻一多（1899—1946），原名家骅，字友三，湖北浠水人，著名诗人、学者。1913年考入北京清华学校，1922年赴美留学，在芝加哥美术学院等校学习美术，课余研究文学和戏剧。1925年回国任教，1928年3月与徐志摩等人创办《新月》和《诗刊》，成为前期新月派的重要代表和格律诗理论的奠基者。抗战全面爆发后，在西南联大任教8年。1946年7月15日，在“李公朴先生死难经过报告会”上，闻一多发表了《最后一次演讲》，当天晚上被国民党特务暗杀。

闻一多的新诗创作主要集中在1920—1927年，诗集有两部：《红烛》和《死水》。作为新月社的重要代表诗人之一，闻一多提出了诗歌“三美”的主张，注意诗歌情绪的节制，讲究分寸美，为现代新诗的发展调整了倾向。

作为前期新月派的主将之一，闻一多的诗歌理论对新月派诗人有着很大的影响。其理论的核心内容是讲究诗歌的“三美”：音乐美、绘画美、建筑美。音乐美，即音节和韵脚的和谐，一行诗的音节的排列组合要有规律；绘画美，即诗的辞藻要力求美观，富有色彩，讲究诗的视觉形象和直观性；建筑美，即从诗的整体外形看，节与节之间要匀称，行与行之间要整齐，虽不必呆板地限定每行的字数一律，但各行的相差不能太大，以求整齐之感。闻一多诗的主要内容是歌颂祖国、思恋祖国，反帝、反种族歧视以及对军阀统治下祖国黑暗现实的失望和对祖国新生的信念。在艺术上，闻一多与郭沫若不同，他的诗既充满热情又注意节制，讲究分寸美，不仅在听觉上、视觉上有独特的追求，还显示出他丰富飞腾的想象力，明丽而不纤细，而且他精于炼字，设喻奇巧，令人击节赞赏。

作品欣赏

《一句话》收入诗集《死水》，无论从全诗结构的匀称、韵律的工整、强烈的节奏感方面看，还是从诗篇表达的爱国情思方面看，都代表了闻一多诗歌创作的基本风格。1946 年秋，为悼念闻一多先生，陈柏坚为诗谱曲，使歌曲《一句话》在爱国人士中得到了较为广泛的流传。下面就让我们一起来欣赏。

一句话

有一句话说出就是祸，
有一句话能点得着火。
别看五千年没有说破，
你猜得透火山的缄默？
说不定是突然着了魔，
突然青天里一个霹雳
爆一声：
“咱们的中国！”
这话教我今天怎么说？
你不信铁树开花也可，
那么有一句话你听着：
等火山忍不住了缄默，
不要发抖，伸舌头，顿脚，
等到青天里一个霹雳
爆一声：
“咱们的中国！”

——闻一多全集：第 1 卷．武汉：湖北人民出版社，1993.

闻一多的第一本诗集《红烛》经郭沫若介绍，1923 年 9 月由泰东图书局印发，那时他刚刚留学美国一年。《红烛》按内容分成五篇，这些诗篇反映了诗人从清华到美国求学期间的矛盾的内心世界，既“心火发光”“创造光明”，又灰心流泪，莫问收获；在振奋和明朗的调子中，流露出浓重的感伤情绪。与此相应，《红烛》在表现上也兼用直接抒情与叙事描写、浪漫和象征相结合的手法。闻一多的另一本诗集《死水》1928 年 1 月由新月书店出版。《死水》包含着关于个人情感、爱国主义和下层人民生活三个方面的内容。《死水》中个人情感的抒发，已失去了《红烛》的热烈，而显示出一种“老成懂事”（沈从文《论闻一多的〈死水〉》）的风度。《死水》中反映下层人民生活和表现爱国主义思想的诗歌大都直抒胸臆，奔放炽烈，具有浓郁的浪漫主义风格，如《发现》和《一句话》，前者写赤子回国后的失望，后者写铁树开花的希望，都以强烈深沉的情感动人心魄。

《死水》最大的成就即对新诗音韵形式的创制。闻一多以这一诗集作品的实践，展示白话语言声情的魅力。在这部诗集中，他借鉴西方格律诗的体格，对照中国古典诗词的平仄、用韵，发掘现代语言本身的音乐性，创制出各种情调的新格律诗。其主要特性，就是以多变的节奏（音尺）和用韵，表达多样的生命体验。集中的《收回》和《“你指着太阳起誓”》是两首十四行诗，前者是一首完全合格的莎士比亚体，起伏的句中韵编织成一篇极美的音乐小品；后者算是一篇彼特拉克体与莎士比亚体的融合——或者干脆说是中国化的创格，前八行连句分别为 ABBA 的韵和 CDCD 的韵，后六行连句则是 EFFEGG，在韵脚的平仄上精心安排，使其起伏错落，吟唱起来极有情致。《心跳》《一个观念》《发现》《祈祷》等数首，二步和三步的节奏交错，平平仄仄的旋律起伏，有一种铿锵有力的进行曲气魄。以《死水》为代表的另一类诗，在用韵上基本遵循古诗的隔句相押、平仄相间的样式，或沉郁顿挫（《死水》），或沉静哀婉（《也许》《泪雨》），以一个韵脚贯穿全诗，每节内以不同的变化显示诗人情绪上的波动，是前人诗里未曾有过的韵调。《死水》全面实践了闻一多对新格律诗的追求，显示了他创作的风格，诗节匀称，诗句均齐，韵律工整而富于节奏感，时常将绘画美的色彩和诗的感情色彩融为一体，于精密的构思里显示出诗的神韵，在鲜明的对比中形成凝重的感情力度。

二、徐志摩

作家小传

徐志摩：“一部无韵的诗”

徐志摩

徐志摩（1897—1931），浙江海宁人。1915 年中学毕业后，在上海沪江大学、天津北洋大学及北京大学学习。1918 年赴美留学，1920 年转赴英国剑桥大学留学，专攻政治经济学，但对近代英国唯美等派诗歌更感兴趣，同时开始诗歌创作。1922 年回国后，历任北大、清华等校教授。1923 年在北京发起成立新月社，1926 年 4 月曾任北京《晨报·诗镌》主编。1927 年南下上海等地，在上海光华大学、南京中央大学任教，同时继续从事诗歌创作，1928 年与胡适等人筹办新月书店，并主编《新月》月刊。1931 年 11 月，因飞机失事身亡。徐志摩是新月诗派最有代表性的诗人之一，他的代表作主要有诗集《志摩的诗》《翡冷翠的一夜》《猛虎集》等，散文集《落叶》《轮盘》《巴黎的鳞爪》《自剖》等。

徐志摩死后，当时的很多作家和社会名流都写了纪念文章，其中，杨振声在《与志摩的最后一别》中写道：“就说他是一部无韵的诗罢。节奏他是没有，结构更讲不到，但那潇洒劲，直是秋空的一缕行云，任风的东西南北吹……”这些文字对徐志摩的为人、为文进行了诗意的概括，也因其概括得恰切而经常为学界所引用。

徐志摩的文学创作生涯虽然只有十年左右，但他却成为同时期作家中非常引人注目的一位。1935年上海良友图书公司出版的《中国新文学大系》对新文学第一个十年的成绩进行了颇具权威性的总结，其中朱自清编选的《诗集》、周作人编选的《散文一集》、茅盾编选的《小说一集》以及郑振铎编选的《文学论争集》都收入了徐志摩的作品。一人能在四个门类中占有一席之地的，整套大系里也只有寥寥几位。

徐志摩虽然尝试了多种文体创作，但无论生前还是死后，他的诗名都要超过他作为散文家、小说家和文学理论家的影响。他一生留下的诗集有四本：《志摩的诗》《翡冷翠的一夜》《猛虎集》《云游》。前两集属于前期的作品，大多具有比较积极的思想意义，在一定程度上反映了“五四”时代精神，其主要思想内容是追求光明与自由的理想、反映社会现实生活、描写爱情体验以及歌咏大自然；收在《猛虎集》和《云游》中的后期诗作，虽也有一些不乏积极进取的篇章，技巧也趋于圆熟，但思想的矛盾和混乱历历可见。

作品欣赏

诗篇《云游》被收入徐志摩死后出版的诗集《云游》中，作为该诗集的第一篇，并以其诗题命名整个诗集。该诗灵动飘逸，又不失几分俏皮的底色，俯首悄吟，别有韵味。

云　游

那天你翩翩的在空际云游，
自在，轻盈，你本不想停留
在天的那方或地的那角，
你的愉快是无拦阻的逍遥，
你更不经意在卑微的地面
有一流涧水，虽则你的明艳
在过路时点染了他的空灵，
使他惊醒，将你的倩影抱紧。
他抱紧的是绵密的忧愁，
因为美不能在风光中静止；
他要，你已飞渡万重的山头，
去更阔大的湖海投射影子！
他在为你消瘦，那一流涧水，
在无能的盼望，盼望你飞回！

——蓝棣之．新月派诗选．北京：人民文学出版社，1989.

独抒性灵，追求个性解放，是徐志摩诗歌的基本艺术个性。其艺术上的突出特点表现在：第一，灵动飞扬，洒脱妩媚。如脍炙人口的《沙扬娜拉》，虽只有短短五行，却将日本女郎与朋友道别时的神态、情绪、心理活动都栩栩如生地表现出来，挥洒自如、轻盈、柔和、恬淡，忧伤中有期盼，整首诗飘荡着一种复杂的情感。诗歌的中心意象是一朵不胜娇羞的莲花，用以状写日本女郎温柔多情的神态，贴切传神，既纯洁无瑕又楚楚动人，显示出徐志摩诗歌特有的柔婉妩媚的情韵。第二，诗中有回环往复的节奏美、音韵美。如《再别康桥》，康桥周围有名的景物很多，但诗人却着力描写康河。每一节的开头或者最后采用重复手法，每节四行，隔行押韵，音律和谐，富于音乐美。他认为“一首诗的秘密也就是它的内含的音节的匀整与流动"，音节是诗的"血脉"。《再别康桥》开头的短短四行中，三次反复"轻轻的"，造成缠绵中不乏轻快的韵律，在节奏感之外平添了韵律感。在用韵上，他多采用西洋诗押韵的方法，如《先生！先生！》用随韵（AABB），《为要寻找一个明星》用抱韵（ABBA），《他怕他说出口》用交韵（ABAB），使诗韵在和谐中显出变化。

总之，徐志摩的诗歌创作有力地实践了闻一多诗歌理论的"三美"主张，具有"纯诗"的惊人之美，并以自我和理想的表达为中心，在中国现代诗领域树立起一种纯真的浪漫主义精神，应该说，徐志摩及其诗歌的影响远远超出了这几本诗集。

除了诗歌，不少人对徐志摩的散文创作也给予了相当高的评价。周作人作为公认的散文大师，在谈到徐志摩的散文时说："散文方面志摩的成就也并不小，据我个人的愚见，中国散文中现有几派，适之、仲甫一派的文章清新明白，长于说理讲学，好像西瓜之有口皆甜，平伯、废名一派涩如青果，志摩可以与冰心女士归在一派，仿佛是鸭儿梨的样子，流丽清脆，在白话的基本上加入古文、方言、欧化种种成分，使引车卖浆之徒的话进而成一种富有表现力的文章，这就是单从文体变迁上讲也是很大的一个贡献了。"① 此外，陈西滢在《新文学运动以来的十部著作（下）》（《现代评论》，1926-02-20）中，沈从文在《〈轮盘〉序》（中华书局，1930）中评价徐志摩的创作，也都将他的散文与诗相提并论。徐志摩出版过散文集《落叶》《巴黎的鳞爪》《自剖文集》《秋》等，他的散文没有刻意营造和矫饰的痕迹，感情率真而炽烈，想象丰富而飘逸，辞藻华美，色彩明丽，以至有点"浓得化不开"，有些篇章，如《吊刘叔和》，至诚至性，哀婉凄绝，极富感染力。

思考题

1.《女神》是如何表现郭沫若开创中国现代新诗格局的重要贡献的？

2.《凤凰涅槃》是如何体现狂飙突进的"五四"精神和浪漫主义艺术气质的？

3. 诗集《死水》是如何体现闻一多对新诗格律化的追求的？你认为闻一多在这一追求过程中的得失是什么？

4. 为什么说徐志摩的一生就是一首无韵的诗？《沙扬娜拉》《再别康桥》等诗篇是如何体现徐志摩作品的主要特色和独有魅力的？

延展阅读

1. 郭沫若在他的新诗创作过程中受到了多位外国浪漫主义诗人的熏陶和影响，其中，惠特曼和他的《草叶集》以及歌德、海涅等人的作品对郭沫若的影响更为显著。要准确理解郭沫若新诗创作的"新"的特质，有必要阅读和了解上述几位外国诗人的代表作品。

2. 作为创造社最重要的发起人和代表作家，郭沫若与创造社的命运有着不可分割的联系，因此，他在创造社中的地位和作用，创造社的整个发展过程与郭沫若的关系，对全面了解郭沫若都有着重要意义。阅读《创造社资料》（福建人民出版社，1985）以及黄淳浩的《创造社：别求新声于异邦》（社会科学文献出版社，1995）、朱寿桐的《情绪：创造社的诗学宇宙》（上海文艺出版社，1991）。

3. 郭沫若是一个人生经历和思想发展都丰富多彩的作家，了解他的生平与思想发展是深入他的精神世界的必经之途。阅读王训昭等编《郭沫若研究资料》（中国社会科学出版社，1986）及龚济民、方仁念的《郭沫若传》（北京十月文艺出版社，1988）。

---

① 周作人．志摩纪念．新月，1933，4（1）.

4. 在散文《我所知道的康桥》中，徐志摩开篇就说："我这一生的周折，大都寻得出感情的线索。"实际上，徐志摩一生的"感情的线索"同时也是他一生的全部创作的潜在线索。在同时代的文人中，徐志摩之所以具有更高的知名度，与他浪漫的恋爱和婚姻以及流传于世的浪漫爱情故事不无关联。赵遐秋的《徐志摩传》（中国人民大学出版社，1999）和展望之、张方晦以小说的笔调写作的《飞去的诗人——徐志摩传》（汉语大词典出版社，2000）将诗人短暂而多彩的一生写成了生动、感人的传记，为我们了解徐志摩的世界推开了一扇窗。

第五章　现代话剧的萌芽与初期探索

在中国，戏剧和小说一向被看作是不登大雅之堂的“小技”。进入现代以后，由于受到西方文学的影响和纯文学观念的确立，西洋戏剧（话剧）逐步被引入，与小说双双成为文学家族的主要成员，被赋予了救亡图存和启蒙的重任。特别是到了“五四”时期，随着理论上的提倡和剧本制的推行，话剧文学获得了长足的发展，话剧的多种体裁、样式和艺术手法先后被尝试，田汉、郭沫若、丁西林、欧阳予倩、熊佛西等一批剧作家形成了自己独特的风格。当然其间的道路也不无曲折。新文学的戏剧家对传统戏剧的认识存在着偏差，在话剧的民族化方面努力不够。话剧创作的取材范围还不够宽广。剧本的体制偏小，艺术上比较粗糙，在成功的剧作中独幕剧多，多幕剧少，质量也有待于进一步提高。然而，话剧这个艺术品种毕竟已在中国生根发芽，且显示出勃勃生机。

第一节　“五四”初期的戏剧运动

◯文明戏　◯旧戏改革的论战　◯“爱美剧”

在“五四”新文学运动之前，中国话剧已经有了初步发展。虽然1906年成立的春柳社被公认为是中国最早的话剧社团，但实际上，19世纪60年代，侨居在中国的西方人就已经在中国移入话剧这种艺术形式。1866年，中国最早的话剧剧院兰心剧院在上海建成。剧院由西洋侨民业余剧团建立，采取公演的形式，定期演出，但在剧院参加演出的演员都是西方人。到19世纪末，中国人才开始在教会学校中参与话剧的演出。1899年，上海教会学校圣约翰书院演出了反映中国社会现实的《官场丑史》。1900年冬天，上海南洋公学上演了《六君子》和《义和拳》等话剧。

中国人对于话剧艺术的自觉探索始于春柳社。春柳社是中国话剧史上第一个由中国人创办、自行写作剧本的新剧剧团。1906年底，春柳社成立于日本东京，创始人为李叔同、曾孝谷，主要成员有陆镜若、欧阳予倩等人。春柳社致力于探索不同于中国传统戏剧表演的新戏剧形式：一是借鉴了西方话剧的表现形式，以语言动作取代传统戏曲中的唱腔、歌舞作为表现媒介；二是注重布景、道具、服装的写实性，表演更接近真实的生活；三是春柳社同人注重翻译并改编外国剧作，先后改译了《茶花女》《鸣不平》《热血》等西洋话剧剧本。这种别开生面的戏剧形式被称为“文明新戏”。在春柳社之后，大量的新剧剧团涌现，大多采用文明新戏的形式进行演出。任天知创办的“进化团”是其中最具有代表性的剧团，也是中国第一个职业新剧剧团。

辛亥革命后，与革命联系紧密的文明新戏陷入了低潮。为改变这一局面，文明新戏开始着手淡化教化功能，改用家庭戏和连台本戏①吸引观众。1914 年，文明新戏出现了短暂复兴，史称“甲寅中兴”。同年，成立于上海的新民、民鸣、启民、民兴等剧社是这时期的代表性剧团。新民社演出的剧作《恶家庭》创造了文明新戏的最高票房纪录。“甲寅中兴”时期的文明新戏发展虽然一度繁荣，但终因迎合观众的低俗趣味而衰落。

在商业化、职业化的文明新戏陷入低迷的时候，校园内的业余剧团却获得了一定的发展，南开学校和清华学校等校园业余剧团在全国具有重要的影响力。这些校园内的剧团重视剧本创作，演出态度严肃认真，坚持话剧艺术表现形式的探索。1918 年，南开新剧团演出了五幕剧《新村正》。该剧由张彭春编导，采取严格的写实主义手法，在表演过程中严格遵循西洋话剧规则。但《新村正》只是如实地反映现实，艺术感染力较差，平淡无味，人物塑造不够鲜活，明显具有模仿西洋话剧的痕迹。

“五四”新文学运动以批判传统戏剧、大量译介外国剧本等方式，推动了话剧在中国的进一步发展。1917 年，《新青年》发起了对中国传统戏剧（主要为京剧）的批判。钱玄同认为京剧“理想既无，文章又极恶劣不通”②；刘半农在《我之文学改良观》中将批判的矛头指向了旧戏中的“一人独唱、二人对唱、二人对打、多人乱打”的模式，胡适在《历史的文学观念论》中谈到了旧戏“废唱”的问题。观点虽各有侧重，但新文化运动的主将一致认为，用中国传统戏剧来表现现代生活是几乎不可能的，要表现现代生活，只能向外国学习，以外国话剧为蓝本创造新的戏剧形式。1918 年，《新青年》推出“易卜生专号”，集中介绍了易卜生的话剧作品，刊登了罗家伦、胡适合译的《傀儡家庭》《国民公敌》和《小爱友夫》节译部分。以“易卜生专号”为开端，在 1917 年至 1924 年间，全国共出版了翻译剧本 170 余部，涉及 70 多位外国剧作家，包括莎士比亚、易卜生、霍普特曼、契诃夫、安特莱夫、果戈里、莫里哀等人。与此同时，现实主义、浪漫主义、表现主义、象征派、未来派、唯美派等众多戏剧流派也随着作品的译介同时被介绍到中国，话剧发展呈现出多元化的局面。

《新青年》对于中国旧戏的批判和大量译介外国剧本的举动引起了文化保守主义者的不满。旧戏评论家张厚载反对推行戏剧改革，主张全盘保留传统戏剧。他的观点与《新青年》同人的观点针锋相对，引发了论争。张厚载先后撰写了《新文学及中国旧戏》《白话剧评》《我的中国旧戏观》等文章，为中国旧戏辩护。张厚载认为，中国旧戏的表演方式、唱腔、配乐、脸谱等皆有可取之处，应予以保留，而白话剧在他看来毫无美感。针对张厚载的观点，《新青年》同人展开了反击。胡适、傅斯年等人纷纷撰文反驳张厚载的论调。胡适的《文学进化观念与戏剧改良》一文用进化论来阐释戏剧改良的必要，认为旧戏是历史的遗物，应该予以抛弃；傅斯年的《戏剧改良各面观》《再论戏剧改良》等文章认为，戏剧是否改革不成问题，而应讨论改良戏剧的方法。他还就旧戏改革的必要性、具体的改革方式、新剧的社会接受程度等问题进行了论证。从这场论战来看，张厚载看重的是旧戏艺术本身，胡适等人强调的是戏剧的社会作用，论述的重心不在于讨论旧戏剧，而在于对新戏剧观念的阐发和编制新剧。

在这场论争之外，还有以赵太侔、余上沅为代表的归国留美学生，主张吸收中国传统戏剧的元素以创作新的戏剧形式。1926 年 6 月至 9 月，赵太侔、余上沅等人创办了《剧刊》

---

① 连台本戏是戏曲编剧与表演的一种特殊的形态，“连台本戏即多本连台演出，其或由多部整本戏构成，或把一部戏加以延长，一般每天演出一个整本，要连续演出许多天”。参见向阳．论文明戏“连台本戏”的体式变化．戏剧艺术，2008 (6).

② 钱玄同．通信．新青年，1917，3 (1).

周刊（该刊物隶属于徐志摩主持的《晨报》副刊），并以此为阵地倡导“国剧运动”。“国剧运动”意在建立有民族特色的新剧种，主张吸取包括传统戏曲在内的一切艺术营养为创造新的戏剧形式服务。

1920年10月，上海新舞台演出萧伯纳的名作《华伦夫人之职业》，上座率很低。这一状况暴露出照搬外国剧本的局限：演员照本宣科，表演生硬，不符合中国观众的欣赏习惯。在对此状况的反思中，中国话剧开始了本土化的改革。1921年3月，汪仲贤在上海发起并成立了民众戏剧社，成员有沈雁冰、郑振铎、熊佛西、欧阳予倩、陈大悲等。这是“五四”新文化运动之后成立的第一个新剧社，该社的《戏剧》杂志是新文学第一个专门的戏剧刊物。同年12月，上海戏剧协社成立，成员有应云卫、谷剑尘、欧阳予倩、汪仲贤等。这两个新剧社团均倡导创作中国自己的高质量新剧剧本，培养新剧人才。

20世纪20年代初，中国出现了一种戏剧演出的新形式：“爱美剧”（“爱美”是英文Amateur的音译，意思是“业余的”）。这种新的戏剧形式是为纠正文明新戏过度商业化而出现的，同时受到了欧洲此前兴起的“小剧场运动”的影响。爱美剧以学生业余剧社为演出主力；演出不以营利为目的，致力于提高戏剧的品位；发扬戏剧教化社会的作用。北京大学、清华大学、燕京大学、燕京女校、北京高等师范学校、北京女子高等师范学校等学校均有爱美剧剧社。

“爱美剧”因非职业化及受到物质条件和演出时间等因素影响，发展受到限制。为了改善这种状况，1922年11月，蒲伯英与陈大悲在北京创办北京人艺戏剧专门学校（简称“人艺剧专”），提倡职业剧与“爱美剧”并重。1925年5月，余上沅、赵太侔和闻一多回到北京，改北京美术专门学校为北京国立艺术专门学校（简称“北京艺专”）并增设戏剧系，中国从此有了国立的戏剧教育机构。

第二节　洪深、欧阳予倩等人的话剧创作

◯胡适、欧阳予倩的社会问题剧　◯丁西林的独幕喜剧　◯洪深现代主义戏剧的初步尝试

“五四”初期出现了胡适、欧阳予倩为代表的社会问题剧的创作，郭沫若、田汉为代表的浪漫悲剧的创作，丁西林自成一派的独幕喜剧，以及洪深为代表的现代主义戏剧创作的初步尝试。这些戏剧创作为现代话剧探索了发展的道路。

“五四”时期的话剧创作，首先应提及的是胡适的独幕剧《终身大事》。该剧发表于1919年3月的《新青年》，它主要讲述了这样一个故事：中产阶级家庭出身的田亚梅女士，在留学日本时与青年陈先生自由恋爱，但回国后遭到父母的强烈反对，于是她以“孩儿的终身大事，孩儿该自己决断”为信念，毅然地“坐了陈先生的汽车去了”。该剧的故事情节可以明显见出易卜生剧作《玩偶之家》的痕迹，因而很多评论家称田亚梅为中国式的娜拉。剧本在艺术上虽然还很粗糙，但其思想内容的进步性和积极性是显而易见的。该剧在肯定和歌颂资产阶级民主婚姻观念的同时，也对当时中国社会的封建迷信思想和封建宗法制度予以坚决的否定和严厉的批判，作家将当时人们关注的社会问题用话剧的形式展示出来，发表自己的见解，启发读者思考，是一次有着重要意义的大胆尝试。

洪深主编的《中国新文学大系·戏剧集》中，选入了这一时期创作的独幕剧13部，包括欧阳予倩、田汉、郭沫若、丁西林等人的作品。其中，以丁西林（1894—1973）的独幕喜剧最为出色，堪称“五四”时期喜剧创作的一座高峰。

丁西林（1893—1974），原名丁燮林，字巽甫，江苏省泰兴市人，1914年留学英国，专攻物理和数学。留学期间，他阅读了大量英文小说和戏剧，逐渐对文学产生了浓厚的兴趣，1923年至1930年陆续发表了《一只马蜂》《亲爱的丈夫》《酒后》《压迫》《瞎了一只眼》《北京的空气》等多部独幕剧。他以创作幽默机智的喜剧而著名，《一只马蜂》和《压迫》是他最具影响的作品。

《一只马蜂》是一部格调优雅、结构精致、诙谐幽默的轻喜剧。它主要写了吉先生、余小姐为追求自由恋爱与吉老太太发生的家庭矛盾。作者没有直接写吉、余二人与吉母之间的冲突，而是通过一系列颇具情趣的喜剧场面加以表现，巧妙而圆满地突出主题。一方面温和地嘲笑吉老太太陈旧的婚姻观念，另一方面也婉转地表达了对恋爱自由的支持。该剧虽短，但构思精巧，取材于日常生活琐事，却在"无事"中创造了无法调和的戏剧冲突。如吉先生与余小姐兴趣相投，早已眉目传神，心有灵犀，但不知情的老太太，又想将余小姐介绍给侄儿做媳妇，这一做法引出一系列矛盾，增添了不少笑料。丁西林还特别注重情节结尾的戏剧性，认为"独幕剧的结尾特别重要"。在《一只马蜂》结尾处，正当吉先生拥抱余小姐时，吉母偏偏闯入，余小姐急中生智，用"一只马蜂"掩盖了真情，蒙蔽了吉母，圆满地打破僵局，具有强烈的喜剧效果。《压迫》写于1925年，是一出反映市民生活的幽默喜剧。剧本描写的是一个只肯把房子租给有家眷者的房东太太和一个要租房子却没有家眷的男客之间的矛盾冲突。当房东与男客处于僵局时，作者又插入了急于租到房子的女客，最后男客与女客冒充夫妻，愚弄了房东和巡警，僵局就这样出人意料地打开了。在剧中，作者充分动用了喜剧的夸张手法。从女客误认男客为房东，到后来发现男客和她处境相同，共同设法对付房东，写得十分曲折、生动。最有趣味的是，男客最后问女客："啊，你姓什么？"在笑声中对房东以及当时的某些社会观念给予了极大的嘲弄。丁西林的喜剧在语言上也很有特色，对话简练、机智、含蓄，合乎人物在特定情境中的思想和心理状态。

丁西林在1939年到1940年间还写了《三块钱国币》《等太太回来的时候》《妙峰山》三部重要的喜剧作品。在这些作品中，以往机智的风格犹存，但已经达到了一个新的高度，尤其是在思想内容方面，爱与恨、追求与向往、揭露与歌颂都带有了鲜明的政治倾向性，充溢着抗战救国的激情。

除了胡适和丁西林，在早期的独幕剧创作中，欧阳予倩的《泼妇》《回家以后》也产生了较大影响。《泼妇》写于1922年，描写了另一个娜拉式人物素心与瞒着她娶妾的丈夫慎之决裂并携子离去的故事。这部剧着力围绕人物性格组织矛盾，展开冲突，使人物塑造随着剧情的发展而逐步得以实现，达到相当高的艺术水准。写于1924年的《回家以后》，则讲述了一个留洋学生陆治平在国外另娶玛丽，回国后欲与妻子吴自芳离婚，却又因妻子的贤惠而眷恋不舍，决定重新处理自己婚事的故事。根据故事情节，这出戏很可能成为一场闹剧，但作家却在轻松含蓄的笔调中谴责了旧的社会制度以及留洋学生的某些行为。除了主题的不同流俗，该剧情节紧凑，对话精当，充分体现了欧阳予倩丰富的实践经验和较高的文化素养。

洪深（1894—1955），江苏武进人。早在1915年便写出了学生时代的话剧试作《卖梨人》，该剧打破了没有固定台词的幕表戏的做法，第一次采用了对白。1916年又创作了《贫民惨剧》，表现出同情劳苦大众的民主思想，该剧本虽未正式发表，但它是中国现代作家创作的第一部完整的现代话剧剧本。1916年于清华大学毕业后，洪深赴美学习陶瓷工程，1919年转入哈佛大学师从戏剧家贝克教授学习戏剧编撰，并结识了后来声名鹊起的美国戏剧家奥尼尔。1922年回国从事艺术教育和戏剧创作。是年冬，创作了意在表明罪恶的社会产生社会的罪恶的剧本《赵阎王》。

1924年洪深改译作家王尔德的《温德米尔夫人的扇子》为《少奶奶的扇子》，后又亲自排演，将其搬上舞台。同年，洪深又步入电影界，先后创作了《申屠氏》《劫后桃花》等电影剧本，为中国电影艺术首创了文学剧本的样式。1930年，洪深参加了“左联”和“剧联”，创作思想有了许多变化。写于1930年到1931年的“农村三部曲”——《五奎桥》（独幕）、《香稻米》（三幕）和《青龙潭》（四幕）是洪深话剧的代表作。“九一八”事变以后，洪深还创作了宣传抗日救亡的话剧《鸽》《走私》等。

洪深的剧作一开始就“为痛苦的人生叫喊”，以后又一直随时代而前进，表现了作家可贵的社会责任感。但当他在20世纪30年代思想认识有所提高后，又常常从社会科学的结论出发来构筑人物和情节，使人物有时成为传声筒，这影响了他的作品取得更高的成就。

“农村三部曲”是洪深最有影响的代表作，也是现代文学史上较早出现的站在被压迫阶级立场上全面展示农民疾苦和农村社会斗争的话剧剧本。其中以《五奎桥》最为成功。该剧描写了江南某乡村农民和封建地主围绕拆桥还是保桥展开的尖锐斗争。五奎桥洞位于乡村的水陆要冲，是地主周乡绅祖上建的，是封建统治的象征。这部剧人物形象生动而又内涵深沉，语言也极个性化，有着自然而生动的舞台艺术效果，标志着洪深剧作开始走向成熟，体现了他严谨、朴实而又富于变化的艺术风格。

20世纪20年代的话剧在艰难中缓慢发展，由于它是来自外国的“舶来品”，没有本民族的根基，所以发展就更为缓慢，直到20世纪30年代曹禺等人的崛起，现代话剧才有了真正的生机和迅速的发展。

思考题

1. 在“五四”新文化运动之前，中国话剧的发展情况怎样？这种发展对“五四”初期的话剧创作有何影响？

2. “五四”初期的话剧创作有哪些特点？又存在哪些问题？

延展阅读

多方面地了解“五四”时期中国对话剧引入及改造的过程，阅读《中国现代戏剧史稿》（陈白尘、董健主编，中国戏剧出版社，1989）。

第六章　现代散文的形式与成就

1918年4月《新青年》开辟了“随感录”专栏，刊发短小的时评或杂感，这是现代散文最早出现的品种。它是“五四”思想革命和文学革命的产物，是适应当时急遽的战斗要求而产生的。《新青年》“随感录”作者群的主要代表有鲁迅、陈独秀、李大钊、刘半农、钱玄同等。这种文体，经鲁迅等先驱的长期努力，后来变成文艺性论文的代名词，《向导》等刊物上的“寸铁”专栏也正是这一战斗武器的运用和发展。

李大钊所写的一些带文艺性的短论，针砭时弊，战斗性很强。从这些文字中，可以看到马克思主义最初在中国传播和人民反帝反封建斗争渐次扩展的时代侧影。《新纪元》等文以热情洋溢的语调，预言了十月革命后封建主义、军国主义“枯叶经了秋风”般的命运，号召“黑暗的中国”的人民迎着“曙光”前进；《混充牌号》《红萝卜党》以形象鲜明的比喻，提醒人们及早警惕那些挂着形形色色“社会主义”牌号、“带着一层红皮”的东西，“将来难保不是一片红萝卜”。它们都表现了一个马克思主义启蒙者特有的敏感。《政客》《屠宰场式的政治》借助于逻辑的推论或巧妙的联想，三言两语就剖析出军阀政治的本质；《太上政府》《威先生感慨如何?》则义愤填膺，单刀直入，戳穿了帝国主义的画皮，暴露了它们的凶恶面目。这些也都显示了作者高出于一般小资产阶级革命派的可贵之处。它们同《新青年》上鲁迅、陈独秀、钱玄同等人的“随感录”一起，产生了较大的影响。

初期白话散文中，游记、通讯报告也占有重要位置；稍后更有抒情小品、随笔出现。这些都属于当时所谓“美文”类。用白话写这类文字，足以打破“白话只能作应用文”的陈腐看法，含有向旧文学示威的意思。但在内容上，还是以抒写闲情逸致者居多。较有社会意义的作品，在早年游记通讯中，应推瞿秋白的《饿乡纪程》和《赤都心史》。

瞿秋白（1899—1935）较早接受十月革命的影响，参加过五四运动，很早就是“为人生”、为社会和为人民的文学的倡导者。1920年10月，他以《晨报》记者身份赴苏联，《饿乡纪程》（亦名《新俄国游记》）和《赤都心史》即为旅苏期间所写的两部散文集（有些篇章曾在《晨报》上发表）。作者怀着对社会主义制度的向往，最早为自己的人民“拨开”国内外反动派所散布的“重障”，真实报道了“俄罗斯红光烛天，赤潮澎湃”的现实以及苏联“无产阶级创业的艰辛”。苏维埃政权建立初期新与旧、革命与反革命之间那种复杂、尖锐而曲折的斗争，都在作品中得到了反映。许多篇章记述了劳动人民在列宁和布尔什维克党领导下战胜敌人、排除困难的英勇业绩，表现了“第一个社会主义共和国”当时生气勃发的革命气象。在《列宁》《赤色十月》等篇中，作者热情地描绘了列宁的形象，显示出人民对党、对领袖的无限爱戴和信赖。两部作品也记录了作者自己由一个向往俄国革命的进步知识青年，经过生活实践和自我批判，逐渐走上信仰共产主义的一段思想历程（如《家书》《“我”》《生存》等篇）。这些散文，体式随内容而变化，有游记，有小品，有杂感，也有散文诗。这两部作品以严肃的思索和热情的记叙相结合，以新闻真实性和艺术形象性相结合，成为中国现代报告文学的萌芽，为报告文学在 20 世纪 30 年代的进一步发展奠定了坚实的基础。它们出现在新文学初期，是值得珍视的。

现代作家真正有意识地把散文作为一种文学体裁来创作，是从 1919 年开始的，是从以抒情和叙事为主的“美文”开始的。李大钊、冰心、鲁迅、周作人等都积极尝试和倡导美文。1921 年 6 月，周作人发表了题为《美文》的文章，号召新文学作家致力于美文创作，对推动中国现代散文的自觉发展尤其具有重要意义。随后，朱自清、郁达夫、郭沫若、瞿秋白、叶绍钧、徐志摩、俞平伯、钟敬文、梁遇春、丰子恺、林语堂、许地山、郑振铎等作家创作了大量现代散文，使散文成为“五四”时期各文体中收获最大的一种。

第一节　鲁迅的杂文等创作

◯鲁迅杂文的批判性与战斗性　◯鲁迅杂文的艺术风格：尖锐锋利，精练泼辣
◯《野草》的精神世界与象征主义艺术　◯《朝花夕拾》独特的文化价值与表现艺术

杂文创作是鲁迅毕生的重要事业，也是他的心血的结晶、创造力的重要标志。从 1918 年在《新青年》上写“随感录”起到 1936 年逝世，鲁迅从未间断过杂文的写作。正是博大精深和具有永恒艺术魅力的杂文创作，确立了他在中国现代思想史、文化史和文学史上的崇高地位。鲁迅的杂文，结集的共有 14 本，包括《坟》《热风》《华盖集》《华盖集续编》《而已集》《三闲集》《二心集》《南腔北调集》《伪自由书》《准风月谈》《花边文学》《且介亭杂文》《且介亭杂文二集》《且介亭杂文末编》。此外，《集外集》《集外集拾遗》《集外集拾遗补编》中也有许多杂文，鲁迅一生写作的杂文，达百余万字。

一、鲁迅与现代杂文

现代杂文是一种新兴的文学形式，它萌芽于“五四”文学革命和思想革命，并在与封建旧道德、旧礼教和专制制度进行激烈的斗争，宣扬西方科学民主思想的过程中得到了迅速的壮大和发展。从《新青年》开辟“随感录”专栏以来，新文化运动的先驱们特别是鲁迅，根据当时中外杂文家和自己杂文写作的经验，把短评、杂感发展为不拘格式而内容上和艺术上都有一定规定性的杂文文体，并运用这种文体进行文明批评和社会批评，解剖中国愚弱的“国民性”，对传统思想和传统文化进行猛烈抨击。鲁迅曾经写过小说，在文学的诸多领域建立了不朽的业绩，但当与反动统治短兵相接、斗争日益激烈的时候，杂文就成为他主要的武器。作为“五四”新文学主将，鲁迅一生不仅写下了大量极富思想性和艺术性的杂文，而且还从理论与实践相结合的角度，对现代杂文的文体样式、社会功能、思维方式、创作方法、杂文式的“形象”和杂文式的“典型”创造、杂文作家的思想和艺术修养以及作家的队伍建设等问题做出了精湛的论述，提出了系统的理论主张，对中国现代杂文的建设和发展做出了巨大的贡献。

鲁迅的杂文内容丰富广博，而对旧社会、旧文明和复古派的批判，对封建反动统治及其政权的猛烈抨击，对帝国主义侵略的揭露、斗争，对文化、文学战线上错误倾向的批评，对社会病态心理和国民性弱点的暴露、针砭，是其中的几个重要内容，形成了与现实密切结合富于批判性、战斗性的思想特色。由于环境和思想的变化，鲁迅的前期杂文（主要是 1927 年以前）与后期杂文（主要是 1927 年以后）在内容和思想上既有一贯性，也有差异性。前期杂文侧重对封建性旧文明、旧道德的批判，充分体现出以科学与民主为旗帜，彻

底反对封建文化的“五四”精神；在批判封建主义的同时，还探索和研究国民性问题，暴露和批判了卑怯、惰性、保守、巧滑等国民性弱点。1925年到1927年，由于革命运动的高涨和鲁迅思想的发展，其杂文在进行社会批评和文明批评的同时，带有了鲜明的政治色彩，杂文的形式和艺术表现也更加丰富多彩，更趋于成熟，对话体杂文、书信体杂文和日记体杂文的出现即是很好的例证。鲁迅后期在革命实践中自觉学习马克思主义，并在对敌论战中自觉地加以运用，对旧中国社会的思想、文化进行了更为广泛而深入的批判，对革命文学发表了许多重要意见。由于娴熟地掌握了辩证法，他这时的不少杂文都体现了他对社会人生和文学艺术诸多问题的哲理性思考，成为现代史上一座高耸的理论高峰。这一时期，鲁迅杂文的知识化、形象化、趣味化也达到了前所未有的高度，由于倡导“文艺大众化”，杂文语言充分发挥了现代白话通俗显豁的特点，艺术上进入了一种自觉的圆熟的境地。

鲁迅的杂文文体多样，不拘一格，开拓出极其广阔的天地，其风格也多姿多彩，最主要的就是尖锐锋利，精练泼辣，似匕首投枪，三言两语，就能把复杂深奥的事理说清，其驾驭语言的卓越才能，令人叹为观止。这种风格主要通过以下几个方面得以体现：

一是政治性与形象性的有机统一，既立论准确，分析透辟，论证严密，具有强大的逻辑力量；同时又显示了议论的形象化，以对比、暗示、取譬、借喻等手法使深奥抽象的思想观点变成具体可感的生动形象。鲁迅有着丰富的社会知识、历史知识、文学知识和生活经验，这使得他在行文中能够避免说理的简单乏味，得心应手地用活泼的形象征服读者，使文章新鲜、生动、贴切。如“落水狗”“叭儿狗”“细腰蜂”“资本家的乏走狗”“黑色的大染缸”“小摆设”“变戏法”等，这些类型形象具有广泛而深刻的典型性，不仅赋予杂文主旨以形象的生命和魅力，而且它们本身就包含着丰富的社会内容，耐人寻味。

二是把战斗性与抒情性融为一体，既有尖锐犀利的笔锋，又有舒缓深长的情致。鲁迅的杂文往往把思想观点渗透在汪洋恣肆的感情波澜之中，既鼓舞人以战斗激情，又给人以轻松愉悦的艺术享受。如《记念刘和珍君》《为了忘却的记念》等抒情类杂文，情文并茂，以浓烈深沉的情感震荡读者的心弦，而《“友邦惊诧”论》等抨击时弊的杂文也渗透着炽烈分明的爱憎感情。

三是鲁迅的杂文还具有浓厚的幽默讽刺特色。鲁讯的杂文不仅措辞精到、词汇丰富，而且还常常运用反语、暗示、排比、夸张等手法，使描述的事物十分有趣，引人发笑，真可谓“嬉笑怒骂，皆成文章”。比如鲁迅给叭儿狗所作的画像：是狗，但又像猫，折中、公允、调和、平正之状可掬，悠悠然摆出一副独得“中庸之道”似的脸相，确实逼真得很。为了说理的需要，鲁迅在杂文中还广泛地援引和活用古今中外的神话、寓言、故事、传说、小说、戏剧、诗歌以及文学家和思想家的材料，这些材料本身往往就是诙谐有趣的，同作者所要阐发的道理相互呼应、珠联璧合。

鲁迅的杂文在思想和艺术上所取得的巨大成就，在中外的散文发展史上都是罕见的。鲁迅的杂文是特定的社会思想和社会生活的艺术记录，几乎写出了整整一个时代的风貌，是现实中国思想文化、社会历史的百科全书。鲁迅的杂文既是史诗，又是政治，充满了鲜明的爱憎情感和丰富的理论含量，比较重要的代表性作品有《我之节烈观》《灯下漫笔》《春末闲谈》《论雷峰塔的倒掉》《并非闲话》《论“费厄泼赖”应该缓行》《记念刘和珍君》《为了忘却的记念》《文艺与革命》等。

杂文创作渗透到鲁迅文学活动的各个方面，在他的小说集《呐喊》《彷徨》《故事新编》，散文集《朝花夕拾》，散文诗集《野草》，甚至是新诗和旧诗的写作中，都常常可以找到杂文的影子；鲁迅也总是在他参与编辑或支持的文学刊物和领导的文学社团中，积极地倡导和推动杂文的创作，而他翻译的一些关于散文的理论文章及著作如厨川白村的《出了象牙之塔》等，也产生了重要影响，为中国的散文创作提供了重要的理论借鉴。

二、《野草》的思想和艺术

《野草》最初是鲁迅在《语丝》杂志上发表的一组散文诗，1927 年 7 月由北新书局出版单行本并收入未名社编辑的“乌合丛书”。《野草》共收入散文诗 23 篇，其中包括《秋夜》《影的告别》《复仇》《雪》《过客》《狗的驳诘》《墓碣文》等，另有《题辞》一篇。从 1924 年 9 月 15 日写作第一篇《秋夜》到 1926 年 4 月完成最后一篇《一觉》经历了两年左右的时间，而这一段时间，正是鲁迅思想的一个彷徨期，特别是 1925 年，用鲁迅自己的话说，是交上了华盖运，“六面碰壁，外加钉子”——当时，“五四”新文化阵营的分化，封建势力的卷土重来，女师大事件中的恩恩怨怨，1924 年与二弟周作人的失和，都直接影响了他的心境和情绪。尽管他感到的尽是浓重的黑暗与虚无，但仍要做“绝望的抗战”，“肩住了黑暗的闸门”，放青年“到宽阔光明的地方去”，这就决定了《野草》中的作品虽然流露出彷徨、苦闷、寂寞的情绪，但仍潜藏着在黑暗重压下的战斗精神、不懈的追求精神和英勇的牺牲精神，具有复杂深邃的思想蕴涵和鲜明独特的文化品格。《野草》要表达的更多的是当时鲁迅的内心矛盾和斗争，其中有些是不足也不愿为外人道的。他采用了象征主义的手法，使本来明白的东西变得有些朦胧，指引读者进入深层次思考，同时又使抽象的东西变得形象，更深沉地打动读者，更深刻地感染读者。《野草》构思新颖奇特，多写梦境和幻觉，并把梦幻和现实自然而然地联系起来，把情、景、理有机地融合在一起，达到了一种弦外之音、境外之意的美学境界和艺术效果。《野草》篇章短小精练，意象浓缩，语言富有诗一样的跳跃性和音乐感，给读者留下无尽的思考和回味空间。因此我们在《野草》中不但看到了鲁迅对屈原及《离骚》的继承和发展，也看到了鲁迅对西方散文诗大家尼采、波德莱尔和屠格涅夫等人的借鉴和融会贯通，写实和象征在《野草》里得到了完美的融合。

《秋夜》是《野草》的第一篇，它通过对秋夜室内外景物的描写，用象征的手法，寄寓了作者在现实斗争中强烈的爱憎情感。创作它时，鲁迅正在北京与北洋军阀的黑暗统治及封建势力进行韧性的战斗。他的内心是矛盾、痛苦而又压抑的，但是他绝不向黑暗势力低头。作品里的天空、星星、繁霜、月亮，以及夜游的恶鸟，都是丑恶而狡猾的反动势力的象征。对于摧残野花草的邪恶势力，作品给予强烈的鞭挞和抨击，表现了无比憎恶之情。《秋夜》也流露出对被压迫被摧残的弱小者的同情，对热忱追求光明的幼小者的赞美。文中特别刻画了枣树的形象，它虽然在寒风中落尽了叶子，但仍然“默默地铁似的直刺着奇怪而高的天空”，它知道“秋后要有春”，也知道“春后还是秋”，然而它坚信春天必然到来；它始终坚守自己的战斗岗位，绝不被各式各样的“盅惑的眼睛”所迷惑。枣树的形象是作者对现实生活中那些顽强、坚毅的战斗者的热情颂歌，也是鲁迅自己的人格、精神和战斗豪情的诗意写照。作品也对那些为追求光明而牺牲的小青虫表示了敬意，对那冻得红惨惨的小粉花给予了同情，同时又不满于它的多空想、少行动。

《过客》是《野草》中的又一名篇，它通过“过客”这一特立独行的形象，表达了明知前路是“坟”而偏要走，反抗绝望、坚持求索的迫切心情。某一日的黄昏，老翁和女孩在家门外的枯树旁遇到了状态困顿的“过客”，他拒绝了老翁特别是女孩的好意、同情和布施，他说：“我没法感激。”他常常陷入“沉思”“默想”，然后又“忽然惊醒”，一再向老翁表达前行的决心：“有声音常常在前面催促我，叫唤我，使我息不下。”“我只得走。”这种不受牵连、束缚，以便高飞远走、超然独往的精神，成为“过客”突出的性格特征。《过客》在艺术上的独特之处是用话剧的形式来写散文诗。除了一些简要的介绍，文中的主要篇幅是围绕着过客、老翁、女孩三者之间的对话展开的，对话的节奏紧张而起伏多变，不同人物的话语体现出人物之间的性格差异和迥异的人生境界。《过客》迷人的魅力还在于它的深邃哲理，在于它传达出来的生命哲学思想。这首散文诗对布施、感激等道德情感问题的独特议论，以及“过客”对来路冷酷世界的叛离、对现路温情世界的告别、对去路绝望世界的无畏等，体现了鲁迅对个体生命意义如何获得、如何超越等哲学命题的追问与思考。

《风筝》记录了鲁迅精神的自我解剖。它写的是做哥哥的少年时厌恶风筝，因而粗暴地毁坏了小弟弟亲手制作的风筝、后来悔之不及的一段情感故事。“我的小兄弟，他那时大概十岁内外罢，多病，瘦得不堪，然而最喜欢风筝，自己买不起，我又不许放，他只得张着小嘴，呆看着空中出神，有时至于小半日。”有一次，当他躲在一间堆积着杂物的小屋里做风筝时，“我”出来横加干涉，怒气冲冲地折断了蝴蝶风筝的翅骨，踏扁了做眼睛的风轮，自以为是对“没出息”的小兄弟的惩罚；当20年后读到一本外国的讲论儿童的书时，才知道这恰是对儿童“精神的虐杀”，应该受惩罚的倒是自己。在这里，鲁迅提出了一个十分重要的问题：父母、兄姊如何正确对待自己幼小的子女、弟妹的游戏行为，如何消除成人与儿童的隔膜，真正尊重并了解儿童的心态，显示出鲁迅对儿童和儿童教育问题的关注。

《颓败线的颤动》写的是一个忘恩负义的故事。年轻守寡的母亲，迫于饥饿，不得不在自己的破屋里，忍受羞辱，强作欢颜，靠出卖肉体抚养两岁的女儿。若干年后，女儿长大成人，招了女婿，生儿育女，屋的内外也已整齐。然而却出现了令人发指的一幕：这一对青年夫妻以及一群小孩子一起怨恨、鄙夷地冷骂和毒笑这位老母亲。老母亲愤然离家出走，在深夜中，一直走到无边的荒野，赤身露体，屹立如石像。几十年的经历涌上心头，她付出了眷念、爱抚、养育和祝福，而收到的却是决绝、复仇、歼除和诅咒。“她于是举两手尽量向天，口唇间漏出人与兽的，非人间所有，所以无词的言语。”小说抒发的这样一个母亲的无言的痛苦，同时也是鲁迅内心的痛苦，鲁迅是在极为艰苦的条件下反叛旧文化传统的，因为这种反叛为社会所不容，他首先要承担旧传统的攻击和羞辱。他为后代人掮住了黑暗的闸门，使后来人能够呼吸到更多的自由和平等的空气，但是，后代人会不会因为有这样一位前辈而感到耻辱呢？这是鲁迅向自己和社会提出的一个尖锐的问题。应当指出，鲁迅的这种苦闷不是没有缘由的，其中不但有他与周作人关系破裂后真实的内心苦闷，同时也包含着他对人生矛盾的更普遍、更深刻的思考。世界存在着两种人：爱人者和爱己者。爱人者因对人的感情而甘愿牺牲自己，使别人幸福，并把自己的幸福寄托在别人的幸福之中；爱己者则永远以自己的需要而接受爱人者为自己做出的牺牲。当爱人者已牺牲掉自己而再也无可牺牲时，便会成为爱己者所不齿的人，这时，爱人者不但成为孤独者，而且也会因为无所爱而陷入极大的苦闷之中。《颓败线的颤动》表现的便是爱人者的悲剧。

《雪》是一篇寓情于景的散文，在鲁迅的笔下，雪有两种，一是江南的雪，二是朔方的雪。作者先以“暖国的雨”的单调衬托了江南的雪花的娇艳明媚，又用画家的彩笔绘制了一幅瑰丽多彩的江南雪景图：那“血红的宝珠山茶”、“白中隐青的单瓣梅花”、“深黄的磬口的腊梅花”以及“冷绿的杂草”点缀着被白雪覆盖的江南原野，一眼望去，真是五彩缤纷、光耀夺目。“冬花开在雪野中，有许多蜜蜂们忙碌地飞着，也听得他们嗡嗡地闹着。”从这绘声绘色、静动交织的描写中，读者可以强烈地感到江南的雪野上洋溢着的春天的气息。为了更真实地突出江南雪景的生机勃勃，在勾画了自然景物后，作者又特地选取了孩子们塑雪罗汉的游戏加以渲染，孩子们天真的举动、欢乐的情绪，以及雪罗汉可爱的神情，把江南雪野烘托得更富情趣。在第四自然段的开头，作者用“但是”这个转折词巧妙地转到对朔方飞雪的描写，并表明朔方的飞雪和滋润美艳的江南柔雪是截然不同的，没有花作点缀，也做不成雪罗汉，纷飞之后，“永远如粉，如沙”，“在晴天之下，旋风忽来，便蓬勃地奋飞，在日光中灿灿地生光，如包藏火焰的大雾，旋转而且升腾，弥漫太空，使太空旋转而且升腾地闪烁”。在这里，作者以炽烈的感情、豪放的语言、刚劲的笔力，描写了朔方飞雪磅礴的气势，抒发了对朔方飞雪追求自由精神的赞美，同时也对它不幸的遭遇寄寓了深切的同情。在鲁迅的心目中，也许这才是真正的雪，“孤独的雪”的个性、风采，也正代表着“孤独的战士”的个性与风采。全文虽然流露出一种孤寂的情绪，却掩盖不住其中闪现着的理想光芒以及作者对生活的热爱。

此外，《这样的战士》《墓碣文》《影的告别》《死火》等篇也都以抒发作者内心深处的感受为主，交织着严肃的自剖与不倦的探索，真实地记录了一个前进中矛盾、彷徨和苦闷的战士的坚定步伐。

作品欣赏

1924—1925 年，鲁迅在《两地书》《华盖集》《野草》中曾一再慨叹周围的黑暗，表达了自己当时思想、心态的苦闷。《影的告别》就写作于这一时期，集中表现了鲁迅的思想矛盾和内心彷徨。在本文中，不仅能看到“影”和“人”的矛盾，而且也能看到“影”本身的矛盾，鲁迅自身的思想在交战。

影的告别

人睡到不知道时候的时候，就会有影来告别，说出那些话——

有我所不乐意的在天堂里，我不愿去；有我所不乐意的在地狱里，我不愿去；有我所不乐意的在你们将来的黄金世界里，我不愿去。

然而你就是我所不乐意的。

朋友，我不想跟随你了，我不愿住。

我不愿意！

呜乎呜乎，我不愿意，我不如彷徨于无地。

我不过一个影，要别你而沉没在黑暗里了。然而黑暗又会吞并我，然而光明又会使我消失。

然而我不愿彷徨于明暗之间，我不如在黑暗里沉没。

然而我终于彷徨于明暗之间，我不知道是黄昏还是黎明。我姑且举灰黑的手装作喝干一杯酒，我将在不知道时候的时候独自远行。

呜乎呜乎，倘若黄昏，黑夜自然会来沉没我，否则我要被白天消失，如果现是黎明。

朋友，时候近了。

我将向黑暗里彷徨于无地。

你还想我的赠品。我能献你甚么呢？无已，则仍是黑暗和虚空而已。但是，我愿意只是黑暗，或者会消失于你的白天；我愿意只是虚空，决不占你的心地。

我愿意这样，朋友——

我独自远行，不但没有你，并且再没有别的影在黑暗里。只有我被黑暗沉没，那世界全属于我自己。

一九二四年九月二十四日

——鲁迅全集：第 2 卷．北京：人民文学出版社，1981.

三、《朝花夕拾》的思想和艺术

《朝花夕拾》是鲁迅写于1926年的10篇回忆性散文的结集，这10篇作品在出版前曾陆续发表于《莽原》半月刊，总题为《旧事重提》，1928年9月由北京未名社出版时，鲁迅写了《小引》和《后记》，因而这部散文集包括《小引》和《后记》在内共有12篇作品。

《朝花夕拾》有着独特的文化价值和艺术审美价值，是我们了解鲁迅生平思想的第一手资料。《朝花夕拾》描述了鲁迅从童年到壮年时期的某些生活片段，包括童年的兴趣和爱好，家庭教育和私塾教育，目睹庸医的害人，父亲的死，到南京求学的生活，富国强兵梦的破灭，日本仙台学医和终于放弃学医，辛亥革命前后的经历，给予自己关心和帮助的师友等，带有明显的自传色彩。它也勾勒了清末到辛亥革命时期中国的社会生活风貌，从中我们可以看到近代中国历史的若干重要的侧面，如关于“长毛”，关于洋务运动，关于私塾和学堂，关于新潮和旧习，关于留学生，关于日俄战争，关于绍兴光复，关于辛亥革命的换汤不换药等，对历史做出了生动而鲜活的记录，具有很强的史料性。《朝花夕拾》中的作品还记载了很多民风民俗：结婚、过年、迎神、赛会，年画或传说中的“老鼠嫁女”“八戒招亲”、猫是虎的老师、飞蜈蚣专治美女蛇、“麻胡子”蒸吃小儿等，特别是关于五猖会和无常鬼的描绘，格外生动有趣、含义深远。《朝花夕拾》虽不是像《呐喊》《彷徨》《故事新编》那样的小说集，但在叙述的过程中也细致入微地刻画了一批栩栩如生的人物形象：有年轻守寡却喜欢“切切察察”，一肚子“道理”“规矩”“礼节”而又勤劳善良的长妈妈；有“本城中极方正、质朴、博学”的三味书屋的老塾师；有要以“原配”蟋蟀作药引、用“败鼓皮丸”治鼓胀病、主张“舌乃心之灵苗”的“名医”；有幸灾乐祸、搬弄是非的衍太太；有令人景仰钦佩的藤野先生；有不合时宜、终生坎坷的范爱农……在这些人物身上，寄寓了作者的爱和憎、美好的回忆和痛切的批判。虽是回忆性散文，但《朝花夕拾》也不乏现实的战斗性和深邃的思想性，世事的变迁、历史的沧桑、人生的领悟、现实的冲突，都为温情的往事涂抹了厚重的理性色彩，使得这些作品成为鲁迅感受现实和反思历史相契合的产物。总的来说，《朝花夕拾》熔记人、叙事、抒情、议论于一炉，寓思想性、战斗性于史料性、知识性之中，在“五四”新文学运动以来的散文创作中别具风格。

在艺术上，《朝花夕拾》呈现出一种明朗朴素、刚健清新、亲切自然的特色。其中最为突出的就是对白描手法的运用。按照鲁迅的解释，所谓“白描”，就是“有真意，去粉饰，少做作，勿卖弄”，鲁迅不喜欢繁冗的描写和辞藻的堆砌，也不借助于曲折离奇的情节，他总是抓住最能表现人物性格的肖像特征、动作描写和个性化语言，在叙事过程中以简练的笔墨，以朴素的日常生活描写来展现人物风貌，写得有血有肉。如《阿长与〈山海经〉》中，鲁迅回忆了他童年时代的保姆长妈妈。她是封建社会里一个十分普通的劳动妇女，一到夏天，睡觉时她会“伸开两脚两手，在床中间摆成一个‘大’字，挤得我没有余地翻身，久睡在一角的席子上……推她呢，不动；叫她呢，也不闻”。她“喜欢切切察察，向人们低声絮说些什么事，还竖起第二个手指，在空中上下摇动，或者点着对手或自己的鼻尖”；她“满肚子是麻烦的礼节”，什么“死了人，生了孩子的屋子里，不应该走进去”，“晒裤子用的竹竿底下，是万不可钻过去的”，正月初一清早一睁开眼，第一句话就要说：“阿妈，恭喜恭喜！”另外，“还得吃一点福橘”……简练的几笔，就把这个讲究颇多、喜欢唠叨、整日操劳的老妈妈形象准确传神地描写出来。《朝花夕拾》中的作品，也有很强的抒情性，饱含着作家强烈的爱憎。在平淡的叙述中富有褒贬，在简洁的描写中是非分明，读来引人入胜。

第二节　朱自清的抒情散文

◯《背影》的艺术特点　◯《荷塘月色》的艺术价值

作家小传

朱自清："最完整的人格"的追求者

朱自清

朱自清（1898—1948），原名自华，字佩弦，江苏东海人，现代散文家、诗人。1916 年考入北大哲学系，是文学研究会的早期会员。1920 年北大毕业后，辗转于江浙一带，从事中学教育并进行新诗创作，他的绝大部分新诗都写于这一时期，其中长诗《毁灭》是有影响的代表作。1924 年第一本诗文集《踪迹》出版。1925 年起任清华大学中文系教授，创作转向散文，同时研究中国古典文学。1928 年第一本诗文集《背影》出版，为他赢得了较高的声誉。抗战全面爆发后，他随学校南迁昆明，在西南联大任教；抗战胜利后回到北平，继续在清华大学任教。1948 年 6 月 18 日，在身体极度衰弱、迫切需要营养和治疗的情况下，朱自清毅然签名于《抗议美国扶日政策并拒绝领取美援面粉宣言》，表现出了崇高的民族气节和爱国主义精神。时隔不到两个月，朱自清就在贫病交加中与世长辞。

从 20 世纪 20 年代初到病逝的近 30 年时间里，朱自清的写作重心数度转移，由诗转而散文转而杂文，代表作除了上面提及的，还有诗集《雪朝》《眷顾》，游记散文集《欧游杂记》《伦敦杂记》，综合性选集《你我》《标准与尺度》等，此外还有不少语文教学和古典文学的研究专著。

朱自清最初是以诗人的身份走上文坛的，文学研究会众诗人中，他以朴实明快、淳厚纯真的风格而具有一定的代表性。《毁灭》是现代文学史上最早的抒情长诗之一，也是朱自清全部诗作中最能代表其艺术造诣和思想动态的作品，既有苦闷彷徨的呻吟，也有奋起追求的精神，寄寓着诗人对人生的切实感受。1925 年后朱自清绝少写诗，他将主要精力开始移向散文写作。最能传达朱自清散文风致的，还是取材于作者生活的那些抒情、叙事、写景之作。《背影》《给亡妇》《荷塘月色》《桨声灯影里的秦淮河》是其中最负盛名的作品，以事传情，用笔朴实、平淡，甚至似乎有点琐碎，却有极强的情感冲击力。20 世纪 40 年代，朱自清改写杂文，一方面为了更有力地对严峻的现实发言，另一方面也是为了实践他提倡的"谈话风"，内容大多是议论人生社会问题的，增添了较浓厚的思辨色彩与哲理意味，自然亲切、雅俗共赏，显示了很高的艺术功力。

朱自清的"美文"数量不多，而精品不少，其一代散文大师的地位，正是由这些"美文"所共同表现的艺术成就奠定的。比如代表作《背影》，文章发表于 1928 年，主要描绘了朱自清与父亲之间那种淳厚、深沉的父子之情。这篇作品不是作者的即兴之作，而是经过岁月的流逝，人生角色的转换，儿子回忆和沉思的结晶，其中蕴含着作者对人生社会的深切体验和深沉思考。作品将父子之情表现得细微自然，有父爱，也有子情，相互辉映，生动感人。此外，本文还成功地运用了细节描写，抓住父子离别的瞬间，将瞬间的离情化为了永恒的思念，引起读者的强烈共鸣。

以《背影》为代表的朱自清散文的艺术特点主要体现在以下几个方面：第一，取材琐细，以小见大。朱自清的散文往往取材者小，所见者大，以点滴的感受或是微不足道的情景生发出深广的思想意蕴，而且他善于用工笔对情景加以精巧的描绘和刻画。作于1927年的《荷塘月色》就是以玲珑剔透之笔绘出一幅中国式的泼墨写意的清新幽雅的月色荷塘画，并由此倾诉了一个知识分子心灵深处的忧伤与烦恼，追求与希望。第二，感情真挚。深厚的情感注入是朱自清散文脍炙人口的重要原因，所抒之情都是作者发自内心的真实情感的流露，没有任何斧凿的痕迹。他的以家庭生活为素材的作品中所表现的或温厚、或感伤、或幽默的人伦之情颇为动人。如《儿女》中所含的幽默与温馨的家庭气氛，无不真诚亲切。第三，情景交融，构思精巧。朱自清的散文名篇，写景的往往是景中有情，情景交融，既有朦胧的画意，又有幽幽的诗情；而抒情的又往往情中见景，充溢着水乡风光。《荷塘月色》中的荷塘本来很平常，而在朱自清笔下却无美不备：淡淡的月色，田间的荷叶，薄薄的春雾，葱葱郁郁的树木及树上的蝉声与水里的蛙声，组成了一幅意境优美的工笔画；梅雨潭的绿，秦淮河的波与光、弦歌画舫……都能引人入胜，心生亲临其境之感。朱自清构思缜密精巧、极具匠心。《背影》已是出奇制胜，而《荷塘月色》意在写心中“颇不宁静”，一路写来，却又处处见“静”，《松堂游记》虚实并举，又以情贯注。第四，语言自然、亲切、漂亮。朱自清的散文语言优美而又质朴，精巧而又缜密。他善用优美和漂亮的语言表达心绪，但又毫无造作之感，完全自然天成，美得质朴，美得自然。同时他的散文也讲究节奏感和韵律美，善用长短句的巧妙搭配，读来错落有致、朗朗上口，颇有跌宕回环的听觉美感，形成了“清水出芙蓉，天然去雕饰”的独特风格。

第三节　周作人与语丝社作家的创作

○语丝社与“语丝文体”　○周作人对“美文”的理论倡导与创作实践

一、语丝社与“语丝文体”

语丝社是“五四”以来最大的以散文创作为主的作家群体。语丝社得名于1924年11月在北京创刊的《语丝》周刊，由《语丝》主要撰稿人组成。语丝社没有发起人，是同人团体，代表作家有周作人、鲁迅、林语堂、钱玄同、孙伏园、俞平伯等。《语丝》周刊上的文字，以简短的感想和批评为主。它曾设“随感录”“闲话”等栏目，针砭时弊，登载大量杂感，也发表过不少散文和其他作品，对于散文文体的倡导，产生过很大的影响。

尽管语丝社同人的思想和艺术主张不尽一致，但在办刊宗旨和创作态度上是基本一致或相近的。周作人代写的《语丝·发刊辞》集中体现了语丝社同人的基本主张和态度：“我们只觉得现在的中国的生活太是枯燥，思想界太是沉闷，感到一种不愉快，想说几句话，所以创刊这张小报，作自由发表的地方。”“我们原想做的只是想冲破一点中国的生活和思想界的昏浊停滞的空气。我们个人的思想尽管不同，但对于一切专断与卑劣之反抗则没有差异。我们这个周刊的主张是提倡自由思想，独立判断，和美的生活。”语丝社作家继承了“五四”新文学的战斗传统，展开积极的社会批评和文化批评，对迂腐的封建礼教、落后的思想意识、僵化的传统观念、军阀官僚的残暴统治和虚伪的文风等，都进行了猛烈的抨击，同时大力提倡美的、艺术的生活，提倡思想和言论自由。语丝社作家总体上在“五卅”运动和“三一八”惨案等重大历史事件中，表现出了正义的斗争精神和进步的爱国思想。当然，一些作家在社会批评和文化批评方面的思想局限也是明显的。语丝社作家的思想倾向及其特征，诚如后来鲁迅所概括的那样：“任意而谈，无所顾忌，要催促新的产生，对于有害于新的旧物，则竭力加以排击——但应该产生怎样的‘新’，却并无明白的表示，而一到觉得有些危急之际，也还是故意隐约其词。”①

《语丝》是中国现代文学史上第一个以散文创作为主的文学刊物，除兼登小说、诗歌、学术文章和译介的外国文学作品外，主要刊载各类散文作品，特别是简短、犀利的思想杂感、社会批评和随笔、小品散文等，先后设置过“随感录”和“闲话”等专栏。正是在针砭时弊的杂感和随笔方面，语丝社作家形成了共有的风采：排旧促新，放纵而谈，说古论今，不拘一格。这种鲜明的文体风格曾赢得“语丝文体”之美称。

语丝社的散文创作主要有两个方面：一是以鲁迅、周作人为代表的锐利、泼辣的杂文；二是以周作人、林语堂为代表的幽默、冲淡的小品散文。杂文创作是语丝社作家对现代文学的重要贡献。《语丝》发表杂文 500 余篇，其中成就最突出的首推鲁迅。鲁迅的《华盖集》《华盖集续编》《而已集》《三闲集》等杂文集中的大部分文章，都是在《语丝》上发表的。这些杂文锐利、深刻，体现了《语丝》杂文的基本特征。此外，鲁迅的散文诗集《野草》中的作品也全部发表在《语丝》上。鲁迅是公认的语丝社的精神领袖。除鲁迅之外，周作人、钱玄同、刘半农、章衣萍、川岛等人的杂文，也都显示了各自的特色，如钱玄同的《告遗老》、刘半农的《骂瞎了眼的文学史家》、周作人的《死法》等文，都是《语丝》杂文中影响很大的篇章。语丝社成员一部分发表在早年的《晨报副刊》和稍后的《京报副刊》上的文字，风格也与此相近，如孙伏园的散文《南行杂记》《长安道上》等篇，名为游记，仍以描摹世态人情为主，记叙中夹着议论，对社会现象多所抨击，极少山水景物的单纯描写。语丝社这种注重社会批评的文体，为后来“左联”时期战斗性小品文的发展开了风气。

在小品散文方面，语丝社作家更显出了自己的风采。《语丝》先后发表小品散文 400 余篇。周作人、林语堂、江绍原、孙福熙、俞平伯、川岛等都是各有个性的小品散文作家，其中周作人、林语堂的小品散文风格更加鲜明突出。

林语堂（1895—1976），福建龙溪人，原名和乐，后改名玉堂、语堂。早年先后去美国和德国留学，1923 年归国后在北京大学教授英文，并开始在《晨报副刊》发表针砭时事的文章。林语堂在《语丝》上发表的大量小品散文，如《劝文豪歌》《咏名流》《论骂人之难》《悼刘和珍杨德群女士》等，提倡自由民主，揭露北洋军阀镇压进步学生的暴行和现代评论派等“正人君子”的虚伪面孔，并对社会解放、改造国民性等问题提出了自己的见解，显示了“真诚勇猛”的战斗精神。林语堂的文章追求幽默效果，庄谐杂陈，深入浅出，语言平实而机智，有一种举重若轻、从容自如的风度，但刻意表现西洋式的幽默和绅士之风，又使“他的幽默，是有牛油气的，并不是中国自来所固有的《笑林广记》”。林语堂在《语丝》上发表的小品文主要辑入散文集《剪拂集》中。20 世纪 20 年代末 30 年代初，林语堂从思想的失望、苦闷到大力提倡幽默闲适的“性灵文学”，逃避现实，尽管此时的小品文在个人风格上更趋成熟，但其思想锋芒比起《语丝》时期，则明显地减退了。

最能显示语丝社小品散文思想风采和艺术风格的作家是周作人。他一人在《语丝》上

---

① 鲁迅．我和《语丝》的始终//鲁迅全集：4 卷．北京：人民文学出版社，2005：171.

发表的文章就达400篇之多，其中有杂文也有小品文，而且对《语丝》的创办和编辑工作做出了积极的贡献。他和鲁迅都是《语丝》的“主将”。

二、周作人的散文创作

作家小传

周作人：“杂家”与“小品文之王”

周作人（1885—1967），浙江绍兴人，笔名启明、知堂等。早年留学日本时，曾与其兄鲁迅创办文学刊物《新生》。于“文学革命”向旧文学发难，成为新文化运动和文学革命初期有很大影响的代表人物之一，著有《人的文学》和《平民的文学》等理论文章，对具体建设新文学发挥了重要的作用。周作人还是现代散文大家，对中国现代散文的繁荣和发展做出了特有的贡献：一是对散文文体理论的大力提倡，他发表于1921年6月的《美文》将文学性散文放到了与小说、诗歌、戏剧并列的位置上，从理论上为这一文体确立了地位；二是他大量的散文创作实践，形成了自己平和、冲淡的独特风格；三是在他的带动和影响下，从20世纪20年代开始，中国文坛就形成了一个学者式散文流派，成为现代文学中崇尚闲适、青涩，知识性与趣味性并重的一个散文流脉。1937年抗战全面爆发后，周作人在当时的沦陷区北平出任伪职，沦落为汉奸和民族的罪人。

周作人一生著述颇丰，其代表性散文集有《自己的园地》《雨天的书》《泽泻集》《谈龙集》《谈虎集》《永日集》《看云集》《夜读抄》《苦茶随笔》《苦竹杂记》《风雨谈》《瓜豆集》《秉烛谈》等，散文名篇有《故乡的野菜》《乌篷船》《鸟声》《喝茶》等。

周作人对现代文学最可贵的贡献在于他对“美文”的倡导与实践，他使美文作为一种独立的文体在文学史上的地位得到确立。周作人于1921年6月发表《美文》，热情号召“治新文学的人”去大胆尝试现代的小品散文，并同时以他自己的创作实践积极推进现代小品散文的发展和繁荣。周作人的前期散文，可分为注重议论、批评的杂感和偏于叙事抒情的小品两类，前者思想意义较强，后者艺术成就较高；而真正代表他散文艺术风格因而影响更大、艺术成就更高的，还是那些以“平和冲淡”见称于世的小品文。周作人的小品文取材广泛、不拘一格，恬淡从容、真率亲切，简素质朴、庄谐并出，显示了他作为散文大家的深湛的艺术造诣。但在编成《永日集》以后，周作人就沉湎于远离现实的“苦雨斋”中，抄古书，追求闲适趣味，大谈草木虫鱼，叛逆性愈减，而隐逸性渐增，以至于日渐发展，终归走向了变节投敌的悲剧。

周作人的散文创作在艺术上独具风格，他既继承古代公安派、名士派性灵小品“独抒性灵，不拘格套”的观点，又吸取外国散文“漂亮”和“缜密”的写法，形成自己的风格特色。他的较有影响的散文名篇《故乡的野菜》《乌篷船》《苦雨》《北京的茶食》《鸟声》《苍蝇》等，都鲜明地体现了其独特的艺术风格。

周作人善于在旁征博引之中自然而然地传授丰富的知识，充分显示了学者式散文的特点；他擅长以散淡式的笔法写出浓厚的生活情趣，以冲淡的笔触抒发悠悠的情感，于质朴中流露出一种恬淡深长的诗意。可以说，他不是淡笔写淡情，而是淡笔写浓情。同时，他善于在寓庄于谐、寓谐于庄中形成幽默感，往往在轻松自如的叙述中表达了重要的思想内涵。短小精悍的篇幅，简洁老练的语言，虽然取材平凡，但经久耐读，有一种从容的态度与冲淡平和的风骨，读之兴味盎然。

作品欣赏

周作人的小品文大多几百字到千把字，遣词造句恰到好处，从不啰唆，体现了一种既简洁明快又古朴典雅的文风，为中国现代散文的发展做出了很大的贡献。下面我们就一起来看看这篇《北京的茶食》。

北京的茶食

在东安市场的旧书摊上买到一本日本文章家五十岚力的《我的书翰》，中间说起东京的茶食店的点心都不好吃了，只有几家如上野山下的空也，还做得好点心，吃起来馅和糖及果实浑然融合，在舌头上分不出各自的味来。想起德川时代江户的二百五十年的繁华，当然有这一种享乐的风流余韵留传到今日，虽然比起京都来自然有点不及。北京建都已有五百余年之久，论理于衣食住方面应有多少精微的造就，但实际似乎并不如此，即以茶食而论，就不曾知道什么特殊的有滋味的东西。固然我们对于北京情形不甚熟悉，只是随便撞进一家饽饽铺里去买一点来吃，但是就撞过的经验来说，总没有很好吃的点心买到过。难道北京竟是没有好的茶食，还是有而我们不知道呢？这也未必全是为贪口腹之欲，总觉得住在古老的京城里吃不到包含历史的精练的或颓废的点心是一个很大的缺陷。北京的朋友们，能够告诉我两三家做得上好点心的饽饽铺么？

我对于二十世纪的中国货色，有点不大喜欢，粗恶的模仿品，美其名曰国货，要卖得比外国货更贵些。新房子里卖的东西，便不免都有点怀疑，虽然这样说好像遗老的口吻，但总之关于风流享乐的事我是颇迷信传统的。我在西四牌楼以南走过，望着异馥斋的丈许高的独木招牌，不禁神往，因为这不但表示他是义和团以前的老店，那模糊阴暗的字迹又引起我一种焚香静坐的安闲而丰腴的生活的幻想。我不曾焚过什么香，却对于这件事很有趣味，然而终于不敢进香店去，因为怕他们在香盒上已放着花露水与日光皂了。我们于日用必需的东西以外，必须还有一点无用的游戏与享乐，生活才觉得有意思。我们看夕阳，看秋河，看花，听雨，闻香，喝不求解渴的酒，吃不求饱的点心，都是生活上必要的——虽然是无用的装点，而且是愈精练愈好。可怜现在的中国生活，却是极端地干燥粗鄙，别的不说，我在北京彷徨了十年，终未曾吃到好点心。

十三年二月

——周作人．知堂文集．上海：天马书店，1933.

应该看到，周作人的散文理论及其创作实践多年来一直受到学术界的高度重视，周作人在中国现代文学史上作为散文大家的地位始终得到相当程度的认同。周作人的散文当中有一种“大关怀”和“大突破”。这里说的“大关怀”是指周作人的小品散文在那些看似平凡琐细的人生点滴描述之中蕴含着一种对人性本质的揭示，对整个人类命运的深切关注。他的《故乡的野菜》写的是自己家乡的那几种野菜以及童年的生活，但人们读了之后，从中能品味和领悟到一种与自己相关的东西：故乡是一个人永远也割不断的情思。这种意蕴，在作者的行文中刻意加以冲淡（比如作者在文章开篇特意强调自己于故乡并无特别的挂念）之后，来得尤其淳厚、浓郁，令人回味不尽，感念再三。在周作人笔下对“苍蝇”“野菜”“苦雨”“乌篷船”之类的叙述中，是折射着人性、人生、社会乃至宇宙的“大关怀”的。至于“大突破”，周作人散文的贡献在结构上真正追求“散”的艺术，真正打破一般散文的写作格式，在彻底粉碎散文结构的固定模式之后，显出一种洒脱和大气，可以说，周作人散文在结构上最大的特点就是没有结构，这对于中国现代散文的发展无疑起到了突破传统、融贯中西的重要作用。

思考题

1. 为什么说鲁迅的杂文是中国特定时代社会的百科全书？你能体会到鲁迅杂文的哪些艺术特色？

2. 《野草》作为一部抒情散文集，它主要抒发的是哪些情感？又是通过哪些手法来实现的？

3. 《背影》等作品在哪些方面显示了朱自清散文创作的独特魅力？你如何看待朱自清散文创作在现代文学史上的地位？

4. 作为学者式散文的主要代表，周作人小品散文的艺术风格体现在哪些方面？

延展阅读

周作人的人生经历、思想发展和文学风格的变化，都是异常曲折复杂的，因此，准确地把握周作人人生和思想发展的轨迹，对于认识周作人的创作也具有至关重要的意义。阅读《周作人传》（钱理群，北京十月文艺出版社，1990）、《周作人评说80年》（程光炜，中国华侨出版社，2000）。

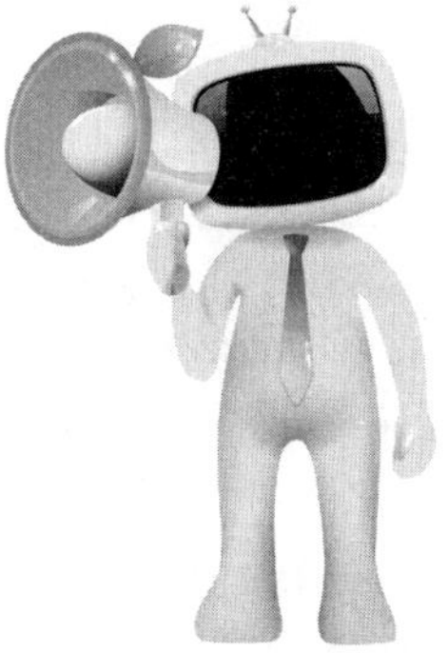

第七章　革命文学的兴起

1927 年前后兴起的无产阶级革命文学运动，标志着中国现代文学第一个阶段的结束，推进了从文学革命到革命文学的新的历史进程。在特定时代条件下出现的革命文学运动，是对“五四”以来文学革命在思想内涵方面的实质性的深入和发展。与此同时还出现了“京派”“海派”等从不同角度以不同艺术手段表达现实社会感受的风格流派，这些文学思潮与革命文学共同构成了 20 世纪 30 年代现代文坛的繁荣局面。

第一节　20 世纪 30 年代文坛的繁荣与多种风格流派的交映

◯各种文体共同发展　◯创作潮流分野和小说流派纷呈　◯文学理论的新动向

一、各种文体竞相发展

20 世纪 30 年代是中国现代文学创作成熟和丰收的时期。这一时期文坛的繁荣首先体现在新文学的各种文学体裁形式都有了长足的发展，不仅小说的成就特别引人注目，诗歌、戏剧、散文等领域也成绩斐然。

从小说领域看，多部中长篇小说的涌现是 20 世纪 30 年代文坛繁荣的重要特征之一。在新文学的第一个十年几乎没有优秀的长篇小说出现，到了 20 世纪 30 年代，有 80 部长篇小说和 200 多部中篇小说出现，不仅数量多，而且题材广泛，力求全方位反映时代巨变。叶绍钧的《倪焕之》是在 20 世纪 30 年代到来的前夜（1929 年 8 月）奉献给读者的第一个长篇，夏丏尊认为，它“不但在作者的文艺生活上是划一时代的东西，在国内的文坛上也可以说是划一时代的东西”。老舍的《二马》《猫城记》《离婚》《小坡的生日》《牛天赐传》和其代表作《骆驼祥子》都写于 20 世纪 30 年代，这些作品不仅丰富了 30 年代文坛，也奠定了老舍笔下的市民社会和市民形象系列在中国现代文学史上的地位。巴金的小说《新生》《萌芽》及“激流三部曲”等也创作于这一时期，从而确立了巴金的艺术风格和文学史价值。李劼人的《死水微澜》《暴风雨前》《大波》一系列长篇小说创作于 1935 年至 1937 年，交织成一幅绚烂多彩、内涵丰厚的四川近代历史风俗画卷。丁玲的《韦护》《一九三〇年春上海》《水》等具有左翼文学开拓意义的作品也出现于这一时期。而茅盾的《子夜》更是 30 年代左翼文学的重要收获，被称赞为文学革命后第一部表现社会的长篇小说，“是我们现代长篇小说最早的成熟的标志”①。小说创作中的重要成就还包括当时出现了

① 刘绶松．论茅盾《蚀》与《虹》．文学评论，1963 (2).

一批三部曲形式的系列长篇，扩大了小说体裁的历史容量和内涵。郭沫若的“漂流三部曲”包括《歧路》《炼狱》《十字架》，是中国现代文学史上第一部用三部曲形式反映现实生活的小说，之后又有茅盾的处女作“蚀”三部曲（《幻灭》《动摇》《追求》），阳翰笙的“地泉三部曲”（《深入》《转换》《复兴》），巴金的“爱情三部曲”（《雾》《雨》《电》）和著名的“激流三部曲”（《家》《春》《秋》），老舍的《四世同堂》（《惶惑》《偷生》《饥荒》），张天翼的《速写三篇》（《华威先生》《谭九先生的工作》《新生》）等。

从诗歌领域看，在继承第一个十年的诗歌传统基础上，20 世纪 30 年代的诗歌继续向前发展，风格更加多样化。中国诗歌会于 1932 年 9 月成立，这是“左联”领导下坚持革命现实主义传统的重要诗歌团体，他们的诗歌注重选取时代重大事件为题材，坚持大众化、民歌化的现实主义诗歌创作道路。以徐志摩为主的后期新月派，在抒情方式上与中国诗歌会的现实主义风格迥然不同，陈梦家、方玮德表现出靠拢现代派的创作倾向。而象征主义诗歌从李金发的早期试验到 20 世纪 30 年代的进一步发展，经历了一个漫长的历程，于这一时期日趋独立和成熟。之后，又出现了以胡风为代表的七月诗派，他们以充满战斗热情的大量诗篇为抗战做出了重大贡献。

就散文创作而言，在杂文、艺术散文和报告文学方面都取得了丰硕成果。首先，动荡的时代引发作家的愤激呐喊，更有鲁迅杂文的实际带动，于是在 20 世纪 30 年代出现了一种特殊的散文创作现象，即凡是进步的、有正义感和责任感的作家，不管其隶属于哪个阵营，具有怎样不同的审美追求，几乎无人不写作杂文，除了鲁迅之外，当时的杂文作者还包括茅盾、瞿秋白、郁达夫、老舍、叶绍钧、郑振铎、朱自清、许地山、丰子恺、王任叔、曹聚仁、聂绀弩、胡风、唐弢、徐懋庸、阿英、柯灵、胡愈之、谢六逸、巴金、姚雪垠、楼适夷、梁遇春、周作人、林语堂等，作品数量之多，影响之广泛，为文学史上少见。其次，20 世纪 20 年代已经崭露头角的报告文学在 20 世纪 30 年代形成勃发之势，并于 1936 年引人注目地迎来了报告文学的第一个丰收年，夏衍的《包身工》、宋之的的《一九三六年春在太原》和大型报告文学集《中国的一日》等作品，标志着中国现代报告文学创作开始走向成熟。报告文学在 20 世纪 30 年代的迅速发展，一方面与“左联”的大力号召和广大进步作家的积极响应密切相关，另一方面也与这种艺术样式的特质和时代社会精神的内在契合有关。最后，与杂文运动和报告文学的迅猛崛起相比，20 世纪 30 年代散文小品相对呈现出一种自然平缓的发展态势。20 年代即已成名的周作人、叶圣陶、茅盾、许地山、夏丏尊、林语堂、俞平伯、梁实秋、丰子恺、钟敬文等陆续推出新的佳作。更为突出的是，这一时期还出现了一批风格特异的年轻散文作家，其中较为突出的是何其芳、李广田、丽尼、陆蠡等。他们执着于挖掘散文自身艺术本质的价值，追求诗与散文的结合，将内心情感的深沉抒发与外部时代变化紧密结合，呈现出新颖独到、率真深厚的艺术风格。此外，纪游体散文和“知识小品”“科学小品”也都有所发展，共同构成 30 年代现代散文全面收获和成熟的局面。

从戏剧领域讲，20 世纪 30 年代话剧运动和剧本创作都有了较大的发展，多幕剧出现并逐渐走向成熟。1929 年，为了加强对现代戏剧运动的正确引导，中国共产党决定成立自己的戏剧团体——上海艺术剧社。1930 年 3 月，上海艺术剧社联合摩登剧社、剧艺社、南国社、戏剧协社等组成“中国左翼剧团联盟”，后改组为“中国左翼戏剧家联盟”。“剧联”积极倡导戏剧大众化运动，1933 年在城市政治形势进一步恶化的情况下提出“戏剧走向农村”的口号。可以说，戏剧大众化运动使现代戏剧这一新兴样式在中国得到前所未有的普及，而这种普及为以后话剧艺术的深入发展和提高奠定了基础，但同时也存在一定的历史局限，大量的群众性革命演剧活动使戏剧艺术水准有所下降，造成戏剧思想和艺术之间的失衡。在左翼戏剧运动开始向大剧场进军的时候，又迎来了“国防戏剧”的时代。随着抗日民族统一战线在戏剧界的逐步形成，学生和工农业余演剧热潮在全国普遍开展起来，有力地推动了全国抗日救亡活动，虽多有急就章意味，但也不乏精品出现。从专业作家的创作看，洪深、夏衍、陈白尘、李健吾、丁西林、阳翰笙等多从 20 世纪 30 年代初开始发表剧作，这一时期从写独幕剧逐渐尝试多幕剧创作。1934 年曹禺的四幕话剧《雷雨》面世，之后他又写出《日出》《原野》《蜕变》《北京人》等著名多幕剧，他的话剧创作构成中国现代戏剧史上一个空前的艺术高峰，标志着现代话剧的成熟。抗战全面爆发后，剧坛出现一批影响深远的历史剧，紧密配合政治斗争，取得了较高成就。

二、多种文学思潮与流派的涌现

20 世纪 30 年代文学的繁荣还体现为创作潮流分野的日趋明显与小说流派的连续涌现，这是本时期文学发展的一个重要特点。可以说，左翼文学与民主主义、自由主义文学合力构成了 30 年代文学创作繁花似锦的局面。一方面，一批赞成无产阶级革命文学主张的作家集结在中国左翼作家联盟的旗帜下，掀起了声势浩大的左翼文学运动，将“五四”开始的“文学革命”推向“革命文学”的新阶段，其中“左联”的成立标志着左翼文学主潮的形成，它使 30 年代的文学格局发生了深刻的变化，将整个 30 年代文学推向一个新的高潮；另一方面，为数众多的民主主义作家和自由主义作家作为反抗旧世界的有力一翼，也形成倾向不同、风格各异的若干作家群体。就小说创作流派而言，主要有社会剖析派、“京派”和现代派（包括心理分析派和新感觉派）。社会剖析派的作家原本就参加了左翼文学活动，如茅盾、吴组缃、沙汀、艾芜等。他们的共同特点是接受了马克思主义的影响，试图摸索出一条将科学的社会理论与作家的创作实践相结合的新路，以期创作能从本质上揭示生活的真实并正确预示社会生活发展的路向。“京派”作家有沈从文、冯文炳、凌叔华、萧乾等，他们在古都文化氛围熏陶下形成雍容、恬淡的审美品格，反对文学的政治化和商业化倾向，他们的创作将鲁迅、郁达夫开创的现代抒情写意小说推向一个新的阶段，在中国现代小说体式变迁史上产生了重要的影响。现代派小说实际上包含“新感觉”派小说和心理分析小说两个方面的创作，它是 20 世纪 30 年代以上海为中心的东南沿海城市商业文明的产物，其成员对都市“文明病”和五光十色的人生世态有着深切的感受，同时又受到弗洛伊德学说和日本新感觉派作家横光利一等人小说的影响，善于运用精神分析与直觉、变形等现代派手法，表现现代都市男女躁动迷惘的心灵状态，是一个属于现代主义艺术范畴的小说新流派，主要成员有施蛰存、穆时英、刘呐鸥三人。

三、文学理论的加强与建设

20 世纪 30 年代现代文坛的繁荣除了体现在各种文体的全面开花、不同风格流派的竞相涌现外，还表现在文学理论的大力建设和文艺新思潮的广泛借鉴上。这一时期的文学理论建树突出体现在四个方面：一是左翼文艺理论的译介和传播，除了从俄文直接翻译外，还从日文转译，使马克思主义文艺学理论思想得到一定程度的普及和重视。二是现实主义文艺理论建设的发展和进一步深化，鲁迅、瞿秋白、茅盾、周扬、冯雪峰、胡风、李健吾等理论批评家为此做出了杰出贡献。三是“左联”与新月派、“自由人”和“第三种人”等展开尖锐的文艺思想斗争，在论争中提高了自身的理论修养和思想认识，从而加快了文学理论建设的步伐。四是关于大众化问题的三次大讨论，虽然这一时期的讨论还不能从根本上解决文艺大众化的问题，思想也不够成熟，但为 1942 年延安文艺座谈会议后文艺与群众的真正结合提供了必要前提和思想准备。从文艺思潮角度看，30 年代在国际无产阶级政治运动以及左翼文学潮流的带动和影响下，整个世界文坛组成“红色的 30 年代”，中国现代文坛也在“左联”领导下形成声势浩大的左翼文学运动和创作大潮。与此同时，除了继续弘扬“五四”以来的现实主义和浪漫主义文学传统外，理论界和作家们还广泛译介和借鉴西方现代主义、弗洛伊德主义、表现主义、象征主义等多种文学思潮和艺术手段，为30年代文坛创作的繁荣提供了新的视野和方法，在这种新的思潮影响下形成不同风格流派的多样化创作。

知识链接

红色的30年代

中国左翼文学运动是世界性无产阶级文学潮流的重要一支。这股潮流是以苏联为中心的国际共产主义运动在文学上的反映，在20世纪30年代形成世界文坛的具有普泛性的左的浪潮，历史上称之为“红色的30年代”。30年代，在经济危机席卷欧美资本主义世界之时，苏联社会经济却得以稳步发展，显示了社会主义制度的优越性，于是其他国家的文化精英纷纷向往苏联，并由此形成世界范围的左的浪潮，这一政治变化也反映在文学领域，于是出现了左翼文学风行30年代的局面，当时的代表作家有苏联的法捷耶夫、爱伦堡，法国的罗曼·罗兰、阿拉贡，德国的布莱希特，英国的奥登、伊舍伍德，拉美的聂鲁达，日本的小林多喜二等。由于语言障碍和中苏断交，当时苏联的理论往往以日本为中介进入中国并影响文坛的发展。在国际无产阶级文学运动高涨的形势下，1930年国际革命作家联盟吸纳中国的“左联”为其成员，从此“左联”与国际无产阶级运动建立了密切的思想和组织联系。

20世纪30年代是中国现代文坛全面收获和繁荣多样文学格局的发展阶段，这一时期无论从各种文学样式的成就、文学流派的异彩纷呈，还是从文学理论建设和思潮引入层面看，都构成中国现代文学发展历程中绚丽多姿的重要一环。

第二节　从革命文学的倡导到“左联”的成立

○革命文学的倡导与论争　○“左联”的成立　○“左联”的贡献与局限

一、革命文学的倡导与论争

1927年，国民党叛变革命，轰轰烈烈的大革命失败。新的革命形势和剧烈的阶级斗争对文学艺术提出了新的要求，新兴的无产阶级要求建立自己的文艺阵地。这一时期，国际无产阶级文学运动蓬勃发展，苏联、日本等国的左翼文学运动十分活跃，马克思主义文艺理论被不断地输入中国，一些作家受其影响也开始走革命的文艺道路，倡导无产阶级革命文学。

无产阶级革命文学运动兴起于反革命统治势力的中心上海，其倡导者是后期创造社和太阳社的成员，主要有郭沫若、成仿吾以及蒋光慈、钱杏邨等，他们在《创造月刊》《文化批判》《太阳月刊》等刊物上发表文章，主张文学是宣传的武器，要为革命斗争服务，要实现大众化，革命作家要努力改造世界观，以无产阶级意识去克服小资产阶级思想，为千千万万劳动群众服务。这样的主张，在当时白色恐怖的环境里犹如一面鲜艳夺目的红旗，指引人们不断前进。

《太阳月刊》封面

但是，由于倡导者们急功近利，没有认真分析中国的社会性质就一厢情愿地照搬照抄外国的理论做法，模糊了社会主义革命和民主革命的界限，把小资产阶级、资产阶级当作革命对象，又加上太阳社、后期创造社内部存在着宗派情绪，他们把“五四”新文学当作资产阶级文学而全部否定，把叶绍钧、郁达夫、鲁迅等知名作家当作批判对象。由于鲁迅是新文学作家中最有影响力的，他被倡导者们错误地当作“小资产阶级”倾向的代表，倡导者们甚至认为，批判鲁迅就是在为无产阶级革命文学运动扫清道路。他们认为“五四”以来的新文学作家中，除了郭沫若是唯一具有“反抗精神的作家”外，其他作家都是具有“非革命的倾向”的，而鲁迅更是时代的“落伍者”，他“常从幽暗的酒家的楼头，醉眼陶然地眺望窗外的人生……追悼没落的封建情绪，结局他反映的只是社会变革期中的落伍者的悲哀，百无聊赖地跟他弟弟说几句人道主义的美丽的说话”①。他们宣扬“老的作家都不行了，只有把老的统统打倒，才能建立新的普罗文学”②。

鲁迅对创造社、太阳社作家突然对他发起攻击，非常气愤。于是，他于1928年2月23日撰写了《“醉眼”中的“朦胧”》一文予以反驳。在文中，他尖锐地批判了创造社作家理论上的模糊和错误，以及对黑暗现实的不敢抗争等。鲁迅这一文章发表后，创造社、太阳社作家接连不断地发表了大量的文章，从而引发了一场历时一年有余的革命文学论争。面对太阳社、创造社作家的“围攻”，鲁迅既愤激又执着地与之辩论，他通过学习马克思主义理论和凭着自己对一些问题的深刻思考，先后撰写了《我的态度气量和年纪》《革命咖啡店》《文坛的掌故》《文学的阶级性》《文学与革命》等文章，不客气地批评了创造社、太阳社作家暴露出的种种错误，并对有关革命和文艺的不少问题做出了中肯的论断。

鲁迅与创造社、太阳社的这场论争，主要是围绕着这样几个大的问题进行的：一是关于文艺与政治的关系。倡导者强调文艺为宣传的工具，为革命的武器，有组织生活、创造生活的作用。鲁迅认为无产阶级革命文学是无产阶级解放斗争的一翼，既肯定了文艺为革命斗争服务的功能，又特别指出它只是“一翼”，不可能代替实际的武装斗争。倡导者过分夸大文艺的作用，重视文学的政治价值，忽视艺术技巧，甚至把政治价值与艺术价值对立起来，主张把艺术技巧统统让给“昨日的文学家去努力”。鲁迅则辩证地认识到，文艺在讲求政治内容的同时，也不能忽视表现技巧和艺术效果。二是关于文艺与生活的关系。倡导者认为文学是要“反映阶级的实践的意欲”③，鲁迅批评他们实际上是唯心主义的，因为离开生活，阶级的意欲也就无从体现。三是关于作家世界观改造的问题。鲁迅清醒地认识到实现思想转变并不是轻而易举的事，需要认真学习马克思主义著作，不断批判自己，否定旧的意识。这次思想论争也存在积极作用，它客观上扩大了无产阶级革命文学的影响，传播了马克思主义文艺理论，纠正了倡导者们的某些理论错误，为中国左翼作家联盟（简称“左联”）的成立作了思想和队伍上的准备。

1929年秋，党指示原创造社、太阳社的成员和鲁迅等革命作家联合起来，成立革命作

① 冯乃超．艺术与社会生活．文化批判，1928（1）.

② 郑伯奇．创造社后期的革命文学活动//郑伯奇文集．西安：陕西人民出版社，1988.

③ 李初梨．怎样地建设革命文学．创造月刊，1928，2（1）.

家的统一组织，一致对敌，并指派冯乃超、沈端先、冯雪峰等人筹备这一工作，于1930年结成中国左翼作家联盟。从“五四”的文学革命到20世纪30年代的革命文学，标志着中国现代文学从艺术形式到思想内容的深入发展。

二、“左联”的主要贡献及历史局限

1930年3月2日，中国左翼作家联盟在上海成立。“左联”的成立，是革命文学论争之后，革命作家逐渐克服宗派情绪走向团结的结果，是中国共产党不但从思想上，而且从组织上领导文艺的开始，是左翼文艺运动成为一种有组织的革命运动的标志。参加成立大会的有40余人，会议选举沈端先、冯乃超、钱杏邨、鲁迅、田汉、郑伯奇、洪灵菲七人为“左联”常务委员，并且通过了“左联”的理论纲领和行动纲领，决定成立马克思主义文艺理论研究会、外国文化研究会、文艺大众化研究会等机构，决定同国际左翼文艺运动建立联系，同国内革命团体建立密切关系等。鲁迅在成立会上作了著名的《对于左翼作家联盟的意见》的讲演，总结了无产阶级革命文学倡导时期的经验教训，为左翼作家的进一步发展指明了方向。

中国左翼作家联盟会址纪念馆

在“左联”纲领的指引下，“左联”同敌人进行了英勇的斗争，在30年代反文化“围剿”和文学创作等方面，都取得了重大的成绩。“左联”的不少成员，在斗争中先后献出了自己宝贵的生命，用鲜血写下了中国无产阶级革命文学光辉的一页。在创作上，左翼作家也取得了丰硕的成果，显示了强大的艺术生命力。在众多的创作中，鲁迅的杂文，茅盾的《子夜》，蒋光慈的《咆哮了的土地》，田汉、洪深的剧作，以及叶紫、殷夫等青年作家的小说和诗歌作品，都代表了左翼文坛的重要收获。与此同时，“左联”也注重吸收革命的文学青年加入“左联”，培养了一支年轻的文艺队伍，张天翼、沙汀、艾芜、叶紫、萧军、萧红等一批后来有影响的重要作家，都曾得到过以鲁迅为代表的“左联”作家的帮助，并成为后来文艺运动和创作的中坚力量。

“左联”十分重视理论批评，把确立马克思主义的艺术理论和批评理论作为主要方针之一，大力开展马克思主义文艺理论的传播、学习和运用工作。瞿秋白、鲁迅等广泛译介马列主义文艺著作，介绍了文学与革命、文学与群众关系等重要观点，对中国文学理论建设、创作、批评等产生了巨大影响。根据马克思主义文艺理论中文艺应该为劳动群众服务的原则，“左联”开展了文艺大众化运动，曾进行了三次较大规模的关于文艺大众化的讨论，大家就文艺的普及与提高，对旧文艺的批判继承与革新创造，发表了精辟的意见，取得了重大收获。理论批评的另一重要内容是开展文艺思想斗争和论争，如 1928 年至 1930 年左翼文坛和新月派的论战，1930 年至 1931 年对国民党“民族主义文学”的斗争，1931 年至 1933 年“左联”与“自由人”“第三种人”的论争，“左联”运用马克思主义的基本原理和基本观点对各派别所鼓吹的各种反动、错误的文艺思想进行了批驳，从而为马克思主义文艺理论的建设奠定了坚实的基础。

华北事变后，民族危机日益严重，为了适应国内阶级关系和民族矛盾的新形势，1936 年春，“左联”遵从共产国际的指示，自动解散，另外成立更广泛的抗日民族统一战线的文艺组织。“左联”的成立，推动了中国无产阶级革命文学运动的发展，推动了社会的革命和历史的进步，但也存在着严重的错误和不足。在政治上，“左联”受到当时党内“左”倾教条主义的影响，内部产生了宗派情绪，并发生了“两个口号”的论争。在理论上，没有从中国社会和文学运动的实际出发，而是生硬地搬用外国做法，产生了教条主义的错误倾向。对马克思主义文艺理论还没有真正消化吸收，就生吞活剥地接受，这必然不能与民族特点相结合，形成具有中国作风和中国气派、具有民族个性的理论。因此，20 世纪 30 年代的中国左翼文坛呈现出理论与创作不能协调发展的局面，一方面是理论建设十分繁忙，声势浩大；另一方面则是在大多数创作中表现出程式化、概念化、简单化的倾向。在组织上，“左联”把自身看作一个像政党一样有严密纪律的组织，没有尽可能地团结更多的进步作家共同战斗，也存在着关门主义的错误，这些都构成了“左联”的历史局限。

第三节 左翼作家群的创作

○蒋光慈等左翼主潮的小说创作 ○东北作家群的创作 ○左翼诗人殷夫及中国诗歌会 ○夏衍、宋之的——中国报告文学成熟的标志

一、左翼主潮的小说创作

（一）蒋光慈

蒋光慈是左翼作家群中的杰出代表，在诗歌和小说方面都取得了重要实绩。他在诗歌方面的成绩主要集中在三部诗集上：《新梦》体现出鲜明的革命色彩，被钱杏邨誉为“中国革命文学著作的开山祖”，诗集中收入的诗篇热情讴歌了十月革命和列宁，为中国新诗界投进一线新异的光芒，所以尽管有的诗写得比较肤浅，但那滚烫的热情却是极感人的。之后又出版了诗集《哀中国》《乡情集》。前者写成于返国的两年间，对“黑暗萃聚”的中国给予了揭示和抨击，格调忧愤沉郁；后者作于 1927 年至 1929 年的黑暗岁月，表达了在大革命失败后诗人的悲愤心情和继续战斗的愿望。

作家小传

蒋光慈：左翼文学的一个缩影

蒋光慈

蒋光慈（1901—1931），又名蒋光赤，曾用宣恒、侠僧等名，生于安徽霍邱县。1921 年受中共组织派遣前往苏联学习，1924 年回国。诗集《新梦》收入他 1921 年到 1924 年留苏三年的诗作，在当时得到青年读者的广泛关注和热烈欢迎。归国后蒋光慈与沈泽民等人创立了革命文学团体——春雷社，积极投入到无产阶级革命文学运动的浪潮中。1924 年初夏，蒋光慈在上海大学等处任教并做革命实际工作，同时坚持创作，这一时期出版诗集《哀中国》《乡情集》。自 1925 年起，蒋光慈主要从事小说创作，先后出版了短篇小说集《鸭绿江上》，中篇《少年漂泊者》《野祭》《短裤党》《菊芬》《最后的微笑》《丽莎的哀怨》，长篇《冲出云围的月亮》《田野的风》。中篇小说《短裤党》将重大现实题材与革命热情相结合，将新闻时效性和文学审美性统一起来，为左翼文坛倡导的“报告小说”提供了样板。1927 年下半年，蒋光慈的小说创作进入高峰期，带来“革命加恋爱”小说叙事模式的一度流行，当时出版界甚至出现了一个“蒋光慈时代”，其作品被大量再版和盗版，他的文学道路成为左翼文学发展的一个缩影。

蒋光慈是早期“普罗小说”的重要代表作家，显示出杰出的创作成就。中篇小说《少年漂泊者》借主人公汪中写给进步文学家维嘉先生的一封长信，在自叙生平中对黑幕高张的社会作了不留情面的揭露。《短裤党》是一篇报告文学式的小说，作者以诗人的敏感记录了刚刚发生的上海工人为配合国民革命军北伐而举行的三次武装起义。这样直接表现重大的社会事件，在当时的小说创作中是一种可贵的尝试，但作品中存在一些“左”的认识与叫喊，在艺术上又未注意刻画具有鲜明个性的人物形象，因此在思想性与艺术性方面均有所减损。

大革命失败后的黑暗氛围中，蒋光慈一度产生悲观情绪，表现在作品中，便是光明为黑暗所扼杀，色彩暗淡，调子低沉，有的则鼓吹以暗杀作为报复的手段。《最后的微笑》有力地表现了青年工人王阿贵对于资本家走狗工头和暗探的强烈仇恨，但作者同样让他走上了个人复仇的道路。《丽莎的哀怨》是一部当时有争议的作品，它以白俄贵族丽莎在中国的沦落为题材，以第一人称的视角描写了流亡上海的丽莎决意自杀前夕对自己身世的回忆。它一方面引导读者去认识丽莎那个阶级的腐朽性质，另一方面又导向对于丽莎的哀怨的同情和怜惜，使作品产生了一种没落的悲哀情调，正因如此，小说受到当时进步文学界的批评。1929 年写成于日本的《冲出云围的月亮》以女兵王曼英在大革命失败后变态的生活与心理为线索，从侧面透视革命；同时关注个体的“人”，尤其是女性在骤变时代环境中身心的双重挣扎与痛苦，是一次大胆的创作尝试。王曼英作为大革命失败后重觅道路的“时代女性”形象，显示了作者对于光明前路的艰苦探索。

1929 年底，蒋光慈离日返国参加“左联”的成立及其后的活动。在当时高涨的革命形势影响下，他的创作思想有了新的发展。取材于南方农民运动的长篇《田野的风》（初名为《咆哮了的土地》），是蒋光慈最后也是最为成熟的一部小说。小说反映了当时农村革命根据地的建立，预示着革命风暴之后的胜利前景。这种对于新事物的及时反映与热烈讴歌，显示了蒋光慈文学创作时代性与思想性方面的鲜明特征。在艺术上，此前作品中多见的“革命的浪漫蒂克”速写式的描画和宣泄式的叫喊转为平实缜密的现实主义描写和细致入微的心理分析，还塑造了张进德、李杰两个丰满的人物形象，是蒋光慈创作道路上一次成功的自我超越。作为左翼文学最早、最富于探索性的作家，蒋光慈本身的文学道路代表着左翼文学的发展历程，但英年早逝的命运未能使他的创作达到充分的成熟。

（二）柔石

柔石也是比较著名的早期革命小说家，他的中篇小说《二月》和短篇小说《为奴隶的母亲》在中国现代文学史上占有重要地位。

作家小传

柔石：革命小说＋浪漫情怀

柔石（1902—1931），原名赵平复，浙江宁海人，1917 年进入杭州第一师范学校，曾是文学团体晨光社之一员，从事新文学运动，创作过一些新诗。毕业后在慈溪等处做小学教员，且从事创作，有短篇小说集《疯人》和长篇小说《旧时代之死》出版，在宁波出版的《疯人》是柔石作品印行之始。《疯人》收六个短篇，写的都是恋爱的故事，有一定的自我表现色彩，浪漫气息较浓。1928 年 12 月任《语丝》编辑，又参与建立朝华社，创作之外还翻译介绍外国文艺。左翼作家联盟成立后，他成为其中重要一员，致力于普罗文学运动。1928 年夏，柔石因避祸到了上海，其创作仍以青年知识分子的遭遇为主要内容，出版有中篇小说《三姊妹》和短篇小说集《希望》。《三姊妹》表现了章先生同时爱上了三个姊妹的恋爱矛盾心理，对他游移徘徊的心态有所否定，是着重对青年自身热衷功利而朝秦暮楚、爱情不专问题的反思，但情调仍然相当忧郁感伤。小说集《希望》中反映劳动人民苦难生活的作品占据了突出地位，集中抨击了社会上的庸卑人物及其心态。柔石擅长写作浪漫化的革命小说，是同时期左翼作家中取得艺术成就较高的一位。

中篇小说《二月》是柔石最出色的代表性作品之一，表达了五四运动后青年知识分子在风雨飘摇的时代里对人生取向的思索。通过这乡镇一角反映出军阀盘踞下社会的黑暗，人们思想的守旧，并以与环境对立的青年知识分子的苦闷的追求表现了“梦境”之不可求。《二月》结构单纯、匀称、完整。语言的清俊秀丽亦使作品弥漫着迷离诗意。

《二月》以后，柔石的创作思想又有了新的变化，他的视线开始从知识分子转到劳苦大众特别是农民身上，在作品中倾诉他们的苦难。写成于 1930 年的短篇《为奴隶的母亲》是这类作品中最为出色的一篇。小说描写了一个善良的农村妇女春宝娘为生活所迫，被丈夫“典”给一个秀才地主做生儿育女的“工具”的悲惨故事。春宝娘忍痛丢下自己的儿子春宝，离开无情无义的丈夫来到秀才地主家，为秀才生下了儿子秋宝之后又被赶回自己从前的家，等待她的不仅是无尽的贫困，更是巨大的精神折磨——春宝对她已经像陌生人一样了，她做母亲的权利被彻底剥夺了。小说成功地刻画了一个名为母亲实为奴隶的悲剧形象，控诉了在“典妻”制度之下封建阶级对于农村妇女的残酷压榨和欺凌，这是继鲁迅《祝福》之后，反映被侮辱被损害的劳动妇女的血泪生活的又一力作。作品很少有激烈的和充满激情的语言，而是朴实清淡的，在平静中显出个性。所有这些特点使《为奴隶的母亲》成为当时左翼文学创作中不可多得的现实主义杰作。

此后，柔石还创作了通讯《一个伟大的印象》和长诗《血在沸》等作品，不久便惨遭反动派杀戮，他的创作才华未能得到充分发挥就英年早逝，实在令人痛惜。

作品欣赏

《二月》梗概

主人公萧涧秋是一个追求精神自由的“寻梦者”，毕业六年浪迹天涯而无处施展才能，剩下的只是对生活的厌倦，此时他极想找一片宁静的天地，开始一种新的生活，于是应老同学陶慕侃之约，在江南二月的一个下午来到芙蓉镇教书。他受到老同学和同事们的热烈欢迎。一周的旅途辛苦使他想早点休息，但三个小时前在船上见到的悲惨一幕涌上心头：一个满脸愁戚的妇人，领着一个七岁的可爱小女孩，抱着一个约两周岁的男孩。她的丈夫在惠州战役中牺牲了，如今他们到上海领取抚恤金未成，以后的日子更是无着落。萧涧秋非常同情他们。晚上，陶慕侃请萧涧秋吃饭，闲谈中得知这妇人叫文嫂，亡夫是他浙江一师的校友，他们家就住在离学校三里路的地方。

第二天，萧涧秋满怀友爱和同情前往看望文嫂一家，他还表示把每月三十元的收入分出一半资助他们，并带她的女儿采莲到学校读书。萧涧秋回到学校，推开房门，发现校长的妹妹陶岚正在书架前翻阅他的书。这是一个美丽聪慧的女子。她原在大学读理科，两年后改学法科，现正在家养病。她来请萧涧秋去她家弹琴，萧涧秋答应了。陶慕侃给他一封陶岚写给他的信，陶岚在信中诉说了自己的苦闷，表达了对萧涧秋的敬慕。萧涧秋正要写回信，同事方某来闲聊，谈及陶岚，告知同事钱正兴正积极向陶岚求婚，陶母已有允意。想到人家良缘在即，他便不想回信了。次日，萧涧秋又去看望文嫂，商量采莲上学的事，他们议定，叫采莲每天早晨从西村到芙蓉镇的学校，母亲送她过桥，下午回家，萧涧秋送她过桥。小女孩非常快乐。从此，萧涧秋既负担文嫂一家的生活，又帮助采莲念书，文嫂非常感激。但一个月后，萧涧秋的行为就受到芙蓉镇人的非议和攻击。这使文嫂非常痛苦。但萧涧秋以为这是乡人以卑鄙的心揣度自己，一如既往地来往于学校和文嫂家。但和陶岚的关系又给他带来新的苦恼。陶岚拒绝了富户之子钱正兴的追求，不住地写信向他表达爱慕之情。而他既不想恋爱，也不愿结婚，宁愿陶岚做他的“小妹妹”。钱正兴先以辞职给陶慕侃施加压力，后又亲自找萧涧秋，要他放弃对陶岚的追求，最后又造出谣言，说萧涧秋与寡妇和陶岚的关系有伤风化。而这时文嫂的不幸也接踵而至，先是她自己病，接着儿子患肺炎不治而亡。文嫂悲痛欲绝，又想及因她而牵累萧涧秋，心怀不安，有了自杀的念头。在这种形势下，萧涧秋对陶岚说，他要娶文嫂。陶岚听后大吃一惊。而文嫂终于忍受不了流言蜚语和生活重压，把采莲托付给萧涧秋后悬梁自尽了。

文嫂的死带给萧涧秋极大的刺激，芙蓉镇并非他想象的世外桃源，他决计离开这里前往上海。而陶岚仍痴恋着萧涧秋，决意带着采莲到上海寻找萧涧秋。

（三）叶紫

叶紫（1910—1939），原名余鹤林，湖南益阳人，1933 年加入“左联”，并在他和陈企霞等人创办的杂志《无名文艺》上发表了处女作《丰收》，开始了立意于反抗的文学生涯。叶紫小说取得成功的主要原因，不仅在于所写人物都是他所熟悉或挚爱的，更在于他感情的完全投入。在他的小说集《丰收》（该书与萧军的《八月的乡村》、萧红的《生死场》共同被编入“奴隶丛书”）自序中，他写道：“这里面只有火样的热情，血和泪的现实的堆砌。毛脚毛手。有时候作者简直像欲亲自跳到作品里去和人家打架似的。”正是这种完全的切入，使他的小说避免了当时一般左翼作家时有出现的公式化、概念化的毛病，而显示出鞭鞭着痕的真实人生，并形成了属于他自己的以沉郁悲壮为主要特色的艺术风格。小说集《丰收》包括六个短篇，除《杨七公公过年》写江北农民逃荒到上海的悲惨遭遇和城市工人的生活外，其余都以大革命前后洞庭湖湖边农村的火热斗争为题材，暴露了反动派、地主和白军的凶残暴虐，反映了农民血泪斑斑的苦难生活及其觉醒与奋起。这些作品不但充满了血痕泪光，充满了火辣辣的激情，而且人物十分真实，眉目宛然，使作品显得坚实而有力，是20世纪30年代小说界反映农村斗争生活的优秀之作。

（四）张天翼

张天翼（1906—1985），祖籍湖南湘乡，生于南京。他被鲁迅归入新文学运动以来“最优秀的作家”行列，是新文学第二个十年中最为引人注目的讽刺小说作家，代表作有短篇小说集《从空虚到充实》《小彼得》《脊背与奶子》《蜜蜂》《畸人集》《春风》《追》，中篇《清明时节》，长篇《鬼土日记》《一年》《洋泾浜奇侠》等。抗战全面爆发后，张天翼由沪返湘，积极参加抗日宣传活动，发表了《谭九先生的工作》《华威先生》《新生》等小说，后结集为《速写三篇》，1943年由重庆文化生活出版社出版。

张天翼的短篇小说有近百篇，这些作品以幽默快捷的笔触深入中国城乡社会的各个层面，建构了自己暗含悲悯情怀的喜剧世界。他揭露了绅士淑女们用“礼义廉耻”装饰起来的不过是一个污秽的“禽兽世界”，无情地鞭挞了小官僚、小政客、劣绅、太太、公子们的自私、贪欲、虚伪和冷酷，也以相当篇幅鞭挞了小市民包括职员、店伙、士兵、仆役、嫖客、流浪汉等的灰色人生哲学和畸形性格，触及了某些知识阶层中的庸俗、敷衍、无聊、空虚的生活，写出了病态社会中形形色色的人生相。

张天翼是讽刺暴露文学思潮中的先锋，最体现其小说讽刺特色的代表作是《包氏父子》和《华威先生》。张天翼小说描写最多的是市民的灰色人生和部分知识分子庸俗虚伪及矛盾可笑的心理状态，他尤其擅长刻画小市民卑琐又向上爬的心理，《包氏父子》是其突出代表。作品生动地描写了老包望子成名和其子包国维骄纵愚妄的性格，不仅深刻批判了老包的小市民庸俗观念，而且控诉了封建主义、资本主义腐朽思想对青年一代的毒害。这部作品突出体现了作者犀利的笔锋和尽情揶揄的讽刺力量，张天翼擅长采用漫画式的艺术表现形式，通过寥寥无几的勾勒，使人物形象跃然纸上。

张天翼的讽刺小说经常在喜剧效果中显示出深刻的批判力量，《华威先生》是其又一讽刺力作。该小说是作家在抗日战争时期创作的及时揭露国民党消极抗日、积极反共真面目的作品，活画出一个“消极抗日、积极反共”的国民党党棍、政客、文化官僚华威的形象，通过他的所作所为，令人信服地揭露了国民党破坏抗日，实行法西斯“一党专政”的历史罪行。《华威先生》的讽刺特色，首先，体现在人物形象塑造上，它和《包氏父子》一样采用了漫画式的手法，通过各种夸张、变形的手法和细节描写来刻画人物，并透过主人公自身的种种矛盾言行挑开其内心深处的卑劣猥琐本质，三言两语就把他的灵魂抖搂出来。其次，作品没有详尽描写华威先生的人生经历，在结构上也不注重故事情节的完整与连贯，而是以一种轻松的生活片段的灵活穿插实现对人物性格的强化和夸张，进而造成强烈的讽刺效果。最后，作品在语言艺术上表现出张天翼特有的冷面幽默，言辞犀利辛辣，读后使人产生一种愤激冷峭的感觉。

（五）沙汀

沙汀（1904—1992），原名杨朝熙，四川安县人。他的舅父是四川一个“袍哥”组织的首领，沙汀因之而得以经常来往于县城和乡村之间，对四川农村的反动基层政权及地主豪绅、帮会组织的情况，有了较为深入的了解。中学时代接受“五四”新思潮的影响，并开始爱好文艺。20世纪30年代初，在“左联”的指引下开始进行文学创作，并在抗日战争和解放战争时期成为具有独特风格与广泛影响的小说作家。他的小说同样以暴露和讽刺而著称，却不同于张天翼活泼流动的行文及轻快犀利的语言风格，他将讽刺手法与悲剧艺术相融合，小说带有鲜明的四川地方色彩。

沙汀在1937年以前的作品大都收集在《航线》《土饼》《苦难》三个短篇小说集中。以四川农村和小城镇为背景，集中暴露了旧社会的黑暗腐败，反映出旧中国农村动荡不安的现实。抗战全面爆发后，沙汀的创作出现了明显的转折并取得重大成就，写于1938年的短篇小说《防空——在“堪察加”的一角》是现代文学中最早暴露国民党假抗战的作品之一。

1940年创作的短篇小说《在其香居茶馆里》，标志着沙汀小说在艺术上的成熟。作品以当时四川某乡镇一个茶馆为生活舞台，围绕着国民党当局抓壮丁的一幕幕丑剧，揭示了反动统治给人民造成的深重灾难，同时也暴露了当地袍哥、地痞、土豪劣绅之间狗咬狗的争斗。小说反映的时代背景正值抗战处于艰苦的相持阶段，国民党当局不顾民族存亡大义，消极抗日，积极反共，企图将中国引向黑暗，他们强行推行兵役制，表面是为了抗日，实质上是为了扩充反革命势力和强化法西斯统治，并借机敲诈勒索。

沙汀通过个性化的川味语言、生动的情节和细节以及富于戏剧化的场面描写，完成了对邢幺吵吵这个土豪劣绅的丑恶嘴脸与对方治国这个国统区基层腐吏现实的典型概括，强化了作品的主题。作者从矛盾冲突最尖锐处入手，通过茶馆这一特定场合，让镇上各种势力的人物统统登场；又因为茶馆是当街的，也便于将他们的恶行公布于众。这种别具一格的结构安排，不仅使小说具有了浓厚的川西北地方色彩，便于展现世俗人情，同时也收到了以小延大、以窄连宽的艺术效果。

作品欣赏

《在其香居茶馆里》梗概

小说描写了回龙镇联保主任方治国因为惧怕新上任的县长实施的“整顿兵役”的“时政”，于是到县兵役科告密，致使屡次逃避兵役的土豪邢幺吵吵的二儿子被兵役科派来的人抓走。为此邢幺吵吵大动肝火，要与方治国在茶馆里好好理论一番。其中，方治国是小镇的当权派，但没有后台支撑，又因告密而心虚，说话极力搪塞和狡辩；而邢幺吵吵是当地财大气粗的豪绅，并且在县里还有大哥给他撑腰，所以“讲理”也显得气势汹汹、咄咄逼人。双方在茶馆里上演了一场狗咬狗式的闹剧：“别的来看热闹的妇女也很不少，整个市镇几乎全给翻了转来。吵架打架本来就值得看，一对有面子的人物弄来动手动脚，自然也就更可观了！因而大家的情绪比看把戏还要热烈。”正当双方争论不休，进而大打出手、矛盾激化的时候，邢幺吵吵的狗腿子前来报告，说他的二儿子被放回来了：“那还是假话么？我走的时候，还看见在十字口牌桌子上呢。昨天夜里点名，他报数报错了，队长说他没资格打国仗，就开革了；打了一百军棍。”“不是大老爷面子大，你就再挨几个一百也出来不了呢。起初都讲新县长厉害，其实很好说话。前天大老爷请客，一个人老早就跑去了：戴他妈副黑眼镜子……”小说的喜剧性结局使讽刺主题更加深刻和犀利。

写于1941年初的《淘金记》，曾被卞之琳誉为“抗战以来所出版的最好的一部长篇小说”。作品以四川农村中的一个小镇——北斗镇上的一群封建地主、流氓抢夺开采筲箕背金矿权益为线索，展开了乡镇上各色封建势力的斗争，暴露了地主劣绅为发国难财而掀起的内讧。作品也反映出国民党反动政府所标榜、推行的所谓“生产”“抗战”等名目，都不过是在战争期间压榨人民的幌子，其实质则是加深了农民的痛苦。《困兽记》写于1943年至1944年间，主要反映四川某小城镇中一群知识分子在抗战初期的热情消退之后陷入苦闷的抑郁生活。《还乡记》则展示了农村阶级斗争的生活画面。作品通过塑造贫农冯大生这一形象，表现了农民身上的智慧和力量，反映了国统区人民的觉醒。《淘金记》《困兽记》《还乡记》一起被誉为沙汀代表性的长篇“三记”。

除长篇小说外，沙汀在抗战全面爆发后的短篇小说创作也取得了相当的成就。《范老师》《烦恼》《呼嚎》等篇，在精心选取的生活片段中，真实地反映了人民群众反对内战、渴望和平的热切要求。在这些小说中，作者对短篇体裁愈益运用自如，得心应手，技巧也更趋圆熟。

沙汀是一个具有独特风格的作家。他善于从自己熟悉的生活经验中寻找创作素材，通过对四川农村世态人情和风俗习惯的描写，反映出带地域色彩的人物性格特征与时代风云，使得他的作品生活实感强，而且充满浓郁的乡土气息；往往不直接表露对丑恶现象的看法，而是冷峻地对客观现实进行具体描绘，让反面形象显示出自身的矛盾与荒谬；经常通过对人物性格的生动刻画，对富于喜剧性的矛盾冲突的深刻揭示，以及运用风趣而口语化的语言，使作品充满炽热的讽刺力量。

（六）艾芜

艾芜（1904—1992），四川新繁县人，在成都省立第一师范学习期间，由于不满学校旧教育和反抗包办婚姻，1925 年离家出走，漂泊于中国西南边境和马来西亚、缅甸、新加坡等地。他在昆明红十字会做过杂役，在缅甸克钦山的马店扫过马粪，在仰光给中国和尚打过杂。这种流浪生活，为他从事文学创作奠定了生活基础。

全面抗战前，艾芜有小说集《南行记》《南国之夜》《夜景》《芭蕉谷》，散文集《漂泊杂记》等出版。这些作品大都取材于他本人的流浪经历，描写了西南边境上农夫、士兵、流浪汉、赶马人、滑竿夫等底层人民的生活。值得一提的是，艾芜从不采取静观的态度和第三者的立场来描写这一切，他跟他笔下这些辗转于生活底层的人物一起经受着坎坷生活和残酷命运的磨炼，代他们倾诉内心的激愤，也从他们褴褛和粗野的外表下挖掘精神的美质。艾芜的小说一开始便带有独特的风采。它们以浓郁的异国风光和边远地区的异地风习为陪衬，以人物在不安定的、多灾难的流浪生活和殖民地的屈辱生活中表现出的顽强求生意志为内核，将写景、叙事、抒情和刻画人物交织在一起，表现出一种昂扬与忧郁奇特兼杂的格调与浪漫的色彩，形成一种浪漫抒情小说的新范型，从而为 20 世纪 30 年代前半期的小说创作增添了新的色调。全面抗战时期，他出版短篇集《海岛上》《秋收》《荒地》《黄昏》和中篇小说《江上行》等。艾芜最引人注目的是在 20 世纪 40 年代完成了三部长篇小说：《丰饶的原野》《故乡》《山野》。除此之外，这一时期还创作了中篇小说《一个女人的悲剧》《乡愁》和《石青嫂子》《都市的忧郁》等许多短篇小说。

《南行记》是艾芜的第一部小说集，初版于 1935 年，收入 8 篇作品，内容都是作者漂泊于我国西南边陲和缅甸、马来西亚、新加坡等地的见闻。他首次把西南边境的绮丽风光和殖民地人民的苦难和斗争带到文学作品中来。《人生哲学的一课》是《南行记》的首篇，不仅是记录叙述主人公“我”南行流浪生活的第一篇，也是“我”在南行流浪途中“接受了许多教育和人生哲学”的第一课。“我”从千里之外的远山跋涉到昆明这个陌生的城市，无依无傍，但“我”依然顽强地挣扎、奋斗。“每一条骨髓中，每一根血管里，每一颗细胞内，都燃烧着一个原始的单纯的念头：我要活下去!”“我”在漂泊途中用尽最后一文钱，被鸡毛店老板安排与一个浑身长满恶疮的人同睡一铺；饥肠辘辘，食不果腹，只好装模作样摆出一副老到的生意人架势，拿唯一一双草鞋与车夫小贩讨价还价，换几个钱；想去做黄包车夫、工厂学徒，却因没有殷实的保证金和保人，连这种做牛做马的求生资格也无法获得……生活就是磨难，社会就是课堂，“我”已经在屡次的挤压与挣扎中上了一堂人生哲学课，那就是在这个社会不容“我”立足的时候，“我”也要钢铁一般坚强地生存。在苦难中坚忍地前行，这一乐观而深刻的人生意蕴也是贯穿《南行记》和艾芜一生创作的思想主题。小说最突出的艺术特点是采用第一人称叙事，带有浓郁的自传色彩。虽然小说中的“我”不能完全等同于作者，但艾芜富于传奇色彩的南行经历无疑是小说最主要的现实素材和情感基础。小说也善于描摹人物的内心活动，敏锐地捕捉特定情境中人物内心的细微变化，从而深化人物性格，推动情节的发展。对昆明秋景的描写增加了小说浓重的浪漫主义气息，使人物的心理描写与自然风情交融为一体。《山峡中》是《南行记》中的第二篇，作品通过一个漂泊的文人“我”的眼睛，透视了社会独特的一角，描绘了一群被抛出正常的人生轨道，用非正常手段谋生的“山贼”的传奇生活。作品充满了原始的神秘色彩，艾芜率先在现代小说中描写了罕为人知的西南边境及异国他乡的社会习俗和人文、自然景观，塑造了前所少有的“山贼”艺术形象，这是对现代小说描写领域的重要开拓。

二、东北作家群的创作

1931年“九一八”事变以后，东北沦陷，许多富有民族感情的年轻作者相继流亡到了关内。他们带着故土陷落、河山破碎的悲愤，将心间血泪凝成笔端文字，广泛描绘了发生在那片广漠、肥沃的黑土地上面的苦难与挣扎、觉醒与奋起，组成一篇篇苍凉沉郁的关外地域史诗。这些作品一出现，便以其激昂、悲愤的感情色彩和浓烈的乡土气息引起人们的特别关注，而其作者也成为一个文坛瞩目的新的创作群体，被称为“东北作家群”。其主要作家有萧军、萧红、端木蕻良、骆宾基、舒群、李辉英、罗烽、白朗、黑丁等。

（一）萧军

如果说这个作家群体的典型气质是关外热血儿女的粗犷与强悍，萧军可称其主流的代表。萧军（1907—1988），生于辽宁凌海，原名刘鸿霖，1932年以“三郎”为笔名写作诗歌、散文和小说，开始了文学生涯。1933年秋，与萧红自费出版第一部短篇小说合集《跋涉》，内有萧军的《孤雏》《这是常有的事》《下等人》等六篇小说。他以遒劲雄放的笔墨，揭示了半殖民地都市中官吏、老板等“上等人”对平民百姓的苛酷压榨，表现出明显的前进姿态。《八月的乡村》是萧军的成名作，由于其自身的思想艺术力量和鲁迅的热情荐介，它轰动了文坛，产生了极广泛的影响。作品从学生出身的萧明带领一群农民、工匠、旧士兵、“胡子”投奔外地的人民革命军写起，正面描写了东北一支抗日游击队对日军、伪军展开的反侵略的艰苦斗争，也表现了队伍内部成员之间不同思想意识与作风的矛盾冲突。

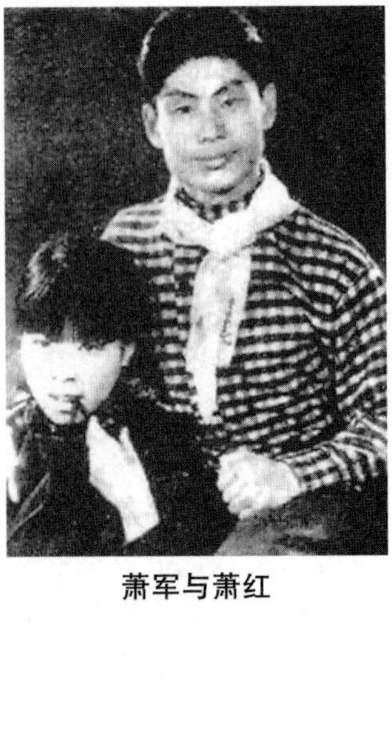
萧军与萧红

《第三代》是萧军继《八月的乡村》之后的又一力作，它由8部组成，共84万言，创作历时15年。作品以相当的规模反映了辛亥革命前夕到第一次世界大战爆发之间东北的社会生活，从错综纷繁的生活景象中展现了民族灵魂。作品充满了东北山野的强悍气息，粗犷而又沉毅，平实的描绘中常有豪奇之气，充分体现着作者的艺术个性。

经典评论

一份“庄严的工作”

虽然有些近乎短篇的连续，结构和描写人物的手段，也不能比法捷耶夫的《毁灭》，然而严肃，紧张，作者的心血和失去的天空，土地，受难的人民，以至失去的茂草，高粱，蝈蝈，蚊子，搅成一团，鲜红的在读者眼前展开，显示着中国的一份和全部，现在和未来，死路与活路。

…………

好书为什么倒会不容于中华民国呢？那当然，上面已经说过几回了——

“一方面是庄严的工作，另一方面却是荒淫与无耻！”

——鲁迅．田军作《八月的乡村》序//萧军．八月的乡村．上海：容光书局，1935.

“本色”：行文犹如做人

萧军先生不苟且。行文犹如做人，他要的只是本色……他以兵士的单纯的信仰从事文学，然而明了文学不像当兵那样容易。……《八月的乡村》来得正是时候，这里题旨的庄严和作者心情的严肃喝退我们的淫逸。它的野心（一种向上的意志）提高它的身份和地位。

——李健吾．《八月的乡村》——萧军先生作//李健吾创作评论选集．北京：人民文学出版社，1984.

（二）萧红

萧红是东北作家群中成绩最为卓著的一位女作家，以中篇小说《生死场》敲开现代文坛的大门，一举成名。后来出版了散文集《商市街》，小说散文集《桥》，小说集《牛车上》《旷野的呼喊》等。1940 年春去香港，在疾病和寂寞中完成了长篇《马伯乐》《呼兰河传》和短篇小说《小城三月》。

在短短的 8 年创作生涯中，萧红留下了 60 万字的文学财富，叙事风格细腻而深刻，以女性的目光一次次洞悉历史的真实，达到对现代文明以及国民灵魂的彻悟。

作家小传

萧红：浓妆淡抹总相宜

萧红（1911—1942），生于黑龙江省哈尔滨市呼兰区的一个旧式家庭，原名张迺莹，笔名萧红、悄吟等，幼年丧母，父亲性格暴戾，寂寞的童年造就了萧红孤寂、敏感而又倔犟的性格，之后颠沛流离的生活历程进一步促使她作为一个叛逆者立身于现代文坛。1927 年萧红到哈尔滨读中学，接触了“五四”以来的进步思想和中外文学作品，对绘画和文学产生了浓厚兴趣。萧红的早期创作多取材于城市失业者或贫苦农民生活，带有鲜明的现实主义进步倾向。1934 年春与萧军流亡到青岛，同年 11 月到达上海。在鲁迅的支持和帮助下，1935 年 12 月她的《生死场》与萧军的《八月的乡村》一起纳入“奴隶丛书”出版。这一时期她还创作了大量的短篇小说和散文，并结集出版了《商市街》《桥》等。1938 年 8 月与萧军分开，与端木蕻良结合。此年被视为萧红创作前后两期的分界。1940 年春与端木抵达香港，在此期间创作了长篇小说《马伯乐》和《呼兰河传》，显示了她在艺术上日趋成熟的风格，以女性的敏锐目光、越轨的精妙笔致洞察历史、人性的本质，于轻松中见出深邃，其挥洒自如造成“浓妆淡抹总相宜”的艺术效果。然而她的身体却日渐衰弱，1942 年于香港病殁，其一生独特的情感经历和文学创作为文学史留下了一段不朽的传奇。

出版于1935年的中篇小说《生死场》是萧红的成名作。与萧军《八月的乡村》以热切峻急的心潮澎湃着征战与厮杀不同，《生死场》以沉郁的目光注视着东北那片失去的土地上的芸芸众生的生与死，正如鲁迅在为该作所写的序言中所说：那是“力透纸背”的对“北方人民对于生的坚强，对于死的挣扎”的描绘。小说前半部分着力写出了当地农民在封建地主压迫下的悲惨命运，他们的生活像动物一样只知道“忙着生，忙着死”，完全没有人的意识和觉醒；后半部分则写出了在封建势力和日本侵略者的双重压迫下农民所遭受的更为惨痛的命运，严酷的现实和民族的生死存亡终于使农民们醒悟了，站在神圣的民族战争的前线，他们发出了“生是中国人，死是中国鬼”的誓言。《生死场》在艺术上别具魅力，首先是开阔而独特的景物描写与作者强烈感情的交融，通过景物描写烘托人物的性格和心理状态。其次是塑造了各种性格的人物形象，突出描写了他们在抗日民族战争背景下前后发生的变化，体现了这场伟大的民族解放战争的价值和意义。最后是显示了萧红作为一个女作家特有的细致和敏感，小说对人物心态、风土习俗都写得细腻感人，特别是在对妇女悲剧命运的描写方面，更显出一种敏锐和大胆的笔法。它没有中心人物和故事，而是以场面推移的方法，将贫苦操劳的二里半、王婆、金枝几家农户的苦乐悲欢错杂交织起来，从而成为东北大地这一片“生死场”的写照。

作为一个来自乡野而又禀性宽厚的作家，萧红关注的是质朴、可爱而又受难的普通农夫村妇。她虽然也写野蛮和愚昧，但她审视的是纯朴的人类天性；虽然也写缺陷和丑陋，但她挚爱着乡村生活内蕴的美质。她甚至以纤细的笔触细腻地描写了农民对家畜的感情。萧红是一位为了爱去恨的作家，她对于人生的冷静的谛视与发自深心的对于乡野人物的挚爱相交融，是形成她乡土文学独特风格的最主要因素。萧红还以她感觉的独特角度区别于其他女作家。她的眼光常在人们通常不留意处入射，她的思维常在人们自以为熟知的事物上面往复滑动，努力从中觅得一点光和色，一点真谛，一点只属于她自己的感知。

《呼兰河传》是萧红的代表性长篇自传体小说，1941年出版。作者仍以她惯用的散文手法，疏疏落落地写出儿时难忘的记忆。它再次打破了以人物为中心的传统小说模式，而以呼兰城的公众生活和环境为中心，辐射出生活的种种方面。作品揭示了中国农村在封建统治下的种种黑暗，尤其是充分暴露和批判了传统的封建思想和封建礼教习俗对人们的毒害，表现出强烈的反封建精神。《呼兰河传》在艺术上取得了较高成就，以淡笔写浓情的散文笔法，口语化、自然美的小说语言，画家般描绘景物的眼光以及难以忘怀的人物形象，都显示出萧红独有的才情和艺术风格的成熟。另一代表性短篇小说《小城三月》是萧红伏身病榻完成的最后一部作品。小说以饱蘸同情与痛惜的笔触勾勒出一个清秀明慧却欲爱而不得，最终在封建礼教的无形窒压下抑郁而死的薄命红颜“翠姨”的形象。在作者笔下，“翠姨生得并不十分漂亮，但是她长得窈窕，走起路来沉静且漂亮，讲起话来清楚得带着一种平静的感情”。她身世寂寞，被许配给一个有钱的乡下人家，丈夫又小又丑，她一想到就觉得恐怖。翠姨爱上了“我”的在哈尔滨念书的堂哥哥。但这是深藏于内心的无望的爱，她不敢表露出来，也无法反抗既定的命运，最终一个鲜活而美丽的生命逝去了。《小城三月》有着萧红写作惯有的特点——散文一样的小说。全文没有紧张的情节冲突，但是由于贯穿了一个总的情感基调和指向，显得颇为紧凑。小说以写春及春天带给人们的感觉而引出翠姨，将翠姨拉到情感的中心，笔致由清新转为优雅、忧愁、焦虑、悲苦、思念，直至走完全文的情感历程，如行云流水，毫不阻滞。

三、殷夫及中国诗歌会的创作

在 20 世纪 30 年代众多的左翼诗人中，殷夫是一个佼佼者。他的诗作在广阔的社会背景中热情讴歌中国工人阶级英勇战斗的雄姿，把对罪恶社会的诅咒与对理想未来的赞美完美结合起来。

殷夫（1910—1931），笔名白莽，浙江象山人。他创作了大量的"红色鼓动诗"，讴歌工人阶级的伟大力量，充满革命乐观主义豪情，受到鲁迅的热情赞誉。代表作有《孩儿塔》《诗集》《血字》《别了，哥哥》等。他的政治抒情诗直接取材于革命者的斗争生活，诗人情怀激荡，慷慨歌吟，一扫前期的孤寂、彷徨，表现出神圣目标下行进的气概与坚强的力度，成为新时代的战歌。

殷 夫

《别了，哥哥》是一首写实性的诗作。殷夫的大哥徐培根是国民党的高级官员，他企图按照自己的模式，把殷夫培养成为统治阶级的工具。但殷夫追求真理，向往革命，决心将自己整个生命献给无产阶级革命事业。《别了，哥哥》就是一篇与自己阶级彻底决裂的宣言。在诗中，殷夫爱憎分明地表示不要统治者的"荣赏的爵禄"，不要"安逸、功业和名号"，"只望向真理的王国进礼"，充分表现了一个革命青年坚决要与劳动人民共命运同战斗的精神。它是决绝的反叛之歌，更是对于真理的激情礼赞。组诗《血字》是殷夫献给无产阶级革命事业的第一组政治抒情诗。《血字》一诗是为纪念"五卅"惨案四周年而作的。全诗气势磅礴，壮怀激烈，能使困顿者振作，怯弱者刚强。殷夫的政治抒情诗还着力表现革命者和工人的崇高追求和战斗豪情，如组诗《我们的诗》《一九二九年的五月一日》《我们》《写给一个新时代的姑娘》《五一歌》等。这些诗呈现出诗人和革命大众感情的浑融一致，抒情主人公是一位具有气吞山河的雄心壮志和不可战胜的英雄气概的"历史的长子"。

1932 年，在"左联"的领导下，由穆木天、杨骚、任钧、蒲风等发起的中国诗歌会成立，机关刊物是《新诗歌》。1933 年 3 月，穆木天在《新诗歌》的《发刊诗》上撰文说："我们不凭吊历史的残骸，因为那已经成为过去。我们有捉住现实，歌唱新世纪的意识。……我们要用俗言俚语，把这种矛盾写成民谣小调鼓词儿歌。我们要使我们的诗歌成为大众歌调，我们自己也成为大众中的一个。"可以说，中国诗歌会担负起了早期普罗诗人尚未完成的历史使命，继续面向现实，描写下层人民生活的苦难，歌唱抗日救亡运动。中国诗歌会最活跃的诗人是蒲风（1922—1942），出版过诗集《茫茫夜》《钢铁的唱歌》《抗战三部曲》和长诗《六月流火》等。蒲风的诗强调反映现实，以客观描写农村生活见长，很少有主观感情的抒发。他刻画了众多富于反抗精神的农民形象，鼓舞人们憧憬新社会新生活。《茫茫夜》着重用对话体来表现母亲对儿子的思念，气氛悲凉激越。《六月流火》通过农民反对修筑公路的斗争，表现了苏区农民在红军的领导下觉悟的提高，农村革命的不断深入。杨骚的诗集《记忆之都》《春之感伤》通常在缠绵的爱情感伤中寄寓对黑暗现实的诅咒，对美好未来的追求。《荔枝湾上卖唱的姑娘》一诗中，为了糊口的卖唱女徒劳挣扎在死亡线上，诉说着内心的悲凄和社会的丑恶，而结局还是"希望正似阴沉的天空，/不露一点星光、月光遮住的脸孔"。王亚平的长篇叙事诗《十二月的风》风格清新自然，保持着民间歌谣的明快节奏。《向日葵》一诗中的向日葵的崇高品质喻指性格相似的民族的保卫者。无论风吹雨打，"早晨，她依然朝着太阳"。穆木天擅长抒发对沦陷区东北故土农村风物的深情眷恋，《流亡者之歌》是其中最为出色的代表。柳倩写有长诗《震撼大地的一月间》等，他的诗篇《假如我战死了》直抒胸臆，体现出甘愿为革命殉身的豪壮之美。

总体看来，中国诗歌会的诸诗人继承和发展了后期创造社及太阳社的革命诗歌传统。他们的创作始终紧密地与现实斗争相结合，为无产阶级革命事业和民族解放斗争服务，在弘扬现实主义诗歌风格方面做出了很大的贡献。但由于未能摆脱早期革命诗歌抽象呐喊的缺点，缺乏对现实生活的深刻把握，中国诗歌会诗人们的作品也存在着空洞、呆板的弱点，缺乏一种强烈的、打动人心的艺术魅力。

四、夏衍、宋之的的报告文学

（一）夏衍

在中国，最早真正研究、倡导并实际推进报告文学兴起和发展的人当属夏衍。这不仅因为他创作的《包身工》是中国报告文学走向成熟的标志，而且也因为他是 20 世纪 30 年代初期报告文学的研究者和提倡者。

夏衍（1900—1995）早在 20 世纪 20 年代留学日本期间就积极参加进步工人运动和左翼文化活动，1927 年加入中国共产党，30 年代初又参与筹备和领导“左联”，他始终自觉地保持与革命政治斗争和进步文化活动的密切联系，在理论研究和创作实践中追求政治色彩、时代氛围和生活气息的高度统一，这也奠定了他在报告文学创作领域的总体风格。

夏　衍

夏衍在报告文学理论研究方面的主要贡献是准确阐述了报告文学的真实性与艺术性的和谐一致，作家主观的时代责任感与客观展现实际社会生活的完满统一。他以自己创作的《包身工》为例，强调真实是艺术的生命，他指出《包身工》“一点也没有虚构和夸张……是铁一般的事实”①，夏衍认为报告文学的艺术技法和艺术感染力应该是自然融化在真实准确的素材之中，而“决不能违反真实，张冠李戴”，“决不应成为夸大、矫饰、回避，乃至无中生有”②。

1936 年 2 月发表于《文学》第 6 卷第 2 期上的《泡》和同年 4 月发表于《光明》创刊号上的《包身工》，是夏衍报告文学乃至整个现代报告文学创作走向成熟的一个重要标志。抗战全面爆发后，他又写作了《战斗日记表的一页》《血写的故事》《上海还在战斗》《广州在轰炸中》《粤北的春天》等，这些喷涌着血与火的文字，不仅真实而艺术地记录了抗战期间那些体现民族精神的永不磨灭的情形和场景，而且也忠实地刻下了中国报告文学在血与火的考验中不断发展成长的足迹。

《包身工》的重要意义体现在两个方面：一是它本身所显示出的报告文学的本质内涵。它通过一群彻底失去人身自由的奴隶的生活遭遇，以无可辩驳的事实揭示了在帝国主义侵略下包身工制度的残酷和野蛮，同时解剖了包身工制度在中国得以出现的深刻社会根源和阶级原因，揭露了国民党反动统治的腐败无能以及与帝国主义沆瀣一气的罪恶本质。在作品结尾处，作者发出了“黎明的到来还是没法可抗拒的”呐喊，也对罪恶的制造者发出“当心呻吟着的那些锭子上的冤魂”的警告，这使人们看到了压迫越深反抗越烈的希望之光。二是《包身工》展现出报告文学创作过程的典型特征，即真实性和艺术性的完美结合，

① 夏衍．从“包身工”引起的回忆．人民日报，1959-04-03.

② 夏衍．关于报告文学的一封信．时代的报告，1983（1）.

它的成功不仅体现在单纯的真实描摹上，浓厚生动的文学色彩同样是它的魅力所在。此外，《包身工》运用的艺术技法是丰富多样的，作者以高度集中的电影特写手段，突出典型细节，烘托典型环境，把包身工这群居住在“蜂房般的格子铺里”，吃着“到锅里去刮下一些锅焦残粥，再到自来水龙头边去冲上一些清水”的“食物”，每天却“做十二小时的工”的“猪猡”的生活淋漓尽致地凸显出来。在此基础上，夏衍精心刻画了“芦柴棒”的典型形象：她的身体瘦得“骷髅一样，摸着她的骨头会做噩梦”，连工头打她时都不愿多踢一脚，“因为‘芦柴棒’‘露骨’地突出的腿骨，碰痛了他的足趾!”。此外，夏衍在冷峻的叙述中，还自然而然地糅进精辟的论析，关于船户养墨鸦捕鱼故事的联想和比喻更是深化了全文的意境和主题。总之，《包身工》整个布局谋篇都充分体现了夏衍报告文学创作的深思熟虑：以新闻真实性为生命内核，以人的命运为报告主体，以多种艺术手法来增强作品的感染力。正如刊登《包身工》的《光明》杂志创刊号发表社论时所说：“《包身工》可称在中国的报告文学上开创了新的纪录。”

（二）宋之的

与夏衍的《包身工》同被刘白羽称为“像戈矛一样刺穿了旧社会的黑暗”，并同样被认为是中国报告文学成熟标志的另一部作品是宋之的的《一九三六年春在太原》。

宋之的（1914—1956），原名宋汝昭，河北省丰润县人，20 世纪 30 年代初期分别在北平和上海参加左翼文艺活动，在小说、戏剧、散文等创作方面均有收获。《一九三六年春在太原》作于 1936 年 5 月，同年 9 月经茅盾推荐发表于黎烈文主编的《中流》创刊号上，随即产生了广泛的社会影响。与《包身工》相同，这篇作品的成功之处主要在于新闻真实报道与艺术加工的完美融合。作品报道的是在特定时代氛围下“春被关在城外了”的太原的严酷现实，作者以巧妙的构思把国民党反动统治下太原城内与日俱增的令人“气闷而且窒息”的恐怖气氛与城外不断传来的“春”的气息形成强烈对比，作者在城内亲眼看到的“灰色的墙，灰色的土，和穿着灰色衣裳在街头守望的兵”，与他心中想象的城外那种“很细微，很新鲜，很温暖，并且很有生气”的生命活力构成具体鲜明的反差。整个作品交织着辛辣的讽刺和浓郁的抒情基调，处处使人感受到作者的主观情绪，却又处处潜隐在真实具体的新闻报道中。作者几度畅言：“我特别怀念着春”，“我是多么的怀念春啊!”这情怀来自本人真实的经历和体验，显得格外自然朴实。《一九三六年春在太原》在发表的时候，并未被编者列入“报告文学栏”，而是被归到“随笔”栏中，虽然这并没有影响这篇报告文学的性质和价值，却反映出它明显带有“随笔”的一些特点，材料的运用十分灵活，布局也很见匠心。

可以说，20 世纪 30 年代的中国现代文学创作获得了巨大的收获，不论是从作品思想主题的深广性还是从艺术表现的多样性来看，都显示出一种成熟的姿态。

第四节　“京派”与“海派”等作家的创作

○“京派”的审美追求——乡村抒情体和都市讽喻体　○废名、萧乾的小说　○何其芳、李广田的散文　○梁实秋、丰子恺的散文　○“海派”文学的兴起　○刘呐鸥——新感觉小说的最早尝试者　○穆时英——“中国新感觉派圣手”　○施蛰存——心理分析小说的独创者

一、“京派”的文学创作

“京派”是新文学史上一个十分重要的文学流派，虽然没有正式结社，但围绕着《大公报·文艺副刊》《文学季刊》《水星》《文学杂志》等刊物形成了一个大体稳定的作家群体，主要包括周作人、废名、沈从文、朱光潜、俞平伯、萧乾、凌叔华、林徽因等。他们身居带有衰颓意味的古都，又浸染于经院学风，文化心态从容宽厚，功利意识淡薄而艺术独立意识浓厚，其作品多从文化层面探讨人生与人性，注重道德与文化的健康和纯正，充满一种东方古典式和谐圆融的情致。

作为一个文学流派，京派在艺术上具有明显的特征。京派作家在语言、文体、表现形式方面多样化的实验，突破了小说的艺术成规，对中国现代小说发展具有革命性的贡献，其中尤以沈从文、废名为最。沈从文为散文化小说开辟了多种艺术途径。废名谋求小说与诗的结合，创造了一种诗体小说。诗化、散文化小说文体使京派小说家表现出对抒情写意的倚重，而不乐意采取“客观”显示的叙事方式。这与他们对社会生活选择的观察、体验的方式有关，这也决定了他们感情表达的立足点，即为人类的“爱”作恰如其分的说明，而不是侧重用憎去揭露现实的丑恶，尽管在他们的作品中并不乏对丑恶的讽刺和批判。

京派作家为读者展现出这样一个艺术世界：竹林掩映中的茅舍，清澈的菱荡，傍着河岸的古柳和农家；明月之下的野山，青年男女的幽会；吊脚楼的灯光映照着河中绰约的帆船，有水手燃亮着废缆照路上岸；沿着青翠幽静的山峦，一条清冽的河缓缓流过，守着这河、这山的，有一条小船、一个老人和一个少女。这些自称是“乡下人”的作家们，用饱蘸情感的笔，复活着关于故乡的记忆：大自然怀抱中宁静和谐的生活，善良淳厚的优美人性。“粗糙的灵魂、单纯的情欲”，新鲜而奇异。热烈的放荡，粗俗的撒野，映现出未被文明污染的真情实性。有哭亦有乐，有血亦有泪，有爱亦有憎，然而并不现出生的黯然与狰狞，有的是生的一份欢喜、一份坦诚、一份庄严、一份期待、一份对命运的默默承担，在那些男人和女人、老人和儿童多姿多彩的生命中弥散开来。相对于古朴、宁静的乡村世界，是鄙俗、喧嚣的都市世界；相对于女性、老人和儿童稚拙、无机心的世界，是成人、上等人虚伪、冷漠、尔虞我诈的世界。在这个世界中，有自作聪明的市民、故作姿态的绅士、高深莫测的教授、怯懦庸碌的官僚、俗不可耐的太太和矫揉造作的小姐。京派作家以讽刺的笔调描绘着失去血色的都市、失去个性的人生、锈蚀斑驳的生命。从对两种世界的艺术展示中，十分清晰地呈现出京派作家两种相辅相成的情感方式和审美态度以及对文体产生的影响：乡村抒情体和都市讽喻体。

京派小说接受了“五四”时期为人生派的乡土小说和创造社浪漫派小说的影响。沈从文、废名的小说都带着一种美丽的感伤情调追忆梦中故乡，故乡的风物人事在追忆中被涂抹了一层浓浓的浪漫情调，沈从文早期的一些表现都市生存窘迫和青春苦闷的作品尤其接近创造社身边小说的抒情风格。然而，京派的以乡村抒情为主调、加大写实成分的表现风格毕竟与创造社作家们由对于人间不平的憎恨所刺激起来的昂扬的甚至带着病态的激情宣泄不同，京派的乡村感伤是优美的而且总是那么明丽。在创造社浪漫小说里，激情左右着叙事，而在京派作品中，诗性人物、传奇性结构传达激情。京派以乡村作为主要表现对象，这一点与乡土小说没什么不同。乡土小说中的农村是写实的，是半封建半殖民地社会那个闭塞落后、农民处境极其悲惨的农村。而京派作家笔下的乡村则是一个向民族历史深处延伸的乡村，在这个历史中，沉淀着一个民族喜乐悲欢的永远记忆，关于生存的信念和自信。

（一）废名

废名小说的代表作主要有短篇小说集《竹林的故事》《桃园》《枣》，长篇小说《桥》

《莫须有先生传》《莫须有先生坐飞机以后》等，这些成就使其成为京派小说的鼻祖，也是诗化小说的开拓者。

作家小传

废名：用唐人绝句作小说

废名（1901—1967），原名冯文炳，字蕴仲，湖北黄梅人。1916年到武昌湖北第一师范学校读书，毕业后任小学教师。1922年考入北京大学预科，两年后进入本科英文系，这一时期开始文学创作，作品多发表在《努力周报》《浅草》《语丝》上，并曾加入语丝社。废名首先发表的作品不是小说，而是诗歌《冬夜》和《小孩》，刊登在1922年10月8日第23期的《努力周报》上。后来他从事小说写作时也没有停止过诗歌创作，尤其是20世纪30年代的诗歌创作比较集中、成熟，把中国传统儒释道思想与“五四”现代文化思考有机结合在诗的意蕴中，成为后人赞叹和标榜的“最天然的现代派诗人”，这一风格也延伸到他的小说创作中。废名写作了大量具有独特韵味的诗化小说，《竹林的故事》《菱荡》《桥》等都体现出废名对唐诗绝句意境的自觉追求。

废 名

废名早期的乡土小说《浣衣母》《竹林的故事》《桃》等，虽然写的是乡间儿女翁媪的平淡故事，却流露出一种寂静之美。《菱荡》历来被人们看作是废名小说特有的田园诗画的象征。小说看似没有了废名以往作品中普遍存在的或多或少或浓或淡的那份哀愁，而是倾心描写菱荡的优美宁静，描写陶家村乡人生活的和谐安适。但是在作者漫不经心的笔下，我们依然能感受到某些人生的凄清和苦涩：“大家都熟识这个聋子，喜欢他，打趣他”，但聋子“在陶家村打了十几年的长工，轻易不见他说话”，孤身单影，家室全无，一生的乐趣也就是吃着烟，听听那些洗衣女人“好笑的话”，跟着莫名其妙地笑笑，自言自语地说声“聋子！”而已。在废名淡淡的叙述中，人生的悲哀不经意间流淌出来。《菱荡》最大的特点就是没有故事，也没有中心人物，整篇小说的结构和意味就像是一首绝句：大部分的篇幅描绘自然风景，然后在适时的空间点染一两个写意的人。无论是洗衣妇、陈聋子还是二老爹，都是写意的，他们本身并没有太多内涵和意义，但出现在“画”中，自然景物便一下子生动起来，整篇小说就成了一幅充满人情风俗美的山水田园画，清隽淡远，余味不尽。

废名的长篇小说《桥》叙述了小林天真的乡塾生活，以及长大后与未婚妻和堂妹细竹间的情感纠葛，本来这种三角爱情关系是悲剧性的，但作者避开了矛盾冲突，让主人公沉浸在人与人之间美好的情感中。这部小说像一首散文诗，又似一首唐诗绝句，几乎没有连贯的情节，通篇由片段性场景组成，故事已经退居到次要位置，展示给读者的是一个宁静恬然的田园牧歌式的世界。

作品欣赏

《桥》描绘的是乡村风俗，却透露出一种对人生的特殊感悟，仿佛作者笔下的茅林修竹也都有了灵性，使人理与物性达到天人合一的境地。

桥（节选）

黄　昏

三哑挑完了水，小林一个人还在河上。

他真应该感谢他的三哑叔。他此刻沉在深思里，游于这黄昏的美之中，——当细竹去了，三哑未来，他是怎样的无着落呵。但他不知道感谢，只是深思，只是享受。心境之推移，正同时间推移是一样，推移了而并不向你打一个招呼。

头上的杨柳，一丝丝下挂的杨柳——虽然是头上，到底是在树上呵，但黄昏是这么静，静仿佛做了船，乘上这船什么也探手得到，所以小林简直是搴杨柳而喝。

“你无须乎再待明天的朝阳，那样你绿得是一棵树。”

“真的，这样的杨柳不只是一棵树，花和尚的力量也不能从黄昏里单把它拔得走，除非一支笔一扫，——这是说‘夜’。”

“叫它什么一种颜色?”

他想一口说定这个颜色。可是，立刻为之怅然，要跳出眼睛来问似的。他相信他的眼睛是与杨柳同色，他喝得醉了。

走过树行，上视到天，真是一个极好的天气的黄昏的天。望着天笑起来了，记起今天早晨细竹厉声对琴子说的话：“绿了你的眼睛!”这是一句成语，凡有人不知恶汉的厉害，敢于惹他，他便这样说，意思是：“我你也不看清楚!?”细竹当然是张大其词，因琴子无意的打了她一下。小林很以这话为有趣，用了他的解释。

但此刻他的眼睛里不是绿字。

踱来踱去，又踱到树下，又昂了头——

“古人也曾说柳发。”

这样就算是满足了，一眼低下了水。

“呀!”

几条柳垂近了水面，这才看见，——还没有十分挨近，河水那么流，不能叫柳丝动一动。

他转向河的上流望，仿佛这一望河水要长高了这一个方寸，杨柳来击水响。

天上现了几颗星。河却还不是那样的阔，叫此岸已经看见彼岸的夜，河之外——如果真要画它，沙，树，尚得算作黄昏里的东西。山——对面是有山的，做了这个 horizon 的极限，有意的望远些，说看山……

看不见了。

想到怕看不见才去看，看不见，山倒没有在他的心上失掉。否则举头一见远远的落在天地之间了罢。

“有多少地方，多少人物，与我同存在，而首先消灭于我？不，在我他们根本上就没有存在过。然而，倘若是我的相识，哪怕画图上的相识，我的梦灵也会牵进他来组成一个世界。这个世界——梦——可以只是一棵树。”

是的，谁能指出这棵树的分际呢？

“没有梦则是什么一个光景？……”

这个使得他失了言词，我们平常一个简单的酣睡。

“……that vivid dreaming which makes the margin of our deeper rest.”念着英国的一位著作家的话。

“史家庄呵，我是怎样的同你相识!”

奇怪，他的眼睛里突然又是泪，——这个为他遮住了是什么时分哩。

这当然要叫做哭呵。没有细竹，恐怕也就没有这哭，——这是可以说的。为什么呢？……

星光下这等于无有的晶莹的点滴，不可测其深，是汪洋大海。

小林站在这海的当前却不自小，他怀抱着。

“嗳呀！”

这才看见夜。

在他思念之中夜早已袭上了他。

望一望天——觉得太黑了。又笑，记起两位朋友。一年前，正是这么黑洞洞的晚，三人在一个果树园里走路，N说：

“天上有星，地下的一切也还是有着，——试来画这么一幅图画，无边的黑而实是无量的色相。”

T思索得很窘，说：

“那倒是很美的一幅画，苦于不可能。比如就花说，有许多颜色的花我们还没有见过，当你着手的时候，就未免忽略了这些颜色，你的颜色就有了缺欠。”

N笑道：

“我们还不知道此时有多少狗叫。”

因为听见狗叫。

T是一个小说家。

——废名．桥．上海：开明书店，1932.

经典评论

“善感多能的心灵”

凡他写出来的，多是他自己的。他真正在创造，假定创造不是抄袭。这不是说，他没有受到外来影响。不过这些影响，无论古今中外，遇见一个善感多能的心灵，都逃不出他强有力的吸收和再生。唯其善感多能，他所再生出来的遂乃具有强烈的个性，不和时代为伍，自有他永生的角落，成为少数人流连忘返的桃源。《竹林的故事》的问世，虽说已经十有一载，然而即使今日披阅，我们依旧感到它描绘的简洁，情趣的雅致，和它文笔的精练。在这短短的岁月之中，《竹林的故事》犹然栩栩在目，而冯文炳先生和废名先生的连接竟成一种坎坷。……

周作人先生有广大的趣味，俞平伯先生有美丽的幻想，而废名先生，原可以比他们更伟大，因为他具有具体的想象，平适的语言；不幸他逃逸光怪陆离的人世，如今收获的只是绮丽的片段。

——李健吾．《画梦录》——何其芳先生作//李健吾创作评论选集．北京：人民文学出版社，1984.

《莫须有先生传》写在北平教书的一位莫须有先生，为逃难在乡下隐居。作为一个作家，废名一直被人视为“隐士”“田园诗人”，废名也说自己“逃避现实”。但饶有意味的是，正是这位作家的小说倒是说明了这样一个道理：文艺不能脱离政治。《桥》是逃避现实的，但废名在写作这部小说当时却在日记中说：读了鲁迅先生的《马上支日记》，“实在觉得他笑得苦。尤其使得我苦而痛的，我日来所写的都是太平天下的故事，而他玩笑似的赤着脚在这荆棘道上踏”①。可见他是带着“苦而痛”造“太平天下”的“桥”。到了《莫须有先生传》，“太平天下”不见了，尽管莫须有先生隐居西山，也不免时而感慨现实政治，因而发出“苦而痛”的呼号。最后，在《莫须有先生坐飞机以后》里所写的战时生活竟然都是政治化的了。废名的小说具有诗化的哲理和文化的意蕴，同时也是时代的特定产物。

废名作品的诗化风格是中国和西方两种文学融合的结果。废名初期创作时采取西方短篇小说的写作方法，后来又回归到中国古典小说、戏剧、诗歌尤其是古典诗词上。他的诗化小说就是变化了中国古典诗词、吸取了西方写作技巧而形成的，《竹林的故事》有王维、孟浩然的冲淡自然；《桥》有李商隐、温庭筠的高远华美；《莫须有先生坐飞机以后》有《论语》、陶渊明的平和恬淡。废名的作品如诗似画、情景交融，以诗意的语言、散文的结构、象征性的意境营造了一个处处洋溢着浓郁的乡土气息和田园情调的文学世界。

尽管废名散文的成就经常为其小说家的盛名所掩，但仍不容忽视。废名散文创作明显体现出佛学哲学思想及思维方式的影响，在《中国文章》中他说：“中国后来如果不是受了一点儿佛教影响，文艺里的空气恐怕更陈腐，文章里恐怕要损失好些好看的字面。”此外，废名强调文章抒发作者的“真性情”，主张“拿生活来写文章”，在形式上，废名散文大多涩味较重，思路跳跃，语意曲折幽深，刻意追求“陌生化”的语言效果，这种文体风格一定程度上也源自佛学影响，是其在宗教顿悟模式中生发出的独特艺术感受方式。废名看重形式的特异和技巧的反常规，这也是导致其散文艰涩难懂的原因所在。他的《五祖寺》《树与柴火》《放猖》等文章基本上都是追忆事实，思路跳跃，意到笔随，打破了情节的逻辑性和整体感，但形态显得苦涩。废名散文中纯粹记叙性的作品较少，大多是说理议论的随笔，这类小品文谈古论今，说诗品文，旁征博引，寄意曲折，艰涩中有深味，其创新的特色与晦涩的局限共存于散文创作中。

（二）萧乾

萧乾（1910—1999），蒙古族，生于北京。自幼贫苦，做过各种杂役。在北新书局当学徒时开始喜好文艺。1930年后，就读辅仁大学、燕京大学。在《水星》等报刊上发表作品。1933年创作第一篇小说《蚕》，1935年大学毕业后，接替沈从文编《大公报·文艺》副刊，其后出版了短篇小说集《篱下集》《栗子》《落日》及自叙传长篇小说《梦之谷》。1939年后赴欧洲留学，兼《大公报》驻英记者。1944年在欧洲战场采访，写下《银风筝下的伦敦》《矛盾交响曲》等反映欧洲人民反法西斯斗争的通讯报道。1949年参加香港《大公报》起义。新中国成立后从事编辑工作，一直笔耕不辍。

萧乾的小说主要有两个方面的内容：一是从“童年视角”出发来表现人生。《篱下》《俘虏》《邮票》等短篇小说，代表了这方面的成就。一个天真无邪的孩子无法理解寄人篱下的痛苦及造成不合理现实的社会根源。可鄙的姨夫、凶恶的厂主给孩童幼小的心灵留下永远无法去掉的烙印。而《印子车的命运》《花子与老黄》则着力表现下层劳动者的苦难与艰辛。这些小人物的自重自爱，以及他们身上闪烁的人性美，具有永恒的生命力。二是宗教题材的作品。《昙》《参商》《鹏程》等则表现了作者“反宗教”的态度，一些作品揭露了中外传教者的伪善，也为受辱者鸣不平，从中可见作者的古道热肠。

萧乾虽是后起的京派作家，却表现了京派具有的多样性，在继承传统与创新上均有建

① 废名．忘记了的日记．语丝，1927（128）．

树，拥有京派的宽容与大度。

（三）何其芳

何其芳（1912—1977），现代散文家、诗人。代表作有散文集《画梦录》《刻意集》《还乡杂记》，诗集《预言》和《夜歌》等。1936 年与卞之琳、李广田共同出版的三人诗合集《汉园集》，使他成为“汉园三诗人”之一。早期诗作后结集为《预言》出版。1933 年开始写散文，后结集为《画梦录》出版，这个时期的其他作品包括历史故事、独幕剧和诗歌则集为《刻意集》出版。1935 年秋起，先后到天津和山东莱阳教书，目睹了社会的不义，这在散文集《还乡杂记》和诗集《预言》卷三中表现得十分鲜明。“七七”卢沟桥事变后，返四川编《川东日报》副刊《川东文艺》，又与方敬等合编刊物《工作》，为文抨击种种有碍抗战的言行。1938 年 8 月，与沙汀、卞之琳等奔向延安，在鲁迅艺术文学院任教。延安时期创作收于诗集《夜歌》、散文杂文集《星火集》《星火集续编》中。

最能体现何其芳才情和艺术创造力的是散文集《画梦录》，收入作者 1933 年至 1936 年的早期散文 16 篇。《画梦录》是对一个有朦胧理想、渴望温暖的青年人在人生旅途中种种寂寞的记录。其中有对于衰微的昔日的感喟（《墓》《楼》《黄昏》等），有对于悲苦的闺阁少女的系念（《哀歌》《秋海棠》等），有对于“山之国”的故土的眷恋（《岩》《雨前》等）。作者以诗的笔调创作散文，意境美丽迷蒙，近于独白式的喃喃自语。情感细腻委婉，风格纤巧精致，词句典雅，是中国现代散文史上最具有代表性的“美文”之一。《画梦录》曾于 1937 年与曹禺的剧作《日出》、师陀的短篇小说集《谷》同时获得天津《大公报》文艺奖，在当时影响相当广泛。《画梦录》中的散文名篇《雨前》创作于东北沦陷后日本帝国主义加紧进攻华北的民族生死存亡的危难时期。作者通过对雨前的各种自然景物的描写，将复杂沉郁的感情融入景致之中，以密云不雨的气候映射现实社会，表达了作者自己的同时也是民族的、人民的种种复杂感情。

《画梦录》中的另一篇散文《梦后》，更能显示出何其芳这一时期散文创作的审美追求，以缥缈的思绪和缠绵的文字创造出一种浓郁而幻美的诗的境界。《梦后》写的是一个画梦人梦醒后对梦境的描绘。作者首先在梦幻与现实的结合点上选定了情感抒发的位置：梦中的哀愁，现实的迷惘；梦里的超然，醒来的流连；梦里的一片荒林，醒来的一城暮色；梦中想梦，醒时似梦，却比梦更像梦……这些交织着清醒与朦胧的反复的意象，倾诉了一种剪不断、理还乱的情感纠葛。但作者并没有完全沉醉于梦中的幻美，也没有丢弃对梦的追求，而是把内心孤寂、悲苦和倔强、抗争的矛盾状态，借梦与醒的冲突展现出来，以浓厚的难以化开的感觉色彩，把梦与现实糅为一体，以自己心灵的撞击来震荡读者的心弦。与这种抒情方式相适应，作者在行文上刻意追求一种独具感染力的语境——心灵的独语。散文通篇都是作者的喃喃自语，娓娓低吟，时而又自问自答，还不断穿插一些戏剧式的独白，把读者拉向“我”的心灵深处，一种亲切、真挚、坦诚的氛围融融而生。此外，散文还运用了“移情”和“通感”的艺术手法，采取了大幅度跳跃的结构方式，这些也都是何其芳散文的魅力所在。但是，《梦后》中过于浓重的色彩、繁复的语言和复杂的意象，又表现出某种生涩、堆砌等不足。

作品欣赏

何其芳的散文更像是一段段“独语”式的自白，下面让我们跟随作者飞转的妙笔进入《独语》忧郁、美艳、飘逸的世界。

独语（节选）

我的思想倒不是在荒野上奔驰。有一所落寞的古老的屋子，画壁漫漶，阶石上铺着白藓，像期待着最后的脚步：当我独自时我就神往了。

真有这样一个所在，或者是在梦里吗？或者不过是两章宿昔嗜爱的诗篇的糅合，没有关联的奇异的糅合：幔子半掩，地板已扫，死者的床榻上常春藤影在爬；死者的魂灵回到他熟悉的屋子里，朋友们在聚餐，嬉笑，都说着“明天明天”，无人记起“昨天”。

这是颓废吗？我能很美丽地想着“死”，反不能美丽地想着“生”吗？

冥冥之手牵张着一个网，“人”如一粒蜘蛛蹲伏在中央。憎固愈令彼此疏离，爱亦徒增错误的挂系。谁曾在自己的网里顾盼，跳跃，感到因冥冥之丝不足一割遂甘愿受缚的怅恍吗？

而何以我又太息：“去者日以疏，生者日以亲”？是慨叹着我被人忘记了，还是我忘记了人呢？

“这里是你的帽子”，或者“这里是你的纱巾，我们出去走走吧！”我还能说这些惯口的句子。而我那有温和的沉默的朋友，我更记起他：他屋里有一个古怪的抽屉，精致的小信封，函着丁香花，或是不知名的扇形的叶子，像为着分我的寂寞而展示他温柔的记忆。墙上是一张小画片，翻过背面来，写着“月的渔女”。

唉。我尝自忖度：那使人类温暖的，我不是过分的缺乏了它就是充溢了它。

两者都足以致病的。

——何其芳．画梦录．上海：文化生活出版社，1937.

（四）李广田

李广田（1906—1968），现代散文家、诗人。他最优秀的散文作品是写成于 1937 年前的部分，包括《画廊集》《银狐集》和《雀蓑记》的一部分。比较起来，李广田这个时期的散文创作，不像何其芳的那么空灵，时常作邈远的想象，而有着相当坚实的生活基础，直接托出自己的爱憎和喜怒哀乐，以素朴、疏朗为美，往往在素淡中流贯着脉脉的情思。李广田的散文名篇《山之子》描写了泰山上的一个普通山民的凄惨而悲凉的故事。他是一个哑巴，以采摘泰山悬崖上的百合花为生的父亲和哥哥不幸坠涧丧生，为了奉养老母及其他家人，他只得继承父亲和哥哥的旧业，整日徘徊于生与死之间。但他是刚强坚毅的，勇敢大胆而富于冒险精神的，作者称他为“山之子”，这也正是对他和像他一样质朴善良，具有强大生命力的广大穷苦人民的热情赞颂和深深的同情。文中有这样一段描写，他站在泰山峭壁顶上，以洪朗的声音和别人听不懂的话，说着他父亲和哥哥的故事。多么悲壮而令人垂泪的描述，而这正是他——“山之子”的性格。文章从一个侧面反映了旧社会劳动人民的深重灾难。全文以“我”的见闻为线索，由远及近、由次及主地展开描写，泰山景致的描绘，以及关于香客、百合花的描写，关于泰山的种种传说故事，都是为烘托“山之子”的出现而设置的背景，在如此广阔背景的映衬下，“山之子”的形象更显高大。作者运用了大量烘托、渲染、对照的方法，结构上跌宕起伏，枝叶扶疏而又浑然一体，整体显现出浓郁苍劲的风格。

李广田 1937 年以后出版的《雀蓑记》《圈外》《回声》《日边随笔》等散文集，或记叙抗战中流离转徙的流亡生活，或歌颂平凡人物的创造精神和力量，或斥责当权者的暴虐无道，思想更加成熟，但艺术上缺少相应的提高，不若之前作品那么耐人寻味。

二、梁实秋、丰子恺的散文

梁实秋和丰子恺这两位散文作家，并不属于“京派”作家群。但是，他们的作品与“京派”作家风格比较接近，故放在一起介绍。

（一）梁实秋

梁实秋（1903—1987），现代散文家、翻译家。代表作有杂文集《骂人的艺术》，散文集《雅舍小品》《秋宝杂忆》《文学因缘》等，其中尤以“雅舍”系列散文最为著名。

20世纪40年代，梁实秋客居重庆北碚，借居在一所十分简陋的房子里，它既不能遮蔽风雨，还有鼠蚊相扰，可是梁氏却给它取了个充满诗意的名字：“雅舍”，并且认为“雅舍自有它的个性，有个性就可爱”，并撰《雅舍》一文以为赞颂。也正是从这简陋的“雅舍”开始，梁实秋陆续写下了日后饮誉文坛的“雅舍小品”，先后出版《雅舍小品》第一集、续集、三集、四集，及《秋室杂文》《雅舍谈吃》《雅舍散文》等，其内容或麻将排队、握手下棋，或理发谦让、喝茶饮酒，俗世男女老少无所不及，柴米油盐皆入文章，将千姿百态的人生世相、杂色缤纷的凡心俗态一网打尽。“雅舍散文”从此风行华文世界，印行四十多版，至今不衰，奠定了梁实秋在20世纪中国文学史上的地位。

梁实秋

在《雅舍小品》合订本的“后记”中，梁实秋说道：“《雅舍小品》之所以蒙受读者爱读，也许是因为每篇都很简短，平均不出两千字。所写的均是身边琐事，既未涉及国是，亦不高谈中西方文化问题。”梁实秋出身于比较富裕的书香家庭，后来留学美国哈佛大学，又深受强调人文教养、自制克己的白璧德之新人文主义的影响。高贵的门第出身、教育环境的熏陶和游学的交往，都使他留恋、追慕中国古代的君子之气及英伦维多利亚时代的绅士风度。在贵族式的人格理想引导下，梁实秋形成了既认真执着于人生之中，又洒脱豁达于人生之外的性格，他极为赞赏阿诺德的名言：“文学是沉静地观察人生，并观察人生的全体。”《雅舍小品》正是这种观念的写照：梁实秋将眼光投向世俗的人生和社会，在散文中包罗了男女老少、衣食住行、喜怒哀乐、家长里短等最普通的题材，用恬淡的目光来看待周围环境，以平和心境来品味世界和人生，于质朴平凡的生活中取材，发幽探微，把生活当艺术精雕细镂，从中透出生命的情采和智慧的光芒。梁实秋不但是一位出色的散文大家，而且是一位学贯中西的学者，有深厚的古典文学和外国文学的修养。这使他行文时能够旁征博引，收纵自如，出入于古今中外而游刃有余。《雅舍小品》中几乎篇篇都引经据典，知识密度极大，思路跨越甚广，但却引用得自然、安排得妥帖。

与老舍、林语堂等人一样，梁实秋堪称20世纪中国散文的幽默大师，《雅舍小品》给予读者最突出的印象乃是其优雅从容的幽默感。他的幽默虽也含讽刺的成分，但还是以温和善意为特征的。他总是用一种随遇而安的心态，以超然的目光审视社会世相、人生百态，又以一种幽默、闲逸的心态冷静地审视、玩味之，其中既有儒家的冲和，又有老庄的通达，也有佛禅的超脱。例如在《女人》这篇不到三千字的短文中，作者从一般人性的层面，通过贬词褒用的幽默语气，细腻、真切、传神地历数了女人的种种特点，从不同角度描写了女人“节俭”“爱美”“忍耐”“宽容”等美德。作者对女性的由衷赞美尽在一种娓娓道来的拉家常的氛围中，给人以亲切、舒服和闲适的感觉，沟通了作家与读者的心灵。只有对社会和人生观得真、察得细、思得深，才能写出如此贴近现实、含义隽永而又令人莞尔的精彩文章来。

作品欣赏

梁实秋的《下棋》不仅活画出对弈双方口舌相争的有趣情景，而且把笔触深入下棋人的内心深处，洞悉其不同的脾气秉性，下面就让我们一起来审视下棋人的心态种种。

下棋（节选）

自古博弈并称，全是属于赌的一类，而且只是比“饱食终日无所用心”略胜一筹而已。不过弈虽小术，亦可以观人。相传有慢性人，见对方走当头炮，便左思右想，不知是跳左边的马好，还是跳右边的马好，想了半个钟头而迟迟不决，急得对方拱手认输。是有这样的慢性人，每一着都要考虑，而且是加慢的考虑，我常想这种人如加入龟兔竞赛，也必定可以获胜。也有性急的人，下棋如赛跑，劈劈拍拍，草草了事，这仍旧是饱食终日无所用心的一贯作风。下棋不能无争，争的范围有大有小，有斤斤计较而因小失大者，有不拘小节而眼观全局者，有短兵相接作生死斗者，有各自为战而旗鼓相当者，有赶尽杀绝一步不让者，有好勇斗狠同归于尽者，有一面下棋一面诮骂者，但最不幸的是争的范围超出了棋盘，而拳足交加。有下象棋者，久而无声响，排闼视之，阒不见人，原来他们是在门后角里扭做一团，一个人骑在另一个人的身上，在他的口里挖车呢。被挖者不敢出声，出声则口张，口张则车被挖回，挖回则必悔棋，悔棋则不得胜，这种认真的态度憨得可爱。我曾见过二人手谈，起先是坐着，神情潇洒，望之如神仙中人。俄而棋势吃紧，两人都站起来了，剑拔弩张，如斗鹌鹑。最后到了生死关头，两个人跳到桌上去了！

——梁实秋．雅舍小品．台北：正中书局，1949.

在对待世俗人生上，梁实秋追求的始终是一种以人欲为出发点的快意恬适的尘世生活，这种人生之乐是物质的、人间的、感性的。对一些为一般人所忽略的细微现象，梁实秋却始终予以关注，并津津乐道。例如，他撰写了许多精彩的谈论饮食的篇章，后辑为《雅舍谈吃》一书，从油条、窝头到螃蟹、排骨，大量列举了中国南北大小菜点，举玑列珠地阐述了中国传统饮食文化的精雅细致，读后不禁令人齿颊留香。在梁实秋散文中也不乏追忆旧友故朋的文章，而被忆者多为文化界的名流，如胡适、闻一多、徐志摩、老舍、沈从文等，作者往往并不着重于描绘他们的超凡之处，而更倾向于描绘他们的世俗生活情态，从而使形象活灵活现，充满生活气息。

（二）丰子恺

丰子恺（1898—1975），现代散文家、漫画家、音乐家。他的散文创作开始于20世纪20年代中期，以后陆续辑录成集的有《缘缘堂随笔》《缘缘堂再笔》《车厢社会》《教师日记》《率真集》等。其散文善于描摹儿童的纯洁无垢，自称“儿童崇拜者”，热情讴歌儿童的天真烂漫。在这类作品中作者又毫不掩饰他对“成人社会”的嫌恶，从反面诅咒成人社会的虚伪、冷酷、势利。这类作品有《给我的孩子们》《儿女》等篇。他的散文中也有佛家思想的痕迹，颂扬“随地立刻解脱”（《缘缘堂随笔·阿难》）。到了30年代，他的笔逐渐转向对世间百态的描画与讽喻，现实性有所增强，如《吃瓜子》《穷小孩的跷跷板》《三娘娘》等。全面抗战后的篇章，更多激愤之声，与前期作品平和的格调大不相同，《防空洞中所闻》《贪污的猫》等都是控诉、讨伐之力作。丰子恺的散文继承了我国古代散文夹叙夹议的手法，常在婉曲的叙写中夹进直言议论，情理并重。他写儿童生活的篇章，总是从极平常的生活取材，用明白如话的文字、温和风趣的态度，将对象的一颦一笑、大哀大乐描摹得十分传神，可谓灵达之作。行文简洁又不时有弦外之音，蕴含着某种恬静、庄穆的宗教式情绪，也是他散文的一个基本特色。

丰子恺的散文在思想倾向上，一方面表现出较为鲜明的民主意识，体现出对底层民众和弱者的普遍同情，憎恨黑暗腐朽的社会制度；另一方面他又深受佛家思想的影响，对社会黑暗和不平表露出无可奈何的心态，故时而采取超脱物外、静观人生的态度。这两种思想往往交织在丰子恺的散文作品中，这就决定了其散文对现实生活有所反映、有所揭露，但明显缺乏批判的力度。此外，对宗教和艺术的理解和推崇，也是丰子恺许多散文的重要思想内涵。在取材方面，丰子恺的散文在直接选取现实人生题材之外，大量的是对儿童生活和情态的描写，儿童题材的作品在丰子恺的创作中占有相当突出的比重，而且，不灭的童心又一直是贯穿在丰子恺艺术创作中的一个重要内核。

丰子恺的散文形成了自己独特的艺术风格。首先，他特别善于采用设喻式的结构来阐述文章的题旨和内涵，如《剪网》《儿戏》等篇在表层的叙事结构里都包含着更深一层的思想蕴藏，透过一个清新浅显的故事往往能让人悟出另一番深刻、复杂的人生道理，这一点也明显透露出佛家思想及文学对作者的影响。其次，他善于以敏感细致的笔触来捕捉生活中的细枝末节，显示出一种以小见大、举重若轻的本领。尤其在描写儿童题材的作品方面，这一点显得更为出色。他不仅写出了孩子们的行动和情态，更写出孩子的心理活动，逼真传神地把儿童纯真的内心世界展露出来，并以此来照应和针砭浑浊的人世。最后，丰子恺还善于把诗、画、文三者的意境完满地融合在一起，具有一种清幽玄妙、灵达通脱的独特韵味。

三、"海派"的文学创作

"海派"作家群落是 20 世纪 20 年代末到 30 年代初逐渐形成的，它实际上包含"新感觉"派小说和心理分析小说两个方面的创作，是以上海为中心的东南沿海城市商业文明的产物。当时，上海经过近百年的发展，人口从原来的 5 000 人增加到过百万人，成为远东人口最多也最为繁荣的城市之一。对海派作家们来说，那些有闲阶层的摩登都市生活，一方面为他们准备了素材，另一方面又为他们作品中的各种人物设计了活动场景。并且，由于上海中小商人和一般市民阶层的日益壮大，他们构成了都市新型的大众群体，成为海派文学的基本消费对象。影响所及，海派文学都把描绘都市"文明病"和五光十色的人生世态、表现现代都市男女躁动迷惘的心灵状态，当作最为重要的主题。

另外，在 19 世纪末，西方发达的资本主义国家产生现代主义文艺思潮；20 世纪二三十年代，近邻日本诞生了一个现代主义流派——新感觉派，它不主张客观单纯地描述外部现实，而是强调把主观的感觉印象投进客体中，从而获得对事物的新感觉。由于上海是中西文化融合的桥头堡，这种新兴的文学潮流很快扩散到上海，促进了海派作家群落的形成，以及小说创作技巧的革新。"海派"作家群进而成为都市文学的先锋。

"海派"的文学创作以小说的成就最为突出，施蛰存、穆时英、刘呐鸥、叶灵凤、黑婴、禾金等人，以及前面介绍过的张资平，都是重要代表作家。其中，施蛰存、穆时英、刘呐鸥等人，由于他们的创作在"海派"中自成系统，并且水平最高，所以又被称为"新感觉派"。

"新感觉派"小说是中国现代派文学的一个重要组成部分，其根本特点是以大胆暴露现代资本主义社会的腐朽，尤其是个人的情欲面貌而著称，带有明显的弗洛伊德学说的影响。他们特别强调表现作家的主观感觉，善于运用蒙太奇、心理分析等手法凸显对现实生活的感觉和印象，而不太注重对客观生活的真切描写。刘呐鸥是"新感觉派"小说最初的尝试者，他创办于1928年9月的《无轨列车》半月刊，标志着中国“新感觉派”小说实践的开始。他的短篇小说集《都市风景线》是现代中国第一部“新感觉派”作品集。穆时英和施蛰存则把“新感觉派”小说推向成熟和引向深入，《上海狐步舞》《梅雨之夕》等是他们的代表作。

（一）刘呐鸥

刘呐鸥

刘呐鸥（1905—1940）是中国“新感觉派”小说的最早尝试者。1928年，他翻译了日本作家片冈铁兵等人的小说合集《色情文化》，第一个将日本新感觉派介绍到中国，同年在《无轨列车》杂志上发表意识流小说，并于1930年出版了短篇小说集《都市风景线》。与其译介的现代日本小说集中大多数作品相似，作家浓墨重彩地描绘着资本主义物质文明机械发展造就的大都会风景。影戏院、赛马场、歌舞会、霓虹灯……千变万化、瞬息飘摇的时尚与五光十色、灯红酒绿的诱惑刺激着都市男女的耳目。人的本能欲望得到前所未有的放纵，以至于传统观念与情感全都失去了理性的制约作用。作家展示出一幕幕浮光掠影式的速写，笔触敏感而锐利地捕捉并暴露了现代都市中梦魇般的迷醉与缭乱，但在露骨的暴露同时，不免自己对种种病态现象有沉溺与迷恋之嫌。重感觉、轻分析的写作手法使新感觉派小说能够以其轻捷快利、穿插组合的新鲜技巧吸引读者，但过于标新离奇的叙述、人物形象多颓废病态的纵欲倾向，忽略了东西方文明撞击下所造成的现代人的心理压力与病苦，也使作品流于浮泛。

知识链接

日本“新感觉派”与刘呐鸥、穆时英

在日本，“新感觉派”是千叶龟雄对围绕《文艺时代》形成的作家群的命名，该流派兴起于1924年，于1929年解散。代表作家主要是川端康成、横光利一、片冈铁兵等。日本新感觉派作家吸收了欧洲“前卫艺术”的主张，进行拟人、比喻等创作技巧的革新，尝试通过直观体验来表现世界、理解生命，在创作中运用大量的意象剪接组合，捕捉都市的声、色、光、影，交织成一幅幅光怪陆离的画面。该派作家大胆地表现自我，大力渲染虚无主义造成的内心躁动，给读者造成强烈的感官冲击和情绪感染，局限是不能更深刻严正地反映现实人生。1929年，刘呐鸥翻译的现代日本小说集《色情文学》包括日本新感觉派和无产阶级作家的七篇小说。在日本新感觉派文学精神和手法的影响下，他创作了小说集《都市风景线》，描写上海这个现代都市荒唐腐朽的生活景观。中国新感觉派的圣手穆时英也从日本“新感觉派”中吸取艺术滋养，他的小说《街景》甚至大胆模仿日本新感觉派作家池谷信三郎的《桥》，在他笔下，日本的新感觉派与中国的鸳鸯蝴蝶派合流了。他的小说标新立异，并承袭了日本新感觉派文学的颓废感伤情调。

（二）穆时英

作家小传

穆时英：“中国新感觉派圣手”

穆时英（1912—1940），笔名伐扬、匿名子等，1912年生于浙江省慈溪县一个银行家家庭，就读于上海光华大学中文系。在校期间即在《新文艺》上发表《咱们的世界》《黑旋风》等，被施蛰存推荐到《小说月报》发表的《南北极》，引起文艺界的重视，从此成名。1932年穆时英第一个小说集《南北极》出版，所收入的小说大多以闯荡江湖的流浪汉为主人公，反映了贫富两极的对立，特别引起左翼作家的关注和重视。之后创作的《公墓》《白金的女体塑像》《圣处女的感情》等短篇小说无论在内容还是在技巧方面都体现出与《南北极》迥然不同的倾向和风格，它们大部分采用感觉主义、印象主义方法，在声、色、光、影的快速流转节奏中表现大都市的生活以及都市人的孤独落寞，由此获得“中国新感觉派圣手”的美誉。

穆时英

穆时英的小说典型地体现了“新感觉派”小说的创作风格，代表性作品主要有小说集《南北极》《公墓》《白金的女体塑像》《圣处女的感情》等。其中，《公墓》和《白金的女体塑像》两个集子引人注目地显示了中国新感觉派小说的主要特征和成就，而《上海的狐步舞》《夜总会里的五个人》《黑牡丹》等篇历来被人们看作是中国新感觉派小说的代表之作。

穆时英小说的现代主义品格除了手法、技巧的追求外，还表现于内容方面。他嗜写“十里洋场”中摩登男女的怅惘和肉的迷醉，尤其擅长表现人物在“快乐面具”底下无法排解的孤独感和跌落的悲哀。他大量使用快速、跳跃的节奏，直觉的、印象式的描写，外部行为与不统一的潜意识的并行标示，蒙太奇的组接方式，搭配奇特的变异修辞来对描写对象进行多重主观感觉“契人”的、立体的、亦幻亦真的呈示，从而创造了一种主观与现实合于一体的新艺术。

《上海的狐步舞》是穆时英最著名的代表作之一，它在艺术表现上集中体现了穆时英本人以及“新感觉派”小说的主要特色。一方面，《上海的狐步舞》给人造成的强烈感觉是多重的，它让人想起舞厅里快速旋转的舞步，那些疯狂舞动的人群；它同时让人感到这舞步不仅是属于人的，也是属于上海这座城市的，这座现代化的大都市有着自己的节奏，人们能够听见这座城市的喘息和脉搏；它还暗示了这是夜晚，而小说描写的也的确是整整一夜的情景。另一方面，小说里的这些断面显示了高超的技艺。其中最突出的一个方法，就是利用类似电影的组接方式，给人强烈的、深刻的印象。如写街上的人流，从车夫到巡捕，从兵士到浓妆艳抹的姑娘，小说让他们以很快的频率出现又消失，颇似摄像机的快速移动。如描写舞客的舞步：“鞋跟，鞋跟，鞋跟。”“鞋跟”在文字上是相同的，在实际中却是不同的，鞋跟在来来去去，鞋跟在满场飞舞，到处都是鞋跟，那种高速旋转、频繁交替的舞场氛围，跃然纸上。小说最成功的地方是运用了类似于电影中的蒙太奇手法来组接画面，并更有效地传达画面的逼真感和运动感。如，本来在写工人被压死的惨状，忽然来一句：“新的旅馆造起来了，把他的力气，把他的血，把他的生命压在底下，正和别的旅馆一样地，和刘有德先生刚才跨进去的华东饭店一样地。”借了“华东饭店”，下文马上出现华东饭店里的享乐情景，场景与场景之间实现了极自然的过渡。从《上海的狐步舞》的字里行间，仿佛可以听到大上海的节奏，一座城市自身的节奏。

作品欣赏

穆时英的小说凸显出颓废的都市色彩，《白金的女体塑像》淋漓尽致地体现了这一特点，下面请让我们一起走进穆时英的小说世界，切身体会现代都市人复杂难言的压抑的欲望，也从作品中捕捉新感觉派“亦真亦幻”的表达技巧。

白金的女体塑像（节选）

她仰天躺着，闭上了眼珠子，在幽微的光线下面，她的皮肤反映着金属的光，一朵萎谢了的花似的在太阳光底下呈着残艳的、肺病质的姿态。慢慢儿的呼吸匀细起来，白桦树似的身子安逸地搁在床上，胸前攀着两颗烂熟的葡萄，在呼吸的微风里颤着。

（屋子里没第三个人那么瑰艳的白金的塑像啊“倒不十分清楚留意”很随便的人性欲的过度亢进朦胧的语音淡淡的眼光诡秘的没有感觉似的放射着升发了的热情那么失去了一切障碍物一切抵抗能力地躺在那儿呢——）

谢医师觉得这屋子里气闷得厉害，差一点喘不过气来。他听见自己的心脏要跳到喉咙外面来似的震荡着，一股原始的热从下面煎上来。白漆的玻璃橱发着闪光，解剖床发着闪光，解剖刀也发着闪光，他的脑神经纤维组织也发着闪光。脑袋涨得厉害。

“没有第三个人！”这么个思想像整个宇宙崩溃下来似的压到身上，压扁了他。

谢医师浑身发着抖，觉得自己的腿是在一寸寸地往前移动，自己的手是在一寸寸地往前伸着。

（主救我白金的塑像啊主救我白金的塑像啊主救我白金的塑像啊主救我白金的塑像啊主救我白金的塑像啊主救我……）

白桦似的肢体在紫外光线底下慢慢儿的红起来，一朵枯了的花在太阳光里边重新又活了回来似的。

（第一度红斑已经出现了！够了，可以把太阳灯关了。）

一边却麻痹了似的站在那儿，那原始的热尽煎上来，忽然，谢医师失了重心似的往前一冲，猛的又觉得自己的整个的灵魂跳了一下，害了疟疾似的打了个寒噤，却见她睁开了眼来。

——穆时英．白金的女体塑像．上海：现代书局，1934.

（三）施蛰存

施蛰存（1905—2003），从苏杭小镇的书香门第走出，是新感觉派中对小说体式与手法最富探索精神和最有建树的作家。从20世纪30年代初出版的《将军底头》和《梅雨之夕》两部短篇集开始，施蛰存热心于运用弗洛伊德的精神分析方法透视人物的潜意识和性心理，独创了一种新异的心理分析小说。

施蛰存

《梅雨之夕》写了一个都市人美丽的却又是失落的“白日梦”。没有多少情节，满纸都是内心独白，瞻顾之间，疑窦重重，真中杂幻，似梦还醒，在一种层层递进、往复回环的圆熟的心理描写中，传达了都市薄暮中一种蠢蠢跃动而又带有强烈的自我抑制性的幻美。小说写“我”从公司下班，在梅雨天气中徒步回家。在店铺檐下避雨时，邂逅一个没有带雨伞的美丽少女。“我”为她的姿色所动，但心存疑虑，不敢贸然用自己雨伞的一半去荫蔽她。久等没见雨止，终于同伞结伴上路。又觉得她貌似自己在苏州时初恋的女子，诧异于自己的奇遇；但是瞥见街边一个女子的忧郁眼光，又似乎看见在焦灼地等自己回家的妻子的忧郁脸色。问知这位少女姓刘，怀疑这是自己的初恋情人故意隐瞒姓氏，于是联想到日本画家“夜雨宫诣美人图”，联想到古人“担簦亲送绮罗人”的诗句，重温着初恋的清新感受。最后才发现少女的嘴唇太厚，绝非初恋的女伴，感到被压抑的心境忽然松弛，连呼吸也觉得舒畅了。别了这少女上车，还在车上无意识地张一下雨伞，回到家中听见妻子的声音，仿佛又是那少女的声音。

应该说，施蛰存的这类都会题材的作品是带有一种特殊的“薄暮情调”的。作者热衷于用弗洛伊德精神分析学的眼光观察人物的深层心理，尤其是性心理；从街头到旅馆、戏院，多侧面地展示大都会人物在两性吸引中的苦闷情绪和朝秦暮楚的生活方式，揭示了大都会生活的急迫节奏对人物神经的严重冲击。

思考题

1. 20 世纪 30 年代文坛呈现出繁荣和多样化的发展趋势，请从各种文体的发展、创作潮流派别的分野、文学理论建设和新思潮引入三方面展开思考。

2. 为什么说《华威先生》和《包氏父子》典型地体现了张天翼小说的讽刺特色？

3. 请思考《雅舍小品》展现了梁实秋怎样的处世哲学和人生态度。

4. 废名的小说自觉追求一种唐诗绝句的意境，请思考《菱荡》为什么被看作废名小说特有的田园诗画风格的象征。

5. 穆时英被称为“中国新感觉派圣手”，请思考《上海的狐步舞》是如何体现其小说的独特艺术追求的。

延展阅读

1. 文学史更多关注的是废名的小说成就，而他首先发表的作品并不是小说，而是诗歌，被称为“最天然的现代派诗人”，这种创作风格一直延伸到其诗化小说中。因此，要全面了解废名的小说，我们有必要把视线延伸到他的诗歌天地中：《小孩》《亚当》《海》《妆台》《掐花》《点灯》《理发店》《北平街上》《十二月十九夜》《灯》《宇宙的衣裳》。

2. 萧红独特的个性气质、人生经历、情感遭遇与其文学创作保持了紧密的关联，她的小说和散文又体现出比较浓厚的自传性特点，因此，了解萧红的作品应该从把握她的传记开始：《萧红传》（丁言昭，江苏文艺出版社，1993）、《萧红与萧军》（秋石，学林出版社，1999）、《萧红新传》（葛浩文，三联书店，1989）、《萧红小传》（骆宾基，北方文艺出版社，1987）。

3. 柔石的代表作《为奴隶的母亲》选择了古老的民俗事象“典妻”作为控诉封建制度的切入点，在现代文学史上相同题材的作品还有罗淑的《生人妻》、许杰的《赌徒吉顺》、台静农的《蚯蚓们》，作家们在悲悯女性的苦难的同时，也企盼她们觉醒与反抗。

4. 中国的新感觉派小说明显受到日本新感觉派的影响，因此我们在把握这一流派的风格特征时，可以在比较的视野中不断提升自己的认识：刘呐鸥的《都市风景线》，穆时英的《上海的狐步舞》等，横光利一的《苍蝇》《头与腹》，川端康成的《伊豆的舞女》《雪国》。

5. 何其芳与卞之琳、李广田被称为“汉园三诗人”，我们可以把他们的代表作放在一起来理解，不仅有利于把握其不同的艺术风格和审美追求，而且可以开拓自己的阅读视野：何其芳的散文《黄昏》《哀歌》，卞之琳的诗歌《断章》，李广田的散文《山之子》。

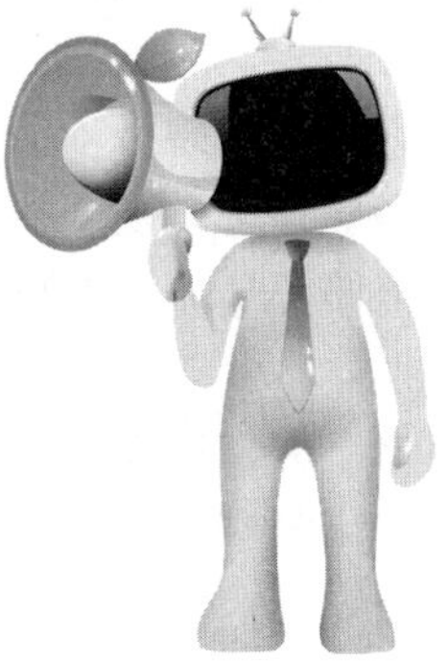

第八章　长篇小说的成熟与深化

随着新文学运动的发展，越来越多的作家在创作实践中形成了自己独特的审美理想与艺术追求。最初是“五四”革命风暴使他们的思想受到震动和鼓舞，同时激发了他们对于新文学的兴趣。从20世纪20年代中后期起，他们陆续投身于文学事业，在30年代成长为深受欢迎的著名作家。他们的文学主张和创作实践，继承发扬了“五四”文学革命的战斗传统，坚持着现实主义的艺术原则，把新文学创作推向新的水平，其中一个显著的标志就是在长篇小说上取得了突出的成就。

第一节　茅盾的现代都市小说

◯《蚀》三部曲——现实主义风格的显现　◯《林家铺子》和“农村三部曲”——现实主义风格的深化　◯《子夜》——现代长篇小说成熟的标志

一、茅盾小说创作的历程

◆作家小传

茅盾：现实主义的倡导者

茅盾（1896—1981），原名沈德鸿，字雁冰，浙江省桐乡市乌镇人。1921年，他担任《小说月报》的主编，对之进行革新，使它由原来的“鸳鸯蝴蝶派”基地变为新潮小说的核心刊物。同年，他与郑振铎、周作人等人发起成立文学研究会，大力倡导写实主义文学，认为新文学不仅要“表现人生”，还要“指导人生”，不仅要以人道主义精神揭示出社会和人生的病苦，还需指出未来的希望，来激励人心，唤醒民众而给他们力量。

茅　盾

1927年的“四一二”反革命政变，给茅盾以极大的精神打击。他带着幻灭、矛盾的心态，在一年多的时间里完成了他的第一部小说《蚀》三部曲。1928年7月，为躲避国民党反动派的通缉，茅盾东渡日本，在那儿完成了他的几个短篇小说集和长篇小说《虹》。1930年4月，茅盾从日本回国，参加“左联”。长篇小说《子夜》的问世，奠定了他在现代文学史上举足轻重的地位。之后接连出版的“农村三部曲”（《春蚕》《秋收》《残冬》）和《林家铺子》，显示了茅盾作为一位革命现实主义作家强大的创作生命力。在1939年至1944年，他陆续创作了长篇小说《腐蚀》《霜叶红似二月花》，中篇小说《走上岗位》，短篇小说集《委屈》《耶稣之死》，散文集《见闻杂记》《时间的记录》等。茅盾又于1945年写了剧本《清明前后》，以揭露国民党的统治危机，反映民主运动的高涨。新中国成立以后，茅盾长期担任文化部部长，并在1979年被选为中国文联名誉主席、中国作家协会主席。1981年3月茅盾在京逝世，临终前，他将自己积蓄的稿费拿出来，委托作协设立茅盾文学奖，用以奖励长篇小说的创作。

茅盾是中国现实主义文学重要的倡导者，他不仅系统阐发了有关现实主义的理论观点，明确提出了文学为人生的口号，而且以自己的创作实践证明了现实主义的特有魅力。他大力提倡和积极实践现实主义文学，对20世纪中国现实主义文学的发展起到了重要的作用。

《蚀》是茅盾的小说处女作，它由三个中篇组成：《幻灭》《动摇》《追求》。这三部作品各自独立成篇，但又有着内在的必然联系，均以大革命前后的一群小资产阶级知识分子的生活经历和心灵历程为素材，深刻揭示了革命营垒中林林总总的矛盾和在动荡中的阶级分化。作品表现了现代青年在革命前夕的亢奋和革命来临时的幻灭，革命斗争剧烈时的动摇，幻灭动摇后不甘寂寞尚思做最后之追求。在这一主题下，作者塑造了一个个个性鲜明的人物形象。

在《幻灭》中，茅盾着力描写了一个抱着美好幻想参加革命的小资产阶级女性静女士的悲剧。她自幼在温馨的母爱和恬静的家庭环境中长大，所以看待事物总是带着诗情画意，在接触社会现实时，这个毫无思想准备的女性多次遭遇精神世界的“幻灭”。

《动摇》反映的是1927年春夏之交，武汉政府蜕变以前，湖北一个小县城里的风波。作品以较大的场面反映了那一时期的政治风云变幻中的各色人物，其中描写得最成功的是主人公方罗兰。方罗兰的形象揭示出大革命时期国民党一些所谓“左派”的许多精神特质。这个自命为稳健的“左派”人物，充任着县党部委员和商民部长等要职，在革命与反革命的尖锐搏战中，他始终动摇于“左”、右之间。他觉得土豪劣绅四处布满了党羽，制造恐怖气氛；但一想到群众运动，也害怕得不得了，最终动摇、妥协便占了上风。他的迟疑不定，不自觉地助长了反革命的气焰，使整个县城陷于“大反动”的阴霾中。

《追求》写大革命失败后，一群小资产阶级知识分子在各自的追求中所遭受的不同悲剧命运，在他们悲观、颓废而又不甘于现实压迫的心理斗争中，我们可以看到当时青年的普遍心态。章秋柳是其中最为突出的人物形象。她是个好动、对生活充满热情的姑娘，但生活在大革命失败后的沉闷压抑的氛围中，她想做些有益的事情，却又无从下手，被理想幻灭的悲哀环绕着。她以享乐、颓废和感官刺激作为报复她所厌恶的现实的手段。章秋柳的形象的塑造，是那个病态社会中知识青年的病态心灵的真实显现。

茅盾的第一部小说《蚀》三部曲在艺术上已经显出了他独特的风格。他塑造了一大批个性鲜明的人物形象。《蚀》三部曲中的人物是当时社会所客观存在的，经过作者的加工、提炼、升华后体现在作品中，具有一定的典型性。茅盾虽然没有直接把纷繁复杂的时代风云展现出来，却通过作品中的人物在时代洪流中的沉浮，使读者窥见社会的动荡和历史的蜕变。作者自觉贴近生活，迅速地反映时代变化，使得《蚀》富于历史感和时代感，显示了茅盾作品现实主义的艺术特征。

《野蔷薇》和《宿莽》两个集子是茅盾短篇小说的早期创作，在形式技巧上更多借鉴了西方文学，较为真实地刻画了小资产阶级知识分子悲哀的心灵历程。而《林家铺子》和“农村三部曲”则标志着他短篇小说的成熟期的到来。

《林家铺子》写于1932年6月，它叙述的是“一·二八”前后江南小镇林家杂货店倒闭的故事。小说以林老板的挣扎与破产为情节主线，以林小姐的婚姻纠葛为副线，将故事有主有次、有张有弛地展开，揭露和抨击了国民党反动派趁民族危难之机，大肆掠夺、敲诈和欺压小商人以及穷苦农民的罪行。作品中的林老板是一个熟谙生意经的老实本分的小商人。他精明而不强悍，能干而又懦弱，目光短浅、苟且偷安。在民族危亡时，他一心只顾做生意，渡难关，最后在敲诈勒索下倾家荡产，被迫“出逃”。作品通过这个小镇店铺主人的破产厄运，将批判的锋芒指向了那无法安身立命的社会。

“农村三部曲”（《春蚕》《秋收》《残冬》）反映的也是中国农村的生活状况。《春蚕》描写的是20世纪30年代淞沪战役前后江南蚕农老通宝一家养蚕“丰收成灾”的悲惨事实，具有深厚的时代意义。丰收原本是好事，穷苦人民都盼望着丰收能够给他们的生活带来一定的改善，可万万想不到丰收也会带来灾难。作者通过对老通宝一家养蚕、卖蚕茧事件的真实描绘，揭示了那个年代农民任人宰割的悲惨处境。老通宝的一生，如牛负重，勤恳劳作，却日趋败落，艰难度日。而其子多多头求实、达观，终于走在了民众斗争的行列中。老通宝与其子多多头在性格上呈现出鲜明的对照，他们父子之间所构成的矛盾，是复杂的社会观念和文化习俗在家庭中的反映。无知、麻木的老通宝最终被黑暗的社会夺去了生命，而多多头所选择的道路，被证实了是受尽剥削与压榨的人民的唯一出路。“农村三部曲”在强烈控诉不平的社会现实的同时，也在唤醒受压迫的人民自觉走上反抗的道路。茅盾的“农村三部曲”既反映了深刻的社会现实，也描绘了一幅浓郁的江南水乡风土人情的优美画卷，作品中的景物描写自然生动，工细的笔墨中含有深刻的象征意味，为烘托人物的心境作了殷实的铺垫。

二、标志现代长篇小说成熟的《子夜》

《子夜》的出版，标志着茅盾创作的一个高峰，显示了左翼文学的创作实绩，也标志着现代长篇小说的成熟。《子夜》原名《夕阳》，1933年由上海光明书店出版。这部长篇巨作是作者经过充分准备之后才动笔的。1930年，茅盾患眼疾，医生嘱咐他三个月内不能看书写字，他只好在上海各界人士间走动，为下一部小说收集生活素材。积累了一定的生活经验后，茅盾决定写一部作品来反映当时中国广阔的社会风貌。

《子夜》结构严谨宏大，全景性、大规模、多视角地反映时代社会，同时又主线突出，主次分明，纵横交错，有张有弛，有章有法。茅盾试图在这部作品中反映出中国三方面的内容：民族工业在帝国主义经济侵略下的艰难发展，工人阶级在经济、政治上的反抗斗争，农村经济的破产以及农民暴动，以表现民族和社会的矛盾以及几个阶层之间错综复杂的社会关系。

《子夜》成功塑造了众多的艺术形象，尤其是各类资本家的形象，极具典型意义，其中心人物吴荪甫更是充满鲜明的个性特征：他精明能干，有魄力，有灵活的手腕，雄心勃勃地想振兴中国民族工业；他憎恨外来的帝国主义及买办资本家，但自己又镇压共产党领导的农民运动，残酷地剥削压榨工人；他不仅同官僚买办资本家矛盾重重，而且同中小民族资本家庭内部也结下了许多矛盾，和妻子貌合神离；他既有道貌岸然、专干事业的一副面孔，同时又有奸污女仆、玩弄交际花的卑劣丑行……这一形象代表着整个民族资产阶级的特性。他的悲剧命运，是客观的社会和历史条件导致的必然结局。作为吴荪甫对立面的赵伯韬，这个买办资产阶级形象塑造得也相当成功。他是美国垄断阶级的爪牙，并与国内当权阶级有着千丝万缕的联系。他凭借后台撑腰，完全主宰着上海金融市场，手操生杀大权。他不遗余力地要置民族工业于死地，在与吴的斗法中，他设下了一场“螳螂捕蝉，黄雀在后”的诡计：先让吴荪甫吃掉一些中小民族资本家，然后自己再吃掉吴荪甫这条大鱼。他骄奢的性格还表现在他淫荡腐朽的生活方式中，并以此为荣耀。赵伯韬这个形象，充分表现了带有流氓习气的洋奴精神世界的卑鄙肮脏，他强烈私欲的渴求与满足，是其剥削阶级本性的裸露。此外，小说中的一些次要人物的个性也塑造得很鲜明，如作为资本家走狗的屠维岳，有“笑面虎”之称的封建地主冯云卿等，作者都没有按照概念把他们描写成生硬的阶级代言人，而是尽量在他们的语言行动描写中表现他们丰富复杂的内心世界，以此增强这部小说的艺术感染力。

茅盾是一位擅长心理描写的作家，《子夜》在对人物心理的精雕细镂上取得了很大的成功。茅盾针对不同人物的不同精神状态以及同一人物不同时间的不同心理，分别采用不同的语言，努力挖掘与揭示人物心理；对人物的心理描写采用了正面、侧面多种角度，并通过对人物潜意识和幻觉的描写来丰富人物性格。比如，林佩瑶告诉吴荪甫说，雷鸣已经到了天津。吴荪甫立即从雷鸣的行踪想到军事动态、政局变化和公债行情，并决定改变投机策略。至于对林佩瑶和雷鸣之间的暧昧关系，他却几乎是麻木的。对此事迟钝，对彼事却十分敏感，这正是完全沉浸于公债斗法的吴荪甫的心理特征。作者还通过不同性格的对比映衬主人公的性格：赵伯韬的诡诈、腐朽，衬托出吴荪甫有理想、努力干事业的一面；杜竹斋的优柔寡断、谨小慎微，衬托出吴荪甫的果断有气魄；唐云山对经营的外行，衬托出吴荪甫的手腕和才干；林佩瑶的追求柔情衬托出吴荪甫的冷酷无情。

虽然同样描绘了“东方巴黎”上海十里洋场的繁华景象，并且都善于描写和刻画身处现代都市当中的人物的心理状态，但是茅盾与穆时英、施蛰存等“新感觉派”作家的小说创作存在着很多不同的地方。“新感觉派”作家笔下的上海充满着对于欲望的描写、对于荒诞的描绘以及对于道德伦理的颠覆，有着现代寓意的物质文明、消费文明成了他们关注的唯一焦点。而茅盾则不同，一方面是茅盾笔下有诸多关于高楼、汽车、轮船、霓虹灯、银行、交易所、夜总会、咖啡馆、电影院、公园等这些现代都市物象的描绘，真实反映了当时被誉为“东方巴黎”的上海的时尚与繁华；另一方面，恰恰是在上海这样的大都会中，茅盾也体验了糜烂与颓废的资本主义罪恶，也逐渐发现了虚假繁华的殖民地之下中国真实的苦难图景，在《子夜》和《春蚕》中，茅盾都表示了这种判断和忧虑，资本主义的发展并没有挽救中国的危机，反而使农村经济遭受了灭顶之灾。茅盾的文学创作一直追求现实主义的创作原则，其小说的历史叙事真实地再现了时代精神和时代面貌，同时左翼文学思潮的影响也使他对于上海的都市书写有所批判，并且在《子夜》中融入了对于都市黑暗现实的揭露和当时逐渐兴起的革命力量的描绘，用宏阔的视角和艺术的手法表现了当时真实的社会关系和阶级状况，成为中国现代长篇小说创作的高峰。

第二节　巴金的封建大家庭小说

◯《家》——家庭题材的代表作　◯《寒夜》——从直接的控诉转向深沉的批判
◯叛逆者和忍耐者——巴金小说中的两组形象

一、从《家》到《寒夜》：巴金小说对家庭题材的情有独钟

巴金描写家庭生活、抨击旧式家庭的腐朽与罪恶的系列创作是以“激流三部曲”的第一部《家》为起点的，它凝聚了作家少年时代在封建家庭中获得的种种生活印象与人生经验。在《家》中，作家着重写了高家祖孙之间的矛盾冲突，写了封建家长高老太爷如何在

绝望中死去，孙儿一辈的高觉慧如何冲出家庭的束缚，奔向社会广阔的天地。在《春》中，作家又引入了另一个大家庭——周家，对照地描写了父女两代人的冲突，并以淑英和惠两个女性的不同结局，为青年人反对封建家庭专制指出了道路。《秋》的气氛更加悲哀、肃杀，留在高家的地主们一个个沉溺于声色之中，加速着自行灭亡的进程；而那些无力反抗封建家长压迫的弱小者，则加倍地受到心灵的摧残，不可挽回地成了旧制度的陪葬，如枚少爷的死、淑贞的死，都为这毫无价值的生活方式增添了牺牲品。但小说结尾时，作家依然给了人们一丝希望的亮色，当高家老屋即将出卖，整个家族处于解体的时候，受过新思想教育的女青年琴满怀信心地宣称："秋天过了，春天就会来的。"

作家小传

巴金：充满激情的叛逆者

巴　金

巴金（1904—2005），本名李尧棠，四川成都人，出生于四川成都一个封建官僚地主家庭，因从小失去父母，在家庭中受到他房长辈的欺压，所以能比较真切地感受到家庭专制对年轻人身心的摧残，对社会上一切压制人性发展的专制制度都深恶痛绝。巴金初期的小说主要有长篇小说《灭亡》，"爱情三部曲"（《雾》《雨》《电》）等，初步显示了巴金小说善于描写家庭题材以及作品充满激情的特点；20 世纪 30 年代开始问世的"激流三部曲"（《家》《春》《秋》），显示了巴金小说创作已经达到了成熟和高峰的境地；40 年代以后，巴金创作了小说《憩园》《第四病室》《寒夜》等，这些作品显示了巴金小说从艺术视野到整体风格的发展和变化。

巴金 2005 年去世，他的创作生命一直持续到 20 世纪 90 年代。他最看重的是作家个人情感的真诚流露，追求"艺术的最高境界是无技巧"。因此，巴金自己始终在作品中作为一个特殊的角色，奔走呼号，抒发情感，评判曲直。这使他的作品达到一种忘情忘我的纯真境地，这也是巴金作品感人至深的魅力所在。

从《家》到《秋》，不但小说的基调从高昂转向低沉，而且在叙述方式上也由主观的倾诉型转向客观的叙述型。尤其是《秋》，几乎没有基本的故事线索，完全由着生活的自然发展，如实地记录了这个地主家族一天天的败落进程，大量的生活细节描写支撑着小说的框架，读起来令人感到琐碎、沉闷、冗长，但小说的艺术效果也令人感到更加逼近于生活。到了 1944 年发表的中篇小说《憩园》，一种新的风格已经定型，小说的艺术技巧也显得更加圆熟。《憩园》是巴金在抗战后期创作的一部重要小说，从题材上说，它是"激流三部曲"的一个分支，将"激流三部曲"中的一个纨绔子弟的故事进行了移植与重新创造。小说的主人公杨梦痴不务正业，沉湎于吃喝嫖赌之中，肆意挥霍祖产，终于在大家族败落以后被家人驱赶出门，沦为乞丐，潦倒而死。但作家没有一味谴责这个人物，而是从更加宽泛的人性的角度，探讨了旧式家庭教育的缺陷、伦理的悲剧以及人与人之间缺乏沟通的原因。巴金最后一部长篇小说《寒夜》也是属于家庭系列的故事，但已经完全摆脱了高家大院的阴影，而去展示一个"五四"新文化背景下的新型家庭的破碎，是另一种意义上的家庭悲剧。《寒夜》以抗战胜利前后国民党统治区底层知识分子的悲剧命运为主要内容，以

“小人物”的悲惨遭遇揭示了整个大社会的必然灭亡。小说在艺术风格上显示了巴金创作与以往相比的深刻变化。他塑造了男女主人公汪文宣和曾树生的悲剧性格，展现了他们的悲剧命运，全面地展示了整个作品的时代悲剧和社会悲剧方面的意蕴。

从“激流三部曲”到《寒夜》，巴金的创作在思想和艺术上都显示出新的追求和突破：《寒夜》的思想主题更加深沉，反映生活的视角更加深入。他虽然仍然采用家庭生活题材，但所描写的不再是那种轰轰烈烈的大家庭的重大变故，而是集中反映了几个普通的“小人物”的悲欢离合和生老病死，通过他们的生活际遇，让人看清了黑暗窒息、矛盾重重的时代社会及其本质特点。《寒夜》的情节更集中，人物关系更简单，整个作品的结构更为浓缩，但作品在人物内心情感世界的开掘上更加深入、细腻。《寒夜》的语言由那种充满激情的呼喊和直接的控诉，转变为一种深沉的批判和冷峻的剖析。无论是作者的叙述语言还是人物的语言都更为沉静、凝重，充分显示了巴金的现实主义创作已达到炉火纯青的境地。

巴金以家庭为主要题材的文学创作，一是体现了作家自身人生经历与文学作品的高度融合，描写了作家个人与家庭的密切关系；二是体现了文学作品与时代社会的高度融合，描写了家庭与整个社会的密切关系。对这种双重关系的深刻揭示，是巴金作品的独特意义。

二、叛逆者和忍耐者：巴金小说最为关注的艺术形象

巴金的小说创作有着他独特的审美追求，他的作品喜欢以家庭为题材，从家庭来剖析整个社会的本质。巴金写作总是充满主观激情，融身为作品中的一分子，满腔热忱地在作品中呐喊呼号。在作品中充分投入作家自己的人生经历和对人生的领悟，这是巴金创作的一个独特追求。而在他所塑造的人物群像中，有两类人最为光彩夺目，那就是叛逆者和忍耐者。

在他的代表作《家》中，其主人公觉慧就是一个典型的叛逆者的形象，是一个“幼稚而大胆的叛徒”，他第一个看出了封建家庭必然崩溃的趋势，并渴望它尽早瓦解。于是在家庭反封建斗争中，他总是站在最前列。他反对大哥觉新的“作揖哲学”和“抵抗主义”，而信奉“不顾忌、不害怕、不妥协”的人生哲学，并以此作为行动指南鼓励自己和同伴。

作家既写了觉慧性格中大胆叛逆的一面，同时也写出了他的“幼稚”。觉慧的“幼稚”，突出地表现在他对他所反抗的敌人的腐朽性和吃人本质缺乏足够的认识，过高地估计了个人反抗的作用。高老太爷死前，为了缓和一下祖孙的矛盾，做了一个姿态，说冯家的亲事不提了，觉慧就以为二哥的逃婚斗争胜利了。觉慧的思想性格，不仅明显带有他出身阶级的局限性，同时也带有“五四”时期一般小资产阶级知识分子的弱点。

与觉慧的大胆叛逆相反，作为他兄长的觉新却是一个忍耐者的形象，同时也是《家》中性格内涵最丰富的一个。这是一个在专制主义重压下备受精神折磨的病态灵魂，是一个为旧制度所熏陶而怯弱和忍让的人。他是旧制度旧家庭培养的青年，长房长孙的地位和封建家庭的教养则使他逆来顺受，一味奉行“作揖哲学”，客观上扮演了一个旧礼教旧制度的维护者的角色。但是，他又看过一些新书报，受到“五四”新思想的熏陶，对封建礼教的吃人本质有一定程度的认识。觉新在一系列迫害面前屡屡退却妥协，其根源就在于封建制度以及封建伦理道德观念，他是一个悲剧人物，从他的身上，作者控诉了残酷、无情、腐朽的封建社会和家庭。

《寒夜》中的男主人公汪文宣也是一个忍耐者的形象，他是一个忠实、本分、为人忠厚的知识分子，毕业于大学教育系。在生活与事业上他没有过高的要求，只想与妻子合办一所“乡村化、家庭化”的学堂，使自己学来的知识有用武之地；在生活上，他希望有一个

美满的小家庭，过上既俭朴又自得其乐的生活。因为办不成教育，他被迫在一个半商半官的图书公司里担任一个小职员，拿着微薄的薪金。他生性怯懦，整日在公司里战战兢兢、担惊受怕，生怕伤害他人。在家庭生活中，他又处理不好妻子与母亲的关系，被搅得头昏脑涨。在工作和生活的双重压力下，他痛苦万分，却又偏偏染上了肺病，最后在抗战胜利到来时的锣鼓声中悲惨死去。

经典评论

“抒写着全人类的疾苦”

在怠惰和疲惫的状态下支持着的文坛上，近年来只有巴金可以算是尽了最大的努力的一个。他以热烈而动人的笔致，抒写着全人类的疾苦，以博得广大的同情。他的作品范围非常博大，而且多采取异域的题材；他的流畅而绮丽的风格也能在热情的场面下紧紧抓住读者的注意力，而没有那种叫人精神涣散的弊病。然而，过分热烈的感情却往往伤害着艺术上的完美。巴金有那种下笔如泻的魄力，却一方面缺乏着那种刻苦深思的坚忍。由于这种个性和才力方面的限制，巴金是很适当地选择了不能不如此选择的罗曼主义的道路。

——中国文艺年鉴社．一九三二年中国文艺年鉴．上海：现代书局，1933：13－18.

“缺的是曲折，是深，是含蓄”

中国现代小说中，在大部分是写实主义底之外，巴金之理想主义底色彩，可说几乎是唯一的人。这都是我们应该予以重视处。然而，令人不满足的是，它（《憩园》——引者注）的内容犹如它的笔调，太轻易，太流畅，有些滑过去的光景。缺的是曲折，是深，是含蓄。它让读者读去，几乎一无停留，一无钻探，一无掩卷而思的崎岖。再则他的小说中自我表现太多，多得让读者厌倦，而达不到本来可以唤起共鸣的程度。作者的心肠之热，我们只有敬爱，可是在写时何妨稍微把自己再遮掩一下，让读者自己去感悟，岂不艺术效果更大些么？

——李长之．憩园．时与潮文艺，1944，4（3）.

第三节　老舍的京味小说

○致力于描绘市民阶层　○《骆驼祥子》——个人奋斗的悲剧典型　○鲜明的地方色彩和浓郁的民族风情

作家小传

老舍：底层市民的描绘者与批判者

老舍（1899—1966），原名舒庆春，北京人，满族。他对于多种文艺体裁都进行过广泛的实践，小说作品中短篇与中篇都不乏佳品，尤以长篇小说最有影响。他早期的三部长篇小说是《老张的哲学》《赵子曰》《二马》，创作于1924年至1929年赴英国教书期间，此时的作品已开始显露独特的艺术个性：擅长描写北京市民生活，笔调幽默，视野开阔。1930

年3月老舍回国至1937年抗战全面爆发是老舍创作的第二个阶段。在此期间，老舍创作了寓言体长篇小说《猫城记》，标志着幽默风格走向成熟的长篇小说《离婚》，中篇小说《牛天赐传》《我这一辈子》，短篇小说《月牙儿》以及最著名的长篇代表作《骆驼祥子》等，这些作品将市民社会的各色人等加以放大，为他们生的艰难而叹息、鸣不平，充分体现了老舍小说创作已经达到了成熟的境地。40年代以后，老舍的创作进入了深入发展的阶段，代表性作品有长篇小说《鼓书艺人》《火葬》《四世同堂》等。

老舍非常熟悉北京底层市民的社会生活。他力图从市民阶层的角度，来剖析我们整个民族的劣根性。不是从农民，也不是从知识分子，而是从市民的角度来揭示中国社会的本质问题，这是老舍小说最独特的价值。

老　舍

一、从《骆驼祥子》到《四世同堂》：老舍对市民命运的深切关注

长篇小说《骆驼祥子》最初连载于《宇宙风》杂志，1939年首版单行本，是老舍小说创作的代表作，老舍亦自认为“是我的重头戏”。作品讲述了破产的青年农民祥子来到北平，靠拉洋车为生。他勤劳朴实，善良正直，好强上进，富有责任感和同情心。他最大的理想是买上一辆车，凭力气吃饭，不受车主剥削。尽管他刻苦奋斗，顽强抗争，但是打击接踵而来：大兵拉车抢夫，孙侦探仗势敲诈勒索，车主刘四、小官僚杨先生一家的残酷剥削等。最后，残酷的社会现实不仅使他的梦想破灭，还把他最终变为“堕落的、自私的、不幸的社会病胎里的产儿，个人主义的末路鬼”。

《骆驼祥子》形象地反映了祥子的人生理想同他所处的社会环境的尖锐矛盾，真实地反映了那个社会的混乱、黑暗、腐朽以及劳动人民命运的悲惨。祥子的悲剧不仅是时代、社会的悲剧，同时也是小生产者个人奋斗的悲剧。作品描写了那个军阀混战的年代给人民带来的无穷的痛苦与灾难，展示了处于社会底层的劳动人民极度贫苦的生活状态。在老舍的笔下，生活在北平大杂院里的劳动者过着非人的苦日子，穷困改变了他们的性格，打孩子、骂老婆，有的甚至逼迫女儿去卖淫，有的由于受不了屈辱的生活而自杀……这一切都是下层人民痛苦生活的真实反映，体现了老舍对于市民命运的关注。

《四世同堂》是老舍规模最大的长篇巨构，共80万字，分《惶惑》《偷生》《饥荒》三部。作品选取北平西城一条普普通通的小羊圈胡同作为这座“亡城”的缩影，以旧式商人祁天佑一家四代的境遇为中心，展开了广阔的历史画面与错综的故事情节。它没有正面描写轰轰烈烈的抗日战争，而是较深刻地剖析了民族灾难的根源，表现了抗日战争期间沦陷区人民的苦难经历，以及他们在苟安的幻想破灭后逐渐觉醒，意识到只有坚持抗战才有出路的过程。小说写出了敌人统治的残暴，各色汉奸的卑污，也写出了知识分子的善良、懦弱和苦闷，以及一些底层市民坚强不屈的意志。《四世同堂》以北平广大市民的亡国之痛为题材，弥补了抗战文艺反映市民生活的不足，是老舍创作历程中一块高耸的界碑。

《四世同堂》取材于城市底层居民的生活，骨架虽大，结构却很匀称，讲究情节的波澜起伏，画出了沦陷区居民苦难生活的一个大致轮廓，是老舍现实主义创作风格走向成熟的标志。小说非常注重描绘市民性格，出场的人物达130多个，其中有名有姓的有60多个，他们虽然大多处在都市社会的底层，属于同一文化群落，然而在老舍笔下，却是千姿百态，个性鲜明。

从《骆驼祥子》到《四世同堂》，老舍的目光始终聚焦市民社会，从个人奋斗者的形象到市民群像，老北京底层民众在老舍的笔下，呈现出千姿百态、个性鲜明的特点，组成了熠熠生辉、令人眼花缭乱的人物画廊。他对许多关于北平风土人情和街头巷尾生活场景的描绘，都写得鲜明生动、富有光彩，他善于运用地道的北京白话叙事抒情，笔调幽默风趣，意蕴含蓄深刻，人物的对话逼真传神，在展现宏大的社会历史内容的同时，显示出极高的艺术造诣。

二、祥子的性格和命运：个人奋斗的悲剧典型

祥子是一个性格鲜明的普通车夫，他尽管不安于卑贱的社会地位，但并不想以剥削的方式改变自己的处境，而是想以自己的劳动求得一种独立的生活。在祥子的身上，我们可以看见许多劳动人民的优秀品质：善良纯朴，热爱劳动，对生活具有骆驼一般的坚忍意志；做事认真负责，守信用、讲义气、忠于职守；冒着生命危险给曹先生报信，送包子给老马、小马这些比自己处境更艰难的人们，同情并帮助受摧残与凌辱的小福子。所有这些都表现出作为劳动人民一分子的祥子所具有的美好心灵。正因为这样，他后来的悲惨结局才更深地打动了读者。

在《骆驼祥子》中，老舍还生动描写了黑暗社会的群像，他们构成了祥子活动的社会环境，提示出祥子悲剧产生的深刻社会历史原因。活动在祥子身边的各种人物，大致可以分为以下几类：第一类掌握着祥子们的生死大权，直接影响了他们的生活和命运的势力，如厂主刘四，他们仗势欺人，无恶不作。第二类是反动兵痞、地痞、流氓，只要他们存在，祥子们随时都可能被敲诈勒索，如孙侦探。第三类是和祥子一样的车夫以及下层社会里的各色人等。第四类是曹先生、夏先生、夏太太等这类主顾。这四类人物均为祥子悲剧的制造者、参与者、衬托者和祥子悲剧社会意义的体现者。作者描写祥子与他们的关系，既是人物塑造上的需要，更是对祥子所处不公正社会环境的有力提示。

但是，祥子的悲剧不仅仅是时代和社会造成的，也是他自身的性格弱点造成的。祥子性格的最大特点，是他怀有一股强烈的愿望，企图通过个人奋斗改变自己的社会地位和生活命运，这就成为导致他命运悲剧的主观契机。既然他所承受的是来自整个社会的沉重压迫，孤立零散的个人奋斗自然难以成功；即使他有了自己的车子并且始终保持着所有权，也不能摆脱种种压制，成为真正可以独立自主、幸福生活的劳动者。因此，祥子的愿望和追求都是不切实际的，他从一开始就陷入盲目，等待他的只能是失败与悲剧。他的人生理想是狭小的，所采取的手段更是错误的，这不仅不可能使他找到改变自己命运的正确途径，反而使他远离朋友，孤立无援，更无力抵抗一次又一次的冲击。他从一个善良的青年，变为要强的人，更变为头等的“刺头”，最后终于堕落，成为一个“个人主义的末路鬼”，小说在同情祥子悲惨命运的同时，对他企图用个人奋斗来解放自己的想法进行了批判。祥子的典型意义，一方面在于从他的悲剧中让人们看到时代和社会的黑暗，另一方面也在于从他的悲剧中让人看到个人奋斗的渺茫与错误。

三、鲜明的地方色彩和浓郁的民族风情

老舍作品的根本价值，一是体现在其深刻的思想内涵方面，尤其是对国民性问题的关注，更显示了老舍作品的广度和深度；二是体现在其浓郁的民族风情和鲜明的地方色彩方面。

经典评论

“以纯粹的北平土语写小说”

我最初读老舍的《赵子曰》《老张的哲学》《二马》，未识其人，只觉得他以纯粹的北平土语写小说颇为别致。北平土语，像其他主要地区的土语一样，内容很丰富，有的是俏皮话儿，歇后语，精到出色的明喻暗喻，还有许多有声无字的词字。如果运用得当，北平土话可说是非常的生动有趣；如果使用起来不加检点，当然也可能变成为油腔滑调的“耍贫嘴”。以土话入小说本是小说家常用的一种技巧，可使对话格外显得活泼，可使人物性格格外显得真实突出。但若是一部小说从头到尾，不分对话叙述或描写，一律使用土话，则自《海上花》一类的小说以后并不多见。我之所以注意老舍的小说者盖在于此。

——梁实秋．看云集：忆老舍．台北：志文出版社，1974.

老舍出身平民，了解平民，始终为反映社会底层平民的命运而创作，因而被称为“人民艺术家”。从《老张的哲学》到《骆驼祥子》再到《四世同堂》，平民世界是老舍创作的主要内容和基本画面。老舍作品具有浓郁的北京地方色彩，地道的北京方言土语，纯正的北京风俗民情，使他的创作显示出特有的民族风格，因而在中国文坛乃至世界文坛产生了重要影响。

老舍作品具有一种厚道、温情，具有一种人道主义，充满对底层民众的理解和同情；同时他又有一种幽默讽刺的意味，特别是他始终关注着国民性的改造问题，从《骆驼祥子》到《四世同堂》，这种思想发展得尤为充分。老舍善于写故事，他的作品总是情节连贯、生动，故事性很强，这一点又使老舍的作品具有非常通俗的意味。

第四节　沈从文的湘西世界

○“边城”世界——现代湘西的牧歌　○翠翠——完美人性的化身　○独特的审美理想　○难以概括的多重风格

作家小传

沈从文：“我只想造希腊小庙”

沈从文（1902—1988），原名沈岳焕，生于湖南凤凰县。青少年时代，他走遍湘黔川边界，了解苗、汉、土家各族的社会生活与民风民俗，这成为他日后从事文学创作的主要生活基础，形成他独特的“乡下人”的观察视角。

沈从文

讴歌与表现人性，是沈从文在创作中一以贯之的审美理想。他谈到自己的创作时说：“我只想造希腊小庙”，“这种庙供奉的是‘人性’”。这促使他把所熟悉的“湘西世界”加以理想化，讴歌其自然淳厚的民风，表现其和谐古朴的人性美、人情美，以对抗那丑恶的社会现实。

一、《边城》：古朴人性的执着追求

《边城》是沈从文的代表作，1934 年 10 月由生活出版社出版。对于这部作品，作者曾告白读者："我准备创造一点纯粹的诗，与生活不相粘附的诗。情感上积压下来的一点东西，家庭生活并不能完全中和它、消耗它，我需要一点传奇，一种出于不巧的痛苦经验，一分从我'过去'负责所必然发生的悲剧。换言之，即完美爱情生活并不能调整我的生命，还要用一种温柔的笔调来写爱情，写那种和我目前生活完全相反，然而与我过去情感十分相近的牧歌，方可望使生命得到平衡。"

《边城》用人性描绘了一个瑰丽而温馨的"边城"世界，一个充满爱与美的天国。集中体现"边城"世界人性美的，是发生在这里的一个爱情悲剧，这个故事也同样建立在人性思想的基础之上。船总顺顺的大儿子天保与二儿子傩送同时爱上了老船夫的外孙女翠翠，而翠翠喜欢的则是傩送。老船夫一心想让翠翠"自主"得到幸福，但还未弄清她到底爱谁，便在糊里糊涂中促成了天保托媒前来求婚；天保求婚未成，失望之下驾船外出而意外地溺水而死。外公（原文中称祖父或爷爷）在天保死后，摸清翠翠的心事，又撮合她与傩送的婚事，心急火热地进城去船总家探听顺顺是否答应傩送与王团总女儿联姻；在碰壁之后他郁郁猝死于暴风雨之夜。顺顺在大儿子死后，一时未答应傩送娶翠翠的要求，使傩送与其父发生争吵而远走他乡。这种种的"不巧"，使翠翠与傩送的爱情终成"善"的悲剧。

故事中的所有人物，都是平常的、善良的人。作为长辈的老船夫、杨马兵，真心希望年轻人得到爱情和幸福，尽心尽力地从中周旋、促成。顺顺在天保为翠翠而死之后，出于哀伤，没有立即答应傩送与翠翠的婚事，其心境是完全可以理解的。在老船夫死后，他决定接翠翠去城里自己的家住，"作为二老的媳妇"，固然是出于对翠翠不幸遭遇的同情，但也未尝不包含着此时真心要翠翠做儿媳的善良意向。至于天保与傩送，不吵不闹，不动干戈，分别通过托媒搭桥的"车路"和唱歌传情的"马路"向翠翠求婚，展开自由平等的竞争，未伤兄弟间同胞手足之情。作者所表现的似乎是一个"谁也没有错"的悲剧，有意识在人性层面上叙述故事，无意发掘悲剧产生的人为的、社会的、道德的因素。作品围绕着故事的展开、发展与结局，描述、表现了每个人的"人生形式"，"优美，自然，又不悖乎人性的人生形式"。

小说中的茶峒地区原是"汉代五溪蛮"的居住地，偏僻，蛮荒，为历史上犯人流放之地。苗族、土家族等在这里耕作，过着原始的、没有中央政权干预的生活。18 世纪，清朝政府开始在这里推行封建制度，进入 20 世纪 20 年代以后，封建军阀和国民党又在这里镇压苗民起义，大肆屠杀无辜的人民。青少年时代的沈从文，经常目睹饥荒、暴乱与杀人越货的情景。因此，他从小就产生了非暴力抗恶的人性、人道主义思想。在这"边城"世界里，无疑寄托着他个人美好的社会理想。他把"边城"描绘成一个充满人性美、人情美的理想世界，把一对少男少女自由恋爱的故事处理成悲剧，以引起读者对"美"的毁灭的深沉思考，蕴藏着他对"边城"现状的批判。虽然，他宣称是在创造"与生活不相粘附的诗"，但实际上，这个"边城"世界是深深"粘附"着湘西这非人性、非人道的"现在"，呼唤着自由的、美好的、"牧歌"式社会的回归的。这种建立在人性、人道主义理想上的批判，是独特的、理想主义的，也是苍白无力的。但同时又有力地证明，沈从文是一位以"美"与"爱"的"边城"世界对照、反观黑暗现实社会的人道主义作家。

《边城》获得杰出成就的重要因素之一，就是翠翠、老船夫形象的成功塑造。

翠翠是作者倾注"爱"与"美"的理想的艺术形象。翠翠的出身具有传奇性，是其父母圣洁爱情的结果。她的母亲是老船夫的女儿，与茶峒的一位军人热恋并且怀孕。军人因为不能与翠翠的母亲远走高飞，又不能回军队损害军队的名誉，便服毒殉情。翠翠的母亲在生下翠翠后，故意去溪边饮冷水致死，追随情人而去。翠翠的外公把她养大，一老一小相依为命。翠翠身上的“美”，是通过她的爱情故事逐步表现出来的。她的“爱”，单纯、自然、真挚，一切符合一个情窦初开的少女的天性。她在小镇看龙船初遇傩送，他邀翠翠到他家等外公，翠翠误以为要她到有女人唱歌的楼上去，心里觉得受了侮辱，就轻声地骂他。傩送不但不恼她，还打发家里的伙计举火把送她回家。这件事“使翠翠沉默了一个夜晚”，爱情的种子就这样在少女的心里朦朦胧胧地萌芽、生发。两年后的端午节翠翠又与外公进城看龙船，她人长大了，傩送一直在她心里隐现、鼓荡。她在爱上傩送之后，没想到傩送的哥哥天保也爱上了她。面对天保的托媒求亲，她出于对爱情的忠贞专一，明确向外公表示拒绝。傩送上山为她唱歌传情，她虽在睡梦中不知歌的内容，但她在梦中感到身体随着“美妙歌声”飘浮起来，“飞蹿过悬崖半腰”，去摘象征美好爱情的“虎耳草”，追觅着甜蜜、幸福的爱情。但是，翠翠与傩送的爱情却忽然受到严重挫折。傩送远走他乡、外公溘然长逝，这使她在一夜之间“长成大人”。她痛苦悲伤，但没有倒下，她谢绝船总让她住进他家的好意，像外公那样守住摆渡的岗位，苦恋着并等待着傩送的归来，这些充分表现了翠翠性格坚强的一面。她谢绝船总的好意，是维护自己人格的尊严，也是对传统婚姻观念进行抗争。她准备接受种种磨难而等待傩送归来，是勇敢接受不幸命运的挑战，是对爱情的忠贞。在爱情挫折中，翠翠的性格因此展现着柔中有刚的美。翠翠身上重复着与母亲相似的悲剧，但翠翠与傩送没有像母亲与军人那样双双殉情而死，翠翠远比她绝望的母亲勇敢、坚强，她怀着希望与坎坷的命运作持久的抗争。显然，翠翠形象的塑造倾注了作者同情与讴歌的激情，流露着理想化的色彩。

湘西凤凰

作品欣赏

沈从文的文笔节制、简约，然而往往于细微处见精神。在他的笔下，“边城”的风日、山水与翠翠融为一体，“天人合一”。她既是人的至性——爱情的女儿，又是大自然孕育与教化的女儿。她是美的精灵与化身。

边城（节选）

七

到了端午。祖父同翠翠在三天前业已预先约好，祖父守船，翠翠同黄狗过顺顺吊脚楼去看热闹。翠翠先不答应，后来答应了。但过了一天，翠翠又翻悔回来，以为要看两人去看，要守船两人守船。祖父明白那个意思，是翠翠玩心与爱心相战争的结果。为了祖父的牵绊，应当玩的也无法去玩，这不成！祖父含笑说："翠翠，你这是为什么？说定了的又翻悔，同茶峒人平素品德不相称。我们应当说一是一，不许三心二意。我记性并不坏到这样子，把你答应了我的即刻忘掉！"祖父虽那么说，很显然的事，祖父对于翠翠的打算是同意的。但人太乖巧，祖父有点愀然不乐了。见祖父不再说话，翠翠就说："我走了，谁陪你？"

祖父说："你走了，船陪我。"

翠翠把眉毛皱拢去苦笑着，"船陪你，嗨，嗨，船陪你。"

祖父心想："你总有一天会要走的！"但不敢提起这件事。祖父一时无话可说，于是走过屋后塔下小圃里去看葱，翠翠跟过去。

"爷爷，我决定不去，要去让船去，我替船陪你！"

"好，翠翠，你不去我去，我还得戴了朵红花，装老太婆去见世面！"

两人皆为这句话笑了许久。所争持的事，不求结论了。

祖父理葱，翠翠却摘了一根大葱呜呜吹着，有人在东岸喊过渡，翠翠不让祖父占先，便忙着跑下去，跳上了渡船，援着横溪缆子拉船过溪去接人。一面拉船一面喊祖父：

"爷爷，你唱，你唱！"

祖父不唱，却只站在高岩上望翠翠，把手摇着，一句话不说。

祖父有点心事。

翠翠一天比一天大了，无意中提到什么时，会红脸了。时间在成长她，似乎正催促她，使她在另外一件事情上负点儿责。她欢喜看扑粉满脸的新嫁娘，欢喜说到关于新嫁娘的故事，欢喜把野花戴到头上去，还欢喜听人唱歌。茶峒人的歌声，缠绵处她已领略得出。她有时仿佛孤独了一点，爱坐在岩石上去，向天空一朵云一颗星凝眸。祖父若问："翠翠，想什么？"她便带着点儿害羞情绪，轻轻地说："翠翠不想什么。"但在心里却同时又自问："翠翠，你想什么？"同时自己也就在心里答着："我想得很远，很多。可是我不知想些什么。"她的确在想，又的确连自己也不知在想些什么。这女孩子身体既发育得很完全，在本身上因年龄自然而来的一件"奇事"，到月就来，也使她多了些思索。

——沈从文全集：第8卷．太原：北岳文艺出版社，2002.

老船夫是"善"的化身，作者同样是把他放在"爱"与"美"的人性天国里进行刻画的。他是"边城"世界里的公仆，五十年如一日，为来往过客摆渡，把它看成是自己的天职，任劳任怨，鞠躬尽瘁。他为别人活着，从不计较个人得失，靠公家发给的三斗米、七百钱维持祖孙二人的清贫生活。他质朴憨厚，侠义心肠，不仅拒收过客的钱财，而且慷慨大方、善待乡亲，有时在渡口遇到熟人，常请到家里喝酒，有时在城里别人想尝他的酒，他就把酒葫芦递上让人喝个够，因此他颇受众乡亲的尊重。

作者对老船夫的刻画并非置于复杂的矛盾冲突中以展示性格的复杂性，而是特意"放大"了他与外孙女的人伦关系，从中表现出一位平凡老人充满人情美、伦理美的宽广浩瀚的胸襟。换言之，为其"纯粹"的人性作一幅"特写"。

《边城》不仅在思想表现方面具有它的独特性，而且在艺术表现方面具有它鲜明、独特的个性。首先，作者擅长将人物的语言、行动描写与心理描写结合起来，以揭示人物的个性特征和丰富的内心世界。尤其对翠翠的描写，作者静观默察、敏感揣摩少女在青春发育期性心理所表现的各种情态，通过粗线条的外部刻画与细腻入微的心理描写，从而把羞涩、娴静、温柔的个性惟妙惟肖地凸显出来。其次，小说结构寓严谨于疏放，自然流畅如行云流水。全篇 21 节，围绕翠翠的爱情故事这一中心逐步展开，使情节集中、单纯。作品以傩送、天保两人钟情于翠翠作为经线，以老船夫关心、撮合外孙女的婚事作为纬线，生出变化的波澜，推动故事有节奏地向前发展。同时，又以翠翠与傩送、天保的爱情纠葛作明线，以王团总想让傩送当自家女婿而生出事端作暗线，这样经纬交织、明暗结合，将情节的单纯性与复杂性完善地结合起来。最后，作者特意在故事的发展中穿插了对歌、提亲、陪嫁、丧葬等苗族风俗的描写，构成一道鲜亮的风景线，使《边城》具有独异的乡土文学色彩。

《边城》具有牧歌的风格，其故事基本建筑在梦幻的基础上。作者在“边城”世界里有意识地消解了种种对立因素（两种婚俗观念的对立除外），既无阶级的对立，又无经济利益的冲突，有的是慈爱孝顺、恬静祥和、相濡以沫、同舟共济，是一个自然和谐、返璞归真的理想世界。作品的结尾采用了比较平和、并非绝望的结局：“这个人也许永远不回来了，也许‘明天’回来!”作者不忍心让翠翠彻底绝望，因而让她带着希望接受爱情的考验与磨难，等待恋人的归来。这也给读者留下希望、期待与遐想，使结尾更有余音袅袅的牧歌的情韵。

《边城》代表了沈从文小说独特的风格特色：擅长谱写爱和美的人生颂歌，青年男女的情爱，祖孙父子的亲爱，人们之间的友爱，湘西风俗风景的可爱，以及这些爱中蕴蓄的美，融合在故事和人物形象之中，给读者以强烈的艺术美感；小说不以曲折的情节取胜，而是看重作品的写意性与抒情性，独创出一种诗化的境界；结构疏放，色味清淡，意境超逸。沈从文将这类发轫于“五四”时期的现代抒情小说的文体向前大大推进了一步，影响了不少后来的作者。

二、独特的审美理想与难以概括的多重风格

始终坚称自己是“乡下人”的沈从文，是带着个人的直觉进行创作的。他既未系统地学习过中国古代传统文化，又未系统地接受西方美学、文艺学的教育，故而不受任何传统与理论的束缚，其创作一任其性，自由自在地发挥与发展，具有其独特性。

沈从文把文学创作看成是自我生命意识的一种最重要的自由表现。他在小说中真实地叙写自己，自由地描述自己所感悟的人世之道和所经历的人生磨难，其作品是中国现代文学史上又一种风格独特的“自叙传”。沈从文初期的小说与散文，原始而强烈地表现着对“乡下人”“生命”形式的执着探寻和追求。他的早期小说《龙朱》《月下小景》，都表现出他对于一种迥异于病态都市文明的原始生命力的崇拜。而与《边城》相类似，沈从文的一系列小说创作也都富于民俗风情，带有田园牧歌的情调。例如小说《萧萧》中对于童养媳生活的介绍，有对于野蛮风俗的揭示，有对于命运的哀叹，但更多的是对于一种朴实、顽强、纯净的生命天性的赞美和喜爱；小说《丈夫》中写为生计所迫的乡下男人，因为苛捐杂税的压力被迫送妻子去码头做“皮肉生意”，最终被自己的良知唤醒，带着妻子回乡下去了。人生的乖谬和命运的无奈，在沈从文的小说中时常会出现，但那些不是他的重点，他始终保持着一种平淡、含蓄、朴讷、自然的审美风格，注重写意和抒情，着力表现人的真善美的一面。与小说创作相类似，沈从文的散文同样表现出趋近的人生态度和审美风格，他的散文创作主要集中在两部散文集《湘行散记》和《湘西》里，这两本集子里所收录的散文，是沈从文在离别家乡多年之后两次回乡经历的产物，描绘了湘西水域的人和事，包

括水手的生活、沅水上的各种船只，以及大量关于湘西的历史文化风俗展示，沈从文在这些散文创作中格外注重表现湘西那种灵动、纯净、自然的水的意象和那些“不辜负自然，与自然妥协，对历史毫无负担”的人生境况与境界，通过这些自然意象和人生境界的交融，营造出了一个充满魅力、五彩斑斓的“湘西世界”。

沈从文这种创作思想是受到“五四”新文化运动与思潮的积极影响，与当时呼唤个人的解放、人性的觉醒的启蒙思想完全一致的。而且，把表现人性看作美的至极，把它当作文学表现的终极理想，贯穿他二十多年文学创作的始终。对笔下的人物，无论是地主、绅士，还是农民、士兵、小业主等各类劳动者，都着力表现他们真、善、美的人性。沈从文以美好的人性反观“常”与“变”的湘西社会，构成了他特殊的文化思辨定式。生命、人性、自然三者的统一，构成了“一种爱与美的新的宗教”。在他看来，“人性”是支撑这种“宗教”的基石，有了“爱”，才会发现“美”，发现“神”——人性的至极，发现它们与人性的和谐共存。

沈从文小说对完美人性的追求在中国现代文学史上的独特价值主要体现在两个方面：一是这种追求的执着性，对完美人性的追求既是沈从文的审美理想，也是他的人生理想；二是这种追求的独特性，它把完美的人性与完美的社会、完美的大自然融会贯通起来，构成了特有的“湘西世界”。

由于沈从文风格多样，他的名字既出现在“新月十八家”之列，同时也是乡土作家、山水田园作家、诗化小说家的代表。人们发现沈从文的创作风格的确是很难概括的，而人们最终又发现风格的难以概括其实正是沈从文的风格。

第五节　李劼人的“大河小说”

○“大河三部曲”　○多重整体的放射性结构　○三教九流的人物形象　○四川的风俗民情画

作家小传

李劼人：刻绘历史的小说家

李劼人（1891—1962），原名家祥，四川华阳县人。他曾积极投身于“四川保路同志会”掀起的保路运动，五四运动后，又赴法国勤工俭学，开始从事法国文学的研究与翻译工作，深得左拉、福楼拜、莫泊桑诸法国作家的滋养。1924年回国后，他先后在《川报》《新川报》等报刊担任主编或编辑等职，并在成都的大学任教授。

李劼人

1925年，刚从法国回来的李劼人便萌生了用“大河小说”的文学形式来表现中国现代历史的念头。经过十年的酝酿，他终于一举创作了140万字左右的鸿篇巨制“大河三部曲”，包括长篇小说《死水微澜》（上海中华书局，1936）、《暴风雨前》（中华书局，1936）和《大波》（中华书局，1937）。这是他的代表作。“大河小说”本是近代法国小说的重要体式，其特征是以多卷连续小说的形式表现时代历史的社会生活全貌，巴尔扎克的《人间喜剧》、左拉的《卢贡马卡尔家族》等都属于

"大河小说"。李劼人这三部长篇小说依时间顺序展开，囊括了以成都为中心的四川社会自甲午战争到辛亥革命这十余年间的人间悲欢、思潮演进和政治风云，是一部20世纪初叶四川社会生活的编年史巨著。

一、融合历史与现实的"大河三部曲"

三部曲的第一部《死水微澜》以距成都不远的一个叫天回镇的小镇为背景，以小镇杂货铺老板娘蔡大嫂与当地"袍哥"头子罗歪嘴的恋爱苟合为情节主线，生动展现了1900年前后成都平原的社会状况和社会风俗的变迁。在小说中，李劼人注视的是普通人的命运，着力表现的是天回镇上古老而陈腐的传统习俗和乡民们固有的性格特征。天回镇就如一潭千百年来形成的死水，各种陈腐落后的观念、意识情感和行为方式都在这里深深沉淀着，但各种新的观念、意识、情感和行为方式也正在这里萌生着。作者是把这潭死水作为我们民族历史的缩影和象征来写的；是把那些内容作为历史事实，作为认识这些事实的手段，作为现实的再现来写的。他是要我们从这里看到我们民族历史的过去和发展。第二部《暴风雨前》以住在成都的半官半绅的维新派郝达三的家庭生活为叙述视点，再由郝达三串起上层社会和下层社会两条线索，展现了重大历史变革之际社会思潮的激荡和人们思想意识的裂变。在小说中，维新运动的勃兴、红灯会的扑灭、革命党的起事和失败、旧式大家庭的纠葛以及底层人们的生活，一一展现于读者眼底。从郝氏家族与社会各阶层的多方面接触中，我们看到了汇合于全国的席卷清王朝的辛亥革命的巨大潮流：由社会各个角落聚积起来的离心力量已经制造出阵阵轰鸣，改天换地的时代暴风雨即将来临。《大波》则采用了多层次复线发展的结构方式，全面展现了四川保路运动的整个过程。1911年5月，摇摇欲坠的清王朝下令把人民争回的川汉、粤汉铁路的筑路权以"收归国有"为幌子，转让给英、法、德、美四国银行。这使人民大众积蓄已久的反帝爱国热情迅猛高涨，保路运动由此爆发，并很快从四川传遍全国各地，直接导致了同年十月爆发的辛亥革命。不过从总体上看，《大波》拘于历史事实和正面处理生活题材的约束，限制了作品的发展。因此，尽管《大波》的篇幅数倍于《死水微澜》和《暴风雨前》，然而艺术水准反倒不及后两者，这也许是李劼人本人所始料不及的。

"大河三部曲"具有其独到的严整的艺术结构：千百年来的一潭"死水"在甲午战争时泛起"微澜"，又经过时代发展的"暴风雨"，直至辛亥革命前夕"大波"骤起，掀起了民主革命的巨大浪潮，"大河三部曲"的这一总体艺术构思本身就形成了一个大连环。尽管这三部曲各有中心，自成连环，但在这一总体构思之下，整个作品的艺术表现形式呈现出一种放射性的结构方式：《死水微澜》处于单线索的缓慢迴环，《暴风雨前》已是双线并进的两重连环，《大波》则如万箭齐发，是多线索、多层次的多重连环。这种环环相扣的放射性展开的结构，"使人感到稳重，无懈可击，完全有一种大陆性的感觉，也使人感到犹如长江一样，不是一种心胸狭窄的，戏剧性的结构"①，因而又给人一种汹涌澎湃的流动感。这种多重整体的放射性结构，不仅仅是"大河三部曲"所反映的波澜壮阔的生活内容本身的需要，而且恰好与中国近代历史的发展特点相吻合，从这里我们看到了李劼人艺术构思的匠心与功力所在。

---

① ［日］海谷宽．关于李劼人的文学．当代文坛，1983（6）．

二、具有多重矛盾性格的人物形象系列

在“大河三部曲”中，李劼人对特定时代环境下人们的社会观、历史观、政治观、道德观和爱情观的变化展开综合而又独立的剖析，塑造了众多五花八门的人物形象：有“游手好闲、掌红吃黑、茶坊出、酒馆进、打条骗人、专检魅头”的流痞和袍哥舵把子，有奉了洋教便立时“横了起来”的教民暴发户，有科举时代提过考篮的八股老酸，有满嘴洋话的留洋学生，有得了便宜“连屁股上都是笑”的市井之徒，有激进的革命党人、保守的立宪党人和骑墙的“冬瓜党”人，有狡黠刁滑的“官油子”，有专靠金钱捐来官衔的显贵，也有专“拿人血来染红自己顶子”的酷吏，还有佃农工匠、洋牧师、少爷小姐、男仆女佣、打手掮客、酒鬼烟鬼、妓女等。“大河三部曲”塑造了数百个人物形象，那个特定历史舞台上该上场的人物都上场了，其中有声有色、个性鲜明的就有上百个之多，足见李劼人在每个人物身上都灌注了相当分量的生活内涵。

“大河三部曲”反映的是一个“新也新不得，旧也旧不得的时代”，作品中的人物都毫无例外地打上了这种历史特点的烙印，半新半旧是这些人物形象的总风貌，多重矛盾是他们性格的总特征。比如，在李劼人笔下，那些知识分子多是“旧也旧不到家，新也新不到家，胆子又小，顾忌又多”的角色。在改朝换代的时代暴风雨面前，他们最容易接受时代的新因素，但也最容易使自己固有的旧因素同时代发生冲突，因而使自身的弱点也暴露得最充分。在革命紧要关头，“平日额头上挂着志士招牌的那些人当然有的请了病假，有的闷声不响，有的甚至逢人就声明：‘本人历来便是两耳不闻窗外事，一心只读圣贤书的好好先生。’”。同样，那些专事革命工作的革命党人、保路同志军和运动的领导者们，也都不是什么高大的英雄。

在“大河三部曲”中，塑造得最为出色的是那些生命力旺盛的人物：他们是特定历史时代和社会环境混合产下的怪胎，他们性格的各个层次都显示出与众不同的怪相，他们命运的每一阶段都包含着比别人更多的矛盾。比较典型的就是《死水微澜》中的罗歪嘴。罗歪嘴15岁就开始“打流跑滩”，并“加入了哥老会”，以他的经历和本领，混到了“纵横八九十里，只要罗五爷一张名片，尽可吃通”的地位，并且能“走官府，进衙门”。这种生活经历使他对生活有自己独特的理解。他三十好几了还是光杆一个，但他觉得：“家有啥子味道？家就是枷！枷一套上颈项，你就休想摆脱。女人本等就是拿来耍的……老是守着一个老婆已经是寡味了，况且讨老婆，总是讨的好人家女儿，无非是作古正经死板的人，那有什么意思？”他正是按照自己的这种理解过着吃喝嫖赌无所不为的放荡生活。同时他对社会也有深刻的认识，他说：“洋教并不凶，就只洋人凶，所以官府害怕他。”“因为他们枪炮厉害，连皇帝老官都害怕他们。”“百姓本不怕洋人的，都是被官府压着，不能不怕”；而官府“自然也和百姓一样，被朝廷压着，不能不怕”。在他的思想里有一种对洋人、朝廷和官府的自发的反叛意识，只是在当时这种自发意识没有也不可能转为自觉的行动，所以这并没有改变罗歪嘴游民无产者的本质属性。

在其小说中，李劼人塑造了许多独具韵味、风姿奇异的女性。由于李劼人本人翻译过相当数量的写妇女生活的法国小说（如福楼拜的《包法利夫人》、莫泊桑的《人心》、龚古尔的《女郎爱里莎》等），所以福楼拜、莫泊桑、左拉等法国作家刻画女性形象的方式给了他很大启发。在“大河三部曲”中，三个女主人公蔡大嫂、伍大嫂和黄太太占据着重要地位，是矛盾冲突的中心，是沟通思路的关键，是把握全局的“英雄”。其中，以《死水微澜》中的蔡大嫂刻画得最为成功。蔡大嫂本是一个纯朴的乡下姑娘，只是父母的钟爱使她自幼任性、好强、心比天高。她宁肯“半夜里痛得不能睡，抱着一双脚，嘟嘟地呻吟着

哭”，也偏要缠好一双像城里太太、小姐们那样的小脚。邻居韩二奶奶向她描述的成都生活，激起了她对生活的无限遐想，成都简直“是她将来最好归宿的地方”。因此当有人到她家来提亲，尽管她偷听得明明白白是要她给城里一个老爷做小老婆，但她还是心急如焚地盼望父母答应。偏偏命运最后使她嫁到天回镇当了兴顺号的掌柜娘子。她不安于这样平平的境遇，更不满于同“道地乡下人，老老实实没有一点毛病，没有一点脾气”的蔡傻子过那种没有爱情的夫妻生活，于是她欣然成为罗歪嘴的姘头。她“受了罗歪嘴的供奉，以及张占魁等一般粗人之慕顺听命，然后才知道自己原本可以高高乎在上，而把一般男子踏到脚底的”。她的虚荣心和好胜心都得到充分的满足。

对蔡大嫂及伍大嫂、黄太太等一批女性独特性格和命运的描写，使我们一方面看到了李劼人“对于社会的愚昧，固袭，诈伪，马虎，用他那犀利的解剖刀，极尽了分析的能事”，另一方面也看到了这“解剖刀的支点是在作者的淑世的热诚。在社会的正义被丑恶的积习所颠倒了的时候，作者的平直的笔往往会流而为愤慨，流而为讥嘲，然而并不便燥性地流而为幻灭”①。也正因为李劼人始终把女性作为社会的一个特殊方面来描写，通过她们写出男人，写出社会与时代，写出历史与现实，所以女性形象在李劼人笔下具有一种特殊的艺术魅力和认识价值。

三、纷繁的民俗风情与个性鲜明的语言

在描写方面，“大河三部曲”亦具有独特的民俗史特色，呈现出一股浓郁的四川风味，补充了茅盾式长篇小说所忽略的民俗视角。在这三部曲中，李劼人描绘了一幅幅四川特有的时代风俗画面：青羊宫盛况空前的花会和劝业会，成都东大街热闹非凡的灯会，南校场上震惊全川的运动会和讲演会；新开张的“卫生理发馆”，号称发明蒸馏水泡茶的第一楼茶馆，以及那些遍布成都的“耗子洞”小茶摊；川江里劈浪行驶的新型大轮船，来回穿梭供人偷吸鸦片烟的小花船，成都大街小巷里跑着的各色各样的轿子以及川西平原上“咿咿呀呀”的叽咕车；成都皇城坝里数不清的各种担子、摊子、篮子和躲在各个角落装水烟的简州娃，像少城公园里特有的那些“满吧儿”……这一幅幅别有风味的画面生动展现了特定历史条件下四川社会的政治、经济、文化生活的各个侧面，使我们既体察到时代演进的整体性，又体察到历史流动的细微之处。

作为一个极富地方特色的作家，李劼人在运用方言方面也取得了独特的成就。方言与人物个性的完美结合，产生了特殊的艺术效果，使李劼人的语言艺术明显不同于现代文学史上其他作家。在三部曲中，同是达官显贵，郝达三满口之乎者也，表明旧学根底之深、生活之封闭；葛寰中则张嘴天南海北，横贯中西，显示着阅历之广、脑筋之活。同是留洋学生，苏兴煌总是慷慨激昂，新名词不断；尤铁民则议论必谈革命，谈革命必论英雄，论英雄必谈美女，相同的经历体现了内心世界的极大差别。曾师母每句话必定伴随着那不容置疑的反问“是不是呢?”，显示出她仰仗洋人势力的狂妄和自负；罗歪嘴等一干粗人，“分明是一句好话，而必用骂的声口凶喊出来”。同是骂人，蔡大嫂骂得伶牙俐齿，伍大嫂骂得粗声野气，黄太太骂得温文尔雅而又暗含杀机。这三位同具四川辣味的女人，辣的滋味就很不相同：蔡大嫂的辣味里含有一种纯朴清香和诱人迷醉的甘美；伍大嫂的辣味中则有一股直率坦荡的野性、沉沦与自强相交织的苦涩；黄太太的辣味过后却又给人留下一种矜持孤傲带来的酸味……可以说，李劼人语言艺术的独特魅力是其作品魅力不衰、活力长存的一个重要原因。

---

① 郭沫若．中国左拉之待望//李劼人选集（一）．成都：四川人民出版社，1980：5.

李劼人的创作当然不只是“大河三部曲”，但能代表李劼人创作总体风格的却只有这三部曲。只有在这三部曲里，我们才能全面感受到这样一种特有的风格：宏壮、缜密、老辣、遒劲、机智。这种独创的风格不但使“大河三部曲”具有特殊的艺术价值，而且奠定了李劼人在现代文学史上不可动摇的地位。

思考题

1.《子夜》主人公吴荪甫形象的典型意义体现在哪些方面？

2. 在小说《家》中，作为叛逆者形象的觉慧具有怎样的典型意义？

3. 老舍的小说创作体现了什么样的艺术风格？

4. 沈从文的小说创作体现出哪些独特的审美追求？

5. 李劼人的“大河小说”具有哪些艺术特点？

延展阅读

1. 茅盾的《子夜》是现代小说中描写都市商业题材的开创性作品，后续作品比较有名的还有周而复的《上海的早晨》。

2. 巴金的小说《寒夜》具有强烈的人道主义色彩，对主人公灵魂的拷问和开掘以及表现的技巧和作风，是比较接近俄国作家陀思妥耶夫斯基的。阅读陀思妥耶夫斯基的代表作《被欺凌的与被侮辱的》和《罪与罚》，加以比较。

3. 如前所述，老舍是一位以北京白话进行创作的小说家，以北京白话进行创作的著名的作家作品，老舍之前有曹雪芹的《红楼梦》，老舍之后有邓友梅的《那五》。

第九章　现代话剧地位的确立与发展

话剧作为一种外来移植的艺术表现形式，虽然在“五四”时期就与新文学的其他样式同步发展，甚至起步更早，而且通过胡适、曹禺、夏衍、田汉、洪深、欧阳予倩、丁西林等人从理论到实践的积极努力，已初具形态，但是中国现代话剧真正走向成熟，严格地讲，是从曹禺剧作问世后才开始的。曹禺名闻中外的话剧创作，真正奠定了中国现代话剧发展的基础，使话剧这一新的文学样式在中国的土地上扎了根。本章着重介绍曹禺的文学创作道路及其话剧创作的基本情况，曹禺剧作的思想内涵、艺术特色及其在中国现代文学史上的地位和影响，特别是《雷雨》《日出》的思想蕴涵、艺术风格、人物形象的塑造等。本章还将讲述这一时期另外几位重要的戏剧大家夏衍、田汉、郭沫若等剧作的思想内容和艺术风格。

第一节　曹禺的戏剧成就

〇幽深沉郁的主题意蕴　〇精巧神奇的戏剧冲突　〇现实与诗意融合的艺术境界　〇曹禺剧作的历史地位和价值

作家小传

曹禺：“对宇宙间神秘事物不可言喻的憧憬”

曹　禺

曹禺（1910—1996），原名万家宝，祖籍湖北潜江，生于天津。旧式官僚的家庭，使他亲眼看到许多“乱七八糟的人和事”，也由于家庭的关系，他自幼深受古今中外戏曲的影响，这些都对曹禺日后的话剧创作产生了深远的影响。1922年秋，曹禺考进了受“五四”思潮影响较大的新式学校南开中学。作为“南开新剧社”的成员，以及《南开双周刊》的戏剧编辑，他先后参加过易卜生的《国民公敌》《娜拉》和莫里哀的《悭吝人》等剧的演出，这使他在童年时代培养起来的对文学和戏剧的兴趣得到了一个较好的发展机会。1928年，曹禺考入南开大学政治系，1930年转入清华大学，专攻西洋文学。此间，除了广泛涉猎中国唐宋传奇、元明清戏剧以及“五四”以来的新文学作品以外，他还大量接触了希腊三大悲剧家和莎士比亚、莫里哀、易卜生、奥尼尔、契诃夫、霍夫曼、高尔基等人的剧作。这种系统的学习使曹禺的戏剧理论有了明显的提升。

1933年，在清华大学念书时，曹禺完成了处女作——话剧《雷雨》，1934年7月经巴金推荐，在《文学季刊》第1卷第3期发表。1935年4月，中国留日学生组织的“中华话剧同好会”首次在东京公演《雷雨》，受到观众的热烈欢迎；同年8月，天津市立师范学校孤松剧团在该校大礼堂公演《雷雨》，轰动一时。不久，上海、南京等地相继上演《雷雨》，历久不衰。1936年，曹禺又创作了以20世纪30年代初期半封建半殖民地的大都市生活为背景的话剧《日出》，它与《雷雨》前后辉映于剧坛，标志着中国话剧创作的成熟，奠定了中国现代话剧进一步发展的基础，同时也奠定了曹禺本人在中国现代话剧史上的地位。1937年，曹禺创作了唯一一部以农村生活为题材的话剧《原野》，显示了他在话剧艺术上的新的探索。1940年，曹禺创作了他的第四部话剧杰作《北京人》，1942年又把巴金的著名小说《家》改编为话剧。1946年，曹禺曾赴美国讲学。新中国成立后，曹禺历任北京人民艺术剧院院长、中国作家协会书记处书记、中央戏剧学院名誉院长、中国戏剧家协会主席等，还陆续完成了《明朗的天》《王昭君》《胆剑篇》等话剧作品。

一、对命运之谜的叩问：曹禺剧作的根本追求

曹禺的主要代表作是被称为“四大名剧”的《雷雨》《日出》《原野》《北京人》，以及根据巴金同名小说改编的剧本《家》，表现抗战题材的剧本《黑字二十八》《蜕变》，还有1949年以后创作的《明朗的天》《胆剑篇》《王昭君》等，曹禺的这些剧作在中国乃至世界戏剧史上都产生了广泛而深远的影响。其剧作幽深沉郁的主题意蕴，紧凑精巧的戏剧冲突，现实与诗意的融合等，给人们留下了许多“说不尽”的话题。曹禺善于把握人物命运中的戏剧性变化，在戏剧冲突中体现对人生的终极关怀。曹禺戏剧创作的成功并非偶然，有着多方面的因素：首先是他自幼即受到戏剧艺术的熏染，对中国传统戏曲谙熟于心，并且他的家庭生活为他提供了话剧创作的基本素材。其次是学生时代他曾集编、导、演于一身，积累了丰富的戏剧舞台实践经验。最后是研究生期间曹禺专攻西洋戏剧理论，特别对悲剧理论有着深刻的领悟。这些都对他日后的创作产生了不可低估的作用。

四幕剧《雷雨》是曹禺的处女作，也是其一鸣惊人的成名作。作者时年23岁，显示了非凡出众的艺术才华。但实际上，曹禺从高中毕业起即开始构思《雷雨》，前后经过了五年的反复酝酿与修改，终于在1933年大学毕业前夕完稿，向世人发出了那惊心动魄的“第一声呻吟，或许是一声呼喊”。剧本深深打动了它的第一个读者巴金，令他“感动地一口气读完它，而且为它掉了泪”。于是经巴金推荐，《雷雨》在1934年的《文学季刊》第1卷第3期全文刊载。1936年《雷雨》由上海文化生活出版社正式出版单行本。

从《雷雨》的取材来看，它确乎受到一些西方戏剧传统特别是美国作家尤金·奥尼尔的影响，主要描写了上层社会大家庭的乱伦关系以及由此而引发的一系列的人生悲剧。但作者在思想内涵的发掘和艺术表现的追求上，都远远超越了这个题材本身的范围。剧作不仅在特定的家庭关系中写出了人物各自的社会因素，进而很自然地由暴露大家庭的罪恶引出社会的罪恶，由大家庭的毁灭揭示出社会制度的不合理及其必然崩溃的趋向。更为重要的是，剧本在展示家庭悲剧和社会悲剧的同时，还写出了一种更为复杂、更为深刻的命运的悲剧，即人对命运的抗争与命运对人的主宰这一对难以调和的巨大矛盾。用曹禺自己在《雷雨·序》中的话说，就是始终怀有一种“对宇宙间许多神秘事物的不可言喻的憧憬”。

周朴园是整个剧作的中心人物，若从其性格表现的类型特征来看，他身上集中突出了这样两点：其一，具体地说他是《雷雨》悲剧的总根源；其二，扩大地说他是一个封建色

彩浓厚的资本家典型，是封建专制独裁的象征。但这个人物的魅力和内涵更在于其性格和命运充满了深刻的矛盾。周朴园早年留学德国，一定程度上接触到了资产阶级自由民主的社会思潮，正是在这种追求自由、个性和真诚爱情的思想影响下，他与家中年轻的女仆侍萍相爱了。但他终于又在封建传统意识和封建家庭观念的压力下屈服了，抛弃了侍萍和她生下的刚满三天的儿子，转而与富家名门的小姐成婚。在这里，周朴园所抛弃的不仅仅是侍萍母子，而且也是他自己早先曾追求过的那点自由思想与真诚情感，是他做人的良心。不过，他的这种选择也带有某些身不由己的因素，以放弃人格、出卖灵魂为代价，屈从于传统旧意识和封建家庭的并不只是周朴园一人。从最初的那场悲剧开始，周朴园就处于一种矛盾痛苦境地：他无情地毁灭了侍萍，制造出人间惨痛的悲剧，但他自己也是这场悲剧的承受者，出卖灵魂对其本人也一直是一种难以诉说的精神折磨。这种矛盾和痛苦对周朴园之后的人生都产生了无法消除的重要影响。周朴园自此也成为一个极其自私、冷酷和虚伪的人。无论在家庭中还是在社会上，一切都要以他的意志为意志，妻子、孩子或是工人都要绝对服从他的权威。虚伪的慈善家的面貌、冷酷的封建家长的威严、自私阴暗的内心世界，使周朴园性格异常矛盾复杂。尤其是在对待侍萍的态度上充分显露了他人性深处的矛盾情态：对于侍萍当年被迫而“死”，周朴园是深深负疚的；多少年来他一直记着侍萍的生日，按照侍萍“生前”喜欢的方式布置房子，这种甚至带有某种忏悔意味的情感并不是虚伪的。但这种真实的情感是以侍萍的“死”为前提的，因此当多年后侍萍竟又活着出现在他面前时，他那些自私、冷酷、虚伪的本性又都浮现出来，他怒斥侍萍的到来，试图用金钱来洗刷自己的罪恶，再次无情地撵走侍萍。应该看到，周朴园面对侍萍的出现，不仅直接感到一种对自己地位、名誉和利益的现实威胁，还潜在地感到一种冥冥之中的命运的打击！这是更令他恐惧的。实际上，周朴园在毁灭整个家庭的过程中也毁灭了自己，在制造他人悲剧的同时也受到了命运的无情惩罚。周朴园也是这场命运悲剧的承担者与受害者，这是《雷雨》更深刻的地方。因此，作家特意在剧本的“序幕”和“尾声”中强调了周朴园的忏悔，并以此升华了剧作的主题：善人的悲剧值得同情，恶人的忏悔或许更值得深思。曹禺在《雷雨·序》中曾写道：“我念起人类是怎样可怜的动物，带着踌躇满志的心情仿佛是自己来主宰自己的命运，而时常不是自己来主宰着。受着自己——情感的或理解的——的捉弄，一种不可知的力量——机遇的或环境的——的捉弄；生活在狭的笼里而洋洋地骄傲着，以为是徜徉在自由的天地里，称为万物之灵的人物不是做着最愚蠢的事么?”[①] 这段话是对周朴园，也是对整个人类人性悲剧的深刻概括。

如果说周朴园是《雷雨》命运悲剧的核心人物，那么蘩漪则是其精神悲剧的核心人物。从其命运看，她首先是个受害者。她曾经受到过新思想的影响，追求过独立的个性，渴望过美好的人生，充满了生命的热情，但命运却把她抛到了周家这口“残酷的井里”，她渐渐被折磨成一个“石头样的人”。她不仅没有得到爱情，而且也从未得到过起码的人的自由和尊严。曹禺对她充满了理解和同情，赋予她“最雷雨”式的反抗性格。她恨周朴园的无情，恨命运的不公，她在周公馆孤立无援地抗争着，痛苦地燃烧着自己生命的火焰。她对周朴园封建专断压制人性的反抗，具有典型的时代意义。但她的性格和反抗也充满了矛盾和困惑。作为一只“困兽”，“她敢冲破一切的桎梏”[②]，她不顾人伦地爱上了周萍，这“爱”是那样地畸形变态，但蘩漪却死死抓住它。她看不起周萍的自私、虚伪和怯懦，但这段“爱”已成为她生命中最有意义的事：这既是她自身存在价值的体现，是对周朴园的疯狂报复，

① 曹禺．雷雨：序．上海：文化生活出版社，1936.

② 同①.

也是对命运唯一有效的抗争。这种掺杂着极端个人主义和时代社会意义的反抗，使蘩漪的性格和命运显示出一种双重的精神悲剧，她的“爱”和恨把个人与社会、自尊与道德、自我与他人、内心与外界等诸多不同层次的矛盾交织在一起。她的孤寂和痛苦是周家潜在的炸药，她的存在使包括周朴园在内的、与周家相关的每一个人感到压抑和惊恐，她终于成为点燃周家各条悲剧线索的“引爆人”。周朴园是毁灭了别人也埋葬了自己，蘩漪是燃烧了自己也毁灭了别人，所不同的是蘩漪的自我燃烧深含着令人同情的因素，而她的毁灭别人也更具有惊世骇俗的精神震撼力。

《雷雨》中的其他人物形象也都以各自鲜明独特的性格从不同的角度展示着这场命运悲剧的深刻与复杂。周萍是又一个畸形的人，作为一个封建色彩浓厚的资产阶级家庭的长子，他既有自私软弱的一面，又有痛恨父亲的冷酷、追求自由与真爱的一面。但这个畸形的、罪恶的家庭决定了他在本质上是怯懦的、颓废的和自私的。他既没有父亲的威严狡诈，也没有弟弟的天真幼稚；既没有蘩漪的疯狂大胆，也没有四凤的清纯真诚。他想抗争命运，却没有真正的勇气和责任感，最终只能在自我内心巨大的精神压力下被毁灭。作者塑造这个形象，除了对其悲剧命运予以一定的同情之外，更大程度上让人看到这是一个太没出息、可怜可悲而又可鄙的大家庭的“继承人”，而这本身也强烈地暗示着周家崩溃的必然性。

鲁大海这个周家“外部”的煤矿工人的代表，既是周朴园的个人罪孽的一个活证据，也是现实社会中工人阶级与周朴园代表的封建资产阶级根本冲突的象征。因此，鲁大海的命运同样揭示了由周朴园亲手制造的《雷雨》整个悲剧的必然性，只是它更突出了这场悲剧的社会因素。

侍萍与四凤母女俩的性格和命运相似得简直如出一辙，然而正是作者设置的这种惊人的巧合，才使人能够充分领悟《雷雨》悲剧在人伦道德、阶级差异、人性善恶等诸多方面所显示出的深刻性。

鲁贵在剧中似乎只是一个不起什么大作用的奴才，但他唯利是图、见利忘义的本性甚至达到了完全不顾亲情的地步，这使他在某种意义上与周朴园有着本质的相通，而不仅仅是个陪衬，这是剧本的又一笔深刻之处。

四幕剧《日出》是曹禺的第二部重要剧作，最初发表在1936年《文季月刊》第1至第4期，同年11月由上海文化生活出版社出版单行本。《日出·题记》引用了一段老子《道德经》中的话：“天之道损有余而补不足；人之道则不然，损不足以奉有余。”这正是曹禺在《日出》中调动一切因素所要证明的根本观念：在金钱欲望无孔不入的腐蚀之下，社会及人的精神本质都产生了极大的变异，任何人的命运乃至整个社会的命运都被金钱疯狂地操纵着，“人道”与“天道”完全背离。为此，曹禺在《日出》中精心设置了一个始终没有登台却谁都知晓、都惧怕的人物“金八”。“金八”使舞台上的每一个人都疯狂追逐，痛苦挣扎，“金八”毁灭了正常的人性，毁灭了整个世界。虽说这样的主题在当时并不陌生，但《日出》中各色人物的命运遭遇将之演绎得淋漓尽致，惊心动魄。

从《雷雨》到《日出》，虽然相隔的时间不长，但曹禺迈出了较大的探索和求新的步伐。

首先，曹禺对《雷雨》的戏剧结构有所“厌倦”，认为《雷雨》“太像戏”了，在技巧上“用的过分”。因此，他“决心舍弃《雷雨》中所用的结构”，“试探一次新路”①。《日出》从《雷雨》的家庭生活的场景中跳出来，展现了较为宽阔的生活画面，截取了包括上流社会和底层社会各个不同的片段，“用多少人生的零碎来阐明一个观念”，并且使戏剧冲突尽

① 曹禺．雷雨：序．上海：文化生活出版社，1936.

可能地趋于自然，贴近生活本身，避免《雷雨》在情节上的“巧合”。

其次，在思想主题方面，《日出》力求克服《雷雨》中存在的某些因果报应、神秘色彩和悲观茫然情绪，更多地揭露了实际操纵社会生活的黑暗势力，暴露了整个社会制度的罪恶，并表现出对光明未来的某种理解和向往。曹禺明确地表示过《日出》的创作“求的是一点希望，一线光明。人毕竟是要活着的，而且应该幸福地活着。腐肉挖去，新的细胞会生起来。我们要有新的血，新的生命。……我们要的是太阳，是春日，是充满了欢笑的好生活，虽然目前是一片混乱”。整个黑暗世界的毁灭包括陈白露的死，都预示着作家对“日出”的渴求，这使《日出》的主题更加厚重。

最后，在人物形象塑造上，《日出》不仅比《雷雨》的人物数量多、人生经历复杂，而且无论是人物的群体性格特征还是个性特征，都更加鲜明突出，人物的悲剧命运也更具社会批判力。《日出》中的各色人等，上至潘经理、顾八奶奶，下至黄省三、翠喜、小东西，以及李石清、胡四、陈白露，都被金钱利欲这架大机器推上人生之途，但每人所品尝的个中滋味是各不相同的。每个人都有自己的悲剧，但悲剧的内蕴总是千差万别的。而且，《日出》中的人物命运还蕴含着一种更为深刻的对应、比照关系，如潘月亭与李石清、陈白露与翠喜、顾八奶奶与胡四等，这些人物除了各自命运的独特意义之外，在他们的命运之间，还有一种内在的关联，有的甚至是一种必然的发展趋势，这就使人物个体的命运相互构织成社会命运的网，把个人悲剧与社会悲剧更紧密地融为一体。无论从整个《日出》的戏剧结构还是人物关系上看，陈白露的悲剧性格和悲剧命运都是全剧的核心所在。至于那位一再表示要感化和拯救陈白露的方达生，其实是剧本中最看不清楚也最不理解陈白露的人，虽然他企图唤醒陈白露觉悟的本意是善良真诚的，但他却不懂得，对于陈白露来说，醒悟得越早、越透彻，就越会加剧悲剧的分量和加快悲剧的到来。曹禺曾说：《日出》里没有绝对的主要动作，也没有绝对的主要的人物。顾八奶奶、胡四与张乔治之流是陪衬，陈白露与潘月亭又何尝不是陪衬呢？这些人物没有什么宾主的关系，只是萍水相逢，凑在一处。他们互为宾主，交相陪衬，而共同烘托出一个重要的角色，就是这“损不足以奉有余”的社会。

1936 年开始创作、1937 年 8 月由上海文化生活出版社出版的三幕剧《原野》，是曹禺悲剧创作的又一新尝试。从曹禺整个戏剧创作的题材来看，《原野》的确是一片新天地，是曹禺第一次也是唯一一次描写农村题材。应该看到，《原野》的创作确与当时的社会现实，特别是 20 世纪 30 年代涌现的农村题材创作浪潮的影响有关，曹禺本人当时的主观意向也的确是更贴近社会现实生活、跟随时代主潮。但事实上，《原野》不仅仅写了一个农民的复仇故事，它还写出了故事背后更为深刻的人性的矛盾冲突和心灵的震颤，写出了封建家庭、封建统治者强权统治对人性的巨大扭曲和摧残。从这个意义上讲，《原野》对曹禺而言又不是陌生的题材，而是体现着其剧作独特的一以贯之的追求。

《原野》对人物形象的塑造明显增强了性格的奇异色彩和心理矛盾冲突的剧烈程度，特别是对仇虎、花金子、焦母这三个形象从外在到内心的个性化和复杂化的表现，都在曹禺剧作中达到了极高的艺术水准。在剧本最后一幕中，仇虎偕花金子逃入一片漆黑的大森林时，他的精神压力和痛苦达到了顶点。他一边不停地奔跑，心里相当空虚，深怀着沉重的负罪感；一边又拼命地为自己解脱，在黑林子里他对仿佛一直跟着自己的焦大星的冤魂，急切甚至可怜地哀诉：“啊，大星，我没有害死他，小黑子不是我弄死的。大星，你不该跟着我。大星！我现在害了你，不是我心黑，是你爹爹，你那阎王爹爹造下的孽！小黑子死得惨，是你妈动的手！我仇虎对得起你，你不能跟着我！”曹禺通过仇虎复仇之后的惊恐、矛盾和忏悔，在更深的层次上揭示出这样的问题：仇恨不能仅仅靠仇恨来消除，被损害者报了仇雪了恨，却又产生新的惶惑不安，这种纯粹的复仇本身不也似乎在作孽吗？倒是花金子从旁不断地安慰仇虎："虎子，我们不该死，我们并不是坏人。虎子，你走这条路不是人逼的么？我从前没有想嫁焦家，我们是一对可怜虫，谁也不能做自己的主……"曹禺通过花金子的口来申明仇虎复仇的意义，表达了对仇虎命运的深切理解和同情。

此外，《原野》在艺术手法上最显著的特征是它的象征主义、表现主义色彩。剧中仇虎"丑陋"的躯体，焦母"失去眸子"的眼睛，挂在墙上的焦阎王鬼魂般的画像，窜来窜去的白傻子，还有那阴森迷乱的黑林子，这些从舞台氛围到人物心理都更凸显了一种抽象的意味，既有特定的戏剧效果，又有对现实生活的感悟力。人们普遍注意到曹禺剧作受到美国剧作家尤金·奥尼尔的影响，尤其是《原野》与奥尼尔的《琼斯皇》在象征主义和表现主义的手法使用上有许多相通之处。但除了艺术手法互通之外，两位作家对人类命运之谜共同的执着探求，则是更为内在的心灵感应。有人认为，《原野》超越写实的表现主义手法一定程度上削弱了作品的现实主义力度，其实，现实主义本身就是需要多种手法来"表现"的。《原野》正是在这一方面显示了难能可贵的探索精神。

知识链接

曹禺剧作与奥尼尔的影响

尤金·奥尼尔（1888—1953），美国现代戏剧的最重要代表，被认为是美国戏剧的奠基人。奥尼尔出生于纽约一个以演出情节剧而出名的家庭，幼年即随其父的剧团奔走于美国各地。他一生经历坎坷，淘过金，流过浪，行过乞，后又在哈佛大学编剧训练班接受过系统的学习。20世纪20年代以后，奥尼尔的剧作由成熟逐步走向辉煌，主要有《安娜·克里斯蒂》《琼斯皇》《毛猿》《上帝的儿女都有翅膀》《大神布朗》《长昼入夜行》等。奥尼尔剧作动人心魄的力量在于，他表现了人失去归属性、无法左右自己的命运以及对物质财富的追求所造成的沉沦。他通过表现人生的悲剧性、美的精神价值的破坏、完美人性的发展受到阻碍等来揭示美国的现代悲剧。作为一个具有忧郁的诗人气质及骄傲粗犷的独立性格的剧作家，奥尼尔对悲剧有着自己独到的理解。他曾说："只有悲剧才包含具有真理价值的美，这才是生活的意义，也是唯一的希望。崇高的东西永远是最具有悲剧性的。"

人们普遍注意到曹禺剧作受到了美国剧作家尤金·奥尼尔的影响，尤其是曹禺的《原野》与奥尼尔的《琼斯皇》在象征主义和表现主义手法的运用上，有许多明显的相通之处。但应注意的是，奥尼尔剧作的象征色彩、神秘气氛是出自作家某种蕴藏很深的宗教文化情结，人对把握命运的渴求以及它往往在超自然、神秘力量面前的惨败，这既是奥尼尔生命体验的某些深刻之处，又是其剧作的一个普遍的中心主题。由此可见，奥尼尔及其剧作对曹禺剧作在象征、表现等手法以及取材等方面的影响是表层的，而深层的影响则来自一种心灵互动的文化情结，一种共同的对命运之谜的执着探求。这一特质经常给他们的剧作带来一些越出剧情之外的东西，引发读者更多的联想和想象。因此，曹禺和奥尼尔的剧作首先是给读者读的，其次才是给观众看的。尽管它们在舞台上都有着经久不衰的魅力，但作家却总是对各自剧作的上演深怀这样那样的不满和遗憾。

二、曹禺剧作的艺术风格

曹禺剧作显示了自身独特的价值，他对话剧艺术不断探索求新的精神也成为现代话剧进程中最宝贵的收获。曹禺既是现代话剧真正意义上的奠基人，又是现代话剧艺术的一座高峰。曹禺剧作的艺术风格主要表现在以下几个方面：

首先，对命运之谜的憧憬与探寻。曹禺的戏剧善于表现人对命运的抗争与命运对人的主宰这一对难以调和的巨大矛盾。比如《雷雨》中周朴园的命运悲剧，蘩漪的命运悲剧，尤其值得注意的是周冲的命运悲剧。周冲是一个完全生活在“最超脱的梦”中的人，然而对自己的爱情以及整个家庭的期望都一个接一个地破灭了，“每次的失望都是一只尖利的锥，那是他应受的刑罚。他痛苦地感到现实的丑恶，一种幻灭的悲哀袭击他的心。这样的人即使不为‘残忍’的天所毁灭，他早晚会被那绵绵不尽的渺茫的梦掩埋”，“以后那偶然的或者残酷的肉体的死亡对他算不得痛苦，也许反是最适当的了结”[①]。与剧中其他人物的命运不同，周冲的悲剧并不是某一个具体的社会问题造成的，而是带有很大偶然性的“巧合”，但恰恰是这种“巧合”所蕴含的必然因素最充分。与其说他是被社会毁灭的，不如说他首先是被自己的理想毁灭的，这样的悲剧命运的确是太残忍了。对曹禺来说，《雷雨》是一个重要的开端，从此，对人类根本命运的探究，一直在较深的层次上吸引着他的思考和创作，诚如他自己所说：“《雷雨》对我是个诱惑”，“是一种神秘的吸引，一种抓牢我心灵的魔：《雷雨》所显示的，并不是因果，并不是报应，而是我所觉得的天地间的‘残忍’”[②]。再如《日出》中陈白露的命运悲剧。陈白露本是个书香门第的小姐，漂亮、聪慧、任性，因家道中落而独闯社会，追求个性解放，几经挫折后终于堕落在人间最丑恶的生活圈子里，成为金钱的奴隶，过着“舞女不是舞女，娼妓不是娼妓，姨太太不是姨太太”的寄生生活。然而她又终于厌倦了这样的生活，面对灯红酒绿、打情骂俏的现实社会，她的内心充满了矛盾和痛苦。而方达生的到来更加剧了她的苦恼：包括方达生在内，这个世界上所有的人都不理解她，更谈不上爱她。在醒悟而又无路可走之际，陈白露清醒地选择自杀来结束自己的生命，更确切地说是解脱自己的痛苦：“太阳升起来了，黑暗留在后面。但是太阳不是我们的，我们要睡了。”陈白露自杀前的这段自白凄苦而坦然地表明，她是要把自己连同自己的一切悲哀统统随着黑暗留在后面，而自己的灵魂则随太阳的升起去寻求一种真正的宁静与安逸了。陈白露的悲剧显示出的社会批判性虽然很强，但它也同样体现了曹禺许多剧作中再三强调的命运对人的主宰和人对命运的抗争这一巨大深刻的矛盾。这也正是《日出》虽具有鲜明的社会批判锋芒而又不显单薄，且意蕴丰厚的重要原因。

其次，曹禺剧作结构严谨，戏剧冲突尖锐激烈，环环相扣，尤其擅长以艺术上的偶然性写出生活上的必然性，是偶然中蕴含着必然。如《雷雨》的情节安排紧凑，高潮迭起。在《雷雨》这出戏中，时间跨度长达 30 年，但剧情却浓缩在不到 24 小时内，周鲁两家复杂的血缘亲子关系和矛盾，作者用几条线索把它们串联起来，周公馆近年发生的事情一开始便在鲁贵和四凤的谈话中展开，差不多所有的人物都在第一幕里露了面。接着，周萍准备出走，侍萍到来，矛盾不断激化，波澜起伏，扣人心弦。当蘩漪把周朴园与侍萍的“隐私”、蘩漪与周萍的暧昧关系、四凤与周萍的爱情纠葛全都暴露出来，周朴园自诩为“最圆满最有秩序”的家庭的种种矛盾汇聚在这一瞬间，剧情也就被推上了高潮。再如剧本《原野》中激烈的戏剧冲突。农民仇虎向地主焦阎王及其一家的复仇，是《原野》的基本情节。仇虎被焦阎王迫害得家破人亡，自己也被投入大牢；后来他从牢狱中逃出，寻找焦阎王复仇。但罪魁祸首焦阎王已经死去，仇虎往日的恋人花金子也被迫嫁给了焦阎王的儿子焦大星。虽然冤主已死，但仇虎并没有消除复仇的决心：焦阎王的妻子还在，这个瞎老婆子是

---

① 曹禺．雷雨：序．上海：文化生活出版社，1936.

② 同①.

当年焦阎王残害仇虎一家的知情人。焦阎王的儿子、孙子还在，尽管他们对仇虎一家的遭遇并不知情，仇虎要杀掉焦家的后代，让焦母活受煎熬，让焦阎王死了也不能安宁。仇虎终于如愿报了家仇，但剧中更为核心的情节则是仇虎复仇之后内心巨大的恐惧和不安。曹禺在结构安排上精心表现出强烈的冲突，把剧作由一个高潮推向下一个高潮，以艺术上的偶然性写出生活的必然性，虽然紧凑、精巧，但内容十分丰富，具有深刻的概括力和表现力。

再次，曹禺剧作的语言和人物形象是独具个性的。曹禺剧作的语言浓烈、明丽、精确。剧中人物的语言有着强烈的个性化特征，不仅符合人物特定的身份地位，而且最大限度地体现出人物的心理和情感特征。《雷雨》人物语言的个性化不仅符合人物特定的身份地位，而且能最大限度地体现出人物的心理和情感特征，剧本还常常通过充满暗示性的潜台词来渲染奇特的舞台气氛，达到一种出其不意的戏剧效果。《雷雨》中的人物形象，无论主次，都具有充满矛盾的性格和错综复杂的情感，人物性格既鲜明而又不是单一固定的，而是在发展流变中不断得到加强和突出的，而且人物命运充实生动，底蕴深厚，毫不夸张地说，《雷雨》中的八个人物，每个人都可独自成戏。

最后，戏剧理论与舞台实践的融会贯通。曹禺剧作没有把人的命运抽象化、理念化，没有把人的命运与人的社会存在割裂开来，相反，曹禺剧作中人的命运始终没有脱离中国时代社会的具体环境，即使那些深受外国戏剧艺术手法影响，极富表现主义和象征主义色彩的剧作也是如此。过于注重对人生现实问题的描写，会使剧作缺乏深度和哲思；而过于偏向对人生命运的表现，又会陷入空泛和神秘。曹禺剧作的成功正在于它准确把握了戏剧理论与舞台实践两者的适度结合，体现了戏剧理论与舞台实践的融会贯通。

总之，曹禺的出现使中国人真正认识到话剧这种外来剧种的独特魅力。曹禺剧作是最具有中国民族特色的，它用外来的艺术形式成功地表现中国的社会生活、中国的人物命运，并巧妙地糅进了本民族的艺术表现方式；曹禺剧作又是最善于吸取外国艺术营养的，他娴熟地运用了外国的戏剧理论和戏剧舞台的表演技巧，让中国的读者和观众对话剧的艺术形式耳目一新。曹禺在这两个方面的积极探索，真正奠定了中国现代话剧走向成熟的基础。

第二节　夏衍、田汉剧作的艺术风格

◯《上海屋檐下》——夏衍的戏剧代表作　◯田汉剧作的抒情特色

一、《上海屋檐下》及夏衍剧作的风格特色

◆作家小传

夏衍：把艺术还原给生活

夏衍（1900—1995），原名沈端先，生于浙江杭州一个没落的小地主家庭。1920 年抱着“工业救国”的志愿考取日本明治专门学校，学习机电工程，不久转而热心研读哲学与文学书籍。1927 年因参与日本进步文艺运动被驱逐回国。1929 年与郑伯奇等组织“艺术剧社”，开始戏剧生涯，1937 年 4 月，他完成了话剧代表作《上海屋檐下》。抗战爆发以后，夏衍积极投身抗日救亡工作，先后在上海、广州、桂林等地主持《救亡抗日》编辑工作，同时也创作了一批以抗战为背景的剧本。此外，夏衍在小说、散文、报告文学等多种文体的创作

上也取得了相当的成绩。从1934年完成第一个独幕话剧《都会的一角》起，夏衍先后完成了《赛金花》《秋瑾传》《上海屋檐下》《心防》《愁城记》《水乡吟》《法西斯细菌》《离离草》《芳草天涯》等多部剧作，在各个历史阶段都产生了较大影响，促进了中国现代话剧艺术的成熟。

《上海屋檐下》是夏衍杰出的现实主义力作，也是他自觉实践现实主义手法取得的重要收获。该作发表于1937年，标志着作者的剧作题材已从历史转向现实，并自觉地运用严谨的现实主义创作方法进行创作。作品描写的是一群小市民和穷苦知识分子的生活，通过对这些人物不幸命运的描写，对黑暗势力和国民党反动统治发出了强烈的控诉，具有深刻的社会意义和鲜明的政治内容。在此之前夏衍已写过三个剧本，但他仍称《上海屋檐下》是他的"第一个剧本"，对此，夏衍解释说："因为，在这个剧本中，我开始了现实主义创作方法的摸索。"① 剧本描写五个家庭的不同遭遇以及相同的不幸命运，揭示社会内在的矛盾，渲染了一种郁闷的时代气氛。生活在社会底层的每个家庭都是不幸的，他们在地狱般的社会中挣扎着，煎熬着。他们本身的弱点又决定了他们无力回天，只能在阴暗的日子里默默地度日，但他们在内心深处却从未失去对光明的向往，他们企盼天明，企盼着"总有一天会晴的"！正如李健吾所分析的那样："他们属于一群弱者。施小宝是一个沦落天涯的弃妇，四顾无依，在狂风暴雨之中憔悴；赵妻无时不在絮叨，接受贫苦，却又永远抱怨；李陵碑失去了人生实感，活在错觉的酩酊之中；黄家楣夫妇是失业型知识分子，不曾养成意志，却养成了肺病；赵先生似乎达观了，不幸属于一种随遇而安的乐天主义，或者马虎主义。有谁不是弱者呢？然而真正可爱的却是未来，给我们带来希望。"② 作品写的是日常生活，表现的却是人物的命运和心灵的颤动，而作者写这部戏，也是要借"上海这个畸形社会中的一群小人物"，"反映出一个即将来临的伟大的时代，让当时的观众听到些将要到来的时代的脚步声音"③。

《上海屋檐下》显示了夏衍艺术上的成熟。作者通过严密的布局，巧妙地将人物组织在一起，使多条线索共同发展。故事来自生活，具有浓郁的生活气息，恬淡自然，但又使人感到洗练、隽永，形成了鲜明的艺术特色。

第一，夏衍善于表现普通人的命运，他总是选取与现实斗争密切相关的题材，且多数剧本以平凡的生活琐事为题材，展示形形色色的社会世相，反映一个革命者对国家和民族命运的关注，对社会、对生活的思考。

第二，夏衍善于组织简约严谨的戏剧结构，把戏剧冲突生活化。如《上海屋檐下》中作者利用上海弄堂屋子的特殊结构，将五户人家用一个场景画面，在同一舞台空间同时展开。这一独特的设计，不仅丰富了剧作的情节，扩大了反映生活的视角，减少了场次，突出了主题，而且大大加强了舞台的生活实感。

第三，夏衍善于把自然环境与社会环境结合在一起。作者把剧情发生的时间精心安排在一个郁闷得使人透不过气来的黄梅时节，象征着抗战前夕如黄梅天一样晴雨不定、阴晦异常的政治气候，反映出小人物的苦闷、悲哀和失望，更显示了革命风暴即将到来。这种高超的艺术构思，收到了极其强烈的戏剧效果。

第四，夏衍戏剧的语言质朴自然，深沉含蓄，耐人寻味。在《上海屋檐下》里，人们

---

① 夏衍．上海屋檐下：自序．上海：戏剧时代出版社，1937.

② 李健吾．上海屋檐下//李健吾戏剧评论选．北京：中国戏剧出版社，1982.

③ 夏衍．谈《上海屋檐下》的创作．剧本，1957（4）.

从五家人平静的生活表演和各自人物命运质朴的叙述中，很自然地能领略到国民党统治的现实生活是何等黑暗，阶级压迫是何等残酷。

以上这些特点，构成了夏衍剧作自然、素淡、深远的艺术风格。夏衍的剧作正是以其通俗易懂、贴近现实生活而赢得了更多的观众，为中国现代戏剧的民族化和大众化做出了努力。

二、《名优之死》及田汉剧作的风格特色

作家小传

田汉：现代革命戏剧运动和戏曲改革的先驱

田　汉

田汉（1898—1968），原名田寿昌，湖南长沙人。年幼丧父，家境贫困。1912 年考入长沙师范学校公费学习，1916 年毕业后随舅父赴日求学，先学海事，后改学教育，但他酷爱文学戏剧。在日本学习期间，参加中国少年学会，开始发表文艺论文和独幕剧。他也是创造社的发起人之一。

1922 年回国，积极从事戏剧活动，20 年代中期先后创立了“南国社”和“南国艺术学院”。抗战期间，在周恩来的领导下，组织抗敌演剧队和宣传队，此后又组织了“新中国剧社”，举办了声势浩大的西南戏剧展览会。新中国成立后，担任过中国剧协主席、文联副主席等职。1968 年 12 月 10 日受迫害致死。

田汉被茅盾称作中国“革命戏剧运动的奠基人与戏曲改革运动的先驱者”，他创作、改编和翻译的话剧、戏曲和电影剧本等达数十部之多，其中有影响的代表作有《咖啡店之一夜》《获虎之夜》《苏州夜话》《名优之死》《梅雨》《回春之曲》《丽人行》《关汉卿》等。他还写有大量的诗歌、散文和评论。他作词的《义勇军进行曲》是中国的国歌。

田汉的创作大体以 1930 年为界，分为前后两个时期。田汉在 1922 年《创造季刊》创刊号上发表的《咖啡店之一夜》和刊于《南国半月刊》的《获虎之夜》等，是我国初期话剧的重要收获。两个剧本都体现了个性解放的思想和对封建思想道德的猛烈反抗，具有强烈的“五四”精神。艺术上则注重人物内心感情的直接和强烈的抒发，重视戏剧氛围与情境的诗意渲染，在回肠荡气的浪漫情绪中流露着青春期的感伤与留恋。而这便是田汉早期话剧创作的主要特色。

自 1927 年田汉担任上海艺术大学校长起，至 1930 年“左联”成立，是田汉思想的转变期与话剧创作的丰收期，代表作有《名优之死》《江村小景》《苏州夜话》《湖上的悲剧》《生之意志》《南归》《古潭的声音》等。它们大体上可以分为两类：一类为直接揭露现实黑暗的社会剧，另一类为隐喻暗示的象征剧。《名优之死》一类的社会剧反映出田汉作为一个浪漫主义抒情诗人式的剧作家向着现实主义方向的逐步靠拢，体现了他用艺术暴露人生的黑暗面的创作意愿；《南归》一类的象征剧则显示出田汉的浪漫主义情思与象征主义表现方法的有机结合，体现了他使生活艺术化，把人生美化、诗化方面的创作意愿。这两者其实并非相悖，它们在作者对于旧社会秩序的不妥协的反抗倾向中得到了相当的统一。

1930 年春田汉参与了“左联”的发起与领导工作，翌年 1 月又被推选为中国左翼戏剧家联盟主席，在思想与艺术有了新的突进。从这时起到 1937 年是他创作的成熟期，作有

《梅雨》《一九三二年的月光曲》《乱钟》《扫射》《黎明之前》《洪水》《回春之曲》等20多部剧作。其共同的特征是：取材于现实，反映了日益尖锐的民族矛盾和国内社会生活的动乱，除少数即兴式的剧本外，大都洋溢着昂扬的意气，以激情和气势取胜。

抗日战争全面爆发后到1949年，田汉的戏剧创作多向发展。他除了创作《卢沟桥》《秋声赋》《丽人行》等话剧外，还广泛团结旧剧艺人共赴国难，为他们编写新戏曲《新雁门关》《江汉渔歌》《岳飞》等，并创作了反映明代平倭英雄故事的大型历史歌剧《新儿女英雄传》，同时积极参加进步电影界的活动，创作了电影剧本《忆江南》等。

田汉与洪深、胡适、欧阳予倩等都是中国现代话剧的奠定者和开拓者。田汉的话剧艺术风格主要体现在以下几个方面：第一，善于塑造艺人形象，善于把艺人的生活与戏剧的舞台糅合在一起，展示其思想性格与人物命运。如1929年完成的三幕话剧《名优之死》，剧本通过一代名优刘振声的悲惨遭遇，反映了艺人们在旧社会普遍遭受的不幸命运。作品自然巧妙地把艺术舞台和生活舞台融为一体，形成了演员演演员、戏中又有戏的独特效果，具有很强的艺术感染力。第二，具有很强的传奇色彩，有很强的故事性。田汉总是植根于现实生活，从生活中的矛盾出发，竭力使必然性和偶然性、传奇性和现实性结合起来，既强化戏剧的艺术效果，又有助于人物性格的刻画和主题思想的表达。如《回春之曲》的情节就富有传奇性和浪漫主义色彩。第三，语言具有抒情性。田汉以一个抒情诗人身份从事话剧创作，他善于借鉴西方话剧的表现手法，吸收我国戏曲的特点，努力探索话剧的民族风格。他运用诗歌和音乐作为抒情手段，使剧作具有热情美和音乐美。他带着强烈的主观色彩去感受生活，重视人物内心情感的抒发，重视理想境界的描绘，重视诗化意境的追求，充满浓郁的抒情气氛。如《回春之曲》穿插梅娘的恋歌，深情动人，《名优之死》使用“话剧加唱”的手法，富有音乐感。第四，形式具有多样性。田汉的剧作有抒情诗剧、社会问题剧、哲理剧、讽刺剧、悲喜剧、即兴剧等，从而促进了话剧艺术形式的多样化。这些特点集中起来构成了田汉戏剧热烈奔放、浓郁抒情的艺术风格。

第三节　郭沫若的历史剧创作

◯郭沫若历史剧的问世　◯《屈原》的现实主题和独有魅力

“皖南事变”以后，抗战前期蓬勃发展的救亡戏剧运动受到挫折。国民党发动第二次反共高潮，实施政治和文化的高压政策，抗战戏剧运动的中心被迫西移，重庆、桂林等地以及“孤岛”沦陷区的话剧演出活动空前活跃。特定的国际国内环境使得这一时期创作和上演的话剧以历史剧居多，作家们通过这种相对隐蔽的方式，以古喻今，呼应现实的时代主旋律，鼓舞人民的抗日斗志。同时，许多戏剧工作者也力图通过历史剧的创作，在回顾与研究历史的同时探讨中国社会的发展方向问题。在抗战后期，历史剧的创作蔚然成风，甚至形成了一个历史剧运动。郭沫若这一时期的历史剧便是其中的卓越代表。从1941年底至1943年初，郭沫若连续写下了《棠棣之花》(1941)、《屈原》(1942)、《虎符》(1942)、《高渐离》(1942)、《孔雀胆》(1942)、《南冠草》(1943)六部历史剧，它们标志着中国现代历史剧创作高峰的到来。这六部历史剧取材历史的角度不同，从不同侧面反映了现实社会，但与黑暗反动势力进行顽强不妥协的斗争，坚决维护民族和祖国的根本利益则是贯穿于这些剧本中的共同精神实质。六个剧本都突出反映了这样一个鲜明的主题：反对侵略，反对卖国投降，反对专制暴政，反对屈从变节，颂赞爱国爱民，主张团结御侮，高扬坚守气节。在艺术风格上，这些历史剧气势浩瀚，构思新奇，在历史与现实的融合方面达到了出神入化的境地，显示出郭沫若富于创造性的睿智和气度。

郭沫若是以一种创造性的历史观来创作历史剧的。他以自己历史剧创作的实践及其理论总结，较为系统全面地形成了自己的历史观和史剧理论。郭沫若史剧理论的价值，不仅在于他在现代文学史上富于创见地把史剧和悲剧有机地结合起来，最先提出了“历史悲剧”的概念，并以自己的创作实践不断地印证这一理论，而且还在于他以一种完全开放的和现实的眼光确立了对历史题材的再创性理论观点。任何文学史上凡产生影响的历史题材作品，都有一个共同的基本特点：借古喻今。郭沫若的历史剧创作同样遵循了取材于历史而着眼于现实，剧中人物源于历史而高于历史的基本法则。但郭沫若不同于一般人之处，是他更注重以自己创造性的人格来认识历史和反映历史，更注重自己的主观情感与历史事件、历史人物命运的强烈共鸣，他从不拘泥成说，绝不单纯“再现”历史，而是极力“再创”历史，借古人的骸骨吹进新的生命，借古人的皮毛说自己的话，力求以自己的感受和认识来重新解释历史，挖掘历史事件和人物身上的现实蕴涵。

《屈原》是郭沫若历史剧的主要代表作，同时也标志着现代文学史上历史剧创作的最高成就，至今仍有着不朽的艺术生命力。全剧分五幕六场，写于 1942 年 1 月。作品以《史记·屈原贾生列传》的记载和诗人屈原伟大的爱国主义悲剧生涯为基本史料，描写了屈原从祖国人民的利益出发提出的“联齐抗秦”的正确主张与以南后为代表的楚国统治集团“绝齐降秦”的投降主义主张之间的尖锐斗争。屈原的正确主张不仅不被怀王采纳，反而还遭到楚国贵族的迫害。但屈原坚持斗争、始终不屈，最后以出走汉北结尾。通过屈原的悲剧，作品表现了反对分裂投降、主张团结御侮，诅咒黑暗、歌颂光明这一具有现实意义的重大主题，唱出了中华民族不畏强暴、争取解放的心声，有力地鞭挞了蒋介石反动派的专治独裁和卖国行径。

郭沫若历史剧与众不同的一个特色是通过历史人物来表达现实主题，表达各种思想，因此每个人物形象都很鲜明，每个人物独立性都很强。《屈原》成功地塑造了一系列不同的人物形象，如屈原、婵娟、郑袖、宋玉等，其中屈原的形象寄托着作家的理想，鲜明生动，满怀激情，感人至深。郭沫若没有将笔墨过多地用于描写屈原的悲痛、绝望，而是强调了他的斗争精神，赋予他雷电般的性格。虽然屈原形象也并不是完美无缺的，他无法摆脱时代和阶级的局限，但可贵的是，郭沫若在创作历史剧时，尽管将屈原作为一个理想化的人物来刻画，倾注了强烈的理想色彩，但他还是有意识地注意到史实的客观性，将屈原所固有的各种局限性也揭示出来。如剧中对屈原虽凛然难犯却屈从王权的描写，就将屈原性格中恪守封建忠义伦理的一面展示给读者和观众。屈原是胸襟坦诚、见解深刻的伟大政治家和诗人的艺术典型，蕴含于这个形象之中的那种深切的爱国爱民思想和英勇无畏的斗争精神是具有高度现实意义的。

以《屈原》为代表的郭沫若的历史剧创作，形成了独特鲜明的艺术风格和魅力。

第一，在史剧的选材和剪裁方面，充分显示了郭沫若深刻独到而富有创造性的见解。郭沫若多次表明自己是“喜欢研究历史的人”，也喜欢用历史的题材来创作。他对历史题材的喜好和选用，并不只是因为历史题材可以反映现实，他还发现在历史题材中有许多可以由作家自己去发掘、发挥和创造的东西，他生动而准确地把历史研究和史剧创作的根本区别概括为“实事求是”与“失事求似”。因此，他强调史剧家应该是一个“凹面镜”，不仅要汇集无数历史的线索，而且要把这些史实扩展开去，创造一个“虚的焦点”。这个焦点就是史实与创造的结合。郭沫若不仅把握了历史与现实的关联，更把握住了历史与创造的契机。事实上，郭沫若从不机械被动地描写历史事件和历史人物，即使为反映现实所作也没有被所反映的现实限制住，他总是自我投入，能动地挖掘和创造历史，并以一种整体的、全局性的眼光来进行创造。他在史剧中对王昭君、卓文君性格的根本改造，对婵娟形象的大胆虚构，特别是对屈原形象从思想个性到整个命运的重新塑造，虽然与历史原貌有所差别，但这些人物形象是郭沫若所理解和独创的，在这些人物形象身上我们看到的不只是历史，更是现实，尤其是作者独特的艺术个性。因此这些人物更贴近艺术的真实，更富有鲜明的艺术感染力。郭沫若创作史剧特别注重选取与现实社会密切相关的历史题材，使读者和观众从历史中很自然地联想到身边发生的重大现实问题。《屈原》所取材的战国时代合纵抗秦的历史故事与20世纪40年代初期中国抗日战争的特定形势有着极为相似和相通的精神内涵；而主人公屈原的性格和气质也正是当时中华民族迫切需要弘扬光大的。因此，郭沫若的历史剧既有作者独立人格和独特感受的创造力，又有鲜明的现实启发性和强烈的时代战斗性。

第二，在历史人物的重塑方面，郭沫若始终遵循着“并不是想写在某些时代有些什么人，而是想写这样的人在这样的时代应该有怎样合理的发展”的原则，给历史人物的塑造留下了广阔的自由发挥空间。郭沫若的历史剧立足于刻画人物性格，并以人物命运来构造中心冲突，通过人物强烈的自我表现来揭示主题，带动全剧。这就打破了现代话剧以剧情发展为主要线索的基本格局。郭沫若在《我怎样写五幕史剧〈屈原〉》一文中表明，他对历史人物刻画的根本依据并不全是史实，甚至没有一定的线索和步骤，最重要的是他自己内心情感的起伏和他所认定的人物性格应该发展的方向。因此，屈原不再是历史上那个郁郁不得志、投汨罗江而死的三闾大夫，而是一个具有火一般刚强热烈性格的斗士；为增加子兰内心的丑恶而把他写成跛子；而“让婵娟误服毒酒而死，实在是在第五幕第一场写成之后才想到的”，“所以又不得不把郑詹尹写成坏人”；“祭婵娟用了《橘颂》这个想法，还是全剧写成之后”才出现的，原有剧情的发展在创造过程中“完全打破了”，各幕及各项情节差不多完全是在写作中逐渐涌现出来的。不仅写第一幕时还没有第二幕，就是第一幕如何结束，都没有完整的预念，任凭“自己的脑识就像水池开了闸一样，只是不断地涌出，涌到了平静为止”。从这段自述，我们可以看出，郭沫若所创作的历史剧，其情节的推进完全是作家自身主观情感的起伏变化以及人物性格合理发展的产物，剧情的发展已经退居次要的位置。也就是说，一切情节线索都是为人物性格和命运的塑造而设置的。正因为如此，郭沫若史剧中的每个人物形象的性格都很鲜明，都有很强的独立性和分量很重的思想内涵。并且，这些形象通常栩栩如生，仿佛他们不是历史舞台上的角色，而是活的人，是活在作家头脑中的人，更是活在现实中的人。郭沫若创造性的发挥和解释，使得屈原等一系列历史人物形象具有了更加崇高伟大和深沉悲壮的艺术感染力。

第三，郭沫若的历史剧始终洋溢着浓烈的抒情色彩并贯穿着一种沉郁的悲剧气氛。郭沫若的历史剧中，往往穿插着大量的民歌和抒情诗，有的根据剧情的发展反复出现，有的则直接由主人公反复吟诵，如《屈原》中的《橘颂》和《雷电颂》，《棠棣之花》中的北行诗，《南冠草》中的《大哀赋》，《虎符》中的赞颂歌等。这些抒情的诗和歌不仅渲染了氛围，突出了人物性格，强化了剧本主题，而且其本身已经融为整个剧本的一个不可分割的有机组成部分。可以想象，如果没有《橘颂》和《雷电颂》，整个《屈原》一剧将大为减色。郭沫若还善于在史剧中运用富有韵味的长篇独白以充分提示人物丰满复杂的内心世界，而剧中人物的对白以及作者的叙述语言也充满了音乐的节奏和诗的激情，这种诗化的语言显示了郭沫若创作独有的诗剧合一的重要特色。

尽管郭沫若既是一个卓越的历史学家，又是一个杰出的考古学家，但他的历史剧创作则完全是以自己独立的人格和个性，冲破一切程式，毁坏一切偶像，创造了他自己写下的“历史”。

思考题

1.《雷雨》等剧在戏剧结构上有哪些特点？你如何理解曹禺作品戏剧冲突中的“巧合”与“偶然”？

2.《雷雨》中周朴园形象的基本内涵和典型意义体现在哪些方面？《日出》中的陈白露形象又具有什么样的典型意义？《日出》与《雷雨》相比，体现出作者怎样的新追求？

3. 为什么说曹禺的剧作是中国现代话剧走向成熟的标志？你如何认识曹禺话剧的基本特点和总体风格？

4. 夏衍剧作在构造戏剧冲突方面与曹禺剧作有什么明显不同？《上海屋檐下》等作品是如何体现夏衍剧作的基本风格的？

5. 田汉早期话剧的浪漫主义特征主要体现在哪些方面？《名优之死》在哪些方面显示了田汉戏剧创作的独特追求与一贯风格？

6. 为什么郭沫若的《屈原》能代表中国现代历史剧的最高成就？

7. 屈原形象的典型意义及悲剧性格主要体现在哪些方面？

延展阅读

1. 奥尼尔的《琼斯皇》《毛猿》等作品对曹禺的话剧创作，特别是《原野》和《北京人》的写作产生了重要和直接的影响。对这两部外国作品的阅读，将有助于我们追本溯源，增强对象征主义和表现主义艺术的理解，增强对曹禺作品及其风格的把握。

2. 田汉擅长描写艺人形象，他最重要的话剧代表作20世纪20年代末的《名优之死》和50年代末的《关汉卿》都是以艺人的命运沉浮为中心的，将两部作品联系起来对照阅读，从整体上了解田汉创作的审美追求。

第十章　现代新诗的不断演进

从20世纪20年代开始，中国新诗呈现出现实主义、浪漫主义、现代主义潮流多元并存的兴旺局面。诗歌在创作实践和理论探讨方面都呈现出空前的繁荣景象。先是以李金发为代表的初期象征派的兴起，紧接着是以戴望舒为代表的现代派诗歌，以其特有的寂寞怅惘，咏叹着浊世哀音，表达着对社会的不满和抗争。当“现代派”诗风遭到读者厌弃的时候，臧克家描写农民形象和乡村景色的诗篇为诗坛吹来一阵清新的风，为新诗反映农村生活开拓了崭新的天地。30年代崛起于诗坛、以反映现实生活著称、创作上取得重大成就的还有艾青、田间等人，而艾青是继郭沫若、闻一多等之后推动一代诗风的重要诗人，在中国现代文学史上有着重要的影响和地位。

第一节　李金发与初期象征主义诗歌

◯初期象征派的兴起　◯李金发的《微雨》　◯初期象征诗派的风格

一、李金发和初期象征诗派

20世纪20年代，西方象征主义（symbolism）文学思潮开始影响到中国的诗坛。象征主义是19世纪末欧洲出现的一种流派和文学思潮，其代表作家有波德莱尔、马拉美和瓦雷里等。它以抒写个人感情为重点，但它不抒写日常生活中的表层的喜怒哀乐，而是抒写不可捉摸的内心隐秘。象征主义诗人不满足于描绘事物的明确的线条和固定的轮廓，他们所追求的艺术效果，并不是要使读者理解他们究竟要说什么，而是要使读者似懂非懂，恍惚若有所悟，使读者体会到此中有深意。象征主义诗作往往具有很浓的“世纪末”情绪，具有很强的感伤色调。20年代中期，经历了新文化运动低潮的一些青年陷入了苦闷与彷徨，这时引进的象征主义让他们觉得格外亲切，纷纷学习波德莱尔、魏尔伦、瓦雷里等法国象征主义诗人的诗作，中国诗坛上出现了以李金发为代表的“初期象征诗派”。

作家小传

李金发：初期象征诗派的怪杰

李金发（1900—1976），原名李淑良，广东梅县人。1919年留学法国学习雕塑，次年开始写作新诗。他热衷于读法国象征主义诗人波德莱尔、魏尔伦、马拉美的作品，尤其喜欢波德莱尔的诗集《恶之花》那颓废、绝望和以丑为美的诗作。1925年2月起，他开始在

《语丝》《小说月报》《文学周刊》《黎明周刊》上陆续发表诗作。李金发的诗名遂为人所知。1925 年 11 月，他的第一部诗集《微雨》出版。接着于 1926 年、1927 年相继出版了第二、第三本诗集《为幸福而歌》和《食客与凶年》。抗战时期，他写了许多随笔和一些诗作，但是并不及早年的影响。1944 年他被任命为中国驻伊朗代理大使（后又转任驻伊拉克代理公使），离开中国。新中国成立后他浪迹天涯，没有再回过祖国。1976 年 12 月 25 日，病逝于纽约长岛。

李金发诗中的抒情主人公多半是些孤独凄苦的人物，抒发的都是生活的苦恼与烦闷。伴随着这种感伤的情调，他的诗还有一股浓重的颓废气息和神秘色彩，呈现在诗里的多是像“夜狼与嚎狗”“残叶溅血”“死神唇边的笑”等恐怖的意象。这种低沉的调子和悲观的气氛，充分表现了象征主义的“以颓废为美”的倾向，再加上他有意破坏传统艺术程式，强调主观直觉，追求含蓄朦胧，喜用隐喻暗示，随意采用省略、跳跃等手法，所以作品晦涩难懂，引起诗坛的强烈反响，赞成者有之，反对者亦有之。

李金发的《微雨》是中国新诗史上第一部象征主义诗集，朱自清说李金发把法国象征主义手法“第一个介绍到中国诗里”，在当时“是一支异军”。李金发第一首公开发表的“象征诗”是《弃妇》，也是《微雨》开卷的第一首诗。由于它体现了李金发诗作的风格特色，一向被视作他的代表作。从表面看，《弃妇》写的乃是一位被遗弃的妇女的痛苦和悲哀，诗人代她向社会的歧视和压力倾吐了心中的凄苦和幽怨的感情。然而，“弃妇”只是一个情感的象征物，乃是诗人对人生命运的感受的象征。这位备受歧视和冷落的妇女，内心有深藏的“隐忧”，使得她的动作变得迟缓而又沉重。诗人在这个悲剧性的象征形象里，抒写了对人生世事的感慨和不平。

二、初期象征诗派的艺术特色

继《微雨》之后，穆木天、王独清、冯乃超等人也开始写作象征主义诗歌，形成了初期象征派诗歌潮流。作为一个诗歌流派，他们并没有共同发表自己的理论主张，但从他们各自独立发表的艺术见解来看，则共同表现了一种不同于初期白话诗的美学原则。

首先，他们强调艺术必须表现自我。李金发认为：“艺术是不顾道德的，也与社会不是共同的世界。艺术上唯一的目的，就是创造美；艺术家唯一的工作，就是忠实表现自己的世界。所以他的美的世界，是创造在艺术上，不是建设在社会上。”① 他以个人的内心世界为美的最高追求，主张诗是“个人灵感的记录表，是个人陶醉后引吭的高歌”。

其次，他们强调诗歌的象征和暗示的方法。法国象征派诗歌的一个突出特点是注重主观世界与客观对应物的契合，注重诗的意象暗示功能和神秘性。这也是李金发和其他象征派诗人的美学追求。李金发认为，美蕴藏在想象中、象征中，穆木天进一步认为：“诗要有强大的暗示功能。诗的世界固在平常的生活中，但在平常生活的深处。诗是要暗示的，是最忌说明的。……诗的背后要有大的哲学，但诗不能说明哲学。”他主张诗歌应该“用有限的律动的字句启示出无限的世界”。

最后，他们强调诗歌语言的音乐美和色彩美。他们针对“五四”初期新诗过分散文化而缺少艺术锤炼的毛病，提出了诗歌语言“音”与“色”结合的美学主张。他们追求“音”与“色”的交错，认为这是“最高的艺术”。

---

① 李金发．烈火．美育，1927 年创刊号．

初期象征诗派的出现，是对缺少余香与回味的初期白话诗的一种反拨，丰富了新诗的表现手法，为发展中的新诗带来了一些新的东西。但是，在经过短暂的艺术历程后，象征派诗很快地衰落下来。它的衰落有两个方面的原因：一是时代的原因。象征派诗人都反对诗歌的“时代意识”，认为诗是“个人灵感的记录表”。他们的诗一味地表现幻灭、颓废、徘徊，情感上毕竟太狭窄了，与时代潮流和文化潮流的发展背道而驰。二是民族传统的原因。尽管象征派倡导西方艺术与民族传统的沟通，但在实践上表现出来的却是对民族传统的疏离，而且他们在借鉴西方艺术时缺乏自己的消化和创造。许多作品由于过分骛新而显得怪诞，由于大量外文词语的运用而破坏了阅读的完整性，结果渐渐为读者所厌弃。

初期象征诗派虽然解体了，但象征主义诗歌潮流并没有在新诗中消失，而是以新的形态出现在以戴望舒为代表的现代派诗人的作品中。

第二节　戴望舒及现代派诗歌的发展

◯现代派诗歌的兴起及影响　◯《雨巷》及戴望舒诗歌的风格

一、现代派诗歌出现的背景及特点

现代诗派的出现有其历史渊源，它既是对初期象征派的一种继承，又是“新月”诗派演变发展的结果，正如艾青所说：“新月派与象征派演变为现代派。”这一派别的诗可以说是纯然的现代诗，它们是现代人在现代生活中所感受到的现代情绪，用现代的辞藻排列成的现代的诗形。当时的“现代人”，实际上是一群远离现代斗争的旋涡而又对生活怀有迷茫幻灭感的小资产阶级知识分子；当时的“现代情绪”，实际上是这群人特有的精神状态——“他们被夹在越来越剧烈的阶级斗争的夹板里，昏头昏脑，盲目乱窜；他们是吓坏了，可仍然顽强的要把‘我’的尊严保持着”，由此也就不难理解现代诗派会有如下特征：追求“纯诗”的艺术观、病态的心灵和浊世的哀音。

20 世纪 30 年代在中国产生的现代派诗歌普遍受到法国象征主义诗歌的启发和影响，同时又承接了以李金发为代表的 20 年代中国初期象征派的某些艺术追求。中国现代派诗歌特别追求诗歌创作在总体上所产生的朦胧的美，追求以奇特的观念和繁复的意象来结构诗的内涵。现代派诗人往往以其特有的青春病态的心灵，咏叹着浊世的哀音，表达着对社会的不满和抗争，也流露出深深的人生寂寞和惆怅。除了戴望舒之外，何其芳、卞之琳、废名也是其中的代表。

作品欣赏

夏　夜

何其芳

在六月槐花的微风里新沐过了，
你的鬓发流滴着凉滑的幽芬。
圆圆的绿阴作我们的天空，
你美目里有明星的微笑。
菊花悄睡在翠叶的梦间，

它淡香的呼吸如流萤的金翅
飞在湖畔，飞在迷离的草际，
扑到你裙衣轻覆着的膝头。
你柔柔的手臂如繁实的葡萄藤
围上我的颈，和着红熟的甜的私语。
你说你听见了我胸间的颤跳，
如树根在热的夏夜里震动泥土？
是的，一株新的奇树生长在我心里了，
且快在我的唇上开出红色的花。

——何其芳．预言．重庆：文化生活出版社，1945.

现代派诗歌以其特有的思想情绪和艺术手法，丰富了现代新诗的格局，提高了新诗的表现艺术，扩大了新诗创作的视野，特别是在探索中西诗歌审美追求的契合点上，开辟了一条现代新诗的发展道路。现代派诗歌不仅在20世纪30年代的文坛上产生了很大的影响，而且对40年代的“九叶”派，甚至对当代诗歌创作也产生了深远的影响。

二、《雨巷》及戴望舒诗作的风格

作家小传

戴望舒：“雨巷诗人”

戴望舒

戴望舒（1905—1950），浙江杭州人。在上海震旦大学学习法文时，开始受法国象征诗派的影响。1926年与施蛰存创办《璎珞》旬刊，开始正式发表诗作。1928年成为水沫社和其后的《现代》杂志的作者之一。1932年底赴法国求学，因爱好西班牙文学特别是洛尔迦的现代派诗，其间曾到西班牙作文学旅行。1938年5月赴香港，主编《星岛日报》副刊《星座》，任中华全国文艺界抗敌协会香港分会理事。1941年底，香港沦陷，被日本侵略者以抗日罪名下狱，数月后经营救出狱。抗战胜利后回上海教书，1949年春北上至解放区。1950年2月因病逝世。有诗集《我底记忆》（1929）、《望舒草》（1933）、《灾难的岁月》（1948）。《我底记忆》与《望舒草》后由作者合编为《望舒诗稿》。另有一些集外诗作和诗论《诗论零札》。戴望舒又是著名翻译家，在译介法国和西班牙文学方面做出了重大成绩。戴望舒的诗歌集法国象征派与中国晚唐诗于一体，风格唯美典雅，他是中国新诗发展历程中的重要诗人。

1928年发表在《小说月报》上的《雨巷》是戴望舒最有影响的代表性诗作。戴望舒由此获得了“雨巷诗人”的美名。这首诗是戴望舒融合法国象征主义诗歌和中国古典诗歌传统的成功之作。诗中“我”“撑着油纸伞”，“独自彷徨在悠长、悠长又寂寥的雨巷”，对黑暗现实感到迷茫、失望、忧郁，看不到出路，于是我希望逢着“一个丁香一样地结着愁怨的姑娘”。她终于“静默地走近”了，“我”却又陷入了更加孤独、寂寞而无奈的愁思之中。这位“丁香一样地结着愁怨的姑娘”实际上就是诗人的理想与希望的象征。在中国的动乱年代中，特别是在大革命失败后的恐怖笼罩下，青年知识分子普遍存在的失望与彷徨的心态和若有所思的感觉被戴望舒用一条阴暗狭窄而悠长的“雨巷”表现得极为逼真、传神。“我”心目中的“希望”——那位“丁香姑娘”是渴望得到而无法得到的想象出来的幻影，很快就消失得无影无踪了。最后，只有一个孤零零的“我”在那条寂寥又悠长的“雨巷”中彷徨……

作品欣赏

印 象

是飘落深谷去的
幽微的铃声吧，
是航到烟水去的
小小的渔船吧，
如果是青色的珍珠；
它已堕到古井的暗水里。
林梢闪着的颓唐的残阳，
它轻轻地敛去了
跟着脸上浅浅的微笑。
从一个寂寞的地方起来的，
迢遥的，寂寞的呜咽，
又徐徐回到寂寞的地方，寂寞地。

——戴望舒．望舒诗稿．上海：上海杂志公司，1937.

在《雨巷》中，戴望舒不仅抒发了个人的悲哀和孤寂，而且写尽了“五四”以来整整一代青年所特有的世纪性的理想与幻灭，表达了一种普遍的忧郁的时代情绪。全诗述说了抒情主人公“我”经过一条“悠长”而“寂寥”的雨巷时的感受。“我”希望逢着的姑娘在诗中成为抒情主人公理想的化身，这种期盼实际上表达了诗人人生路途上的孤寂和悲哀，渴求在人生孤途上遇到知己与同道，渴求得到理解和慰藉。这首诗表现的不仅是失落和幻灭，更是渴求和追求，是失落中的渴望，幻灭中的追求。

这首诗是诗人在特定的时代、特定的情绪下弹奏出的一支“梦幻曲”。在艺术上，这首诗以象征的手法把重大悲壮的时代主题写入诗中，以浮动朦胧的音乐暗示诗人迷惘的心情。诗中的中心意象一再出现，在期待的梦幻中出现走近，又在“雨的哀曲”中梦幻地消失，空留难以名状的雨中情。诗中“*ang*”韵反复出现，句中有韵，连绵不断，织成一张音韵的网，把人罩在特设的情绪氛围中。虽借鉴了象征主义的表现手法，却又不失中国古典诗歌的情韵。诗作中的象征意象是中国式的“丁香一样地结着愁怨的姑娘”，“悠长，悠长又寂寥的雨巷”。可以说戴望舒在技巧上承袭了象征主义，而在情感上却和本民族文化传统一脉相承。在诗歌形式上，戴望舒强调“诗的韵律不在字的抑扬顿挫上，而在诗的情绪的抑扬顿挫上，即在诗情的程度上”，他借鉴法国象征诗派的创作方法，但把象征派的诗艺融化到本民族的语言习惯和欣赏习惯中，致力于寻找中西方诗歌审美追求的契合点。

第三节 臧克家、田间的诗歌创作

○臧克家——农民诗人 ○街头诗及田间诗作的风格

1930年中国左翼作家联盟成立以后，由穆木天、杨骚、蒲风等人发起的中国诗歌会也成立了。他们的作品始终紧密联系现实斗争，节奏明快有力，粗犷雄伟，刚健之中透露着清新之美，对矫正当时诗坛太过纤细柔美的“纯诗”起到了很大作用。臧克家和田间，正是成长起来的新一代左翼诗人。

一、《老马》及臧克家诗作的风格

臧克家，1905年出生，山东诸城市人。他出生于农村，从小熟悉农村，热爱农民，所以他的诗篇多为歌唱农村之作。30年代初他在山东大学读书时受闻一多及新月诗派影响，1933年出版《烙印》，接着又出版了《罪恶的黑手》《运河》和长诗《自己的写照》。那时正是“现代派”颓废诗风遭到读者厌弃的时候，臧克家描写农民形象和乡村景色的诗篇为诗坛吹来一阵清新的风，因此立刻引起文学界的注意和重视，并且为新诗反映农村生活开拓了崭新的天地。

臧克家的诗有其独特的风格。以经过锤炼的诗句，抒写旧中国农民的苦难与不幸、勤劳与坚韧，让读者从咀嚼和回味中体会诗人深沉的感情。收在《烙印》里的《老马》一诗篇幅短小，却蕴藉深远，颇耐人寻味：“总得叫大车装个够/它横竖不说一句话/背上的压力往肉里扣/它把头沉重地垂下！//这刻不知道下刻的命/它有泪只往心里咽/眼里飘来一道鞭影/它抬起头望望前面。”

作者以朴素凝练的笔墨描绘了一匹忍辱负重的“老马”形象。第一节写“老马”不胜重负的形态，第二节写“老马”强忍鞭挞的凄惨。“老马”的形象让我们自然联想到统治势力重压下的广大农民。诗中八句通过“老马”的形体和神态，表现了农民含辛茹苦、忍辱负重的悲惨境遇，以及剥削者的残忍、贪婪、狠毒。“老马”的形象正是中国农民负着“封建的重轭”的写照。臧克家在谈到《老马》这首诗时曾说：“我写了老马，另外也写了许多受压迫的农民形象，实际上也就是写了我自己。”也就是说，诗人在“老马”形象中寄寓了自身的境遇和情怀，按作者自己的话说：“1932年，武汉大革命失败了，我回到山东，在国立青岛大学读书。对蒋介石反动政权，全盘否定，而对革命的前途，觉得十分渺茫。生活是苦痛的，心情是沉郁而悲愤的。这时的思想、情感与受压迫、受痛苦的农民有一脉相通之处。”

全诗韵律整饬、音调和谐。一共两节，每节四行，每行字数大致相同，均为三个音步。每节诗都是第一、三句协韵，第二、四句协韵，而且选用的均为去声韵，读来给人以沉重之感，很好地配合了诗歌内容上的需要。诗人以一种谨严的形式、蕴藉的手法，通过捕捉的一个朴实平常的画面，寄寓了深厚的情感：对过着非人生活的农民深切的同情和对黑暗社会的愤恨。《老马》一诗堪称臧克家早期的代表作。

臧克家在技巧形式方面受我国古典诗词和新月诗派、象征诗派、现代诗派，尤其是闻一多新格律主张及手法的深刻影响，在广泛吸收各家之长的基础上，形成了自己独特的风格。臧克家诗歌有如田野葵花，淳朴挺拔。他的诗淳朴凝练，表现平淡而含义深沉，其中也充满热情。用简括的表现手法，描写淳朴的人，抒发真挚的感情，这就形成了他艺术风格简洁朴实的特色。他的诗构思精巧，善于抓住感受最深的事情，选取典型情节和细节，从最好的角度入手来写，为诗坛吹来一阵清风。

二、街头诗及田间诗作的风格

田间（1916—1985），原名童天鉴，出生于安徽无为。他中学时代就爱好诗歌，1933 年进入上海光华大学读书，次年加入中国左翼作家联盟，并参加由“左联”主办的《文学丛报》和《新诗歌》等刊物的编辑工作。

1935 年，田间出版第一本诗集《未明集》，次年，又出版《中国牧歌》和《中国农村的故事》两部诗集。写这些诗时，田间还不满 20 岁。虽然它们尚不免幼稚、粗糙，有些地方用词也不够自然、准确，然而在整个的情绪、印象、气氛上，却传达出了时代的某些特征，引起了评论界的注意。

1937 年春，田间因遭国民党搜捕，东渡日本避难。“七七”卢沟桥事变以后，田间回到祖国，更加自觉地用诗作为武器，为动员民众的觉醒做出了积极的贡献。他的《给战斗者》《呈在大风砂里奔走的岗卫们》《抗战诗抄》《她也要杀人》等诗集，使他以迥异于他人的“时代的鼓手”的姿态出现于抗战诗坛。

田间是一位十分注意表现时代的伟大斗争和人民的生活情绪的诗人。从一开始创作起，他就自觉关注时代风貌、社会变革和人民的命运，相当重视诗歌深入群众的宣传鼓动效果。从对神圣抗战的呐喊到对街头诗运动的倡导，直至对民族化、大众化的追求，都清晰地映现出诗人跟随时代不断求索的足迹。1938 年夏，田间来到延安，与诗人柯仲平一起，积极提倡街头诗运动。所谓街头诗，就是群众的诗，它是抄写在村庄的门楼、墙壁上或印成传单散发的通俗的政治鼓动诗，也叫墙头诗或诗传单。这种诗歌形式出现之后，受到群众的欢迎，起到鼓舞人民、打击敌人的战斗作用。田间的街头诗成就最为突出，汹涌着诗人从心底里流出来的政治热情，有昂扬激荡的节奏感，语言简练，通俗易懂，在群众中广为流传，代表作有《假使我们不去打仗》《义勇军》《多一些》《给饲料员》《坚壁》等。田间的街头诗形成了自己独特的风格，以质朴真诚的语言、简短精练的句子，向读者倾吐自己对生活的真实情感。他的诗在结构上采用了阶梯式的分行形式，具有跳跃性的节奏和急骤的旋律，像鼓点号角一样起到激励读者的作用，因此闻一多称田间是“时代的鼓手”。

出于现实斗争的需要，田间用自己的诗笔紧密地配合着伟大的民族解放任务。从诗集中可以看到，对于战争的责任感激发了他创作的热情，而深入实际斗争的自觉性，又加深了他对斗争的了解和热爱。诗集中洋溢着胜利的、鼓舞人的激情，唱出了“中国的春天是生长在战斗里，在战斗里号召着全人类”这样乐观的基调。写于 1937 年底的长诗《给战斗者》，是具有代表性的好诗。作者曾说这首诗是一个“召唤”，“召唤祖国和我自己，伴着民族的号召，一同行进，我的希望，是寄托在人民身上”。它以朴实有力的诗句叙述祖国受侵略欺凌的命运，歌颂人民奋起抗战，号召人们“在斗争中胜利或者死”，指出“战士底坟场会比奴隶底国家要温暖，要明亮”。该诗表现了田间诗歌的重要优点：富于现实性和战斗性，充溢着对伟大祖国深沉的爱。

在《中国牧歌》《中国农村的故事》中，作者已开始在诗歌形式上做出新的探索，到《给战斗者》，表现得更为成熟，即所谓“鼓点”式的诗行。作者善于以精短有力的诗句来表现战斗的激情，又以连续反复的出现来渲染雄壮的声势，这精短和反复，自然地在节奏上形成一种急促感，增强了鼓动性，有力地激起读者感情的共鸣。诗歌形式与风格上的这种特点，与抗战前期的时代精神正相契合，因此产生了很大的作用。

第四节　艾青：现代新诗的又一个高峰

○《大堰河——我的保姆》——“从欧罗巴采来的芦笛”　○荒凉中萌出生机，暗淡里透露光亮——艾青诗歌的风格　○民族性与世界性的融合——艾青的审美追求

作家小传

艾青：朝向太阳的灵魂

艾　青

艾青（1910—1996），原名蒋海澄，1929 年，赴法国勤工俭学。1932 年回国后，参加中国左翼美术家联盟，并成为鲁迅支持的美术团体“春地画会”的成员，同年 7 月以“颠覆政府”罪被捕入狱，1935 年 10 月出狱。艾青在狱中开始写诗，这些诗作强烈抒发了他对生活的爱憎感情，揭示出劳动人民的深重苦难。抗日战争全面爆发后，在短短几年中，艾青创作了近百首诗歌，出版有《北方》《向太阳》《他死在第二次》《旷野》《火把》等诗集，形成了诗人创作道路上的鼎盛时期。1939 年，他在地处国统区的湖南衡山乡村师范学校任教，“远离烽火，闻不到‘战斗的气息’”。后来收入《旷野》中的这一时期的诗歌大多属于写景咏物之作，不免带有一种荒凉、寂寞之感。1940 年，他在赴重庆的途中完成了著名长诗《火把》，显示出思想探索的飞跃和昂奋的诗情。1941 年皖南事变以后，艾青来到了革命根据地延安。与解放区新的生活和环境相适应，诗人的创作道路也出现了新的转折。艾青在这时创作的诗歌主要收于《雪里钻》《献给乡村的诗》《反法西斯》《黎明的通知》等集中。

一、《大堰河——我的保姆》

《大堰河——我的保姆》是一首带有自传色彩的抒情诗，它以诗人儿时的保姆为主人公，以无限的同情和深沉的爱，成功地塑造了大堰河这个旧中国普通劳动妇女的形象。诗人一方面热情讴歌和赞美了大堰河勤劳、宽容、朴实、善良、无私的高贵的品质；同时，对那个罪恶的旧世界，发出了强烈的诅咒。大堰河，是当时中国农村妇女在新诗中可贵的艺术典型，她的命运是当时中国广大农村受压迫妇女的悲剧命运，说明了她们的死亡和苦难都是由不合理的社会制度造成的。从这个意义上说，这首诗是指向那个“不公道的社会的咒语”，是向旧社会发出的血泪控诉书。这首诗在高度赞美大堰河的同时，也写出了诗人叛逆的灵魂。

诗篇在艺术表现上具有鲜明的特色：第一，这首诗主要是以情动人，突出的特点是坦率、真诚、情深辞切。诗人对大堰河无比深厚的感情，都是发自内心的，自然流泻出来的，诗人在真切动情的陈述中，袒露出他纯洁的灵魂和对大堰河的一片深情，全诗没有任何斧凿痕迹。第二，全篇使用了排比、重复的修辞方法，使诗歌具有强烈的旋律与节奏感，收到一种荡气回肠、一唱三叹的艺术效果。第三，从这首诗娴熟的抒情、叙述技巧中，可以看出艾青在欧洲学习所受的影响，胡风曾称这首诗为“从欧罗巴采来的芦笛”。但这支“芦

笛”虽带回了欧洲的艺术色彩，却丝毫没有影响诗人正视中国本土生活朴素、深沉、严酷的现实。

二、艾青诗歌的风格

艾青的诗作，总是蕴藏着一种深沉的感情。他曾在诗篇和文章中多次写到自己的“忧郁”“忧伤”“悲哀”等心情，这种忧郁以不同的形态回荡在他的诗篇里，反映了艾青对祖国、民族、人民的爱与艰苦现实之间的矛盾，是尚未找到回答前的思虑，它不同于退让的叹息，而是进取的准备。当然，作者的忧郁也的确反映了出身的那个阶级带来的沉重负担，甚至存在着作者熟悉、喜爱的俄国作家笔下农村苦难的折光。与忧郁的感情同时存在于艾青诗作中的，是热烈的孜孜不倦的向往、追求和讴歌。这种追求来源于信念，所以即使反映乡村苦难，作者也往往在荒凉中萌出生机，暗淡里透露光亮，沉滞时预示惊醒，而当笔触驰骋于意象、理想的境地时，他的追求的热情便似火般燃烧了。太阳、光明、春天、黎明、生命、火焰，不但出现于他很多诗作中，更是他不少诗篇专门讴歌的主题。这种讴歌使诗篇散发出蓬勃向上的意气，它植根于现实的土壤，又洋溢着浪漫主义的激情。可以说，没有对光明的追求，便没有艾青的诗。

艾青的很多优秀诗作表现出一个特点：往往在一首或一段的最后升起一个意念，或一个思想，但这不是抽象的概念，更不是他所反对的“浮泛……无力的叫喊”，它是在全诗中孕育起来的，是诗情的结晶，是形象的升华，这正是诗歌借以感人的力量所在。这种形象反映了作者对于生活的熟悉和理解的深度。这在他的叙事诗中更为明显，写的虽是实在的生活，但手法上常常运用新鲜的比喻、丰富的想象，而产生的形象却似乎比现实生活更贴切。例如写每天惊醒吹号者的，“是黎明所乘的车辆的轮子滚在天边的声音……是他自己对于黎明的过于殷切的想望”（《吹号者》）。又如写战士前进在“众人的愿望所铺成的道上……从今日的世界走到明日的世界的道上……每个未来者都将以感激来追忆的道上”，既精练地写出了战士们的责任感、斗志、战斗的意义，又具有诗的美感。这些形象是奇幻的，可以看出象征派诗歌的影子，但又沉淀着现实的、社会的诗情。这就使艾青笔下的形象，尽管如天之空，似海之阔，却总是紧紧地联系着战斗的祖国的大地。

作品欣赏

太　阳

从远古的墓茔
从黑暗的年代
从人类死亡之流的那边
震惊沉睡的山脉
若火轮飞旋于沙丘之上
太阳向我滚来……
它以难掩的光芒
使生命呼吸
使高树繁枝向它舞蹈
使河流带着狂歌奔向它去
当它来时，我听见
冬蛰的虫蛹转动于地下

群众在旷场上高声说话
城市从远方
用电力与钢铁召唤它
于是我的心胸
被火焰之手撕开
陈腐的灵魂
搁弃在河畔
我乃有对于人类再生之确信

——艾青．旷野．重庆：生活书店，1940.

艾青诗歌中形象的完成，又经常得益于他的美术素养。他善于用色泽、光彩的渲染以至构图、线条的安排来增加形象的鲜明性。这种色调的运用，又不同于象征派诗歌之从文字表面进行组合，而是从生活本身采集而来，是生活实感与诗歌情绪的结合。灰暗褐黄的色调使现实的苦难更见沉凝，在浓绿翠蓝中会感到希望，当生机蓬勃时，他的诗歌中又呈现了鲜红与金色。艾青诗中色彩的运用，不仅是为了渲染情绪、思想，而且具有独立的美感。他很重视这种艺术的锤炼：“一首好诗里面，没有新鲜，没有色调，没有光彩，没有形象——艺术的生命在哪里呢?”所以他的不少诗作，犹如完整的画幅，以协调的光色以及匀称的构图感染着人们。如《手推车》一诗，便是将景、情、光、色、图乃至音响，统一得较完美的例子：“在黄河流过的地域/在无数的枯干了的河底/手推车/以唯一的轮子/发出使阴暗的天穹痉挛的尖音/穿过寒冷与静寂/从这一个山脚/到那一个山脚/彻响着/北国人民的悲哀//在冰雪凝冻的日子/在贫穷的小村与小村之间/手推车/以单独的轮子/刻划在灰黄土层上的深深的辙迹/穿过广阔与荒漠/从这一条路/到那一条路/交织着/北国人民的悲哀”。

诗的形象完全依赖语言的表现。艾青坚持从生活斗争中提炼语言，他的语言反映出他对客观现实的认真观察和理解，凝聚着他从中产生的真情实感，又表现了他优异的创造力。他排除对华丽铺饰的模仿，没有古旧的羁绊，也很快摆脱了欧化的影响，创造出朴素生动的富有生命力的语言。他的探索丰富了中国新诗歌的艺术语汇，增加了新诗的艺术表现能力。由于作者对语言的上述要求，加上他“不受拘束地表达”的愿望，他虽然尝试过多种诗体，但真正使他觉得能适应这激烈变动的生活内容，并且写来也得心应手的，则是自由体诗。他擅长以散文式的诗句自由地抒写；他的诗歌富于丰满的形象与诗意，并不拘泥于外形的束缚；很少注意诗句的脚韵或字数格式的划一，却具有内在的旋律与整齐和谐的节奏。因此，艾青的诗并没有由于使用散文化的句式而丧失其强烈的音乐感。

民族性与世界性的融合是艾青诗歌创作最重要的审美追求。它集中体现在两个方面：一是在诗歌的情感蕴涵上，艾青的诗作既始终关注着本民族的前途和命运，同时又把眼光延伸到整个人类的前途和命运，显示了诗人的博大胸襟；二是在诗歌的艺术形式上，艾青的诗作既充分吸取了世界诗歌的多种素养，同时又始终把艺术表现的根深深地扎在自己民族的土壤之中，他是用“从欧罗巴采回的芦笛”，吹奏着具有浓郁民族风格的乐曲。艾青诗作的巨大成就标志着“五四”以后自由体诗歌发展的又一个重要的里程碑，并且承前启后，对以后的新诗创作具有深刻的影响。

思考题

1. 现代派诗歌产生的时代背景是什么？影响它出现的主要因素有哪些？

2. 戴望舒的诗歌创作是如何接受法国象征主义诗歌和中国古典诗歌的双重影响，并积极推进中国现代派诗歌发展的？

3. 什么是“街头诗”？它的出现有何时代历史价值？

4. 艾青诗歌最主要的特点是什么？

延展阅读

1. 除了李金发之外，初期象征诗派的重要诗人还有穆木天、王独清、冯乃超等人，比较他们与李金发的异同。

2. 除了戴望舒之外，现代诗派比较重要的诗人还有卞之琳、废名与何其芳，比较他们与戴望舒的异同。

3. 戴望舒、卞之琳、废名与何其芳等诗人大都喜欢晚唐诗和婉约词，他们诗作所使用的意象以及运思的方式，都可以明显看出晚唐诗和婉约词的影子。他们比较喜欢的晚唐诗人是李商隐、温庭筠，婉约词人则是姜夔、吴文英等。

4. 起源于法国的象征主义运动，对世界文学具有巨大影响。其早期代表人物有兰波（《兰波诗全集》，浙江文艺出版社，1997）、马拉美（《马拉美诗全集》，浙江文艺出版社，1997）、瓦雷里（《瓦雷里诗歌全集》，中国文学出版社，1996）等。对象征主义理论的介绍及研究，可以参看黄晋凯等主编的《象征主义·意象派》（中国人民大学出版社，1989）一书。

第十一章　解放区的文学创作

延安文艺座谈会后，解放区小说创作进入了现代文学史上一个相当活跃繁荣的新阶段。解放区的短篇小说大多以解放了的农村中的新生活为题材，以新一代觉醒的农民为主要人物，出现了一批格调高昂、清新朴素的优秀作品，赵树理和孙犁在短篇小说创作上取得了突出的成就。而以丁玲、周立波为代表的解放区的长篇小说创作也体现了全新的时代风貌。与短篇小说一样，长篇小说也以工农兵和工农兵的生产生活为主要歌颂对象，昭示着新一代群众的迅速成长。在“深入工农兵群众、深入实际斗争”的艺术政策号召下，革命的现实主义创作几乎成为所有作家的创作态度。

在《在延安文艺座谈会上的讲话》精神的指引下，工农兵群众的诗歌创作成为解放区群众性文艺活动的一个活跃部分。专业文艺工作者也从群众质朴有力的民间语言和生动活泼的艺术形式中汲取养分，创造了一批歌唱农民在党的引导下走向新生活的叙事长诗，体现了鲜明的时代特色，丰富了革命文艺的创作实践。解放区的戏剧运动也呈现出空前活跃的状况，出现了以新式歌剧《白毛女》为代表的经典性作品，创造了中国现代戏剧史上的又一次高峰。

“文艺为工农兵服务”的艺术宗旨要求作家努力运用人民群众喜闻乐见的大众化形式和民间语言，进而促进了民族化艺术形式的蓬勃发展。无论是吸取了民间说书艺术特点的短篇小说《李有才板话》，还是直接借用陕北民歌“信天游”形式的叙事长诗《王贵与李香香》，或者是在群众秧歌运动基础上发展起来的新歌剧《白毛女》，都具有浓厚的民族风格和鲜明的地方色彩。

同时，解放区文艺在实践工农兵方向的过程中，也存在忽视文艺自身的审美独立性、机械理解艺术的政治功能等错误和偏差。

第一节　赵树理、孙犁的短篇小说创作

○“山药蛋”派与“荷花淀”派　○赵树理的《小二黑结婚》《李有才板话》——浸润泥土的气息　○孙犁的《荷花淀》——流溢水乡的清新

一、《小二黑结婚》及赵树理小说的风格特色

作家小传

赵树理：土生土长的农民艺术家

赵树理（1906—1970），原名赵树礼，笔名野小、吴戴等，山西省沁水县人。生于贫农

家庭，少时即参加农业劳动，这使赵树理熟悉和了解农村生活的疾苦。他从小喜爱民间文学和地方戏曲。父亲赵和清常带他参加农村自乐性团体“八音会”，北方农村的民谣鼓词、社火土戏等风俗文化也陶冶了他对民间艺术浓厚的审美趣味，为后来文学创作的民族化大众化风格奠定了基础。1925年考入长治山西省立第四师范学校，受“五四”新思潮的影响开始接触新文学并尝试创作新诗和新小说，后因参加学潮被开除。1929年被山西阎锡山当局逮捕入狱，次年获释。在此前后，卖过字画，当过江湖郎中、差役、录事，教过私塾，饱尝生活的艰辛，这为之后的创作积累了丰富的生活体验。1930年他发表了第一篇短篇小说《铁牛的复职》。1939年起编辑《黄河日报》《抗战生活》《中国人》等报刊。新中国成立后，担任《说说唱唱》《曲艺》主编，并任中国文联常委、中国曲艺工作者协会主席等职。1957年后回山西长期深入农村生活，一生积极参与农村基层的实践活动，立志为农民摆“文摊”，写农民看得懂、听得懂的通俗文艺，成为“山药蛋”派作家群追随的精神领袖。

1943年9月由华北新华书店出版的短篇小说《小二黑结婚》，是赵树理的成名之作。同年10月《李有才板话》创作完成，这部中篇小说被誉为“解放区文艺代表之作”。1944年至1949年间他陆续发表了中短篇小说《孟祥英翻身》《地板》《庞如林》《傅贵》《小经理》《邪不压正》《传家宝》《田寡妇看瓜》等一系列真实反映农村历史变革的作品。作为最能够体现毛泽东《在延安文艺座谈会上的讲话》（以下简称《讲话》）所提出的“文艺大众化”创作路线的典范，赵树理成为解放区最有影响的小说家之一。

《小二黑结婚》是《讲话》发表之后最早出现的一部现实主义力作，小说通过描写根据地一对青年男女小二黑和小芹为了争取婚姻自由，与以金旺兄弟为代表的封建恶霸势力、以小二黑的父亲二诸葛和小芹的母亲三仙姑为代表的封建迷信婚姻观念进行不屈不挠的斗争，终于在民主政权主持下取得了胜利的故事，生动地表现了解放区新一代农民在同愚昧落后的封建传统进行坚决斗争的过程中日益成长起来的问题。

《小二黑结婚》电影海报

《小二黑结婚》所蕴含的丰富深刻的思想内容超出了对自由爱情本身的歌颂，是同农村改革实际紧密结合，具有较多的政治文化色彩，实践着赵树理贴近生活本真面目的艺术理想。通过揭露农村中恶霸势力的猖獗和封建传统观念的顽固，表明了反封建思想斗争的长期性和阶级斗争的艰巨性，也说明了在中国农村积极开展民主改革、移风易俗的重要意义，热情颂扬了根据地党领导下的民主政权。小二黑与小芹的爱情命运在中国现代文学史上具有深远的意义，从鲁迅的《伤逝》中子君、涓生这对城市知识青年为自由恋爱而与命运抗争的失败，到赵树理的《小二黑结婚》中农村男女青年争取个性解放最终获得胜利，从一个侧面显示了中国反封建革命在二十多年间所迈出的巨大步伐。以《小二黑结婚》为标志，赵树理在人物塑造、艺术结构和文学语言等方面，创造了真正符合广大人民群众审美趣味的艺术形式。

作品欣赏

彭德怀为《小二黑结婚》的出版题写了这样一段话：“像这样从群众研究中，写出来的通俗故事，还不多见。”这部作品独特的大众化风格具体体现在哪里？下面请大家一起欣赏“看看仙姑”这一精彩片段，并从中找到答案。

小二黑结婚（节选）

十一、看看仙姑

三仙姑去寻二诸葛，一来为的是逞逞闹气的本领，二来为的是遮遮外人的耳目，其实让小芹吃一吃亏她很高兴，所以跟二诸葛老婆闹了一阵之后，回去就睡了。第二天早上，她起得很迟，于福虽比她着急，可是自己既没有主意，又不敢叫醒她，只好自己先去做饭。饭快成的时候，三仙姑慢慢起来梳妆。于福问她道：“不去打听打听小芹？”她说：“打听她做甚啦？她的本领多大啦？”于福也再没有敢说什么，把饭菜做成了放炉边等，直等到她梳妆罢了才开饭。

饭还没有吃罢，区上的交通员来传她。她好像很得意，嗓子拉得长长地说：“闺女大了咱管不了，就去请区长替咱管教管教！”她吃完了饭，换上新衣服、新手帕、绣花鞋、镶边裤，又擦了一次粉，加了几件首饰，然后叫于福给她备上驴，她骑上，于福给她赶上，往区上去。

到了区上。交通员把她引到区长房子里，她趴下就磕头，连声叫道：“区长老爷，你可要给我作主！”区长正伏在桌上写字，见她低着头跪在地下，头上戴了满头银首饰，还以为是前两天跟婆婆生了气的那个年轻媳妇，便说道：“你婆婆不是有保人吗？为什么不找保人？”三仙姑莫名其妙，抬头看了看区长的脸。区长见是个擦着粉的老太婆，才知道是认错人了。交通员道：“认错人了！这就是于小芹的娘！”区长打量了她一眼道：“你就是小芹的娘呀？起来！不要装神做鬼！我什么都清楚！起来！”三仙姑站起来了。区长问：“你今年多大岁数？”三仙姑说：“四十五。”区长说：“你自己看看你打扮得像个人不像？”门边站着老乡一个十来岁的小闺女嘻嘻嘻笑了。交通员说：“到外边耍！”小闺女跑了。区长问：“你会下神是不是？”三仙姑不敢答话。区长问：“你给你闺女找了个婆家？”三仙姑答：“找下了！”问：“使了多少钱？”答：“三千五！”问：“还有些什么？”答：“有些首饰布匹！”问：“跟你闺女商量过没有？”答：“没有！”问：“你闺女愿意不愿意？”答：“不知道！”区长道：“我给你叫来你亲自问问她！”又向交通员道：“去叫于小芹！”

刚才跑出去那个小闺女，跑到外边一宣传，说有个打官司的老婆，四十五了，擦着粉，穿着花鞋。邻近的女人们都跑来看，挤了半院，唧唧哝哝说：“看看！四十五了！”“看那裤腿！”“看那鞋！”三仙姑半辈没有脸红过，偏这会撑不住气了，一道道热汗在脸上流。交通员领着小芹来了，故意说：“看什么？人家也是个人吧，没有见过？闪开路！”一伙女人们哈哈大笑。

把小芹叫来，区长说：“你问问你闺女愿意不愿意！”三仙姑只听见院里人说：“四十五”“穿花鞋”，羞得只顾擦汗，再也开不得口。院里的人们忽然又转了话头，都说“那是人家的闺女”“闺女不如娘会打扮”，也有人说“听说还会下神”，偏又有个知道底细的断断续续讲“米烂了”的故事，这时三仙姑恨不得一头碰死。

区长说：“你不问我替你问！于小芹，你娘给你找的婆家你愿意跟人家结婚不愿意？”小芹说：“不愿意！我知道人家是谁？”区长问三仙姑道：“你听见了吧？”又给她讲了一会儿婚姻自主的法令，说小芹跟小二黑订婚完全合法，还吩咐她把吴家送来的钱和东西原封退了，让小芹跟小二黑结婚。她羞愧之下，一一答应了下来。

——赵树理．小二黑结婚．延安：新华书店编辑部，1944.

《李有才板话》是赵树理继《小二黑结婚》之后创作的最早反映解放区农民翻身斗争的中篇小说。小说围绕解放区农村——阎家山改选村政权和减租减息运动，正面展示了农民与地主之间曲折复杂的阶级斗争和农村社会变革的历史画面。小说描写了进步农民李有才和富有反抗精神的“小字辈”青年农民同以恶霸地主阎恒元为代表的长期统治阎家山的封建宗法势力进行的勇敢斗争，热情表现了以李有才为代表的觉醒了的农村新一代人物的成长、成熟并讴歌了他们乐观勇敢的战斗精神，揭露了恶霸地主阶级阴狠狡诈的反动本质。小说真实地反映了解放区农村民主革命发展过程中鲜明的阶级矛盾和复杂的阶级斗争，正面揭示了农村工作中可能存在的种种问题。小说充分体现了赵树理尊重农民的审美习惯、积极吸纳传统民间文艺表现手法的创作个性，快板这种民间艺术形式的大量穿插既是情节结构的有机组成部分，又是使李有才这个豪爽坚强、幽默乐观的人物形象保持鲜活生动的重要艺术元素。

《李家庄的变迁》是赵树理创作的第一部长篇小说，作品把夺取人民政权的斗争放置到更广阔的历史时空背景上，描写了太行山区一个封建守旧势力相当强大的小村庄从大革命失败到抗战胜利近二十年间所发生的曲折跌宕的历史变迁。八路军领导下的广大农民群众为寻求翻身解放，与狡诈残忍的地主军阀展开长期而艰苦的斗争。在寻求自由和解放的抗争中，李家庄的新一代农民逐步觉醒、成熟起来，亲手打破了家乡的落后闭塞，迸发出强大的革命力量和斗争激情。李家庄的变迁，正是中国现代广大农村不可避免也必然发生的巨大变迁的一个缩影。

经典评论

“新颖、健康、朴素”

（读了《李有才板话》）我是完全被陶醉了，被那新颖、健康、朴素的内容与手法。这儿有新的天地，新的人物，新的感情，新的作风，新的文化，谁读了，我相信都会感兴趣的。

——郭沫若．《板话》及其他．文汇报，1946－08－16.（括号内文字为编者所加）

“走向民族形式的一个里程碑”

《李有才板话》让我们看见了解放区的农民生活改善的斗争过程和真相。《李家庄的变迁》不但是表现解放区生活的一部成功的小说，并且也是“整风”以后文艺作品所达到的高度水准之例证。这一部优秀作品表示了整风运动对于一个文艺工作者在思想和技巧的修养上会有怎样深厚的影响。（在艺术上，用一句话品评就是已经做到了大众化，是）走向民族形式的一个里程碑，解放区以外的作者们足资借鉴。

——茅盾．关于《李有才板话》．群众，1946，12（10）；论赵树理的小说．文萃，1946，2（10）.

“大众风格的人民艺术家”

（赵树理是）一个在创作、思想、生活各方面都有准备的作者，一位在成名之前已经相当成熟了的作家，一位具有新颖独创的大众风格的人民艺术家。

——周扬．论赵树理的创作．解放日报，1946－08－26.

从主题上看，赵树理总是选取某些现实生活中迫切需要解决而又未能在工作中及时引

起注意的社会意义深刻的创作主题，他将这些社会问题通过文学形式艺术地再现，创作了所谓“问题小说”[①] 的独特小说品种，而这类小说的共同特质是都带有鲜明的时代性和现实意义。虽然从农村日常生产生活的平凡现象入手，但赵树理善于以小见大地反射出时代背景，预见到小问题潜在的大隐患，在轻松幽默的论述中逐渐将问题引向严肃和深入。赵树理的作品并不以雄伟的气势取胜，而是寓韵味于平淡幽默之中，让人掩卷之后自觉深省，显示了一种见微知著的风格特色。

从人物形象塑造来看，赵树理笔下的人物形象往往在语言行动中丰满起来。作为一个现实主义作家，作为一个在农村成长起来的人民艺术家，赵树理对农民的认识是真实而全面的，他一方面揭露了农民身上的某些需要改造的落后素质，另一方面挖掘其内在固有的美好品德，往往寓批评于诙谐幽默之中，将善意的讽刺与热情的讴歌结合在一起。对二诸葛、三仙姑这类农村落后人物形象的塑造，充分体现了这种特色。二诸葛，他在封建迷信道德观念的毒害下形成了愚昧保守的思想，顽固维护封建包办婚姻制度与家长的权威，但这些并未掩盖其作为劳动人民所具有的善良、淳朴的一面，这两方面的结合共同形成了二诸葛的个性特征。三仙姑则是一个好逸恶劳、装神弄鬼而举止轻浮的落后农村妇女，她反对小芹和小二黑的自由婚姻。作者通过这两个人物，表明了几千年的封建传统礼教给予农民的深刻影响和毒害与小生产者自身保守落后、迷信愚昧的严重精神病态。与二诸葛这类守旧的农民形象相对照的是另一类新型农村小字辈的形象，其代表是小二黑和小芹，他们有明确的人生理想和追求，在斗争中又表现了高度的自觉性和对胜利坚定的信念，但他们的性格和思想深度不及老一辈农民表现得精彩。介于这两类形象之间的是赵树理笔下最突出的农民代表李有才，他既克服了老农民愚昧保守的通病，又比青年农民思想深刻，他在实际斗争中磨炼并显示出卓越的聪慧才智、乐观情绪和敏锐洞察力，体现了先进农民的思想品格，预示了时代发展的必然趋势。赵树理对农民形象的塑造从外在形象到内在情感都表现出地地道道的农民气质，为中国文学的人物画廊贡献了一批鲜活生动、亲切质朴的农民人物形象，充分显示了作家细腻的观察和真切的体认，表现了乡土文学的艺术本色。

在具体的艺术表现手法和技巧上，赵树理的小说也显示了异常鲜明独特的民族风格和乡土气息：第一，在小说艺术结构上，赵树理本着文学为工农兵服务的艺术原则，认真考察群众普遍的欣赏习惯和阅读期待，在作品的可读性方面下了很大功夫。小说借鉴了传统评书、章回体小说的结构特点，吸纳了其注重故事的完整性，讲究情节连贯、首尾呼应等艺术精华，克服了旧章回小说刻板僵硬的缺点，创造出一种评书体小说形式，极大地推进了“五四”新文化运动开启的白话小说的民族化进程。第二，在小说语言方面，作为一个深得农民喜爱的乡村语言大师，赵树理小说语言具有亲切质朴、明快风趣的特色。他借鉴古典小说、民间文学、戏曲语言为广大群众喜闻乐见的表达技巧，将经过提纯加工的生动活泼的民间土语方言引入文学语言的领域，从小说人物语言到作家叙述语言都普遍加以口语化，真正体现了大众化和艺术化的融合。第三，赵树理小说中流溢着浓郁的晋东南乡土民俗色彩。作家用熟识的笔法描绘了农家百艺、风俗物态，蕴含着丰富的中国农民的情感、信仰、智慧等民间文化内涵。继之而起的“山药蛋”派作家群，也正是以其浓墨重彩的民俗描写、显著的地域文化特色而在中国当代文学中独树一帜。

---

① 赵树理在《也算经验》中说：“我在做群众工作的过程中，遇到了非解决不可而又不是轻易能解决了的问题，往往就变成所要写的主题。”（赵树理文集．北京：中国工人出版社，2000.）

知识链接

"山药蛋"派：浸润泥土的气息

"山药蛋"派是一个致力于大众化小说创作的作家群体，其代表是山西作家赵树理，他的小说《小二黑结婚》《李有才板话》《李家庄的变迁》是该流派的奠基之作。"山药蛋"派的中坚力量还有马烽、西戎、束为、孙谦、胡正五人，他们和赵树理一样，大都生长于山西农村，懂得农民生活，同时有大致相同的经历：他们同是一个班排的战友，又一起到延安鲁艺学习，然后返回晋绥解放区从事文化工作，都担任过农村基层领导工作，这使他们对毛泽东的《讲话》有更切近的理解，一致主张用小说创作来提出问题、解决问题并指导生活。尽管该派成员20世纪40年代并不生活在同一地区，也无法结社聚会，但在文学大众化的方向上却始终保持一致的追求，从文学情趣上也追随赵树理的风格，即在创作中自觉贯彻毛泽东《讲话》的精神，着眼于农村生活题材，为农民写农民，走小说大众化、民族化道路。该派的代表作还有马烽、西戎的《吕梁英雄传》，马烽的《张初之的故事》《我的第一个上级》，西戎的《谁家的》，束为的《红契》，孙谦的《村东十亩地》，胡正的《长烟袋》等。

新中国成立后，"山药蛋"派作家在北京的聚会似乎缔结了一个文学契约，魔力般使他们纷纷返回山西继续生活并创作。随即出现了以韩文洲、李逸民、义夫、杨茂林等为代表的第二代"山药蛋"，至此形成了一个稳定成熟、规模庞大而又颇有影响的小说群体。

总之，赵树理的作品在艺术形象、文体话语、风貌描摹等方面熔艺术性和大众性于一炉，创造出独具一格的民族新形式，创造出老百姓喜闻乐见的、具有中国气派的民族小说，并对后来的小说产生了深远的影响。1947年7月，晋冀鲁豫边区文联号召文艺创作向赵树理方向迈进，同年8月，边区政府把唯一的文教作品特等奖授予了赵树理。

二、《荷花淀》及孙犁小说的风格特色

作家小传

孙犁："荷花淀"派的精神典范

孙　犁

孙犁（1913—2002），原名孙树勋，河北省安平县人。1937年冬，孙犁投身于伟大的抗日洪流中，为抗战团体编写剧本，为晋察冀通讯社编写通讯员的辅导教材，同时担任晋察冀边区最早的文艺刊物——《文艺通讯》的编辑，并陆续发表文学作品。1939年正式发表第一篇小说《一天的工作》，其平凡中见伟大、平淡中见真情的创作风格初露端倪，以相对成熟的姿态步入文坛。1944年离开冀中之前的创作，主要有小说《邢兰》《走出以后》《老胡的事》《女人们》《识字班》和诗歌《白洋淀之曲》等。1944年，孙犁进入延安鲁迅艺术学院，一边从事教学研究工作，一边积极创作，先后发表了《荷花淀》《芦花荡》《麦收》等短篇小说。根据解放战争期间在冀中的生活体验创作的优秀小说和散文有《碑》《嘱咐》《光荣》《浇园》《织席记》《采蒲台》等。到1949年孙犁共创作了30多篇小说，收入作品集《荷花淀》（1947）、《芦花荡》（1949）、《嘱咐》（1949）、《采蒲台》（1950）等。孙犁的作品从多方面勾勒出时代和社会的风俗画面，以明丽畅达的笔调成功地刻画了许多劳动者形象，尤其是农村青年妇女，形成淳朴而深沉、

淡雅而优美的风格，他的这种创作追求吸引了一批中青年作家学习、模仿其风格，文学史上常称其为“荷花淀”派。

1945年5月发表于《解放日报》副刊的《荷花淀》是孙犁的小说代表作，它标志着作家短篇小说创作的全面成熟。

孙犁的作品大致可以分为两类：一类集中描写冀中白洋淀一带水乡农民的斗争生活；另一类描写以冀中阜平为中心的山地儿女的斗争生活。作品总体风格清新恬淡，散发着冀中平原、白洋淀水乡和太行山区特有的泥土芳香和勃勃生机，作品的笔调清新明快，充满抒情诗意，在表现艰苦斗争的同时，洋溢着革命的乐观主义。《荷花淀》是这种风格的杰出代表。

《荷花淀》以浓郁的地方色彩语言勾画了白洋淀独具特色的水乡风貌和冀中人民积极开展抗战斗争、保卫家园的感人场景。小说描写了一次伏击战前后发生的感人故事，表现了抗日民主根据地的青年农民积极投入抗日斗争，热情赞扬了他们勤劳、勇敢、沉着、机智的革命英雄主义、乐观主义情怀。作品着力刻画了以水生嫂为代表的几个光彩照人的农村妇女形象，赞美了她们“识大体、乐观主义以及献身精神”，这些形象的成功塑造也确立了孙犁在女性形象刻画上独到的视角和卓越的成就。小说既真切地写出了水生和水生嫂这一对普普通通的农村夫妻在同甘共苦的生活中培养起来的淳朴、真挚的感情，分别的场面描写传达出他们内心蕴藏的难舍难分、温情脉脉的深厚而质朴的爱，又表现出水生嫂通情达理、深明大义的美好心灵和刚强性格。此外，作品还精心安排水生嫂等女人与日本侵略者在荷花淀展开的一场真正的战斗，女人们沉着谨慎、机智勇敢地同敌人周旋，以事实证明经受战争的锤炼和考验而日益成熟起来的中国人民必将最终赢得战争的胜利。作品回避了惊心动魄、火药味十足的战斗场面，从另一个角度反映抗日战争时期的时代岁月和斗争生活，展现了敌后根据地人民的美好品质。

1946年发表的《嘱咐》可以看作《荷花淀》的姐妹篇，也是一篇具有强烈的艺术魅力和深刻的思想内容的短篇小说，讲述了一个经过多年抗战夫妻重逢的感人故事。作者用平淡质朴但极为深沉含蓄的手法，细腻描摹了主人公水生趁战斗间隙回家探亲的复杂心态。场面描写真切感人，水生终于见到了自己的女人，热情地叫了一声：“你!”没有过多华美的言语，质朴无华中流露出深厚的思念。

在主题和题材的选择上，孙犁的小说不重于摹写具体的社会问题，不过多揭露日常生活中复杂的阶级矛盾，而是通过日常生活画面展示时代现实风貌，着力表现战争年代人民朴素简单的美好心灵和刚强果敢的高尚情操。孙犁的小说、散文作品贯彻着一个鲜明的总主题，这就是在伟大的民族解放战争中，农民大众在党的领导下日益觉醒和成熟，在单纯明净的格调中挖掘农民内在心灵的“真善美的极致”，并高度颂扬新中国、新时代、新社会、新农村的新气象。

孙犁独创了自己的美学人物体系。用灵巧的笔触凸显人物满怀的对于生活的喜悦和希冀，在阶级斗争和民族斗争中锤炼出来的坚毅、英勇的品格。而其中最鲜活灵动的就是在残酷的战争中识大体、顾大局、勇挑生活重担、具有乐观主义和献身精神的农村青年妇女形象系列。孙犁以抒情的笔调渲染气氛，把自己的一腔深情不着痕迹地倾注到人物形象塑造中，着重表现了在她们温柔娴静的外貌下面所蕴含的坚韧顽强的优秀品格。孙犁对劳动人民身上蕴藏的人情美和人性美的揭示，主要是通过对农村妇女形象的塑造和刻画来完成的。除了上面提到的《荷花淀》《嘱咐》里的水生嫂外，《光荣》里的秀梅、《麦收》里的二梅、《碑》里的小菊、《种》里的慧秀、《浇园》里的香菊、《吴召儿》里的吴召儿、《蒿儿梁》里的刘兰等都是具有美好的心灵、奋发向上的品德和对未来充满信心的新一代年轻人。孙犁选择了他最熟悉的生活、最了解的人物，并赋予全部感情，细致捕捉日常生活的典型细节。纤丽而简单的言语、深沉而真诚的情感充实了孙犁与众不同的艺术风格，实践了他的审美追求。

孙犁小说的结构既严谨缜密，又轻巧灵活，他不注重故事的完整和情节的曲折离奇，常常出现的由一连串的生活画面连缀而成的一幅幅美好画面是孙犁小说的重要组成部分，以散文的抒情笔法来结构小说，善于选择与人物性格相关的生活片段，灵活自如地加以穿插，使人物的性格命运、生活片段和作者的理解、议论融为一体，随着人物情感的流动，结构上表现出活泼生动的特点。

孙犁小说在描画对象和语言格调上都刻意追求一种清新明丽的散文诗般的意境，于平淡之中见深远，于简朴之中含隽永，于轻柔之中透刚强，于通达晓畅之中显朴素浓重。小说以平静的开头把读者引入心灵震颤的深处，而在结尾处又以淡泊淳美的意境令人遐想无限。绚丽多彩的乡情风景描写，更增添了孙犁小说的这种诗意美，不同于赵树理笔下承载着农民的厚道、黄土地的粗犷等的厚重尘封。打破问题小说沉重的历史考察，孙犁笔下的风土人情更多洋溢着白洋淀的轻灵澄澈，对自然景色的描绘多于对社会环境的营造，在孙犁笔下，一景一物都灵活跳跃起来，万物都充满了人的灵性和情感。孙犁小说的语言蕴含着浓厚的感情在其中，那柔情似水的语言使作品充满了一种水波荡漾的抒情气氛。

总之，孙犁的小说以其独有的人物美、人情美、人性美和新颖灵巧的结构、简洁而富有风情的语言、含蓄而极富分寸感的抒情意味，显示了别具一格的民族风格特色。与赵树理质朴淳厚的风格相比，孙犁更多地体现出一种淡远明丽、清新舒展的审美格调，他的这一风格吸引了一批作家效仿和学习，并围绕其形成了“荷花淀”派。

知识链接

“荷花淀”派：流溢水乡的清新

1945 年日本投降后孙犁即返回冀中，此后长久地生活在这里，他的返回实际上使其成为“荷花淀”派作家效仿和追随的中心。20 世纪 50 年代由刘绍棠、从维熙、韩映山、冉淮舟、房树民等青年作家围绕孙犁最终形成“荷花淀”派作家群，而从更广的范围讲，方纪、王林、康耀、秦兆阳、李英儒、柳耙、李满天等作家也存在“荷花淀”派的创作倾向，被视为该派的外围作家。该派作家强调把自己的创作根植于乡土地域中生长，形成崇尚自然恬淡、宁静素雅的审美品位。他们的作品大都取材于农村日常生活，一般没有“重大题材”，笔调平易，创造出一种人与自然和谐统一的小说意境。该派作家还流露出对家乡故土风物的热爱之情，注重在作品中开掘生活美和人性美，追求写实与浪漫统一，普遍形成一种诗化风韵。

第二节　丁玲、周立波的长篇小说创作

◯《太阳照在桑干河上》——对土地改革本质的深度揭示　◯《暴风骤雨》——对土地改革运动的全景展示

一、《太阳照在桑干河上》及丁玲小说的风格特色

在新文学阵营中，丁玲是一位创作历史较长并且紧跟时代潮流的重要作家。

作家小传

丁玲："桑干河上"的沉思者

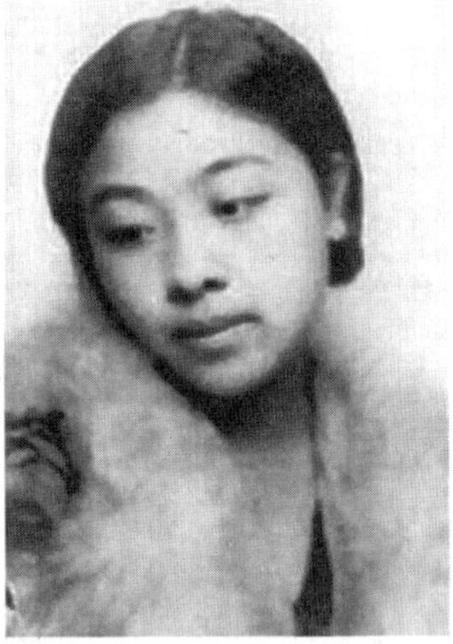
丁 玲

丁玲（1904—1986），原名蒋伟，字冰之，1904年10月12日生于湖南省临澧县的一个没落官僚地主家庭。四岁丧父，童年、少年时代随母亲在常德舅父家生活。读中学时接受了"五四"新文化思潮的影响。1922年初去上海，进入陈独秀、李达创办的平民女校学习。1923年经瞿秋白介绍入上海大学中文系。1924年到北京，1925年与胡也频结婚。1928年初发表短篇小说《莎菲女士的日记》，1930年5月加入中国左翼作家联盟。1931年初胡也频被国民党当局杀害，她没有因此屈服，于1932年3月在白色恐怖中加入了中国共产党。1933年5月被特务秘密绑架，在南京关押三年多。她在狱中坚持创作，《意外集》中的《松子》《一月二十三日》等篇即作于此时。1936年秋经营救出狱，年底奔赴延安。在延安时期又先后创作了《一颗未出膛的枪弹》《我在霞村的时候》《在医院中》等一系列见解新颖、富有魄力的小说作品。延安文艺座谈会后，丁玲沿着文艺为工农兵服务的方向深入生活，1946年到1948年多次参加华北农村土改，在体验生活的基础上，她以极大的政治热情于1948年完成了反映农村土地改革运动的著名长篇小说《太阳照在桑干河上》，体现出磅礴的时代气势和女性的细腻思考。

丁玲早期作品在艺术上很有特色，善于从人物内心世界中寻找隐蔽的悲剧冲突进而挖掘其社会历史根源，大篇幅的奔涌的内心独白，穿透力极强的性格描摹，都体现着现代阶段普遍追求的生命意味。"左联"成立前后无产阶级革命文学的倡导与最初实践，影响着丁玲的文学观。1929年和1930年创作的长篇小说《韦护》和短篇小说《一九三〇年春上海》，表现了作者在黑暗中寻找"新人"的努力。丁玲的创作在1931年发生了较大的转变。这一年创作的《水》《田家冲》等优秀作品，标志着作者从个人自传式的写法转向对社会现实的直接描绘。1936年底到了延安以后，丁玲开始了她创作生涯中一个全新的时期。她创作了一批印象记、通讯、速写和报告文学，后来结集为《陕北风光》出版，短篇小说则收进了《我在霞村的时候》一书，作为胡风主编的"七月文丛"之一种于1944年3月出版。

作为一位坚持审视生活的独立立场的作家，解放区新的环境、新的人物令丁玲欢欣鼓舞，但现实中的许多问题也使她焦灼沉思。短篇《夜》便是一篇"沉思"之作。小说忧虑地看到了边区的农民虽然在政治上翻了身，但他们刚刚从黑暗社会中走过来，必然面临着包括社会、个人的诸多现实问题亟待解决。主人公何华明的形象说明：离开了经济上和文化上的翻身，农民单纯政治上的翻身是不彻底的，这是《夜》的中心题旨。这种深刻的思考，在40年代的解放区小说以至整个文学创作中可以说是极其罕见的，它的出现是现实主义创作方法的又一次胜利。

《在医院中》和《我在霞村的时候》这两个短篇也是现实主义的佳作。《在医院中》通

过从上海来到边区医院当产科医生的知识分子陆萍的眼光，揭示了医院中实际存在的种种问题。《我在霞村的时候》则以一支蘸满同情的笔，热情赞扬了一个苦难而又坚强的女性。这是一篇优秀的小说，它并不是按传统的以同情的态度来刻画人物，进而向日本侵略者提出血泪的控诉，而是以一种全新的伦理态度审视人生，体现灾难境遇对人的求生欲望和自尊心理的激发，以及由此产生的新的人生姿态和生活态度，表现了一个惨遭摧残的女性坚强不屈、追求光明的坚忍毅力。小说的主题已经超出了对个别生活内容的客观描画或是民族仇恨下的战争控诉，而是超越时空的对人类真、善、美的普遍呼唤。当一部小说所体现的女性独立意识先于当时当地的社会意识时，它的不被普遍理解、认同是可以想象得到的。

经典评论

“高度的真实性的、史诗似的作品”

丁玲的《太阳照在桑干河上》，是一幅相当辉煌的美丽的油画，是艺术上具有创造性的作品，是一部相当辉煌地反映了土地改革的、带来了一定高度的真实性的、史诗似的作品；同时，这是我们社会主义现实主义的在现时的比较显著的一个胜利，这就是它在我们文学发展上的意义！……这部作品的这个现实主义的成就，主要地表现在这几点上：第一，从对于人民的生活与斗争的深入的观察、体验与研究出发，对于社会能够在复杂和深广的基础上进行具体的和比较全面的分析，而排斥那些概念（不管那一类概念）出发以及概念化的道路。第二，从写真实的生活和社会的要求出发，对社会的内在的矛盾斗争的复杂关系进行具体的分析，同时也这样地分析人的思想与行动及相互关系，以写真实的人，从而奠定了现实主义的典型创造的基础。第三，艺术的表现能力已达到相当优秀的程度。

——冯雪峰．《太阳照在桑干河上》在我们文学发展上的意义//雪峰文集（二）．北京：人民文学出版社，1983.

出版于1948年9月的《太阳照在桑干河上》是中国现代文学史上最早出现的反映土地改革运动的长篇小说，也是丁玲小说创作道路上的一个新的里程碑。研究界普遍认为这部小说是反映时代风云、把握重大题材的优秀作品。

一方面，作者出色地掌握了新的历史时代的本质内涵，深刻地反映了土地改革时期农村阶级关系和矛盾的复杂性。规模宏大、人物众多，各种性质的矛盾冲突、丰富多样的斗争形势交织在一起，各阶级、阶层之间的关系错综复杂，这些都是小说创作的难点。但丁玲将富有诗意的笔触深入到农村社会的各个方面和细小角落，独具匠心地安排典型环境和典型情节（以农民与地主的斗争为主线，以挖出并斗倒钱文贵这一典型事件为主要情节），线索明晰、有条不紊地展现了处于伟大历史变革中的宏大广阔的农村社会生活画面。

另一方面，全书共58节，近40个人物，宏大的生活画面下亦不乏细腻的人物刻画，塑造了一系列真实生动、血肉丰满的艺术形象是这部作品的一大成就。丁玲从陕北时期就努力探索表现新人物内心生活的方法，在《太阳照在桑干河上》中遵循现实主义的艺术原则，从实际生活出发，把人物放在一定的历史条件下和斗争环境中加以分析，既努力发掘农民要求翻身、敢于革命的本质，又注意到千百年来封建生产关系在他们身上产生的影响，在歌颂斗争的同时也不掩饰他们的弱点。用人物分析的方法来刻画出人物形象的完整性和深刻性，通过把环境介绍和人物描写、故事叙述和心理分析结合起来，细致地剖析人物复杂的心理活动过程，深入内在世界使形象丰满立体，描写农民逐渐走向觉醒的过程，表现新时代新农村的本质内涵，也严谨地实践着丁玲要在文学作品中反映“农村的变化，农民的变化”的创作意图，在相当程度上摆脱了一度盛行的理想化色彩，体现了作者对“当时当事”的清醒认识和严肃的批判意识。作品中的农民形象——主要人物张裕民、程仁、侯忠全等都写得眉目清晰、丰满亲切；知识分子出身的文采脱离实际的教条主义、主观主义作风和自以为是、装腔作势的态度描绘得淋漓尽致；对于作家倾注较多情感色彩的黑妮这个人物，研究界始终争论较多，作家对这个人物的态度很大程度上反映了丁玲对现实生活的体验和对土改中阶级关系复杂性的理解。黑妮虽然是钱文贵的侄女，但她的地位只是一个地主家的丫环，她拥有自己独立的精神世界，小说中流露出作者对人的个体生存超阶级的关注，以及作家自身对社会问题的独立思考。在叙述语言上，作者积极响应《讲话》中确立的“文学为工农兵服务”的创作宗旨，努力提炼人民群众富有生命力的新鲜活泼的民间口语，融合以文雅凝练的书面语，在增强艺术感染力的同时显示了作家非凡的理性精神。

作品欣赏

《太阳照在桑干河上》梗概

本分厚道的老汉顾涌用亲家胡泰的胶皮大车拉着大女儿和外孙回到暖水屯。他的二女儿嫁给本村地主钱文贵的小儿子钱义。钱文贵善于见风使舵，让钱义参加八路军，为了寻求政治保护还将女儿嫁给治安员张正典，为了探知胡泰家发生了什么事情，让侄女黑妮陪着小儿媳一道回娘家。

善良漂亮的黑妮虽是钱文贵抚养长大的孤儿，但丝毫没受其习气污染，她和憨厚朴实的程仁相爱。程仁与张裕民一样从小受地主的剥削，对地主阶级充满了仇恨，但当选了农会主任之后因与黑妮的爱情关系一度背上了沉重的思想负担，总感到“有个东西拉着他下垂”，使他行动“不坚决，不积极”。他怕影响不好而疏远黑妮，这使黑妮有些忧郁。等黑妮走后，顾涌的大女儿告诉妹妹，是公公（胡泰）怕家里的两辆车都被分走，所以让父亲赶一辆回来避风头。

妇女主任董桂花为买地而背上粮食债，她无法理解妇女识字与改善生活有什么关系。同时村里流传着关于共产党重新清算大户和国民党军队要打回来的谣言。

张裕民是暖水屯的第一个共产党员，他带领干部准备发动土改运动。同时区上派来区工会主任老董和文采、杨亮、胡立功三人组成的工作组，他们召集村干部宣传土改政策并组织贫农开会。组长文采长达 6 小时的发言脱离农民实际，会后村民对土改充满了犹疑和担心。在果树园里，张裕民告诉杨亮村干部不愿说出斗争对象的顾虑。为拉拢程仁，钱文贵一家劝黑妮主动去找程仁。胆小怕事的地主李子俊从任国忠教员口中得知土改大清算的消息，吓得坐立不安甚至逃跑。程仁让李子俊的佃户到他家要红契，但农民们都怕如今出头将来遭地主报复。张裕民得知后，找村副赵得禄商量，他们觉得为了防止地主卖光果实应该把果园看管起来。在是否斗争钱文贵、李子俊和顾涌的问题上，文采、老董与杨亮、胡立功发生了分歧，但都主张用小胜利来鼓舞村民的土改热情。

村里十一户地主的果园被看管了，但没有钱文贵的。刘满对此非常愤怒，与张正典发生了口角。村民更赞同刘满，对干部们的做法感到不满。

在土改初期，村民普遍存在害怕变天的心理，还有一部分群众头脑中留有宿命论、自私保守等落后思想观念，村干部们本身也思想觉悟不高、自觉意识不强，支部书记张裕民面对微妙复杂的斗争形势一时犹豫不决、举棋不定，农会主任程仁因私心杂念而显出犹豫观望的消极态度。其他村干部也都存在私利的考虑而不能积极开展斗争。暖水屯存在的种种问题，使本应重点打击的地主恶霸钱文贵反而逍遥法外，甚至还成了“抗属”而受到优待。斗争因此一度陷入僵局。此时县里派年轻有为的县宣传部长章品来解决暖水屯的土改问题。为了统一干部思想，章品决定召开党员大会。会上张裕民带头反省自己在工作上的失误，使党员们消除了顾虑，决定将钱文贵看押起来。程仁回家以后，钱文贵的老婆企图拿红契和嫁黑妮收买他，结果被赶了出去。

钱文贵被抓的消息传开后，整个暖水屯的人们都拍手称快。胡泰和顾涌的问题也得到了正确的解决，胡泰取回了自己的胶皮大车，顾涌找农会主动献地，他们被划分为富农。地主侯殿魁主动找佃户侯忠全，求他收下红契。工作组和村干部们忙着分发土改成果，农民们正兴奋地领取。在人群中程仁刚巧遇到黑妮，她还是那么快乐。此时老董从区上带来消息，前线急需人力去怀来一带加修工事。张裕民召集村干部为此事和秋收工作做人力安排和准备。第二天正好是中秋，刘满带着一队年轻小伙奔赴怀来。老董和工作组离开暖水屯，前往新的工作阵地，沿途所见村庄都呈现出一派翻身解放的崭新景象。

二、《暴风骤雨》及周立波小说的风格特色

土地改革，作为解放区农村的一场伟大变革，成了当时一些中长篇小说共同的题材。这类作品中，除丁玲的《太阳照在桑干河上》之外，要以周立波的《暴风骤雨》的艺术成就最为突出，后者获得 1951 年度斯大林文学奖三等奖。

周立波（1908—1979），原名周绍仪，湖南益阳人。1941 年开始创作短篇小说，先后发表了反映陕北农村生活的《牛》和以身陷牢狱的生活为素材的《麻雀》《第一夜》等五篇小说。1948 年 4 月、1949 年 5 月，他陆续发表了根据自己参加东北土改运动的亲身体验写成的长篇小说《暴风骤雨》的第一部和第二部，引起了巨大的社会反响。

周立波的长篇小说《暴风骤雨》通过详尽描写松花江畔的小山村元茂屯土改斗争的全过程，反映了中国农村前所未有的巨大变革。小说共分两部：第一部写的是 1946 年中央“五四指示”下达后到 1947 年《中国土地法大纲》颁布前，元茂屯在工作队的领导下开展土地运动，通过发动群众，唤醒贫苦农民的阶级觉悟和斗争勇气，斗垮恶霸地主韩老六，打退土匪进攻，取得了斗争的初步胜利；第二部写的是 1947 年 10 月《中国土地法大纲》颁布后，工作队再入元茂深入调研，最终取得土改斗争的全面胜利。小说从工作队进村发动群众斗争恶霸地主开始，写到分土地、挖浮财、起枪支、打土匪，直到农民为了保卫胜利果实踊跃支前参军为止，完整地描绘了东北地区土地革命的全过程，热情地讴歌了在中国共产党的领导下，几千年受着封建主义残酷压迫的农民终于团结起来，同地主阶级进行坚决而顽强的斗争，最终消灭了封建土地所有制，使生产关系发生了根本性的变化，广大农村呈现出了前所未有的新面貌。

这部小说的人物和故事情节比较单纯，紧密围绕元茂屯土改斗争进程的主线展开情节，结构单纯严谨、线索清晰明朗，着重描写两个阶级之间根本立场的对立，而自觉地忽略各个阶级内部复杂矛盾的描写。小说最突出的地方是作者着力刻画了一系列性格鲜亮的农村新人的形象典型，赋予他们较多的理想主义的色彩，宣扬大公无私的高贵品质和无限忠于人民革命事业的传统美德，这种人物形象的塑造比较典型地代表了一种塑造完美英雄的审美理论。第一部的中心人物是赵玉林。第二部的主人公是郭全海，作者通过分马、参军等几个典型事例烘托出他精明能干、机灵正派、大公无私的高贵品质和无限忠于人民革命事业的传统美德。整个小说情节连贯，基本按照土改斗争发展进程的时间顺序来结构作品，

表现土改斗争的历史面貌，洋溢着饱满的革命激情。作家广泛地吸取了当地农民的方言口语，使作品透着浓郁的时代色彩和东北农村的地方特色。

第三节　《白毛女》《王贵与李香香》等戏剧和诗歌创作

◯《白毛女》——现代民族歌剧的新尝试　◯《王贵与李香香》——现代叙事长诗的新探索到“文艺翻身”的“响亮的信号”　◯《漳河水》——新民歌特色的长篇叙事诗

一、《白毛女》——现代民族歌剧的新尝试

《白毛女》是中国新歌剧的代表之作。1945 年，为了向即将召开的党的七大献礼，延安鲁迅艺术文学院根据流传在晋察冀边区的“白毛仙姑”的民间故事原型而集体创作编演《白毛女》。本剧由贺敬之、丁毅执笔，是我国第一部成熟的新歌剧。它以善良的农家少女喜儿的命运沉浮为主线铺开情节，通过她被逼卖身、父亲惨死、在黄家备受折磨、遁入深山、最终复仇等命运遭际，自然体现出“旧社会把人逼成鬼，新社会把鬼变成人”的时代主题。

作品欣赏

《白毛女》通过对喜儿、杨白劳等被压迫阶级形象的塑造，对照性地表现出劳动人民要想摆脱悲惨的生活境遇，唯一的出路就是奋起抗争。下面请跟随我们走进《白毛女》的世界，在这些精彩片段中体会这部歌剧独特的主题意蕴和艺术魅力。

白毛女（节选）

北风吹

北风吹，雪花飘，雪花飘飘年来到。
爹爹出门去躲账整七天，三十晚上还没回还。
大婶给了玉茭子面，我等我的爹爹回家过年。
我盼爹爹心中急，等爹爹回来心欢喜。
爹爹带回白面来，欢欢喜喜过个年。

十里风雪

十里风雪一片白，躲账七天回家来。
指望熬过了这一关，挨冻受饿也能忍耐。

扎头绳

卖豆腐赚下了几个钱，集上我称回来二斤面。
怕叫东家看见了，揣在这怀里头四五天。
卖豆腐赚下了几个钱，爹爹称回来二斤面。
带回家来包饺子，欢欢喜喜过个年，哎，过呀过个年。
人家的闺女有花儿戴，你爹我钱少不能买。
扯上了二尺红头绳，我给我喜儿扎起来。哎，扎呀扎起来。
人家的闺女有花儿戴，我爹钱少不能买，
扯上了二尺红头绳，给我扎起来，哎，扎呀扎起来。

门神门神骑红马，贴在那门上守住家。
门神门神扛大刀，大鬼小鬼进不来，哎，进呀进不来。
——贺敬之，等．白毛女．上海：上海人民出版社，1973.

《白毛女》的诞生不是偶然的。20 世纪 40 年代的延安，人民群众向着解放的目标迅猛进军，群情激昂，艺术和群众之间产生了特殊的结合方式。现实的斗争和群众欣赏水平、审美情趣的需要，在很大程度上影响着艺术的选择。在中国现代戏剧史上，这是一次具有自己鲜明特点的新的戏剧运动。《白毛女》的人物和环境都很典型。喜儿在歌剧中是作为一个遭受巨大的苦难和不幸却不向命运低头，决心报仇反抗的性格坚强的女性形象出现的。她坚强刚毅的内在气质体现了中国劳动妇女的美德，她复仇求生的意志蕴含着对未来美好生活的向往与渴望，并且与维护人的尊严和价值、争取人神圣的生存权利的斗争完全融合在一起了。在中国现代人物形象画廊中，喜儿是体现劳动人民美学理想的最为动人的女性艺术形象之一，而喜儿的父亲杨白劳则是旧中国老一辈受地主阶级剥削的农民形象典型。

《白毛女》的成熟不仅体现在主题思想和人物形象的典型化塑造方面，更表现为其在民族化、大众化的艺术基点上创造的较为完美的具有中国作风和中国气派的新的歌剧样式。在继承民间歌舞剧的同时，它也借鉴了中国古典戏曲和西洋歌剧的某些表现手段，在秧歌剧的基础上创造了新的富有民族形式特点的歌剧。全剧情节跌宕起伏，人物个性鲜明，冲突尖锐激烈，结构线索单纯，故事性极强，符合中国观众的传统审美习惯。在音乐上，《白毛女》适当运用民歌、小调和地方戏曲的曲调来表现剧中人物的感情，借鉴西洋歌剧利用音乐曲调变化表现人物性格发展的艺术处理方法，利用富有民族味的音乐曲调来表现剧中人的性格特征。在艺术表现上，《白毛女》也借鉴了中国戏曲歌唱、吟诵、道白三者结合的传统手法，突破西洋歌剧只唱不说的约束，或用歌唱介绍戏剧发生的特定情景，揭示人物的内心活动，或用吟诵、道白来回忆历史，叙述事件的发展过程。唱词的设置高度诗化，洗练而富于感情，具有强烈的艺术感染力。在歌剧形式上的独创性造成了《白毛女》一方面涂着浓厚的浪漫主义色彩，另一方面贴近生活，真实感人，为新歌剧的创作开辟出一条富有生命力的道路。

无论从思想内容、人物塑造，还是从艺术含量上看，《白毛女》都可以说是中国新歌剧发展历程中的一座里程碑。

二、《王贵与李香香》——现代叙事长诗的新探索

解放区的新诗创作随着民族战争、解放战争的深入而广泛展开。面对新的现实、新的希望，诗人们自觉转变主体创作观念，力图通过反映工农兵火热的斗争现实折射出时代精神和人民大众的心声，从抒发自我的情怀转向“抒人民之情”“叙大众之事”。标志着解放区诗歌创作最突出成就的是建立在民间歌谣基础上的、生活气息浓厚的民歌体叙事长诗，而其中影响和成就最大的是李季的《王贵与李香香》和阮章竞的《漳河水》。

《王贵与李香香》是解放区在延安文艺整风后出现的最有代表性的长篇叙事诗。李季（1922—1980），河南省唐河县人。《讲话》发表以后，李季自觉地实践延安文艺路线，在开创新诗创作民族化、大众化道路上卓有贡献。1946 年 9 月，他在延安《解放日报》上发表了叙事长诗《王贵与李香香》，被当时评论界赞誉为“用丰富的民间词汇来做诗，内容形式都是好的”。

《王贵与李香香》主要叙述了陕北“三边”地区的一对农村青年男女悲欢离合的革命爱

情故事，描写了20世纪30年代前后陕北农民在中国共产党的领导下积极开展土地革命运动并最终取得斗争的胜利，热烈赞扬了劳动人民英勇不屈的反抗精神和忠于爱情的高贵品质。诗共3部13章，在结构上类似于小说的“三部曲”：第一部，描写尚处于恶霸地主黑暗统治下的死羊湾尖锐的阶级对抗，王贵与地主崔二爷的血海深仇以及王贵与李香香生死与共、患难不离的真挚爱情；第二部，是全诗的中心，正面展开矛盾冲突，贫苦农民在党的领导下团结抗争，土地改革的烈火在“三边”地区熊熊燃烧，王贵与李香香对革命胜利、爱情圆满充满了希望；第三部，崔二爷的地主返乡团企图反攻倒算，在革命队伍的打击下彻底覆灭，革命获得了最终的胜利，爱情取得了团圆的结局。

在艺术上，《王贵与李香香》表现出陕北高原独具的清新高朗、质朴热烈的风格。首先，创造性地运用了陕北民歌“信天游”的形式，发挥其舒展自由、韵脚灵活等特点，坚持了民歌固有的音乐美和节奏美，并且大胆地开风气之先，以数节、数十节表现一个完整的情节，数百节连缀成一个复杂多变的长篇故事。其次，传统比兴手法的娴熟运用，既使长诗在明快的节奏和畅达的语言里显示出含蓄生动、富于变换的韵味，又增强了诗歌语言的音乐美和形象性，在叙事中抒情，在抒情中叙事，构成具有浓郁的诗情画意的艺术世界。长诗还广泛吸取方言土语，进一步显示出民歌特有的淳朴凝练、清新优美的艺术格调。最后，诗人大胆地将现实主义写法与民歌形式相融合，运用自然朴实的白描手法塑造了王贵与李香香这两个富有时代气息、血肉丰满、光彩照人的农村青年形象，从他们身上体现出严酷的革命斗争考验下成长起来的革命新人的精神面貌。

三、《漳河水》——新民歌特色的长篇叙事诗

《漳河水》是继《王贵与李香香》之后又一篇优秀的长篇叙事诗，体现出建立在民间歌谣基础上的新民歌的主要特色。作者阮章竞，1914年生于广东中山县，1938年到太行山区，开始从事文学创作。

《漳河水》是以描写解放区妇女争取自身解放为题材的长诗，反映了太行山区妇女在封建传统习俗的野蛮压迫下遭受的苦难，热情地歌颂了她们在共产党领导下获得解放和新生。作品取材别致、构思新颖，没有把主人公形象放在激烈的革命战争中来直接塑造，而是通过对婚姻、家庭以及生产劳动等日常生活的描写来表现她们对自身命运的自主选择和对人生价值的不懈追求。全诗分三部：第一部“往日”，写荷荷、苓苓和紫金英三个农村妇女在封建婚姻制度压迫下不幸的遭遇；第二部“解放”，写她们在人民民主政权的帮助下追求男女平等、婚姻自主的不懈努力；第三部“长青树”，着重刻画她们坚决地冲破封建婚姻的牢笼，重新获得了自由的心境，热情赞美了光明幸福的新生活。

在艺术表现手法上，诗人运用民歌民谣的形式，把流传在漳河两岸的许多民间小曲如《开花》《漳河小曲》《牧羊小曲》等加工改造，在和谐统一中显得活泼而富有变化，除了大量吸取民间口语元素、保持生活的原汁原味外，也注意吸收古典诗词艺术的长处，在匀称整齐中见出作者的艺术功力。该作品叙事抒情流畅生动，格调朴实而明丽、清新而刚健，音乐节奏感强，在新民歌体方面作了进一步探索并取得新的突破。

1949年7月，第一次中华全国文学艺术工作者代表大会（以下简称文代会）在北平召开。会议总结了“五四”以来新文艺发展的历史经验和成绩，成立了中华全国文学艺术联合会，简称中国文联，从而真正实现了国统区和解放区两大文艺队伍的会师。这次会议的胜利召开，标志着中国现代文学阶段的终结，新文艺在经历了新民主主义革命阶段后，将要迈入中国当代文学的历史新时期。

思考题

1. 请比较“具有新颖独创的大众风格的人民艺术家”赵树理与“刻意追求一种清新明丽的散文诗般的意境”的孙犁在小说创作风格上的相同和不同之处。

2. 为什么说《太阳照在桑干河上》是丁玲创作道路上的里程碑，也是延安文艺座谈会以来中国长篇小说创作取得的重大收获？

3. 为什么说《白毛女》是中国新歌剧发展的里程碑？

4. 郭沫若在《王贵与李香香·序》中称赞这首诗是“人民翻身”到“文艺翻身”的“响亮的信号”，请从思想主题和艺术特色两方面理解。

延展阅读

1. 以赵树理为代表的“山药蛋”派虽然以山西的土特产命名，听起来土得掉渣，却以杰出的创作赢得了文学殿堂的通行证，代表作品还有：赵树理的《三里湾》《锻炼锻炼》，马烽、西戎的《吕梁英雄传》，马烽的《我的第一个上级》。马烽、孙谦的《新来的县委书记》还被改编为电影《泪痕》，成为20世纪70年代末中国伤痕文学的代表作。

2. 孙犁是跨越现、当代的杰出作家，虽然已经离世，但他的作品却清香流溢满人间。除了本章介绍的短篇小说外，还有中篇小说《铁木前传》、长篇小说《风云初记》、叙事诗集《白洋淀之曲》、散文集《白洋淀纪事》等流芳文坛。

3. 写作了《太阳照在桑干河上》的丁玲是一个对时代感受敏锐的女作家，在现当代文学史上还出现过一批风格各异却同样光彩照人的女作家，让我们一起走进她们笔下异彩纷呈的小说世界：冰心《超人》、庐隐《海滨故人》、萧红《呼兰河传》、张爱玲《金锁记》、刘索拉《你别无选择》、张洁《爱，是不能忘记的》、池莉《烦恼人生》、王安忆《长恨歌》……

4. 贺敬之、丁毅执笔的歌剧《白毛女》已成为红色经典之作，并被改编为影视作品，最具有代表性的是1951年由王滨、水华导演，田华、陈强主演，东北电影制片厂摄制的黑白影片《白毛女》，它是新中国电影探寻民族风格的重要作品，此外还有1965年上海芭蕾舞团首演的芭蕾舞剧《白毛女》。

第十二章　国统区和沦陷区的文学创作

20 世纪 40 年代，随着战争时局的发展，中国原有的文学空间也出现了与政治格局相应的分裂变化。国统区和沦陷区文学都形成了自己独特的风貌。在小说、戏剧、诗歌和散文创作方面，40 年代的国统区和沦陷区可谓成就辉煌，产生了一些经典的传世之作。如钱锺书《围城》，张爱玲《传奇》《流言》，袁水拍《马凡陀的山歌》，陈白尘《升官图》，路翎《财主底儿女们》，冯至《十四行集》，穆旦《探险队》《穆旦诗集》等。

第一节　国统区与沦陷区文学的独特风貌

〇国统区文学和沦陷区文学的全面观照　〇小说领域异彩纷呈　〇历史剧与讽刺喜剧的创作高峰　〇政治讽刺诗的蓬勃发展　〇杂文与报告文学对时代风云的积极呼应

20 世纪 40 年代，随着战争时局的发展，中国原有的文学空间也出现了与政治格局相应的分裂变化。国统区即国民党统治区域，其文学创作也因特殊的政治环境、知识结构和地域特色而形成自己独特的风貌：一是从思想内容和创作主题上看，出现了许多暴露黑暗、批判当局统治、颂扬反抗的作品，特别是讽刺作品更为盛行；二是艺术形式也呈现出一种新倾向，即打破了“五四”传统形式的限制而力求向民族形式与大众化的方向发展；三是老作家后期创作的作品，风格成熟稳健、深沉激愤。所谓“孤岛”文学，主要指发生在 1937 年 11 月至 1941 年 12 月被沦陷区包围的上海租界中的文学，它密切配合形势，及时反映现实，巧妙地揭露敌人的罪行，讽刺殖民地都市生活和知识社会的陈腐，表现当时的民族精神、社会声息。1941 年上海完全沦陷时，最有影响的文学杂志《万象》团结了一大批在上海的进步作家，发表了大量揭露旧社会表达爱国主义理想的作品。国共合作共同抗日，使国统区与沦陷区抗日初期的文艺运动一度出现火热局面，大批文艺工作者在民族面临危亡的关键时刻，紧握手中的笔杆，自觉承担时代的使命，冲破层层压力和阻碍走出个人的狭小天地，投身于战争的洪流中。民族意识和群体意识的张扬，激发了文学观念、审美心理、创作内容和艺术形式方面的鲜明变化，取得了丰硕成果。

一、小说创作成就斐然

这一时期国统区和沦陷区的创作成就体现在多种文学体裁中。小说领域涌现出一批传世之作，如钱锺书的短篇小说集《人·兽·鬼》、长篇小说《围城》，张爱玲的小说集《传奇》，《传奇》中的《金锁记》《倾城之恋》《沉香屑——第一炉香》等是张爱玲的代表，也是孤岛小说创作的最高成就。老作家们在艰难的文化和政治环境中坚持抗争，茅盾的长篇小说《腐蚀》完成于1941年。作为一部政治小说，《腐蚀》具有鲜明的时代性和历史感，作者以无畏的抗争精神和严峻的现实主义精神暴露了国民党法西斯统治最残酷、卑劣的特务组织的血腥罪行。而作为一部心理小说，《腐蚀》摆脱了作者惯用的冷静、客观的叙述模式，以主人公赵惠明的日记为“内视点”，在历时的心理描写和开阔的心理空间上取得艺术上的巨大突破。《霜叶红似二月花》也是茅盾在40年代创作的一部长篇小说，作品以广阔的社会现实为背景描绘了江南一个城镇中新旧势力的涨落起伏，表现了深厚的历史意蕴。老舍怀着高昂的政治热情创作了长篇巨著《四世同堂》(含《惶惑》《偷生》《饥荒》三卷)，小说以宏阔的历史眼光和杰出的现实主义笔法描绘了从“七七事变”到日本投降的八年间北平市民的屈辱、苦难与不屈不挠的抗争，真实地反映了民族的深沉危机和坚强自信，可以说是一部中国人民的觉醒史和文化心理的蜕变史，是一部蕴含着丰富文化内涵的反思巨著，也是老舍文学创作道路上的一块里程碑。巴金在这一时期也积极投入抗日救亡的民族运动中，《寒夜》塑造了三个具有典型意义的悲剧形象，并且将鲜明的政治倾向与真实的悲剧艺术紧密结合，体现了巨大的艺术感染力。“七月”派小说的代表作家路翎创作了长篇小说《财主底儿女们》。作为国统区章回小说的唯一重镇，张恨水在抗战以后写出了20余部长篇小说，其中有《巷战之夜》《大江东去》这样的抗战题材，也有以《八十一梦》《魍魉世界》为代表的讽刺小说，还有《秦淮世家》《水浒新传》等历史言情小说。小说在继续“以社会为经，以言情为纬”的行文构造上，增加了心理描写等西洋小说技法，在争取大多数阅读群的基础上，表现了鲜明的时代色彩和浓厚的民族情结。

在40年代产生比较广泛影响的还有以徐讦和无名氏为代表作家的“后期浪漫派”，徐讦曾被誉为“文坛鬼才”，抗战前期就曾以《阿拉伯海的女神》和《鬼恋》轰动文坛。《阿拉伯海的女神》写“我”在阿拉伯海的船上与一位阿拉伯女巫谈论人生经历和阿拉伯海女神的奇遇，而后与女巫的女儿发生了一场虚妄的恋爱，小说弥漫着奇幻的色彩。《鬼恋》写“我”在上海街头偶遇一位自称为“鬼”的冷艳而经历丰富的美女，并且无法自拔地爱上了她，这场爱情也以“幻想过去，幻想将来，真不知道做了多少梦”而告终。在抗战时期，徐讦又创作了《荒谬的英法海峡》《吉普赛的诱惑》《风萧萧》等。其中40万字的长篇小说《风萧萧》为徐讦赢得了巨大声誉，小说的主人公“我”是上海一位哲学研究者，结识了豪爽而高雅的舞女白苹、机敏而热情的交际花梅瀛子以及天真少女海伦三位各具风采的女性，小说围绕着复杂的情感纠葛和人物关系展开，并最终以与民族解放时代大背景的汇流而告终。小说继承了徐讦一贯的传奇性人物、神秘浪漫的氛围、惊心动魄的爱情、曲折生动的故事情节和诗化的语言，共同营造了一种具有诱惑性的文本风格，一经面世就产生了极大的轰动。无名氏原名卜宝南，后改名为卜乃夫。40年代创作了一系列反映韩国抗日斗争内容的小说，如《骑士的哀怨》《荒漠里的人》《北极风情画》等，其中创作于1943年的《北极风情画》充分显示出作者的浪漫主义艺术情怀。小说以“我”在华山绝顶遇到的一位怪客为主人公，他是韩国的一位抗日将领，在西伯利亚结识了美丽的少女奥蕾利亚，彼此产生了热烈的爱情，然而战争无情地阻断了这段凄美的爱情，少女无法忍受分别的苦痛终于自杀，而这位军人也怀着深深的思念来到山巅眺望北方。小说在爱情主线中融入了强烈的民族意识。其后的小说《塔里的女人》是作者推出的“续北极风情画”，小说依然由“我”的一场梦引入故事，描写华山的一位名为觉空的道士在出家之前的一场真挚而迟来的爱情。所谓“塔里的女人”意指“女人永远在塔里，这塔或许由别人造成，或许由她自己造成，或许由人所不知的力量造成”的这样一种无法逃脱的命运。另外无名氏还创作了七卷系列长篇《无名书初稿》，包括40年代的《野兽·野兽·野兽》和50年代以后的几卷。无名氏的小说突破了传统小说的模式，诗歌、散文、小说没有明显的分别，常常几种文体混合运用。他的小说构思和规模都很宏大，常以主人公的经历和命运为线索，反映中国历史的几大时期，背景广阔、内容繁复，通过审美形式，把社会历史、时代精神、文化哲学、伦理道德、人生信仰等丰富的内涵熔于一炉。徐訏和无名氏的创作体现了通俗文学的一种高雅走向，在传奇、艳遇、历险中挖掘人性的真谛，追寻生命的价值，是中国现代都市通俗小说的成熟之作。

二、戏剧创作佳作迭出

国统区和沦陷区的文学成就还突出表现在戏剧创作方面，在国统区由于国民党发动第二次反共高潮，实施政治和文化的高压政策，出现了大量通过相对隐蔽的方式来呼应现实的历史剧作，郭沫若是其中的杰出代表。他在1941年至1943年连续创作了《棠棣之花》《屈原》《虎符》《高渐离》《孔雀胆》《南冠草》六部历史剧，贯穿着对于黑暗势力的顽强斗争和坚决反对侵略、反对专制、争取民族民主的主题，从而标志着中国现代历史剧创作的高峰。尤其是《屈原》以其浩瀚的气势和宏大的构思，代表了郭沫若后期历史剧创作的顶峰，具有不朽的艺术生命力。阳翰笙也是抗战时期国统区历史剧创作方面取得突出成就的作家，他的历史剧作积极呼应时代风云，《李秀成之死》描写了太平天国忠王李秀成率领军民保卫天京，最终以身殉国的英勇事迹，鼓舞国人的抗日斗志；《天国春秋》借太平天国内部分裂的失败过程，将矛头直指"皖南事变"；而《草莽英雄》则通过对四川保路运动的生动演绎，讽刺当时政府的卖国行径。阳翰笙在现实主义的创作宗旨下，积极挖掘反映民族精神、寻找民族出路的历史题材，具有很强的艺术感染力。此外，直接暴露反动统治和要求人民民主的作品也大量涌现，如茅盾的《清明前后》、陈白尘的《升官图》等代表性作品，这些剧作或揭示国民党官场的腐败丑恶，或暴露官僚资本对中小企业的压榨勒索，或描写人民的痛苦生活及反抗斗争，具有明快、犀利的战斗特色，曲折地反映了人民力量的增强和反动势力的衰败。吴祖光的讽刺喜剧以取材于神话的《捉鬼传》和《嫦娥奔月》最负盛名。《捉鬼传》以民间传说"钟馗捉鬼"故事为蓝本，将古今时空串联，揭露现实社会中国民党的腐败统治下"遍地是鬼"；《嫦娥奔月》创作于1947年，作家借助嫦娥反抗君王，并最终飞入月宫追求自由的神话故事，表现人民对于和平生活的热切向往。

在皖南事变之前，上海"孤岛"的戏剧活动作为进步文艺运动的一个重要组成部分，取得了显著的成效。剧作家充分利用戏剧舞台，通过话剧、历史剧、外国进步戏剧，以及各种改编旧剧和民间戏曲等，宣传抗击外敌的民族意识和爱国主义精神，积极呼应时代风云。阿英在抗战时期相继创作了《碧血花》《海国英雄》等八部宣传民族精神的历史剧作，被称作"南明史剧"，对于唤起沦陷区民众的爱国热情和抗敌意识产生了很大的作用。于伶的《夜上海》、历史剧《大明英烈传》，李健吾翻译的《爱与死之搏斗》（罗曼·罗兰著）等相继上演，在当时吸引了大批观众，产生了广泛的政治影响和社会效应。

三、诗歌和散文蓬勃发展

政治讽刺诗的蓬勃发展，是本时期文学创作的一大特色。诗歌创作在抗战前期多为对民族解放的热情呼唤，到1944年民主运动兴起以后，便转向了对黑暗现实的揭露和讽刺，最为突出的就是袁水拍的优秀讽刺诗歌《马凡陀的山歌》。

"七月"诗派是抗战中期出现的影响较大的诗歌流派，他们坚持新诗的现实主义传统，以积极的反抗姿态投入到战斗之中，他们的诗歌作品大多收录在胡风主编的"七月诗丛"

“七月新丛”“七月文丛”等丛书之中。生活态度与诗人的主体性是“七月”诗派的两个诗学命题，他们反对现代派的艺术趣味，主张力与美的结合，并且将主张“诗是炸弹和旗帜”的马雅可夫斯基视作精神上的知音。“七月”派诗作《为祖国而歌》（胡风）、《颤抖的钢铁》（绿原）、《鄂尔多斯草原》（牛汉）、《泥土》（鲁藜）等也成就斐然。

在西南联大也形成了当时中国另外一个诗歌中心，在这里许多在20世纪二三十年代就已经享有极高声誉的诗人，如闻一多、朱自清、冯至、李广田、卞之琳等都继续在诗歌的理论和创作方面建树不断，并且为新一代的年轻诗人的迅速成长起到了示范和引导的作用。朱自清发表了《诗与哲理》《诗与感觉》等一批有影响的诗论文章，在对二三十年代新诗创作进行回顾与总结的基础上，对当前诗歌的发展方向做出了展望。而闻一多在这一时期积极倡导的“诗应当作小说、戏剧来写”的诗歌主张也颇有建设性意义。在新文学初期曾被鲁迅誉为“中国最优秀的抒情诗人”的冯至在经过10年的艺术酝酿和沉思之后，终于在这一时期创作出取得极高艺术成就的《十四行集》，这不仅为中国新诗现代化做出了巨大贡献，而且标志着中国十四行诗走向成熟。以北方流亡学生为主体的西南联大的学子们在残酷的现实和民族的危机面前，真切地体会到了人生的抉择与生命的价值，并且在诗歌领域寻找到了对这种人生命题的探索出口。因诗风比较接近而被后人称为“九叶诗人”的穆旦、袁可嘉、郑敏、唐湜、王辛笛、陈敬容、唐祈、杭约赫等人在理论探索和创作实践方面为现代新诗的进一步发展做出了重要贡献。袁可嘉创作了大量探讨诗歌现代化进程的诗论文章，如《新诗戏剧化》《诗的现代化》等，积极主张诗歌要“追求一个现实、象征、玄学的传统”，在诗与现实的关系上，诗人要表现自我心灵与时代风云的感应，同时这种表现又不可缺少必要的对象，即所谓的“客观对应物”。穆旦的《探险队》《穆旦诗集》《旗》等诗集产生了广泛的影响，他对灵魂的拷问和对人生的深入思索体现了一个诗人高度的社会责任感和对艺术的不懈追求。郑敏的诗歌中体现了她对于冯至诗歌气质的承袭，《雕像》等名篇充分体现了她的诗歌新颖的意向和沉静的气息，诗人的人生哲理性思索蕴含其中，具有一种思考的力度和深邃感。

散文方面也成就不凡，自抗战进入相持阶段，国统区散文开始改变抗战初期的大合唱状态，呈现出丰富多样的发展趋势。由于作家们在战乱期间的流离，旅行记、世态画等记叙类散文成为常见的体式，茅盾的《见闻杂记》揭示了大后方的社会现实，巴金的《旅行杂记》、丰子恺的《辞缘缘堂》、叶绍钧的《西川集》等都以纪实性的叙事表现战争时代的社会现状，体现了老作家们强烈的社会责任感。巴金的抒情散文集《龙・虎・狗》《静夜的悲剧》等是20世纪40年代抒情散文的重要收获，他散文中的“在暗夜里呼号”的抒情主人公形象具有很强的艺术感染力。诗人冯至在这一时期创作了一部精美的散文游记集《山水》，作者以诗人的审美姿态来创作散文，于平凡、天然的山水中发掘生命的哲理，反思生活的真谛。钱锺书的《写在人生边上》、张爱玲的《流言》、梁实秋的《雅舍小品》等散文集都是不朽之作。《雅舍小品》收录了梁实秋1940年至1947年间创作的34篇散文，表现出一种随遇而安、随缘淡性的名士之风。

杂文在抗战时期作为一种直接、尖锐的斗争武器产生了巨大的反响，并且拥有为数众多的创作群体。郭沫若的杂文集《今昔集》《蒲剑集》《天地玄黄》等，冯雪峰的《乡风与市风》《有进无退》等，都表现出作家对于时代现实的呼应。杂文创作也在“孤岛”风行一时。以发表杂文为主的刊物有《杂文丛刊》《鲁迅风》，以及报纸副刊如《译报》的《爝火》《大家谈》，《文汇报》的《世纪风》，《导报》的《晨钟》等。“鲁迅风”杂文流派主要包括王任叔、周木斋、唐弢、柯灵、许广平等，他们于1939年1月创办了《鲁迅风》，并且主张“探取鲁迅先生使用武器的秘密，使用我们所能使用的武器，袭击当前的大敌”。随着战争炮火的轰鸣，报告文学作为迅速反映现实斗争的文学体式，成为战时文艺的主流之一。“七月”派诗人阿垅在这一时期发表了报告文学集《第一击》，真实地反映了上海军民英勇战斗的壮烈场面。曹白创作的大量反映上海失陷后游击区斗争生活和难民困苦抗争的报告文学作品刊载在胡风主编的《七月》杂志上，并且得到了胡风的大力赞誉。

总体来说，20 世纪 40 年代的国统区和沦陷区的文学创作取得了比较辉煌的成果，在小说、戏剧、诗歌、散文各个领域都产生了一些经典的传世之作，许多进步文艺工作者创作出具有强烈政治意义的作品，在对时代风云的积极呼应、对民族危机的奋力抗争的大主题下，艺术成就斐然。

第二节　钱锺书的《围城》

◎短篇小说集《人·兽·鬼》刻画时代众生相　◎《围城》——幽默讽刺文学的高峰　◎“围城”的多层面象征意蕴与阐释空间　◎方鸿渐的“围城”人生

一、钱锺书的创作历程

钱锺书的短篇小说创作最初体现了他独到的艺术追求和思想深度。短篇小说集《人·兽·鬼》出版于 1946 年，包括《上帝的梦》《猫》《灵感》《纪念》四篇小说。《上帝的梦》是一篇寓意深刻的小说，作者通过上帝的梦表达了自己对灰色人生的感叹和无奈。《灵感》通过对地狱场面滑稽荒诞的想象来讽刺现实中荒谬的人和事。《猫》和《纪念》是以现实中的家庭生活为题材的作品，妙趣横生而不失深透的思考力度。作者在调侃、奚落与讽刺中，精细入微地描绘了抗战时期上层知识分子的众生相，也体现出钱锺书善于揭示人性弱点的独特创作倾向，这一特点在他的代表作《围城》中得到进一步的延伸和丰富。从写作风格上看，《上帝的梦》和《灵感》保留了钱锺书随笔的风格，体现出由散文向小说转型的痕迹；而《猫》和《纪念》在叙事艺术上更进一步，为以后《围城》的成功打下了良好的基础。

作家小传

钱锺书：睿智的学者，讽喻的圣手

钱锺书

钱锺书（1910—1998），字默存，号槐聚，曾用“中书君”为笔名，出身于江苏无锡的书香门第。他 5 岁开始在私塾读书，又有一位著名学者父亲严厉督导，因此早年就积累下良好的中国古典文学根底。1933 年，毕业于清华大学外文系，随即入英国牛津大学深造。1937 年，赴法国巴黎大学研究院研究法国文学。回国后，曾任西南联大教授等职，主要致力于学术研究，有《谈艺录》《管锥编》等著作面世，影响不凡。同时他也是一位学者型的讽刺幽默作家，1941 年出版散文集《写在人生边上》，1946 年出版短篇小说集《人·兽·鬼》。次年出版的长篇小说《围城》是钱锺书小说创作的代表作，小说着力表现在抗战环境下，一群远离抗战烽火的知识分子在恋爱、工作、日常交往中的钩心斗角、尔虞我诈，以及由此显现出来的空虚、贫乏的精神世界。无论是他的散文还是小说，都将特有的辛辣幽默和深刻理性融合在一起，体现出诙谐幽默的特色和渊博睿智的学者风范，在中国现代文学史上占有举足轻重的地位。

二、《围城》：新《儒林外史》

《围城》写于1944年到1946年之间，是钱锺书唯一的一部长篇小说，是他文学创作的最高成就，也是这一时期涌现出的风格独特的幽默讽刺长篇小说中的代表作。作者在广阔的生活背景下，对中国知识阶层进行了淋漓尽致的描绘与辛辣无情的透视，主要以留法回国的青年方鸿渐为中心，描绘了一群留学生与大学教授在生活、工作、婚姻恋爱等问题上遇到的矛盾纠葛，以及由此表现出来的萎缩灵魂和灰色人生，反映了抗战初期上层知识分子的生活图景和心理世界，具有相当强烈的社会意义，出版后即被称赞为一部新的《儒林外史》。小说最初在《文艺复兴》上刊载，新中国成立前连续重版三次，此后又被译为俄、日、英、法、德、捷克、荷兰等十多种语言在国外发行，被认为是中国现代文学史上最优秀的文学作品之一。

《围城》的题目取自法国的一句古语，它的含义，用作者的话说，就是爱情、婚姻之事好比一座被围困的城堡，已婚的人处于被围的城里，极力要冲出城去，而未婚的则如攻城的勇士，拼命想冲进城。这是一对矛盾，也是小说从人伦角度对夫妇关系所作的戏谑嘲讽。实际上，小说所反映的社会内容要远比他所命名的“围城”的原义更为深广。如果从语言学隐喻的角度理解“围城”，那么它既可作名词，指有范围之意，也可作词组，是包而围之之意；既可比喻婚姻的约束，也可转喻人与人之间的疏隔，还可影射当时中国社会文化的“围城性”，即任何外来的东西都在它的围困中变质走样；“被围困的城堡”还可整体象征人生无常之困境，不仅是“城外的人想冲进去，城里的人想逃出来”，而且是“一无可进的进口、一无可去的去处”。对“围城”题旨的种种解读正说明了作为词语符号的“围城”具有与生俱来的意义不确定性，这种引申的思考使《围城》的价值由对爱情、婚姻、事业困境的反映进而上升到哲学命题的高度和深度，使整部小说的分量因此变得更加厚重和深沉。

《围城》的思想艺术成就，集中体现在作者以精细、深刻的现实主义笔触成功塑造了一群现代新儒的典型人物形象。以方鸿渐为代表的这群新儒的命运，不仅蕴含着西方文化思想在中国的破产和探寻中国知识分子出路这样的深刻思想命题，而且还在更为深广的层次上显示出作者对现代社会及人生的哲理性思考。方鸿渐的一生始终不断地从这一座“围城”走进另一座“围城”，他永不安分、永不满足，因而永远苦恼。他总想摆脱困境，然而处处有困境，四年留学毫无收获，最终只好换得一纸假文凭以应付长辈。回国之后依然是一再受挫，在爱情、婚姻方面，由于苏文纨的嫉妒离间而失去了自己真心爱恋的唐晓芙的芳心，最终在颇富心机的孙柔嘉的设计下匆匆成婚，但是家庭的矛盾伴随生活的困顿而日益加重，最终以家庭破裂而告终；事业方面也是困境重重，由上海辗转前往湖南三闾大学任职，结果刚到学校就被降格为副教授，同时学校里钩心斗角的倾轧又给他带来新的困境，终因无法屈从浊流而被解雇。在人生漫长的旅途中，他永远也摆脱不了“围城”之困——人生处处是“围城”，这就是方鸿渐形象所凝结的深刻的人生叩问。另外，小说围绕方鸿渐等人婚姻生活的波折所展示的不仅仅是婚姻、事业的“围城”，更是人生的“围城”、社会的“围城”，在这座围城中，主人公方鸿渐一再受挫，失败接踵而至，他内心时常体味到一种深深的孤独，“他觉得天地惨淡，至少自己的天地变了相。他个人的天地忽然从世人公共生活的天地里分出来，宛如与活人幽明隔世的孤鬼，瞧着阳世的乐事，自己插不进，瞧着阳世的太阳，自己晒不到。人家的天地里，他进不去，而他的天地里，谁都可以进来……”这段心理描写准确地揭示了“被重重人生之城所包围”的现代知识分子的人生尴尬和困顿。“围城”具有多层面的象征意蕴和阐释空间。正如作者自己在《围城》初版的《序》中所说：“在这本书里，我想写现代中国某一部分社会、某一类人物。”

《围城》以方鸿渐的几次失败爱情经历和充盈着酸涩的事业选择结构全篇，作为组织全书情节结构的主要线索，同时刻画了性格各异、形神兼备的知识分子群体形象。例如，在众多留学生中间和方鸿渐性格形成鲜明对比的是韩学愈，方鸿渐出于真诚的动机而在填表的时候没有写博士学历，因此被三闾大学降为副教授，而韩学愈则毫无廉耻之心，不仅用从爱尔兰骗子手中买得的“克莱登大学”博士文凭骗得大学教授职称，还唆使白俄妻子冒充美国籍以便继续行骗，获得英语教授的职务，然而更恶毒的是，他为了掩盖自己的欺骗行径，还勾结同党排挤方鸿渐以除后患。作者还塑造了自恃很高的归国“女诗人”形象苏文纨，她号称才貌双全，然而堂堂文学博士的得意之作竟是抄袭而来。这类人物还有褚慎明、高松年、曹元朗等，作者用含蓄而又犀利的漫画式描写使其丑态暴露无遗。同时钱锺书还以戏谑之笔嘲弄了本土知识分子：方鸿渐的父亲是遗老代表，他就是“一天总是慢几个钟点的时钟”，过时的腐朽之人。而刻画最精妙动人、给人印象最深刻的是李梅亭，他趁上任之机携带药品并以高价售出，无耻地发国难财。身为教授的他其实知识浅陋，只靠大铁皮箱里的卡片冒充渊博。到任后又靠投机钻营的手段当上了训导长，虽是身负“训导”学生之职，却在街上免费嫖娼，充分暴露了一个学术骗子和道德流氓的丑恶嘴脸，其狡诈、粗俗和无耻令人发噱作呕。在钱锺书看来，知识分子的思想情感、气质精神是特定时代文化内涵的集中表现，因此他选取自己熟悉的学术圈作为透视人生、社会的角度，将炮火集中在这些知识分子身上，勇敢地掘出他们身上的疮疤，让他们痛醒过来，并且检讨自己。《围城》在对士林百相的整体展现中显示了钱锺书精妙入微的讽刺艺术，对人物形态、性格的刻画各具神趣，同时人物之间相互照应、补充，在对人物的揶揄、嘲讽中笔墨酣畅地勾勒出一幅现代知识分子心态图。

三、《围城》的艺术成就

钱锺书谙熟在说天道地中渗入讽喻的趣味，在热辣的喜剧高潮中酝酿彻骨的悲凉气氛。他以睿智的幽默品格著称，是中国现代文学史上又一位优秀的讽刺大家。他的小说熔道德、风俗、人情批判于一炉。在艺术上，《围城》是细腻而婉转的，作品中高超的幽默讽刺手法，大量的奇妙譬喻，以及丰富的知识容量，构成了小说独特的风格。首先，《围城》在艺术上突出显示了作家特有的幽默机智，作品以渊博的学识和生花的妙笔体现出钱锺书卓越高超的讽刺才能，精巧贴切的比喻、连珠绽放的妙语在小说中随处可见。如写方鸿渐受到长辈的催促才知道留学文凭的重要，因此感慨：“这一张文凭，仿佛有亚当、夏娃下身那片树叶的功用，可以遮羞包丑；小小一方纸能把一个人的空疏、寡陋、愚笨都掩盖起来。自己没有文凭，好像精神上赤条条的，没有包裹。”作者通过妙喻的设置诙谐地揭示了文凭的作用只是一块遮羞布，与知识学问是否渊博并无直接关联，通过本体和喻体之间的联系嘲弄了知识分子阶层普遍存在的虚妄欺诈之风，使比喻具有强烈的讽刺效果。其中还有大量比喻是带有整体象征意味的，如“围城”本身丰富的意义，又如方家那只祖传的老钟，在全文结尾处它再次出场：“从容自在地打起来，仿佛积蓄了半天的时间，当夜深人静，搬出来一一细数：‘当当当当当当’响了六下。……这个时间落伍的计时机无意中包含对人生的讽刺和感伤，深于一切语言、一切啼笑。”另外小说中的泥娃娃、破门框等都饱含寓意，所以说《围城》一路都是风景，俯仰皆收。其次，妙语连珠的表达中又新意迭出，明明在写某件事物，却往往多方隐喻，使事物的特征愈见鲜明，显得格外俊逸清脱。《围城》的作者钱锺书是一位渊博的学者，几乎每写一人一事，瞬息之间，与此相类似的种种观念、中外典故、理论知识、生活印象，都一起奔涌而来，使那些不同性格的知识分子的谈吐时时充满文学的、哲学的、历史的意味，因而也更加鲜明地表现出他们各自迥异的性格、教养和身份。最后，《围城》还以细腻深刻、淋漓尽致的心理描写见称，作者对人物的成功塑造很大程度上得力于这种高超的心理描写，他善于把捉人物隐蔽、精微的心理变化，并且使用曲笔含蓄委婉地将其恰到好处地传达给读者。对人物心理活动的充分揭示，不但强化了人物性格，推动了小说情节的发展，而且使整部作品的基调更含蕴、更深沉，给读者留下更广阔的思考空间。

作品欣赏

钱锺书在人物刻画上涉笔成趣，幽默中见锋芒，讽刺而不失典雅机敏，下面这段节选将苏小姐、曹元朗这类伪知识分子的本质暴露无遗。

围城（节选）

大家笑着，苏小姐拿了一只紫檀扇匣进来，对唐小姐做了个眼色，唐小姐微笑点头。苏小姐抽开匣盖，取出一把雕花沉香骨的女用折扇，递给曹元朗道：“这上面有首诗，请你看看。”元朗摊开扇子，高声念了一遍，音调又像和尚施食，又像戏子说白。鸿渐一字没听出来，因为人哼诗跟临死呓语，二者都用乡音。元朗朗诵以后，又猫儿念经似的，嘴唇翻拍着默诵一遍，说：“好，好！素朴真挚，有古代民歌的风味。”

苏小姐似有忸怩之色，道：“曹先生眼光真厉害，你老实说，那诗还过得去么？”

方鸿渐同时向曹元朗手里接过扇子，一看就心中作恶。好好的飞金扇面上，歪歪斜斜地用紫墨水钢笔写着——

难道我监禁你？
还是你霸占我？
你闯进我的心，
关上门又扭上锁。
丢了锁上的钥匙，
是我，也许你自己。
从此无法开门，
永远，你关在我心里。

诗后小字是：“民国二十六年秋，为文纨小姐录旧作。王尔恺。”这王尔恺是个有名的青年政客，在重庆做着不大不小的官。两位小姐都期望地注视方鸿渐，他放下扇子，撇嘴道：“写这种字就该打手心！我从没看见用钢笔写的折扇，他倒不写一段洋文！”

苏小姐忙道：“你不要管字的好坏，你看诗怎样？”

鸿渐道：“王尔恺那样热衷做官的人还会做好诗么？我又不向他谋差事，没有恭维歪诗的义务。”他没注意唐小姐向自己皱眉摇头。

苏小姐怒道：“你这人最讨厌，全是偏见，根本不配讲诗。”便把扇子收起来。

鸿渐道：“好，好，让我平心静气再看一遍。”苏小姐虽然噘嘴说：“不要你看了。”仍旧让鸿渐把扇子拿去。鸿渐忽然指着扇子上的诗大叫着：“不得了！这首诗是偷来的。”

苏小姐铁青着脸道：“别胡说！怎么是偷的？”唐小姐也睁大了眼。

“至少是借的，借的外债。曹先生说它有古代民歌的风味，一点儿不错。苏小姐，你记得么？咱们在欧洲文学史班上就听见先生讲起这首诗。这是德国十五六世纪的民歌，我到德国去以前，跟人补习德文，在初级读本里又念过它，开头说：‘我是你的，你是我的。’后面大意说：‘你已关闭，在我心里；钥匙遗失，永不能出。’原文字句记不得了，可是意思决不会弄错。天下断没有那样暗合的事。”

苏小姐道：“我就不记得欧洲文学史班上讲过这首诗。”

——钱锺书．围城．上海：晨光出版公司，1947.

第三节　张爱玲的《传奇》《流言》

◯《传奇》的传奇性登场　◯《金锁记》——“文坛最美的收获之一”　◯色彩语言与“苍凉”底色　◯《流言》的乱世情结与人生叙说

一、《传奇》及张爱玲小说的独特风格

张爱玲的《传奇》是最能代表她文学成就的小说集，1946 年 11 月由山河图书公司出版，内收小说 16 篇：《留情》《鸿鸾禧》《红玫瑰与白玫瑰》《等》《桂花蒸阿小悲秋》《金锁记》《倾城之恋》《茉莉香片》《沉香屑：第一炉香》《沉香屑：第二炉香》《琉璃瓦》《心经》《封锁》《年青的时候》《花凋》《中国的日夜》。《传奇》集中显示了张爱玲文学创作的独特艺术风格：她注意汲取中国传统小说的艺术营养，同时注重借鉴西方现代文学的艺术技巧。《传奇》以传统章回小说为总体格局，除了运用传统的写实手法外，又明显接受了弗洛伊德心理分析学说的熏陶，还将日本新感觉派小说的某些技巧融进对人物心理感受的描摹中，如《金锁记》对曹七巧悲剧命运的描写中，既有对人物直观感受的剖析，又注重渲染造成主人公人性扭曲的社会氛围。张爱玲不仅将中、外、古、今的优秀传统熔于一炉，而且将高雅文学与通俗文学的优点汇于一身，将小说推向大雅大俗的境界；同时她第一次在传统通俗文学形式中展示时代崩溃与转折的进程，进而传达出个人与历史、生活与命运等多方面的现代内涵，从而形成了独特的文学魅力。这是张爱玲的成功之处，也是她的作品赢得广大读者欢迎的根本原因。

作家小传

张爱玲：绚丽而苍凉的“传奇”人生

张爱玲

张爱玲（1921—1995），原名张瑛，祖籍河北丰润，出生于上海一个没落的官宦之家，其祖父为张佩纶，外曾祖父为李鸿章。张爱玲中学毕业后到香港读书，1942 年香港沦陷，未毕业即回上海，给英文《泰晤士报》写剧评、影评，也替德国人办的英文杂志《二十世纪》写“中国的生活与服装”一类的文章。1942 年应《西风》杂志“我的生活”征文写散文《我的天才梦》得名誉奖。她是 20 世纪 40 年代上海沦陷时最走红的女作家，作品多发表于《天地》《万象》等杂志。1943 年是张爱玲最多产的一年，她脍炙人口的作品大都发表在这一年的 5 月至 12 月间，以小说《沉香屑》一举成名，继“两炉香”红红火火地点燃文坛之后，接踵而来的又是《茉莉香片》《倾城之恋》

《金锁记》等佳作，这个起步几乎就成了张爱玲成就的最高点。之后结集出版了名震文坛的代表作《传奇》和《流言》。张爱玲的小说和散文都显示出独特的审美追求和人生品位，她在融会古今中西的广阔文化背景中开拓自己的文学创作空间，在中国现代文学史上写下最耀眼的一笔。

张爱玲小说的魅力首先来自富有传奇性的故事以及弥漫于其中的梦魇般的氛围。她的小说似梦呓如幻境，诱你走入一个神奇而虚幻的世界，跟随着她犀利的笔触、独特的话语，我们遇到曹七巧、白流苏、葛薇龙等充满传奇色彩的人物，从她们身上切身感受到当时生活的没落和乱世的苍凉，惊悚于故事人物传达出的人性的丑恶、生命的无常、欲望的疯狂，读者可以抽身逃离这种苍凉的故事文本，但她们梦魇般的经历却牢牢地缠绕着你，使你刻骨难忘。

张爱玲最擅长叙说“家史性”的故事，公认的代表作有《沉香屑：第一炉香》《倾城之恋》《金锁记》等。

《金锁记》着重描写了主人公曹七巧一生的命运波折以及心理变态过程。七巧本是麻油店老板的女儿，泼辣而富有风情，被贪婪的兄嫂嫁到大户人家后，因为出身低微而备受歧视与排挤，自幼瘫痪的丈夫更使七巧陷入情爱无法满足的痛苦之中，纵然她在丈夫死后分得一份遗产，但是长期以来的种种压抑、煎熬与旧式大家庭气息的熏染，已使她的人性彻底扭曲，她一生被黄金枷锁紧紧套住，只知一味敛财，了无亲情，甚至戕害儿媳，断送女儿的婚姻，向自己的亲人不断寻求病态的发泄与报复，在疯狂的复仇过程中变得自私冷酷、乖戾刻毒。作品有层次地展现了七巧的人性被践踏、受残害、最终灭绝的过程，她有过姣好的青春容颜、美好的爱情憧憬、正常的生活追求，但是为了金钱她牺牲了这一切。小说的结尾写道，当她“摸索着腕上的翠玉镯子，徐徐将那镯子顺着骨瘦如柴的手臂往上推，一直推到腋下。她自己也不能相信她年轻的时候有过滚圆的胳膊”，而“隔了 30 年的辛苦路往回看，再好的月色也不免带点凄凉”。对小说人物充满苍凉色彩经历的描写，显示出作者对传统封建婚姻、伦理和金钱世界的刻骨痛恨和深刻批判。同时，在对女主人公变态心理的剖析中，作者尤其注重对人物潜意识心理的传神刻画。作者通过《金锁记》带给我们的情感体验是丰富的，对曹七巧这个人物我们感到的是惊悸后的震撼，憎恶后更深切的理解和同情。

经典评论

“文坛最美的收获之一”

外表的美永远比内在的美容易发现。何况是那么色彩鲜明，收得住，泼得出的文章！新旧文字的糅合，新旧意境的交错，在本篇里正是恰到好处。仿佛这利落痛快的文字是天造地设的一般，老早摆在那里，预备来叙述这幕悲剧的。譬喻的巧妙，形象的入画，固是作者风格的特色，但在完成整个作品上，从没像在这篇里那样的尽其效用。例如：“三十年前的上海一个有月亮的晚上……年轻的人想着三十年前的月亮，该是铜钱大的一个红黄的湿晕，像朵云轩信笺上落了一滴泪珠，陈旧而迷惘。老年人回忆中的三十年前的月亮是欢愉的，比眼前的月亮大，圆，白，然而隔着三十年的辛苦路往回看，再好的月色也不免带些凄凉。”这一段引子，不但月的描写是那么新颖，不但心理的观察那么深入，而且轻描淡写地呵成了一片苍凉的气氛，从开场起就罩住了全篇的故事人物。假如风格没有这综合的效果，也就失掉它的价值了。毫无疑问，《金锁记》是张女士截至目前为止的最完满之作，颇有《狂人日记》中某些故事的风味。至少也该列为我们文坛最美的收获之一。

——迅雨（傅雷）．论张爱玲的小说．万象，1944（11）．

《倾城之恋》是张爱玲小说创作中的又一名篇。白流苏出身于破落的望族，虽然在战争背景下与华侨富商范柳原的婚姻戏剧性地圆满实现，但是一生艰难的境遇包括这偶然完成的婚姻，都使白流苏内心充溢着悲怆苍凉之感。而更直接表现人生“苍凉”底色的是《倾城之恋》中的“灰墙”：“灰砖砌的那一面墙，一定还屹然站在那里。风停了下来，像三条灰色的龙，蟠在墙头，月光中闪着银鳞。”整部小说共三次提到这堵墙，它预示着生命的“灰色”基调。在张爱玲笔下，现代都市的繁华轰然倾倒，剩下的只是这堵永恒的“灰墙”，她运用了大量“灰”色语言表达此意，于是红尘浮华的表象冰释殆尽，一切“灰黯”赤裸裸地暴露在大庭广众之下。在《倾城之恋》中张爱玲还注意运用色彩来表现人物和氛围，而且强调非彩色与彩色在颜色上的呼应，从而恰如其分地表现人物命运的起伏跌宕。如在刻画白流苏的心理时就非常精到地体现了这一艺术特点：她擦亮洋火的一刹，“火红的小小三角旗，在它自己的风中摇摆着，移，移到她手指边，她噗的一声吹灭了它，只剩下一截红艳艳的小旗杆，旗杆也枯萎了，垂下灰白蜷曲的鬼影子”。一根小小的火柴在主人公的视野中逐渐放大为画面的焦点影像，从火红到灰白，最后成为影子，表现了流苏被家人鄙视后的尴尬心态，既不愿屈服又看不到希望。

虽然写的是变幻不定的传奇，但生活在动荡时代的张爱玲真正心向往之的是常态社会中比较安稳的东西。她在《流言·自己的文章》中说：“我发现弄文学的人向来注重人生飞扬的一面，而忽视人生安稳的一面。其实后者正是前者的底子。”“我喜欢素朴，可是我只能从描写现代人的机智与装饰中去衬出人生的素朴的底子。”所以传奇色彩的故事实际上依然透露出普通人的平凡生活底色，正如《传奇》扉页上的题词所写：“署名叫传奇，目的是在传奇里面寻找普通人，在普通人里寻找传奇。”而上海和香港市民社会的世态百相成为张爱玲聚焦的重点。从中可以洞见张爱玲书写传奇的用意仍然是显现作家所熟悉的平凡人生，因为刻意地追求传奇色彩，得到的美感是没有底子的“轻佻的浪花”，而“海水”即使是微波粼粼也仍然饱蓄洪涛大浪的气象。

“苍凉”构成张爱玲一生创作的思想底色和情感基调。为了凸显“苍凉”的人生基调，她在作品中大量使用色彩话语，用玄妙绚丽的色彩铺展人生画面，这是张爱玲小说与众不同、标新立异的又一重要特色。其中最突出的特点是在她的作品中灰色代表的无色系占据了绝对的力量优势，这种色彩布局倾向是与“苍凉”主题相一致的。“灰色”是令人抑郁和悲哀的色调，它是艳丽色彩混合在一起而形成的具有相反性质的非彩色色调，这本身就有一种“绚烂之极归于平淡”的感伤。翻开张爱玲的作品，你会发现，一切都笼罩在一层“灰蒙蒙”的迷雾之下：《金锁记》中，弥漫在人物头顶的是毫无生气的“墨灰的天”。《倾城之恋》中白流苏连声音也被灰色吞噬了，变得“灰暗而轻飘，像断断续续的尘灰吊子”。就连《红玫瑰与白玫瑰》中的现代理想人物振保也难逃此劫，“灰赭色流线型的大屋”，“像大得不可想象的火车，正冲着它轰隆轰隆开过来，遮得日月无光”。在张爱玲眼中，她所写的时代就像这巨大而灰暗的火车，它肆无忌惮地席卷了生命中脆弱的光彩，无情地将一切涂抹成“灰色”，于是那个时代只剩下一层灰影，还有与世隔绝的大孤独、大悲凉。张爱玲在色彩搭配的选择上也用到大量的彩色色调，但情感趋向与萧红不同，这些亮色在她笔下变了味儿，成了“丑”的强化物。如《花凋》中写道：“郑夫人对于选择女婿很感兴趣。那是她死灰的生命中的一星微红的炭火。”在这里，这缕“微红”给读者带来的不是片刻的温情，而是对苍白人生的丑化，带有嘲讽和调侃的意味。又如《心经》中对许小寒的描写："薄薄的红嘴唇，微微下垂，有一种奇异的令人不安的美。"这点"令人不安"异样的"红色"仿佛暗示着一段畸形父女恋的悲凄。在张爱玲的作品中，我们总体感知到的是人生灰色的"苍凉"，即使是红色也迥异于萧红笔下的"红色"悲壮，而是"灰色"作底的"猩红"。

另外，张爱玲在刻画人物性格时也善于使用色彩传情达意，尤其是运用色彩对人物进行的心理剖析更为精彩。在她的作品中，景物多是人物心境、命运的一种衬托和预演，具有鲜明的"人化"品格。与之相连，张爱玲小说中总有一个或一对贯穿始终的角色，她（他）的命运构成全篇的中心话题。她的主人公刻画不仅有精到的色彩外貌，更有细腻的心理"色彩"，从外向内全面地浮现"人"的灵魂。《红玫瑰与白玫瑰》中对"孟烟鹂"的刻画是极其精彩的，她是男主人公振保理想中"圣洁的白玫瑰"，张爱玲抓住"白"这一色彩特点集中对其进行全方位展示：先写她的外貌，两人初见时，振保眼中的她是"立在玻璃门边，穿着灰地橙红条子的绸衫，可是给人的第一印象是笼统的白"，"她的白把她和周围的恶劣的东西隔开来"，圣洁的白色固然纯净，但是这种"白"不过是病院里的白屏风，最不浪漫，也不可爱，甚至有一丝惨戚。对于她的心理变化，张爱玲是通过人物与环境色彩的结合巧妙传达出来的："只有在白色的浴室里她是定了心，生了根。她低头看着自己雪白的肚子，白皑皑的一片……"肚脐的式样也随着肚子的鼓动而起伏，在烟鹂眼中它"有时是甜静无表情的希腊石像的眼睛，有时候是突出的怒目，有时候是邪教神佛的眼睛，眼里有一种险恶的微笑，然而很可爱，眼角弯弯地，撇出鱼尾纹"。这段描写使我们触摸到苍白女子的内心波动，只有在和自己的色彩融为一体的"白色"浴室中，她才能感到一种真正的放松，于是在幻想中袒露了"本我"的意愿，她也希冀生命中爱的激情，也有性的欲望，从心底喜欢那"可爱而险恶的微笑"。烟鹂是喜欢浴室的，因为在丈夫眼里"灯下的烟鹂也是本色的淡黄白"，和"淡黄白的浴间一样"。振保的看法潜移默化地影响了烟鹂，使她自己也认为在这样的空间环境中才无隔膜，可以彻底褪去身上那层与世情截然分离的"圣洁"，找到自己的归属。读者对烟鹂的一切感觉也都是透过振保的眼睛折射出来的，男性的评判决定了女性的命运，这是女性在男性话语霸权压迫下的悲哀。张爱玲笔下人物的意义是深刻的，她侧重写上海都市人的悲剧，以故事主人公传达对人生价值的深度思考，因此浓墨重彩地剖析人物心理，以此强化主题，启发读者对时代、对人生的深长思索。

变幻多端的月亮意象是张爱玲的最爱：《金锁记》是"三十年前的月亮"，那是"铜钱大的一个红黄的湿晕"；《倾城之恋》是"泪眼中的月亮"，"大而模糊，银色的，有着绿的光棱"；《沉香屑：第一炉香》缩微成一瞥月影，"黄黄的，像玉色缎子上，刺绣时弹落了一点香灰，烧煳了一小片"……张爱玲作品中到处都弥漫着凄惨的味道，她绮丽华靡的语言沉淀的是永远的苍凉，当时的人们逃不出这个时代主题，唯有以此警示后人，给未来的人送去寒意浸透之后的彻骨清凉。

以《传奇》为代表的张爱玲小说显示出了独特的审美追求及思想价值：首先，张爱玲从珠光宝气的世界中看到无可救药的痈疽与疮痍，她的作品就是看穿和透底的实录，这是她最重要的文学贡献。其次，张爱玲是在抗战后期上海沦陷区产生过重要影响的女作家，她善于描写婚恋题材，并以此达到对整个社会和人生的独特体悟。再次，张爱玲的小说处处显示出西方文化与东方文明的交融，外国现代派常见的性心理、性变态、人格分裂等情节也收入其小说视野中，揭示人物深层次的内心活动，营造奇异的艺术氛围，是张爱玲创作的深度与神奇之所在。最后，她的小说体现出浓厚的主情主义倾向，而"苍凉"是张爱玲小说贯穿始终的情感基调。

21世纪以来，随着张爱玲的三部自传体小说《小团圆》《雷峰塔》《易经》在国内的相继出版，张爱玲一生的大致轮廓得以展现在读者面前。《雷峰塔》与《易经》以英文的形式创作于20世纪50年代中后期，它们本同属于一部作品，叫《易经》，因为篇幅过长，张爱玲遂将其分为两部作品。《雷峰塔》以女主人公琵琶4岁至18岁的家庭生活与学习经历为主线，“晦暗与悠长”充斥着幼年琵琶的世界，本应有趣的童真也因为亲情的淡漠而使人读来愈显悲哀、沉重。《易经》写的是琵琶18岁至22岁的人生经历，在琐碎的人生画面中，主人公对于母亲那种复杂的爱恨交错的情感日渐清晰。《雷峰塔》《易经》所呈现的画面，在张爱玲而后创作的《小团圆》中有了更为直接而完整的发展线索。《小团圆》写成于20世纪70年代，它的上部是对《雷峰塔》《易经》的中文版浓缩，所不同的是，女主人公的名字换成了“九莉”，而其下部则是对《易经》的续写，即对22岁后的“九莉”的人生描述，包括了与邵之雍的恋情（即张爱玲与胡兰成的情感经历），甚至包括了主人公在美的生活。至此，张爱玲较为完整的大半生呈现在人们面前，尽管有些情节在《私语》《童言无忌》中早已相识，但是我们还是会因“琵琶”与“九莉”曲折的经历而震撼、惊讶、悲伤。这是怎样无奈甚至凄楚的一生，为张爱玲小说中久挥不去的“苍凉”留下了最终的注解。《雷峰塔》《易经》《小团圆》为研究张爱玲提供了宝贵的资料，而小说本身对于作者内心世界的直面也为研究者了解张爱玲的艺术创作心理提供了难得的视角。

二、《流言》及张爱玲散文的艺术价值

张爱玲的小说表现出人生的不彻底和大苍凉，而在散文中这种绝望的情绪得到一定程度的净化和升华，她的《流言》显示出对人生困境认可后的超然。在散文中我们看到的不再是传奇，而是作者对身世和乱世体验的娓娓陈述，是她对中外文化和沪港城市差异的品评，也包括对自身人生观、文艺观的表达，这是完全贴近生活本色的张爱玲。在《流言》中她常写的是一些似乎与自己毫无关涉的人和事，抒发的是一些与主题好像关系不大的碎语闲言，但在这些散漫流畅的自在之谈中我们真切地看到张爱玲对人生独到的观察视角和思考见解。其中《自己的文章》一篇尤其重要，它是我们理解张爱玲的思想和作品的一把钥匙。它不仅是张爱玲对傅雷在《论张爱玲的小说》中的批评的回应，而且也是她对自己的审美追求和创作主张的有力说明，她宣称自己喜欢有更深长回味的“苍凉”，喜欢“参差的对照”，而不是古典写法那种善恶、灵肉斩钉截铁的冲突，希望“让故事自身给它所能给的，而让读者取得他所能取得的”。如果想真正走进张爱玲凄迷悲凉的文学世界就一定要细读这篇散文。除了这种评论性散文外，在《迟暮》《秋雨》等小品文中也透出女性特有的温柔而悲伤情怀，读她的文字仿佛是聆听一位女子娓娓道来的涓涓细语，在轻柔的诉说中传达出现代知识女性对自身及人类生存状态所感到的困惑、惆怅。如《迟暮》中通过细节描写抒发出人生匆匆逝去的感觉，岁月像一个个快速闪回的电影镜头一样飘远：“多事的东风，又冉冉地来到人间，桃红支不住红艳的酡颜而醉倚在封姨的臂弯里……”“只有一个孤独的影子，她，倚在栏杆上；她有眼，才从青春之梦里醒过来的眼还带着些朦胧睡意，望着这发狂似的世界，茫然地像不解这人生的谜。”“在甜梦初醒的时候，她所有的唯有空虚，怅惘；怅惘自己的黄金时代的遗失。”面对流水一般流逝的青春，作者表现出无限的感慨和悲伤。

作品欣赏

20世纪30年代傅雷对于张爱玲的小说曾发表过一篇相当中肯的评论，在文坛引起比较

大的反应。作为回应，张爱玲在《自己的文章》中谈及了自己的文学主张、创作思想和对于人生的种种思考。

流言（节选）

自己的文章

我喜欢参差的对照的写法，因为它是较近事实的。《倾城之恋》里，从腐旧的家庭里走出来的流苏，香港之战的洗礼并不曾将她感化成为革命女性；香港之战影响范柳原，使他转向平实的生活，终于结婚了，但结婚并不使他变为圣人，完全放弃往日的生活习惯与作风。因之柳原与流苏的结局，虽然多少是健康的，仍旧是庸俗；就事论事，他们也只能如此。

极端病态与极端觉悟的人究竟不多。时代是这么沉重，不容那么容易就大彻大悟。这些年来，人类到底也这么生活了下来，可见疯狂是疯狂，还是有分寸的。所以我的小说里，除了《金锁记》里的曹七巧，全是些不彻底的人物。他们不是英雄，他们可是这时代的广大的负荷者。因为他们虽然不彻底，但究竟是认真的。他们没有悲壮，只有苍凉。悲壮是一种完成，而苍凉则是一种启示。

我知道人们急于要求完成，不然就要求刺激来满足自己嗜好。他们对于仅仅是启示，似乎不耐烦。但我还是只能这样写。我以为这样写是更真实的。我知道我的作品里缺少力，但既然是个写小说的，就只能尽量表现小说里人物的力，不能代替他们创造出力来。而且我相信，他们虽然不过是软弱的凡人，不及英雄有力，但正是这些凡人比英雄更能代表这时代的总量。

——张爱玲．流言．北京：北京广播学院出版社，1994.

张爱玲散文的价值在于：一方面，它表现了女作家真切的乱世情结。在《流言》中充满对人生的玄思妙悟，对世态的个性评说，隐隐透现出乱世才女孤独凄凉的心境："时代的车轰轰地往前开。我们坐在车上，经过的也许不过是几条熟悉的街衢，可是在漫天的火光中也自惊心动魄。就可惜我们只顾忙着在一瞥即逝的店铺的橱窗里找寻我们自己的影子——我们只看见自己的脸，苍白，渺小；我们的自私与空虚，我们恬不知耻的愚蠢——谁都像我们一样，然而我们每一个人都是孤独的。"（《烬余录》）另一方面，她成功地运用"私语"诉说模式讲述自己的心声，造成情真意切、个性丰满的散文境界。张爱玲写作散文正如在《私语》中所说的那样："'夜深闻私语，月落如金盆。'那时候所说的，不是心腹话也是心腹话了罢？我不预备装模作样把我这里所要说的当做郑重的秘密，……所写的都是不必去想它，永远在那里的，可以说是下意识的一部分背景。就当它是在一个'月落如金盆'的夜晚，有人嘁嘁切切絮絮叨叨告诉你听的罢！"在充满个性的絮叨中时时迸出惊人妙语，娓娓的轻柔诉说中不失对人事的深刻见识。但是她的《流言》又不同于何其芳的私语散文，不是注重向内心探求的内敛式抒情，而是在对外部世界看似漫不经心的谈吐中表现自己独特的体会和思考，有一种言近旨远的审美境界，同时这种散文叙事方式也预言了当代女性散文发展的一大趋势。

第四节　《马凡陀的山歌》《升官图》等讽刺文学创作

○《马凡陀的山歌》——新诗民族化的新尝试　○政治讽刺喜剧《升官图》——抗战时期的《官场现形记》

一、袁水拍的《马凡陀的山歌》

《马凡陀的山歌》是诗人袁水拍用笔名“马凡陀”发表的一百多首山歌的汇集，是这一时期政治讽刺诗的杰出代表。它的内容十分丰富，涉及抗战、内战、政治、经济、物价、裁员等，一般选取日常生活题材，如《万税》《抓住这匹野马》《主人要辞职》《这个世界倒了颠》等，这些作品显示出强烈的现实针对性、社会时代性。

《马凡陀的山歌》的艺术特色体现在以下三个方面：第一，不是停留在对社会生活现象的描绘上，而是透过现象努力挖掘它的本质，引导读者认清造成这些现象的根源，激发人们对反动统治的不满情绪。如《这个世界倒了颠》：“这个世界倒了颠，/万元大钞不值钱，/呼吁和平要流血，/保障人权坐牢监。这个世界倒了颠，/‘自由分子’抹下脸，/言论自由封报馆，/民主宪法变戒严。”这支山歌揭露了国民党反动政府推行独裁统治的实质，从而号召国统区人民拨开迷雾，看清他们的反动嘴脸，坚决地为争取民主和平而斗争。第二，《马凡陀的山歌》政治性比较强烈，但不是标语口号的堆砌，而是运用诗歌形象反映现实，并用典型意义的事实，用漫画式的手法加以渲染。第三，《马凡陀的山歌》在新诗的民族化、群众化方面做出了新的尝试，取得了较好的效果。作者从民歌、民谣、儿歌中吸取艺术经验，采用传统的五言、七言等多种群众喜闻乐见的诗歌形式，语言朴素通俗，而且可诵可唱，形成独具一格、新鲜活泼的山歌样式，它代表了新诗创作的一种新的进步倾向。

《马凡陀的山歌》在当时产生了广泛的影响，并且在密切配合人民开展反压迫、反内战的民主运动方面发挥了积极作用，由于山歌的形式贴近广大人民的生活，易于理解和传诵，因此在群众中流传深远，正如冯乃超在《战斗诗歌的方向》中所评价的那样：“马凡陀把小市民的模糊不清的不平不满，心中的怨望和烦恼，提高到政治觉悟的相当的高度，教他们嘲笑贪官污吏，教他们认识自己的可怜的地位，引导他们去反对反动的独裁政治。”

二、陈白尘的《升官图》

在戏剧创作方面，陈白尘的《升官图》是现代讽刺喜剧的一个高峰。陈白尘（1908—1994），祖籍福建，生于江苏淮阴。他早期从事小说创作，后转向戏剧创作。抗战时期是陈白尘从事戏剧创作和运动的活跃时期，他在这一时期创作的剧本还有《魔窟》《乱世男女》《禁止小便》《岁寒图》等，其中的《乱世男女》被公认为抗战初期的一部佳作，是“大时代的小喜剧”。《禁止小便》是他的独幕剧的优秀代表，全剧围绕一块写有“禁止小便”的牌子大做文章，以小见大，以夸张的手法从荒唐可笑的小事中挖掘严肃的主题，让人捧腹大笑之后不禁怅然慨叹，它的思想力度和艺术水准并不亚于一部大剧。从事戏剧创作的同时，他还积极参与抗战救亡的戏剧运动并成为骨干，为抗战时期的戏剧做出了杰出贡献。

1945 年 10 月，陈白尘完成了他最重要的代表作——政治讽刺喜剧《升官图》。这部剧除了序幕和尾声，中间分为三幕五场。故事主要描写了民国初年两个强盗为躲避官方的追捕，在一个风雨之夜藏进一所古老的住宅。他们在这里做了一个升官的黄粱美梦，在梦中干尽了营私舞弊、贪赃枉法的罪恶勾当，最后被群众抓去，从梦中惊醒后最终被官方捕获。

《升官图》集中体现了陈白尘讽刺喜剧的主要特色。首先，取材的现实性和暴露的尖锐性。在《升官图》中，作家假托两个强盗的一场升官发财的美梦，赤裸裸地揭露了国民党统治下的黑暗现实，尖锐地讽刺和揭露了国民党官僚集团贪赃枉法、巧取豪夺、狼狈为奸而又互相争斗的反动本质和种种丑态，反映出当时被压迫人民的觉醒，预示着反动势力必然灭亡的历史命运。剧作情节近于荒诞，却在荒诞中极其真实地暴露了国民党官僚集团逢迎谄媚、无恶不作的可鄙嘴脸，展现了“官即是匪，匪即是官”的国民党统治集团的丑陋内幕。可以说，《升官图》就是一部群丑图，一部活生生的国民党政府的《官场现形记》。其次，《升官图》构思新颖、结构精彩。这部剧表面是一场梦，在梦境中展开情节，但实质是现实社会官场丑态的真实写照。作者通过奇妙的艺术构思制造离奇荒诞的笑料，引人发笑的同时又催人深思。再次，漫画、夸张的手法和泼辣、犀利的语言是陈白尘讽刺喜剧在艺术上的又一突出特征。作者无拘无束地采用漫画和夸张的手法，使用强烈的讽刺语言，把全部的主旨、故事淋漓尽致地表现出来。警察局局长“身材奇短，但总爱耀武扬威地全副武装”。省长一面叫嚷以俭养廉，一面大肆贪污，金条竟成了医治他“头痛病”的良方！“左边头痛，一根金条就够；右边头痛，要两根；前脑痛，三根；后脑痛，四根；左右前后都痛呢？那就要五根！”……这些讽刺技巧的成功运用，极度夸张地放大了人物自身的荒诞，使读者在捧腹之中激起对国民党反动统治的无比憎恨。最后，陈白尘的讽刺喜剧故事情节曲折复杂，人物之间始终处于紧张激烈的矛盾冲突中，戏剧性很强；人物形象各具特色，绝无雷同之感；语言风格泼辣犀利。

陈白尘喜剧创作不仅吸收了中国传统戏曲的精华因子，而且大胆借鉴外国戏剧创作的思路和手法，从《升官图》中我们可以看到果戈理《钦差大臣》的影响痕迹。陈白尘继承传统并贯通西方，融合中外讽刺艺术进行自己的喜剧创造，这使他在戏剧创作上取得了巨大的成就。《升官图》将“五四”以来逐渐发展成形的讽刺喜剧推进到一个新的高度。

与《升官图》产生的社会影响旗鼓相当的，还有创作于 1944 年的剧本《岁寒图》。这是一部现实主义悲剧，它以抗战时期后方某城市私立医院附设的医院为背景，成功塑造了一位忠于职守、克己为人的医师黎竹荪形象，从而歌颂了主人公在严寒如冬的社会环境中坚贞自持的品格。作者通过病人求医，黎竹荪废寝忘食为病人诊治的一连串细节，细腻地刻画了主人公美好善良的心灵，同时也猛烈地抨击了无情冷酷的社会。

除了陈白尘的讽刺喜剧之外，吴祖光的《捉鬼传》《嫦娥奔月》、宋之的的《雾重庆》《群猴》等也取得了相当大的成就，这些讽刺喜剧的大量出现是国民党反动统治走向末路时在文学上的必然反应，而这批颇具艺术价值的传世之作共同构成了国统区戏剧文学领域的不朽财富。

第五节　“七月”派的文学创作

◯“七月”派的蓬勃朝气　◯胡风《为祖国而歌》——民族意志与战斗激情的融合　◯“七月”派小说的创作高峰——路翎《财主底儿女们》

一、胡风与“七月”派

“七月”派是抗战时期国统区的群体意志表现突出、艺术主张明确，并且取得较高文学成就的文学流派。胡风作为这一流派的核心人物，于 1937 年抗日战争全面爆发后，在上海主持创办了著名的文艺杂志《七月》文学周刊，编辑出版了“七月诗丛”和“七月文丛”丛书，“七月”派也由此得名。胡风在这一时期的理论探讨和文学创作方面都取得了较大的成就，如诗集《为祖国而歌》，杂文集《棘原草》，文艺批评论文集《剑·文艺·人民》《论民族形式问题》《逆流的日子》等，产生了广泛的影响。1941 年 1 月“皖南事变”后，《七月》被迫停刊，胡风继续编辑出版了文学杂志《希望》，并且继续对中国的文学发展道路进行探索，出版了《为了明天》《论现实主义的路》等文艺批评论文集。胡风着重把鲁迅作为精神界的伟大战士，考察评价他的思想遗产和文学遗产，对于“五四”以后的中国现代作家进行个案研究，积极坚持对年轻作家、新人新作的评论和扶植。

作家小传

胡风：“七月”派的精神领袖

胡风夫妇

胡风（1902—1985），原名张光人。生于湖北，现代文艺理论批评家、诗人、翻译家。除胡风外，还有谷非、高荒、张果等笔名。1923 年在南京东南大学附中高中开始接触“五四”新文学作品，受革命思潮的影响。1927 年第一次国内革命战争失败后有过短暂的苦闷，诗集《野花与箭》中的部分篇章反映了他这一时期痛苦的思想情绪。1929 年赴日留学期间，与日本普罗作家江口涣、小林多喜二等有直接交往，并加入了日本普罗科学研究所艺术研究会。他在日本刊物《艺术学研究》和《普罗文学讲座》上介绍过中国革命文学，翻译了苏联初期革命浪漫主义作品《在彼得格勒的美国人》（译名《洋鬼》），发表了《现阶段上的文艺批评之几个紧要问题》等文章。1933 年回上海后，参加左翼文艺运动，曾任“左联”宣传部长、行政书记。1936 年 5 月，写了《人民大众向文学要求什么?》一文，提出了“民族革命战争的大众文学”的口号，与“国防文学”口号并立，由此革命文艺队伍内部开始了一场关于“两个口号”的论争，成为活跃的左翼文学理论批评家，这些文章后来分别收入《文艺笔谈》（1936）和《密云期风习小记》（1938）两书。抗日战争期间作为“七月”派的核心，先后主持了《七月》和《希望》两份文艺杂志，在创作实践和理论探讨方面都取得了较大的成绩，如诗集《为祖国而歌》，杂文集《棘原草》，文艺批评论文集《剑·文艺·人民》《论民族形式问题》《逆流的日子》《为了明天》《论现实主义的路》等。

新中国成立后，胡风被选为中国文学艺术界联合会委员、中国作家协会全国委员会常委，这期间他写了抒情长诗《时间开始了!》和特写集《和新人物在一起》，杂文短记《从源头到洪流》，长诗《为了朝鲜·为了人类》。胡风的理论活动涉及的方面相当广泛。以文体而论，对诗歌、报告文学、小说、戏剧、电影、儿童文学、小品文等，都作过探讨。20 世纪 50 年代，由于文艺思想问题被错误地夸大为政治问题，胡风被捕入狱，1979 年获释。1980 年，胡风出任中国人民政治协商会议第六届全国委员会常委、中国文学艺术界联合会委员、中国作家协会和文化部文学艺术研究院顾问等职，并开始撰写文艺回忆录等文章，记录了许多重要的文艺史实。

胡风的文学理论著述辑成三卷本《胡风评论集》（人民文学出版社，1984—1985）。

“七月”派的成就主要体现在两方面：一是胡风、绿原、牛汉、杜谷、彭燕郊等代表的“七月”派诗歌。“七月”诗派基本遵循胡风的文艺理论主张，注重书写重大题材，在诗作

中表现对光明的热切向往，体现出激情澎湃的战斗精神，充分体现了诗歌的现实性、战斗性与艺术性的密切融合。二是路翎、丘东平等为代表的“七月”派小说，路翎的中篇小说《饥饿的郭素娥》、短篇小说集《青春的祝福》以及长篇小说《财主底儿女们》等和丘东平的《一个连长的战斗遭遇》都代表了“七月”派小说创作的较高成就。

二、“七月”派的诗歌创作

“七月”诗派是抗战时期影响较大的诗歌流派，他们以《七月》《希望》《诗创作》等杂志为创作阵地，以充满火热战斗热情的诗篇在国统区广大青年中产生重要影响。“七月”诗派所具有的共同特点是：首先，由于处于民族解放战争高潮的历史条件下，特殊的时代背景赋予他们的诗歌一种强烈的政治热情，因此，在他们的创作中政治抒情诗占了相当大的比重。其次，“七月”诗派的诗歌充分体现了诗歌的现实性、战斗性与艺术性的密切融合，诗作以讴歌民族意志和斗争精神为主，热切反映时代的脉搏和人民的愿望，题材广阔宏大而绝少个人情怀的低吟，强调力和美的统一，把对力与美的表现当作诗歌的最高境界来追求。最后，“七月”诗派在诗歌追求上看重主客观的相互拥抱，体现出既注重生活又重视主体的双向追求，而不是在对时代生活的书写中消解主体意识，或漠视主体力量。他们倡导深入到现实的本质，从客观的社会现象中去挖掘历史的深沉底蕴，用个别的、普通的事件来反映典型的时代情绪和文化心理。在“七月”诗派中涌现出一批优秀的诗作，其中胡风的《血誓——献给祖国的年青歌手们》《为祖国而歌》、绿原的《颤抖的钢铁》、牛汉的《鄂尔多斯草原》《山野的气息》、鲁藜的《泥土》等都是颇具影响的诗歌杰作。

作品欣赏

为祖国而歌

胡　风

在黑暗里　在重压下　在侮辱中
痛苦着　呻吟着　挣扎着
是我底祖国
是我底受难的祖国！
在祖国
忍受着面色的痉挛
和呼吸底喘促
以及茫茫的亚细亚的黑夜，
如暴风雨下的树群
我们成长了
为了明天
为了抖去苦痛和侮辱底重载
朝阳似地
绿草似地
生活含笑，
祖国呵
你底儿女们
歌唱在你底大地上面
战斗在你底大地上面

喋血在你底大地上面
在卢沟桥
在南口
在黄浦江上
在敌人底铁蹄所到的一切地方，
迎着枪声　炮声　炸弹声底呼啸声——
祖国呵
为了你
为了你底勇敢的儿女们
为了明天
我要尽情地歌唱：
用我底感激
我底悲愤
我底热泪
我底也许迸溅在你底土壤上的活血！
人说：无用的笔呵
把它扔掉好啦。
然而，祖国呵
就是当我拿着一把刀
或者一枝枪
在丛山茂林中出没的时候罢
依然要尽情地歌唱
依然要倾听兄弟们底赤诚的歌唱——
迎着铁底风暴
火底风暴
血底风暴
歌唱出郁积在心头上的仇火
歌唱出郁积在心头上的真爱
也歌唱掉盘结在你古老的灵魂里的一切死渣和
污秽
为了抖掉苦痛和侮辱底重载
为了胜利
为了自由而幸福的明天
为了你呵，生我的　养我的　教给我什么
是爱　什么是恨的　使我在爱里恨里苦痛的
辗转于苦痛里但依然能够给我希望给我力量的
我底受难的祖国！

——胡风．为祖国而歌．上海：生活书店，1947.

泥　土

鲁　藜

老是把自己当作珍珠

就时时怕被埋没的痛苦
把自己当作泥土吧
让众人把你踩成一条道路
——周良沛．七月诗选．成都：四川人民出版社，1984.

三、路翎的小说

在“七月”派小说方面，路翎的作品无疑最富有独特性和代表性，集中体现了这一流派的特点。他的中篇小说《饥饿的郭素娥》完成于1942年，小说以生活在某矿区附近农村的青年妇女郭素娥的悲剧命运，揭露和批判了反动统治的黑暗，表达了对底层劳动人民悲惨遭遇的深切同情，热情称颂了劳动人民的反抗和斗争。小说着力描写了郭素娥是如何由一个强悍美丽的农家姑娘，沦落为一个老烟鬼的妻子，又由于争取爱与生的权利而被酷刑折磨致死的生命过程。作者尤其注重从郭素娥的精神苦闷与饥饿来揭露封建家长制、夫权制的罪恶本质，显示了更为深沉的思想内涵。郭素娥也因其独特的性格和思想在现代文学女性形象中占有一席之地。

作家小传

路翎：“七月”派小说的巅峰

路翎（1923—1994），原名徐嗣兴，笔名冰菱、烽嵩、未明等。祖籍安徽无为，生于江苏南京一个商人家庭，路翎自小就嗜读中国古典小说和屠格涅夫的作品。抗日战争全面爆发后随家迁至湖北汉川，发表《一片血痕与泪迹》等散文。1937年冬流亡入川，参加组织哨兵文艺社。翌年编辑合川县《大声日报》的文艺副刊《哨兵》，开始发表小说，引起文坛注意。投稿给《七月》，得以结识胡风，在胡风的影响和帮助下，迅速成为“七月”派的最有代表性的作家之一。1940年起在经济部矿冶研究所、中央政治学校图书馆等处任职。1948年任教于中央大学。在此期间出版有短篇小说集《青春的祝福》《求爱》，中篇小说《饥饿的郭素娥》《蜗牛在荆棘上》，长篇小说《燃烧的荒地》，戏剧《云雀》等。他的小说以严峻的现实主义笔触展现了中国广阔的社会历史生活图景，反映了战乱岁月中下层人民的苦难生活和自发反抗的精神。他善于表现人物性格的矛盾和复杂的心灵世界，丰富了现代小说的艺术表现力，显示了强烈的主观色调和犷悍、悲壮的艺术风貌。路翎最重要的作品是长篇小说《财主底儿女们》，这是继巴金的《家》之后又一部描写封建大家庭及子女所走曲折道路的宏大作品，以此表现“青年知识分子为辐射中心点的现代中国历史底动态”。可以说，《财主底儿女们》是一部展示中国知识分子悲剧性历史命运的史诗性作品。新中国成立后，路翎先后任南京军管会文艺处创作组组长、北京中国青年艺术剧院创作组组长，后调中国戏剧家协会剧本创作室从事创作，著有短篇小说集《平原》《朱桂花的故事》，戏剧《迎着明天》《英雄母亲》《祖国在前进》。1952年赴朝鲜战场采访，著有散文集《板门店前线散记》，小说、报告文学集《初雪》。短篇小说《洼地上的战役》发表后引起强烈反响。此时作品注重开掘人物的心灵世界，显示出明朗的色调。1955年因“胡风集团”案蒙冤入狱多年。1980年平反，任戏剧出版社编辑，发表长篇小说《群峰顶端的雕像》（《战争，为了和平》第一部）。

路翎影响最大的作品是《财主底儿女们》。这部长篇小说共分为两部。上部从1932年日寇进攻上海的“一·二八”事件写到1937年抗日战争全面爆发的“七七”事变，以开阔的视野全面展现了大财主蒋捷三一家在重大历史转折时期发生的分崩离析的变化；下部则从“七七”事变写到1941年苏德战争爆发，集中表现了蒋家小儿子蒋纯祖在风云激荡的时代里所经历的艰难曲折的人生道路。整个作品以广阔的时代为背景，展现了中国社会从20世纪30年代初期到40年代初期这十年动荡不安的历史画面。小说通过深刻地描画财主的儿女们不同取向的人生选择，真实地写出了中国新一代资产阶级的生成过程以及他们的分化沉浮，既表现了中国新一代资产阶级大家庭内部的勾心斗角，也反映了家族的命运与时代社会变动的相互关系，进而揭示出实现反帝反封建民主革命任务的艰巨性和复杂性。这是一部史诗般的作品，正如胡风1945年在为该书所作的序中所说：“时间将会证明，《财主底儿女们》底出版是中国新文学史上的一个重大的事件。”“作者路翎所追求的是以青年知识分子为辐射中心点的现代中国历史底动态。”

经典评论

“激荡着时代底欢乐和痛苦”的“青春底诗”

时间将会证明，《财主底儿女们》底出版是中国新文学史上的一个重大的事件。

在这部不但是战争以来，而且是自新文学运动以来的，规模最宏大的，可以堂皇地冠以史诗的名称的长篇小说里面，作者路翎所追求的是以青年知识分子为辐射中心点的现代中国历史底动态。然而，路翎所要的并不是历史事变底记录，而是历史事变下面的精神世界底汹涌的波澜和它们底来根去向，是那些火辣辣的心灵在历史命运这个无情的审判者面前的搏斗的经验。

所以，《财主底儿女们》是一首青春底诗，在这首诗里面，激荡着时代底欢乐和痛苦，人民底潜力和追求，青年作者自己的痛苦和高歌！

——胡风．青春底诗——路翎著长篇小说《财主底儿女们》序．文艺杂志，1945，1 (3).

第六节　冯至、穆旦等人的诗歌

◯冯至《十四行集》——中国十四行诗成熟的标志　◯“九叶”诗派新诗现代化艺术探求　◯穆旦执着而深沉的人生思索

一、冯至的《十四行集》

◆作家小传

冯至：“中国最为杰出的抒情诗人”

冯至（1905—1993)，现代作家、诗人、翻译家。原名冯承植，字君培，河北涿州人。1921年考入北京大学预科并且正式开始诗歌创作。1923年在北京大学德文系系统学习德国语言和文学。同年参加上海的文学团体浅草社，1925年浅草社停止活动，冯至和杨晦、陈翔鹤、陈炜谟另组沉钟社，出版《沉钟》周刊、半月刊和《沉钟丛刊》。1927年4月，冯至第一部诗集《昨日之歌》问世。1929年8月，出版其第二部诗集《北游及其他》。

1930 年 10 月至 1935 年 6 月，留学德国，学习文学和哲学，德国后期印象派里尔克的诗歌对冯至的诗歌观念产生极大的影响。1942 年 5 月，诗集《十四行集》出版。中篇小说《伍子胥》、散文集《山水》分别于 1946 年、1947 年出版。新中国成立后，任北京大学西语系主任、中国社会科学院外国文学研究所所长。陆续出版有散文集《东欧杂记》（1951）、传记《杜甫传》（1952）、译作集《海涅诗选》（1956）、诗集《西郊集》（1958）、诗集《十年诗抄》（1959）、论文集《诗与遗产》（1963）、译海涅长诗《德国，一个冬天的童话》（1978）等。另有诗选、诗文选集数种，并于 1983 年 3 月获德意志联邦共和国慕尼黑歌德学院颁发的歌德奖章。

冯　至

冯至曾经被鲁迅誉为“中国最为杰出的抒情诗人”（《〈中国新文学大系〉小说二集序》），这个盛誉一方面基于鲁迅对现代新诗创作的积极倡导，对年轻诗人的大力推介，另一方面是因为冯至早期的诗歌表现出淳美自然的抒情色彩和舒展自如的艺术风貌，对中国新诗的发展起到了很好的导向作用。《我是一条小河》就是其早期最有影响的代表作之一。缠绵惆怅的情思全部交汇在这条“小河”之中。诗的开头是这样的：“我是一条小河/我无心由你的身边绕过——/你无心把你彩霞般的影儿/投入了河水的柔波。”这是一种充满哲理的情感波动，无心与有情，真挚与随意，都像小河流水，来得那样自然而又不容置疑。情感与意象的交替升华，并把真切的感受和难言的情感诉诸具体的形象，这也是冯至诗歌创作的一大特点。

冯至早期诗作受到中国晚唐诗、宋词和德国浪漫派诗人的影响，具有意象新颖独特、语言舒卷自如的艺术特点。他早期的诗集《昨日之歌》《北游及其他》中的作品，多为抒情短诗，真实地表述了“五四”以后知识青年渴望光明的探求激情与艰难的寻找出路的苦闷心态。《昨日之歌》中的《吹箫人》《帷幔》《蚕马》《寺门之外》4 首叙事诗，是中国现代文学中叙事诗创作较早的成果，显示了诗人将内容现实性和故事传奇性完美融合的艺术水准。抗战时期冯至集中致力于十四行诗的研究和创作，《十四行集》就是这种艺术探索的结晶，诗歌中体现出来的人生思考更加深沉，艺术亦更趋成熟。他虽采取西方十四行诗形式，却“并没有严格遵守这种诗体的传统格律，而是在里尔克的影响下采用变体，利用十四行结构上的特点保持语调的自然”（冯至《诗文自选琐记》）。

作品欣赏

《鼠曲草》是冯至 1942 年出版的《十四行集》的第四首。通过心与物的感发过程，令思绪转化为可感可触的物象，是此诗的基本手法。从这首诗也可以看出整个《十四行集》中体现的诗人对自身生命体验的深入开掘。

十四行集（节选）

四、鼠曲草

我常常想到人的一生，
便不由得要向你祈祷。
你一丛白茸茸的小草
不曾辜负了一个名称；

但你躲避这一切名称，
过一个渺小的生活，
不辜负高贵和洁白，
默默地成就你的死生。
一切的形容、一切喧嚣
到你身边，有的就凋落，
有的化成了你的静默：
这是你伟大的骄傲
却在你的否定里完成。
我向你祈祷，为了人生。
——冯至．十四行集．上海：文化生活出版社，1948.

里尔克说："我们应该一生之久，尽可能那么久地去等待，采集真意与精华，最后或许能写出十行好诗。因为诗并不像一般人所说的是情感（情感人们早已足够）——诗是经验。"冯至在经历了十年的沉默后，在很短的时间内写下了27首十四行诗，正是长期"体验"的喷发。冯至的十四行诗自然谙练，韵脚音节和谐确切，风格清新淡雅。诗中的意象大多平常，诗人却从中发掘出它们与人生价值、历史命运之间紧密相连的寓意，哲理的思考与广阔的现实找到了接合点。冯至更进一步提出了"正当的死生"的哲学命题。用"正当"一词来修饰"死生"，其实就是对个体存在自觉理念的发掘和追求。也就是说，每个生命个体都必须自觉地去承担生与死。只有这样，每个人才会因为存在的自觉而具有独特的意义。但是，需要指出的是，在冯至的生存观中，他虽然把死亡作为生命的必要组成其视为生命的顶点，然而，同德国浪漫派一样，死亡在他的架构里更多的是形而上的思考，是一种积极的抉择。他始终主张以达观的态度对待死亡，以全身心的投入把握现在，独立承担起自己的责任，以期完成生命的辉煌。冯至的《十四行集》标志着中国十四行诗的成熟，它的价值主要在于丰富了新诗的形式，对外来诗体的移植做出了成功的尝试。冯至20世纪40年代的诗歌创作结合了西方现代主义诗歌理念与中国传统文化精神，成为中国诗歌现代性转变的先导，为西南联大年轻一辈诗人引导了方向。

另外，在50年代，冯至还创作了诗集《十年诗抄》，其中叙事诗《韩波砍柴》被认为是既保留有诗人早期叙事诗的某些长处，而又比过去写得更加精练的作品。

在散文和小说创作方面，中篇小说《伍子胥》在思想内容上不受历史传说的约束，借古讽今，在行文构思上表现出明显的诗化特征，仿佛一首低抑婉转的诗。《伍子胥》的写作不是一蹴而就的，它有着长达16年的酝酿、积淀过程。它受到了里尔克的散文诗《旗手里尔克的爱与死之歌》的影响，也留有克尔凯郭尔、雅斯贝尔斯的存在主义思想的痕迹，但它更有冯至本人的最直接的生命体验。伍子胥是坚强的，却也是彷徨的，更是犹豫延宕的，他就像一个行走中的哲学家，不断思考自我存在的价值与意义。而冯至本人也试图用这个"哲学家"的经历给自己的思想进行某种梳理与放逐。在历史小说《伍子胥》中，冯至延续了《十四行集》中的"生命"对话。《山水》《东欧杂记》则显示了作家散文创作的成就。前者偏重描摹山水，在对自然风光清澈流畅的文字描摹中，流露着对现实的思考和人生的哲理；后者则是作者前往东欧访问的记录。另外，冯至在杜甫、歌德的研究方面也做出了重大成就。

经典评论

“沉思的诗人”

有人说，最好的作品是“深入浅出”。然而冯至先生的诗却不能这么说，它并不是先深入了而又去找了那最浅的语言来表现。他是沉思的诗人，他默察，他体认，他把他在宇宙人生中所体验出来的印证于日常印象，他看出那真实的诗或哲学于我们所看不到的地方。为什么我们就无所见呢？也许有人会这么问吧。里尔克回答道：“如果你觉得你的日常生活很贫乏，你不要抱怨它；还是怨你自己吧，怨你还不配作一个诗人来呼唤生活的宝藏；因为对于创造者没有贫乏也没有不关痛痒的地方。”

可是我却还要替里尔克的话作一个不算解释的解释：“创造者”之所以“没有贫乏”，却正是因为他“没有不关痛痒的地方”。也正为这些，他才能作一个“创造者”。正如诗人在《十四行集》的第二十二首中所说：“给我狭窄的心一个大的宇宙！”

这是诗人的“祈求”，然而我们却也可以说这正是诗人的心：在他狭小的心里，本来就有一个大的宇宙，正因为这样，他才“没有不关痛痒的地方”。这就是仁心，就是柔嫩的心，就是那可以感受一切的生命，这是一种力量。这个，不但使诗人在那平凡的事物里发现那最不平凡的，而且使诗人有表现的力量，使他表现得非常强烈。

——李广田．沉思的诗——论冯至的《十四行集》．明日文艺，1943 (1).

二、“九叶”诗派的诗歌创作

“九叶”诗派同样也是活跃在抗战后期和解放战争时期的一支诗歌创作的生力军。它主要包括围绕着《诗创造》《中国诗歌》等刊物进行创作的一批年轻诗人，他们多是西南联大的学生，主要包括辛笛、陈敬容、杜运燮、郑敏、唐祈、袁可嘉、穆旦等。“九叶”诗人吸取了中国古典诗歌和西方现代派诗歌的艺术滋养，注重将时代的现实感和内心的深切体验相结合，许多诗人在作品中表现出强烈的民族危难感和个人生存的流亡感，在特殊的历史年代经受着哈姆雷特“生存还是毁灭”般的人生拷问。“九叶”诗派作为一个诗歌团体体现出比较一致的艺术追求：一方面，他们是特别注重诗歌本身审美价值的诗派，要求坚持文学本身的价值和独立的传统，保持艺术和现实之间的平衡与和谐。他们在艺术上大胆创新，力求在诗歌里营造新奇的意象和境界，并且运用富有跳跃性的跨越式想象造成陌生化的独特诗歌效果。“九叶”诗人辛笛强调，他们的诗宁愿让一个读者读一千遍，也不愿让一千个读者只读一遍。另一方面，他们追求个人与时代的密切结合，主张以丰满的血肉感情表达思想层面的深沉探索，首先要观照自身，思想自己，进而把思想自己与一切严肃的社会历史生活命题自然地关联起来，诗歌中既要有凝重的时代沉淀，又要有深切的个人投掷，从而投射出把握全局的胸襟和超越的目光。20 世纪 40 年代“九叶”诗人的理论探索和创作实践为现代新诗的进一步发展做出了不可低估的贡献。

知识链接

西南联大

西南联合大学原系长沙临时大学于 1938 年迁至昆明后的改称，简称西南联大。在此以前，1937 年由于日军侵入华北，平津沦陷，当时教育部令国立北京大学、国立清华大学和私立南开大学在长沙组成国立长沙临时大学，后西迁入滇。西南联大由蒋梦麟、梅贻琦、张伯苓任常委。联大素有“民主堡垒”之称，许多爱国民主活动都在这里举行。1941年至1945年是西南联大教学科研成就最为突出的时期。西南联大当时集中了北大、清华、南开三所大学的著名学者，如陈寅恪、冯友兰、朱自清、闻一多、钱锺书、沈从文、柳无忌、叶公超、吴晗、钱穆、王力、吴宓等。西南联大师生都具有中国知识分子关切国家命运的爱国主义精神。校歌中有这样几句：“千秋耻，终当雪，中兴业，须人杰。便一成三户，壮怀难折。”“待驱除仇寇复神京，还燕碣。”这充分反映了联大师生同仇敌忾，教学读书不忘爱国的冲霄壮志。随着抗日战争的胜利，西南联大完成了历史使命，于1946年7月宣告结束。北大、清华、南开三校迁回平津。联大师范学院留在昆明，改名昆明师范学院。

西南联大校门

作家小传

穆旦：现实人生的执着思考者

穆旦（1918—1977），原名查良铮，浙江海宁人，生于天津，著名诗人和诗歌翻译家。1935年考入北平清华大学地质系，半年后改读外文系。抗日战争全面爆发后，随校远赴云南昆明，进入西南联大，1940年毕业后留校任助教。与郑敏、杜运燮、袁可嘉、王佐良等青年诗人跟着当时在联大教书的英国青年诗人燕卜逊读艾略特、奥登等现代主义诗人的作品，开始找到了“当代的敏感”与现实相结合的道路，形成了一个被自己人称为“昆明的现代派”的诗歌小团体。在这期间，穆旦开始系统地接触英国现代诗歌和诗歌理论，创作逐渐走向成熟，创作了《合唱》《防空洞里的抒情诗》《从空虚到充实》《赞美》等具有代表性的作品，主要发表在香港的《大公报》文艺副刊和昆明的《文聚》上。1945年，昆明文聚社出版了他的第一部诗集《探险队》。1947年5月，自印出版第二部诗集《穆旦诗集（1939—1945）》。1948年2月，上海文化生活出版社又出版了他的第三部诗集《旗》。抗战胜利前后，他创作了20余首“抗战诗录”，把战争和战争中的人放在人类、文化及历史的高度予以思考，多发表于上海的《诗创造》和《中国新诗》杂志。后遭受批

穆 旦

判，停止了诗歌创作，但一直坚持诗歌翻译，用他的本名“查良铮”和笔名“梁真”出版了普希金、拜伦、雪莱、济慈、布莱克、朗费罗、艾略特等著名诗人的诗集十余种。1975年重新开始了诗歌创作，写出了《智慧之歌》《停电之后》《冬》等著名作品。“一个民族已经起来”“丰富，和丰富的痛苦”“残缺的我”，是穆旦在《合唱》《出发》《我》三首作品中的三句名诗，也是穆旦诗歌中三个常见的主题。

穆旦的诗歌具有深沉的内省力量与雄厚的思辨深度：

首先，可以溯源于战争使穆旦的心灵和肉体受到双重的考验，更增加了他作为一个现代诗人的敏感气质，在他的诗中充满了丰富、痛苦、挣扎和永远难以协调的矛盾心态的相互撕扯，自我始终处在这种痛苦的撕心裂肺的自我解剖中。他的诗向我们展现了诗人心灵的惊心动魄的自我搏斗历程，真切地传达出种种痛苦而丰富的焦灼体验。穆旦的诗深入持久地探索、表现了“自我”。《我》《我向自己说》《自己》《从空虚到充实》《蛇的诱惑》《神魔之争》等诗中显示出穆旦对于“自我”的独特探索与表现，这是一个生活在混乱而黑暗的现实中分裂、残缺、矛盾而痛苦的自我。

作品欣赏

出　发

告诉我们和平又必需杀戮，
而那可厌的我们先得去欢喜。
知道了“人”不够，我们再学习
蹂躏它的方法，排成机械的阵式，
智力体力蠕动着像一群野兽，
告诉我们这是新的美。因为
我们吻过的已经失去了自由；
好的日子去了，可是接近未来，
给我们失望和希望，给我们死，
因为那死的制造必需摧毁。
给我们善感的心灵又要它歌唱
僵硬的声音。个人的哀喜
被大量制造又该被蔑视
被否定，被僵化，是人生的意义；
在你的计划里有毒害的一环，
就把我们囚进现在，呵上帝！
在犬牙的甬道中让我们反复
行进，让我们相信你句句的紊乱
是一个真理。而我们是皈依的，
你给我们丰富，和丰富的痛苦。

1942年2月

——穆旦诗选．北京：人民文学出版社，1986.

其次，他的诗不是浪漫主义的情感流泻，不是要塑造英雄的崇高形象，而是着重表达自我的复杂与变化，集中探究人性中错综的甚至是混乱不齐或非理性层面的精微变换。同时，穆旦诗中的“我”是深深植根于中国现实土壤的，始终在社会人生的总体现实中探讨个体生命，在个体生命的展开中体认时代现实，这是穆旦诗歌的一个显著特点。

再次，他的诗不仅用头脑，而且还用身体来思想，《诗八首》最妙的想象也正是那些官能的形象，如：“我越过你大理石的理智殿堂，/而为它埋藏的生命珍惜；/你我底手底接触是一处草场，/那里有它底固执，我底惊喜。”这里表达了富有现代性体验的两性关系，使读者在肉体的惊悚中感悟人性的思考。穆旦的诗将肉体的感觉与形而上的玄学思考结合起来，这种特点在他晚年创作的诗歌《冬》里，获得了进一步的发展和沉淀。在这首诗里，血液与欲望，年轻的灵魂与老年的硬壳并列充斥在文本中，构成思考的丰富张力。

最后，穆旦诗论强调诗的形象的现代生活化，提倡表现他那一代人特殊的历史经验，强调明白无误地用形象或感觉来表达深刻的思想，而且看法要新颖独到。他的诗正是这种理论的有力说明，它突破了传统诗词形式和语言的束缚，充满新鲜的感觉与新颖的观念，简单的词汇也体现出惊人的搭配，如“你给我们丰富，和丰富的痛苦”“我缢死了我的错误的童年”等。穆旦的诗歌用清晰的形象体验代替浪漫主义朦胧模糊的诗意，体现出反传统方面的创新成就。

思考题

1. 长篇小说《围城》反映了抗战初期上层知识分子的生活图景和心理世界，具有相当强烈的社会意义。所谓“围城”体现了怎样的哲学意蕴？为什么说这是一部新的《儒林外史》？

2. 傅雷曾经评价张爱玲的《金锁记》是“我们文坛最美的收获之一”，张爱玲如何运用丰富的色彩语言衬托出“苍凉”的人生底色？

3. 为什么说陈白尘的讽刺喜剧《升官图》是一幅群丑图，一部活生生的国民党政府的《官场现形记》？

4. “七月”派小说的代表作家路翎的长篇小说《财主底儿女们》，被誉为展示中国知识分子悲剧性历史命运的史诗性作品，这部作品体现了“七月”派怎样的文学主张和审美追求？

5. 冯至20世纪40年代的诗歌代表作结集为《十四行集》，为什么说它标志着中国十四行诗的成熟？

6. 如何理解穆旦诗歌中常见的“残缺的我”这一主题？诗人这种深切的个人投掷意识又是如何表现出“九叶”诗派在个体生命的展开中体认时代现实的整体审美理想的？

延展阅读

1. 短篇小说集《人·兽·鬼》最初体现了钱锺书独到的艺术追求和思想深度，并且开启了其睿智的幽默风；阅读晚清小说《儒林外史》，进一步理解《围城》对知识阶层的黑色幽默和犀利的讽刺；阅读杨绛《我们仨》，了解生活中的钱锺书。电视连续剧《围城》在相当程度上体现了原著的主体内蕴。

2. 除了《金锁记》和《倾城之恋》，阅读小说集《传奇》中的其他篇章，体会张爱玲小说“苍凉”的人生基调、富有传奇性的故事以及弥漫于其中的梦魇般的氛围。另外，以小说《红玫瑰与白玫瑰》《十八春》为原型也拍摄了影视剧，可以作为参考对照。傅雷的文学评论《论张爱玲的小说》是对于张爱玲小说相当中肯的评价。

3. 联系果戈理话剧《钦差大臣》阅读陈白尘戏剧作品《岁寒图》。欣赏吴祖光的《捉鬼传》《嫦娥奔月》、宋之的的《雾重庆》《群猴》等抗战时期国统区的讽刺喜剧代表作。

4. 研读《胡风评论集》，了解胡风的艺术主张和“七月”派的整体文学理念。欣赏《为祖国而歌》《泥土》等“七月”诗派的诗歌代表作，感受其现实性、战斗性与艺术性密切融合，热切反映时代的脉搏和人民的愿望的诗歌特色。

5. 冯至早期的叙事诗代表作《吹箫人》《帷幔》《蚕马》《寺门之外》等显示了内容现实性和故事传奇性的美妙结合，对比其 20 世纪 40 年代诗歌代表作《十四行集》，感受诗人艺术上的新探求；结合同期散文集《山水》和中篇小说《伍子胥》了解作家的人生思考和文学思想。

6. 阅读闻一多于 1948 年选编的《现代诗钞》，了解现代诗歌创作的发展轨迹和多样的艺术风格。在仔细体味穆旦的三部诗集《探险队》《穆旦诗集》《旗》中的优秀诗篇，感受诗人精神追求的基础上，结合《九叶集》了解“九叶”诗派作为一个诗歌团体体现出的艺术追求和审美价值。

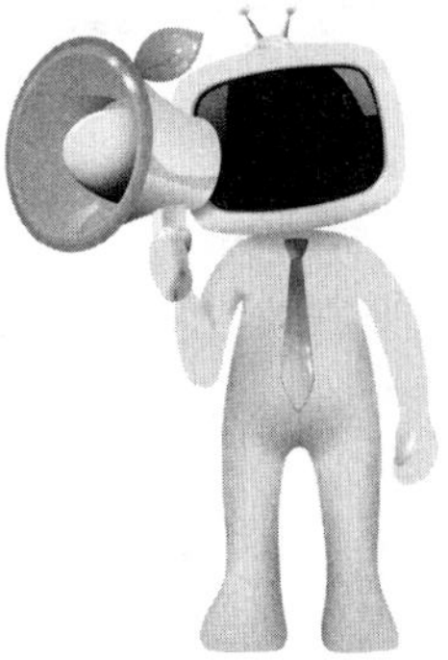

第十三章　新中国十七年的小说创作

新中国十七年期间的小说创作日趋成熟，尤其是长篇小说取得了令人瞩目的成就，在各种题材方面都产生了比较丰富的成果：革命历史题材方面涌现出《红日》《红旗谱》《红岩》《保卫延安》《林海雪原》《青春之歌》《三家巷》等优秀作品；农村题材作品有《三里湾》《山乡巨变》《创业史》《艳阳天》等；反映工业建设成就的代表作有《上海的早晨》《百炼成钢》等；在其他题材创作方面也硕果累累，影响较大的有反映明末农民起义的长篇历史小说《李自成》，表现少数民族生活的《在茫茫的草原上》等。短篇小说创作在这一时期摆脱了贫弱和稚嫩的状况，在思想和艺术方面都取得很大进展，出现了孙犁的《山地回忆》、茹志鹃的《百合花》、马烽的《我的第一个上级》、王蒙的《组织部新来的年轻人》、玛拉沁夫的《科尔沁草原的人们》等杰出的作品。

第一节　革命历史题材的长篇小说

○革命历史小说的繁荣　○梁斌《红旗谱》　○曲波《林海雪原》　○杨沫《青春之歌》

革命历史题材在新中国十七年的小说创作中占有重要地位。从 20 世纪 50 年代到 70 年代，革命历史题材作品反映的主要是中国共产党领导的革命斗争史。作家群体以执着的艺术信念和塑造精品的文化意识，实践着带有特定的时代印记和政治色彩的文学创作，这一时期的革命历史小说多体现出宏大的叙事倾向，“史诗性”“历史感”也就成为这批今天被称作“红色经典”的长篇巨著的主要价值支撑点。这方面的代表作主要有梁斌的《红旗谱》，罗广斌、杨益言的《红岩》，吴强的《红日》，曲波的《林海雪原》，杜鹏程的《保卫延安》，杨沫的《青春之歌》以及欧阳山的《三家巷》等。

一、《红日》《红旗谱》《红岩》

（一）《红日》

《红日》是长篇小说创作高潮中涌现出的反映人民解放战争的军事题材佳作。作者吴强，江苏涟水人，解放战争期间参加了孟良崮、淮海、渡江等著名战役，这些经历为他的文学创作积累了丰富的素材。

《红日》取材于解放战争初期陈毅、粟裕统帅华北野战军在山东战场上粉碎国民党反动派的重点进攻这一史实，小说围绕敌我双方展开的军事斗争这条主线，真实再现了我军在涟水战役遭受挫折，在莱芜战役取得大捷，最后在孟良崮一战中全歼国民党王牌军队七十四师的全过程，表现了我军由弱到强、从战略防御到战略反攻这一伟大历史性转折，显示了解放战争中人民军队的英雄气概和战斗伟力。

《红日》的艺术成就反映在以下几方面：

一方面，它突破了以往描写军人的一般模式，成功地塑造了许多个性鲜明生动的人物形象，尤其是对我军不同层次军事将领形象的刻画集中体现了《红日》的开创性成绩。

作者还善于通过细节表现人物的内心世界，以此细腻地刻画人物性格。如写沈振新这个人物，他对自己的部下既严厉，又不乏人情味；对妻子有着深情的眷恋，却又要忍痛分离。作者全方位、多视角地刻画这个英雄人物，突破了以往单一性地描写英雄性格的缺陷，使得人物血肉丰满，有声有色。而副军长梁波拥有完全不同的个性和气质，虽然两人有着相似的经历和素质，但梁波的性格更突出表现为活泼开朗、幽默风趣，同时他又有敏锐的观察力，准确地判断并掌握着军队的思想动向，从而有的放矢地开展工作，使部队保有最佳的精神面貌。作者通过点点滴滴的细节描写，通过反映他们在作战过程中的思索、烦恼和决断等情节，塑造出充满生活气息的英雄形象。

除了成功塑造我军英雄人物形象外，《红日》还出色地刻画了几个富有特色的反面人物。如刻画得栩栩如生的张灵甫形象，他是国民党七十四师的师长，蒋介石的心腹，被吹捧为“常胜将军”。作者着重通过战局的发展逐层剖析他的丑陋灵魂。当我军在孟良崮包围了张灵甫的军队时，他虽然惊慌不已，也曾经担心国民党内部争斗造成“孤军突击”的后果，但是马上又被内心升腾起的威严和虚荣战胜，依然陶醉在“天下无敌”的美梦中，这种心理描摹直接戳穿了张灵甫刚愎自用、色厉内荏的本质。

另一方面，在艺术构思上《红日》也体现出独到之处。整部小说结构紧凑，三个战役的描写主次分明，张弛自如。全篇既有对战争全貌的观照，又有对战时各个侧面的展示；既有战争场面气势恢弘磅礴的表现，又有情趣盎然的生活画面的巧妙穿插，使得作品疏密相间、起伏跌宕，具有较强的节奏感。尤其是对战争场面虚实相间、点面结合的写法更是独具特色，为以后的军事题材创作积累了宝贵的经验。

（二）《红旗谱》

作家小传

梁斌：谱写“红旗”的赞歌

梁斌（1914—1996），当代作家。原名梁维周，河北蠡县人。青少年时期接触新文学作品，参加家乡的革命斗争。少年时期家乡发生的高蠡暴动等经历和见闻，对他的生活和创作有很大影响。1933 年流浪到北平。1935 年发表了描写高蠡暴动的第一篇小说《夜之交流》。1937 年加入中国共产党，曾任蠡县救国会委员、冀中区新世纪剧社社长、游击大队政治委员等职。写了短篇小说《三个布尔什维克的爸爸》（后扩展为中篇《父亲》），剧本《堤》《血洒卢沟桥》等。这些作品中开始出现了《红旗谱》中的人物。1952 年调至武汉日报社任社长。1955 年后任河北省文联副主席、中国作家协会理事等职。梁斌的主要作品为长篇小说《红旗谱》，出版后激起强烈反响，被誉为反映民主革命时期中国农民生活和斗争的史诗式作品，具有鲜明的民族风格和浓郁的乡土气息。后被改编为话剧和电影，译成外文出版。以后陆续出版了小说的第二部《播火记》和第三部《烽烟图》，还出版了长篇小说《翻身记事》，作品集《笔耕余录》以及《春潮集》《一个小说家的自述》等。

长篇小说《红旗谱》是梁斌的代表作，这是一部反映农民革命斗争的史诗性作品，具有鲜明的民族品格。作品在广阔的历史背景下，通过描写冀中平原锁井镇农民朱老忠、严志和两家三代人和地主冯兰池一家两代人的激烈矛盾和斗争过程，从历史的高度概括了大革命前后中国北方乡村和都市的阶级斗争及革命运动面貌。小说着力探讨了农民在革命浪潮中探寻自身解放途径的曲折心理经历，按照时间顺序依次描写了三代农民不同的斗争道路，在比照中显现出农民斗争的历史继承性和变革性。老一辈农民朱老巩单枪匹马、赤手空拳与恶霸地主作斗争，结果家破人亡。朱老明采取状告的方式依然斗不过阴险的地主。朱老忠、严志和作为新旧交替时代的革命农民，他们吸取前辈斗争失败的教训，增强了斗争的自觉性，并且坚持党的领导，从而找到了正确的斗争方向。以江涛为代表的青年农民是在党的关怀下成长起来的新一代革命农民代表，他们继承了祖辈、父辈的反抗传统和坚忍精神，同时彻底改变了老一代的斗争方式，在党的正确方针指引下逐渐成长为无产阶级先锋战士，农民终于走上了正确的革命道路。小说通过描写三代农民不同的斗争道路和结局，表现了中国农民在寻求自身解放过程中经历的艰辛曲折，从自发反抗到在党的领导下自觉进行武装斗争的成长历程，真实地反映了党对农民解放的重大指引意义，艺术地展现了大革命时期的社会历史画卷。

《红旗谱》在当代农民小说史上具有重要的历史意义，这种历史价值主要体现在小说所塑造的农民英雄朱老忠的形象上。他是一个融合了民族精魂、时代精神和反抗性格的农民英雄典型，这一形象的塑造填补了中国现当代文学史上农民英雄形象的空白。

作品欣赏

《红旗谱》梗概

清末民初某年秋天的冀中锁井镇。大地主冯兰池（人称冯老兰）要砸掉四十八村防汛筑堤集资购地四十八亩的凭证古钟，见义勇为的朱老巩挥着明晃晃的铡刀片，赤膊上阵保护古钟，严老祥也挥斧助战。朱老巩的儿子小虎子深受震撼。群情激愤，冯老兰的诡计难以得逞，他请来地主严老尚调虎离山，骗走了朱、严，砸毁了大钟。朱老巩悲愤交加，含恨离开人间。他死后，冯老兰又想斩草除根，逼死了他的女儿，逼得他的幼子小虎子远走关东。二十五年后的初春，当年的小虎子朱老忠带着妻小，怀着复仇的强烈愿望踏上了故乡大地。在保定站前，他遇到了童年伙伴严志和。他告诉严志和：咱拧成一股绳和冯老兰干，非报这份血仇不可！朱老忠回乡的消息传到冯家大院，冯老兰十分惊恐。

这年秋天，严志和的儿子运涛、江涛，朱老忠的儿子大贵、二贵逮到一只价值连城的脯红鸟，他们憧憬着以此换取车马。地主冯老兰十分眼红，费尽心机要夺取名鸟而没有得逞，冯老兰疯狂报复，指使人将大贵抓去当兵。朱老忠压住自己心中的愤怒，准备报仇。第二年春天，出外做工的运涛偶遇县委书记贾湘农，懂得了革命的道理，共产党就是“穷人党”。朱老忠听说找到了共产党，高兴地说：“扑摸到这个靠山，一辈子算有前程了！”在朱老忠的支持下，运涛不断去找贾湘农，并在村里宣传革命。爱慕他的姑娘春兰大胆地穿起了绣有“革命”二字的衣服，全村为之轰动。大革命的巨涛汹涌澎湃，受贾湘农派遣，运涛背着家人南下，参加了北伐军。几年后家人得知运涛被捕，朱老忠与江涛来到济南，见到了以政治犯身份被判无期徒刑的运涛，不禁悲愤交加。运涛告诉朱老忠和江涛，他是堂堂正正的中国共产党党员，是被背叛革命的蒋介石投入大牢的。此时已是共青团员、保定二师学生的江涛，心里掀起了仇恨的巨浪，他决心像哥哥一样，为阶级解放冲锋陷阵。

1929年冬，中共保定特委贾湘农和江涛经过慎重的研究，决定根据广大农民的要求，在年关发动群众抗捐抗税，组织反割头税斗争。按照特委部署，江涛回到锁井镇串联群众，朱老忠、朱老明、朱老星、伍老拔以及当兵归来的大贵都积极投入到斗争之中。腊月二十五大集那天，按照贾湘农的指示，锁井镇的农民在江涛的带领下，举行了声势浩大的游行示威。张嘉庆带领纠察队担任保卫，朱老忠等人紧紧护卫着江涛、贾湘农。大贵、江涛发表了振奋人心的演讲。游行队伍在县府门口与保安队发生了冲突。迫于压力，县府屈服了。反割头税斗争的胜利，使群众认识到了自己的力量，纷纷要求加入农会。朱老忠、严志和、大贵等在斗争中加入了中国共产党。反割头税斗争，把地主冯家打得落花流水，冯贵堂不甘心失败，告了黑状。全县一片白色恐怖，积极分子都上了黑名单。贾湘农在离开之前，嘱咐江涛、张嘉庆要深入了解社会，准备投入更艰苦的斗争。

1931 年秋，日本侵略军悍然进攻东北。国民党反动派的不抵抗政策和敌寇的暴行激怒了全国人民，保定二师也掀起了如火如荼的学潮斗争。江涛、张嘉庆站在斗争的最前列。二师学潮波及全市，十三所学校罢课，要求停止"剿共"、枪口对外。省府宣布解散学校，开除数十名学生，并派军队包围了学校，形势十分严峻。朱老忠从学生运动的高涨看到了革命高涨的到来，与严志和来保定支援学潮。贾湘农也来保定领导斗争。知识分子严知教力图通过斡旋和平解决，冯贵堂则丧心病狂地煽动对学生"快刀斩乱麻"。大敌压境，学生运动领导人终于统一了思想，决定冲出重围，到乡村开展抗日游击战争。此时，上级已决定在冀中平原成立红军，由贾湘农任司令兼政委，江涛任政治部主任。为了支援突围，朱老忠在混乱中将米面运进二师。然而，反动军警提前冲破了学生的防线，江涛又一次被捕，学生死伤多人，严志和悲痛欲绝，朱老忠鼓励他要挺住。学潮失败的第二天，朱老忠机智勇敢地救出了张嘉庆。脱险的路上，朱老忠仰望着风云变幻的天空，心里憧憬着"红旗卷起农奴戟"的伟大理想……

朱老忠是《红旗谱》的主人公，也是这部小说中最富艺术魅力的形象。朱老忠生活在一个特定的历史时期，他的一生横跨新旧两个时代，因此在他身上既充盈着旧时代农民起义英雄的叛逆血液、正义豪气，又吸纳了新时代无产阶级的先进革命理论和斗争精神，他是在革命斗争的实践中逐渐成熟起来的农民英雄，具有不同于一般农民的鲜明性格特征。

第一，朱老忠性格豪爽、重义气。这包含着对父辈朱老巩性格的继承，同时又糅进了新的时代内容，他的义气不单纯是水浒英雄式的仗义行侠，而更多是对待阶级兄弟肝胆相照、荣辱与共的无私情怀，"为朋友两肋插刀"是他的人生信条，在这一思想指引下，他自觉关心农民，当面临危及同阶级利益的情况时，他总是冲锋陷阵地走在反抗队伍的最前列，把个人的生死安危置之度外。

第二，朱老忠具有强烈的阶级爱憎情感和立场，胆略过人，具有坚忍顽强的斗争精神。朱老忠不是蛮干冒失的农民英雄，他的性格粗中有细，刚柔并济，能屈能伸，坚韧不拔。小说通过他在保定与严志和相会的场面，对他的性格进行了深入的描写。苦大仇深的家世使他的阶级爱憎更分明，也更强烈，他对敌人比谁都憎恨，因此具有最坚定最勇猛的斗争意志，但这并不影响他对敌情的冷静判断，他从不急功近利、莽撞行事，而是深谋远虑、从长计议。脯红鸟事件、大贵被抓丁事件都集中表现出他处事果断成熟、有胆有谋的特点，完全不同于旧时代农民个人抗争的盲目蛮干。"出水才看两腿泥！"这是朱老忠经常自勉的一句话，也是深沉有力的预言，显示出韧性斗争的品格、足智多谋的远见。这种卓识远见、既坚又韧的品格是旧式农民不可能具备的。

第三，我们还应该看到朱老忠性格特具的发展性，他是在领导和参与革命的过程中逐渐成长并成熟起来的农民英雄。作为一个农民英雄，朱老忠具有他的性格发展过程：农民自身的局限性曾使他一度陷入困惑之中，在没有找到新的斗争途径和方向时，他也苦恼过，也曾感叹自身力量的薄弱；但是他比其他农民先进就在于他能够积极自觉地完成自身的成长，善于接受代表时代潮流的革命理论，参与代表先进方向的革命斗争，并且坚信革命真理，满怀希望地英勇斗争，而不是保守自闭、畏葸不前。在反割头税斗争中他喊出了“没有共产党的领导，要想打倒冯老兰，是万万不能”的肺腑之言，真切地表达了农民阶级的共同心声，表明党在新一代农民心目中树立了不可动摇的领导地位。

小说还出色地塑造了冯老兰、冯贵堂这两个与朱老忠对立的反面人物形象，并以此加强斗争的尖锐性和直接性。冯老兰和他的儿子冯贵堂是新旧两个不同时代地主阶级的典型代表，从他们不同的思想性格和剥削手段可以发现迥异的时代特点：冯老兰是一个旧式封建地主，他保守、贪婪，通过逼租和强占的手段剥削压榨农民，而且用“斩草除根”的野蛮方式对待农民的反抗。冯贵堂与父亲同样具有剥削阶级的本性，但是在具体的剥削方法和形式上又有差别，他是一个地主兼买办资本家式的人物，与反动军阀、政客狼狈为奸，打着改良主义的旗帜进行政治和经济掠夺，对人民的欺压具有更大的迷惑性和欺骗性。因此，以朱老忠为代表的三代农民与冯家两代地主的斗争会越来越复杂、尖锐和激烈。

在艺术上，《红旗谱》表现出成熟的民族风格，在长篇小说的民族化探索方面做出了重要贡献。

首先，在思想内容方面，《红旗谱》描写了三代农民的斗争生活，他们的性格特点、斗争方式无不表现出鲜明的民族色彩。主人公朱老忠慷慨豪侠的性格是与古代燕赵英雄气质一脉相承的。同时富有地方色彩的描写在小说中也比比皆是，滹沱河和冀中平原的自然风光始终伴随人物活动而展开。

其次，《红旗谱》有朴实明快、浑厚粗犷的民族语言。作者在提炼和加工大众口头语言的基础上，创造出具有浓厚乡土气息和富于表现力的文学语言形式。无论是写景还是叙事，都具有口语化特征。如朱老忠的语言就极富民族特色，他说：“拉长线儿，古语说得好，大丈夫报仇，十年不晚。”干净利落而又掷地有声，生动地传达出朱老忠豪爽坚忍的个性。

再次，在结构布局上，小说采用不同于西方小说的手法，以中国古典小说艺术手段精心组织全篇，但又没有完全模仿古典小说的章回体写法，而是保持了人物的集中和故事的独立。

最后，在表现手法上，小说以传统白描为主，又适当采用西方的心理透视法，可谓取中西文化融会之精华，这本身也表明民族化是不排斥学习世界先进文化的。

（三）《红岩》

《红岩》封面

《红岩》出版于1961年12月，问世后马上在社会上引起强烈反响，先后印行了20多次，发行近千万册，至今在读者中仍具有深远影响。《红岩》的创作经历了前后十年之久的准备过程。作者罗广斌、杨益言曾在1948年先后被捕，亲身经历过集中营生活严峻的斗争考验。新中国成立后，他们四处寻找搜集烈士遗迹，于1958年写成回忆录《在烈火中永生》，并被歌剧、话剧、电影、京剧等艺术形式采用，一再上演。这为后来《红岩》的写作创造了良好条件。

《红岩》在20世纪60年代被称为“黎明时刻的一首悲壮史诗”“一部震撼人心的共产主义教科书”。它描写的是解放战争胜利前夕光明与黑暗的一场殊死较量。小说以狱中斗争为主线，以我党的地下工作、学生运动和农村根据地的武装斗争为两条副线，三条线索有机组合为一个整体，全面展现广阔的社会生活图景，充满浓厚的时代氛围和强烈的历史气息。小说的主体部分由革命者顽强的狱中斗争构成，表现了英雄们在炼狱之中、死亡面前灵魂升华的过程，歌颂了他们视死如归的英勇斗志和大无畏的革命精神。

《红岩》在人物塑造上也体现出与众不同的特点。它突破了围绕一个中心人物的命运展开描写的叙述模式，成功地塑造了一系列英雄群体形象：有铁血丹心、铮铮正气的成岗；有忍辱负重、长期装疯的华子良；有背叛自己的阶级、热切追求真理的刘思扬……这些英雄形象像浮雕一样镌刻在当代文学的人物画廊中。其中，许云峰和江姐是小说中塑造最为成功的两个艺术形象。许云峰是中共地下工作的领导者，他具有无产阶级革命家的风度和政治敏感。在沙坪坝书店检查工作时他敏锐地发现了敌情，并果断地做出部署，使革命工作化险为夷；被捕入狱后，在与敌人的斗争中更显示了他无比强大的号召力。最后他带着对胜利的坚定信念从容就义，把生存的希望留给战友，用生命谱写了悲壮两字的动人意义。江姐更是家喻户晓、光彩照人的女英雄典型，她的事迹在群众中经久流传。在江姐身上，我们看到的是共产党人高尚的革命情怀和坚贞不屈的英雄气概。作者用大篇幅浓墨重彩地描写了她被捕、受刑、牺牲的全部经历，同时把笔触深入到人物的内心世界，不仅淋漓尽致地表现了她作为革命战士的坚定信念，而且真切流露出她作为生活中的“大姐”、妻子和母亲所特有的细腻而丰富的情感，从多个不同侧面展现一个女革命者无比动人的灵魂。

《红岩》在艺术上也独具特色。它结构严整宏大，始终体现出作者自觉的历史意识。在刻画人物时注意对比和层次，把英雄人物的信仰所焕发出的精神力量与反面角色的狡诈残忍、恐惧胆怯两相对照；同时，不同性格的英雄人物之间也相互映衬，有力地展现出当时斗争的历史面貌。采用多变的手法刻画人物也是这部小说的一个亮点。如小说采用多种视角来写革命者被捕的情况，许云峰是正写，华子良是侧写，成岗是详写，而龙光华则是通过本人的介绍一笔带过。对革命者受刑和就义场面的描写调动了多种艺术手段，丰富了小说的艺术空间，避免了叙述上的单调、重复。当然，这部小说也有不足之处，如在刻画人物和事件时有时放不开拳脚，人物个性不够突出等。

二、《保卫延安》《林海雪原》

（一）《保卫延安》

杜鹏程的《保卫延安》是革命战争题材小说在这一时期的重大收获。小说以史诗般的规模反映解放战争时期的历史风云，1954 年出版后，冯雪峰称赞它是“够得上称为它所描写的这一次具有伟大历史意义的有名的英雄战争的一部史诗的。或者，从更高的要求说，从这部作品还可以加工的意义上说，也总可以是这样的英雄史诗的一部初稿”①。《保卫延安》取材于 1947 年 3 月至 9 月发生在陕北延安的故事：胡宗南指挥国民党军队进攻延安，毛泽东和彭德怀领导人民军队收复延安。作者站在时代和历史的高度真实再现了青化砭、蟠龙镇、沙家店等战役场面，具有英雄史诗的气魄。

作品成功地塑造了一群英雄将士的光辉形象。作者怀着无比崇敬的感情，用最真挚而简练的笔调为读者勾勒出彭德怀将军的感人形象。《保卫延安》不仅反映出他在战场上胸有成竹的指挥才干，而且描绘了他与老人、小孩的亲切关系，一个既崇高伟大又平易近人的无产阶级革命家形象活生生地屹立在读者眼前，成为中国当代文学史上描写无产阶级革命领袖形象的一次成功尝试。另外，小说还出色地塑造了周大勇、王老虎、李诚等大无畏的

① 冯雪峰．论《保卫延安》的成就及其重要性．文艺报，1954 (14，15)．

英雄人物形象，使小说始终充盈着英雄主义的昂扬情绪。周大勇是作品的主人公，也是作者用力最多的形象，作品通过描写他在保卫延安的几场重大战役中的表现，反映出他勇敢坚毅的革命品质和灵活镇定的战斗作风。作者注意通过对多重性格侧面的描写增强周大勇形象的真实性和感召力。与此同时，作者还以同样强烈的情感描写了与周大勇并肩作战的战友——李诚，热情地歌颂了他作为共产党员的高尚道德情操，以及性格腼腆但勇敢善战的班长王老虎、默默奉献的炊事员孙全厚等，他们对主人公形象的塑造起到烘托作用，从而构成一个完整的英雄序列。

同时，《保卫延安》具有激情洋溢、雄伟粗犷的独特风格。作品中始终投射出作者难以遏制的激情，不管是抒情，还是议论，都力图与叙述、描写相结合，运用热情洋溢的笔调，造成磅礴的气势和氛围，从而与庞大的艺术构架、英雄群像达成呼应，总体上呈现出金戈铁马般的豪迈气象。《保卫延安》在当代长篇小说的起步和开创期发挥了特殊的启动和奠基作用。另外，作品的语言凝练质实，将战士和群众的口头用语加以提炼加工，使之富有个性特色和生活气息，真实感人。

（二）《林海雪原》

曲波的《林海雪原》融合了中国军事题材小说和革命新传奇的优点，不仅可读性强，而且有较高的艺术品位。它的出现显示了中国当代小说中高雅文学与通俗文学相结合的发展趋向。《林海雪原》与一般史诗式的军事题材小说又有所不同，选取的只是一支由 36 人组成的人民解放军小分队在东北地区进行剿匪斗争的故事，而不是对大兵团作战场面的宏观展示。战斗发生在人迹罕至的林海雪原，敌众我寡，兵力相差悬殊，特殊的环境和条件要求我军必须以智取胜，用奇袭战胜敌人，题材本身充满了强烈的传奇性和浪漫色彩。另外，它的传奇性还体现在以下几方面。

首先，传奇性体现在小说情节结构的安排上。全书共 38 回，主要描写了奇袭奶头山、智取威虎山、消灭座山雕、火烧大锅盔，消灭马希山和侯殿坤等三个大故事。这三个大故事既贯通一体，又相对独立。而在这三个大故事中间又巧妙地穿插了许多小故事，这些小故事也有头有尾，脉络分明。这种故事套装交互勾连的结构布局使小说波澜起伏而又环环相接，扣人心弦、引人入胜。

其次，它的传奇性更表现在对传奇式英雄人物的塑造上。杨子荣是小说塑造得最为丰满的传奇英雄。这位侦察能手屡次克服险象环生的困境，出色地完成了战斗任务。在中国当代文学人物史册里，杨子荣是不可多得的有勇有谋的传奇式英雄形象。

最后，小说的环境、景物描写也体现出浓郁的传奇性特点。作品中的景物环境描写充溢着神奇曼妙的色彩。例如作者对东北地区特有的严寒天气进行了绘声绘色的描写，描绘了能够搅起雪龙改变地形的穿山风，使天地昏暗的暴风雪，对那天造地设的奶头山、巨石倒悬的鹰嘴石等自然景观的描写也都弥漫着特有的神秘和迷人气息。这种总体艺术氛围增强了作品浪漫主义的传奇色彩。

总之，《林海雪原》充满了浪漫传奇的情调，无论是传奇性的题材选择、惊险的情节结构，还是传奇的人物刻画和神秘的景物描写都令人神往。同时，在具体的艺术操作中，作家十分注意将传奇性和现实性相结合，力求合情合理，可信耐读，增加作品艺术感染力的同时不忘对真实性的基本追求。当然，在这篇小说中对于传奇性的把握也有偏差之处，例如小说里因过分夸大少剑波的个人作用而削弱了英雄人物的真实性。人物性格彼此相似，没有写出同中之异；作品中古典小说的艺术手法痕迹也比较多，露出笔法不够圆熟的痕迹。

三、《青春之歌》《三家巷》

（一）《青春之歌》

《青春之歌》是中国当代文学史上第一部描写学生运动、表现知识分子成长道路的优秀长篇小说。其历史背景是“九一八”事变到“一二·九”学生运动这一动荡时代，作者杨沫描写了在这一时代氛围下以北京大学学生为中心的一批进步青年在中国共产党领导下进行的革命斗争，反映了在阶级矛盾、民族矛盾日益尖锐激烈的动荡年代，知识分子的觉醒与分化、愤激与苦闷，真实地记载了当时知识分子的精神面貌和思想演变历程，讴歌了革命的青春与力量。小说重点讲述了女主人公林道静曲折的革命经历，逼真再现了知识分子革命化的苦难历程，从而表现了一个深刻的主题：一切进步知识分子只有把个人的前途和国家、民族的命运紧密联系在一起，积极地投入到时代的历史洪流中锤炼自己，才能最终走上光明的道路。

作家小传

杨沫：唱响青春的颂歌

杨沫（1914—1995），当代女作家。原名杨成业，笔名杨君默、杨默。祖籍湖南湘阴，生于北京。曾就读于温泉女中，因家庭破产而失学，当过小学教员、家庭教师和书店店员。1934 年开始文学创作，发表作品，多是些反映抗日战争的散文和短篇小说。抗战全面爆发后到冀中参加中国共产党领导的游击战争，做妇女、宣传工作。1943 年起任《黎明报》《晋察冀日报》等报纸的编辑、副刊主编。中华人民共和国成立后，曾任北京电影制片厂编剧、北京市作协副主席、中国作协理事、全国人大常委会委员等职。她的代表作《青春之歌》是一部描写中国共产党领导的爱国学生运动的优秀长篇，成功地塑造了知识青年林道静这一艺术典型。《青春之歌》于 1958 年出版，仅半年时间就售出 130 万册，小说在读者中特别是青年学生中影响深广，曾由作者改编为电影剧本，拍成同名电影上映，其艺术魅力经久不衰。杨沫的作品还有中篇小说《苇塘纪事》，短篇小说选《红红的山丹花》，散文集《杨沫散文选》，长篇小说《东方欲晓》《芳菲之歌》《英华之歌》，长篇报告文学《不是日记的日记》《自白——我的日记》，以及《杨沫文集》等。

《青春之歌》最大的成功之处在于它以广阔的视角塑造了不同类型的知识分子形象。作者善于调动多种艺术手段，特别是通过富有个性特征的细节描写，细致入微地揭示人物的心理、性格，把人物外貌和内在精神世界巧妙地结合起来进行刻画，人物形象逼真动人。如已经走上革命道路的卢嘉川、江华，他们具有坚强的意志，并且加入到共产党的先进组织中；正在逐渐觉醒中的王晓燕、李槐英、许宁，他们在时代主潮的感召下不断前进；还有像余永泽、戴愉、白莉萍这些经不起时代考验而背叛革命或追逐个人利益的青年。小说中最亮丽的人物是女主人公林道静。

林道静这一形象是“按照生活本身的发展逻辑，按照像她这样一个小资产阶级知识女性在当时走向革命后必然会有的发展变化过程来描写的”①。林道静是一个成长中的人物，她从小失去母爱，之后又受尽封建家庭的折磨，这造就了她性格中的反抗因素，为以后走

① 杨沫．谈谈林道静的形象．文艺论丛，1978（2）．

上革命之路提供了可能性；同时她受过封建主义和资产阶级的教育，因此，在意识深层留有资产阶级思想的痕迹，这注定她在革命中必然要经历更多的艰辛。林道静为反对包办婚姻而毅然离家出走，但是仍摆脱不了旧势力的纠缠，无奈中决定以死亡对抗黑暗。在绝望的一刻余永泽救了她，爱情唤起她重新生存的希望，但是与余永泽相爱并同居后她仍然摆脱不了人生苦闷的束缚，在长期交往中余永泽的缺点也逐渐暴露出来，林道静认识到自己和他并不是同路人，决然地与余永泽分手。最终，在共产党员卢嘉川的引导下，她投身于革命运动的潮流中，满怀热情地参加抗日救亡活动，在牢狱中坚持斗争，在革命过程中自觉改造自己，在政治上也逐渐成熟起来。经历一次次斗争的考验和锤打后，她终于成长为一名自觉与旧我彻底决裂的无产阶级战士。林道静作为20世纪30年代的知识分子，具有鲜明的时代特点，她不同于“五四”作家塑造的追求个性解放的女性形象，又迥异于巴金小说中的无政府主义者杜大心、叶绍钧笔下的教育救国者倪焕之，她把个人的命运同人类解放事业联系在一起，找到了中国知识分子真正的光明前途。在中国现当代文学史上，很多作家都在探讨知识分子的出路问题，而林道静形象的完成对此做出了有力的解答，她所走的路，概括了30年代知识分子发展的整体动向，具有深刻的历史价值和教育意义。

《青春之歌》还成功地塑造了卢嘉川、江华、林红等共产党员的光辉形象。他们以自己刚毅的性格和对党的无限忠诚感染着周围的进步青年，是林道静的引路人。他们拥有坚定的共产主义世界观，为了民族的复兴，勇敢地投身到最激烈的斗争中去：到工厂矿山组织和鼓动工人革命，到军队中参加战斗，到学校里组织发动革命青年，到处都留下他们坚定的足迹。小说以大量篇幅表现卢嘉川出生入死的革命英雄事迹，其中最动人心魄的是他在监狱里以坚强的意志与自己的肉体展开的一场顽强斗争，坚定的党性原则和高度的使命感使他临危不惧、铁骨铮铮，遍体鳞伤却仍然顽强地领导同志们在狱中进行绝食斗争。为了使同志们在自己牺牲后还能和上级保持联系，他强忍着穿心的疼痛，挪动着僵硬的身体爬去敲击四周的墙壁，将绝密消息传给隔壁的同志，“只要有一口气，只要血管里还有一滴血在流动，那么，他便不应当放弃斗争——不论是对敌人，还是对自己‘叛逆’的身体”。

作品欣赏

《青春之歌》梗概

20世纪30年代初一个秋天的早晨，一列京沈直快列车上，坐着一个衣着朴素、怀抱乐器的美丽姑娘，她就是北平某高中学生林道静。林道静出身于大地主家庭，父亲是大学校长，生母是被父亲霸占的热北山区的雇农女儿，早被逼死。她在养母徐凤英的冷眼中长大，饱尝了无爱的辛酸。为了逃婚，她只身投奔在小学当教师的表兄。车到北戴河，表兄却早已远走他方。校长余敬唐热情挽留，让她代课，道静万万没想到，余敬唐要把她送给鲍县长当小老婆。漆黑的暴风雨之夜，悲愤异常的道静狂奔到海边，纵身扑向那波涛翻滚的大海，被北大学生余永泽救回。热情而多才的余永泽一下子感动了林道静。两人相爱了。“九一八”的炮声震惊了全国，抗日救亡运动风起云涌。一天，北大学生、地下党员卢嘉川来到杨庄小学探亲，宣传抗日。自此，林道静加入了抗日的行列，辞职回到北平，并且逐渐看清了余永泽的本质。在白莉萍等参加的东北流亡学生的聚会上，林道静又遇见了卢嘉川。两人畅谈革命，纵论人生，卢嘉川借给她许多革命书籍，使她的思想有了新的升华。余永泽把处在危险境地的卢嘉川赶出门，致使卢遭逮捕，林道静毅然割断了同他的情丝，投入了革命的洪流。林道静忘我地参加各种革命活动，不幸被胡梦安的鹰犬绑架。最终逃出了虎口的林道静来到定县当了小学教员，遇见了共产党员江华。林道静受派回到北平，来北大做学生工作。已叛变的区委书记戴愉利用她的幼稚，指示她发动盲目的学生斗争，使革命力量受到很大损失。危机中，江华的姑母把她介绍到深泽县宋村一个地主家当家庭教师。在那里，她学到了许多知识，阶级斗争觉悟有了很大提高。回到北平不久，林道静即被捕入狱。在共产党员林红的帮助教育下，她经受了火的考验。面对敌人的威胁利诱和残酷的刑罚，林道静大义凛然。根据她的英勇表现，党组织决定吸收她入党。鲜红的党旗下，林道静举手宣誓，决心把自己的青春献给壮丽的共产主义事业！

入党后，林道静被安排在党的机关工作，政治上更加成熟，当她得到卢嘉川牺牲的消息时，内心燃起了炽烈的复仇烈火。林道静又被调到北大做学运工作。在江华的热情帮助下，她深入到学生组织之中，依靠进步学生，揭露特务分子，逐渐掌握了各系学生自治会的领导权。在艰苦的工作斗争中，林道静越来越成熟了。北平党组织又发动全市大中学生举行了声势浩大的游行示威。红旗蔽天，人流滚滚，反动军警惊恐万状，用大刀、皮鞭、水龙对游行队伍围追堵截。林道静，这个经历了无数艰难曲折成长起来的革命战士，和青年学生肩靠肩、臂挽臂，奋进在游行队伍的最前列。

古老的中华大地，回荡着这代青年用鲜血和生命谱写的青春之歌……

《青春之歌》结构严谨而完整，线索曲折繁复但清晰可辨，涉及的人物、事件和场景繁多，囊括了广阔的社会生活，但始终以林道静等知识青年的成长过程作为贯穿作品的主线，构成一个有机统一的艺术整体。语言简洁流畅，笔调情真意切，极富艺术魅力。

（二）《三家巷》

《三家巷》是欧阳山的长篇小说代表作。欧阳山，原名杨凤岐，湖北荆州人，他是20世纪20年代中期进入文坛并产生影响的作家。1957年他开始根据自己的生活经历创作多卷革命历史长篇小说“一代风流”，历经近30年的努力，于1985年出齐了“一代风流”系列小说：《三家巷》《苦斗》《柳暗花明》《圣地》《万年青》。这五卷小说集中反映了从1919年到1949年之间中国人民的革命斗争生活，其中《三家巷》是成就最高、影响最大的一部。

《三家巷》以20世纪20年代的广州为背景，集中叙述了一条小巷中三个家庭的历史演变，这三个家庭各有不同的阶级属性，其中周家是手工业工人家庭的代表，陈家代表买办资本家家庭，何家代表官僚地主家庭。作者以他们之间的邻里关系、亲戚关系、朋友关系和情感关系为主要描写内容，同时涉及五四运动、大革命时代、“五卅”惨案、省港大罢工、北伐战争、“四一二政变”、南昌起义、广州起义等历史风云事件。小说通过描写他们的日常生活，以及彼此间构成的各种错综复杂的关系和情感纠葛，历史地反映出当时阶级力量的消长和时代风云的变幻。

小说主要描写了打铁出身的知识分子周炳的半生经历。周炳出身于工人家庭，从小受尽了歧视和压迫，贫困的生活使他天然具有劳动人民正直善良、吃苦耐劳的美好品质，阶级属性赋予他痛恨剥削阶级、同情劳苦大众的朴素革命意识。但是他又生活在三家巷这样一个特殊的氛围中，这使他的性格体现出复杂的两面性：既有工人阶级的朴实本色，又不免多愁善感、耽于幻想、幼稚盲动的弱点。另外，三家巷中青年男女之间的情感纠缠以及他同陈何两家的世亲关系必然使他受到封建主义和资产阶级思想意识的熏染。基于这一特点，在革命剧变的时代他表现出多方面的精神面貌：既有对黑暗现实的勇敢反抗，对革命前途的坚定追求，又有失败后的消沉低落，也有对儿女情长的沉迷耽溺。而小说人物塑造成功的一个重要特点就是写出了周炳性格的复杂性和立体感，具有深刻的社会意义和艺术价值。同时小说还成功地塑造了陈文雄这一反面人物形象，作者遵循生活真实的逻辑，按照人物自身性格发展规律逐层写出陈文雄人生道路的演变过程：起初他顺应时代趋势，接着投机革命，然后又出卖革命投奔洋人，逐步沦落为洋人买办、洋人奴才。对于这个人物的处理和描摹，作者既写出他少年时的英俊潇洒、才华横溢，又活画出其堕落后阴险狡诈的奴才嘴脸，人物性格饱满丰实，真实可信。

鲜明的民族特色和地方气息也是《三家巷》的突出特点。作者继承了中国古典小说的结构手段，将陈、何、周三家的变迁、分化和斗争表现得起伏跌宕，引人入胜；同时叙事中很少使用倒叙和插叙，主要以白描手法通过人物的言行表现人物性格和故事情节，而避免单调呆板的心理静态描写，通篇叙事井然有序，行文流畅，开阖自如。小说还在文学语言中融会了广东的方言谚语，绘声绘色地展开一幅幅绚丽的南方风情图，具有浓郁的地方情调。

第二节　农村题材的长篇小说

○农村题材小说的新发展　○赵树理《三里湾》　○柳青《创业史》　○浩然《艳阳天》

一、《三里湾》《山乡巨变》

（一）《三里湾》

20 世纪五六十年代以农村生活为题材的小说创作在数量和质量上都占据了重要地位。与以前的乡土小说相比，这一时期的农村题材小说发生了很大变化，它强调对现实斗争的反映，要求作家深入农民生活，关注在农民中发生的显示中国社会面貌深刻变化的斗争。

赵树理在 20 世纪 40 年代曾以《小二黑结婚》《李有才板话》等作品著称，新中国成立以后，他又创作了短篇小说《登记》《“锻炼锻炼”》《套不住的手》，长篇小说《三里湾》，以及其他样式的多种文艺作品。《三里湾》是中国当代文学史上第一部反映农村社会主义改造题材的作品，1955 年发表后不久就被改编成电影、戏曲，流传颇广。

长篇小说《三里湾》主要提炼了三里湾这个村庄开展的秋收、整社、开渠等情节，着重表现人民在农村社会主义改造中遭遇的两种思想和道路的错综矛盾和挣扎，小说从爱情婚姻、道德观念、家庭关系等不同侧面历史地再现了当时社会的深刻变革，显示出农村社会主义改造的必然趋势和长期艰巨性。

《三里湾》的艺术成就体现在它出色地塑造了一批农民形象。党支部书记王金生是具有新思想的农民代表。在斗争中他始终坚定地按照党的原则办事，保持清醒的头脑，他把三里湾的问题概括为“高、大、好、剥、拆”，这表明他对农村合作化过程中出现的问题有敏锐的洞察力，同时又能够有效地组织农民开展运动，体现出作者一以贯之的革命现实主义创造精神。与王金生形象相映衬，作者还刻画了党员范登高形象，他是抗日时期的老党员，但是在新形势下却处处摆出老前辈的姿态，热衷于追求个人私利，被人戏讽为“翻得高”，在他身上出现的党性蜕化真实地反映出农村社会主义改造过程中出现的党内思想斗争的复杂性。另外，作品还集中刻画了两个小私有者代表“糊涂涂”和“常有理”，作者对他们的性格更加熟悉和了解，因此描写也更加细腻到位，如写“糊涂涂”，他在政治上极其糊涂和落后，但是在涉及牟取个人利益问题时却变得无比精明。作品通过对他们保守顽固的心理状态和生活方式的揭示，深刻地反映出封建旧思想残余对农民根深蒂固的观念影响和严重危害。

《三里湾》在艺术风格上基本沿承了赵树理的一贯做法，在人物描写方面以白描手法为主，同时吸收民间传统的文学表现手段，注重通过生活情境和故事细节表现人物特定的性格特征和心理状态，而很少有大篇幅的静止心理叙述，同时在表现人物时注意性格之间的相互照应，显示出作家构思的严谨和妥帖。在语言方面依然体现出质朴明朗、轻快幽默的基调，具有民族化和大众化的鲜明风格。

对赵树理《三里湾》的意义充分肯定的同时，我们也应该看到它自身的局限性。在《三里湾》中，作者以农村开展的“运动”作为故事的总体构架，力求真实反映当时的农村变化，但是留给读者更深印象的是关于农民在社会风习变革中的微妙心理波动和冲突，比起20世纪40年代赵树理的小说，在表现力度上确实“迟缓了，拘束了，严密了，慎重了”，也因此“多少失去了当年青春泼辣的力量”[①]。

（二）《山乡巨变》

周立波

在当代作家中，周立波是以运用方言土语创作而著称的。早期的《暴风骤雨》就是大量运用东北方言的成功典型，这一时期创作的长篇小说《山乡巨变》又是运用经过艺术提炼的湖南农民口语写作的。这种土生土长的语言使作品散发着亲切朴素的乡情，洋溢着浓厚的乡土气息。周立波20世纪50年代创作的一些短篇小说也具有这种特色。小说集《禾场上》中的《禾场上》《山那面人家》淳朴凝练、平易隽永，或描写充满生活情趣和传统风俗的婚礼场面，或讲述夏夜禾场上歇凉农民的闲谈，极富生活情趣地描写农村日常生活。它们与《山乡巨变》一样，标志着作家艺术风格由绚丽宏阔向平远冲淡的转变，这种转变在某种程度上代表了当时小说创作的艺术倾向，即对返璞归真境界的追求。

《山乡巨变》是周立波1957年完成的长篇小说，1959年又写就它的续篇。作品主要写的是1955年冬到1956年上半年湖南清溪乡人民在实行农业合作化过程中在思想、情感和相互关系等方面发生的巨大变化，由此反映出这场社会变革的深刻影响和曲折历程。因为它的内容涉及的依然是中国农村在转折期发生的巨变，因此又可以看作《暴风骤雨》的续篇。

《山乡巨变》以青年团县委副书记邓秀梅带着党的指示入乡办社为情节线索，表现了农民在实行农业合作化过程中产生的矛盾心理和复杂情感，如亭面糊的焦虑不安、陈先晋的保守恋土、破坏分子龚子元的有意捣乱等，这些都真实地展现出20世纪50年代中国农村的历史真实。这部小说的突出成就体现在对人物形象的把握上，作者精心塑造了新一代农民刘雨生形象，他作为农村的基层干部具有大公无私、任劳任怨、以身作则的优良作风，作品主要通过他在日常生活中的言行、家庭生活中的悲喜，多角度地表现其丰富多彩的精神世界。与之相对，作者还着力表现了老一代农民的思想变化，其中刻画得最生动的是亭面糊和陈先晋形象。亭面糊原名盛佑亭，“面糊”是他的绰号，也是对他性格的形象比喻。作者在表现这个人物的觉醒过程时，既肯定他纯朴乐观的优点，又挖掘其自身的性格弱点，透视其内心矛盾，表现人物性格的丰富侧面。陈先晋是另一类老辈农民，他思想保守落后，

---

① 孙犁．谈赵树理．天津日报，1979-01-04.

墨守成规，信奉祖训，因此在合作化过程中经历了更痛苦和复杂的思想转变过程。

《山乡巨变》的成就不仅体现在成功地反映了两代农民的成长和觉醒的思想意义上，它的艺术风格成就更是远远超过了思想价值，正如茅盾所评价的那样，从《暴风骤雨》到《山乡巨变》，周立波的创作沿着两条线交错发展，一条是民族形式，另一条是个人风格，确切地说，他在追求民族形式的同时逐步建立起自己的个人风格。他善于吸收传统的优点而又不受它的拘束。这部作品结构整齐，层次分明，笔墨干净，朴素自然，但是从《山乡巨变》的正续篇看来，风土人情、自然环境的描写已经形成了足够的地方色彩，太多的方言反而成为累赘。

周立波的小说艺术对于新时期潇湘风情小说的形成具有重要影响。“潇湘风情小说”是指湖南作家谢璞、古华、叶蔚林等人的小说，他们的作品大都取材于湖南农村的现实生活，通过对自然景物充满诗情画意的描写，对平凡人物心灵美和人情美的表现，展示出潇湘地方独特的风土人情。在这方面，沈从文开了先河，周立波继而起到推波助澜的承接作用。

二、《创业史》《艳阳天》

（一）《创业史》

柳青的《创业史》是一部反映农业合作化运动的史诗性长篇小说。作家从 20 世纪 50 年代后期开始，一直到“文化大革命”时期都在致力于这部小说的创作。这部作品原计划写成四部：第一部写互助组，第二部写初级社，第三部写两个初级社，第四部写两个初级社的联合，即高级社，试图通过这四部分全面反映农业合作化的历史过程，构思比较开阔大气。但最终作家没有实现这个计划，只写成了第一部及第二部的上卷和下卷前四章。

作家小传

柳青：“创业史”的热情颂扬者

柳 青

柳青（1916—1978），现代作家，原名刘蕴华，陕西吴堡县人。1937 年担任《西北文化日报》副刊编辑。最早的一篇散文《待车》，发表于《中学生文艺季刊》1936 年秋季号。柳青对于根据地农村正在发生的社会变革，以及由此引起的波及社会各个阶层、各个角落的矛盾冲突都有较多的感受。在此基础上，他创作了第一部长篇小说《种谷记》（1949）。作品通过描写王家沟农民围绕集体种谷而展开的斗争，真实地反映了不同阶层的农民在互助合作生产过程中的思想动向。1951 年柳青的第二部长篇小说《铜墙铁壁》出版。作品反映陕北农民在解放战争中支援前线、保护粮食的战斗生活。1956 年出版的散文特写集《皇甫村三年》，忠实记录了皇甫村农业合作化运动中的人和事，反映了作家对于这场社会变革的深切感受。《创业史》是反映中国农业合作化运动的巨著。1959 年开始在《延河》杂志连载，1960 年《创业史》第一部出版，第二部上卷于 1977 年出版，下卷于 1979 年出版。作品反映了土地改革后的中国农民坚决走社会主义道路的积极性，表现了势不可当的历史洪流。

《创业史》反映的是 20 世纪 50 年代初中国农村一场深刻的历史变革——集体所有制代替个体所有制，选取了一个富有时代意义的重大主题。小说通过对渭河平原下堡乡蛤蟆滩互助组建立、巩固和发展过程的描绘，对第五村人民在合作化运动中思想、心理和行动的描写，揭示了农民走社会主义道路的客观现实性和历史必然性。它作为当时中国农村的缩影，形象地展示了社会主义创业初期农村的历史风貌，而且反映出农业合作化运动中错综复杂的矛盾斗争，不同阶级、阶层、党内外、家庭邻里的各种思想冲突在作品中淋漓尽现。

《创业史》成功地塑造了农民梁生宝形象。梁生宝勤劳淳厚，正直无私，是社会主义新农民形象，是富有时代特征的农民带头人。而梁三老汉是个勤劳、守旧的老辈旧式农民典型，他经历了旧时代给予农民的一切苦难，土地改革使他重新萌发了生活的信心和希望。但是他因循守旧地背负小私有者的弱点进入新生活，因此对梁生宝走合作化道路不能理解，而梦想着个人发家致富，但是阶级地位和旧社会创业的艰难经历以及新时代对他的热情召唤，又使他在精神上依然是贴近党和政府的。梁三老汉形象塑造得丰满生动，真实地揭示了一代农民面临历史性抉择时的曲折心路历程。

《创业史》在艺术上也颇有收获，它艺术构图深广宏阔，时空跨度的延展增强了小说的历史厚度和思想境界；人物描写细腻真切，尤其是心理描写细致入微，获得了较高赞誉；环境描写充满浓郁的地域色彩和乡土气息；抒情议论深沉精辟，有浓厚的哲理意蕴和思辨色彩，耐人寻味。

（二）《艳阳天》

浩然在20世纪60年代初创作了大量当代农村题材小说。《艳阳天》是他的第一部长篇小说，全书共三卷，1964年出版第一卷，1966年出版第二、三卷。《艳阳天》以1957年夏季“反右”斗争为背景，着力描写的是麦收前后京郊东山坞农业生产合作社围绕“土地分红”“闹粮”等事件进行的一场激烈斗争。

浩 然

小说善于把人物放在激烈的矛盾冲突中加以表现，通过尖锐的斗争来显示其性格魅力，作品在突出其主导性格的同时，还通过处理家庭、邻里关系等事件来表现他作为普通人的一面，使人物性格更加丰富饱满。尽管对人物的刻画也存在政治化和理想化的倾向，但仍然不失为当时出现的较有影响的社会主义新人形象。同时作者还刻画了处于中间状态的形形色色的中农形象，如安分守己的马子怀、精明自私的弯弯绕等，通过对不同人物复杂内心世界的剖析，表明对农民进行社会主义教育具有长期性和艰巨性特点。农村题材长篇小说中两方或几方对立的结构形式，在20世纪五六十年代的若干长篇中已经具备，但《艳阳天》却更鲜明：对立的阶级力量的性质更加清晰，阵线更为分明，彼此的冲突也更加尖锐激烈，而且“阶级斗争”已被组织成笼罩全部社会生活的一张无形的大网。20世纪50年代农村生活的这段历史，60年代在浩然的笔下出现了与《三里湾》《山乡巨变》《创业史》既有些相似又有所不同的叙述，被誉为深刻地反映中国社会主义农村尖锐激烈的阶级斗争，成功地塑造了坚持社会主义方向的领头人的优秀文学作品。《艳阳天》在根据“本质真实”的规定来构造历史故事时，对个人生活体验和有特色的叙述方式，特别是对生活习俗、语言、情感方式等的重视，使这部小说具有一定程度的丰富性，在当时拥有大量的读者。

作者将《艳阳天》长达120多万字的全部情节压缩在几天之内叙述，人物众多，但线索清晰，简洁流畅的“京味”语言更使小说具有浓郁的地方色彩。单就作品的艺术成就看，它是颇具艺术功力的长篇作品，它的严重不足在于作者对农村现实斗争生活的把握存在误差，把一定范围内存在的阶级斗争扩大化和绝对化，造成文学对生活反映的失实，削弱了作品的思想力度。

第三节　其他题材的长篇小说

◯工业题材小说的创作实绩：周而复《上海的早晨》和艾芜《百炼成钢》　◯历史小说：姚雪垠《李自成（第一卷）》

一、《上海的早晨》等工业题材的小说

（一）《上海的早晨》

周而复的《上海的早晨》以新颖的题材、宏伟的规模和独特的人物形象显示出特有的艺术魅力。作品描写的是新中国成立后中国民族资产阶级接受社会主义改造的艰难历程，在题材上具有开拓意义。小说分为四部，成功塑造了一系列性格鲜明的资本家形象，丰富了当代文学的人物画廊，在当代文学史上的地位是无法替代的。

《上海的早晨》采用大跨度、多线索的艺术结构展示历史画面。故事的时间跨度长达8年，以城市生活为主线，又辅以农村生活为副线，主、副线相互交织又始终贯穿。总体结构宏伟严谨，成为继《子夜》之后又一部反映中国民族资产阶级历史命运的杰出长篇。沪江纱厂总经理徐义德是作家着力塑造的资本家典型。他圆滑老练，号称“十里洋场”的“铁算盘”。通过对他的刻画，小说成功地表现了新旧交替时期民族资产阶级思想性格的复杂多变性。同时，小说还刻画了阴险恶毒的民族资产阶级败类朱延年，顺应改造趋势、老成持重的潘信诚等不同类型的民族资本家形象。资本家形象系列的成功创造是《上海的早晨》最具特色的方面。作家在创造这一形象系列时不仅写出他们作为同一阶级的相似性，而且更注意突出其差异性，在塑造典型的同时避免了人物的类型化。

《上海的早晨》的不足之处是塑造的工人及干部形象感染力不强。另外，作品的个别章节说明性叙述过多，有些描写存在拖沓的感觉。

（二）《百炼成钢》

艾芜的长篇小说《百炼成钢》是新中国成立后工业题材小说中的又一佼佼者，它的出现对于提高该题材作品的思想艺术水平具有举足轻重的作用。

《百炼成钢》描绘了中国第一个五年计划时期工业战线的火热生产景象，同时反映出渗透到生活方方面面的深刻矛盾和斗争，具有鲜明的时代气息。作品从新党委书记上任写起，通过新书记和厂长的一番谈话暗示出当时全国的总形势，即国家基本建设的快速发展和朝鲜战争前线对钢铁的迫切供给需求。小说主要以两条线索展开故事：一是快速炼钢，这是整部小说的主线，快速炼钢牵扯着每个人的神经。二是主人公秦德贵和孙玉芬的爱情，此为副线。对爱情的描写，作家没有人为地制造三角关系，而是写得生活味十足。秦德贵这个对敌斗争中的勇士、生产战线的能手，他在爱情的旋涡中却陷入泥沼，不能自拔，真实地表现出人物情感世界的矛盾和苦闷。作者把爱情与生产两条线索交叉展开故事，既增强了作品的思想容量，又丰富了人物的性格。同时小说围绕这些线索表现了两种不同性质的矛盾和斗争：小说主要描写九号炉三个炉长以及厂长、党委书记之间的冲突，这属于人民内部的矛盾；同时作者把阶级敌人李吉民的破坏作为一条副线加以穿插和点染，这属于阶级矛盾。两种矛盾交织在一起，真实地表现出当时社会存在的矛盾斗争的错综复杂性。把

小说的两条线索和矛盾斗争联系起来，我们不难发现《百炼成钢》的真正意旨在于写人，写新一代工人的成长，炼钢就是炼人，新的时代造就新的人民，沉渣必然遭到历史的淘汰，这是“百炼成钢”的内在意旨。

《百炼成钢》的成功离不开作家对生活中人物的细心观察和敏锐捕捉，作家善于提炼生活素材，从真实的生活中触发创作的灵感，结合艾芜的散文集《初春时节》看这部小说，我们发现，作家走访过的许多劳模人物都被自然地写进小说中，但又不是简单的人物速写，而是截取、集中他们的某些性格特征和事迹，加工为意义丰富的艺术典型。

二、历史小说《李自成（第一卷）》

这一时期的长篇杰作除了反映中国工业建设题材的作品外，还有姚雪垠的历史小说《李自成（第一卷）》，这部小说显示了作家卓越的文学成就和独特的艺术风格。

姚雪垠

《李自成》以李自成起义军与明王朝的矛盾斗争为主要线索，采取多线索复式发展的方式结构全篇，将明清的民族矛盾，明王朝统治集团的内部斗争，张献忠起义军与明王朝的矛盾，李、张两支起义军之间的矛盾以及李自成起义军内部的矛盾等作为副线，从而展开中国明末清初封建社会各侧面的生活场景，广泛地反映了17世纪中叶中国的阶级斗争和社会生活状况，揭示了明末农民起义的历史规律和封建社会“帝王术”的丰富文化心理，具有深刻的认识价值和历史意义。

《李自成（第一卷）》的艺术成就突出表现在它成功地塑造了一系列栩栩如生的人物形象，如性格丰富复杂的崇祯皇帝，贯穿全书的农民英雄李自成，带着流氓无产者习气的张自忠等。结构形式的创新也是该书的重要贡献，作者把小说的结构建立在两个支点上，一是主、副线推进，二是多元网状排列。小说还非常讲究单元转换艺术，故事写得一波三折，峰回路转，令人神往。鲜明的民族特色也是它的突出风格。作品中大量风俗画描写散发出浓郁的民族气息；另外，描写人物时作者广泛地运用传统小说技巧，叙述语言洗练活泼，显示了深厚的语言功力。

第四节　短篇小说的全面丰收

○孙犁《山地回忆》　○茹志鹃《百合花》　○马烽《我的第一个上级》　○王蒙《组织部新来的年轻人》

新中国十七年的短篇小说创作也取得了丰硕的成果，孙犁的《山地回忆》、茹志鹃的《百合花》、马烽的《我的第一个上级》、王蒙的《组织部新来的年轻人》等是其中影响较大的作品。新中国的成立给少数民族人民的生活带来了翻天覆地的变化，这种变化为少数民族作家提供了丰富多彩的文学创作素材，他们以真挚热烈的感情描绘出一幅幅少数民族生活的绚丽画卷，短篇小说代表作有玛拉沁夫的《科尔沁草原的人们》等。

一、孙犁

孙犁是横跨现、当代的著名作家。新中国成立后，孙犁一直在天津做编辑和文学界的领导工作，创作成果颇丰，涉及小说、散文、新诗、文艺理论等领域。十七年时期他的代表性作品主要有长篇小说《风云初记》、中篇小说《铁木前传》、短篇小说集《白洋淀纪事》等。孙犁的短篇小说常以谈笑从容的态度来描摹时代风云的变幻，不刻意讲究结构技巧，笔调清新隽美，散发着荷花般的芳香，在现当代文学中独树一帜。

《山地回忆》是以第一人称回忆往昔战斗生活中建立的“军民鱼水情”的故事。这种关系并不是在一种良好的气氛和和谐的环境中开始的，“我”与妞儿在河边的一场“唇枪舌剑”的口角中结识，这段描写活脱脱地刻画出一位山村姑娘活泼聪慧、大方泼辣的可爱性格。从发生矛盾到相互理解、建立友谊，小说中采用了“欲扬先抑”的表现手法，达到映衬、烘托的艺术效果，作品主题也就从这样的转折中凸显出来。

《山地回忆》充分表现了孙犁一贯的创作风格：善于以小见大，通过对细枝末节的描写表现重大时代主题，在写实的基础上追求艺术美感，字里行间洋溢着浓郁的浪漫气息。作品的中心人物是妞儿，她尖嘴利舌，聪明伶俐，同时又纯真赤诚，可爱可亲，通过“送袜子”“贩枣”“做国旗”等生活细节表现了她对八路军那种“不是亲人，胜似亲人”的挚爱之情，动人地抒发了人民与子弟兵之间的鱼水深情。

《山地回忆》构思自然而又不缺少变化，从“我”要给阜平乡下来的一位农民代表买几尺布，引出“阜平蓝”以及在阜平度过的三年战斗岁月的回忆：我在与妞儿的“冲突”中相识，进而与她一家结下深厚的友谊。在平易亲切的叙述中流泻出作者对人民深切的眷恋之情，表现出孙犁小说强烈的抒情风格。

二、茹志鹃

作家小传

茹志鹃：寓意丰富的“百合花”

茹志鹃

茹志鹃（1925—1998），曾用笔名阿如、初旭，祖籍浙江杭州。1955 年从南京军区转业到上海，在《文艺月报》做编辑。1960 年起从事专业文学创作，曾任中国作协会员、中国作协上海分会理事、《上海文学》编委。茹志鹃以短篇小说见长。笔调清新，情节单纯，尤其在细节的构思上细腻传神。她的许多作品如《百合花》《静静的产院》《如愿》《阿舒》《三走严庄》等受到过茅盾、冰心等老一辈作家的好评。她的主要作品集有《百合花》（1958）、《高高的白杨树》（1959）、《静静的产院》（1962）等。新时期以来，茹志鹃又发表了十余篇小说，随着主题的深化，风格亦有所改变，于淡雅清新中隐含锋芒，主要作品有《剪辑错了的故事》《草原上的小路》《儿女情》《家务事》《一支古老的歌》等。

《百合花》是茹志鹃反映战争生活的作品中最优秀的代表，它以 1946 年的人民解放战争为背景，深情地描写了前沿包扎所里的小通讯员与新媳妇两个人围绕借被子事件而展开的一段动人故事，着力刻画了通讯员、新媳妇这两个普通人形象，歌颂了革命队伍中人与人之间的美好情感，表现了军民团结一心的主题。

百合花在作品中有深刻寓意，作者以它命名作品，又曾三处提到新被子上的百合花，其韵味是深长的：百合花既是通讯员和新媳妇优美情感的映衬，又是革命战士与人民群众鱼水深情的一种美好象征。小通讯员憨厚质朴，有高度的革命责任感，为掩护抢救伤员的担架员而光荣牺牲。新媳妇淳朴善良，真挚地热爱革命队伍。她深知人民军队打仗是为人民，因此借出了自己唯一的新婚嫁妆——一条百合花被子，并且参加了救护工作，本来有些羞涩的女子庄严而虔诚地为小通讯员擦拭身体，一针一线地缝他肩上的破洞，真诚感人的情谊溢于言表。小说最后以小通讯员负伤身亡，新媳妇用自己唯一的嫁妆——撒满百合花的新被子为小通讯员装殓的感人情节，完成了对人物形象的刻画。全篇构思精巧，从一个特定的角度出发，通过对人物心灵历程的表现，揭示了军民团结一心、生死与共的深刻主题，以小见大，意味深长。这充分地展现了茹志鹃小说选材立意的特点，即不正面描写生活的波澜壮阔，而是从中截取一朵浪花加以雕琢。在人物形象的塑造上，她常常从人物性格某一突出特点入手，进而向纵深发掘，力图展示人物细腻的心灵世界。她的艺术风格就像是“一朵纯洁的百合花”，雅致清纯，韵味悠长。

三、马烽

马烽，原名马书铭，山西人，“山药蛋”派的代表之一。他主要致力于短篇小说创作，有短篇小说集《村仇》《太阳刚刚出山》《我的第一个上级》等。1959 年发表的短篇小说《我的第一个上级》是马烽这一时期的代表作，标志着他小说创作的新发展。

在《我的第一个上级》中作者成功地塑造了农村干部老田的形象。他采取先抑后扬的手法描写老田，先通过刚出校门的“我”的视角用大篇幅写老田的“可笑”和“怪”，如三伏天穿着棉裤，迈着八字步走在街上，被“我”的自行车撞倒了也不生气，尤其是作为防汛副总指挥听说安乐庄的汛情还躺在那里一动不动，但是当得知“三岔河也发洪了”时，他立刻像触电似的“变成了另一个人”，立即下令组织抢险，并且身先士卒地带病跳到冰冷的洪流中。老田的形象随着情节的逐步展开而变得高大，随着一个个“怪”谜的揭底而得以丰富。小说着重突出了他实事求是、为人民长远利益着想的优秀品质，他本人的言行也是对当时盛行的浮夸风、主观主义等不良倾向的坚决反击。老田是作者着力塑造的新人形象，在歌颂中也不乏对时弊的鞭挞。这意味着作家摆脱了歌颂与暴露的两难处境，正确处理了“干预生活”和塑造新人形象的矛盾问题。

马烽的创作遵循现实主义原则，他的作品真实深刻。《我的第一个上级》以典型的生活细节和人物行动由表及里地揭示人物性格特征，由一般铺叙到工笔细描全面表现老田的闪光品格，作品结构精巧，故事完整，情节曲折，层次分明。另外，语言的通俗朴实、含蓄幽默、洗练生动也是作品成功的重要因素，在马烽看来，群众喜欢简练朴素的文字，作家就不应该写那些洋腔洋调疙里疙瘩的句子。

四、王蒙

作家小传

王蒙：引发干预思潮的“年轻人”

王蒙（1934— ），出生于北京。20 世纪 40 年代末在北平读中学时，参加了中共组织的学生运动。50 年代前期在北京从事青年团工作。1956 年以一篇“干预生活”的小说《组织部新来的年轻人》而引起轰动，也因此而在“反右”运动中成为右派分子，被遣送至京郊劳动改造。60 年代初在北京师范大学任教。1963 年，主动举家赴新疆工作。1978 年调回北京，曾任《人民文学》主编、文化部部长等职务。主要作品集有《冬雨》《深的湖》等，长篇小说有《青春万岁》《活动变人形》、“季节系列”等。选集和文集有《王蒙小说报告文学选》、《王蒙文集》（1—4 卷）和 1993 年华艺出版社出版的《王蒙文集》（1—10 卷）。王蒙是多产作家，除小说创作外，还发表了大量的散文随笔、评论文章等。在 20 世纪七八十年代之交的“伤痕”“反思”小说中，王蒙涉及反映“文化大革命”的作品《布礼》《蝴蝶》《春之声》《海的梦》等很快就离开那种揭露、控诉的潮流，而表现出关注人的心灵世界、对历史和文化进行哲理思考的精神取向。2019 年王蒙荣获“人民艺术家”国家荣誉称号。

《组织部新来的年轻人》是王蒙早期的一部短篇小说代表作。作者通过林震的观察和思考反映现代化建设中出现的问题，揭露思想僵化和官僚主义，属于大胆干预生活小说潮流中的杰作。

小说在对比中塑造了刘世吾、韩常新、林震三个主要人物，其中刘世吾的性格最复杂，塑造得也最为丰满。组织部第一副部长刘世吾虽然也有官僚主义的倾向，但不能简单视之为一个官僚主义者，作者也曾说过，如果冠以官僚主义的称号给刘世吾，显然帽子的号码与脑袋不会符合。刘世吾有一定的革命经历，有能力，有经验，有魄力，但“疲倦了”，他一再说“就是那么回事”，这句口头禅表现了他革命意志的严重衰退，组织部的秘书赵慧文对刘世吾的性格有过精辟的分析：“他什么都知道，什么都见过——党的工作给人的经验本来很多；于是他不再操心，不再爱也不再恨。他取笑缺陷，仅仅是取笑；欣赏成绩，仅仅是欣赏。他蛮有把握地应付一切，再也不需要虔诚地学习什么，除了拼音文字之类的具体知识。”作者着力表现了刘世吾内心世界的复杂性。他尽管冷漠，但仍缅怀年轻时的热情，流露出对现状的不满。他向林震表白自己喜欢文学，当读一本好小说时，他“梦想一种单纯的、美妙的、透明的生活”，但是又感到自己“创造了新生活，结果，生活反倒不能激动我们”。这里包含着对已经露出苗头的不良社会倾向的疑惑和不满。韩常新则是真正意义上的官僚主义者，他是“漂浮在生活上边，悠然自得”的官僚典型，习惯于下命令、听汇报和作报告，只关心没有实际意义的空洞的数字。林震是与以上两种人物直接对立的形象，他热情、单纯，是一个富于理想主义精神、积极进取的年轻人。他对党的工作生活充满了神圣的向往和敬意，于是与作风截然不同的刘世吾发生尖锐的冲突，但是年轻的他也有缺点。通过对比，三个人物迥异的性格鲜明地呈现出来。这部小说创作和发表于 20 世纪 50 年代，当时中国正处于大力开展经济建设的时期，党内出现的思想僵化和官僚主义作风严重影响群众积极性、创造性的发挥，在这一关键时刻发表《组织部新来的年轻人》具有重要的警世作用。

王蒙在小说艺术上作了多样的尝试。20 世纪 80 年代初的《布礼》《蝴蝶》《春之声》《夜的眼》，采用一种类似于西方“意识流”的小说手法，以人物的意识流动来组织情节，被称为“东方意识流”的开创者。在《名医梁有志传》和《坚硬的稀粥》等作品中又体现出戏谑、夸张的寓言风格。他的创作有意离开传统写实小说的路数，而注重对心理、情绪、印象的联想式叙述，形成了独特的叙事方式。

思考题

1. 如何理解《红旗谱》中朱老忠形象具有农民英雄文学典型的集大成意义？

2. 结合时代背景和主人公的艺术形象分析《青春之歌》出版之初就引起巨大轰动的原因。

3. 围绕《创业史》中梁生宝和梁三老汉这两个艺术形象哪个塑造得更为成功曾经在评论界引发过一场论争，谈谈你的观点。

4.“百合花”在《百合花》中具有浓重的象征意味，这一意象体现出怎样的深刻寓意？
5.《组织部新来的年轻人》中刘世吾形象的塑造怎样体现出干预生活的艺术探索精神？

延展阅读

1. 阅读吴强的《红日》、曲波的《林海雪原》、杜鹏程的《保卫延安》等革命历史小说，感受作品中体现出的宏大的叙事倾向。阅读梁斌的革命历史题材小说《红旗谱》及其第二部《播火记》、第三部《烽烟图》，体验作者将惊涛骇浪般的革命风暴与平凡的乡村日常生活途径交融在一起的鲜明的民族风格。欣赏杨沫的《青春之歌》《芳菲之歌》《英华之歌》三部曲，体会作家对青年知识分子的形象塑造。以罗广斌、杨益言的《红岩》及其1958年写成的回忆录《在烈火中永生》为基本原型，歌剧、话剧、电影、京剧等多种艺术形式都曾上演。另外，适当关注关于“红色经典”的影视剧改编这个文化现象。

2. 阅读赵树理20世纪40年代的小说代表作《小二黑结婚》《李有才板话》，体会十七年时期赵树理创作的《登记》《“锻炼锻炼”》《套不住的手》《三里湾》等小说中所体现出的艺术风格和审美理想上的变化。《三里湾》作为中国当代文学史上第一部反映农村社会主义改造题材的作品，1955年发表后不久曾被改编成电影和戏曲，对于多种艺术形式的对照欣赏有助于对原著的理解。

3. 丁玲《太阳照在桑干河上》，周立波《暴风骤雨》《山乡巨变》，以及柳青的《创业史》都是反映农村土改前后，以及农业合作化运动的题材，比照阅读体会作家风格各异的美学理想和艺术追求。

4. 阅读王蒙的《组织部新来的年轻人》、李国文的《改选》、陆文夫的《小巷深处》、刘绍棠的《田野落霞》、丰村的《美丽》、邓友梅的《在悬崖上》、耿简的《爬在旗杆上的人》、南丁的《科长》、耿龙祥的《入党》、荔青的《马端的堕落》、李准的《灰色的篷帆》、何又化的《沉默》等短篇小说，感受其尖锐的揭露锋芒和强烈的革新姿态所产生的强大的艺术影响力。

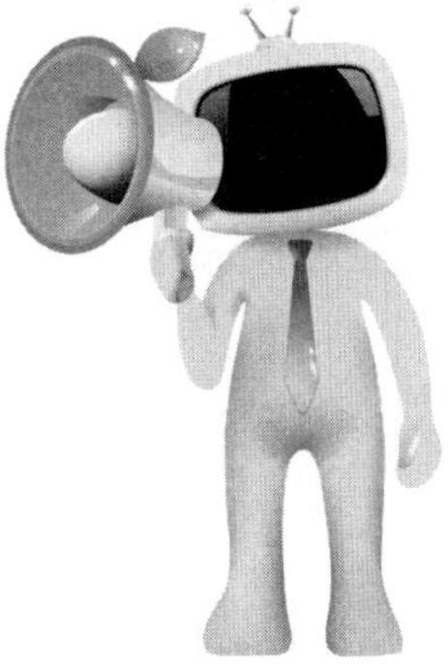

第十四章　新中国十七年的诗歌创作

艾青在《中国新诗六十年》中回顾新中国成立初的诗坛面貌时说："我们告别了苦难的岁月。我们走上了新的路程。新的时代需要新的歌声。"① 十七年时期的诗歌创作直接继承了民歌和解放区诗歌的传统，在理论建构上，诗歌的社会功能得到空前的强化，在艺术形式上，高度强调民族特色。基于新中国成立之初的社会政治形势，以及《在延安文艺座谈会上的讲话》精神指导下社会主义现实主义文艺政策的确立，诗人坚守现实主义的创作方法，以为人民群众服务为宗旨的创作态度逐渐成为衡量诗歌作品思想和艺术水准的唯一标准和引导诗歌创作发展方向的航标。在这种泛政治化的艺术导向下，诗歌创作在十七年时期出现了两种基本模式：一种是积极对现实政治做出呼应而充分体现时代激情的政治抒情诗，这种诗体主要以郭小川、贺敬之强调的诗学和政治学相统一、诗人和战士相统一的创作实践为代表；另一种诗体作为政治抒情诗的必要补充，强调对新的世界、新的人物的真切表现，即以李季、闻捷、张志民的创作为代表的写实诗体。总体上看，十七年诗歌创作强调诗人的阶级立场，关注诗歌与现实的紧密结合，自觉不自觉地抑制了诗人自我的情感抒发和独立思考，模糊了诗歌作为一种独立文体的艺术特征。

第一节　闻捷、李瑛、李季的抒情叙事诗

◎闻捷《天山牧歌》——新中国第一首爱情礼赞　◎李瑛《戈壁日出》——新奇雄丽的西北意境　◎李季《杨高传》——朴素而遒劲的长篇叙事诗

一、闻捷

《天山牧歌》是闻捷的第一部也是中国当代文坛上影响较大的一部抒情诗集，共收入《博斯腾湖滨》《吐鲁番情歌》《果子沟山》《天山牧歌》四个组诗，以及叙事诗《哈萨克牧人夜送"千里驹"》和九首抒情诗。

《天山牧歌》从不同的侧面描绘天山南北各民族美好、欢乐的生活图景，歌颂了新疆各族人民解放后欢欣鼓舞的精神面貌，体现了对新生活的极大热情和对美好理想的不懈追求，被称为"激情的赞歌""生活的赞歌"。用牧歌的笔调来处理"颂歌"主题，发挥了闻捷长于"叙事"的艺术才能，诗集中描摹的异域风光、浪漫风情以及少数民族青年追求爱情的炽热大胆，对汉文化地区的读者都构成一种吸引和震撼。

① 艾青．中国新诗六十年//艾青选集．成都：四川文艺出版社，1986：398.

作家小传

闻捷：新中国第一个吟咏爱情的诗人

闻捷（1923—1971），原名赵文节，曾用名巫之禄，江苏丹徒县人。1938年流亡汉口参加抗日救亡演剧工作。1949年随军到新疆后任新华社西北分社采访部主任、新华社新疆分社社长，担任新华社记者期间的生活和艺术经验的丰富积累，极大地影响了他后来的创作取向和艺术风格。闻捷独辟蹊径地将新疆的维吾尔和哈萨克等少数民族的生活风情、民间传说、风俗世态纳入诗歌的视野，从而使作品带有浓厚的地域色彩和民族风情。1955年发表《吐鲁番情歌》等诗作，结集为《天山牧歌》出版，这是当代文学史上第一部反映边疆少数民族的抒情诗集，也是新中国第一部爱情诗集，笔调优美，风格清新，带有民歌格调，备受文坛关注。1957年调任中国作协从事专业创作。1958年担任作协兰州分会副主席，在甘肃河西走廊一带生活，这一时期出版有诗集《祖国，光辉的十月》《东风催动黄河浪》《河西走廊行》，自选集《生活的赞歌》等，取材开阔，诗情豪放。1959年开始发表长篇叙事诗《复仇的火焰》，这是一部反映哈萨克人民生活和斗争的恢弘史诗性质的作品，长诗分为三部：《动荡的年代》、《叛乱的草原》和《觉醒的人们》（未完成），格调高昂热烈，富有地方特色。1965年调上海作协工作。“文化大革命”中受迫害含冤去世。

作品欣赏

《天山牧歌》一发表就受到大家的注意和喜爱，给人以新鲜感的景物和生活，柔和而又清新的抒情风格，新中国成立后诗歌里很久不大出现的对男女爱情的描写，都是它的特色。下面就让我们透过《舞会结束以后》来一起体会诗人笔下动人的爱情世界。

舞会结束以后

深夜，舞会结束以后，
忙坏年轻的琴师和鼓手，
他们伴送吐尔地汗回家，
一个在左，一个在右……
琴师踩得落叶沙沙响，
他说：“葡萄吊在藤架上，
我这颗忠诚的心呵，
吊在哪位姑娘辫子上？”
鼓手碰得树枝哗哗响，
他说：“多少聪明的姑娘！
她们一生的幸福呵，
就决定在古尔邦节一晚上。”
姑娘心里想着什么？
她为什么一声不响？
琴师和鼓手闪在姑娘背后，
嘀咕了一阵又慌忙追上——
“你心里千万不必为难，

三弦琴和手鼓由你挑选……”
“你爱听我敲一敲手鼓？”
“还是爱听我拨动琴弦？”
“你的鼓敲得真好，
年轻人听见就想尽情地跳；
你的琴弹得真好，
连夜莺都羞得不敢高声叫。”
琴师和鼓手困惑地笑了，
姑娘的心难以捉摸到：
“你到底爱琴还是爱鼓？
你难道没有做过比较？”
“去年的今天我就做了比较，
我的幸福也在那天决定了，
阿西尔已把我的心带走，
带到乌鲁木齐发电厂去了。”

——闻捷诗选．北京：人民文学出版社，1979.

闻捷诗歌形成了鲜明独特的艺术风格。

第一，诗歌在构思上较新颖。他总是把对纯真爱情的赞美同对年轻人的劳动和理想的讴歌、对伟大祖国未来的美好憧憬紧密结合在一起，如《苹果树下》用苹果比喻爱情，就是把劳动和爱情糅合在一起进行描写，苹果从种子到果实，爱情由萌芽到成熟，主人公在劳动中萌发爱情，在劳动的丰收中收获爱情，给人以丰富的审美感受。

第二，作者善于深入探索人物的内心世界，细腻充分地表现青年人感情的波动，折射出时代风俗的巨大历史变迁。例如在《婚礼》中，诗人突出表现了人们闹过洞房后，一对新婚夫妇脸对脸坐下时内心的无比喜悦和激动。从平等互爱的情景描写、深入细腻的心理刻画中，我们可以通过时代和风俗的变迁，看到人们思想上的变化，人民生活质量的提高。

第三，闻捷诗歌语言富有民族韵味的音乐美，情感基调高昂欢快，有浓重的牧歌风格和鲜明的地方色彩。诗人善于吸收山歌民谣的优点，如《复仇的火焰》采用四行一节的民歌体和民歌中常用的重叠句式。诗歌语言形象传神，比喻生动贴切，节奏明快活泼。如用“姑娘们扯开裙子飞快旋转，/小伙子把鼓点送上她们的脚尖”来表示欢快的舞蹈场面和浓郁的地方风情。

20 世纪 50 年代后期，闻捷着手创作长篇叙事诗《复仇的火焰》，该诗取材于新中国成立初期人民解放军粉碎新疆东部巴里坤草原的反动叛乱这一历史事件，充分体现了诗人高超的叙事才能，在广阔的社会历史背景下，作者有条不紊、从容细致地描绘出各种各样的矛盾冲突。同时还熔铸巨大的创作激情对巴里坤草原风光、哈萨克民族习俗进行细腻的描摹。

二、李瑛

李瑛（1926—2019），河北丰润人。新中国成立初期曾赴朝鲜实地感受志愿军战士的坚强意志和高尚情操，创作了诗集《战场上的节日》。其后的《红柳集》《难忘的一九七六》《我骄傲，我是一棵树》《春的笑容》等十余部诗集共同奠定了李瑛在 20 世纪中国文学发展史上第一代军旅诗人的佼佼者地位。

反映军旅生活，歌颂爱国主义和革命英雄主义，歌颂军营内外的进取精神是其诗作的主要题材和主题思想，这也使李瑛获得了“战士诗人”的美誉。李瑛的诗大部分是抒情短章，善于塑造保卫祖国的战士形象，他的诗往往能抓住对象的主要特点，写出战士的英姿豪情。李瑛还善于在生活中发现诗意，善于在生活中捕捉富有特征意义的形象，通过大胆的想象和精细的艺术构思，创造出优美的意境。李瑛的诗语言活泼，结构精巧，呈现出精致细腻、朴实自然、形象生动、清新奔放的特点。

《戈壁日出》是李瑛的代表性诗篇之一，写于1961年夏诗人赴西北边陲采访途中。诗人抓住大戈壁地理、地貌的特点，勾勒出沙海中日出前的壮丽景色，以对大戈壁气候特征的感受描绘了太阳的雄姿：“太阳醒来了——/它双手支撑大地，昂然站起，/窥视一眼凝固的大海，/便拉长了我们的影子。”“忽然，它好像暴怒起来，/一下子从马头前跳上我们的背脊，/接着便抛出一把火给冰冷的荒滩，/然后又投出十万金矢……”最后，诗篇用飞来的“歌声”使诗意得到升华，从而热情地赞颂了骑兵战士、勘探队员与严酷的大自然搏斗的坚强意志和高尚情操。采用拟人化的手法描写大自然奇观，增强了诗歌的形象感，使全诗的意境焕发出生命的光辉。

三、李季

李季（1922—1980），在20世纪50年代被树立为“诗与劳动人民相结合的榜样”。自从1952年落户甘肃玉门，他便开始了长达30年的以石油工业、油矿劳动者为表现对象的创作道路，享有“石油诗人”的美誉。这段时间他出版了《玉门诗抄》（1955）、《致以石油工人的敬礼》（1956）等五部短诗集和《生活之歌》（1956）、《杨高传》（1959—1960）、《向昆仑》（1964）等八部长篇叙事诗。

长篇叙事诗《杨高传》写于1958年，是李季全部诗作中规模最宏大的一部，也是当代长篇叙事诗创作的重要收获。全诗包括《五月端阳》《当红军的哥哥回来了》《玉门儿女出征记》三部分，以主人公杨高的成长历程为线索，大规模地再现了土地改革斗争、抗日战争、解放战争和社会主义建设的艰苦历程，塑造了一个在党的培养下由贫苦孩子逐渐成长起来的坚定的革命战士的感人形象。《杨高传》表明李季在诗歌民族化方面的进一步探索和所取得的成就。首先，长诗在浓郁的民间情调中铺排场景、烘托气氛和渲染情境。除了以民歌为基础外，还运用了北方民间说唱艺术，特别是鼓词的10字句形式，将民歌长于抒情、鼓词长于叙事的特点相结合，在客观再现社会现实生活的同时抒发强烈的主观感情。其次，长诗的情节具有传奇色彩，故事曲折婉转，刻意安排一系列“巧合”情节来表现描写主人公的际遇。这些情节巧合构成了长诗的传奇色彩，使故事波澜起伏。再次，长诗语言朴素遒劲，音调自然和谐，富有节奏感，体现出民歌的韵味。最后，在题材处理上，李季建立了将战争和建设相联结和转换的视角，并以此作为观察、体验的全新支点，成功地完成了历史时代大背景指导下的创作转型。

第二节　郭小川、贺敬之的政治抒情诗

◎政治抒情诗——强烈的情感宣泄与政论式叙说结合　◎郭小川《望星空》《团泊洼的秋天》《甘蔗林——青纱帐》——颂歌与战歌相交织　◎贺敬之《回延安》《放声歌唱》《雷锋之歌》——自觉以诗歌思考现实问题

在政治抒情诗中，诗人通常以阶级的代言人身份出现，表达对当代重要政治事件、社

会思潮的情感反应和客观评说。在诗体形态上，通常采用大量的排比句式对所要表现的观念和情绪进行渲染、铺陈，表现为强烈的情感宣泄和政论式观念叙说的结合。从 20 世纪 50 年代中期起，以郭小川、贺敬之政治抒情长诗和组诗的发表为标志，诗歌从内容到形式都找到与自己时代的激情和理想、雄心和使命相呼应的新型诗体。他们的政治抒情诗是中国历史、文化的产物，在诗体上被称为“颂——新赋体诗”。无论是郭小川从中国古典诗律中重铸的“新辞赋体”，还是贺敬之从马雅可夫斯基诗体化出的“东方楼梯式”，都以汉语独具的节奏和韵律，传达了一个伟大时代的磅礴气势、力量和对远景的美好展望。

一、郭小川

作家小传

郭小川：政治抒情诗的杰出探求者

郭小川

郭小川（1919—1976），原名郭恩大，出生于河北丰宁县，从中学读书时就积极投身于抗日救亡运动，并开始诗歌创作。1937 年 9 月在去延安途中参加了八路军，被分配在三五九旅。长期的革命生活经验给他的诗歌创作提供了丰富的题材和高格调的主题。后来到延安马列学院和中央党校学习，毕业后担任地方行政和报社的领导工作。这一时期写了不少宣传抗日、鼓舞干部战士斗志的诗篇，收入新中国成立后出版的《平原老人》和《投入火热的斗争》这两部诗集中。新中国成立后先后在新闻、宣传等部门担任领导工作。20 世纪 50 年代中期以后，郭小川开始专业从事诗歌创作，陆续出版了《致青年公民》《雪与山谷》《鹏程万里》《两都颂》《将军三部曲》《甘蔗林——青纱帐》《昆仑行》《月下集》《郭小川诗选》等诗集。郭小川的政治抒情诗以 50 年代的昂扬精神传达了一个伟大时代的磅礴气势，成为那一时期不可重复的诗语范式。胆识和探求是郭小川的鲜明品格，面对横行肆虐的“四人帮”的迫害，郭小川的回答不是屈服而是直面，写出了在当时广为传抄的诗篇《团泊洼的秋天》，用诗歌的语言表达了诗人内心对真理的执着追求和对现实的真诚思考。

郭小川在新中国成立后的诗歌创作可以分为四个阶段：

1955 年到 1956 年，是郭小川诗歌创作的第一个阶段，他写了包括《投入火热的斗争》《向困难进军》《闪耀吧，青春的火光》等诗作在内的《致青年公民》组诗，这是郭小川奉献给当代诗坛的第一批热情昂扬的战歌，壮美昂扬的艺术个性初露端倪。以“阶梯式”的形式表现斗争、建设、进军的阶段性主题，倾吐着昂扬澎湃的激情和热烈豪迈的感情，以政论家的冷峻头脑和战士的英勇姿态鼓舞人民投入火热的斗争之中。但在艺术方面却不够成熟，政治性的议论往往代替了艺术形象的创作。

1957 年到 1960 年，是郭小川进行探索的第二个阶段。第一个阶段热烈爆发的诗情逐渐冷却，诗人也获得了深入思考的空间。郭小川意识到，文学毕竟是文学，这里有很多新颖而独特的东西，需要从人民群众的生活海洋中提炼出不同凡响的灿烂晶体。他甚至对第一个阶段的创作给予了根本性的否定，认为自己的一些创作“说不上有什么可取之处”，对那些“政治性的句子”感到不满，怕伤读者的胃口。这种矫枉过正的思想和不安的情绪促使诗人进行了多方面的探索，在努力克服议论多于形象这一缺陷的同时，开始向复杂的生活内容和新的题材挺进，不再满足于诗的表层政治宣传鼓动作用，而追求深沉的情感内涵。他选择革命历史题材创作了叙事诗《白雪的赞歌》《深深的山谷》《一个和八个》《严厉的爱》《将军三部曲》。这些作品显示着诗人对人生认识与思考的深入，并逐步由以政治语言鼓动读者，转向以生动鲜明的艺术形象感染读者的方向，沉稳的情感的内核日益凸显。其中，《望星空》标志着诗人在抒情方面的积极探索和有益尝试，情感的抒发由浮泛激荡转向凝重深沉。

作品欣赏

郭小川的诗歌创作体现出诗人一贯的真诚和胆识，“文化大革命”期间写作的《团泊洼的秋天》尤其体现了这一点，下面请大家开启诗篇，和诗人一起重温并思考那个时代。

团泊洼的秋天

秋风像一把柔韧的梳子，梳理着静静的团泊洼；
秋光如同发亮的汗珠，飘飘扬扬地在平滩上挥洒。
高粱好似一队队的“红领巾”，悄悄地把周围的道路观察；
向日葵摇头微笑着，望不尽太阳起处的红色天涯。
矮小而年高的垂柳，用苍绿的叶子抚摸着快熟的庄稼；
密集的芦苇，细心地护卫着脚下偷偷开放的野花。
蝉声消退了，多嘴的麻雀已不在房顶上吱喳；
蛙声停息了，野性的独流减河也不再喧哗。
大雁即将南去，水上默默浮动着白净的野鸭；
秋凉刚刚在这里落脚，暑热还藏在好客的人家。
秋天的团泊洼啊，好像在香甜的梦中睡傻；
团泊洼的秋天啊，犹如少女一般羞羞答答。
团泊洼，团泊洼，你真是这样静静的吗？
全世界都在喧腾，哪里没有雷霆怒吼，风云变化！
是的，团泊洼的呼喊之声，也和别处一样洪大；
听听人们的胸口吧，其中也和闹市一样嘈杂。
这里没有第三次世界大战，但人人都在枪炮齐发；
谁的心灵深处——没有奔腾咆哮的千军万马！
这里没有刀光剑影的火阵，但日夜都在攻打厮杀；
谁的大小动脉里——没有炽热的鲜血流响哗哗！
这里的《共产党宣言》，并没有掩盖在尘埃之下；
毛主席的伟大号召，在这里照样有最真挚的回答。
无产阶级专政的理论，在战士的心头放射光华；
反对修正主义的浪潮，正惊退了贼头贼脑的鱼虾。
解放军兵营门口的跑道上，随时都有马蹄踏踏；
五七干校的校舍里，荧光屏上不时出现《创业》和《海霞》。
在明朗的阳光下，随时都有对修正主义的口诛笔伐；
在一排排红房之间，常常听见同志式温存的夜话。
……至于战士的深情，你小小的团泊洼怎能包容得下！
不能用声音，只能用没有声音的“声音”加以表达：

战士自有战士的性格：不怕污蔑，不怕恫吓；
一切无情的打击，只会使人腰杆挺直，青春焕发。
战士自有战士的抱负：永远改造，从零出发；
一切可耻的衰退，只能使人视若仇敌，踏成泥沙。
战士自有战士的胆识：不信流言，不受欺诈；
一切无稽的罪名，只会使人神志清醒，大脑发达。
战士自有战士的爱情：忠贞不渝，新美如画；
一切额外的贪欲，只能使人感到厌烦，感到肉麻。
战士的歌声，可以休止一时，却永远不会沙哑；
战士的明眼，可以关闭一时，却永远不会昏瞎。
请听听吧，这就是战士一句句从心中掏出的话。
团泊洼，团泊洼，你真是那样静静的吗？
是的，团泊洼是静静的，但那里时刻都会轰轰爆炸！
不，团泊洼是喧腾的，这首诗篇里就充满着嘈杂。
不管怎样，且把这矛盾重重的诗篇埋在坝下，
它也许不合你秋天的季节，但到明春准会生根发芽。……

——郭小川诗选．北京：人民文学出版社，1977.

20世纪60年代前期是郭小川诗歌创作的第三个阶段。1960年以后，诗人深入钢都、煤城、农村、林区等祖国建设的第一线，热情讴歌中国人民励精图治、排除万难的坚定决心和乐观精神，表达了对时代和人生的深刻理解。《甘蔗林——青纱帐》《厦门风姿》《林区三唱》《祝酒歌》《乡村大道》《昆仑行》等一批作品产生了广泛的影响。这些诗作在艺术形式、表现手法和语言风格方面都趋向丰富和成熟，以其深邃的思想内容和出色的艺术表现表示郭小川的诗歌创作终于进入了成熟期，确定了自己雄浑壮丽的独特风格。

1966年至1976年“文化大革命”期间，是郭小川诗歌创作的第四个阶段。这一阶段，诗人身心上受到严重的摧残和迫害，被剥夺了发表作品的权利，但他仍坚持着老革命者坚韧不拔的斗志和不屈不挠的战斗精神写出了《万里长江横渡》《江南林区三唱》等作品，特别是写于1975年的《团泊洼的秋天》《秋歌》等，抒写了诗人对当时社会矛盾的严肃思考和战斗激情。他在这一阶段难能可贵地创造了新的艺术高度，当然，他在这个阶段也不可避免地留下了一些带有时代政治烙印和思想局限的作品。

郭小川的诗主要是颂歌与战歌相交织的政治抒情诗，其思想艺术特点主要表现在以下几个方面：

第一，革命者的抒情主人公形象与强烈的时代色彩的有机融合，具有浓郁的时代精神和强烈的战斗豪情。郭小川诗歌的抒情主人公形象始终是一个革命者，这是由作者自身的革命生活经历所决定的。在他的诗中，通过对一个革命者精神境界、感情状态的描摹，力图探索出致力于革命的斗士的生活哲学和人格情操标准，进而传达出诗人自身的思想认识和感情倾向。诗人以直抒胸臆或托物咏志的多元艺术表达手法从内心深处去体味和抒写一个为了新中国奉献青春的革命者崇高的精神境界和高尚的人格情操，传达出诗人对过去的艰辛苦难的感慨，对现在美好社会的信念和对未来幸福生活的展望。这个革命者形象的抒情主人公热爱祖国生机勃勃的社会生活，喜爱祖国山河壮美绮丽的自然风光；他拥有热情进取的人生哲学，百折不挠的革命意志；他对于曾经奉献过青春和热血的伟大事业永不言悔。这是对新一代的年轻人发出的热切呼唤，也是为祖国建设者奏响的祝福的赞歌。

郭小川的每一首政治抒情诗都带有强烈的时代色彩，力图通过感情的抒发来回答（至少是提出）目前面临的必须正视的问题。如《投入火热的斗争》，回答的是在社会主义建设高潮中，青年应当如何珍视时代所赋予的光荣使命并努力地担当起来；《白雪的赞歌》通过对人物内心的细腻刻画展示革命者洁白如雪的心灵；《甘蔗林——青纱帐》用甘蔗林和青纱帐两个富有地方特色的意象象征了两个革命时代，唯物辩证地书写它们之间的必然联系。"青纱帐里的艰辛"酿造了"甘蔗林里的芳芬"，英勇的革命精神永远不能忘却，昔日青纱帐里的战友面对今天的全新生活时仍要警惕险恶的潜流，革命者永远不应丢弃革命传统，而应"唤回自己的战斗的青春"，奉献于新的时代。

第二，激情与哲理的结合。郭小川写诗总是以火热的心胸去体验和感受生活，揭示和发掘生活中蕴藏的哲理。他很少直接描摹生活本相，而是更偏重于激情的抒发。他的诗没有忧愁和悲伤，代之以战斗的激情、革命的豪情和对生活对人生永不熄灭的热情，因而他的诗的基本格调是热情而豪迈、乐观而昂扬。另外，郭小川的诗作富于哲理，他善于把诗的形象与自己对人生、社会的个性化理解巧妙结合，闪耀的思想火花与热烈的感情抒发融会在一起，用平凡的形象表现哲思，通过充满激情和具有哲理意味的诗句唤起读者的阅读情绪和情感共鸣。如《望星空》《乡村大道》《甘蔗林——青纱帐》等诗里，形象生动的哲理诗句俯拾皆是，如"是战士，决不能放下武器，哪怕是一分钟；要革命，决不能止步不前，哪怕面对刀丛"（《秋歌》）等。

第三，对诗歌语言和表现形式的不懈探索。郭小川的诗歌形式丰富多彩，本着《月下集·权当序言》中提出的创作理念——"读者可以看到我在努力尝试各种体裁，这就可以证明我不想拘泥于一种，也不想为体裁而体裁。民歌体、新格律体、自由体、半自由体、楼梯式以及其他各种体，只要能够有助于诗的民族化和群众化，又有什么可怕呢?"诗人在诗歌形式、语言风格方面做了多种多样的尝试。新中国成立初期，他多采用参差排列的楼梯式，并对其进行民族化的改造。他主张"诗是最有音乐性的语言艺术"，注重发挥诗的音乐美和宣传作用，如《致青年公民》；《祝酒歌》是融古代歌谣和新民歌于一体的民歌体；《白雪的赞歌》是半格律半自由的体式；吸取古代散曲、小令的某些特点，由轻捷明快的短句形式组成节奏明快、韵律灵活的自由诗体，如《将军三部曲》（《月下》《雾中》《风前》）。20 世纪 60 年代前期的《林区三唱》是在自由体的基础上较多地吸收了民歌的成分创作而成的。郭小川又积极吸收了辞赋的某些特点，创造了一种节奏自由、富有韵律的新辞赋体——"长廊句式"，从而实现了对严谨的形式束缚的突破，有效地增加了诗的容量，把强烈感情与深刻哲理表现得淋漓尽致，这是郭小川对当代诗歌的一大贡献，直到今天，仍为不少诗人所沿用。

二、贺敬之

贺敬之的政治抒情诗也体现出鲜明的社会精神，与郭小川一起创造了一个时代的新型诗体。

作家小传

贺敬之：放声歌颂新时代的歌手

贺敬之（1924—　），山东峄县（今属山东枣庄）人。他的诗歌创作开始于中学时期，1940 年去延安之前写的作品，后结集为《并没有冬天》。1940 年到延安之后，贺敬之进入鲁迅艺术学院文学系学习。抗战胜利后，贺敬之随文艺工作团前往华北联合大学文学院工作。延安文艺整风之后，贺敬之的诗作主题由对黑暗的血泪控诉变为对光明的热情讴歌，以欢快明朗的民歌格调表现解放区人民的生活和斗争，后结集为《笑》（再版时改名为《朝阳花开》）。这一时期，他最显赫的成果是与丁毅合作执笔的大型歌剧《白毛女》。贺敬之在20世纪40年代的创作虽然已经取得了一些成绩，但从诗人的整个创作道路来看，还只是一个准备阶段。新中国成立后，贺敬之的诗歌创作开始于1956年，在此后几十年的时间里，他的作品数量不多，但长期从事文艺界的领导工作使他对当代诗歌的发展产生过相当大的导向性影响。出版的诗集主要有《放歌集》《贺敬之诗选》等。

就题材而言，贺敬之在新中国成立后的诗作大致分为两类：一类是抒情短诗，即从现实生活的具体情景出发，突出表现诗人真切的生活感受和真挚情感，如《回延安》《桂林山水歌》《三门峡歌》《又回南泥湾》等，这些诗大都感情细腻、意蕴深厚，具有浓郁的民歌风味。另一类是篇幅较长的政治抒情诗，代表作品主要有《放声歌唱》《东风万里》《十年颂歌》《雷锋之歌》《西去列车的窗口》，以及20世纪70年代末的《中国的十月》《八一之歌》等，大都收入《放歌集》和《贺敬之诗选》中。这类作品气势磅礴豪放，洋溢着革命的激情，具有较强的政治宣传鼓动作用，是贺敬之诗歌创作的主体部分，代表了诗人新中国成立后诗歌创作的主要成就，集中体现了他诗歌创作的艺术个性。

作为抒情短诗的代表作，《回延安》是作者参加西北五省青年造林大会后重返延安时所写。诗人是在革命圣地——延安的革命氛围熏陶教育下成长起来的，阔别十年后重返延安，激动的感情难以抑制。正是在这种心境和情感状态下诗人大量地运用比兴、夸张、对偶、排比等修辞技巧和手法，采用信天游的民歌形式，淋漓尽致地抒写了对延安的无限深情和怀念。该诗首先抒写诗人刚刚踏上延安土地时内心的激动和兴奋："心儿呀莫要这么厉害地跳，灰尘呀莫把我眼睛挡住了……手抓黄土我不放，紧紧儿贴在心窝上。"接着诗人着眼于延安的建设发展、人民生活的巨大转变，回顾了在战争年代延安的生活、战斗以及诗人自我成长的经历，感慨着延安对自己的哺育之情，感人地描绘了诗人与延安人民相见谈心、话新叙旧、其乐融融的场面，深刻展现了双方的永远无法分割的血肉之情。《回延安》将诗人对革命圣地的无比崇敬和向往，化为母子之间至亲至爱的感情，以及他对延安的赤子之情和拳拳之心。诗中流淌着浓郁的陕北地方色彩。

贺敬之的政治抒情诗最突出的特点就是自觉地追求把诗歌作为对现实问题的回答，具有强烈的政治性和鲜明的时代烙印。以长卷的方式对社会生活的时代特征及其历史变迁作整体把握和宏观概括。作为新中国成立初期30年当代诗歌创作观念的集中体现者，他总是密切地关注政治和社会的重大问题，迅速把握时代脉搏，以饱满的政治热情紧跟时代的发展方向，从现实生活中提炼出重大主题。例如：《放声歌唱》《十年颂歌》《雷锋之歌》《西去列车的窗口》《中国的十月》……每首诗都与一个重要的事件和重要的时刻密切相关，引起社会的广泛注意。诗人力图以比较开阔的视野去观照时代的重大问题，善于将历史与现实相交融，从现实中抽取典型，从历史中汲取诗意，这种手法曾为许多政治抒情诗所仿效，对当时的诗风起到导向作用。贺敬之把一个时代的豪情和壮思化为诗的"声"和"象"，即诗的声韵构成的气势磅礴的交响和诗的画面展现的当代英雄的形象。贺敬之还善于把政治议论与主观抒情结合起来，把抽象概念与生动形象结合起来，回避枯燥的政治说教，增强感情和形象的艺术感染力。他的政治抒情诗以观念为主干，诗的展开常常是按照提出问题、描述分析、总结归纳、得出结论的政论模式进行，但诗人没有停留于直白的抽象说教，而是用激情和形象冲淡政治的色彩和说教的味道。《放声歌唱》和《雷锋之歌》可以看作是这种结合比较成功的范例。

贺敬之的诗歌格调高昂奔放、意境恢弘博大，带有浓重的浪漫主义色彩。他认为，“积极的、革命的浪漫主义对一个民族的文学，特别是诗歌发展来说，绝不可能、也不会是可有可无的东西”，因为浪漫主义“给人以震撼人心的雷霆万钧的力量”，这体现了贺敬之开放的诗歌创作理念。他诗歌中的革命理想主义、夸张的想象、奇特的构思以及宏观鸟瞰式的图景表现都与浪漫主义的豪情密不可分。《放声歌唱》中对现实和理想的表现，《三门峡——梳妆台》将黄河拟人化又与之对话的奇异想象，为诗歌增添了独特的光彩。

贺敬之的诗既洋溢着浓厚的民歌风味，又有对外国诗歌的借鉴和汲取。《回延安》《桂林山水歌》采用的是陕北民歌信天游的调子和古典诗歌的意境章法，开合自如、简洁凝练。《西去列车的窗口》又对这种形式进行了改造和创新。他的大部分政治抒情诗运用的是“楼梯式的形式”，因为这种形式有利于表现重大主题，描绘宏阔画面，传达复杂思想，产生磅礴气势，突出感情的节奏。

贺敬之的政治抒情诗的水平也不完全一致，与《放声歌唱》相比，《中国的十月》等稍嫌逊色。同时，由于作品的政治性，在历史曲折的运动过程中，诗中不可避免地受到“左”的思潮影响，留下一些时代的印记和疵点；过于追求理想与豪情的表现，也留下了一些对生活过于理想化的空洞的呐喊，在表现社会生活斗争、揭示人们思想感情的真切感受上受到某种程度的削弱。

第三节　邵燕祥、张志民等人的诗歌创作

○邵燕祥《到远方去》——“50 年代前期的青春之歌”　○张志民《死不着》——新诗民族化、大众化的成功尝试　○蔡其矫《南曲》——自然美与精神美交相辉映　○流沙河《草木篇》——咏物言志、韵味绵长

一、邵燕祥

邵燕祥（1933—　），生于北京，1947 年参加革命。新中国成立后曾任《诗刊》副主编。他自 1946 年开始发表作品，成果非常丰厚，主要诗集有《歌唱北京城》《到远方去》《八月的营火》《芦管》《献给历史的情歌》《含笑向七十年代告别》《和瀑布对歌》《为青春作证》《在远方》《迟开的花》等。他的诗多取材于火热的现实生活，抒写青年人的理想志趣，感情奔放，时代感强。其中《在远方》和《迟开的花》分别获第一、二届全国优秀新诗集一等奖。

邵燕祥的诗歌创作从题材风格来看，前后两期存在着明显的转向。

20 世纪 50 年代初期的诗歌作品，主要是通过新旧社会的鲜明对比，热情地歌颂人民革命的伟大胜利，在形式上较多地采用民间说唱体，具有浓郁的民间特色。随着诗歌风格的日趋成熟，诗人逐渐选择了适于朗诵的自由体诗歌形式，专心致志地描写 50 年代工业建设的蓬勃景象，表现青年人对生活火一般的热情，显示了自己的特色。诗集《到远方去》代表了邵燕祥 50 年代诗歌创作的水平。初版时虽然只收了 19 首诗，但它却是一部真切体现当时社会主义工业建设实绩的力作。诗人奔走于工厂、矿山、水库、电站、桥梁工地等祖国社会主义建设的第一线，亲身体验着时代的足音，用和着时代脉搏的节奏，再现祖国建设突飞猛进的壮丽图景，传达了大工业振奋人心的洪亮声音。他用表现工业题材的敏锐和魄力写出时代的最强音，如《我们架设了这条超高压送电线》：“大踏步地跨过高山，/跨过河流、洼地和平原，/跨过农业合作社的田野，/跨过重工业城市的身边；/跨过阴雨连绵的

秋季，/跨过风刮雪卷的冬天，/跨过高空、跨过地面，/大踏步地跨过时间……/在我们每一步脚印上，/请你看社会主义的诞生！”诗人的自豪骄傲之情溢于言表，抒发了年轻创业者没有一丝云翳的晴朗澄澈的心灵和豪迈乐观的英雄气概，真实地反映了伟大时代青年建设者的崭新风貌，表现了青春焕发的社会主义祖国朝气勃勃、生机盎然的形象。表现同样主题的诗作还有《中国的道路呼唤着汽车》《到远方去》《英雄碑下》《青春进行曲》《中国张开了翅膀》《在夜晚的公路上》《我们爱我们的土地》等。邵燕祥这一时期的诗歌创作被誉为“50年代前期的青春之歌”，他的诗字里行间总是洋溢着青春的活力，歌唱了祖国的青春，憧憬了美好的未来，描绘了创造春天的人民，颂扬了伟大的时代，赞颂了排除万难、勇敢前进、积极开拓的社会主义第一代创业者的豪迈步伐和坚定信心，用这种精神鼓舞一代又一代中国青年忘我地为新中国的繁荣富强贡献力量。

邵燕祥是一位有着深刻思想的现实主义诗人。他在时代号角的指引下满怀激情地歌颂赞美，其后不久就自觉地认识到只歌颂光明太单纯了，生活本身复杂得多。50年代中期，他凭着对当时社会矛盾的分析，对主观主义者和官僚主义者的愤激之情，以及诗人强烈的社会责任感，大胆地创作了叙事诗《贾桂香》和一些讽刺诗作。在《贾桂香》中，诗人揭露了一个农场女工是怎样为流言诬陷、打击并最终走上绝路的过程，鲜明地表达了对陈腐观念和官僚主义作风的批判，从而为扫除“阻碍我们前进的旧社会的残余”做出了真诚的探索和努力。

二、张志民

张志民（1926—1998），河北宛平人，1940年参加八路军，1941年加入中国共产党。新中国成立前曾在晋察冀军区抗大四团学习。新中国诞生后，曾任华北军区文化部创作员。1951年赴朝鲜参战，和中国人民志愿军生活、战斗在一起。1956年转业到地方从事专业创作，历任群众出版社副总编、《北京文学》主编、《诗刊》主编等职。张志民是一位成就卓然、风格独特、影响广泛的诗人。他从1946年开始发表作品，著有诗集《死不着》、《家乡的春天》、《社里的人物》、《公社一家人》、《村风》、《礼花集》、《西行剪影》、《祖国，我对你说》（获第一届全国优秀新诗集一等奖）、《今情，往情》（获第二届全国优秀新诗集奖）、《边区的山》（获首届全军优秀文学奖），长诗《将军和他的战马》《金玉记》《祖国颂》，战地通讯集《祖国，你的儿子在前线》，散文集《梅河散记》《故人入我梦》，文论集《诗说》《文学笔记》等。

他的诗歌不拘泥于已有传统，而是对古今中外优秀的诗歌理论兼收并蓄，在实践探索中创造出自己独特的艺术风格。张志民从学习民歌开始写诗，他吸取了民歌体的诙谐明快、现代自由体的舒展奔放、古典格律体的雅致工整，诗歌体式于整齐中见多变，语言通俗生动且典雅优美，总体上看他的诗歌创作主旨力求深入浅出。从《死不着》算起，张志民以昂奋的姿态在诗的领域里行进了三十多年，作为诗人的追求，他走的是新诗民族化、群众化的道路，并为此做出了很大贡献。

十七年时期，张志民致力于用朴素简洁的口语，生动形象地描写农村的变化和农民的生活。短诗《社里的人物》像一幅清新淳美的农村风俗画和农民人物素描，展示了社会主义革命和建设中成长和成熟起来的新的人物、新的思想、新的人际关系。他选取具有典型意义的特别是带有戏剧性的生活细节和场景，塑造出一个个具体可感的“社里的人物”形象，从一个侧面来表现伟大时代的新风貌，语言朴实亲切、幽默风趣、富有生活气息。如《永德爷》：“牲口交给年轻人，/永德爷不放心，/为争个‘饲养员’，/他找罢委员找主任。/主任说：‘你一把子年纪了，/喂牲口的活茬太累人……’/永德说：‘牲口全仗吃夜草，/年轻人黑夜睡得沉……’/草儿过筛两三遍，/料儿拌得匀又匀，/谁说永德眼力差？/月光下他往外挑草根。/看看驴儿吃得好，/摸摸马儿满身膘，/甜睡的人们谁知道。/永德爷自个在悄悄儿笑……”此诗形象地写出了新时代农村可敬可爱的老饲养员爱社如家的精神风貌，由小到大，生动体现了新社会里做了主人的农民对社会主义集体财产的高度责任感。

三、蔡其矫

蔡其矫（1918—2007），福建晋江人，代表作有诗集《回声集》《涛声集》《福建集》《生活的歌》等。他的诗一般不直接描写生活，而往往是在对山水和自然风物的咏叹中表达诗人对生活的独特感受。

蔡其矫20世纪40年代的一些诗作比较明显地受到了美国自由体诗歌理论的影响，50年代，诗人主观上力图突破原有模式，主动契合时代和现实环境，创作了一些表现新的生活主题然而缺乏艺术个性的诗作，被冠以“唯美主义”“反现实主义”的标签。

蔡其矫在对诗歌题材、语言、构思的创造上较多地接受西方浪漫主义的影响，认为诗“必须是从我们整个心灵、希望、记忆和感触的喷泉里射出来的”。这种诗歌创作理念的积累决定了他诗歌创作的主要成就集中在体现对大自然的挚爱和对人的关怀的情感内涵丰富的爱情诗、山水诗和表现故土人文习俗的风物诗上。

《南曲》是蔡其矫的代表性诗篇。南曲是福建一带广为流传的一种戏曲样式，其声调温柔婉丽，富于凄楚迷离的情思，本诗就是在摹写诗人听南曲的感受。诗篇构思完整，围绕着南曲展开的想象，形成了一个意象群：开篇以两个暗喻型的意象写乐器的声音，接着又以一系列明喻型意象写歌声。这些意象所流露出的低沉的情韵与南曲本身那哀婉的情调十分和谐，从而构成了一幅声情并茂的“音画”。最后，诗人以带着感叹的议论点题作结（“故乡呀，你把过去的痛苦遗留在歌中，/让生活在光明中的我们永不忘记”），给人以深刻的启示。

四、流沙河

流沙河（1931—2019），四川金堂县人。1950年任川西《农民报》副刊编辑，1952年调四川省文联，任《星星》诗刊编辑。新时期以后在中国作协四川分会从事专业创作，是中国作协第四届理事。流沙河从1948年开始发表作品，著有诗集《农村夜曲》《告别火星》《流沙河诗集》等，《流沙河诗集》曾获第一届全国优秀新诗集奖一等奖。他的诗歌善以新颖的意象、沉挚的诗思、浓郁的感情和平实的语言表达自己对现实人生的思索。

《草木篇》是流沙河创作于20世纪50年代的一组咏物言志的散文诗，1957年1月发表于《星星》诗刊。它由五首散文诗组成，采用拟人化的手法，将植物与人的性情巧妙地结合起来，一方面，通过白杨、藤、仙人掌、梅和毒菌等艺术形象，隐喻一个人在现实生活中的立身处世之道。诗歌以笔直的白杨树比喻孤傲刚正、宁折不屈的人格，由生长于沙漠的仙人掌联想到人在逆境中也要顽强地生存，以傲寒开放的梅花比喻人高傲脱俗的骨气。另一方面，也以藤和毒菌暗喻和抨击那些居心险恶地扼杀美好事物的攀爬现象。组诗的基调是真诚热烈、坦诚率真的，进而映衬出诗人对刚直人格的执着追求。由此可见，诗人赋予草木的思想和性格特征，正是基于诗人自己对现实生活敏锐的观察和感受。无论是对各种草木的赞美还是鞭挞，都是为了表达诗人自己对各种人生态度、处世哲学的褒贬，既含蓄深沉又韵味绵长，使读者在品味浓郁诗意的同时，也认真思索这些严肃的人生课题，从而获得有益的教育和启示。

思考题

1. 闻捷擅长用牧歌笔调书写充满激情的生活赞歌，并将爱情与新时代、新生活联系在一起表现，《天山牧歌》中的诗篇是如何体现这一艺术追求的？

2. 李季十七年时期的诗歌创作体现出怎样的总体风貌？为什么被树立为“诗与劳动人民相结合的榜样”？

3. 郭小川在《月下集·权当序言》中说：“读者可以看到我在努力尝试各种体裁，这就可以证明我不想拘泥于一种，也不想为体裁而体裁。”请思考他在诗歌创作中是如何实现这种艺术追求的。

4. 诗人流沙河善以新颖的意象、沉挚的感情和平实的语言在诗歌中传达自己的思想，请简要分析《草木篇》传达出诗人怎样的人生态度和处世哲学。

延展阅读

1. 闻捷的爱情诗并不单纯描写爱情，而是将其与表现新生活、新时代联系在一起。请随我们一起走进中国现当代诗歌史，回忆以爱情作为载体传达更为丰富内涵的著名诗作：郭沫若的《炉中煤》、徐志摩的《沙扬娜拉》、戴望舒的《雨巷》、舒婷的《致橡树》……

2. 曾以《王贵与李香香》一举成名的李季在新中国成立后进行了新的开拓和探索，在甘肃玉门进行了长达30年的以表现石油工业及其劳动者为对象的创作，被誉为“石油诗人”：《生活之歌》是中国第一部反映石油工人生活的长篇叙事诗，此外还有《玉门诗抄》《致以石油工人的敬礼》等短诗集。

3. 郭小川的政治抒情诗体现出强烈的时代精神和战斗激情，并且形成以革命者为抒情主人公、颂歌和战歌结合的独特系列：《致青年公民》《白雪的赞歌》《甘蔗林——青纱帐》《祝酒歌》《林区三唱》《望星空》等。

第十五章　新中国十七年的散文创作

新中国十七年的散文作为现代散文的传承，更直接地继承了延安文学传统，将“五四”文学革命倡导的“美文”演化为具有时代精神的以讴歌和赞颂为主体的“抒情散文”或者“艺术散文”，抒情散文作为当代散文的主流，在十七年时期伴随着文艺政策的调整，经历了两次短暂的复兴；文学大师鲁迅开创并大力倡导的杂文写作以其犀利的战斗锋芒在现代阶段充分发挥了其匕首、投枪的社会功能，而也正是源于这种文体特征与时代精神的不相宜，注定了杂文在当代文学阶段经历了相当曲折的起落历程。十七年散文另一个较大的收获是20世纪50年代初通讯、报告、特写文学的蓬勃兴起，通过“艺术地报告新事实”大力地推进时代精神，“叙事性”成为十七年散文尤其是报告类散文的主要特征。总的来看，十七年散文在追求“诗化意境”等审美技巧和处理时代与文学关系方面取得了自己的成就，充实了这一文类的艺术表现类型，但创作空间的狭隘和理论建设的匮乏严重制约了这一时期散文的水平。

第一节　杨朔、秦牧、刘白羽等人的散文

○《茶花赋》——杨朔“诗+小说+通讯”的散文模式　○《社稷坛抒情》——秦牧集知识性、思想性和趣味性于一体的散文特色　○《长江三日》——部队作家刘白羽雄浑、豪放的散文风格

一、杨朔

◆作家小传

杨朔：“好的散文就是一首诗”

杨　朔

杨朔（1913—1968），原名杨毓，字莹叔，山东蓬莱人，曾长期深入部队、矿山、农村等祖国社会主义建设第一线，多行业多角度地体验和积累了丰富的生活经验。抗美援朝战争时期，作家亲自奔赴朝鲜战场感受火热的战争场面和志愿军战士英勇的斗争精神，写作了曾被誉为新中国成立初期小说创作重要收获的长篇小说《三千里江山》和反映中国人民志愿军战斗生活的散文通讯报告集《潼关之夜》《铁骑兵》《鸭绿江南北》《万古青春》等。杨朔一生创作成就突出，散文最

为突出。在艺术散文的创作上，《香山红叶》是杨朔由通讯特写走向抒情散文的标志，作家大力倡导“以诗为文”的创作主张，自称“自有诗心如火烈”（《雨夜遣怀》），在其散文创作中也不断融入诗的意境，《荔枝蜜》《雪浪花》《茶花赋》等都是“诗意散文”的代表。杨朔的散文充满革命激情，结构严谨，语言精练含蓄，极富诗意，为新中国成立后人们公认的第一流散文作品。

杨朔可能是最为当代中国人熟知的散文家之一，他的散文《荔枝蜜》《雪浪花》《茶花赋》等被选入中学语文教科书，得到相当普遍的阅读。由于作家长期创作小说和通讯的艺术惯性，在他的散文创作中，除了刻意追求鲜明的“诗化”特征外，也不可避免地流露出“小说化”和“通讯化”的艺术痕迹。虽然杨朔“诗＋小说＋通讯”的散文模式并不完全迎合纯粹的艺术散文抒情性的审美标准，但在新中国成立初期独特的政治文艺背景下能够做到重视散文的审美规范，却是需要敢于探索的艺术勇气的。

杨朔的散文创作未能摆脱十七年散文那种高度统一的颂歌式表现模式，但他同时也注重散文自身的艺术表现规律，有很明确的自我创作理念和艺术主张，通过个人散文创作实践总结出经验，逐渐建立了独特的艺术风格和创作特色。

第一，散文的主题设置上，杨朔开创了一种“自我置换”的散文模式，这是作家的小说、通讯创作经验沉淀的突出体现。不同于传统散文对“自我”内在心灵、性情的抒写，“普通劳动者”成为散文的主角，实现了由主体向客体、由自我向他者、由个体向整体的主题置换。作为一名时代的歌者，杨朔努力追寻着时代的足音，努力以他的文字歌唱伟大时代，多视角地表现新中国成立十七年中社会主义建设与斗争的火热生活。杨朔的散文创作一方面选取各种“有意义的生活断片”表现时代的激流和新社会的新风貌，另一方面又真实可信地勾画出旧时代苦难生活的情景，在鲜明的对比中向读者展示历史车轮的前进方向，引起读者的情感共鸣。杨朔相当多的散文将着眼点放在普通劳动者身上，歌颂投身于社会主义祖国建设事业的执着精神与高尚情操。如《茶花赋》中的养花人普之仁、《荔枝蜜》中的养蜂人老梁、《雪浪花》中的老泰山等唤起读者同样强烈的感受体悟，而且在文章结尾处通过富有哲理和诗意的语言升华主题。

第二，在意境美感上提出“诗化散文”的艺术主张。开阔的审美视野要求作家对于散文自身的艺术表现规律、创作技法和美感体现倾注更多的关注和思考。1959年他的“好的散文就是一首诗”① 的美学论断明确地提出了“诗化散文”或者说“诗体散文”的艺术主张。杨朔说，“我在写每篇文章时，总是拿着当诗一样写”，“常常在寻求诗的意境”；“我向来爱诗，特别是那些久经岁月磨炼的古典诗章。这些诗差不多每篇都有自己新鲜的意境、思想、情感，耐人寻味，而结构的严密、选词用字的精练，也不容忽视。我就想：写小说散文不能也这样么？于是就往这方面学，常常在寻求诗的意境”②。杨朔所讲求的“诗意”，体现在古典诗词文化元素的大量介入，谋篇布局讲究寓情于景、借物咏怀，营造诗一般蕴藉含蓄的审美境界。见微知著的艺术构思作为古典美学的重要创作原则，在杨朔的散文中运用自如。作家善于细微处落墨，展开想象的羽翼，用形象思维的方法从看似平凡的事物、景致中选取能够寄寓深邃情思的具有象征意味的形象来升华主题思想，创造性地实践着“从一些东鳞西爪的侧影，烘托出当前人类历史的特征”③ 的表现思维与感情的艺术方式，

① 杨朔．海市：小序．北京：作家出版社，1960.

② 同①.

③ 杨朔．东风第一枝：小跋．北京：作家出版社，1962.

实现“寓大于小，寓远于近”的审美原则，营造出诗一般的艺术意境。《荔枝蜜》的创作意图是要歌颂普通劳动者那种勤劳克己、无私奉献的忘我创造精神，但这一创作意图的实现，并不是通过对劳动人民直白的颂歌抑或是对他们辛勤的劳动作具体细致的场面性描绘，而是借助“蜜蜂”这一作者精心选取的诗意形象来完成的。作者通过对小小的蜜蜂为了人们的“甜蜜”生活不辞辛苦的高尚品质，以及对人无私奉献、毫不索取的可贵精神的高度倡导，再融入作者自我在祖国各个建设岗位上的所见所闻、切身感受和深邃思考，通过“蜜蜂”这个寓意色彩浓重的诗意形象，艺术地歌颂了劳动人民为开创祖国和人民的幸福生活勤奋奉献的忘我精神。这样，作者的意图、散文的主旨就在对蜜蜂的描写中自然地流露出来，精神与形象水乳交融，思想性与艺术性相结合，布局构思奇巧而缜密，作品也因其精雕细琢而充满诗意的审美特色。

第三，“园林风格”的行文模式。杨朔散文的“诗情画意”还体现在其张弛适度的局势设置上，杨朔热衷于调动文字营造疏密有序、峰回路转的艺术效果，恰恰与建筑上曲径通幽、流连婉转的苏州园林颇为相似。杨朔散文熟练地运用“转弯艺术”，开篇不着痕迹设置悬念；在层层递进、逻辑井然间突然引出隐藏幕后的叙述对象，点明主题；结尾点题并提炼升华文章的主题精神。作家极其关注开头和结尾的艺术效果，开头有如鲜花含露，令人一见钟情；结尾有如品尝香茗，令人回味无穷。

作品欣赏

杨朔散文擅长采用先抑后扬的艺术结构，如《香山红叶》写的是到香山看红叶，因去的“不是正时候”，故摘不到一片好红叶很是失望，然而情节的发展却是柳暗花明、曲径通幽，欲知结局如何，请跟随我们一起来欣赏《香山红叶》。

香山红叶

早听说香山红叶是北京最浓最浓的秋色，能去看看，自然乐意。我去的那日，天也作美，明净高爽，好得不能再好了；人也凑巧，居然找到一位老向导。这位老向导就住在西山脚下，早年做过四十年的向导。胡子都白了，还是腰板挺直，硬朗得很。

我们先邀老向导到一家乡村小饭馆里吃饭。几盘野味，半杯麦酒，老人家的话来了，慢言慢语说：“香山这地方也没别的好处，就是高，一进山门，门槛跟玉泉山顶一样平。地势一高，气也清爽，人才爱来。春天人来踏青，夏天来消夏，到秋天——”一位同游的朋友急着问：“不知山上的红叶红了没有?”

老向导说：“还不是正时候。南面一带向阳，也该先有红的了。”

于是用完酒饭，我们请老向导领我们顺着南坡上山。好清静的去处啊。沿着石砌的山路，两旁满是古松古柏，遮天蔽日的，听说三伏天走在树荫里，也不见汗。

老向导交叠着两手搭在肚皮上，不紧不慢走在前面，总是那么慢言慢语说：“原先这地方什么也没有，后面是一片荒山，只有一家财主雇了个做活的给他种地、养猪。猪食倒在一个破石槽里，可是倒进去一点食，猪怎么吃也吃不完，就知道这是个聚宝盆了。到算工账的时候，做活的什么也不要，单要这个石槽。一个破石槽能值几个钱?财主乐得送个人情，就给了他。石槽太重，做活的扛到山里，就扛不动了，便挖个坑埋好，怕忘了地点，又拿一棵松树和一棵柏树插在上面做记号，自己回家去找人帮着抬。谁知返回来一看，满山都是松柏树，数也数不清。”谈到这儿，老人又慨叹说：“这真是座活山啊。有山就有水，有水就有脉，有脉就有苗，难怪人家说下面埋着聚宝盆。”

这当儿，老向导早带我们走进一座挺幽雅的院子，里边有两眼泉水。石壁上刻着“双清”两个字。老人围着泉水转了转说：“我有十年不上山了，怎么有块碑不见了？我记得碑上刻的是‘梦赶泉’。”接着又告诉我们一个故事，说是元朝有个皇帝来游山，倦了，睡在这儿，梦见身子坐在船上，脚下翻着波浪，醒来叫人一挖脚下，果然冒出股泉水，这就是“梦赶泉”的来历。

老向导又笑笑说：“这都是些乡村野话，我怎么听来的，怎么说，你们也不必信。”

听着这个白胡子老人絮絮叨叨谈些离奇的传说，你会觉得香山更富有迷人的神话色彩。我们不会那么煞风景，偏要说不信。只是一路上山，怎么一片红叶也看不见？

老人说：“你先别急，一上半山亭，什么都看见了。”

我们上了半山亭，朝东一望，真是一片好景，茫茫苍苍的河北大平原就摆在眼前，烟树深处，正藏着我们的北京城。也妙，本来也算有点气魄的昆明湖，看起来只像一盆清水。万寿山，佛香阁，不过是些点缀的盆景。我们都忘了看红叶。红叶就在高山头坡上，满眼都是，半黄半红的，倒还有意思。可惜叶子伤了水，红的又不透。要是红透了，太阳一照，那颜色该有多浓。

我望着红叶，问：“这是什么树？怎么不大像枫叶？”

老向导说：“本来不是枫叶嘛。这叫红树。”就指着路边的树，说：“你看看，就是那种树。”

路边的红树叶子还没红，所以我们都没注意。我走过去摘下一片，叶子是圆的，只有叶脉上微微透出点红意。我不觉叫：“哎呀！还香呢。”把叶子送到鼻子上闻一闻，那叶子发出一股轻微的药香。

另一位同伴也嗅了嗅，叫：“哎呀！是香。怪不得叫香山。”

老向导也慢慢说：“真是香呢。我怎么做了四十年向导，早先就没闻见过呢？”

我的老大爷，我不十分清楚你过去的身世，但是从你脸上密密的纹路里，猜得出你是个久经风霜的人。你的心过去是苦的，你怎么能闻到红叶的香味？我也不十分清楚你今天的生活，可是你看，这么大年纪的一位老人，爬起山来不急，也不喘，好像不快，我们可总是落在后边，跟不上。有这样轻松脚步的老年人，心情也该是轻松的，还能闻不见红叶香。

老向导就在满山红叶的香里，领着我们看了“森玉笏”、“西山晴雪”、昭庙，还有别的香山风景。下山的时候，将近黄昏。一仰脸望见东边天上现出半轮上弦的白月亮，一位同伴忽然想起来，说：“今天是不是重阳？”一翻身边带的报纸，原来是重阳的第二日。我们这一次秋游，倒应了重九登高的旧俗。

也有人觉得没看见一片好红叶，未免美中不足。我却摘到一片更可贵的红叶，藏到我心里去。这不是一般的红叶，这是一片曾在人生经过风吹雨打的红叶，越到老秋，越红得可爱。不用说，我指的是那位老向导。

——杨朔散文选．北京：人民文学出版社，1978.

二、秦牧

秦牧的创作成就主要体现在风格独特的散文创作上，他的散文不仅题材范畴广泛，而且在表现手法上颇具杂文的艺术风骨和抒情小品文的神韵，丰富多样的表达方式综合运用，较好地把知识性、艺术性和趣味性统一起来，与杨朔并称为“北杨南秦”。

作家小传

秦牧：经久耐读的“一棵繁花树”

秦牧（1919—1992），原名林觉夫，广东澄海人，生于香港地区，童年和少年时代在新加坡侨居。13 岁回国后先后在澄海、汕头、香港等地就学。1932 年回国后从事文化教育工作，抗日战争时期辗转于广州、桂林、重庆等地，担任演员、战地工作队员、教师、编辑等多种职务。1938 年开始在广州报刊上发表作品。1945 年加入中国民主同盟，担任过民盟中央机关刊物《再生》的编委。致力于杂文创作，1947 年开明书店出版的《秦牧杂文》收入作家 1943 年至 1944 年的杂文作品，这是他的第一本集子。新中国成立后的十七年时期，他的创作成果丰厚，有散文集《星下集》《贝壳集》《花城》《潮汐和船》等，文艺散论集《艺海拾贝》，童话故事集《巨手》，长篇小说《愤怒的海》，中篇小说《黄金海岸》等；新时期秦牧也创作了大量的散文和文艺散论，最能体现作家散文成就的作品集是 1978 年 7 月人民文学出版社出版的《长河浪花集》。秦牧的散文风格独树一帜，经久耐读，被誉为“散文一绝”。此外，在小说、童话、戏剧、诗歌、文艺理论等方面他都有著作问世，故又被喻为“一棵繁花树”。

秦牧根据多年的散文创作探索出了适合自己的独特风格：

首先，知识性、思想性与趣味性相结合是秦牧散文的基本特色。秦牧最初是以杂文家身份步入文坛的，所以在其散文创作中始终执着于散文的知识性。秦牧的散文无法贴切地划分为知识小品文还是抒情散文，更多的是二者兼而有之。作家在创作时往往从自己的知识储备中提炼出与主题相关的知识材料，天马行空地津津乐道着鲜为人知的掌故趣谈、逸闻传说，以及各地的风土人情、乡俗风物，以此阐释主题思想，达到融会贯通。

作品欣赏

古战场春晓（节选）

在一九六一年春天降临之前，我来到广州北郊的三元里高地上盘桓。看着莽莽苍苍、一片锦绣、“河水萦带，群山纠纷”的大地，不禁激起了凭吊怀古的心情。

南国早春，真正的春天在崭新的日历刚刚掀开的时候，实际上已经来临了。这比冰天雪地的东北几乎要快上半年。这一带村落，现在都属于三元里人民公社，是出色的蔬菜产地，以水利工程和机耕驰名。在温煦的阳光之下，田野里东一片、西一片，都是菜园。芥蓝开满了白花，白菜簇生着黄花，椰菜在卷心，枸杞在摇曳，鹅黄嫩绿，蝶舞蜂喧，好一派艳阳天景色！那条从三元里村旁掠过的公路，繁荣热闹极了，小叶桉树夹道笔立，婆娑摆舞，远看像煞江南暮春的杨柳。一队队汽车奔驰过去了，一辆辆兽力车呀呀地拉过去了，还有络绎不绝的肩挑手提的行人，都各各在公路上卷起了尘土。好一番和平劳动、熙熙穆穆的景象！这一带田野是开阔的，南望越秀山上，庄严雄伟，曾经常常被用来作为广州风景标志的五层楼，正和这里小土阜上的三元里抗英斗争烈士纪念碑遥遥对峙。远处群山起伏，白云山、飞鹅岭像是绿色的围屏。大地到处给人一种壮阔开朗的印象。在历史名城的郊野，这样的河山气概，我们是常常可以领略到的。

被郁郁苍苍的扁柏、蒲葵、一品红、木麻黄环绕着的三元里抗英斗争烈士纪念碑，在晴空下，金色的字迹正闪闪发光。我登临这里已经好几遭了，但今年第一次来到，望着翡翠似的原野，俯瞰着名闻世界的这个叫做“三元里”的乡村，却激荡着不平常的感情。“指点江山，激扬文字”那样的名句飞到了我的心头。今年是一九六一年，今年五月底，是三元里等一百零三乡人民，在鸦片战争时代抗击英帝国主义侵略军大获胜利一百二十周年纪念日。“六十年一个甲子”。今年刚好是三元里人民抗英斗争的辛丑年之后的第二个“辛丑”。一百二十年过去了，中国已经完全变了样。然而正像有些人站在这座巍峨的纪念碑下说过的话一样：“这就是中国近代史的开端吧！”是的，这是中国近代史上气势磅礴的第一页。以三元里人民斗争为起点，如果以一个个的“年代”来划分，那么可以这样说：其后十年有太平天国的革命，将近后六十年有义和团的斗争，后七十年有辛亥革命，后八十年有中国共产党的成立，快接近一百一十年的时候新中国终于宣告诞生。中国是经历过一百多年的艰苦斗争才从帝国主义制造的血泊中站起来的。望着这已经回春的天鹅绒似的土地，想起百多年来的往事，真按捺不住一种“折戟沉沙铁未销，自将磨洗认前朝”的心情。这条车水马龙的广州北郊大道，这个中国近代史上的反侵略圣地，这座人烟稠密的村庄，今年将有多少人要前来凭吊瞻仰！这一片阳光灿烂、山川明丽的大地，原来是一百多年前的大战场！你在这里纵览低回，会禁不住想起整个黑暗的十九世纪的事情。

十九世纪是资本主义的壮年期，这一个世纪里面，殖民主义者完全不披任何外衣，像野兽一样到处闯撞掠夺。正像他们用一个持刀海盗的画像作为香烟商标，用帆船作为许多商行标记一样，战船和枪炮就是他们的徽号。整个十九世纪，在亚洲、非洲、美洲、澳洲，都普遍发生帝国主义者血洗大地的惨剧。但是在另外一方面，各洲的人民，又几乎都不约而同地进行过猛烈的、可歌可泣的斗争。有些斗争，还是绵延一百几十年的。英国在几个世纪之间发展成为当年的头号侵略者。它用在国内圈地养羊的办法迫使大批农民流离失所；用“流荡罪”把破产农民投进监狱和驱进工厂；掠夺印度、非洲、澳洲等殖民地的原料来大办工业。用对“偷”一条围巾的劳动人民也处以死刑的严刑峻法来建立它的生产秩序；然后又挟着大宗鸦片和纺织品来撞毁我们这个东方古国的大门。当鸦片战争发生，林则徐被腐败的清廷革职谪戍，广州城里的总督、巡抚、将军、总兵都在侵略者面前变成了软壳蟹和叩头虫的时候，他们大举入侵了。他们勒索了“赎城费”，他们到处杀人、放火、奸淫、掳掠，甚至挖坟墓，射“活靶”，他们志得意满、骄横跋扈极了。然而侵略者没有想到，他们脚下竟有一座活火山。他们在三元里调戏妇女的事件终于点燃了这座火山。人民反侵略斗争的队伍，一两日间，由几千人发展到几万人。眼前这一片锦绣大地，就是当年杀声震天，使英国侵略者自承“恐怖到极点”的战场了。

——秦牧散文选．北京：人民文学出版社，1987.

《社稷坛抒情》充分体现着秦牧散文知识渊博、联想丰富、知识性与趣味性相融合、杂文和随笔相调和的艺术特色。作者将自己对伟大的祖国、勤劳的人民和灿烂的民族文化由衷的赞颂投射到对古建筑旧风物的怀思之中，抒发着作家真挚而美好的祝福。作者独立于社稷坛前，让思想的风筝飞越时间与空间的限制，尽情漫游古代世界；接着作者提出了几千年来无数前人究诘不休的天地宇宙间的终极问题，引导人们思考我们居住的这个星球的历史；社稷坛的“五色土”又引发了作者的思考，调动了作者关于土地的古代思想和古代文化、人类文明的知识储备，侃侃而谈。如果说对历史的回顾是纵向的叙述思维，那么由“五色土”而联想到许多关于泥土和国家统一的故事可以说是一种横向的叙事视角，并最终落实在阳光灿烂的现实生活上。作者强烈的爱国激情，借助于渊博的知识和想象的自由翱翔，深刻而又和谐地渗透在令人陶醉的思古幽情之中。一个个壮阔的意象令人目不暇接，然而却能真正地做到纷繁万象归结为一个中心："多少万年的劳动经验和生活智慧积累起来，才有了今天的人类文明。"给读者以审美的享受和感情的陶冶。

其次，秦牧的散文"形散"而"神聚"，也就是体现了通常所说的"形散而神不散"的散文基本特征。虽然秦牧在其一篇题为《散文领域——海阔天空》的学术论文中大力倡导"大散文"的理论观点，强调当代散文的一种突破性，竭力做到旁征博引，然而繁多的材料却能处处紧扣"中心"，杂而不乱，真正做到寓控制于放纵之中，正如翱翔天际的风筝始终牵引在放者的手中，这根线从看似庞杂的材料中寻到相通之处进而将其牵引在一起。

《社稷坛抒情》在艺术表现上虽然大开大阖、思接千古，如五色土的历史缘由、屈原等千百年来思想者的不断探求……看似天马行空、纷繁芜杂，但多条思索的纹路统一于一条抒情主线周围。始终以社稷坛、五色土为线索贯穿全篇，松弛得宜，聚放自如，形成大气磅礴、汪洋恣肆的散文风格。在叙事过程中夹叙夹议，运笔轻重浓淡、参差有别，在大起大落的变化中整合结构以实现形神的统一。作者把美丽的幻想与深刻的分析结合起来，情理交融，使想象的境界臻于深邃悠远，发人深省，启人深思。

最后，秦牧的散文语言流利酣畅，凝练生动，妙语连珠，流露出浓厚的情趣性和平民化色彩，营造出亲切的氛围。研究者将秦牧散文特有的声情并茂的语言气势归纳为"林中散步"和"灯下谈心"的行文作风。《社稷坛抒情》在语言表达上自然率直、富有情趣，作者如同与读者一起徜徉散步在中山公园，一起登上社稷坛，无拘无束地尽情倾吐自我的内心感受，语言虽朴素却不乏文采。全文在平易亲切的絮谈之中，时有妙语、警句和精彩的比喻点缀其间，增强了语言的艺术感染力。

秦牧提出的题材与表现形式多样化，散文知识化、艺术化等创作主张，在理论和创作上给当代散文界带来一股清新活泼的气息，充实了当代散文创作理论的建构。

三、刘白羽

刘白羽（1916—2005），生于北京，部队作家，与杨朔、秦牧并称为"当代散文三大家"。刘白羽在小说、散文两方面均有建树。他的散文创作大致经历了两个阶段：1936年至1958年是刘白羽散文创作的早期阶段，以通讯、速写成就最高，代表作有单篇散文《关于长城的回忆》《从黄昏到夜晚》《横断中原》，通讯报告集《游击中间》《环行东北》《延安生活》等。其中出版于1946年的《延安生活》中的七篇作品较早地报道了革命圣地延安的新面貌新生活，具有重要的史实价值。新中国成立初期刘白羽创作了大量优秀的散文作品，反映抗美援朝战争的散文集《为祖国而战》《朝鲜在战火中前进》《对和平宣誓》等，体现了他部队作家的本色；反映社会主义革命与建设题材的有散文集《万炮震金门》《红玛瑙集》《平明小札》等，享有极高声誉。第二个阶段是1959年以后，1959年《日出》的发表标志着他由"战地通讯"向"抒情散文"的根本性转变。《芳草集》《海天集》《秋阳集》等先后问世，表明了他对散文创作的不懈追求。

刘白羽在创作上具有自己独特的艺术个性：首先，他注重题材的选取。他喜欢选取长江黄河、高山长城和勇猛的进军等气魄宏大的抒情意象，进而表现出立意深远、格调高亢、具有炽热的时代气息的散文风貌。其次，作为一名部队作家，刘白羽散文的政治色彩比其他作家表现得更为浓厚强烈，他坦率而忠实地反映新中国社会主义变革的社会风貌，讴歌伟大的时代精神。雄浑、豪放，是刘白羽散文的基本特征，也是给读者最初的感性印象。他的散文同时体现出一种哲学思索的模式，即借助于光明壮美、富有生命力和象征意义的事物景观，展开对比联想，从而引导读者对生活的赞美、对祖国的歌颂和对人生价值的深入思索。再次，刘白羽倡导作家应该以全部的思想、感情投入生活和斗争中去，强调与时代紧密结合，主张“抒人民之情、抒革命之情、抒时代之情”，使其成为“战斗生活的号角”“壮丽生活的赞歌”，在内容表达上注重战士“豪情”的抒发，具有浓烈的浪漫主义阳刚之气。最后，在语言上刘白羽主张用“壮美”的文风配合“壮美”的时代精神，留下了一个特定时代的鲜明印记。他的散文代表作《日出》《长江三日》等都鲜明地体现了以上特点。

此外，吴伯箫、曹靖华在这一时期的散文创作也产生了较大的影响。

吴伯箫（1906—1982），山东莱芜人，当代著名教育家、散文家。出版有散文集《烟尘集》《出发集》《北极星》等。他的散文中写得最好的是一组延安生活“回忆”之作，如《记一辆纺车》《菜园小记》《窑洞风景》《歌声》四篇作品分别从衣、食、住和精神生活方面对延安生活进行了生动的描写和回忆。吴伯箫善于运用所谓“轮辐向心”的写法，即围绕中心，方方面面，滴水不漏，文章好似一个圆轮，既“严”且“圆”，面面俱到。吴伯箫的“状物”散文对传统而言是一个新的高峰，对当代散文的发展做出了有益的贡献。

曹靖华（1897—1987），河南卢氏人，当代著名翻译家、散文家。出版有散文集《花》《春城飞花》《飞花集》等。其中，《忆当年，穿着细事切莫等闲看》《三五年是多久》《小米的回忆》等是曹靖华散文的名篇。曹靖华作为翻译大家，中文、外语都有很深的造诣，他对文字十分讲究，是一位严格的“文体家”。他转引一位外国作家的话说：“语调，这就是旋律。”“旋律，这是散文的基础。每个散文家都应该有自己独特的、不因袭的、音乐的调子。”他在寻求汉语文章的“旋律”，探索散文创作的“音乐化”上做出了执着的努力，有意识地追求篇章布局上的复沓、回环，造句时的骈散结合，语言上的抑扬顿挫、朗朗上口等艺术品格和审美效果。

第二节　魏巍等人的报告文学

○魏巍《谁是最可爱的人》——热情赞美志愿军战士的宝贵精神　○穆青《县委书记的榜样——焦裕禄》——热烈讴歌优秀共产党员的人格魅力

十七年的报告文学创作取得了显著的成绩，这期间曾出现过两次报告文学创作热潮，涌现出一批优秀的作品。

20 世纪 50 年代初中期，刚刚成立的新中国就经历了抗美援朝战争的洗礼，加之新中国成立初期激昂高涨的革命意识，反映朝鲜战场上志愿军战士奋勇拼杀的战争生活，歌颂志愿军战士的国际主义、爱国主义精神的报告文学作品大量涌现，形成了新中国成立以后报告文学创作的第一次热潮。在这一时期，许多老作家如巴金、刘白羽、魏巍、杨朔、靳以等都亲自奔赴朝鲜前线，以极大的爱国激情创作了许多文情并茂、真切感人的报告文学作品，从不同侧面共同反映了中朝人民团结战斗的国际共产主义感情和革命英雄主义气概。魏巍的报告文学代表作《谁是最可爱的人》是其中的佼佼者，成了广为传诵的不朽佳作，志愿军战士就是“最可爱的人”的称呼广为流传。与此同时，国内大踏步地开展国民经济的社会主义改造和建设，广大人民群众的精神面貌发生了深刻的变化，出现了《祖国在前进》《经济建设通讯报告选》等大型报告文学作品集，在相当广阔的视野上反映了祖国建设奔腾飞跃的动人景象。

报告文学创作的第二次热潮出现于 20 世纪 60 年代，涌现了一批影响很大的优秀作品，如《向秀丽》（郁茹）、《英雄列车》（郭光）、《为了六十一个阶级弟兄》（王石、房树民）、《毛主席的好战士——雷锋》（陈广生、崔家俊）、《无产阶级战士的高尚风格》（郭小川）、

《红桃是怎么开的?》(魏钢焰)、《大庆“王铁人”》(西虹)、《祁连山下》(徐迟)、《小丫扛大旗》(黄宗英)等。这些作品以饱满的热情歌颂了祖国建设各条战线上的英雄模范人物,树立了一批工人的典型,粗犷的气势中不失细腻,真实地描摹出新思想、新道德、新风尚在中国大地的成长,对鼓舞建设者们努力创造社会主义新生活起到积极的作用,极大程度地发挥了文学对社会的推动功能。这一时期的报告文学创作在艺术质量上也有了明显的提高,如《红桃是怎么开的?》抓住典型细节,用诗一般的语言描绘人物纯洁美好的心灵世界,以情动人,增强了作品的艺术感染力。

当然,十七年的报告文学创作也存在着一些时代局限性。由于20世纪50年代末文学创作与理论批评上“左”倾文艺思想的干扰愈演愈烈,报告文学自身的战斗特质还未完全地发挥出来,在创作上普遍存在主题单一、缺少艺术个性、对社会生活反映得不够深入等问题,某些作品甚至因过度追求功利目的而背离了报告文学最根本的真实性原则。

一、魏巍

魏　巍

魏巍(1920—2008),河南郑州人,长期的军旅生活,不仅加深了他对生活、生命的历史理解,也形成了他特有的创作敏感和创作心理,他在1950年至1958年间三次赴朝实地采访,写作的文艺通讯集《谁是最可爱的人》产生了广泛深远的影响,也确立了他在报告文学创作领域的崇高地位。魏巍的创作在新中国成立后走上了“通讯+散文”的道路,他的散文时代感强,激情洋溢而又刚柔相济,富有很强的艺术感染力。除《谁是最可爱的人》外,《依依惜别的深情》《年轻人,让你的青春更美丽吧》《我的老师》《路标》《怀仁堂随笔》《春天漫笔》等也是魏巍的“通讯化散文”名篇。

魏巍的报告文学作品有着独特的审美追求:

首先,在创作主题的选择上,高度讴歌了志愿军指战员伟大的爱国主义、国际主义和革命英雄主义的高尚时代精神。作者善于从普通革命战士的行为和言论中,敏锐地发现闪光的宝贵精神,发掘他们丰富火热的内心世界,在抗美援朝、保家卫国的激烈而悲壮的战斗背景中,寻找他们创造英雄业绩的力量所在。作者感受到的和发掘出的是战士身上最人性化、最内在的本质,也正是我们刚刚成立的伟大祖国赖以生存和发展的民族精神和时代精神。

其次,高度的典型化原则是魏巍报告文学作品在选择和组织材料上的重要特点。作者在大量素材中精选、提炼出最能体现主题的典型事例,并在真实的基础上进行艺术加工,实现典型化的表现。如在《谁是最可爱的人》中,作者精心选取了三个具有典型意义的感人至深的生活和战斗片段,从不同侧面表现了志愿军战士的崇高精神品格。松骨峰战斗将激烈和悲壮的战斗场面同战士们英勇杀敌、壮烈献身的特写镜头结合起来,在战争的残酷中凸显革命战士的钢铁意志和英雄主义精神;战士马玉祥冒着生命危险冲进大火抢救朝鲜妇女和儿童的事迹,表现了志愿军战士对朝鲜人民的国际主义博爱胸怀和无私忘我的高尚情操;在防空洞里吃一口炒面就一口雪的那位战士的纯真质朴的话语,鲜活地表现了革命战士为和平而战、为祖国而战的崇高爱国情怀。这三个既各自独立,又珠联璧合的事迹特写旨在通过志愿军可歌可泣的英雄壮举,层层深入地展示战士们宽阔的胸襟、伟大的思想、崇高的情感境界和高尚的人格品质。这三个场景共同描绘出一个“最可爱的人”的立体形象,回答了“谁是最可爱的人”的基本主题,高度概括了革命战士的精神实质。又如在

《依依惜别的深情》里，作者抓住志愿军回国时的场景，回顾战斗的历史，从独特的角度、不同的侧面，渲染了中朝军民生死与共、不离不弃的深厚情谊，作品的情感基调浓重，主旨蕴藉隽永。

最后，以抒情性的议论来推动作品的情节展开和思想深化，是魏巍作品的又一特点。魏巍的作品中饱含着诗情的语言、炽热奔放的抒情气势，具有以情动人的艺术魅力。作者用具有浓郁感情色彩的抒情文笔，赞美那些为了祖国、为了和平而浴血奋战的志愿军战士们，引起读者强烈的情感共鸣，诗化的语言以汹涌的感情摇撼读者的心灵，造成了强大的情感冲击。作者把自我直接置于描写对象里，把心袒露给读者，沟通了作者、描写对象和读者之间的心灵交流。同时，魏巍是一个兼具战士和诗人气质的作家，他热衷于追求创作的政治功利性和艺术表现力，能够达成完美结合的审美理想，这也是他艺术思维固有的内在规定性。在叙述描写过程中，他在情感澎湃之际会不失时机、恰到好处地穿插抒情或议论，拨动读者感情的心弦借以实现阅读的最丰富收获，因此，作品的抒情议论与叙事描写实现了自然和谐、浑然一体的艺术效果。

二、穆青

穆青（1921—2003），河南杞县人，报告文学代表作品有《雁翎队》、《为了周总理的嘱托》（合作）、《县委书记的榜样——焦裕禄》（合作）等。

创作于1966年2月的《县委书记的榜样——焦裕禄》报告了焦裕禄于1962年冬至1964年5月14日在兰考的奋斗事迹，从正面热烈讴歌了焦裕禄极具特定时代特征的人格和精神。在作品中，作者巧妙地把人与事、情与理等许多复杂的关系处理得周密严谨，并没有回避当时的困难和矛盾，客观真实地反映了这一时期的社会现实情况。文章敢于触及现实生活中的重大矛盾，注重将典型人物的塑造与记叙、抒情、议论等创作手法有机结合，从而增强作品的感染力，引起人们的情感共鸣。

从思想意义上说，焦裕禄是迄今为止新中国报告文学中塑造得最完整、最丰满的共产党员形象，他集中体现了中国共产党的高尚美德和优秀作风。

《县委书记的榜样——焦裕禄》的语言具有民族化、大众化的特点，这也是焦裕禄形象能够走进千家万户并深深打动人心的重要原因之一。文章没有令人眼花缭乱的华丽文采，也没有佶屈聱牙的字眼，更没有普通老百姓不习惯的欧化句式，它凭着简洁、朴素、自然、明晓的叙述和人物语言，用白描的手法状物写人，字字句句渗入人们的心田，使读者深刻地牢牢记住人物。一些采自人民口头的亲切平易的语言，如“吃别人嚼过的馍没味道”“干部不领，水牛掉井”等最容易引起读者情感的共鸣。另外，一些例如“榜样的力量是无穷的”等语言，闪耀着智慧和哲理的光辉，给人以深刻的印象，在后来的文学作品多次被引用并在日常生活中广泛地传播开去。

第三节　杂文在当代的新发展

◯邓拓《燕山夜话》—— 大手笔写小文章

杂文在中国新文学中占有相当重要的地位。新中国成立以后，作家们继续利用杂文这一独特的文体旁征博引、谈古论今、褒善贬恶，抒发个人观点。尤其是1956年至1957年间，在“双百”方针的指引下，文学界包括杂文的写作再一次在整体上体现了思想活跃、眼界开阔的新特点，并且力求使读者从文章中悟出真理、汲取力量。由改版后的《人民日报》副刊发端，振兴杂文重又成为杂文发展的契机。茅盾、夏衍、巴金、叶圣陶、唐弢、吴祖光等老作家都创作了大量杂文，其中徐懋庸的创作最为丰厚，在不到一年的时间里发表了《真理归于谁家》《不要怕民主》等100多篇杂文作品。1962年5月，《人民日报》副刊开辟了《长短录》专栏，由杂文作家陈笑雨主持，确立了“表彰先进，匡正时弊，活跃思想，增加知识”的宗旨，邓拓的《燕山夜话》、吴南星（邓拓、吴晗、廖沫沙共同的笔名）的《三家村札记》也都是当时影响广泛的杂文创作专栏。

邓　拓

邓拓（1912—1966），原名邓子健、邓云特，福建闽侯县人。新中国成立后主要从事新闻文化工作，曾担任《人民日报》总编。1961年在《北京晚报》上以马南邨的笔名开辟了《燕山夜话》专栏，后分集五册出版了《燕山夜话》。同年，应《前线》杂志邀请，与吴晗、廖沫沙共同主持《三家村札记》的杂文专栏。

杂文这种由鲁迅先生创立并大力倡导的散文门类，由于其自身注重批判性、斗争性的风格特征和浓重的政治文化内涵在新中国成立初高奏颂歌的局面下显得不合时宜，不可避免地经历了一个冷淡萧条的时期。邓拓能够身体力行地倡导并催发它的复苏，体现了人民作家高度的责任感和艺术勇气。可以说，邓拓的杂文创作是十七年散文创作中珍贵的收获，其艺术表现相当有代表性。首先，对思想性极为重视，不是单纯停留在对客观现实的描绘上，而要有所思。“我写《燕山夜话》都是谈所见所闻所感的，如果仅仅所见所闻，那只是录音机，必须有所感，才能成为自己的东西，成为有思想的东西。”其次，邓拓身上体现了杂文家的胆识和实事求是的科学作风，他敢于讲真话、实话，在1958年及其后的政治运动狂热与“左”倾思想狂热中能够保持冷静的头脑，在各种压力下深入基层调查研究。邓拓的杂文以批判的眼光和思想家的胆识，一针见血地提出社会现实中关系到国家和人民利益的迫切问题，通过“夜话”借古论今、匡正时弊，寄托对现实生活的关切，对社会问题的质疑性批判，给当时封闭的思想界吹进一股坚持真理的新鲜空气。最后，知识性是邓拓杂文最大的特色。邓拓的散文涉及面广，涵盖政治思想、理想情操、道德修养、生活工作等多方面主题，作者以知识性的材料作为思维基础，兼容并蓄、谈古论今，使作品的中心主题深入浅出，给读者以开阔的视野和多方面的启示。邓拓大手笔写小文章，千字杂文短小精悍，采用友人谈心的语感笔致，在类比或联想中阐发思想、引发感端，有几分不动声色的机智和幽默，语言犀利明快、平易流畅，形成别开生面、独具一格的杂文特色。

思考题

1. 杨朔大力倡导“以诗为文”，且自称“自有诗心如火烈”，请说明他在创作中是如何实现“诗化散文”这一艺术主张的。

2. 《社稷坛抒情》是如何体现秦牧散文集知识性、思想性与趣味性于一体的艺术特色的？

3. 刘白羽的散文是从“急凭战火草捷报，静听鼓角下敌营”的“战地通讯”中蜕变而来的，请简要分析他在散文创作中形成了怎样的艺术个性。

4. 《谁是最可爱的人》体现出魏巍报告文学创作的哪些独特审美追求？

5. 邓拓大手笔写小文章，形成别具一格的杂文特色，请思考他倡导和写作杂文在当代杂文发展史上的重要意义。

延展阅读

1. 杨朔提出“诗化散文”的艺术主张，并且在自己的创作中大力实践，请跟随我们一起走进杨朔精心营造的诗意盎然的散文世界：《荔枝蜜》《雪浪花》《香山红叶》《泰山极顶》《海市》《蓬莱仙境》等。

2. 秦牧散文体现出知识性、思想性和趣味性相结合的特色，这与梁实秋的散文相似，可以将两者的作品对照着一起把握和体会：梁实秋《雅舍》《剽窃》《健忘》《骂人的艺术》等，秦牧《土地》《社稷坛抒情》《古战场春晓》等。

3. 魏巍《谁是最可爱的人》是报告文学创作中的佼佼者，在中国现当代文学史上具有典型意义的报告文学作品还有：瞿秋白《饿乡纪程》《赤都心史》，夏衍《包身工》，宋之的《一九三六年春在太原》，穆青《县委书记的榜样——焦裕禄》，王石、房树民《为了六十一个阶级兄弟》。

4. 邓拓身体力行的杂文倡导和创作一定程度上复苏了鲁迅以来形成的杂文局面，从《新青年》开辟的《随感录》专栏开始，杂文几乎是与整个新文学的创作同步产生、发展并走向繁荣的，请让我们一起来回溯现代文学史上精彩的杂文天地：鲁迅《坟》《热风》《南腔北调集》等，唐弢《推背集》《海天集》，巴人《边鼓集》，柯灵《市楼独唱》，茅盾《话匣子》，徐懋庸《打杂集》《不惊人集》等。

第十六章　新中国十七年的戏剧创作

新中国的戏剧创作继承了现代阶段戏剧的现实主义传统，力求反映新的时代，表现新的人物。由于政治、历史条件的影响，新中国十七年的戏剧体现出更强的功利性和战斗性。当时戏剧创作队伍中，一部分是“五四”以来就已取得相当成就的剧作家，如郭沫若、曹禺、田汉、老舍等，他们在新时期又取得了新的成就；另一部分则是 20 世纪 50 年代出现的青年作家，如胡可、陈其通、王炼、崔德志等人。总体而言，这一时期的历史剧成就较高，而反映现实生活的成功之作较少，其中老舍的《茶馆》是十七年现实主义戏剧中的难得收获，被誉为中国现代戏剧的经典和现实主义戏剧的高峰。

第一节　老舍的《茶馆》等现实题材剧作

◯《茶馆》——现实主义戏剧的高峰　◯独具魅力的“京味”风韵

一、老舍的戏剧创作

老舍在新中国成立前即以《骆驼祥子》《四世同堂》等小说扬名，新中国成立后，又将一腔创作热情倾注于戏剧写作中。他说：“以一部分劳动人民现有的文化水平来讲，阅读小说也许多少还有困难。可是看戏就不那么麻烦。这就是我近来，不大写小说，而爱写剧本的另一个原因。”① 在这种高度自觉的为人民写作的思想指引下，他努力深入新生活，学习新东西，全神贯注地奋笔勤耕，到 1966 年为止先后创作了《方珍珠》《龙须沟》《春华秋实》《西望长安》《茶馆》《女店员》《神拳》等二十多个剧本。其中，《茶馆》和《龙须沟》等剧作历演不衰，成为新中国话剧史上的经典剧目。

老舍的话剧多以北京的胡同、茶馆、大杂院等充满民俗风情的地点为具体场景，描写北京人的遭遇、命运和变化，以此反映整个中国的时代历史变迁。《茶馆》就是选取了老北京的老字号“裕泰”茶馆为具体场景，将三教九流各色人物会聚一堂，通过众生相的展示来表现不同时代广阔的社会历史，从而展示了一幅色彩斑斓的北京社会风情图。

《茶馆》通过对旧中国三个历史横断面上各色小人物命运浮沉的生动描写，反映了从戊戌变法失败到抗战胜利后这五十年间中国社会的历史变迁，揭示和控诉了旧社会黑暗昏聩的生活，体现了“葬送三个时代”的鲜明主题。

全剧三幕，各以一个时代为背景。第一幕以戊戌变法失败为背景，写裕泰茶馆人声鼎

---

① 老舍．老舍剧作选：序．北京：人民文学出版社，1978.

话剧《茶馆》剧照

沸，这表面的兴旺实是“大清帝国”灭亡前的回光返照，其中重点描绘了晚清末年戊戌变法失败后的社会形态：顽固派得势，洋人威风凛凛，百姓穷困潦倒，政治无比黑暗。第二幕与前一幕时间上相隔近 20 年，以军阀混战为背景，表面上更朝换代，清王朝退出了历史舞台，但是中国的现实并没有得到根本的改变，封建军阀与外国势力勾结，造成社会更加动荡不安的局面，通过在小茶馆里发生的事情，展现了一幅敲诈勒索、兵荒马乱的社会图景，人民陷入更加痛苦的境遇中。第三幕距离第二幕又是 20 余年，描写的是解放战争前夕的国民党统治时期，国民党政府与美帝国主义狼狈为奸，给人民带来的是空前的黑暗和灾难。裕泰茶馆破旧不堪，生意萧条，终于在恶势力的压迫下倒闭并被占领改为特务情报站。全剧的最后，风烛残年的三位老人唱着葬歌与旧社会告别。这三个罪恶的时代使人们逐渐醒悟：那种腐败堕落的旧制度是人民痛苦的根源，绝不能容忍它继续存在，从而含蓄地表达出只有社会主义才能使人民当家做主，彻底改变其悲苦命运的历史主题。

二、《茶馆》的艺术成就

《茶馆》同时也取得了巨大的艺术成就。老舍善于在浓郁的北京风俗画背景下表现人物神韵，塑造出一批个性鲜明、栩栩如生的人物形象。王利发是《茶馆》众多人物中最富光彩的艺术形象。他作为裕泰茶馆的掌柜，是贯穿全剧的重要人物。他一生经历了中国历史上的三个时代（清朝末年、民国初年、国民党统治时期），为人谨小慎微，善于经营，四处讨好，圆滑变通是他的经商原则和处世哲学。他从二十多岁起继承父业经营裕泰大茶馆，第一幕便点出了他在各类人物面前八面玲珑、左右逢源的商人特点，他懂得“在街面上混饭吃，人缘顶要紧”，所以处处按着父亲遗留下来的老办法处世，以为“多说好话，多请安，讨人人的喜欢，就不会出岔子”。他自以为不能改变社会，只好要求自己当“顺民”适应社会，也奉劝茶客们“莫谈国事”。每天满脸堆笑地在官僚权贵、外国势力、地痞恶霸、特务警察中间周旋，在他们不断的搅扰和剥削下忍气吞声地维持生意。他虽然精打细算，但心地不坏，只是对穷人们的苦难司空见惯，因此态度显得比较冷漠，出于商人自私的目的很少帮助穷人，如对茶馆里发生的卖儿女悲剧毫不动情，甚至规劝客人不要管这件事。但从本质上讲他还是个本分商人，有基本的道德良知，希望社会安定，生意兴隆。为了使茶馆长期经营下去，王利发不但需要在待人接物方面极力讨好，而且更要顺应时代变化而不断改变经营方式，戊戌政变后他对茶馆进行了全面的改良，条凳改为藤椅，墙上的“醉八仙”大画和财神龛不时兴了，就换上时装美人和外国香烟广告，茶馆前堂卖茶，后屋改为公寓。其他的大茶馆全都破产停业了，他还勉为其难地苦撑着。到了晚年，眼看着茶馆完全支持不下去了，他还准备添用女招待来改变颓势。但是，他的不断改良依然救不了垂死的茶馆，旧社会的黑暗势力最终吞噬了他的全部家业，企图“做一辈子顺民”、始终小心翼翼做人的王利发终于在无比绝望中自尽了。王利发的悲惨命运充分说明，他的个人奋斗、改良维新道路在当时是走不通的。

秦仲义是王利发的房东，原是一个家产颇丰、血气方刚的阔少。戊戌变法失败后，他凭着一颗炽热的爱国心毅然变卖家业，创办工厂，希望通过搞实业来救国。然而抗战一结束，他的产业就被政府野蛮地没收了。昏暗的当局非但不打算重振实业，反而捣毁工厂，秦二爷为此痛心疾首，他沉痛地对王利发说：“……你应当告诉大家，有钱啊，就该吃喝嫖赌，胡作非为，可千万别干好事！告诉他们哪，秦某人七十多岁了才明白这点大道理！他是天生来的笨蛋!”这段辛酸的人生总结道出了实业救国失败的惨痛，更是对国民党当局声泪俱下的控诉。与之呼应的另一个人物是政界人士崔久峰，他曾是做过国会议员的资产阶级革命者，但冷酷的现实使他彻底地灰心了，于是每日只是念经、忏悔，不再过问政事，甚至说：“我可看透了，中国非亡不可!”在他身上体现出中国资产阶级软弱的一面。

常四爷是吃皇粮的旗人典型，这是老舍在他的创作生涯中第一次明确地正面塑造刚直、正派、诚恳的满族身份人物。常四爷形象具有以下意义：首先，表明旗人下层也存在忠义的爱国人士；其次，满族文化本身也是有价值的文化；最后，清末的满族人并不都是坐以待毙、因循守旧的腐朽之物。常四爷一生保持着满族人耿直、倔强的性情，从不屈服于邪恶势力和不幸命运，同时他还具有正义感和可贵的爱国思想。对于大清国的灭亡，他不是悲叹和惋惜，而是认识到这是历史发展的必然：“该亡！我是旗人，可是我得说句公道话!”但是一生不断锐意进取，“一辈子不服软，敢做敢当，专打抱不平”的常四爷在那个时代依然摆脱不了王利发、秦仲义那样的悲惨结局。

王利发、秦仲义、常四爷这三个代表不同文化内涵的人物，在戏剧的结尾处却同归于一种命运，他们烧纸“祭奠自己”，这种沉痛的悲剧结局是对旧社会发出的控诉和嘲讽，形象而有力地彰明“葬送三个时代”的历史命题。

此外，作者还描绘了其他类型人物的荒唐生活。如老态龙钟的庞太监恬不知耻地宣告自己要娶妻成婚；心狠手辣的刘麻子大言不惭地讲说他的强盗逻辑——“我要是不分心，他们还许找不到买主呢”；两个军阀队伍中的逃兵托人贩子买一个共用的老婆；无耻骗子唐铁嘴放言，“年头越乱，我的生意就越好”；流氓二德子摇身一变倒成了大学生，混迹于校园专门殴打罢课学生……这些丑人怪事有力地暴露着旧时代的种种罪恶。但是《茶馆》在悲痛之中还隐隐透出一点希望：康顺子是贯穿始终的一个人物，她是受迫害的劳动人民的典型代表。15岁就被卖给庞太监做老婆，她像对待亲生儿子那样养育了被卖给庞太监做义子的苦孩子康大力，庞太监死后，他们被赶出家门。后来，康大力到北京西山一带参加了八路军的游击队，康顺子从这个“顶天立地的男子汉”身上看到了前途和希望，她最终跟着儿子走了。读者也从这两个人物身上看到了人民脱离苦海的革命曙光。

《茶馆》的结构形式别具一格，突破了过去话剧作品的陈旧模式，以一种全新的方式面世。这种结构特点体现在以下两方面：

第一，它以茶馆为舞台，在三个历史横断面上对社会世态进行展览式亮相。为什么选取茶馆这样的具体场所作为全剧的展开点呢？首先，裕泰茶馆本身是一个具有丰富内涵的民族文化实体，它是展现民族历史的一个窗口，是旧社会的一个缩影。其次，茶馆自身在结构上具有广阔的包纳空间，老舍先生说：“茶馆是三教九流会面之处，可以容纳各色人物，一个大茶馆就是一个小社会。这出戏虽说只有三幕，可是写了50年的变迁。在这些变迁里，没法子躲开政治问题。可是，我不熟悉政治舞台上的高官贵人，没法子描写他们的促进或促退。我也不十分懂政治。我只认识一些小人物，这些人物是经常下茶馆的。”[①] 在被曹禺称赞为“古今中外罕见的第一幕”中，我们看到贯穿全剧的主要人物逐个登台亮相，从茶馆掌柜到各色主顾，以及各种“光顾”茶馆的人物至少70人以上，他们当中有茶馆老板、清朝太监、吃皇粮的旗人、办实业的资本家，还有农民、学生、教师、流氓、打手、特务、警察、相面人、说书人等。老舍把这些人物统统集合到一个茶馆里，通过他们生活上的变动来反映社会历史的大变迁，以此间接表现重大的历史主题。最后，茶馆的设置巧妙地解决了时间跨度很大的叙述困难。在三幕戏之间几乎都间隔着大约20年的时间距离，而且在三个生活横断面上出现的人物之间、发生的事件之间也不都存在必然的相互联系。为解决这个难题，老舍把三幕戏的场景设在一个不变的空间——裕泰茶馆这个舞台上进行展示，这使观众摆脱了因各幕时间相距太远而导致的脱节感，这座具体的茶馆及其主人的命运像一条潜在的红线把三个时代串联起来，共同表达时代变迁的深刻内涵。

第二，《茶馆》形成“以人物带动故事”的结构方式，全剧没有完整的故事情节，没有贯穿全剧的激烈冲突，而是靠人物命运的变迁推动故事情节的发展。作者把不同类型的人物集中在三个时代的横截面里，通过他们的生活片段组织展开旧时代的生活画面。同时各幕也没有矛盾冲突的中心角色，而是凭借反映小人物遭遇的小单元故事来铺展连缀成篇，构成反映三个时代的整体面貌。剧本不采用传统的“一人一事”为主线的结构，不追求面面俱到的故事，而是从塑造人物、表现主题出发把众多人物的生活片段汇总为一个大故事，从而广泛地反映社会历史面貌，为此采取了“以人物带动故事”的结构方法。四个主要人物王利发、常四爷、秦仲义、康顺子从壮年到老年在作品中一直贯穿下来，全剧始终以不变的中心角色约束着剧情的发展。剧中的一些次要人物是用父子相承的方法使其延续下来的，如反面人物，虽不能做到幕幕俱到，但作者也为他们找到一种延续面目的方式，子承父业的纵向发展使人物的个性在不同时代得以“发扬光大”：打手二德子的儿子小二德依然是破坏爱国学生运动的政治打手；掮客刘麻子的儿子小刘麻子成了“花花公司”的经理，为国民党特务搞情报，统管妓女、舞女、女招待，父性未改；清政府的特务宋恩子、吴祥子的后代小宋恩子和小吴祥子重操父业，做了国民党的特务，其欺诈性和残忍程度比起父辈有过之而无不及。这种“父子相承”的手法既加强了作品人物的连贯性，也表明时代变化本身的延续性特征，反映出中国社会由封建到半封建半殖民地的逐步深化过程。

《茶馆》在故事情节的选取和人物命运的设置上表现出独特的悲喜交融的风格。《茶馆》用喜剧的形式表现深刻的悲剧内容，是“寓哭于笑”的作品，抒发的是引人发笑的旧时代挽歌，是真正含泪的笑，是深沉的幽默。在那个荒诞的社会，四五十岁的庞太监买15岁的花季女孩为老婆，而两个士兵却想合伙娶一个女子为妻。这些可笑的事件下面隐藏着黑暗社会带来的无穷悲哀。老舍运用重复、倒置、夸张、反语等多种幽默手法表现人物和事件的荒唐，全剧的结尾，沈处长为强行霸占茶馆服务于他们肮脏的目的而自鸣得意，不住地叫着“好（蒿）”。这时，小刘麻子突然发现王利发上吊了，赶紧来报告处长，结果处长听后又吐出“好（蒿）！好（蒿）！”这个字。风雨六十载的裕泰大茶馆最终毁灭在这样一连串儿怪腔怪调的“好（蒿）”字上，简直就是历史上演的一段绝顶的笑话。在这个笑话里饱含着无限的辛酸和悲凄。

---

① 老舍．答复有关《茶馆》的几个问题．剧本，1958（5）．

作品欣赏

《茶馆》体现了老舍高妙精练的语言才能，在剧本即将排演的时候，导演焦菊隐等文学研究者曾召开专门的讨论会，给予《茶馆》剧本以很高的评价，尤其是第一幕以语言带动故事的人物描摹更是精彩。

茶馆（节选）

第一幕

[秦仲义，穿得很讲究，满面春风，走进来。]

王利发　哎哟！秦二爷，您怎么这样闲在，会想起下茶馆来了？也没带个底下人？

秦仲义　来看看，看看你这年轻小伙子会作生意不会！

王利发　唉，一边作一边学吧，指着这个吃饭嘛。谁叫我爸爸死的早，我不干不行啊！好在照顾主儿都是我父亲的老朋友，我有不周到的地方，都肯包涵，闭闭眼就过去了。在街面上混饭吃，人缘儿顶要紧。我按着我父亲遗留下的老办法，多说好话，多请安，讨人人的喜欢，就不会出大岔子！您坐下，我给您沏碗小叶茶去！

秦仲义　我不喝！也不坐着！

王利发　坐一坐！有您在我这儿坐坐，我脸上有光！

秦仲义　也好吧！（坐）可是，用不着奉承我！

王利发　李三，沏一碗高的来！二爷，府上都好？您的事情都顺心吧？

秦仲义　不怎么太好！

王利发　您怕什么呢？那么多的买卖，您的小手指头都比我的腰还粗！

唐铁嘴　（凑过来）这位爷好相貌，真是天庭饱满，地阁方圆，虽无宰相之权，而有陶朱之富！

秦仲义　躲开我！去！

王利发　先生，你喝够了茶，该外边活动活动去！（把唐铁嘴轻轻推开）

唐铁嘴　唉！（垂头走出去）

秦仲义　小王，这儿的房租是不是得往上提那么一提呢？当年你爸爸给我的那点租钱，还不够我喝茶用的呢！

王利发　二爷，您说的对，太对了！可是，这点小事用不着您分心，您派管事的来一趟，我跟他商量，该长多少租钱，我一定照办！是！嗻！

秦仲义　你这小子，比你爸爸还滑！哼，等着吧，早晚我把房子收回去！

王利发　您甭吓唬着我玩，我知道您多么照应我，心疼我，决不会叫我挑着大茶壶，到街上卖热茶去！

秦仲义　你等着瞧吧！

[乡妇拉着个十来岁的小妞进来。小妞的头上插着一根草标。李三本想不许她们往前走，可是心中一难过，没管。她们俩慢慢地往里走。茶客们忽然都停止说笑，看着她们。]

小　妞　（走到屋子中间，立住）妈，我饿！我饿！

[乡妇呆视着小妞，忽然腿一软，坐在地上，掩面低泣。]

秦仲义　（对王利发）轰出去！

王利发　是！出去吧，这里坐不住！

乡　妇　哪位行行好？要这个孩子，二两银子！

常四爷　李三，要两个烂肉面，带她们到门外吃去！

李　三　是啦！（过去对乡妇）起来，门口等着去，我给你们端面来！

乡　妇　（立起，抹泪往外走，好像忘了孩子；走了两步，又转回身来，搂住小妞吻她）宝贝！宝贝！

王利发　快着点吧！

[乡妇、小妞走出去。李三随后端出两碗面去。]

王利发　（过来）常四爷，您是积德行好，赏给她们面吃！可是，我告诉您：这路事儿太多了，太多了！谁也管不了！（对秦仲义）二爷，您看我说的对不对？

常四爷　（对松二爷）二爷，我看哪，大清国要完！

秦仲义　（老气横秋地）完不完，并不在乎有人给穷人们一碗面吃没有。小王，说真的，我真想收回这里的房子！

王利发　您别那么办哪，二爷！

秦仲义　我不但收回房子，而且把乡下的地，城里的买卖也都卖了！

王利发　那为什么呢？

秦仲义　把本钱拢在一块儿，开工厂！

王利发　开工厂？

秦仲义　嗯，顶大顶大的工厂！那才救得了穷人，那才能抵制外货，那才能救国！（对王利发说而眼看着常四爷）唉，我跟你说这些干什么，你不懂！

王利发　您就专为别人，把财产都出手，不顾自己了吗？

秦仲义　你不懂！只有那么办，国家才能富强！好啦，我该走啦。我亲眼看见了，你的生意不错，你甭再耍无赖，不涨房钱！

王利发　您等等，我给您叫车去！

秦仲义　用不着，我愿意蹓跶蹓跶！

[秦仲义往外走，王利发送。]

[小牛儿搀着庞太监走进来。小牛儿提着水烟袋。]

庞太监　哟！秦二爷！

秦仲义　庞老爷！这两天您心里安顿了吧？

庞太监　那还用说吗？天下太平了：圣旨下来，谭嗣同问斩！告诉您，谁敢改祖宗的章程，谁就掉脑袋！

秦仲义　我早就知道！

[茶客们忽然全静寂起来，几乎是闭住呼吸地听着。]

庞太监　您聪明，二爷，要不然您怎么发财呢！

秦仲义　我那点财产，不值一提！

庞太监　太客气了吧？您看，全北京城谁不知道秦二爷！您比做官的还厉害呢！听说呀，好些财主都讲维新！

秦仲义　不能这么说，我那点威风在您的面前可就施展不出来了！哈哈哈！

庞太监　说得好，咱们就八仙过海，各显其能吧！哈哈哈！

——老舍文集．北京：人民文学出版社，1984.

老舍作为一位语言大师，具有极强的语言驾驭能力。他的戏剧语言来源于他所熟悉的北京话，是生活中鲜活的语言，具有精练简洁而又含蓄生动、朴素干练而又幽默诙谐的特点。他可以言简意赅地三笔两笔画出个人物来，而且富有个性，什么人说什么话，什么话只能由什么人说，闻其声如见其人。如描写封建顽固派庞太监和主张维新的秦仲义的一段对话。秦仲义对庞太监是非常藐视的，所以和他说话时总是带着挑战口气，话里藏着锋芒。

当时谭嗣同被杀，顽固派得势，秦仲义对庞太监说："庞老爷，这两天您心里安顿了吧？"嘲讽味十足。而庞太监作为慈禧太后的宠奴，作为另一个营垒中的得势人物，他对秦仲义更是看不上眼，话里明显透露出一丝威胁和自得："那还用说吗？天下太平了：圣旨下来，谭嗣同问斩！告诉您，谁敢改祖宗的章程，谁就掉脑袋！"他们的语言都极富个性魅力，从而表现了两人之间的尖锐冲突。第一幕最后，茶客甲说了一句话："将，你完了！""你完了"三个字是双关语，表面是说茶客乙的棋要输了，实质是意味深长地预言腐朽的清王朝必将灭亡的历史命运。独具魅力的京味语言充分表现了老舍对语言趣味的倚重，用他自己的话说，就是力求叫人听着有点滋味。

《茶馆》集中体现了老舍的多重艺术才华，同时它也为中国话剧创作留下了一笔宝贵的财富。然而，受到"左"倾文艺思潮的干扰，剧作深沉的埋葬旧时代的主题被认为与时代"跃进"和"批判"的气氛不和谐，因此《茶馆》1958年和1963年的两次公演都悄然收场，并没有获得充分的肯定，"文化大革命"中更是被当作"反动"剧作而惨遭践踏。1979年，北京人民艺术剧院恢复上演并获得成功，引起强烈反响，次年1月《茶馆》剧组赴西欧演出，载誉而归，这是中国话剧第一次超越国界登上国际舞台，并被称赞为"东方舞台上的奇迹"。从此以后《茶馆》频频出国，掀起了《茶馆》研究和演出的国际性热潮。

第二节　郭沫若、田汉等人的历史题材剧作

◯历史剧的再度繁荣　◯郭沫若《武则天》《蔡文姬》——"翻案"主题的艺术重塑　◯田汉《关汉卿》——历史真实与艺术想象完美统一　◯曹禺《胆剑篇》——独具匠心的艺术构思

历史剧作为一个独立的题材类别，在新中国十七年文学创作中占有重要位置。当代历史剧创作的繁荣出现于1958年之后，当时"大跃进"狂热、"浮夸风"盛行，"写中心、演中心、唱中心"和"领导出思想，群众出生活，作家出技巧"三结合等违背艺术规律的做法，一度把话剧引向脱离生活、粉饰现实的歧路。在这种特定的历史条件下，一些作家避开对现实问题作直接回答，把眼光转向历史中去发掘题材，使历史剧的创作在困境中得到一定发展，出现了一批杰出的历史剧作品，如郭沫若的《蔡文姬》《武则天》，田汉的《关汉卿》《文成公主》，曹禺等人创作的《胆剑篇》等，他们的创作丰富了中国当代历史剧的艺术宝库，并为其后的创作积累了宝贵的经验。

一、郭沫若

历史剧一直是郭沫若热心创作的一个重要领域。这一时期郭沫若的历史剧创作多与为历史人物翻案的主题有关。1959年在搁笔多年之后，郭沫若挥毫先后为两个在历史上屡遭非议的杰出人物——曹操和武则天翻案，慷慨激昂地写下了《蔡文姬》和《武则天》两部作品，体现出一个艺术家的超人胆识和气魄。为曹操翻案的想法在郭沫若心中酝酿已久，他认为："曹操对我们民族的发展，文化的发展，确实是有过贡献的人。在封建时代他是一位了不起的历史人物。"① 于是选取"文姬归汉"这一故事来表现曹操作为政治家的形象。在《蔡文姬》中，作者成功地塑造了才情横溢的爱国女诗人蔡文姬的光辉形象。蔡文姬心

① 郭沫若．蔡文姬：序言．北京：文物出版社，1959.

胸宽广，品格高尚，经过一波三折的渲染，作品生动地展现出蔡文姬丰富细腻的内心世界。同时，在蔡文姬形象塑造上，作者紧紧扣住主人公在“归”与“留”之间的矛盾冲突，形象地表现了女诗人复杂的心绪。她“一步一远呵足难移”决心回到汉朝，路途上经过长安郊外父亲的墓前，立时触景生情，心中积蓄已久的情感喷发而出。作者在这里细致入微地表现了女主人公内心的复杂性和丰富性，这段描写既包含着她对父亲深情的怀念，又融进女儿对父亲亲昵的眷恋之情，既有对丞相的感激之情，又夹杂着不能撰修《续汉书》以完成父业的愧疚之感。百感交集的情绪在特定的情境下全盘吐露出来。蔡文姬没有沉迷于个人的情感和幸福中，而是怀抱“乐以天下，忧以天下”的抱负，思想境界得到升华。而郭沫若能够如此动情地塑造蔡文姬形象并不是偶然的，他对蔡文姬心境的深知与自己的经历有关。郭沫若本人有过类似蔡文姬的人生经历：抗战初期，为了民族救亡事业他毅然从日本回到祖国，其中包含着“投笔请缨”的爱国情怀，当然也浸染着与亲人离别的切肤之痛。正是这种特殊情感、经历的契合，才使作者写起蔡文姬来得心应手，所以他说：“蔡文姬就是我——是照着我写的。”与蔡文姬相比，作品中的曹操形象略显单薄。在这部剧中，这一形象是对中国传统戏曲、小说等艺术样式中曹操形象的“改写”，代替以往“白脸奸臣”面孔而出现的曹操是一个伟大的政治家、军事家和诗人形象。作者内心是极力赞赏和推崇这个具有雄韬伟略的历史时代新纪元的开拓者的，因此他充满浪漫激情，以昂扬的笔致改写这个人物，以此呼应时代精神特征。但是对于这个人物的卓越才干，在《蔡文姬》中并没能得到充分发掘。如郭沫若企图以曹操误判董祀“暗通关节，行为不轨”这一事件着力渲染曹操勇于承认并改正错误的贤明为政作风，但是对于曹操误判董祀自裁的原因并没有深入探讨，所做出的回答因为轻率而减弱了作品的真实性和说服力。正是对人物行动动机的简化处理使人物丧失了内在的深刻的震撼效果，因此人物形象不够丰满鲜明，这为以后的话剧创作积累了宝贵的经验教训。

话剧《蔡文姬》剧照

《武则天》也是历史翻案性质的话剧创作，在郭沫若笔下，武则天是一个有远大志向、知人善任而又充满人情味的开明君主。郭沫若从对现实政治问题的思考出发，从历史卷册中寻找适当的人物和事件作为表达的喷发口，这是郭沫若历史剧构思的共同特点，用他自己的话说就是“借古人的骸骨来，另行吹嘘些生命进去”[①]。

① 郭沫若．郭沫若全集：第1卷．北京：人民文学出版社，1987：238.

二、田汉

田汉在新中国成立以后的成功之作大都是历史剧，其中《关汉卿》是其历史剧创作的高峰，集中体现了田汉独特的艺术风格。

话剧《关汉卿》剧照

《关汉卿》是田汉为纪念世界文化名人、我国元代伟大戏剧家关汉卿而创作的11场话剧，成功地创造出关汉卿这样一个正义高洁的人民艺术家典型形象。该剧以关汉卿等人创作、演出《窦娥冤》为中心线索展开情节，展示了他们为此与元代封建统治者进行的周旋、抗争，甚至不惜付出性命也一定要用戏剧为百姓申诉，同时也反映出当时社会腐败黑暗的现实。

《关汉卿》出色地塑造了关汉卿这位人民艺术家的光辉形象。第一，作者在塑造关汉卿形象时，并没有写他一生的经历，而是截取其一生中的一次战斗，把人物放置在最尖锐的戏剧冲突中加以表现。戏剧一开幕，关汉卿就被作者推向了善良与罪恶、正义与邪恶殊死斗争的最前沿。面对“如箭穿着雁口，没个敢咳嗽”的元代黑暗统治，关汉卿却敢于伸张正义，大胆地向旧社会提出抗议。作者通过波澜起伏、跌宕曲折的戏剧冲突的设置和表现，高度赞扬了关汉卿“蒸不烂、煮不熟、捶不扁、炒不爆，响当当一粒铜豌豆”的可贵精神品质。第二，作者还在人物对比中凸显关汉卿的性格魅力。白和甫是关汉卿形象的反衬，他与关汉卿生活在同一时代社会中，但面对共同的矛盾和斗争时两人表现出迥然不同的态度：关汉卿无情地揭露黑暗现实，为百姓伸张正义而坚持斗争，要“化厉鬼，除逆贼”；而白和甫则“逢场作戏”“随波逐流”，是个趋炎附势的市侩之人。

《关汉卿》充分体现了田汉历史剧创作的总体风格：

第一，历史真实与艺术真实的完美统一。剧中的主要人物、主要情节多是有史可查的真人真事，部分人物、情节设置可能是虚构出来的，如朱小兰这一人物。但在元代，朱小兰这种对现实不满而遭受迫害的文人的确存在，并不背离历史真实的根本方向。田汉在把握历史背景的基础上，充分发挥丰富的艺术想象力，巧妙地安排人物，组织冲突，从而使剧作结合为一个有机的艺术整体。

第二，剧情和诗情结合，剧作洋溢着浓郁的抒情色彩。“以诗入剧”是《关汉卿》一个突出的艺术特点。“以诗入剧”即把诗情与剧情融合在一起，这是田汉诗人才情的充分体现，也是他戏剧创作中一以贯之的独特风格。在《关汉卿》中，关汉卿慷慨激昂地怒斥官奴文人的场面描写寓情于人、事、景之中，具有强烈的抒情意味。剧中还经常插入诗词、歌曲，让剧中人直抒胸臆，以此来突出戏剧的主题和烘托人物性格，这不仅增添了作品强烈的抒情气氛，而且有助于展现作品的深刻内涵。其中的《蝶双飞》《沉醉东风》两个插曲最为感人肺腑，把读者和观众带到诗一般的意境中，形成剧中有诗、诗中有剧的独特艺术魅力。在第八场中，关汉卿在生命垂危关头高歌一曲《蝶双飞》，动情地抒发了内心的义愤和不满，同时更表现了他高远的理想和耿直的品格。《蝶双飞》是一首激越的诗章，它将剧情推向了高潮，不仅使关汉卿的思想境界升华到一个新的高度，而且使全剧的悲壮气氛更加饱满，成为剧作中的“画龙点睛”之笔。最后一场卢沟送别也同样充满诗情画意，卢沟桥、长亭、垂柳、春水，都洋溢着浓浓的情谊，艺术界的同人就在这里为关汉卿送行，朋友之间真挚恳切的相互慰藉和鼓舞激励，令人看后感慨不已，尤其动人的是作者对赛廉秀、朱廉秀的描写，被凶残的统治者挖去双眼的赛廉秀捧出一杯壮别酒献给临刑的关汉卿，表达了深挚的情谊；朱廉秀唱起一曲悲壮的《沉醉东风》，这支曲子与关汉卿逐渐消失在桥头的伟岸身影合成一幅充满浓郁离情别绪的抒情画面，营造了悠远瑰丽、情深意切的戏剧情境。

第三，构思精妙，穿插自如。《关汉卿》汲取传统戏曲分场的一些优点，采用自由灵活的场景，从而突破了一般话剧集中分幕的限制，紧紧围绕《窦娥冤》这出激动人心的戏剧从创作、演出到招致灾祸这条主要情节线索展开叙述，把人民群众的冤情和反抗集中地表现在这出戏的写、演、看中，从而使剧中主要人物的性格在富有传奇性的浪漫氛围中得到展现。作家大胆采用了“戏中戏”的结构方式来组织情节，将写、演、看全部包融入戏，同时以逐层深入、逐步锐进的矛盾冲突表现关汉卿的高洁情操，还设置了有关二妞、张福祥的情节副线，进一步暴露统治者的罪行并丰富关汉卿的性格，主、副线巧妙穿插使剧情一波未平一波又起，扣人心弦，错落有致。

三、曹禺

曹禺在现代文学阶段即有话剧《雷雨》《日出》《原野》《北京人》等代表作，新中国成立后历任北京人民艺术剧院院长、中国戏剧家协会主席等职。新中国成立后的主要作品有话剧《明朗的天》，历史剧《胆剑篇》《王昭君》等。

20 世纪 60 年代初，中国国民经济遭遇了严重的困难，为了配合当时的现实，鼓舞人民自力更生，奋发图强，渡过难关，文艺界出现了大批取材于春秋战国时吴越之战和生发于“卧薪尝胆”故事的作品。据统计当时出现的此类剧目有 70 多部，以戏曲为盛。但是在这些创作中存在很大的艺术偏差，其作者没有真正领会“古为今用”的意义，而是因今变古，为满足主体需要而任意歪曲历史真实，拔高人物意义，削弱了作品的历史价值。在这种背景下，曹禺等人合作的《胆剑篇》的出现具有扭转不良创作倾向的重大意义。1961 年夏天，在所有以卧薪尝胆为题材的剧本中，《胆剑篇》作为唯一的一部话剧面世，成为十七年历史剧中的又一佳作。

《胆剑篇》共分五幕，第一幕和第二幕交代了吴国侵略和勾践被俘之事，之后的三幕集中表现勾践获释后和越国人民一起奋发图强，卧薪尝胆以迎接国家复兴时刻的到来。曹禺在总结以往剧作家创作经验的基础上对历史史实进行了进一步的观察和研究，深入剖析历史人物性格特征，力求从古老的历史题材中焕发新的艺术魅力。

在创作中，曹禺摒弃了“春秋无义战”的传统历史观念，充分肯定越国对吴国作战的正义性，把吴越战争处理为侵略与反侵略、无理掠夺与正义反抗之间的斗争关系，赞扬了勾践卧薪尝胆、誓雪国耻的坚强意志和越国军民齐心合力艰苦斗争的精神，同时以此表现吴越两国强弱力量和胜负结局的矛盾相互转化的历史过程。全剧采用“以人物带动历史”的表现方法，紧紧抓住主要人物展现历史故事，在人物塑造中也体现出构思上的匠心，作家有意营造强烈的对比和激烈的冲突，如勾践与夫差、范蠡与文仲等人物的设置都体现出性格上的对照性特点。

在人物语言上，曹禺也做出了有益的尝试。历史剧的语言要讲究分寸，既不能让古人跨越时代直接说现代人的话，又不能过于艰涩费解，因为话剧的接受者是现代人。《胆剑篇》成功地采用了文白结合、亦骈亦散的“拟古”语言，如勾践成为夫差的阶下囚的时候，面对吴王的欺凌侮辱，他义愤填膺地怒斥：“国不分强弱，有义才能立；人不分智愚，有勇才能存。大王但靠国大兵强，欺凌弱小，这是不义；残害无辜，这是不勇。不义不勇的国家可以出兵遍天下，杀人遍天下，但它是断难立足于天下的。”这段慷慨激昂的申诉不仅绘声绘色地表现出人物的胆识和气节，而且饱含激情地陈述出全剧的精神主旨，字字铿锵有力，句句掷地有声。与同期同题材剧作比较，《胆剑篇》在思想成就和艺术价值上都明显胜出一筹，并为以后历史剧的创作提供了“古为今用”的范例。

思考题

1. 话剧《茶馆》具有别具一格的结构形式，为什么说“裕泰茶馆”是一个具有丰富内涵的民族文化实体？

2. 《茶馆》和《龙须沟》都表现了老舍对语言趣味的倚重，这种独具风格的京味语言表现出怎样的艺术效果？

3. 《蔡文姬》和《武则天》是郭沫若的两部表现翻案主题的历史剧，如何理解郭沫若“借古人的骸骨来，另行吹嘘些生命进去”的艺术构思？

4. “历史真实与艺术真实的统一”这一创作原则在田汉历史剧中是怎样体现的？

延展阅读

1. 阅读《老舍自传》《正红旗下》，对老舍的人生经历和文学追求有系统的了解；结合老舍的小说作品，如《骆驼祥子》《四世同堂》《月牙儿》等体会老舍对语言的运用，以及贯穿多种文学体裁中的“京味”风韵；阅读老舍的戏剧作品《茶馆》《龙须沟》《残雾》《方珍珠》《神拳》《张自忠》《春华秋实》《西望长安》等，理解老舍的戏剧主张和审美追求。

2. 系统地阅读郭沫若在现当代创作的历史剧《王昭君》《聂嫈》《卓文君》《棠棣之花》《屈原》《虎符》《高渐离》《孔雀胆》《南冠草》《武则天》等，体会作家从对现实政治问题的思考出发，从历史卷册中寻找适当的人物和事件作为表达的喷发口的艺术构思。

第十七章　新时期小说创作的开放性发展

1976年10月，粉碎“四人帮”的欢呼声响彻中国大地，历史从此翻开了新的一页，文学界在思想上和艺术上开始全面拨乱反正，小说创作在经历了短暂的犹豫和徘徊以后，迅速振作精神，解放思想，开始了新的历程。真实反映“文化大革命”所造成的心灵灾难的伤痕小说最早打破文坛的僵滞局面，给沉寂、封闭的文坛冲开了一个突破口。随着伤痕小说创作的逐步深入，人们已不满足于对“四人帮”罪行的一般性揭露和控诉，而是要求作家有更开阔的视野、更深沉的思索和进一步的艺术开拓。在时代的感召下，作家们开始用小说等艺术形式探讨“文化大革命”的成因和根源，反思小说应运而生。十一届三中全会在全国范围内掀起了经济和政治改革的浪潮。改革的时代呼唤着改革的文学。文学走出“伤痕”之后，几乎在反思小说崛起的同时，也掀起了“改革小说”的大潮。随着思想解放运动的深入，文学逐步开始尊重自身的审美属性，并把审美属性作为自己责无旁贷的本质追求。20世纪80年代后文坛上出现了一大批审美趣味、艺术风格迥异的文化小说，为当时的文坛吹来了一股清新的微风。军事小说在当代文学发展的第一个十年中就占据了相当大的比重，经过十年空白后，在新时期又勃发了生机。同时开始复苏的还有历史小说，至今仍保持着旺盛的创作势头。而先锋小说的出现，把人的主观意识流动、变态心理感受都纳入文学表现的范围，这是它与以往小说最大的不同，它从对人的外在行为的摹写转向对人的主观精神世界探幽入微的开掘，深化了对人的认识和对丰富复杂的内心世界的表现。先锋小说在标新立异的创作实践中建构了关于人的心灵的“另外一个王国”，拓展了小说的表现领域。

第一节　伤痕小说

○伤痕小说——最早打破文坛僵局　○卢新华《伤痕》　○刘心武《班主任》
○周克芹《许茂和他的女儿们》

1977年11月，《人民文学》发表了刘心武的短篇小说《班主任》，打破文坛的僵滞局面，给沉寂、封闭的文坛冲开了一个突破口。小说大胆、真实地将“文化大革命”所造成的“心灵灾难”毫无隐晦地表现出来，先声夺人，振聋发聩。接着，卢新华的《伤痕》再次震动文坛，以该作品命名的新时期第一个小说创作潮流——“伤痕小说”从此拉开序幕。

其后，陈国凯的《我应该怎么办》、王亚平的《神圣的使命》、陈世旭的《小镇上的将军》、从维熙的《大墙下的红玉兰》、中杰英的《罗浮山血泪祭》、宗璞的《弦上的梦》、叶蔚林的《蓝蓝的木兰溪》、陆文夫的《献身》、周克芹的《许茂和他的女儿们》等一批小说相继问世，在当时产生了很大影响。这些伤痕小说几乎都通过讲述“文化大革命”中不同寻常的故事，揭示人民群众的灵魂创伤，表现是非混淆的不合理现实所造成的畸形的社会现象和变态的社会心理，引发人们对“文化大革命”的思考。作家自身及整个社会的躁动与激愤、控诉与哀怨，形成了伤痕小说的主要特征。伤痕小说从生活实际出发，真实反映“文化大革命”的社会和人生，给新时期的文坛吹进了一股新鲜的气息，为恢复文学的现实主义传统、解放人的思想立下了功劳，受到人民群众的欢迎。

一、刘心武

刘心武以其敏锐的观察和深刻的体验创作了《班主任》，成为新时期伤痕小说的开创者和重要代表作家。

作家小传

刘心武：伤痕文学的揭幕者

刘心武（1942—　），笔名刘浏、赵壮汉等，四川成都人，1950 年随父迁居北京，在北京读小学、中学，爱好文学，1961 年毕业于北京师范专科学校中文系，后任中学教员 15 年。1958 年开始发表文学作品，1977 年发表的短篇小说《班主任》被看作新时期文学的重要发轫之作，获第一届全国优秀短篇小说首奖，在当时引起强烈的社会反响。后又发表了《爱情的位置》《醒来吧，弟弟》《我爱每一片绿叶》等多部小说，其中《我爱每一片绿叶》曾获全国优秀短篇小说奖。刘心武对生活感受敏锐犀利，善于洞察社会生活中的问题，并且在作品中对此进行理性思考和宏观把握，写出了许多意蕴深厚、思路谨严、具有社会意义的作品。20 世纪 80 年代以来出版有小说集《班主任》《这里有黄金》《到远处去发信》《大眼猫》，长篇小说《钟鼓楼》（获第二届茅盾文学奖）、《风过耳》、《四牌楼》、《栖凤楼》等，另有散文集、理论集、儿童文学等作品以及八卷本《刘心武文集》出版。1976 年后刘心武担任北京出版社编辑，参与创刊《十月》并任编辑。1979 年起任中国作协理事、《人民文学》主编等职务，加入国际笔会中国中心。1987 年前往美国访问并在 13 所大学讲学。

《班主任》带着耐人寻味的思索，提出了当时社会普遍存在而尚未引起人们充分注意的社会问题，即“四人帮”的愚民政策对人们尤其是青少年心灵的严重伤害。作品通过对两个不同类型的青少年谢惠敏、宋宝琦从不同方面同时受到戕害的描绘，控诉了“四人帮”愚民政策的罪恶，发出“救救孩子”的时代呼声。

宋宝琦是一个文盲加流氓的典型。他愚昧无知，思想落后，“拒绝接受一切人类文明史上有益的知识和美好的艺术结晶”，从而坠入犯罪的泥坑。作品借班主任张俊石的目光，从外貌、神情、动作、语言等几个方面，勾画了这个冥顽、愚昧的年幼者可憎而又可悲的形象。随着作者的笔锋，“一个被污水泼得变了形的灵魂，赤裸裸地立在聚光灯下”，令人触目惊心。通过步步深入的询问，张老师越来越深切地感受到宋宝琦的堕落，并非如一般人的想象，是受了什么资产阶级思想的毒害，他有的倒是满脑子封建的“哥们儿义气”，自从陷入犯罪集团以后，无时无刻不处在森严的约束之中。因此，他既无追求“个性解放”的思想，也无“成名成家”的观念和追求。“资产阶级上升时期那些个思想特点，在他头脑里并不多甚至没有。”原因究竟在哪里呢？作家抓住宋宝琦对小说《牛虻》的态度这一细节，更深刻地剖析出他的灵魂。当张老师问起这本书时，他却真诚地认为是“黄书”，认罪式地说“不该看”，悔过式地发誓“再也不敢看”。这种惊人的坦白使张老师发现：宋宝琦正是封建法西斯文化专制和愚民政策造就的畸形儿。

《班主任》之后，刘心武又创作了《爱情的位置》《醒来吧，弟弟》《我爱每一片绿叶》《这里有黄金》等伤痕小说。他的这些作品总是在拨乱反正的重要时刻，扣准当时普遍的社会心理，率先给予敏感的、快捷的艺术表现，这也使得刘心武的小说成为轰动一时的问题小说。

二、周克芹

周克芹（1936—1990），四川简阳县人，也是伤痕小说的代表作家之一，出版有长篇小说《许茂和他的女儿们》《秋之惑》，短篇小说集《石家兄妹》《周克芹短篇小说选》，中篇小说《橘香，橘香》等。

长篇小说《许茂和他的女儿们》，用老作家沙汀的评价说："它不止是三年来反映在'四人帮'阵阵妖风横扫下农村生活的佳作，就从三十年来反映农村生活的长篇小说（来说），也相当难得。"因此，作品出版后曾荣获茅盾文学奖。

许茂一共有九个女儿，《许茂和他的女儿们》着重写的是许茂老汉和四姑娘许秀云的故事。作家在这两个人物身上倾注了深沉的爱和同情，善意的批评和衷心的祝愿，成功塑造了两个崭新的艺术形象。

许茂在新中国成立之初，作为一个青年农民，在社会主义创业史上留下过光辉的记载：合作化时期，他曾当过作业组长，曾经那样积极肯干、领导生产、热爱集体、关心群众，无私地贡献过自己的青春。然而随着越来越"左"的农村政治经济政策，许茂变了，变得越来越自私，不惜一切手段积攒钱财，甚至投机倒把、坑害别人，性格变得越来越固执、狭隘，不通人情。这是当代文学中未曾出现过的走回头路的典型艺术形象。

四姑娘许秀云是全书写得最成功的一个人物。这是一个外表柔弱，内心刚强，性格温柔敦厚，对坎坷命运和苦难生活有着坚忍的承受力，执着于爱，热烈向往幸福生活的农村青年妇女形象。她少女时代即遭流氓恶棍郑百如的凌辱，被迫嫁给他以后备受折磨，终又被遗弃，回到家中终日过着屈辱的生活。但由于作者着重描写了离婚后许秀云对幸福生活的热烈追求，写了她对郑百如的反抗，写了她对中年丧妻的大姐夫金东水及其子女由同情而生成的爱恋，多方面地发掘和展示了她性格中的美。

第二节 反思小说

○反思小说——深入探讨"文化大革命"的根源 ○茹志鹃《剪辑错了的故事》
○王蒙《蝴蝶》 ○张贤亮《男人的一半是女人》 ○古华《芙蓉镇》

"反思小说"是"伤痕小说"合乎规律的发展和衔接。随着伤痕小说创作的逐步深入，人们已不满足于对"四人帮"罪行的一般性揭露和控诉，而是要求作家有更开阔的视野、更深沉的思索和进一步的艺术开拓。在时代的感召下，作家们开始用小说等艺术形式探讨"文化大革命"的成因和根源，对历史是非进行再认识和再评价，力图从社会思潮的沉浮中总结经验和教训。反思文学经历了由政治反思到社会反思再到文化反思这样一个由浅入深的发展过程。历史的纵深感和思辨色彩是反思小说的重要特征。

最早问世的反思小说是茹志鹃的短篇《剪辑错了的故事》，小说以时空交错的叙述方式，描写了在极左路线影响下农村经济的破产，真实地剖析了虚伪浮夸和瞎指挥给人民群众带来的巨大灾难。此外，高晓声的《李顺大造屋》、方之的《内奸》、刘真的《黑旗》、王蒙的《布礼》《蝴蝶》《相见时难》《活动变人形》、张贤亮的《绿化树》《男人的一半是女人》、古华的《芙蓉镇》等也是反思小说中的优秀之作，它们不仅描写了人们在“文化大革命”中经受的磨难和创伤，而且更注重挖掘造成创痛的历史渊源，提出许多值得深思的问题，在开拓题材、深化主题、塑造人物、艺术表现等方面，都取得了较为突出的成就。它们的出现，标志着新时期小说现实主义创作的发展和深化。

一、王蒙

在众多的反思小说作家中，王蒙是最具代表性的一个。王蒙的创作历程大体上经历了这样四个阶段：热情的歌手—年轻的叛逆者—深刻的思想家—艺术创造的开路先锋。20世纪50年代创作的《青春万岁》《组织部新来的年轻人》等是王蒙“热情的结晶，生活的光辉，青春的印迹”，而后，王蒙的生活陷入了长达20年的逆境。“故国八千里，风云三十年”是新时期重返文坛的王蒙小说创作的一个重要支点。在反思小说的浪潮中，他的《布礼》《蝴蝶》《相见时难》《活动变人形》等小说是占有相当重要地位的作品。

对真理的执着信念，是《布礼》的灵魂所在。在《布礼》中，主人公钟亦成失去了一切，官职、地位、养尊处优的环境，甚至失去了平民的资格——他居然不能去救火！但在这厄运中，他抱定的信念却始终没有动摇。在腥风血雨的年代，一个被错误打击得遍体鳞伤的人，凭借着坚强的内心，维持着个人的独立和尊严。当然，钟亦成的信念并非是教徒式的虔诚，而是对历史真理的执着追求和忠诚。但是，信念是否也有值得反省之处呢？我们在其后的《蝴蝶》中看到了这种反省。反省不是忏悔，不是自责。《蝴蝶》中的反省是一种痛定思痛的内心独语，痛苦的反思，而真理往往就在痛苦中孕育。张思远同样是怀着坚定信念的人，但他通过上述反省，终于在信念中注入了新鲜血液。他回到了人民之中，回到了底层，他悟到了与人民脱离所潜伏的危害。张思远在那颠倒错乱的年代，也曾迷惑过，怀疑过。可正是这种怀疑有可能使他重新审视以往无条件全盘接受的“信条”，从而走向纠正谬误的实践大道。《相见时难》写难得的一次相见。小说写了一位去国30年、孤身漂泊海外的美籍华人蓝佩玉，回国参加在“文化大革命”中被迫害致死的教授父亲的平反、追悼大会，遇到了当年曾引导她接近革命的左派学生、男友——30年中同样历尽坎坷、现为某研究所支部书记的翁式含，于是勾起了无限的情怀。对翁式含和蓝佩玉来说，这难得的相见就像是一个威力无比的核聚点，它的出现使得“过往的日子全部复活了，各种喜怒哀乐、爱爱仇仇、欢声笑语、无端愁绪……”。王蒙的长篇小说《活动变人形》的问世，标志着王蒙的反思小说已经从社会历史问题进入到中国传统文化，充满了强烈的批判意识。作品写了一个接受过西方文化教育的知识分子倪吾诚希望借助西方文化改造自己也改造社会，但只要回到中国这片被古老的传统文化笼罩着的土地上，一接触中国的现实社会，一陷入家庭的牢笼，他的全部理想和憧憬就都被撞得粉碎，被千百年几乎不变的传统文化吞噬，倪吾诚最终“一事无成”。作品把时代背景放在解放前的旧中国，放开笔墨写足了封建传统文化对人性的摧残戕害，写足了人的灵魂在这座封建文化精神地狱里的不断被扭曲、变形、摧残和撕裂。作品在艺术上显得更加纯熟，王蒙以其特有的散漫铺排、挥洒自如的散文式文体，大量采用了西方现代派的表现手法，大段的内心独白和意识流描写，时空的剪辑跳跃，再加上变形和荒诞手法的运用，使这部作品带上了强烈的现代意味，具有很强的感染力。

二、张贤亮

张贤亮

张贤亮的两部中篇反思小说——《绿化树》和《男人的一半是女人》是其写作计划中总称为“唯物论者的启示录”的九部系列中篇中最先写出的两部。它们表现的是知识分子在苦难的处境下，获得精神升华的思想历程。《绿化树》所写的仅仅是章永璘“苦难的历程”的一部分。作者选取的是一个极为特殊而又相当典型的时代环境和生活环境。在饥饿的20世纪60年代初，“右派分子”章永璘从劳改农场中“自由”出来，到西北地区偏远、落后的一般农场做“自食其力的劳动者”。当他凭借人类文化传给他的智能在处身其中的生活圈子里找到吃食，获准从伙房蒸笼布上刮到一罐头筒的馍馍渣时，求生本能的胜利使他沾沾自喜。但在夜深人静的时候，他那被痛苦的、他不理解的现实粉碎了的精神碎片聚拢起来，犹如碎玻璃似的碾磨着他。他看到自己的灵魂蒙上了灰尘，因而深深地厌恶自己、诅咒自己。他就这样清醒地堕落着，不止一次感受到文明人的双重痛苦。求生的本能与精神的需求好像两重不能同时踩踏的阶梯，使章永璘感到被撕扯的痛苦。

如果说《绿化树》是侧重于从物质的角度，从饮食、饥饿的角度揭示人的生命存在和生存环境的话，那么，《男人的一半是女人》则侧重从精神的角度、从人性的角度揭示人的本质及人性的被扭曲、异化和还原，在这部作品里破天荒地第一次展现了一个新奇的世界——性的苦闷，爱的惶惑，理性的超越。

这时章永璘的命运比《绿化树》中更悲惨了，他几乎丧失了人的全部自由。他周围的人也都笼罩在精神的麻醉中，没有独立的意识，没有反抗的自觉。在这个变态的社会里，章永璘对理想的追求变得黯淡起来了。在他极度痛苦而失落的时候，黄香久以女人特有的魅力和情感，唤回了他对灵与肉的渴望，生活中终于出现了些许的亮色。然而新婚之夜，他才发现自己已经丧失了男人最基本的本能。当黄香久使他再次复活了性本能的时候，作为一个完整的人，他也同时复活了理性。他开始在精神上追寻肉体上没有获得的力量。他们终于离异了。当黄香久以自己的爱塑造了章永璘的半个生命之后，她的存在就失去了意义；而另一半生命——理性的追求、信仰的重建和精神的超越，要由已复活为人的章永璘自己去完成了。从这一点说，黄香久的形象只是一种象征和暗示，它不但渗透了作家的审美观念，而且也包含了作家的生命观念：在男人的生命世界里，至少有一半，那属于人性的一半，是女人创造或赐予的。然而只有这一半还不算一个完整意义的人，只有寻找并构建了另一半，才是一个完全的人。从这一点看，《男人的一半是女人》可以称为一部精彩的哲理小说，它以惊人的艺术画面，通过审美的方式，实现了人类对自身本质的高层次反思。张贤亮诗人的气质、苦难的历程和坚实的理论素养，直接影响了他小说风格的艺术构成，使其小说既有现实主义的深厚，又有浪漫的色彩和哲理的思辨。

三、古华

长篇形式的反思小说大部分在反映现实生活的同时将镜头拉向历史，如《芙蓉镇》《黄河东流去》《冬天里的春天》等茅盾文学奖的获奖作品，即是其中的优秀代表。

《芙蓉镇》是古华的代表作，也是新时期文学的重要收获。小说描写了从农村“四清”运动到粉碎“四人帮”这20多年中，湖南一个僻静山镇在政治风云变幻中的盛衰变迁和人世沧桑，揭示了“左”的错误政策给普通农民带来的严重危害，歌颂了十一届三中全会以来中国农村的历史性变革。作品的新颖之处在于，将时代的风云变幻和社会的动荡变迁融会在湖南山乡的田园景色和风俗民情的描绘之中，渗透在寻常百姓的人生遭遇和命运沉浮的表现之中。宏阔的大背景、富有特色的地域风情、独特风味的世相人物，使这部作品无愧为一卷当代农村的社会风俗画。

小说的主人公是享有“芙蓉仙子”美称的胡玉音，她美丽善良、聪明热情，在父母双亡后参加了农业社，20 世纪 60 年代初又做起了卖米豆腐的小本生意，生意越做越兴旺。可是，在“左”倾思潮泛滥的“四清”运动中，她被政治斗争的风浪一步步逼到了绝境：新建的楼屋被没收，丈夫被逼自杀，她也因是“新富农”的寡妇婆而被打入“五类分子”的行列，接受批判，人格尊严被肆意践踏。胡玉音虽然柔弱，却意志坚强，不屈服于命运，顽强地活下来了。“文化大革命”中，作为“黑鬼”的她和“铁帽右派”秦书田由相爱而结婚，他们的爱情之花在凄风苦雨之中开放得异常绚丽。小说通过表现胡玉音从最初的逆来顺受转向与命运抗争，展示了中国普通农村妇女精神觉醒的艰难历程和思想成长的可喜趋势。

小说的艺术结构富有特点，它采用了跳跃式的“编年史”写法。在 20 年的风云历程中，小说重点选取了 1963 年、1964 年、1969 年、1979 年这四个国家政治生活中关键性的年份加以展现，时间跨度颇大但并不显得拖沓繁冗，阶段划分清晰又可见相互的照应勾连，主要人物贯穿始终使作品编织成一个严密的艺术整体。小说也充分展示了作家在叙述上的功力。无论是讲述故事、交代经历，还是刻画人物、传达心理，作者都大量运用了“叙述”的方法，时而铺张细腻，时而简约粗犷，时而快速跳跃，时而亦步亦趋，疏密、详略、动静的节奏把握得十分得体。浓郁的诗情画意是古华小说鲜明的风格。他注重开掘美好的人性，给人以清新隽永的艺术享受。

从小说艺术发展自身来说，“反思小说”浪潮的兴起，也导致了小说艺术自身反思的开始。这一时期，小说创作已经从现实主义的复归阶段进入到深化阶段，从对表面生活的浮泛描写进入到有历史深度的深刻发掘。这就要求小说创作在结构和表现方法上进行变革，不再拘泥于传统现实主义那种单一的、线性的、“讲述”式的“再现”手法，而开始使用时序颠倒、时空跳跃、意识流动、电影剪辑、蒙太奇手法等表现方式。小说对自身艺术的这种审视和反思，促进了小说表现形式的革新和发展。同时，小说创作主体意识和文本意识开始觉醒，它不但极大地丰富了原有现实主义的表现手段，也孕育了一种与传统现实主义小说完全不同的新型的现代主义小说形态，直接促进了 20 世纪 80 年代中期先锋派青年作家群及大批新潮小说的出现。

第三节 改革小说

○改革小说——应改革时代而生 ○蒋子龙《乔厂长上任记》 ○高晓声“陈奂生系列”小说 ○贾平凹“商州系列”小说 ○张炜《古船》

党的十一届三中全会以后，在全国范围内掀起了经济和政治改革的浪潮。改革的时代呼唤着改革的文学。文学走出“伤痕”之后，几乎是在反思文学崛起的同时，又掀起了“改革小说”的大潮。

一、工业题材

在改革小说这个家族里，最先引人注目的作品是蒋子龙的《乔厂长上任记》。虽然这时的改革小说还停留在方案之争，但乔光朴这个人物形象所体现出的那种义无反顾的悲壮感，为无数人唤起了改革的热切希望。曾经一个时期，乔光朴成为人们关注的热点和谈论的话题。

自有新文学以来，中国文学基本上是农村题材、知识分子题材和革命历史题材的作品占主导地位，反映工业生产和工人生活的作品相当薄弱，反映现代工业生产和产业工人生活的作品更是寥寥无几。自《乔厂长上任记》问世以后，这种状况才有所改观。除了蒋子龙继续创作反映工业改革的小说作品外，又出现了一大批优秀的描写城市和工业改革的小说，如张洁的《沉重的翅膀》、李国文的《花园街五号》、张贤亮的《男人的风格》、程树榛的《春天的呼唤》、柯云路的《三千万》、水运宪的《祸起萧墙》、陈冲的《小厂来了个大学生》等，一时间，反映城市、工业改革的作品风起云涌，出现了中国文学史上工业题材文学的第一次勃兴。

蒋子龙是新时期文学中一个成就卓著的作家，他以敏锐的洞察力注视改革，以满腔热忱表现改革，勇敢地闯出一条改革小说的道路。他的主要作品有《机电局长的一天》《乔厂长上任记》《一个工厂秘书的日记》《狼酒》等短篇小说和《开拓者》《赤橙黄绿青蓝紫》《锅碗瓢盆交响曲》等中篇小说，以及长篇小说《蛇神》。

在新时期的文学史上，《乔厂长上任记》同刘心武的《班主任》一样，各自开辟了一个文学的新阶段。在小说中，作家站在时代的高度，真实地揭示了新时期改革整顿的重重困难和尖锐复杂的矛盾斗争，展现了现实生活中已经出现的巨大变革和转机。小说还抨击了阻碍改革前进的消极力量和阴暗落后的心理，满怀激情地塑造出乔光朴这样一个在步履维艰的逆境中锐意进取、开拓前进的改革家形象。作家浓墨重彩地写出了他炽热的理想和顽强的追求，写出了他壮志未酬的隐痛和眷恋事业的赤诚，突出地表现了他坚定执着、百折不挠的性格力量。小说很少对人物的外貌、心理作静止的细腻刻画，而是用一系列富有特征的大幅度动作和突发性的行动来展示人物的性格及其内心世界。复杂尖锐的矛盾，带有传奇性的情节，使整个作品呈现出一种雄劲粗犷、奔放豪壮的艺术风格。

蒋子龙笔下的开拓者形象一个比一个丰满，显示了作者不断超越自己的努力。如果说在《乔厂长上任记》《开拓者》《狼酒》《人事厂长》等作品中，作者的注意力还主要集中在塑造老一辈共产党人改革者的形象的话，那么在《赤橙黄绿青蓝紫》《锅碗瓢盆交响曲》等作品中，作者已将目光移向了年轻一代开拓者身上。

《赤橙黄绿青蓝紫》描写了当代青年艰难曲折的成长历程和心灵的发展变化，启迪人们只有投入时代的洪流，才能找到自己在生活中的位置。小说的主人公解静不同于我们以往经常见到的任何一种社会主义新人形象，命运好像跟她开了一个玩笑，使她从一个时代的幸运儿跌落到“处处吃白眼”的境地。在人生的关键时刻，她坚强地渡过难关并逐渐成熟起来。她在生活中找到了自己的位置，从单颜色变成全颜色，显示出青年开拓者生气勃勃的崭新风采。正如小说题目“赤橙黄绿青蓝紫”所暗示的那样，作家写出了现实生活的斑斓色彩，并力图从错综的关系中，写出人物性格纷繁复杂的色调来。

二、农村题材

（一）高晓声

以农村改革为题材的作品在这一时期仍然占据了相当重要的位置。何士光的《乡场上》，铁凝的《哦，香雪》，高晓声的“陈奂生系列”小说，王安忆的《小鲍庄》，贾平凹的《小月前本》《鸡窝洼人家》《腊月·正月》，张炜的《古船》等，都是其中的代表性作品。

20世纪80年代初，高晓声的小说以表现当代农民的命运著称，他的“陈奂生系列”小说，包括《漏斗户主》《陈奂生上城》《陈奂生转业》《陈奂生包产》《陈奂生出国》等，在极为广阔的社会背景下，细致地描绘了普通农民陈奂生的命运发展过程，在当时产生了广泛的影响。

和当时的大部分小说一样，人物的生活道路与当代各个时期的社会政治事件、政策的关联，是“陈奂生系列”小说的基本结构方式。但这一系列小说引人注目的是对当代农民性格心理的“文化矛盾”的揭示。在历史变迁时期，作为一个“文化群体”的农民的行为、心理和思维方式的特征——勤劳、坚忍中同时存在的逆来顺受的惰性，对于“新社会”的热爱中蕴含的麻木、愚昧的顺从——被作者敏锐地捕捉到并表现出来。因为在探索当代农民悲剧命运的根源上，作品提出了农民自身责任的问题，因此，这些小说被看作继承了鲁迅有关“国民性”问题的思考。

与新中国成立以来同类农村题材作品相比，《陈奂生上城》无论在思想深度还是艺术表现上，都有明显的突破。陈奂生已经从一个多年负债的“漏斗户”，转变成一个背负着阿Q精神的乐天派，现在的陈奂生“肚里吃得饱，身上穿得新”，他上城来闲逛，“尽量放慢脚步，一路如游春看风光”，多么悠闲自得！如今政策放宽了，市场搞活了，他可以冠冕堂皇地到城里卖油绳，然后用赚到的钱给自己买顶新帽子，他简直“满意透了”。从陈奂生的逍遥自得、自鸣得意的神态中，暴露出他目光短浅、容易满足的弱点，他一旦吃饱了肚子，便自足自乐，忘乎所以，他身上具有的还是农民小生产者的弱点。

这篇小说的核心事件要算是县委吴书记对他的“高级关心”。吴书记当年蹲点，曾在他家吃过一顿饭，所以他们也算是老相识。这次陈奂生进城来，与吴书记偶然相遇，吴书记便让司机把他送到县委招待所。如此优厚的“待遇”使他受宠若惊、自惭形秽。但当他临走结账时，不足一天竟收他五块钱，这使他心痛得不得了，一下子动了怒，他不但要坚持住足钟点，而且把皮沙发、新枕巾、被子等生活用品弄得乱七八糟，并以为“即使房间弄成了猪圈，也不值”！作家生动的描绘，使人感受到陈奂生的愚昧无知，没见过世面。同时也使我们对陈奂生增进了了解，体味到他的“心疼”和辛酸。

作者还进一步挖掘了陈奂生的性格内涵。他一面心疼那五元钱，一面问自己：全大队的干部、社员，有谁能坐得上吴书记的汽车？有谁像他一样住过五元钱一夜的高级房间？这时他又得意起来了，经过他的吹嘘，一时间，他成了乡下扬眉吐气的风云人物。在他身上分明有着阿Q的影子，生动地展示出一些农民身上存在着的愚昧、软弱、容易满足、不敢正视现实、爱吹嘘等弱点。

在艺术上，《陈奂生上城》没有尖锐复杂的矛盾冲突，而是通过细腻、逼真的心理刻画，展示人物的精神个性，从而使得陈奂生这个人物栩栩如生，跃然纸上。如作品开篇对陈奂生“悠悠上城来”的心理描写，写出了他作为小生产者的容易满足和愚昧可笑，也写出了因袭的重负和生活环境给他造成的精神上的萎缩。作者心理刻画的才能在展现主人公因为花钱住宿而失去心理平衡，以及由于精神胜利而恢复心理平衡的过程中得到了集中的体现，其间，陈奂生的心理变化描写得惟妙惟肖。高晓声小说的心理描写与西方小说不同，不是纯粹的心理描写，而是把人物的心理与外貌、行动结合起来，常常通过外在表现来透视人物心理。

《陈奂生上城》也体现出一种幽默诙谐的总体格调。高晓声喜欢用喜剧气氛烘托严肃的思考，那种幽默深沉、辛辣风趣、寓庄于谐的笔法，没有成熟的“蓄之既久”“博观约取”

的艺术功力是写不出的。写到陈奂生买帽子，不免让人联想到“漏斗户主”的帽子，作品写道：“正在无可奈何，幸亏有人送了他一顶‘漏斗户主’帽，也就只得戴上，横竖不要钱。”陈奂生不善言辞，谈自己的经历时无非是“小时候娘常打我的屁股，爹倒不凶”之类，看到《三打白骨精》也只会说：“孙行者最凶，都是他打死的。”这里的人物语言描写朴实无华，涉笔成趣。作者以幽默诙谐的笔墨描写了一个带有悲剧色彩的性格，使人产生含泪的笑，发人深省。

此外，《陈奂生上城》的语言也很有特色。高晓声巧妙地把古典文学语言和经过筛选、提炼的江南口语结合起来，形成一种淳朴、自然并与人物的性格、内心活动贴切的个性化语言。如文章开头有关陈奂生进城路上那段俏皮的诗意描绘，衬托了吃饱穿暖的陈奂生无忧无虑的轻松心境，随后那跳跃式的三问三答，有如一支节奏明快的进行曲，把几乎流溢出来的陈奂生的满心欢畅生动地烘托出来。

（二）贾平凹

贾平凹是一个多才多艺又多产的作家，新时期初涉文坛就以短篇小说《满月儿》引起文坛注意，1983年以后陆续发表的有关陕西商州地区农民生活变迁的小说《小月前本》《鸡窝洼人家》《腊月·正月》《远山野情》《天狗》《黑氏》《古堡》《商州》《浮躁》等，被称为“商州系列”小说，也是贾平凹的代表作。正如作者所说的那样，他要用这些作品“以商州这块地方，来体验、研究、分析、解剖中国农村的历史发展、社会变革、生活变化”。

◆作家小传

贾平凹：商州文化的展示者

贾平凹

贾平凹（1952— ），原名贾平娃，陕西丹凤人，现任陕西省作家协会主席、西安市文联主席、《美文》杂志主编。1982年后开始从事专业文学创作，著有小说集《兵娃》《姐妹本纪》《山地笔记》《野火集》《商州散记》《小月前本》《腊月·正月》《天狗》《晚唱》《贾平凹获奖中篇小说集》《贾平凹自选集》，长篇小说《商州》《州河》《浮躁》《废都》《白夜》《带灯》，自传体长篇《我是农民》等，此外还有散文集《月迹》《心迹》《爱的踪迹》《贾平凹散文自选集》，诗集《空白》以及《平凹文论集》等出版。贾平凹的《腊月·正月》获中国作协第三届全国优秀中篇小说奖，《满月儿》获1978年全国优秀短篇小说奖，1988年他以长篇小说《浮躁》获美国飞马文学奖，1997年又以长篇小说《废都》获法国女评委外国文学奖。目前贾平凹共出版小说、散文、文论集二十余种，作品曾四次荣获国家级文学奖，作品被译成英、法、日、韩文等。贾平凹的小说多描写西北农村在改革开放后发生的社会现实及文化心理变革，也有以《废都》为代表的意在探讨都市人生存状态的作品。总之，贾平凹的作品视野开阔，大胆展示商州地区历史人文风貌，具有丰厚的社会文化心理蕴涵和浓郁的地域风情色彩，格调清新自然，韵味隽永深长。

《小月前本》《鸡窝洼人家》《腊月·正月》是贾平凹在20世纪80年代中期连续发表的三部中篇小说，它们表现了在农村社会变革的急流中，人们的思想、情绪和价值观、道德观的变化，表现了农村改革在人们内心深处掀起的巨大波澜，显示出改革潮流不可阻挡的大趋势。

《小月前本》写三个农村青年之间的婚变过程，表现旧的生活方式解体时的痛苦和追求新的生活方式的强烈愿望。王小月是一个有文化、灵秀的农村姑娘。从传统的道德观念和对人的价值评判出发，她曾与老实忠厚的才才订有婚约，但在商品经济的冲击下，农村新的生活浪潮、新的生产方式和新的物质文明强烈地吸引了她，而才才在生产、生活、爱情等方面却守旧迟钝，一成不变地固守着传统的观念，于是她将感情转移到头脑灵活、敢作敢为、见过世面的小伙子门门身上，最终同门门一起出走了。他们的出走宣告了历史新时期价值观念的变化：人们倾慕的对象已不再是恪守旧传统、在地里使牛力气的人，而是眼界开阔、善于经营的人。小说在看似突兀的婚变中，写出了生活变革的必然进程。

《鸡窝洼人家》围绕着改革创新和因循守旧这一对农村经济体制改革中的重要矛盾，通过两对夫妇的离异和重新组合，表现了农村生活变革带来的强力冲击。禾禾为了改革，几乎倾家荡产，被妻子麦绒赶出了家门；烟峰因为同情和支持了禾禾的改革，被丈夫猜疑，发生了争执。随着矛盾的加剧，这两个家庭都破裂了，并戏剧性地进行了重新组合。小说写的是“鸡窝洼”两个家庭的风波，从中展示的却是社会的变化、人与人关系的变化、人们精神世界的变化、家庭伦理道德观念的变化。

《腊月·正月》不同于《小月前本》和《鸡窝洼人家》，它主要是以为旧的观念和习惯唱挽歌的形式来礼赞农村新的变化。小说主要描写了韩玄子与王才或明或暗的较量以及这种较量在双方心里激起的波澜。韩玄子在社会交际、声望和舆论上都占有绝对的优势，但他却无法阻断王才用经济效益给乡邻带来的吸引力，反而被王才的经济优势挤压到四面楚歌的败局之中。这样一场经济效益和空洞的声誉的较量，其结局是令人深思和意味深长的。与门门、禾禾相比，王才更似一个真正具有开拓精神的创业者形象，小说却多用侧笔烘托他，而让任教多年回乡闲居的顽固守旧派人物韩玄子占据舞台中心，从他的失败中反衬出不可遏止的新兴力量。

贾平凹的这三个中篇之所以引人注目，就在于它透过农村社会变革潮流中各种人物的心理微澜，机敏地抓住了农村新的经济形态、新的风流人物和新的时代风采，表现了作家对农村改革的明确立场，反映了中国新时期农村改革的进程。

（三）张炜

张炜的《古船》是又一部从历史、文化的角度透视当代农村变革现实，将历史文化与社会人生的反思相结合，现实主义与现代主义相结合的长篇小说。

《古船》一改正面歌颂改革的写法，而是以现代意识观照历史，在文化意识的高层次上，生动而深刻地描绘了洼狸镇近40年间的几个重要历史时期的沉浮变迁。通过一个小镇的“镇史”，表现了一部中国当代的社会历史。整部小说都沉浸在一种浓郁而深沉的文化氛围中，从中强烈地透视出农民的命运和遭际，改革的艰难而又不可阻挡。

《古船》之所以激动人心，首先在于它毫无讳饰地描绘了40年来中国农民所走过的苦难历程。虽然解放了，但封建的宗法观念依然顽固地盘踞在洼狸镇这块贫穷、落后、愚昧、封闭的土地上，40年来演出了一幕幕令人战栗的人生悲剧。这里有土改运动中极左的非常行为，有困难时期虔诚者被饿死的惨剧，有“文化大革命”中人性的被践踏蹂躏，也有新时期的某些官僚制造的灾难。正如小说中的人物隋抱朴所说的，“我们都是病人”，“病根太深了”。

作品成功地塑造了隋抱朴、隋见素、赵炳、赵多多等一系列艺术形象。隋抱朴无疑是其中的一个中心人物。在这个人物身上，既凝聚着作家对一代人命运的思索，同时也体现了他的人道主义关怀。隋抱朴是一个患有“怯病”但并不麻木的农民知识分子。作为隋氏家族和洼狸镇苦难历史的见证人和受害者，他长期被压迫得直不起腰来，几乎放弃了人生的所有基本的需求。为了保护自己和家族的成员，他对生活逆来顺受，始终采取退避的态度。然而这一切并未能阻止苦难的来临，在严酷的人生现实面前，他的思索开始超越自我，意识到如果蜗居在小磨房里明哲保身，寻求个人解脱，那就是一种犯罪。于是，他终于从忏悔、痛苦中挺身而出，力挽狂澜，使粉丝厂渡过经济危机。从隋抱朴身上，我们可以看到在深厚的传统文化制约下，人的觉醒、人的解放需要经历一个多么漫长而痛苦的历程；然而不管多么艰难、痛苦，人的觉醒与解放，是一种历史的必然。

《古船》既继承了中国小说的优秀传统，又较好地借鉴了外来的现代主义表现手法，并将它们融合在一起，纷繁的事件、情节的安排能如此井井有条，可见作者驾驭文字的功力。作品中两条结构线索（现实与历史）相互交叉，人物场景转换自如，有机地将历史与现实融会在一起。尤其是象征手法的运用，不仅最大限度地扩展了作品的思想意蕴和容量，而且提高了作品的美学价值。

第四节 文化小说

〇审美趣味、艺术风格迥异的文化小说 〇汪曾祺《受戒》 〇阿城《棋王》 〇张承志《北方的河》

20世纪80年代中期，文坛出现了令人瞩目的文化寻根现象。文化寻根意识的出现，一方面是新时期文学自身发展的结果，另一方面是来自外国文学的刺激，特别是拉美魔幻现实主义的影响。新时期文学是从对社会现实政治问题的密切关注起步的，伤痕小说、反思小说、改革小说为政治上的拨乱反正摇旗呐喊，都具有强烈的政治批判色彩。随着思想解放运动的深入，文学逐步开始尊重自身的审美属性，并把审美属性作为自己责无旁贷的本质追求。1980年以后，文坛上出现了一大批审美趣味、艺术风格迥异的作品，如汪曾祺的《受戒》、刘绍棠的《蒲柳人家》、邓友梅的《烟壶》、贾平凹的《商州初录》等，为当时文坛吹来一股清新的微风。1984年，哥伦比亚作家马尔克斯获诺贝尔文学奖的长篇小说《百年孤独》被翻译介绍到中国，引起了强烈的反响。这部小说以魔幻现实主义的手法，将野蛮的现实和印第安人的神话传说、现代物质文明的冲突和原始的巫术文化结合起来，通过布恩蒂亚一家七代人的发展和毁灭过程，再现了拉丁美洲一百多年来被现代文明发展排斥在外的、孤独的历史悲剧。这种对本土文化的发掘和对原始玛雅文化的探寻获得的巨大成功，契合了中国当时一批作家以现代意识审视民族现实、发掘和弘扬民族文化传统的强烈愿望，激活了他们内心潜藏的对世界文学的参与意识，同时也破除了他们对经济大国的文学迷信。他们把拉美文学的成功主要归结为独特的地域文化色彩，并开始将目光转向中国乡土的、民间的、未被现代文明浸染的原始文化，在自己所熟悉的地域生活中探寻民族文化的源流和精髓，试图从更深的意义上寻求文学观念解放，重铸民族精神。韩少功的“谈天说地”系列小说，李杭育的“葛川江系列”小说，贾平凹的“商州系列”小说，郑万隆的“异乡异闻系列”小说，阿城以“遍地风流”为题的一组小说，郑义的《远村》《老井》，莫言的“红高粱家族”，张承志的《北方的河》等，都是这种小说观念的体现。这些作品大都表现民俗、民生，把它们看作一种文化现象予以历史的谛视，反映民族文化心理，具有浓郁的地域性色彩。

知识链接

拉美魔幻现实主义

中国的文化寻根小说深受拉美魔幻现实主义文学思潮影响。魔幻现实主义于20世纪四五十年代在拉美形成和发展起来并于六七十年代达到高潮，是拉美现实主义小说传统和民族意识相结合的产物。20世纪初开始，墨西哥大革命、两次世界大战、俄国革命、世界经济危机等一系列重大事件使长期生活在贫困与压迫之中的拉美人民日益觉醒，重新沦为殖民地的危机感使他们空前团结并形成统一的民族主义意识，在这种“拉丁美洲意识”影响下，拉美的历史学界、语言学界和文艺界知识分子掀起了一场“寻找民族特性”的运动，而在文学领域就表现为魔幻现实主义文学的蓬勃发展，最具代表性的作家是获得诺贝尔文学奖的阿斯图里亚斯和加西亚·马尔克斯。他们力求在魔幻的氛围中反映时代精神，渲染民族气息，反对脱离拉美现实一味模仿西方现代派文学，主张深入到自然、历史、传统中去寻找现实的本质。拉美魔幻现实主义的代表作是《百年孤独》等。注重民族特性的挖掘并体现出褒扬和批判的双重维度，对外来文化艺术的兼收并蓄，这是魔幻现实主义作家创作得以成功的重要因素。

一、汪曾祺

作家小传

汪曾祺：市井民风的雅致演绎

汪曾祺

汪曾祺（1920—1997），江苏高邮人。1939年考入昆明西南联合大学中文系，深受当时教授写作课的沈从文的影响。1940年开始发表小说。1943年大学毕业后在昆明、上海做中学国文教员和历史博物馆职员。1946年开始在《文学杂志》《文艺复兴》《文艺春秋》上发表《戴车匠》《复仇》《绿猫》《鸡鸭名家》等短篇小说，引起文坛关注。著有小说集《邂逅集》《羊舍的夜晚》《汪曾祺短篇小说选》《晚饭花集》《寂寞与温暖》《茱萸集》，散文集《蒲桥集》《塔上随笔》，文学评论集《晚翠文谈》，以及《汪曾祺自选集》等。1950年后在北京文联、中国民间文学研究会工作，编辑《北京文艺》和《民间文学》等刊物。1962年调北京京剧团担任编剧，曾参与样板戏《沙家浜》的剧本创作。1980年发表的短篇小说《受戒》受到普遍赞誉，其后的《大淖纪事》曾获1981年全国优秀短篇小说奖，这两部作品被视为“文化寻根文学”的重要代表，20世纪80年代之后读者开始更注重作品的审美性，汪曾祺的作品重新开始得到人们的重视，并被译为多种文字介绍到国外。他以散文笔调写作小说，描画出家乡五行八作的种种见闻和民俗风情，富有浓郁的地方特色和乡土气息。作品往往在疏放的笔致中透露出凝重的深刻内涵，于看似平淡的书写中显现奇崛的构思，文字清新灵动，格调雅致淡远。

汪曾祺的小说是一幅幅清新隽永、淡泊高雅的风俗画。对他来说，故乡苏北水乡的风土人情烂熟于心，描述起来潇洒自如，而且大量的风土人情描摹有着深刻的人生内涵。如

《受戒》《大淖纪事》等小说中浓重的乡土风情氛围与在这种氛围下生活的人有机结合，别有一番情趣和意蕴。在对乡土风俗的描写中，渗透着作者传统的哲学意识和审美态度，他笔下的人物总是符合传统的真善美，并在与假恶丑的对立中获得美的升华。同时，老庄的超脱哲学意念又是他们反抗黑暗、抵抗痛苦的思想手段。这种入世和出世相反相成的审美态度，使他的小说朦胧高雅，释放出一种多义的主题内涵。

《受戒》是汪曾祺小说中最富诗意的一篇，同时也是富含深厚文化韵味的一篇。作者虽然写的是和尚，但并没写他们墨守清规戒律的刻板生活，而是写了他们身上那种人情和人性的魅力，写了他们对于美好的事物、对于爱的追求。一般看来，出家应与世俗无缘，但小说中憨厚聪慧的小和尚明海和活泼多情的农家女小英子却萌发了美好的爱情。汪曾祺不仅肯定了这种“感情”，而且把它的发生放在一个空灵、美丽的自然氛围中渲染，造成一种人与自然相融的“和谐”境界。此外，在明海的家乡，出家不过是一种谋生的职业，既不比别的职业高贵，也不比别的职业低贱，因此他们可以率性而为，于是，“这个庵里无所谓清规，连这两个字也没有人提起”。作者说这是个“出和尚”的地方，但这里的和尚除了教经念经之外，生活和俗人并无区别，他们可以结婚生子，可以种地养猪、喝酒吃肉打牌，甚至可以唱一些“酸曲”。正如作者在《关于〈受戒〉》中所说：“和尚也是一种人，他们的生活也是一种生活，凡作为人的七情六欲，他们皆不缺少，只是表现方式不同而已。”这种充满人情味的和谐风俗民情，正是汪曾祺小说追求的文化理想。

小说以“受戒”为题是带有反讽性的，“受戒”本来是和尚表明接受佛门戒律的仪式，而就在明海受戒的同时，两个小主人公的爱情也走向了成熟。明海在受戒后与小英子划船回家时，两人互相表白爱情，把船划进了芦苇荡。小说结尾处以写景暗示了性的成熟。

《受戒》以散文化的笔调，赞颂了淳朴健康的人性之美，代表了汪曾祺小说独特的审美追求和艺术风格。这一点从汪曾祺小说中的人物塑造、情节结构、语言运用等方面可以看出来。

从人物塑造来说，汪曾祺的小说并不着力于刻画完整的人物性格，而是努力捕捉能够表情达意的人物神情、动作和话语，从而折射出人物的心灵世界。如果说性格小说像一幅肖像画的话，那么汪曾祺的小说则是一幅风俗画，人物只是画面的一部分。

汪曾祺小说的散文化笔调还主要表现在小说的情节结构上。他的小说结构如行云流水，自然随意，没有中国传统小说那种有头有尾、情节曲折、故事性强等特点。浓郁的民俗风情和地方色彩给作品带来独特的风致。《受戒》与汪曾祺的其他小说相比，情节性要强一些，但小说还有约一半以上的篇幅是写庵赵庄的自然环境和民俗风情的。小说的第一章开头写道，“明海出家已经四年了”，“他是十三岁来的”，交代了情节的线索。下面便很快转入了对庵赵庄风俗的描写，在这一章的最后写到明海在河边初遇小英子时，情节才开始缓慢地推动。《受戒》花了很大篇幅描写风俗人情和地方色彩却并不偏离正题——两个小男女对现世生活的热爱，而这里优美的自然风光则铸造了他们自由恬淡的天性，小说中古朴天然的寺庙，宽敞明净的田舍，打场赛歌的欢乐，窗下描花样、伏杠踩水车、看场听蛙鼓、泛舟芦花荡等生活场景共同编织了一幅清新明丽的水乡风情画，情景相融，富有浓郁的民俗文化韵味。

汪曾祺小说的语言亲切自然，素朴雅洁。作者既追求口语的鲜活和传神，又讲究书面语的精妙和雅洁。如写人物：“两个女儿，长得跟她娘像一个模子里托出来的；眼睛长得尤其像，白眼珠鸭蛋青，黑眼珠棋子黑，定神时如清水，闪动时像星星。浑身上下，头是头，脚是脚。头发滑滴滴的，衣服格挣挣的。——这里的风俗，十五六岁的姑娘就都梳上头了。这两个丫头，这一头的好头发！通红的发根，雪白的簪子！娘女三个去赶集，一集的人都朝她们望。”这里多是短句，多用逗号，语言短促、有力，词汇、句式明显有着书面语和文言的色彩，但这些都在口语体的叙述之中，显得自然、活脱。

经典评论

“言近而意远”

一头半白的头发，一身极干净的蓝大褂，一口利落的北京话，眼睛时时在思想、探索，爱抓抓头皮或许只是一个生活的点缀吧，我看他的“意识流”无时不在行云流水般流动，正像诗人史班德（Spender）所说的，放一个钓钩到意识的水面下，可以从深沉的潜意识里钓上诗来；他也许正在钓着他的人性的风采，在生活与旁人生活的表象下钓出深沉又自然的东西来。……

在中国文坛上，目前有两个最可注意的年轻作家，路翎与汪曾祺，有最不同的天赋，却又走向同一个方向，经过同一的历程。路翎有轻灵如雪莱的气质；而汪曾祺则更深沉、朴实。路翎以博大如卢梭那样清新的爱心拥抱一切小小的人世悲欢，给以向上的诗的引申与亲切的想象的飞扬；汪曾祺则以集中的细致分析深切地剖示一切人世的面貌风尘，有最深刻的现实主义的探索与心理分析及捕捉意识流的手法。两人间：一个善于以博大的心灵超越他所处理的细琐题材的表象；一个善于以深沉的胸怀寻觅他所处理的一点一滴生活的根源，却同趋向于艺术的完成与引申。不拘泥于表面的事物，也不满足于表象的现实，却都像行云流水般潇洒自如，给读者以丰富的暗示与言外之意：言近而意远。由一点的挥毫触动全般的人生，装模作样的虚饰被扫除一空，没有真实感的虚浮公式也给撇得远远的，人生就是人生，一个息息相关的电力圈，彼此时时相互感应。

——唐湜．虔诚的纳蕤思——谈汪曾祺的小说//钱理群．二十世纪中国小说理论资料：第 4 卷．北京：北京大学出版社，1997.

二、阿城

阿城的小说处女作《棋王》发表后引起很大轰动，它表达了作者对不受束缚的自由人格的追求。作品通过写“棋呆子”王一生生活中的两件大事——吃和下棋，表现了人物从生存本能到精神需求的两种需要，反映出人在现实生存和精神追求之间的疏离与困扰。小说的独特之处在于，借人物痴迷于棋的态度和高超棋艺的展示，深刻开掘了以庄禅为代表的传统文化精神，肯定了一种淡泊、超脱的理想人格和不随波逐流的傲世人生观念。王一生沉溺于棋道之中，随遇而安，知足常乐。他没有去造反、“革命”，去寻求精神的向外扩张，而是退回内心，让自己的精神家园远离政治的熙攘、人世的纷争，在小小棋盘上获得生命的律动和自由的满足，从而达到一种特殊的人与环境的和谐——天人合一的哲理境界。还应该看到，王一生并非只求虚静和旷达。在棋道和为人上，他也是刻意追求、锲而不舍，甚至努力拼搏的。在“九局连环大战”之后，他悟出了“人还要有点东西，才叫活着”的至理，表现出一种儒家的进取精神。正是在这种儒道合一的追求中，完成了王一生的文化品格的熔铸和生命价值的升腾，这与作者“文化小说”力求体现“文化寻根”和“文化回归”的意识是紧密相连的。

王一生是《棋王》所着力刻画的人物形象。在这个人身上，融会了作者独有的生活经验和强烈的爱憎感情。作者以表面淡然、内里灼热的笔触，刻画了王一生独特而富于魅力的性格。从某种角度上，可以说，作品写了奇人奇事，但王一生的性格与行动，却又有着现实生活的深厚基础。王一生是上山下乡的“知青”，但有别于类似题材作品中那些或敏感、潇洒，或愤激的形象。王一生堪称“棋王”，但又不是那种威赫的棋坛霸主。他生于下层平民之家，饱经寒苦，深知生活的艰辛，加上母亲的熏陶，养成了务实、坚忍又带有几分迂执的性格。他痴迷于下棋，也精于下棋，但他知道吃饱饭不易，应该“先说吃，再说下棋”；以劳动换得衣食，才是人生第一件正事；棋不仅为余事，也不当用来作谋生之道。小说除了下棋，写得最多的要算是吃了。王一生对生活没有过高要求，只求一饱足矣。他认为，“人要知足，顿顿饱就是福”，所以对下乡生活很满意。在火车上，他反感于知青们哭哭啼啼，因为“去的是有饭吃的地方”；他“惨无人道”地吃掉每一粒饭渣，又惊呆于食燕窝的奢侈等。这些描写形象地展现王一生这种朴素而严酷的人生见解及其由来。在那个动乱艰难的时代背景下，王一生的形象所显示的，正是广大普通民众的感情与心态。

此外，《棋王》情节线索单纯，结构平实严谨，质朴无华的描写和凡中见奇的形象，体现出一种内敛、深沉、简约的艺术风格，蕴含着丰厚的中国文化韵味，这也是《棋王》的又一独特魅力所在。

三、张承志

作家小传

张承志：诗意理想的执着追求

张承志

张承志（1948— ），回族，山东省济南市人，1948年出生于北京。1967年从清华附中毕业到内蒙古乌珠穆沁旗插队4年，1975年毕业于北京大学历史系考古专业，1978年考入中国社会科学院研究生院民族历史语言系，1981年硕士毕业后主要从事北方民族史研究工作。张承志曾供职于中国历史博物馆、中国社会科学院民族研究所、海军政治部文艺创作室、日本爱知大学等处，现为自由的职业作家。1978年开始笔耕，目前已出版著作30余种。张承志在蒙古历史和北方民族史的研究工作中取得了一定成果，这些生活和工作经历为他的小说创作积累了丰富的素材。他的短篇小说《骑手为什么歌唱》获1978年全国优秀短篇小说奖。此后又发表了中篇小说《阿勒克足球》，该作品获第一届《十月》文学奖和全国少数民族文学创作奖，1981年发表的《黑骏马》获第二届全国优秀中篇小说奖，《春天》获1983年北京文学奖，1984年发表的《北方的河》获第三届全国优秀中篇小说奖。1987年出版了长篇小说《金牧场》。代表性作品还有《老桥》《黄泥小屋》《奔驰的美神》等，以及散文集《绿风土》《荒芜英雄路》等。张承志追求小说的诗意风格，体现出对理想人格和生命价值的希冀和追求。

张承志的小说创作充满了理想主义的光彩。他把对祖国和人民命运的热切关注作为自己创作的母题，作品渗透了凝重的历史感和浪漫主义精神，启人以深邃的思考和热烈的情思。

《北方的河》是张承志的重要代表作，作家以几条北方的河作为抒情描写的客体，以充满青春活力、执着追求幻想的“他”作为人物的主体，构成一个完整的象征艺术整体，作品对河的描写处处与人物的经历和心灵世界的变化轨迹契合，乃至把河抽象成内在的民族的时代的气质和精神，象征着充满理想的人的生命流程的价值和意义，象征着祖国和人民的文化和人格力量奔腾不息的历史必然。

张承志的小说创作还表现出诗化倾向。他运用诗的表述方式，从诗的精神来结构小说，从而达到诗的境界。他的描写和叙述是把广阔的世界吸收到他的自我之中，以深刻丰富的内心体验，把世界带到意识的光辉里；他以哲学家的抽象思辨、历史学家的宏观视野，赋予他的人物、事物、情节以深刻的象征和隐喻的内涵，使小说具有诗的崇高和神圣。他的诗化小说对新时期小说文体的变革起了一定的促进作用。《春天》是一篇充满了诗情与哲理的短篇小说。作品通过青年马倌乔玛在暴风雪之夜为保护马群而英勇殉职的故事，以极其抒情的笔调，刻画了乔玛勇于献身的形象，并通过象征化的手法，诗意地揭示了春天、爱情和青春的意义：它既美丽迷人，又意味着庄严的责任和严酷的考验，同时也揭示了生命的价值，是一曲生命的赞歌。在艺术上，追求诗意化和象征化成为本篇鲜明的特色。作者以乔玛的内在视角，通过其心理活动来表现人与自然力的冲突，渲染紧张激烈的气氛，从而使小说具有浓厚的主观抒情色彩和强烈的艺术震撼力。作品还在多种层面上运用象征手法，春天、暴风雪、白色的儿马、驼背老人的话等都具有深刻的象征意义。小说在歌颂年轻马倌乔玛的英勇献身精神的同时，也通过驼背老人的形象暗示着生命意义的多重内涵——生命既是单纯美丽的，又是严峻复杂的，抒发了作者极为丰厚深沉的人生感悟。

第五节　军事小说

◯军事小说勃发生机　◯徐怀中《西线轶事》　◯李存葆《高山下的花环》

“军事小说”这个概念，在新中国成立以后频繁出现在当代文学的研究中。这主要是因为在中国当代文学发展的十七年时期，反映军事生活的作品就占据了相当大的比重，如《保卫延安》《红日》《林海雪原》《红旗谱》《黎明的河边》《平原游击队》《野火春风斗古城》《苦菜花》等，而后，军事小说经过了十年的空白，在新时期才又勃发了生机。

新时期的军事小说，首先起于两部长篇小说《东方》和《将军吟》，这两部作品的出现，是对十七年时期军事小说创作的接轨和重建。随后，出现了一批中、短篇小说力作《西线轶事》《高山下的花环》《秋雪湖之恋》《山中，那十九座坟茔》《凯旋在子夜》《射天狼》《凝眸》《第三只眼》等，体现了军事小说的突进。此后，长篇小说《两代风流》《亚细亚瀑布》《一个女兵的悄悄话》等不仅扩大了军事小说已有的成就，而且也宣告军事小说最终走出一度沉寂的局面，进入新的发展时期。

一、徐怀中

徐怀中（1929—　），河北邯郸人。1945 年入伍，1950 年到西南军区文工团工作。十七年时期发表了中短篇小说《地上的长虹》《雪松》《十五棵向日葵》等，20 世纪 80 年代以后，又发表了短篇小说《西线轶事》，中篇小说《一个没有战功的老军人》《没有翅膀的天使》等作品。2019 年《牵风记》获得第十届茅盾文学奖。

《西线轶事》集中描写六个女电话兵在对越自卫反击战前后的一段生活，虽不乏战火的硝烟味，但更多的则是表现部队生活特有的情趣美和人情味，展示 20 世纪 80 年代青年军人特有的风采。小说突破了以往军事题材作品比较狭窄的文学模式，拓展了军事题材创作的艺术空间，标志着军事小说的新阶段。

《西线轶事》在战争的背景下，成功地刻画出在和平环境中长大的新一代军人的形象。作者没有对人物作“净化”处理，而是充分展示了人物的多侧面，更切近生活中的本真状态。小说描写的几个在和平环境中长大的年轻姑娘，刚到部队时，心还没有收拢来，有的“爱嗑瓜子”，有的“爱哭出了名”，有的想偷偷地探索“个人问题”。但是，战争来了，她们一齐上街剪掉小鬏鬏，梳成运动头，准备上战场。到了前线后，头一次架线，必须跨过三具敌人的尸体，两位女兵不敢，耽误了时间，挨了批评。在闷热的亚热带丛林中急行军，因为发的防刺鞋是男式的，“太大，像是穿了一对箩筐，脚都打泡了”，却没有一个掉队。班长亚莉一整夜钻在暑气蒸人的猫耳洞里值班，全身上下爬满了旱蚂蟥，仍坚守岗位。战争使她们必须忘记自己是女人。作品虽不乏写女兵与敌人直接交战的场面，但大量的篇幅都是描写女兵的日常生活和工作，特别是她们的琐事轶闻，令人信服地表现了她们在战争中的成长。

青年英雄刘毛妹是《西线轶事》中最具思想和艺术魅力的一个人物形象。刘毛妹是在“文化大革命”中长大成人的，他和许多有着共同遭遇的青年一样，父辈的惨遭迫害，把他推出了正常的生活轨道，使他陷入了屈辱的逆境中，造成了他抑郁和善于沉思的性格。他带着时代的烙印来到军营，表面上冷漠、孤傲，但心底深蓄着忧患意识，潜藏着热流与光亮。他在战场上献出了自己的生命，充分显示出自我复归以后主体性格的刚强。小说在塑造这个人物形象时，透过他冷漠的外表，挖掘内在的火热岩浆，用现实主义笔触写出了人物性格的复杂性。同时，小说也揭示了他在战场上的英雄行为的动机，不只是受到外界灌输的某种思想的鼓舞，而正是从他那坎坷的生活经历中，汲取了自强不息的力量，终于在硝烟弥漫的战火中实现了自己生命的价值。

《西线轶事》的出现，不是应时趋势的产物，而是军事小说发展到一定阶段上的产物，它极大地激励了部队作家，强化了他们创作的主体意识和对文学的审美追求，为新时期军事小说的发展带来了新的希望与空间。

二、李存葆

李存葆（1946— ），山东五莲县人。1964年入伍，1965年开始文学创作。他的中篇小说《高山下的花环》和《山中，那十九座坟茔》分别获第二届和第三届全国优秀中篇小说奖。

军队生活并不是单纯的“军营生活”，军队与社会有着千丝万缕的联系。《高山下的花环》纠正了以往一些军事题材小说单纯将目光集中于“军营”的倾向，把带有各种社会关系的人物集中在战场上，把军营与社会联结起来，在人物关系与人物命运的描写中，贯穿了军营与社会、军队与人民、现实与历史的广泛联系，使作品具有强大的凝聚力和辐射力，开拓了军事小说的新领域。

《高山下的花环》成功地塑造了一群血肉丰满的人物形象，尤其是具有新时期特征的“位卑未敢忘忧国”的普通军人的英雄群像。作者在人物塑造上，摒弃了“神化”“净化”英雄的做法，不是把英雄写成超凡脱俗的神，而是作为普通人加以刻画，在血与火中展示了英雄的真面目，如克己奉公、血洒疆场的梁三喜，被战争唤醒了爱国心与责任感的赵蒙生，性如烈火的“甩帽将军”雷军长，智勇双全的“小北京”薛凯华，“说着怪话，做着好事”、既幽默直率又粗鲁尖刻的靳开来……小说在激烈的矛盾冲突中，展示人物性格的复杂性和悲剧性，透视军人的苦乐观，使读者领略到中国军人特有的坚忍、顽强、英勇和崇高的内在力量。

《高山下的花环》以崇高严肃的主题、英勇悲壮的场面和炽热的爱国主义激情，深深地打动了读者。《高山下的花环》的出现不仅是中国军事题材创作的一个突破，也是新时期文学的重要收获。

《山中，那十九座坟茔》描写“文化大革命”期间，一支英雄的部队前往龙山修建一座有巨大弯顶跨度的国防工程，但由于龙山表层为重风化岩，工程塌方，19 名当年无坚不摧、战功卓著的“渡江第一连”优秀干部战士最终葬身在大山之腹的故事。这 19 名战士不是牺牲于战斗的炮火中，不是牺牲于保家卫国的疆场，而是成为极左路线的牺牲品。小说以真实的笔触，围绕着那个荒诞年代发生的荒诞故事，围绕着这个英雄连队的 19 名战士的不同经历、不同性格、不同命运遭际，将他们刚毅的军魂展现在我们面前，并由此引出了一个巨大震撼力的悲剧主题——动乱的年代、极左的路线给我们的革命事业和革命军队带来了多么大的灾难性影响啊！《山中，那十九座坟茔》的问世，结束了革命军事小说无悲剧的历史，为新时期悲剧文学的发展开辟了道路。

军事小说在 20 世纪 80 年代以后虽然取得了较快的发展和较大的进步，但与同时期的其他小说样式相比，与时代社会的审美需要相比，仍存在着一定差距，有待进一步的开拓和向着更高层次继续发展。

第六节　历史小说

◎历史小说保持旺盛的发展势头　◎姚雪垠《李自成（第三卷）》　◎凌力《星星草》　◎二月河“清帝系列”小说

中国当代历史小说的创作在很长时间里几乎是一片空白。早在 20 世纪 60 年代，伴随姚雪垠《李自成（第一卷）》的问世，曾出现过一个兴旺的势头，但这个势头犹如昙花一现，很快就变成了漫长的沉寂。这种沉寂一直持续到“文化大革命”结束以后。新时期以来，历史小说创作开始复苏，并逐渐进入了一个兴盛、发展时期。

20 世纪 80 年代，文学热点不断变化，但在前一时期，居于主流地位的基本上是现实题材创作。尽管不那么引人注目，历史小说却也一直在发展之中。仅在 1981 年至 1982 年，就出现了《李自成（第三卷）》《曹雪芹》《星星草》《戊戌喋血记》《庚子风云》《九月菊》《义和拳》《神灯前传》等 20 余部长篇历史小说。1985 年以后，虽然偶有低潮，历史小说在总体上仍稳步发展，《百年沉冤》、《天国恨》、《醉卧长安》、《白门柳》、《长安恨》、《少年天子》、《曾国藩》、“乾隆系列”小说、《李鸿章传》、《康熙大帝》、《雍正皇帝》等一批作品接连问世，体现了历史题材小说创作的繁荣。

20 世纪 80 年代以来的历史小说创作，在整体上体现出以下几个方面的特点：

第一，作品数量众多。有专家曾作过一番统计：十多年来的历史题材小说有长篇六七十部、中篇近百部、短篇 500 多篇。全国每年都要出版 400 多部长篇小说，其中，历史小说占了相当大的比重。时至今日，长篇历史小说的总数，按最保守的估计，也在百部以上。历史小说已经成为近年来长篇小说中唯一高产、稳产的品类。

第二，作品畅销，社会影响大。现已出版的历史小说，不少是畅销书，曾引起读者的强烈共鸣，赢得了社会的广泛认同。如唐浩明的《曾国藩》由湖南文艺出版社出版后，已累计印行 100 余万册；吴越的《括苍山恩仇记》由中国青年出版社出版后，数次再版，印行了 70 余万册；曾获茅盾文学奖的凌力的《少年天子》，也累计印行了约 10 万册。

第三，中国灿烂悠久的历史，为历史题材小说创作提供了取之不尽的源泉。20 世纪 80

年代以来的历史小说创作，题材覆盖面非常广泛，从先秦远古、春秋战国、三国鼎立、隋唐五代、北宋南宋，直至清朝衰亡，数千年的金戈铁马、风云变幻，都有人涉及。作品所描写的人物，以政治家、军事家为主，如秦始皇、唐明皇、康熙、乾隆、李鸿章、曾国藩，也有农民起义的领袖，如陈胜、吴广、李自成、洪秀全、义和团人物，后来又掀起了一股历史文化名人热，孔子、庄子、孙子等人物成了人们争相描摹的对象。许多历史上的重大事件在小说中都有展现。

第四，作品质量比较整齐。不少作品，如凌力的《少年天子》、唐浩明的《曾国藩》，得到社会各界的广泛认可。文学评论家谢永旺认为：历史小说的艺术水准，已经站到了小说创作的最高水平线上。在思想内容上，同历史研究比起来，作家在某种方面已经走在了史家前面，他们按文学创作的自身规律，勇敢地思考历史，描写历史，在一些方面比史家有所超越。这是历史小说受到青睐的重要原因。

第五，历史小说的兴旺、繁荣，造就了一批历史小说家。在当今文坛，出现了一批专事这类体裁创作并且成果斐然的小说家。他们高产、稳产，作品还都受到不同程度的欢迎。女作家凌力在完成《星星草》《少年天子》之后，又推出了《倾国倾城》《暮鼓晨钟》，计划建构一个“百年辉煌系列”。湖北作家杨书案已先后出版了《九月菊》《长安恨》《秦娥忆》《隋炀帝遗事》《风流武媚娘》《李后主浮生记》《炎黄》《孔子》《老子》《孙子》，以及少儿历史小说《丁亥青春祭》《剑仇》等十余部长篇。这样的产量在当今作家中是少见的。

历史小说为什么会成为一个文学热点？

其一，是因为新时期文化市场上一直涌荡着一股历史热潮，许多与历史有关的图书、影视作品，受到了前所未有的欢迎。这些作品的出现，填补了人们认识的空白。因此，历史小说热是适应了社会大众潜在的需要应运而生的。

其二，历史小说热也是文化反思热的集中体现。“文化大革命”结束后，社会上一直涌荡着文化反思潮流，经历了太多苦难和坎坷的人们，开始对国家和民族的历史文化进行深层次的反思。这类作品题材领域已渐渐扩大，不仅写“文化大革命”，还大量触及了新中国成立前后数十年的历史内幕。这也是一种近距离的反思。而历史小说热，则是一种远距离的深层次反思，这个热点的形成，说明了文化反思正在走向深化。

应当说，十多年来当代历史小说的发展演进，已经提供了不少事实，证明它在走向自身成熟过程中所做出的努力。这表现于历史观念方面的更新与拓展。与旧的历史小说不可避免地带有传统意识的局限与偏见相区别，以《李自成》为开端的当代历史小说，力图以科学的历史观对20世纪初叶之前的中国历史进行重新认识和把握。《李自成》将被封建时代蔑称为“流寇”的明末农民起义者，描绘成自觉的社会力量，还原了其在真实的历史运动中所应占据的地位。

其三，历史文化氛围的营造，成为当代历史小说艺术创造中不可或缺的条件，是这类小说所具有的真正客观性的艺术内容的有机部分。这种历史文化氛围，常常体现于历史的环境、习俗、典章制度、人伦关系、思想语言形态、日常生活内容的文化特征、民族特征与时代特征等方面的具体精微的描绘中。它们作为血肉组织，构成作品所展示的艺术内容的历史生活底色。如果缺少这类底色，不仅会削弱小说的历史真实感，难以让读者的阅读欣然入境，也会影响小说艺术内容的深刻展示。成功的作品总会让人在字里行间领略到这种东西。《李自成》对明末豫陕一带农村凋敝困苦境况与皇宫禁苑奢靡阴森景象的描绘，《金瓯缺》对东京都市风习与军旅征战生涯的描绘，均能营造出特定时代社会生活的真实氛围，将读者带入那个历史文化环境之中。

凌力是新时期历史题材领域中的一位著名作家，这位作家迄今所写的四部长篇历史小说《星星草》和“百年辉煌系列”中的《少年天子》《倾城倾国》《少年康熙》在选材、情节组织、形象塑造和叙事方式上都独具特色，显示出极大的艺术魅力。她以饱含激情与诗意的作品，形成了自己的风格，在历史题材领域中独树一帜。她总是在作品中最大限度地投入主观情感，擅长在作品中组织构建激烈的矛盾冲突，通过凸显白热化的矛盾来表现生活。

另一位值得注意的历史小说家是二月河，他致力于营建“清帝系列”，《康熙大帝》4部、《雍正皇帝》3部、《乾隆皇帝》6部，于1985年至1999年间陆续出版，百科全书式地展示了清代最强盛的130年历史生活的广阔宏丽的画卷。他的历史小说以正史为基本线索，重要人物和重大事件基本上于史有据，而在非主要人物和事件上又充分发挥了艺术虚构和创造的能力，展示了清代社会风俗和人文景观，使作品具有宏伟的“史诗”规模。

第七节　先锋小说

○先锋小说——建构人类心灵的“另外一个王国”　○刘索拉《你别无选择》　○马原《冈底斯的诱惑》　○余华《十八岁出门远行》

现代主义文学以“先锋理论”活跃于20世纪80年代。先锋小说的先锋观念肇始于80年代中期的刘索拉、徐星等人，到马原及1987年前后的洪峰、余华、苏童、格非、叶兆言、孙甘露、北村、潘军、吕新等人达到高潮。这种在精神向度上的自我扩张造成的反叛与超越，让传统文学瞠目结舌；同时也极大地刺激了个性意识空前张扬的年轻一代，他们摩拳擦掌、跃跃欲试，进一步扩展了这种先锋观念的领地。

先锋小说与以往小说的最大不同在于，它从对人的外在行为的经验世界的摹写，转向对人的主观精神世界探幽入微的开掘，把人的主观意识流动、变态心理感受都纳入文学表现的范围，深化了对人的认识和对人的丰富复杂的内心世界的表现。

一、刘索拉

刘索拉（1955—　），原籍陕西，生于北京。她的处女作《你别无选择》在先锋小说的发展中，无疑是一篇具有开创性的作品，1985年该作品荣获全国优秀中篇小说奖，刘索拉也因此跻身于新时期杰出作家行列，获得较高的赞誉。除此之外，她还创作了《蓝天绿海》《寻找歌王》等作品。

毕业于中央音乐学院作曲系的刘索拉，在《你别无选择》中描写了音乐学院一群青年学生闹剧般的生活，为我们展现了他们深深的孤独感，无所事事空虚无聊，压抑和扭曲、迷茫和骚动的心态，难以遏止的创造激情和执着追求。

《你别无选择》体现出浓厚的现代意味，首先在中国当代小说史中以现代化的艺术手法表现具有现代性意义的话题，它回答的是“我是什么”“人是什么”“自然和环境是什么”等现代哲学所关注的本体性问题。因为先锋派小说作家明显受到20世纪初西方存在主义、表现主义以及美国20世纪50年代“垮掉的一代”等现代主义文艺思潮的影响，他们的小说也体现出对个性的强烈追求，对西方文明以及文化的推崇，试图以嘲弄调侃的笔调对现存正统的各种社会秩序和规范提出挑战，进行颠覆。刘索拉的小说就是对当代人复杂心态和精神的观照，其作品一反20世纪70年代以来以象征、隐喻、寓言、抒情的风格表达崇高与悲剧美的传统，转向追求以反讽、荒诞、幽默风格来刻意表现平庸琐碎的生活图景，体现出当代先锋小说对庄重的启蒙主义主题的淡化和消解。

小说《你别无选择》以散乱无章的情节、骚动的人物心态、快速的节奏、“黑色幽默”式的调侃性语言、音乐流动式的结构，展现了青年学生在刻板郁闷的环境中形成的孤独、压抑、痛苦、昂奋的复杂情绪，首次传达出当代中国人对于“存在”的荒诞感。刘索拉这部作品对现存世界正统规范的反叛和颠覆，给读者带来难以忘怀的震惊。

二、马原

马原（1953— ），辽宁锦州人，先锋派小说的重要代表作家。1982 年开始发表作品，小说集《冈底斯的诱惑》《虚构》《西海无帆船》和长篇小说《上下都很平坦》是他的代表性作品。马原的小说一方面体现出西方后现代主义文学及理论的影响，另一方面也融注了在中国当代文化氛围中的自身生存体验，他的小说大胆尝试西方结构主义叙事方式，把小说的叙述形式和结构看成创作的本体。因此，他的写作更像是一种故事的操作，比较看重叙事的非因果性、非连续性、随意性和不可捉摸性，而不强调事件本身的社会、道德内涵。

马原的小说故意制造一种虚构和失真的艺术效果，并且强调叙事的不确定性。作家在叙事过程中故意向读者透露这种用意，以此消解内容本身的意义与真实性。在《冈底斯的诱惑》中，开篇卷首作者就写道：“信不信由你，打猎的故事本来是不能强要人相信的。”《虚构》是马原艺术探索的代表作品，在中国当代文学史上，他首次将叙事形式提高到比情节元素更高的地位上进行大胆的创作实验，也最能显示马原小说创作的不确定性原则。《虚构》前部分写马原到马曲村去采访麻风病人，并写了马原同麻风女的一段恋爱故事。但小说的结尾却说这个故事是他老婆听一个医生的朋友诉说后又转告作者的，而且更让读者对整部作品产生迷惑的是作者在小说结尾的一段评论：“我还得说下面的结尾是我为了洗刷自己杜撰的。”这样不仅制造了情节的前后矛盾，而且更显示出作者的用意，他是在有意凸显文本的不确定性和歧义效果。另外，马原作品中的人物没有固定的性格特征，故意不给人留下清晰的印象，人物的出场和退场也具有很强的偶然性，无明显逻辑联系。《虚构》中不仅贯穿始终的“我”是一个虚构的人物，其他人物也较少具有确定性，马原以这种似是而非的人物形象使任何按照确定的逻辑推理的希望全部落空，给读者留下多义的联想和阐释空间。

理解马原的小说，最主要的是把握他在叙事方式上所做的创新。从叙述角色上讲，他小说中的人物具有多重性身份，以《虚构》为例，其中的“我”可以身兼多职，既是故事中的主人公、讲述人，也是作者本人，这三重身份的叠加造成一定的混乱，给读者理解小说带来阻拒性。从叙事过程看，它有意突破传统的故事性叙述模式，没有连续的情节，只有场景和片段的组接。另外，从叙述语言角度说，作者无意显示事件的内因和人物的心理，只是使用陈述句式记录人和事的形态和位置，以此改变读者因果推理的阅读习惯心理，从而使其更贴近文本，去发现叙述本身的意义。

三、余华

作家小传

余华：轻松笔致揭穿人生真相

余华（1960— ），1960 年 4 月 3 日生于杭州，浙江海盐人。海盐对余华的创作有深厚的影响，在自传中他说：“我在海盐生活了差不多有三十年，我熟悉那里的一切……我过去

余 华

的灵感都来自于那里，今后的灵感也会从那里产生。”余华的父母都是牙医，他从小就感觉在家里有一种压抑和困闷，内心渴望获得自由。1977年高中毕业，1978年开始当了5年牙医，1984年在《北京文艺》上发表了他的第一篇小说《星星》，之后又创作了《十八岁出门远行》。余华的创作风格曾经深受川端康成和卡夫卡的影响，后来从他们的艺术模式中解脱出来，进而探索出一条独特的文学之路。1984年他完成了《四月三日事件》《一九八六年》等小说，开始展露其独具个性的文学才华。1988年初发表了影响极大的《现实一种》，其价值得到文学界的充分肯定。接着，他又发表了《世事如烟》《此文献给少女杨柳》等小说，不断取得新的成就。余华从处女作《十八岁出门远行》开始到《世事如烟》等作品，在较短的时间里，以跳跃式的姿态达到了一个又一个新的文学高度，在他笔下，人和人之间的那种残酷状态也可以用一种潇洒的情调轻松自如地勾勒描画。余华在先锋小说领域大胆实践，独树一帜，90年代初又创作了著名的小说《活着》《许三观卖血记》等，体现出重新密切关注现实的新的文学话语转向。

余华从发表处女作《十八岁出门远行》开始，就显示出一种与传统小说叙述模式和思维方式迥异的鲜明语言风格，并因此著称于当代文坛，成为先锋小说的杰出实践者。

余华的《十八岁出门远行》是一篇“成长的仪式”。在这篇小说中，那个恩将仇报的司机为评论界所忽略，其实从他身上更能看出余华对这个世界的批判。这个司机就是一个被“反常”同化、视“反常”为“正常”的人，他在现实中遭遇不测后，面对江湖险恶陷入一种“存在性不安”之中，自我正常的思维已萎缩为“内自我”，灵魂的分裂使身体不再体现真实的自我，变成“假自我”系统的载体。此时的他已不再是他，他的一言一行都是“另一个王国”里的举动。因此，他恩将仇报只是一种虚拟的人格扮演，是正常的“反常”。他从维护自己的自我出发，最终只能走向自我的崩溃。

余华在他的小说中试图让我们相信，一个反常的世界用另一种眼光衡量可能是合情合理的。他的这种情理的悖论体现得最集中、最深刻的当推《河边的错误》：失常者杀死正常人可以逍遥法外，正常人出于正义击毙失常的凶手却要坐牢受审。在此，作为大众公认并遵守的法律在两难之境里无话可说。在人物心灵的冲突中，正义与道德、无情与有情、谁是谁非在“正常”与“反常”的对话中茫然失语。当马哲从警察变成一个精神病患者时，无论他是出于自愿还是被逼迫，他的思想上已打上了精神病患者的烙印。在常人眼中，他的非常之举就是精神病患者所独有的“特质”。此时的马哲已无法与他人共同拥有一个经验的世界，外部世界对他的影响并不会消失或减小，相反只会更加被扭曲、放大，使他更深地局限在自身狭隘的经验世界之中，尽可能地活在自己的“王国”里。从这个角度看，虽然他赖以存在的载体是精神病患者，但他却在另一个精神领域里寻找到了身体的自由和内心的平安。因为只有也变成一个和那个在河边杀人的疯子一样的精神病人，他才能按照既定的法律获得自由的可能。法律这个代表着指导人们行为准则的“上帝”被彻底消解，在反常的世界里狂舞的人们拥有一套属于自己的“法律”。

先锋作家还惯于挖掘爱情“反常”的一面，试图以此反抗传统爱情观念对人心灵的压抑。新中国成立后直至20世纪70年代末，中国文学进入一个无爱无性的年代，爱情被政治化为志同道合的模式。新时期之初，虽有不少题材涉及爱情，但其主题模式建构与内涵挖掘仍停留在20世纪30年代的水准，传统文化心理和审美心理仍是爱情主题的主宰。叶兆言的《十字铺》对传统爱情小说模式发起了挑战，造成了对爱情的全面解构。季云与真珠“郎才女貌”，是“天生的一对”，士新充其量是个传递信物的“红娘”或是白雪公主身边的“小矮人”。但美丽的爱情传说在这里变成不可思议的另一种“传奇”：走向革命道路的季云流离失所，最后客死他乡；士新则老谋深算，藏锋守拙，竟然平步青云、官运亨通；身为季云未婚妻的真珠最终投入士新的怀抱。这是一个“癞蛤蟆吃到天鹅肉”的故事。《十字铺》以此表明，传统爱情至上的浪漫在现实生活中有多么脆弱，务实的生存选择和可靠的生活保障比精神性的美貌、才华和思想进步更有力量，更具诱惑力。在这里，“正常”与“反常”的对抗是传统文学中高昂的理想主义和浪漫主义与极端世俗的价值观的对抗。如格非在《初恋》中所说：“‘我’和妻并没有感到初恋的动人心旌，恰恰相反，我们结婚已经四年了，我们信誓旦旦，永不分离，我们未雨绸缪，时刻准备，各奔东西。”可见，爱情、婚姻和家庭还隐藏着我们所不愿意看到的另一面，如同一座玲珑的宝塔，美丽耀人，然而只轻轻一击便轰然倒塌！

围绕着人的本性，先锋小说在这里找到了寻找先锋意识的突破口，发出了不同的声音。他们乐此不疲地把爱情中的“性”与“爱”剥离开来，把性当作个性的最终表达，在性的撞击中闪耀生命的火花，从而褪去了性观念上沉甸甸的感情和文化的意义，以生命存在的本真状态来呈现。先锋小说家认为：性对道德和伦理等文化意识形态的冲击是文明压抑下的逆反与背叛，是生活粗糙和破裂后心灵的见证。

先锋小说家对死亡有着特别的偏爱，当他们在现实生活的宏大的主流意识形态话语中感到一种精神上的疲惫时，便开始寻找另一种方式的抗争。在他们反常的视野中，“文明只是一个口号，秩序成了装饰”。这种极端的先锋意识表现为死亡不再具有社会认识价值而变得毫无意义，人如同风中的芦苇随时会遭到死亡的捕捉，毫无理性也毫无因由。他们根本不关心为何死亡，只关注死亡过程本身，其忧郁的目光从来不注视浪漫的蓝天白云，却在常人难以想象的领域如出入无人之境。我们能从他们的叙事中感到一种对死亡的欢畅的执迷。在先锋作家的内心，他们对这个世界的看法已与常人背道而驰，对这个世界的批判也因此走向极端，他们用暴力和死亡抵抗现实生活的庞大秩序对人心灵的虐待。先锋小说家告诉我们，死亡也是世界的另一种真实，是人心灵深处的另一种隐痛。余华在后来的《活着》《许三观卖血记》中分明告诉我们，人因与死亡的抗争而获得尊严。

时光如流，先锋小说的盛世已成历史。先锋小说家们从“正常”的途中逃离而出，在“反常”的舞台上狂欢了一阵之后，对人、对社会的哲学化批判仍然矛盾重重，尚未从这种无奈的悖论中走出。不管先锋小说家笔下的人物有多么丑陋，它的先锋观念有多么极端，其实质都透显出强烈的人文激情和人性深度，也充分表现出人性的提升和存在的超越意向，是在荒诞与虚无的形式下表达对现实的批判与对理想的追寻，浮在文本表层的极端意象遮掩下的是先锋作家内心深处那纯粹的、对自我世界的守护和对理想世界的向往。最具代表性的是余华在20世纪90年代初调整了创作的趋向，在《活着》《许三观卖血记》等作品中觅求一种与本土现实话语接轨的新的言说方式。他说他也时常“被某些活生生的事实所深深打动”，意识到“作家的使命不是发泄，不是控诉或者揭露，他应该向人们展示高尚”。先锋小说的先锋意识有了更深层的发展和表达形式。尽管先锋小说早期的这种先锋意识远离了中国本土文化中的发展逻辑观念，不加筛选地完全挪用了西方对人微观研究的学术思想和拉美后现代小说观念，从而减弱了自己对社会批判的声音，但是，应该承认，其先锋意识对后续小说潮流的影响和启示，均有不可低估的永远的价值。

思考题

1. 高晓声的小说以表现当代农民命运著称，请思考他创作的“陈奂生系列”小说与新中国成立以来同类题材作品相比，在思想深度和艺术表现上取得了哪些新的突破。

2. 汪曾祺的小说是一幅幅清新隽永、淡泊雅静的风俗画，《受戒》是如何体现他的这种独特审美追求和艺术风格的？

3. 中国当代历史小说创作在很长时间里几乎是一片空白，为什么在20世纪80年代能够重新成为文学热点？

4. 马原、余华在先锋小说实践中的积极探索体现在哪些方面？

延展阅读

1. 在反思小说潮流中，王蒙以《布礼》《蝴蝶》《相见时难》《活动变人形》著名，而在20世纪90年代再次以集大成的“季节四部曲”成为新现实主义小说创作中的杰出代表：《恋爱的季节》《失恋的季节》《踌躇的季节》《狂欢的季节》。

2. 从引人注目的《乔厂长上任记》开始，蒋子龙创造了一系列的改革小说，成功地打造了一个“开拓者”形象家族：《机电局长的一天》《一个工厂秘书的日记》《开拓者》《狼酒》《人事厂长》《赤橙黄绿青蓝紫》《锅碗瓢盆进行曲》等。

3. 贾平凹的“商州系列”小说体现出浓郁的地方文化气息，这一时期具有鲜明地域特色的文学创作特别繁盛，形成各地风俗文化交相辉映的小说景观：邓友梅《那五》等“京味市井”小说、冯骥才《神鞭》等“津味市井”小说、郑义《老井》等“太行山区生活”小说、郑万隆《异乡异闻》等“黑龙江边陲”小说、周克芹《许茂和他的女儿们》等“西南地区山乡”小说、古华《芙蓉镇》等“湘情乡土”小说、李杭育《沙灶遗风》等“葛川江系列”小说……

4. 汪曾祺的小说运用水洗过了一般清新质朴的语言书写韵味独到的民俗风情文化，除了短篇小说《受戒》外，值得一读的作品还有《异秉》《大淖纪事》《岁寒三友》。

5. 阿城说：“若使中国小说能与世界文化对话，非要能浸出丰厚的中国文化。”（《话不在多》，载《文汇报》，1985-04-22）他最突出的成就是写作了蕴含传统文化意蕴的“三王系列”小说：《棋王》《树王》《孩子王》。

6. 张承志创作了一系列的草原题材小说，其中以《黑骏马》最为出色，并被改编为同名电影《黑骏马》（又名《爱在草原的天空》，1995年）。此外，他的小说还有《骑手为什么歌唱母亲》《雪路》《青草》《北方的河》《心灵史》等。

7. 余华除了写作先锋小说外，还创作了现实主义杰作《活着》和《许三观卖血记》，其中《活着》被改编为电影，取得很大的成功。

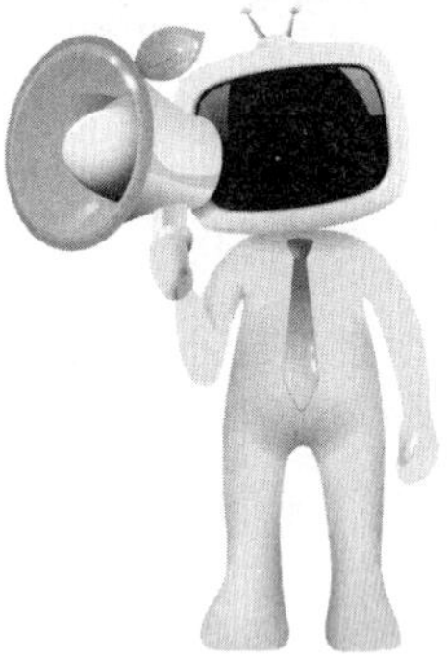

第十八章　新时期诗歌创作的多元化形态

新时期是当代诗歌最为繁荣的时期，诗歌的创作队伍、作品的数量和质量、风格和流派都得到了空前的发展，呈现出崭新的格局。一方面，辍笔多年的诗人重返文坛，开始了新的创作生涯，他们是现实主义诗歌队伍的主力军。另一方面，大批青年诗人向传统发起冲击，他们广泛吸收西方现代诗歌的营养，强调表现自我，注重个人内心感觉的抒发。他们的作品因追求意象的象征性和意蕴的不确定性而被称为“朦胧诗”。后朦胧诗则是20世纪80年代中期作为朦胧诗的否定和替代而涌起的又一次诗歌浪潮，新生代诗人们体验更多的是思想解放和经济大潮的猛烈冲击，标新立异的反叛精神和开放骄纵的超越意识引导他们不断对审美传统进行大规模的偏离和解构，抒发出欲望与激情、孤独与失落交融的新时代情绪。

第一节　现实主义诗歌的挺进

○“归来的诗人群”——现实主义传统的复苏　○《光的赞歌》——艾青诗歌新的突破　○“七月”诗人的发展——绿原与牛汉　○邵燕祥等人的诗作

新时期的诗歌，大体经历了恢复现实主义传统和多元发展两个阶段。这一时期诗歌创作队伍得到迅速恢复，辍笔多年的诗人重返文坛，开始了新的创作生涯。现实主义诗歌的代表诗人有艾青、“七月”诗人（绿原、曾卓、牛汉）、邵燕祥、公刘、流沙河等，作品体现出诗人强烈的政治热情和反思意识。这些经历过历史变革而重新“归来”的诗人的歌声中既有因“归来”而产生的由衷喜悦，更有对这段历史误区的深刻反思。“说真话、抒真情”是构成新时期诗歌最初几年的主要景观。根据艾青复出后的第一部诗集——《归来的歌》，这一批诗人常被称为“归来的诗人群”。

一、艾青

新时期是艾青创作的第二个高峰。在被迫沉默了二十几年后，艾青1978年4月发表新作《红旗》，标志着诗人重新回到他离别已久的诗的艺术世界之中。艾青新时期的诗歌从思想上可大概分为三类：咏怀诗、哲理诗和政治抒情诗。这些新的诗歌创作保持和发扬了“五四”新文学革命的民主精神以及正视现实、敢于说真话的现实主义传统，突破了诗坛数十年的沉闷和诗人以往诗歌创作的局限，力求新颖独到地概括时代精神，融个体小我于人民的大我之中，唱出人民的心声。

艾青在被迫沉默的20多年间，深深扎根于人民的土壤，他对现实生活的思考和人生的理解更敏锐、更精深。长诗《在浪尖上》以“四五”天安门事件为背景，深刻而犀利地揭示了产生悲剧的历史原因和社会原因，对“四人帮”的巨大罪行提出强烈的控诉。对于历史题材，诗人也是站在现实的基础上进行审视，在对历史的深沉思考中寻找带有规律性的问题。《古罗马的大斗技场》是他一首借古抒今的著名诗篇，字里行间流露出诗人对时代、对人类社会和对邪恶诅咒的爱憎情感。诗人大胆地喊出亿万人民的心声，大声宣告一个旧时代的灭亡，一个真实的新时代的到来。

艾青的诗保持和发扬了他追求、歌颂光明的品格，他是高擎“火把”“向太阳”迈进的诗人。新时期的艾青唱的已不再是旧日的歌，1978 年的《光的赞歌》也体现着不同于 1938 年的《向太阳》的思想和艺术光芒，诗歌主题由太阳的呼唤和呼唤太阳转向我们创造光明、我们就是太阳。诗人认为光明属于奋不顾身、前仆后继地追求它的人们。在这首诗中，诗人歌颂了自然之光、民主之光、科学之光、理想之光、生命之光，表达了他在新时代到来时的礼赞与欣喜之情。诗人真诚地激励自己加入光明的队伍，与人民群众一道前进。可见，这一时期艾青对光明的歌颂更高昂。

在艺术手法上，艾青新时期诗作的突破与追求主要表现在创造鲜明、独特的艺术形象和对语言的创新上。艾青的诗不仅深刻反映时代精神和社会生活，给人以深刻的启示，而且通过独特的艺术构思和绝妙的诗歌形象，打开了广阔无垠的艺术天地。他努力地追求“水晶”般单纯和“珍珠”般凝练的艺术风格，即在诗的简约明洁的画面里融入深厚的抒情容量。艾青的诗歌语言极富新奇的感觉和暗示的色彩，追求挥洒自如的内在律动和节奏；他坚持以口语写诗，同时提倡诗的散文美，充分显示了白话对古文的“散”的破坏力，瓦解了古典诗词的韵律和语境。正如诗人自己的看法：“是诗创造了格律，而不是格律创造了诗。”如《慕尼黑》一诗纯用自然流畅的口语写成，清丽明快而又富于象征色彩，意蕴丰富、耐人咀嚼，令人读后难以忘怀。

二、绿原

绿原（1922—2009），原名刘仁甫，生于湖北黄陂，是 20 世纪 40 年代“七月”诗派的重要诗人。绿原的诗歌创作与“七月”诗派其他诗人一样恪守现实主义原则，把真实看作诗的生命。他忠于生活，也忠于诗。他各个时期的诗作都艺术地反映了历史和他个人思想的发展进程，诗作呈现出健康向上的情绪色彩，代表作有《童话》《集合》等诗集。

绿原在新时期复出后，第一首诗就写道，“诗人的坐标是人民的喜怒哀乐”；“人民的代言人才是诗的顶峰”（《听诗人钱学森讲学》）。他歌唱自立自强的中国人民，歌唱宏伟蓬勃的社会主义建设事业，充满了时代的激情。绿原新时期诗作的又一特色是将诗情与理念有机地融合，冷峻的思辨色彩与真挚的感情共存一体。《又一个哥伦布》《重读〈圣经〉》等作品都体现了这一特点。在“文化大革命”中，绿原的身心遭受了很大折磨，他借用《圣经》中的故事抒发内心的苦涩。用比喻的方法对《圣经》故事中的世道和人物重新进行评价，曲折地反映出他对现实人生的种种看法。在情绪低沉的时候，诗人虽然想到了但丁的“炼狱”门上的那句话：“到了这里一切希望都要放弃。”但并没有就此消沉、绝望，他得出的结论是：“无论如何，人贵有一点精神。我始终信奉无神论：对我开恩的上帝——只能是人民。”诗人坚信人民是社会发展的决定力量，人民会对历史做出正确的裁决。这首诗全篇运用了比喻的方式，含蓄地以《圣经》中的故事映射现实生活，批判深沉有力。绿原有着对生活敏锐的感受力、特异的想象力和纯真的感情，使平凡的题材焕发出异彩。1982 年荣获《诗刊》诗歌创作奖的《西德拾穗录》就是一组国际题材的飘逸着浓厚异国情调的佳作。组诗共九首，是诗人以出访德国的旅途见闻和感受创作出的，诗人摒弃以往风光加友谊的套式，而通过独特的风物传达美好的感情，将历史感与时代感有机地结合。如第一首《威利巴德埃森，一座少女雕像》："你还伏在那里/偶尔动弹了一下/仿佛不胜羞愤而抽搐。"这种来自诗人对生活的独特体验和他融入其中的独特的审美理想，细腻地传达给读者以新鲜的感觉和巨大的艺术感染力。

三、曾卓

曾卓（1922—2002），原名曾庆冠，生于湖北省武汉市，也是"七月"诗派的重要成员。创作于新时期的《悬崖边的树》反映了诗人们共同的历尽磨难的人生际遇和充满期待的心境。诗人赋予这棵树以活的人格力量："它倾听远处森林的喧哗/和深谷中小溪的歌唱/它孤独地站在那里/显得寂寞而又倔强。"在暴风的冲击下，"它的弯曲的身体/留下了风的形状/它似乎即将倾跌进深谷/却又像是要展翅飞翔……"，将抒情氛围设置在险恶环境中加以渲染和衬托，凸显悬崖边的树那超拔强劲、遗世独立的生存姿态。和在《青春》《铁栏与火》等诗中一样，诗人在这首诗中将战斗的热情传达给读者，正如牛汉所说："他的诗即使是遍体鳞伤，也给人带来温暖和美感。……凄苦中带有一些甜蜜。"另一首杰出的诗作《我遥望》营造了一个秋的意境：年轻时候"偶尔抬头"，"遥望六十岁，像遥望/一个远在异国的港口"；六十岁后"有时回头"，"遥望我年轻的时候，像遥望/迷失在烟雾中的故乡"。诗中异国的港口与烟雾中的故乡、少年的远游和苍老的回顾的意象对比鲜明，淡然的旷远和沉静的生机，洗却了青春的浮躁喧嚣，达到了艺术的成熟。

四、牛汉

牛汉（1923—2013），又名牛汀，生于山西省定襄县。复出后的牛汉保持着"七月"诗派广泛性与深刻性相统一的抒情传统，首先发表的作品"大都写在一个最没有诗意的时期，一个最没有诗意的地点"（"文化大革命"期间），却"为我们留下了一个时代的痛苦而崇高的精神面貌"。诗集《温泉》是代表他新时期艺术风格的力作，取材奇特，在描写动植物的诗句中开掘深刻意蕴，寄托诗人的感慨，在理趣与情感交融中真实表现诗人的性格禀赋和审美追求。枯枝、荆棘和芒刺所筑的巢中诞生了振翅高飞的雄鹰（《鹰的诞生》）；"半棵树"被雷电劈掉了半边，却坚韧不屈地挺立（《半棵树》）；囚于笼中，却从未放弃自由的努力和希望，挥舞着破碎滴血的趾爪，闪动着火焰似的眼睛的"华南虎"（《华南虎》）等，悲剧性的诗歌情绪下流淌着生命强有力的激荡和冲击。牛汉不希望他的诗在成熟和定型中衰老和死亡，总是不断地抛弃旧的，寻找新的，显示了诗人对艺术故步自封的突破和对精神永无止境的探索历程。除了《温泉》之外，牛汉还著有《海上蝴蝶》《蚯蚓和羽毛》《沉默的悬崖》三本诗集。

五、邵燕祥

邵燕祥是20世纪50年代"到远方去"的一代诗人，20世纪80年代出版了十余部诗集，从历史和现实社会问题中取材，凸显尖锐的论辩色彩，如《含笑向七十年代告别》《迟开的花》《邵燕祥抒情长诗集》等。他的诗多取材自火热的现实生活，常抒写青年人的理想志趣，感情奔放，时代感强。

邵燕祥复出后最初一批作品如《中国又有了诗歌》《历史的耻辱柱》《关于比喻》等展现了面对现实问题、激愤炽热的情绪基调。随后，他转向表现历史内涵的社会性主题，发表了《我是谁》《长城》《走遍大地》等13首抒情长诗。从1981年起，诗人创作了"当代抒情史诗"系列长诗，从"我筑起长城/又哭倒长城"的奴隶和英雄时代，到今天"天安门检阅我/我也检阅天安门”的人民时代，邵燕祥把几千年的民族历史和人的生存命运交融在一个抒情喻体里，打破了时间与空间的分割，开创了当代抒情史诗的一种新形式。《最后的独白——诗剧片断，关于斯大林的妻子娜捷日达·阿利卢叶娃之死》是其力作，在这首诗中，历史和现实、意识和潜意识的影像互相切割、交叠，“大地这一刻冻死了。/天空的泪痕冻成一条一条的暗云。/微弱如烛的太阳/在我胸中一寸一寸地熄灭”。诗人将批判的锋芒刺向历史，女主人公的命运实际上是俄罗斯近代文化的一种暗喻。另一种风格是长篇组诗《五十弦》对于人生情感的古典式的温婉和痛楚的诉说，体现的是邵燕祥诗歌创作情感体验中细致幽微的一面，诗中有南国水乡“微凉的雨”，有早春黎明的迷惘徘徊，也有夜雨中芭蕉的矜持。《假如生活重新开头》是他新时期的代表性诗篇，写于1979年11月，正当“四化”建设兴起之时。在这转折时期，诗人站在历史的潮头，再一次地呼唤明天，表现了他的胆识、信心和勇气，给人以极大的鼓舞和启迪。诗篇采用直抒胸臆的抒情方式，塑造了一个鲜明的“自我”形象：这个“我”满怀理想、勇于献身、一往无前。诗的结构严谨，韵律和谐，虽然采用自由体写作，但每节行数相同，每行字数相当，自由而不散漫，严整而富有变化感，令人倍感亲切，具有很强的感召力。

六、公刘

曾写有“既然历史在这儿沉思，我怎能不沉思这段历史”的公刘（1927—2003），在这一时期也颇有影响。他告别了20世纪50年代的清新明快、充满青春的激动和火一样的激情喷发，将批判锋芒刺进自身，体现出鲜明的哲理性思索特征，凸显着诗人的创作准则：没有灵魂的诗是诗的赝品。新时期出版了《红花·白花》《仙人掌》《离离原上草》《骆驼》《南船北马》等10部诗集，在《〈白花·红花〉后记》中诗人说，“诗应该是诗人的血”，奉献给读者的每一首诗，都是“对自己不断施加压力‘挤’出来的一杯胆汁”。面对昨天沉重的记忆、今天严峻的考验和明天紧迫的召唤，诗人在经历过20多年的放逐岁月后，一方面在回顾中剖析往昔，在思索历史中拷问自己，“我们每一个‘现在’，都被割成两半：/一半顾后，一半瞻前”，另一方面也在沉思中对未来寄予希望，《〈离离原上草〉自序》中说，“过去了的三十年，竟有一半的时间我被驱赶于流沙之中；生命为大饥渴所折磨，喑哑了”；但是“流沙覆盖着的下层依旧有沃土膏壤”，多情的歌声“并未弃我而去”。他的《哎，大森林！》：“分明是富有弹性的枝条呀，/分明是饱含养分的叶脉！/一旦竟也会竟也会枯朽？/一旦竟也会竟也会腐败？/我痛苦，因为我渴望了解，/我痛苦，因为我终于明白——/海底有声音说：这儿明天肯定要化作尘埃/假如今天啄木鸟还拒绝飞来。”诗句中倾注了强烈的忧患意识，进而增强了现实主义的张力，体现了诗人强烈的政治使命感所闪烁的思想光芒和社会价值。体现公刘深沉思考的诗作是《十二月二十六日》，诗人以极大的政治勇气，把思索的目光投向对领袖人物评价的敏感话题上，辩证地正视历史功过：“无可置疑，他是一面大旗，/旗的概念是什么？是飘扬，是进击，/旗应该永远是风的战友，/风，就是人民的呼吸。”公刘还在诗歌理论的建设方面取得了一定成就，出版了《诗与诚实》《诗路跋涉》《乱弹诗弦》《谁是二十一世纪的大师》等4部诗学论著。

第二节 “朦胧诗”的兴盛

◯“朦胧诗”的崛起 ◯女诗人舒婷 ◯《生命幻想曲》——“童话诗人”顾城的代表作

新时期诗歌运动最重要的事件之一是“朦胧诗”的崛起。因为这一青年诗人群的集结以及向传统的冲击和对现代诗艺的追求，新时期诗歌出现了第一次最有革命意义和影响性的浪潮。以谢冕为代表的新派批评家把这股应运而生的现代诗潮称为“新诗潮”。新诗潮是中国社会发展到一个特殊时代的产物，它以长达十年的“文化大革命”为背景，它的诗凝聚着对于当代社会灾难的严峻反思和批判精神。但作为艺术思潮，它更是对于中国新诗自20世纪50年代以来形成的艺术大一统的反思，它的出现宣告了对以往限定的艺术规范的冲破。创作“朦胧诗”的青年诗人，摆脱了传统观念的囿限，广泛吸收西方现代诗歌的营养，他们强调表现自我，注重个人内心感觉抒发。他们的作品追求意象的象征性和意蕴的不确定性，具有浓重的现代主义色彩。1980年《诗刊》第四期发表章明的《令人气闷的朦胧》，首次将此类作品称为“朦胧诗”。

“朦胧诗”填充了新诗史上的最大一次断裂，它使“五四”开始的新诗传统得到接续和延伸，它有效地修复和推进业已中断的新诗现代化进程，结束了诗思想艺术的“大一统”的窒息，以开放的姿态面对世界，由此开始了艺术多元发展的运行，恢复了中国诗歌的生机。

“朦胧诗”作者群中影响最大的是号称“新诗三杰”的舒婷、北岛、顾城，此外还有江河、芒克、多多、王小妮、梁小斌、杨炼、傅天琳等。

一、舒婷

舒婷（1952—　），女，原名龚佩瑜，福建厦门人。“文化大革命”期间曾在闽北山区插队，1972年返城，做过泥水工、浆洗工、挡纱工、焊锡工等，著有诗集《双桅船》《会唱歌的鸢尾花》《舒婷顾城抒情诗选》等。1981年秋天，舒婷创作了一首带有明显“自白”色彩和总结性的长诗《会唱歌的鸢尾花》。此后，诗人搁笔三年。再写诗时，诗风有了一些变化，注意从客观生活中提炼出诗歌意象来凝定激荡奔放的情感，以较冷郁的色调和跳跃性更强的诗句来表达曲折、幽微的情致。舒婷的诗歌受到现代诗人何其芳的影响，但诗风更为开阔，既有柔情亦具刚性，比较符合中国传统诗歌的审美风格，形成了自己独特的风格。

第一，舒婷的诗委婉表达自己的人生理想。她的诗一反多年来诗歌创作“假、大、空”的公式化、概念化倾向。她忠实于自己的感受，用真挚的情感化为诗句来拨动读者的心弦，带给人们耳目一新的感觉。

第二，舒婷的诗歌表达了对时代和社会生活中某些重要问题的关注和思考。她的诗歌以独有的忧伤感，以及对祖国、对人民炽热深厚的爱而感染了一个时代。《海滨晨曲》表现了痛苦年代一部分青年人的苦闷和思考，真切地表达了人民的心声。《祖国呵，我亲爱的祖国》创作于1979年，正值我们国家冲破种种阻力，实施“四化”宏伟蓝图之际。诗篇通过对祖国贫穷、落后的历史和现状的描写，倾诉了诗人内心的痛苦和欣慰，表达了为祖国献身的崇高理想。

第三，舒婷的诗具有很强的探索精神。她广泛吸收中外名家的艺术手法，在修辞、段式、构思等方面都有西洋诗的痕迹。她的诗形象、感情与哲理常常结合在一起，使诗的意境更加深远而优美，诗的天地更为广阔。

舒婷的代表诗作是《双桅船》和《致橡树》。在《双桅船》中，诗人描写了一艘双桅船向连绵的海岸倾诉自己的情思，通过双桅船与海岸的分别、结合，再分别、再结合的相互依存关系，揭示出了一种人生哲理。海岸是双桅船在经历了与惊涛骇浪的搏斗之后，能够得到休息与爱抚的地方；但是，海岸同时又是双桅船下次航行的起点，双桅船有自己的使命，它要航行就必须辞别海岸而去。双桅船与海岸之间永远无法改变这种彼此依恋，但又不得不分离的命运，从中我们似乎可以悟到：双桅船是我们每一个人或是整个人类的象征，我们依恋温暖、幸福的港湾，但要前进就不得不舍弃平静的生活、温馨的家庭，只有在风浪的颠簸中我们才能成熟起来，只有经历了苦涩，曾经拼搏奋斗过，才能知道什么是真正的幸福和甜美。但是在我们奋斗拼搏获得成功之后，我们能够想到的第一个念头就是——回家，回到那平静的港湾。在某种意义上，双桅船的心境正是我们许多人共同的心境。

《双桅船》中的“船”和“岸”两个主要意象，具有多重不确定的象征性含义。那么，这双桅船指的是什么，那海岸又代表什么呢？你不妨把它们假设为一对热恋中的情人，而《双桅船》也就可以说是一首情诗。但这海岸又实在不只是二位情人的代表，它似乎还象征着某种比情人更为阔大深厚的事物，你甚至可以说它象征着祖国、民族，以及其他许多令人起敬的东西。

《致橡树》是一首大胆的爱情宣言。它真挚的感情曾拨动了无数读者的心弦。诗的抒情主人公是一个真诚、坦率、个性鲜明的“我”，而“橡树”在这里则代表“我”的爱人。诗人以“凌霄花”和“橡树”的关系比喻依附的爱情，以痴情的“鸟儿”和“橡树”的关系比喻从属的爱情，以“泉源”“险峰”“日光”“春雨”和“橡树”的关系比喻陪衬的爱情。这些，都不能为她所接受，因为她所追求的是独立的个性、平等自主的爱情：“我必须是你近旁的一株木棉/作为树的形象和你站在一起。”这个前提决定了爱人之间各自完整的个性：“你有你的铜枝铁干……”，“我有我红硕的花朵……”；决定了同甘苦共患难的生活原则：“我们分担寒潮、风雷、霹雳/我们共享雾霭、流岚、虹霓。”由于各自独立的性格，使彼此“仿佛永远分离”，又由于共同的信仰、共同的经历，使他们“却又终身相依”。这既是诗人的爱情理想，同时也包含着她对高尚人格、自我价值的追求。历史的苦难遭遇使年轻的诗人无法再轻易认同来自他人的“理想”和“道德”，他们的自我意识生成于个人的体验和思考中，当一切都从个体生存中剥离之后，他们唯有依恃自我的独立意志，才能走向精神的新生。在整首诗中，比喻不是语言的装饰，而是才情与感受力的自然流露，具有很强的感染力。

二、北岛

北岛（1949—　），原名赵振开，北京人。他当过工人、编辑，20 世纪 70 年代末开始创办民间刊物《今天》，对新时期的中国文学产生了极大影响，他是“朦胧诗”最具代表性的诗人，有诗集《太阳城札记》《北岛诗选》《旧雪》等。

民族文化传统、时代的哲学氛围、沉重的生活现实以及北岛本人的生活遭遇，使批判“文化大革命”时期的荒谬现实和渴望理想生活成为他诗歌的两大主题。他的诗严峻深邃，充满怀疑的理性精神，具有一种英雄主义品质。如《走吧》以冷色调的意象，给诗带来一种悲壮的色彩：“走吧/落叶吹进深谷/歌声却没有归宿/走吧/冰上的月光/已从河床溢出/走吧/眼睛望着同一块天空/心敲击着暮色的鼓/走吧/我们没有失去记忆/我们去寻找生命湖/走吧/路啊路/飘满红罂粟。”“走吧”二字形成了诗的复沓的主旋律，表现了“路漫漫其修远兮，吾将上下而求索”的奋进意志。

《回答》是北岛最具经典意义的作品，写于 1976 年“四五运动”期间，诗篇以坚定的口吻揭露了“文化大革命”时期黑白混淆、是非颠倒的社会现实，发出了愤怒的质询，并庄严地向世界宣告“我不相信”。诗中既有直接的抒情和充满哲理的警句，又有大量语意曲折的象征、隐喻、比喻等，使诗作既明快、晓畅，又含蕴丰厚，具有强烈的震撼力。

三、顾城

顾城（1956—1993），北京人，出版有诗集《舒婷顾城抒情诗选》《北方的孤独者之歌》《黑眼睛》《顾城童话寓言诗选》等。

顾城属于早慧型的诗人，他 8 岁开始写诗，并且一开始就达到了极高的水平。他十多岁的时候，随着父亲从大都市到了山东北部的一个荒滩上放猪，用手指在水边的沙滩上写下了他著名的《生命幻想曲》："没有目的/在蓝天中荡漾/让阳光的瀑布/洗黑我的皮肤/太阳是我的纤夫/它拉着我/用强光的绳索。"这首诗处处表现着一个幼弱生命对世界的超验感觉。诗中所蕴含的基本主题，它所呈现的对外部世界的直觉能力，以及投身于大自然怀抱之后产生的温情，在顾城以后的作品中得到不断的重现和发展。

可以说，顾城的诗总是以一个"任性的孩子"的固执去憧憬美，去建造一座诗的、童话的花园，一个与世俗世界对立的彼岸世界，并以此来表现他对人类精神困境的"终极关怀"。可爱的童贞、执着的梦幻是他的诗经常表现的内容。他的诗歌，如《在夕光里》通过两个小孩天真活泼的戏耍，使纯洁无瑕的童心在夕阳的光照里像透明的水晶球一样熠熠生辉，给人美丽的回味。

但是，顾城过分沉溺于自己的"童话"世界中，始终不能成长为一个直面生活的成人。后来，他移居国外，到新西兰的一个小岛上继续营造自己的童话世界。1993 年，在幻想破灭以后，他杀死妻子谢烨，而后自杀。可以说，这种固执的"童心"成就了顾城的诗，也促成了他的悲剧。

第三节 "后朦胧诗"的崛起

◯"后朦胧诗"的泛滥 ◯"知识分子写作"诗人——海子、西川、欧阳江河
◯"民间写作"——韩东、于坚

"后朦胧诗"是 20 世纪 80 年代中期涌起的又一次诗歌浪潮，其称谓很多："第三代""新生代""后崛起""后新诗潮"等。后朦胧诗人很少继承朦胧诗人那种浓重的忧虑感和责任感，更多体验到经济大潮和思想解放的猛烈冲击，充满标新立异的反叛精神和开放骄纵的超越意识，并不断偏离和解构传统的审美理想。

在创作思维、心态和语言等方面，"后朦胧诗"诗人倾向不一，产生了名目繁多的诗歌流派，影响较大的有：1986 年创立于四川的"非非主义"，代表诗人有周伦佑、杨黎等；1984 年形成于四川的"莽汉主义"，代表人物有李亚伟、万夏、马松、胡冬等；1984 年形成于南京的"他们"诗群，代表诗人有于坚、韩东等；此外还有以海子、西川为代表的"新古典主义"等。

进入 20 世纪 90 年代以后，一些 80 年代出现的"后朦胧诗"诗人经过近 20 年的磨洗，诗歌技艺大为长进，为汉语诗歌贡献了一些前所未有的开拓性作品。1999 年，部分诗人中爆发了一场大争论，争论双方分为"知识分子写作"和"民间写作"两大阵营。这场论争虽有争夺话语权的成分，但它确实反映了 90 年代以来不同诗人在艺术观念和艺术主张上的分歧，一定程度上反映了精英写作与世俗化写作这两种诗歌创作历来具有的运动形态，它们互相矛盾，互相作用，互相渗透补充，并非绝对对立。两种流派各有特点、优点，也各有弱点。

一、知识分子写作

知识分子写作的共同特点是：注重诗歌修辞学，崇尚非世俗的体验，诗歌文本比较欧化，但在具体写作上具有各自的特点。这一倾向的代表人物有海子、欧阳江河、西川等。

（一）海子

海 子

海子（1964—1989），原名查海生，安徽人。从小生长于安徽农村，亲近田园生活，对土地怀有亲近感。出版的诗集有《土地》《海子、骆一禾作品集》《海子的诗》《海子诗全编》等。海子深受德国诗人荷尔德林和德国哲学家海德格尔的影响，对于不可言说的神秘之物怀有一种不可抑制的情感。因此他的诗歌往往追求一种神言与人言相融合的精神体验，而他所理解的神和人类所劳作的土地有着密切的联系。情感激烈，一泻如注，是其诗风特征。《月光》在祈祷的语调中传达天地和谐的运动之神秘，那“生命和死亡宁静的声音”使诗人留神倾听，感受到“月光照着月光　月光普照/今夜美丽的月光合在一起流淌”。全篇充满对生命和世界的赞颂之情。在诗人的笔下，黑夜往往与丰收、土地、天空达到了一种神秘的融合。

《麦地》创作于1985年，是海子抒情短诗的名篇之一，它表现了诗人对于淳朴的自然劳作的深情眷念，以及对于健康生命的一种由衷感恩之情。诗从开阔的麦地起始，月光下的麦地迷人而庄严，披星戴月种麦的“父亲”犹如一尊圣像，表达的是对于农事劳作的一种恒久的激动与欢欣。看麦时家乡的“风”“云”都收翅“睡在我的双肩”，是“我”与家乡山川风云的交融，也是劳作中的一种奇妙感受。麦浪是摆在田野上的“天堂的桌子”，暗含对粮食与劳作的感恩情怀，进一步表达了“我”内心那份激动与欢欣。“我们是麦地的心上人/收麦这天我和仇人/握手言和”一节，是对劳作的正面赞颂，正是共同的劳动与此中甘苦的共尝使人群由疏离而趋近，由冷漠而亲和，由此表现了劳作的深远意义及其对人类命运的关系，题旨也由此获得提升。诗的最后两节空间扩大了，展开了遥想式的抒写，场景由中国腹地黄河向尼罗河、巴比伦扩展，不论穷人富人，不管是现代大都会纽约还是古老的圣城耶路撒冷，也因离不开养人性命的粮食而缩短了距离。在这里，充溢于诗人心灵的是对于粮食、劳作及与其相连的生命的感激。

作品欣赏

月　光

今夜美丽的月光　你看多好！
照着月光
饮水和盐的马
和声音
今夜美丽的月光　你看多美丽
羊群中　生命和死亡宁静的声音
我在倾听！
这是一支大地和水的歌谣　月光！
不要说　你是灯中之灯　月光！

不要说心中有一个地方
那是我一直不敢梦见的地方
不要问　桃子对桃花的珍藏
不要问　打麦大地　处女　桂花和村镇
今夜美丽的月光　你看多好！
不要说死亡的烛光何须倾倒
生命依然生长在忧愁的河水上
月光照着月光　月光普照
今夜美丽的月光合在一起流淌

——海子诗全编．上海：上海三联书店，1997.

作为海子短诗的代表性诗篇，《麦地》在艺术上也独具特色，体现了海子诗作的基本风格。其中，用素朴的速写式的视觉意象造成特定的氛围并暗示某种不可见的东西，是本诗突出的艺术特点。以“身上像流动金子”来描述月夜种麦的父亲，以摆放于田野上的“天堂的桌子”来摹写成片的麦浪，都有造像简洁而鲜活的特点。而“父亲”“麦浪”在这里又都是人类家园的象征，在表象的背后蕴含着某种宗教式的虔敬情怀，易于激发读者的进一步联想和思索。此外，整首诗的抒情风格也是清新素朴的，在农家日常生活细节的抒写中融注了一种赤子的率真情怀，使其与麦地这单一但开阔的背景凝聚成一个清新可喜、令人神往的艺术空间。

（二）欧阳江河

欧阳江河（1956—　），当代诗人、诗论家，四川泸州人，现居北京。有诗集《透过词语的玻璃》《谁去谁留》。其诗多关注对纯粹的不及物的语言的把握和操作，注重修辞技术，充满魔幻般的感受，语言形式感和内在音乐性都很强，具有“纸上花”的特点。《玻璃工厂》是欧阳江河最著名也最重要的作品。其旨意在探讨词语与写作，词语与物质等复杂关系，像“玻璃工厂是一只黑色的眼珠/劳动是其中最黑的部分”，写得极有力量。全诗意义隐晦，语言微妙而富有音乐感。

（三）西川

西川（1963—　），当代诗人。祖籍山东，生于江苏苏州。曾经就读于北京大学，与海子、骆一禾友善。现任教于中央美院。有诗集《隐秘的汇合》《虚构的家谱》《西川诗选》《大意如此》等。西川与海子一样，追求神秘精神体验的传达，但是诗风比海子节制，委婉温和，不为情绪所操纵。《在哈尔盖仰望星空》是西川的成名作，淋漓尽致地写活了诗人在眺望星空那一瞬产生的精神震撼。像“这时河汉无声，稀薄的鸟翼/坠落，使驽马/惊惶，逃向我，我站立不动/任灿烂的群星如亿万只脚/把我的肩头踩成祭坛”，将心灵的体验写得如暴风骤雨一般，极具气势。《夕光中的蝙蝠》是西川最为人传诵的名作。“蝙蝠”以一种奇特的诡秘形象出现，意蕴的不可捉摸愈发凸显了诗人所要表达的不可言喻的神秘感。

二、民间写作

相形之下，在“民间写作诗群”标签下所蕴含的流派（“他们”“非非”“莽汉”……）和诗人都更多，无法一一列举。一般而言，这一倾向的诗人比较注重诗歌的当下性和生活性，使用经过剪裁的口语，强调内容的原生形态，在关注语言形式感的同时避免过度的修辞，尤其是欧化修辞。代表人物有韩东、于坚、朱文等。

（一）韩东

韩东（1961—　），当代诗人，“他们”诗歌流派成员之一，江苏南京人。1985 年与于坚、丁当等人创办民间文学刊物《他们》，形成了“他们”诗歌流派。出版的诗集有《白色的石头》《父亲在天上看我》等。

《有关大雁塔》是后朦胧诗初期最有影响的作品之一，从中可以看出新生代诗人抒写生命体验、“非文化”“非崇高”“非意象”的诗歌实验。大雁塔位于古都西安，高 60 多米，雄伟壮丽。据说，此塔是一千多年前专为存放唐玄奘所取经书而修建的，且有唐太宗、唐高宗撰写的碑文。正因为如此，千百年来大雁塔成了盛唐文化和中华文明的象征，成了历代文人赋诗作词、抒情写意的载体。但韩东的这首诗却异其趣而行之，完全剔除了有关大雁塔的文化内涵，只剩下表层的生命体验和感觉。大雁塔不再是一种历史和文化的积淀物，它完全割断了与历史的联系而成为一个客观存在，没有深度的内涵与象征，表达了人们无法进入历史及其背负的文化意蕴，表现出抛弃了文化象征符号后的个人生存状态。《有关大雁塔》语言朴素、直白，富于口语特点。诗人力避传统诗歌语言，不讲究韵律、节奏，也没有比喻、象征，更没有意象的营造。大雁塔就是大雁塔，大街就是大街，在这些词语背后并没有深层意蕴，使诗歌回归凡俗。韩东早期诗歌的纯用口语，抒写诗人对日常生活的感受，写得随意自如，开一代诗风。进入 20 世纪 90 年代以来，韩东的写作开始对现代生活进行冷酷精微的剖视。《甲乙》是他这一时期最著名的诗作，是一篇以小说入诗的成功典范。作者以冷酷入微的手笔刻画一对夫妻下床的场景，将生活中最灰色无聊的部分剖现于读者面前。这首诗在取材上去除崇高化而采世俗化一途，力求以生活的本色直接切入和呈现普通人的生存状态及精神面貌。在语言上，也去除了浪漫的华丽，而纯以民俗口语出之，体现出使诗歌复归生活本身的努力。而在立意上，则力求高远、尖锐，富于撞击力。对比其 80 年代的作品，我们可以发现韩东诗风的演变。

作品欣赏

你的手

你的手搭在我的身上
安心睡去
我因此而无法入睡
轻微的重量
逐渐变成铅
夜晚又很长
你的姿态毫不改变
这只手应该象征着爱情
也许还另有深意
我不敢推动它
或惊醒你
等到我习惯并且喜欢
你在梦中又突然把手抽回
并对一切无从知晓

——韩东．父亲在天上看我．石家庄：河北教育出版社，2002.

（二）于坚

于坚（1954— ），当代诗人，“他们”诗歌流派成员之一。云南人，毕业于云南大学中文系。1985年与韩东、丁当等人创办民间文学刊物《他们》，形成了“他们”诗歌流派。有诗集《诗六十首》《对一只乌鸦的命名》《一枚穿过天空的钉子》《于坚的诗》。他深受哲学家海德格尔的影响，注重发掘词与物的关系，确切地说是汉语与“世界”“大地”的神秘关系，并以此为其诗歌关注和切进的核心，发展出了他“零度写作”“拒绝隐喻”等一系列诗学命题，是少有的诗歌与诗论俱长的诗人。进入20世纪90年代以来，于坚的诗歌产生了大幅度的跳跃，更令人瞩目。他最优秀的作品，大刀阔斧，不断对汉语写作的界限提出挑战，的确达到了他所追求的“像岩石一样坚硬”的程度。长诗《0档案》以奇崛的“非诗”的形式，从日常生活的层面上重新审视了个体生命成长的遭遇，深入探讨了人的存在意义这一本质问题，对现代汉语的表达界限提出挑战，是他最具争议性的作品。《哀滇池》是他比较成功的长诗之一。全诗通过描述滇池的壮观气象，叙述童年与滇池的联系，进而反思人类与大地、诗歌与世界之间的血肉联系，呈现出滇池所具有的那种博大宏深的神性力量。全篇结构宏大，句式大开大阖，从各个角度、各个侧面对滇池的壮观气象进行呈现，精彩之处不时闪现，是汉语诗歌中里程碑式的作品。他的著名作品还有《事件：挖掘》《一枚穿过天空的钉子》《下午 一位在阴影中走过的同事》《坠落的声音》等。

作品欣赏

下午 一位在阴影中走过的同事

这天下午我在旧房间里读一封俄勒冈的来信
当我站在唯一的窗子前倒水时看见了他
这个黑发男子 我的同事 一份期刊的编辑
正从两幢水泥和马牙石砌成的墙之间经过
他一生中的一个时辰 在下午三点和四点之间
阴影从晴朗的天空中投下
把白色建筑剪成奇怪的两半
在它的一半里是报纸和文件柜 而另一半是寓所
这个男子当时就在那狭长灰暗的口子里
他在那儿移动了大约三步或者四步
他有些迟疑不决 皮鞋跟还拨响了什么
我注意到这个秃顶者毫无理由的踌躇
阳光 安静 充满和平的时间
这个穿着红色衬衫的矮个子男人
匆匆走过两幢建筑物之间的阴影
手中的信，差点儿掉到地上
这次事件把他的一生向我移近了大约五秒
他不知道 我也从未提及

——于坚．于坚的诗．北京：人民文学出版社，2000.

思考题

1. 艾青在新时期诗歌创作的突破和追求主要体现在哪里？

2.《双桅船》这首诗所表达的独特的情感内涵是什么？它在新时期诗歌创作进程中有着什么样的重要意义和影响？

3.《麦地》这首诗的主题意蕴与艺术特色是什么？

4.《有关大雁塔》这首诗具有怎样的艺术创新性？

5. 于坚的《下午　一位在阴影中走过的同事》主要表达了怎样的诗性感受？

延展阅读

1. “朦胧诗”是一个比较复杂的诗歌流派，产生了不少优秀的诗人，除了舒婷、顾城之外，多多、杨炼、江河等也是比较优秀的诗人。

2. “朦胧诗”不但汲取了郭沫若、艾青等新诗诗人的营养，而且汲取了 20 世纪欧美众多诗人的营养。比如比较有影响的欧美诗人有：英美的艾略特、奥登，西班牙的洛尔迦，智利的聂鲁达，希腊的埃蒂利斯等。

3. “后朦胧诗”派别林立，成员众多，难以计数，除了于坚、韩东之外，小海、骆一禾、吕德安也是比较优秀的诗人。目前，“后朦胧诗”比较权威的选本是《后朦胧诗选》（春风文艺出版社，1994）和《以梦为马（新生代诗卷）》（北京师范大学出版社，1993）。

第十九章　新时期散文创作的多样化格局

新时期散文创作虽然只有短短二十几年，但是作家与作品数量却远远超过了以往任何一个时期。因为报纸杂志与出版渠道迅猛发展，各种散文日趋活跃，渐成热潮，以新视角、新手法创作的新时期散文形成了与时代社会同步前进的多元化创作格局。散文作者们在这多元化的创作格局中思索探求、努力创新，富有代表性的创作热点有老作家散文、中青年作家散文、女性作家散文、文化散文以及生机蓬勃的杂文与报告文学。

第一节　老作家散文的新收获

◯巴金《随想录》——“讲真话的大书”　◯冰心《谈生命》——寓意“生命体验”的优美“散文诗”　◯孙犁《黄鹂——病期琐事》——对美的执着　◯杨绛《下放记别》——历史旋涡中的淡泊

新时期以来，散文创作进入了一个新的繁荣时期。一批老作家经过十年痛定思痛的反思，重新拿起笔来表达情怀。其中比较突出的有巴金、冰心、孙犁、杨绛等。

一、巴金

巴金是一位誉满海内外的文学大师，新中国成立前即有长篇小说《家》《春》《秋》等著作，新中国成立后，巴金出版了《生活在英雄们中间》《保卫和平的人们》《大欢乐的日子》《友谊集》《新声集》《赞歌集》《倾吐不尽的情感》等众多的散文集，其中，写于新时期的《随想录》最为重要。《随想录》共分为《随想录》《探索集》《真话集》《病中集》《无题集》5 集，每集 30 篇，共 150 篇，42 万字。文艺界评论它是一部“力透纸背、情透纸背、热透纸背”的“讲真话的大书”。这是新时期散文的珍贵收获，也是巴金个人创作史上最后吐露异彩的华章。

《随想录》篇幅浩繁，内容广博，其中数量最多的是回忆往事、怀念故人之作，如悼念茅盾、赵丹、靳以、方令孺、冯雪峰、胡风、老舍等亡友以及悼念亡妻萧珊的作品。在这类挽悼性散文中，这位历经沧桑、饱经忧患的文坛宿将，以自身的深切体验和独特见解，对“文化大革命”的荒诞历史进行了深刻的反思，同时也对自己作了无情的解剖。全书既有较大的史料价值和文献价值，又有很高的思想价值和艺术价值。

《随想录》突出的思想成就，在于作者带着个人深刻的认识与痛苦的经历，站在亿万人民的立场上，对“文化大革命”进行反思。这是贯穿于 150 篇文章的基本思想。《我的噩梦》《人道主义》反复思索“人为什么变成兽”“人怎样变成兽”的问题。他一针见血地指出，我们社会生活中的许多弊病的根源在于封建流毒太多，在于我们的文化心理中沉淀了太多的封建思想影响，这就是“文化大革命”发生的深层原因。

《随想录》在思想上的另一独特性还在于充满了作家的自省意识，无情地、痛苦地、赤裸裸地呈现自我。巴金反思自己近60年的创作道路和个人创作思想的变化，反思在十七年的一些政治运动中“跟在别人后面丢石块”的“左”的思想行为，反思“文化大革命”中的经历和悔罪心理，不怕疼痛地挖自己的伤疤，彻底否定旧我，与昨日之旧我告别。他敢于正视自己，解剖自己。他宣布：“我是从解剖自己、批判自己做起的。我写作也就是挖掘，挖掘自己的灵魂。”他不推卸反右运动中在外界压力下批判过别人的责任，并为此深感愧疚。在《十年一梦》中，他不为自己在“文化大革命”中未曾登台批判别人而自得，倒是毫不掩饰地说：“在那个时期，我未曾登台批判别人，只是因为我没有得到机会。”“万一在‘早请示’、‘晚汇报’搞得最起劲的时期，我得到了解放和重用，那么我也会做出不少蠢事，甚至不少坏事。”在《小狗包弟》中，他甚至为自己在“文化大革命”初期不能保护一条小狗而感到羞耻。讲真话、抒真情、求真理，是《随想录》的重要特征。巴金把这部散文集的第三集命名为《真话集》，表明了他严肃真诚的生活态度和实事求是、追求真理的创作勇气。

《随想录》的艺术价值在于文中的动人诗意。而这诗意来源于作者思想和感情的真实。尤其是《怀念萧珊》，作者的千种柔情、万缕哀思都倾注在对亡妻生前死后的具体描述中。文章主要叙述了在艰难困苦中萧珊对巴金的帮助，她在生命垂危之际的善良愿望和遗恨，真实地再现了他们最后相守时的痛苦与幸福。作者写了她去世后自己的悲痛、思念与歉疚，并缅怀了30年风雨同舟的夫妻情感。他虽然写的是个人的遭遇，但又时时把这场遭遇与整个国家、民族的劫难过程联系在一起，使散文中所写的日常生活场景都超越了个人的意义，成为特殊的历史年代里的一个知识分子的见证。在这篇悼文中，巴金保持了那惯有的真挚、深切的感情和坦荡、晓畅的抒怀。萧珊长逝时，正是风雨如晦的1972年，当时巴金尚不自由，所以尽管他悲怆的心情如浪潮一般，但心头却如大石在压，一句悼念的话也写不出来。1978年，祖国新生，万象更新，巴金深埋心中的怀念之情，奔涌而出。在这篇散文里，寄寓了作者的无限深情和无尽的思念，如作者受批斗后回家见到萧珊，“看到她的面容，满脑子的乌云都消散了”。萧珊病重住院，巴金每天去陪她大半天，这段时间“既感痛苦又感幸福”，再写从病房走回家里，“走进空空的、静静的房间……”，言辞虽不激烈，但“辞愈缓而情愈切”，正是通过朴实无华的词句，显示了作者深沉的感情。

《随想录》的艺术价值还在于写法的不拘一格，不受约束地抒情写意、生发议论、侃侃而谈。《随想录》的风格是化奇警为平淡，寓热烈于质朴。文章看似不讲究构思、结构、手法，甚至语言也是直白的口语，但这正显示了其散文技巧高度圆熟练达。文字的随意，达到了返璞归真、至巧近拙的境界，正是艺术的最大自由。巴金的《随想录》以他诚实的艺术人格和一颗痛苦燃烧的心灵而受到读者的赞许。在《随想录》中，巴金对自己所走过的人生之路进行了冷静的分析和全面的总结，对自己曾经犯过的错误作了诚恳的自责，并对他人的错误言行给予了严正的批评。他在文章中体现出来的袒露“自我”的真诚的人格力量，他的率直、坦荡的品格，形成了文章明澈、热烈的风格。在语言的运用上，于朴素之中显出优美，在通脱之中造出意境，显示出深厚的语言功底。

二、冰心

冰心新时期在散文领域卓有建树，著有散文集《晚晴集》《记事珠》《我的故乡》《冰心近作选》等，并有《冰心文集》《冰心散文全编》等多种版本行世。代表篇章有《绿的歌》

《霞》《谈生命》等。

《谈生命》是世纪老人冰心在生命暮年所写的一篇带有比喻、象征，有着哲理寓意的"生命体验"散文。全文可分为三部分："生命像向东流的一江春水"；"生命又像一棵小树"；"宇宙是一个大生命"。前两部分寓"意"于"象"，平静对待苦乐，是以相同的意思、不同的比喻，做了"复沓"的强化表达，写得神采飞扬；最后一部分直抒胸臆，升华哲理，说出了作者历经百年沧桑、备尝酸甜苦辣后的生命"体验"，十分惊警动人。生命中有快乐，也有苦痛："快乐固然兴奋，苦痛又何尝不美丽？"因此，我们应该"感谢生命"。她自己一生的体验使她极自然地欣赏这样的警句："愿你生命中有够多的云翳，来造成一个美丽的黄昏。"——在这里，她几乎是在企盼、赞美"苦痛"（云翳）了。而这正是这位百岁老人在她生命的"黄昏"时刻留给我们的宝贵"箴言"。这种"主旨"或"立意"，在以前的众多文章中是不多见的。

三、孙犁

孙犁在新时期主要从事散文创作，代表性散文集有《津门小集》《晚华集》《秀露集》《澹定集》《尺泽集》《远道集》《老荒集》《陋巷集》等，《父亲的回忆》《母亲的回忆》《亡人逸事》《耕堂读书记》《书的梦》《黄鹂——病期琐事》等是其中的名篇。

孙犁的散文境界高远，语言醇美。其中，《黄鹂——病期琐事》通过作者在养病期间对黄鹂鸟的一系列观感的回忆与描叙，表达了对美的事物的倾心与赞美，对无视和残害美的行径的谴责，同时又体现了作者对美的本质的深切理解，揭示了美只有"在一定的环境里，才能发挥这种极致"的哲理，文章曲折含蓄地表达了一个知识分子，尤其是从事艺术美创造的作家、艺术家对自由宽松的创作环境的真诚渴望。

孙犁在《黄鹂——病期琐事》这篇散文的构思上独具匠心。他先从童年时代的往事娓娓道来，回忆了在战火间隙中第一次见到黄鹂的魅力，虽只寥寥几笔，但本身就已隐含了深意。然后，描述了作者养病期间所亲历的几个生活片段。黄鹂的叫声给人带来美的愉悦，而在不具备审美眼光的人看来，黄鹂只不过是一种可以猎杀的鸟类。在这一点上病友老史和那位穿皮大衣的中年人没有什么差别，只是作者对病友多了一份宽厚的感激，而对后者的劣行，则在平静的语言中蕴含了极大的愤怒和谴责。最后通过被拴黄鹂的凄惨神情，与太湖之滨天阔任飞的极致之美的对照，表现作者对于美的追求与探索。

文章开头，写这种鸟儿在"我"的家乡好像很少见，无论在春末夏初，或是天高气爽的秋季，都好像没有见过。写黄鹂的不常见，可谓一"抑"，正为下文正面写黄鹂，写与黄鹂的"交往"作铺垫。接着，作者以大部分篇幅，写自己和黄鹂的几次交往。每次情况不同，各有意境。第一次作者写在抗日战争的炮火洗礼中，"听到了黄鹂的尖利的富有召唤性和启发性的啼叫"。"它们飞起来，迅若流星，在密密的树枝树叶里忽隐忽现，常常是在我仰视的眼前一闪而过，金黄的羽毛上映照着阳光，美丽极了……"作者当时作为一名行进在抗日队伍里的年轻战士，将自己战士的情怀赋予了黄鹂，使它具有战斗的声音与迅猛、挺拔的姿态。娇小、美丽、柔弱的鸟儿，在作者的笔下成为奋发有力的战斗者形象，作者借助黄鹂表达了一种时代情绪。

作者写他和黄鹂的第二次"交往"是在和平环境中的青岛海滨。作者在这绿色之城安居休养，环境格外宁静，黄鹂便被赋予一种悠然、安谧的情调。每天早上，"看见它们互相追逐，互相逗闹，有时候看得淋漓尽致"，"真是饱享眼福了"。一幅多么恬静、优美的画图，这正和当时人民的安居乐业、幸福宁静的生活相吻合。我们从中也可以体会到作者情随境迁，对于美的更加细致而深入的探索。这时的黄鹂是带给人们快乐的使者，是善良与正义的象征。作者对于美的事物热烈追求，爱护它、维护它，而对试图破坏美、摧残美的行为进行了谴责。

作者第三次和黄鹂“交往”是在第二年到了太湖以后。在“杂花生树，群莺乱飞”的江南，作者写道：“这里的湖光山色，密柳长堤；这里的茂林修竹、桑田苇泊；这里的乍雨乍晴的天气，使我看到了黄鹂的全部美丽。”作者由此生发出奇妙的想象，由一种具体的、实在的美，幻化、升华为一种更高的，也更带普遍意义的美的境界，即所谓美的“极致”。“各种事物都有它的极致。虎啸深山，鱼游潭底，驼走大漠，雁排长空，这就是它们的极致。”作者进入了自由飞翔的抽象思维的王国，自己也达到了“极致”——一种思维力和想象力获得充分发挥的“极致”。这样，作者围绕他和黄鹂的三次“交往”，一步深似一步地开拓了他的散文的意境，贯穿着一系列关于美的想象和探索，对有关人生、哲学、艺术等问题的理解，给读者以思想上的启迪和教益。

这篇散文的语言也极其朴素、自然，虽不刻意求新，但优美流畅。作者借助生动的比喻和丰富的联想，把人生的哲理讲得明白深入。文中虽然寄寓着理性的思考，但极富文学色彩。

四、杨绛

作家小传

杨绛：超然体悟世俗人生

杨绛（1911—2016），本名杨季康，著名的作家、评论家、翻译家、学者。祖籍江苏无锡，生于北京。1932 年毕业于苏州东吴大学。1935—1938 年留学英法，回国后曾在上海震旦女子文理学院、清华大学任教。1949 年后，在中国社会科学院文学研究所、外国文学研究所工作。主要作品有剧本《称心如意》《弄假成真》，长篇小说《洗澡》，散文《干校六记》，随笔集《将饮茶》，译作《堂吉诃德》《吉尔·布拉斯》《小癞子》《斐多》等。“文化大革命”后主要的散文创作成果是《干校六记》，记述作者 1969 年底到 1972 年春在河南“五七干校”中的生活经历。另一个随笔集《将饮茶》，部分也写到了“文化大革命”期间的遭遇，但更有价值的，是回忆亲人往事的部分。在人生的伴侣离去四年后，92 岁高龄的杨绛记述了他们家庭 63 年的风风雨雨、点点滴滴，结成感人至深的回忆录《我们仨》。96 岁出版哲理散文集《走在人生边上》。另出版有《杨绛译文集》《杨绛文集》。

杨绛在新时期的散文创作以独特的视角描写了“文化大革命”对知识分子心灵的戕害，主要代表作有《干校六记》（包括《下放记别》《凿井记劳》《学圃记闲》《“小趋”记情》《冒险记幸》《误传记妄》）等。她的代表作《下放记别》着重描述了她与钱锺书被下放农村接受劳动改造前后的一段生活情景。作者对那个特殊时代的不满，对知识分子悲剧命运乃至对整个社会前途的担忧，在文章里都是显而易见的，特别是对那个疯狂年代里人性的疯狂也有着极大的愤怒。但文章在写法上突出了“平静”二字，以纤细入微的观察力和表现力显示出一种哀而不伤、怨而不怒的冷静超然的人生态度，并且在淡远平和中还不乏一种幽默和调侃，这充分体现出作者高深的人生修养和坚定的生活信念。

文章以平静的语调讲述了他们夫妇下放去“干校”的前后作者个人及身边发生的故事：下放前的不安等待，为丈夫准备行装，送别丈夫，女儿为自己送行，在“干校”与丈夫的会面等生活场景。既是流水般的依次讲述，又始终围绕着一个“别”字从容展开。在那个特殊的年代里，尤其是在知识分子的生活中，到处都有悲剧性的事件发生。而在杨绛的作品中，虽也有忧愁、焦虑和悲痛之情的流露，如本文中的夫妻离情、母女别意、女婿之死等，却并没有通常所见的那种激愤的控诉和狂躁的宣泄，而是以平淡含蓄的语言，以平常心和普通人的情感，揭示社会悲剧和个人悲剧的关系：在席卷而来的历史风暴中，知识分子失去了往日的优雅与自尊，生活残酷地让他们从事最不擅长的体力劳动，以加剧他们的自卑，从而要在生理上和灵魂上打垮他们。

第二节　中青年散文作家群的崛起

◎贾平凹《月迹》——积淀民族文化的商州风俗画　◎史铁生《我与地坛》——超然的生命感悟　◎周涛《巩乃斯的马》——力与美的美妙结合

在新时期散文园地中，涌现出一大批中青年作家，他们以真实自由的笔墨，广泛抒写性灵，表达生命体验，融世情事理于丰富隽永的文笔之中，使散文的艺术风格更加千姿百态。比较突出的代表作家有贾平凹、史铁生、周涛等。

一、贾平凹

贾平凹散文创作的成绩主要体现在《月迹》《爱的踪迹》等几部散文集中。他的散文主要取材于哺育了他的商州那块土地，对自然美、人性美、风俗美的采撷和对人生哲理的探求，构成了他的散文的两大母题。前者如《溪》，写流淌着童年美好记忆的故乡的溪流；《月迹》写纯真的童心对美的向往；《清涧的石板》写民性的坚强与淳朴；《月鉴》中的妻子、《钓者》中的钓者、《五味巷》中的街坊邻居，从不同侧面表现人性美；《关中论》《秦腔》描绘富有地方特色的风俗画。后者如《观沙砾记》，从一颗沙砾在沙漠中便灿灿然，放到手里则黯然失色，悟出“世上什么东西生存，只有到了它生存的自然界中，才见其活力，见其本色，见其生命，见其价值”的人生哲理；《读山》参悟大自然的玄妙，认为山是一部深藏禅机的大书，在它表面的深沉静穆里，内蓄着“贯通流动的气势”，它的散乱无规则正是一种天然规律，因为“无规律正是规律”。

贾平凹对温柔明净的月亮有着特殊的偏爱，他的散文善于描写月夜、月色，直接以月为题的就有《月迹》《月鉴》《对月》《一个有月亮的渡口》等多篇。其中《月迹》是他散文的主要代表作。这篇作品，一反古来文人墨客对月伤怀的老套，以儿童充满新奇幻想的眼光去探寻月光的踪迹，以表现人类对美的追求，其中蕴含着丰富的人生感受。《月迹》从儿童的观察和想象，极写月亮的娇美、神奇及其变化多姿的灵韵。它“款款地、悄没声儿地溜进来”，出现在“穿衣镜上”，“爬着竹帘格儿”；“先是一个白道儿，再是半圆”，渐渐便“满盈了”，慢慢儿“又亏了，缺了；末儿，便全没了踪迹，只留下一个空镜，一个失望”。月亮中的桂树、嫦娥等种种神奇美妙的传说，引起孩子们的神往。作者的感受是那样独特、敏感、细腻而又丰富，这种感受通过对月色的描写和氛围的渲染，形象地表达出来，让读者真切细致地感受到了作者的情怀，这正是贾平凹散文虚实结合、形神兼备、严谨与自由统一、凝重与空灵谐和的美学风格。《月迹》不仅是一篇歌颂月色美好的精致小巧的美文，而且在对月色“空灵”的描写中，隐含着对社会内容的凝重思考。“文化大革命”中，动乱的噪音甚嚣尘上，导致人们心力交瘁；世俗社会、私心杂念，相互纠缠得人疲惫不堪。因此，人们渴求着和谐宁静，希冀着纯真无邪。《月迹》正是在这一点上满足了人们的审美需求。

贾平凹的另一篇散文代表作《秦腔》，通过对秦人自导、自演、自观、自评秦腔的痴醉迷狂的传统风俗的描述，生动地展现了八百里秦川人潜藏于意识深层的刚烈、粗放、忍耐的民族气质和精神上自给自足的生存状态。作者以平静从容的笔调，呈现出一个充满生气与活力的自然和人文景观，一个单纯清澈而又丰厚充实的世界，在这里，“秦腔是他们大苦中的大乐”，是秦地人平庸和辛劳的日常生活的自我宣泄和自我升华，是他们生命中美感和欢乐的源泉。作者在散文的叙述视点上，以阔大的视野，在一定的审美距离下表现客观外在世界，表现富于文化积淀的民族生存状态。

二、史铁生

史铁生（1951—2010），生于北京，1979年开始发表文学作品。代表作有小说《我的遥远的清平湾》《老屋小记》《务虚笔记》，散文《我与地坛》《病隙随笔》等。

其散文名篇《我与地坛》以北京的地坛公园为背景，通过作者与地坛的长久对峙，将个体的情感和生命投射到地坛的一草一木、一景一石之上，在凝神冥想中展开想象的翅膀，从对自身经历的思考中，逐渐超越个体命运的挫折和苦难，探询生存的意义、死亡的意味和工作的价值，进而感悟生命的永恒和宇宙的生生不息，表现了作者博大的胸襟和执着的探索精神。

在散文《我与地坛》中，作者并没有着意于文章的结构，而是在与地坛的精神感应中，不急不慢地带出对自己经历的回忆，不仅将探寻的结果告诉读者，而且在饱含沧桑的叙说中，抽丝剥茧般呈现出探寻的过程：母亲“艰难的命运，坚忍的意志和毫不张扬的爱”，使他因突如其来的劫难而生的狂躁之气渐渐地平息，并将关注的目光投向他人。于是在命运对弱者的不公、对好胜者的戏弄、对普通人的磨难里，他领悟到个体人生的有限和生命、宇宙的无限境界：“宇宙以其不息的欲望将一个歌舞炼为永恒。这欲望有怎样一个人间的姓名，大可忽略不计。”在付出了尖锐的痛苦和执着的理性思考后，作者换来了超越痛苦的生命的充实与欢乐；由遭遇磨难、追问命运的非常之心，升华为一种从容面对苦难和挑战的温煦平常之心，达到了生命追求与文学追求较高境界的统一，表现出珍惜生命的特殊审美价值。

三、周涛

周涛（1946— ），祖籍山西，在京启蒙受学，少年随父迁徙新疆。1969年毕业于新疆大学中文系，目前出版诗集、散文集20多种，1998年获首届鲁迅文学奖，是新边塞诗的代表人物，同时也是当代的优秀散文家，代表作有散文集《稀世之鸟》《游牧长城》等。

真实地表达自己的思想、意志和情感，是周涛散文所追求的目标。对周涛而言，散文不是庸常生活的呼吸，而是作家找寻自我、表达自我的精神记录。因而，骏马、长城、河流等自然万物在周涛散文中只是一个发端，借此表现的是作家自己对自然万物的感受和理解，以及作家对生命的体悟。可以说，“自我”是周涛散文中最刻意张扬的东西。因此，周涛笔下的生命都是具有独特个性的，富有力度。他赞美生命的勇武、神奇、不屈的形象：搏击老狼的年轻的鹰、充满神性的昆仑神山、悲壮自刎的楚霸王项羽……作者对这些强壮的人与物给予深沉的同情和肯定。

周涛的散文《巩乃斯的马》通过在特殊的人生境遇下对巩乃斯马的观察、体验的叙写，揭示出马作为人类朋友的特殊品格，它是进取精神和崇高感情的象征，是力与美的美妙结合。通过对马的观照，也表现了作者对人类美好精神的赞美。在结构上，文章以“对不爱马的人怀有一点偏见”起始，将牛、骆驼和驴子等动物作比，对照出马的特性；接着以浓墨重彩，描述了压抑境遇中驭马狂奔的感受，夕照旷野里的群马景观和急风暴雨下万马奔腾的壮阔图景；然后又展开联想，揭示马与人类的艺术和历史生活的密切关联，热情赞美了马的崇高品性，最后回到自己的“偏见”，以此作结，照应了开头。整个作品结构严谨，描写与议论并用，情感浓烈饱满，意境阔大雄壮，语言流畅。

第三节　女性作家群散文创作的高潮

○张洁《拣麦穗》——亲切自然的淳美意境　○唐敏《女孩子的花》——向人性深层的突进　○叶梦《羞女山》——新时期“女性散文”觉醒的标志　○斯妤《梦魇》——对心灵的人文关怀

女作家的散文常常表现出抒情性格外浓郁的特征。她们善于从细微的日常生活中挖掘出诗意，营造出敏感多思的情调，温婉而轻灵地传达出生为女性的种种复杂感受，形成了新时期散文中不容忽视的女性作家群散文。代表性作家有张洁、唐敏、叶梦、斯妤等。

一、张洁

作家小传

张洁：“爱”，不能忘记的永恒主题

张洁（1937—　），生于北京。1978年发表第一部小说《从森林里来的孩子》，获同年全国优秀短篇小说奖。翌年加入中国作协。1982年加入国际笔会中心，并随中国作家代表团赴美国参加第一次中美作家会议。现为国家一级作家，并被国务院授予有特殊贡献的作家称号。著有作品集《张洁小说剧本选》，小说散文集《爱，是不能忘记的》《方舟》，小说集《祖母绿》，长篇小说《沉重的翅膀》（获第二届茅盾文学奖）、《只有一个太阳》，散文集《在那绿草地上》，长篇纪实文学《世界上最疼我的那个人去了》，长篇小说《无字》（获第六届茅盾文学奖）等。她的《谁生活得更美好》《条件尚未成熟》分获1979年、1983年全国优秀短篇小说奖；《祖母绿》获全国第三届优秀中篇小说奖。张洁以“人”和“爱”为主题的创作，以鲜明的女性视角探入，表现女性情感、命运，不断拓展艺术表现的途径，或细腻深挚，优雅淳美，或荒诞审丑，指斥人性恶俗。

张洁的散文代表作《拣麦穗》写的是一个梦的失落的故事。文中描写了两个梦：一个是拣麦穗的村姑的梦，她们每年麦收时节起早贪黑，一升一斗地积攒，把拣麦穗换来的钱攒起来备嫁妆，憧憬着幸福美满的婚姻。但是，她们不可能主宰自己的命运，美梦破灭也不会过分悲伤。另一个是无人疼爱的小女孩的梦，她跟在大姐姐身后拣麦穗、绣荷包，说要嫁给卖灶糖的老汉。饱经沧桑的老汉听说后也真诚朴素地疼爱小女孩；小女孩关注老汉，为老汉死去而伤心地哭泣。这一老一少之间建立了一种互相依恋的纯洁感情，这是一种“没有任何希求，没有任何企望”的爱。小女孩长大成人后，还常常怀念着老汉，忘不了那个美丽的梦。这个看似荒诞而令人心酸的故事，表现了人与人之间纯真的、未被物欲熏染的感情世界，体现了作者对美好、自然的人与人关系的憧憬。

《拣麦穗》在艺术风格上最突出的特点是叙述文体的从容沉静，无论用词还是断句，都尽力要显得舒缓从容，仿佛是有意要造成一种不慌不忙、娓娓道来的气氛。这篇散文以舒缓从容而又略带伤感的笔调描绘了一幅贫困而封闭的北方农村的生活画面。农家的破窑洞，月残星稀的清晨挎着篮子拣麦穗的村姑，扯花布、绣花鞋、绣荷包的习俗，孤独的卖灶糖老汉，村口树梢上的小火柿子，站在土坎坎上目送老汉的小女孩……这一切构成一幅美丽的风俗画，伴着文中淡淡的哀愁，渗透着作者对生活的思考，对美好人生的追寻，凝聚为深邃的意境，给人以隽永的回味。

二、唐敏

唐敏（1954—　），原名齐红，福建福州人，当代女作家。著有散文集《女孩子的花》《纯净的落叶》等。

《女孩子的花》是一篇积淀着作者独特生命体验的优美散文。文章从有关“凌波仙子”的传说中，牵引出“我”有关种种女孩子的情思遐想。这里有对女孩子无法形容的、刻骨铭心的爱怜，对女孩子种种不测命运的忧戚，对女孩子心高气盛、一切在所不惜的痛切……人性深层的奥秘一经打开，它是多么多姿多彩、撼人心魄。

文章处处流淌着感情的潮水，充分显示了她独具个性的艺术感受力。唐敏说她心里有一个“魔瓶”：她的散文都是从那里面经摇动而自己“流”出来的。说得好像有些“神秘”，但写作主体的“心灵”的确很“神”，任何客观“外物”一经它的“过滤”，就无不打上它的主观色彩。这篇《女孩子的花》代表了新时期散文向“人性”深层挺进的发展趋向。

三、叶梦

叶梦（1950—　），女，原名熊梦云，湖南益阳人。当代知名散文家。其所著散文集有《小溪的梦》《月亮·生命·创造》《风里的女人》《湘西寻梦》《灵魂的劫数》《遍地巫风》等。

《羞女山》是作者的散文成名作。作者把这“羞女”写得舒展、惬意、潇洒、美丽。在作者看来，她就是开天辟地的创业之神——女娲，因为只有她才配得上这豪放、坦荡、娇美的“羞女”。

激情赞美女性，张扬女性意识，叶梦是新时期的先觉者。拨开“道学家”所编造的种种迷雾毒气，还“自然景观”以本来的真实面目，借以抒发作者自己蓬勃强旺的生命力和独特深刻的生命体验，这正是《羞女山》一文内在的真正价值。

“山”本身无“思”、无“情”。作者之所以觉得“她”（“羞女”之山）纵览宇宙、超凡脱俗、狂放不羁、乐天知命等，完全是她自己“移情”的结果。《羞女山》是新时期散文“女性意识”觉醒的一个标志，标志着中国“女性散文”的自觉。

四、斯妤

20世纪80年代中期，女作家斯妤以散文《武夷日记》《小窗日记》成名，这是一位善于发现美、善于表现美的作家，由自然而人生，灵动优美，这一时期斯妤的作品风格与冰心早期的艺术风格颇为相像。80年代后期以来，斯妤的散文更多对人生和人性进行精神追问，充满透彻而悲悯的人文关怀。《心的形式》和《心灵速写》深入到心灵层面，剖析和描绘它的因果。《梦魇》则以象征的手法高度幻化了权力对心灵的奴役。斯妤较重哲思，但她并没有走向枯燥的议论，由于心灵的复杂跳跃，完整的情绪链被打散了，行文结构变得零散、片断、跳跃，这是斯妤式随笔体的新尝试。

知识链接

女性主义

“女性主义”一词来源于英语的“Feminism”，在当代它泛指主张男女平等的各种文化思潮。Feminism本身又有男女平等主义、女权主义、女性主义等多种释义。20世纪80年代中期以来中国理论界介绍、翻译西方经典的理论著作，多译成“女权主义”。近两年中国理论界中，“女性主义”这一范畴开始流行，并开始探讨“女性主义”与中国的文学实践。在中国，女性主义文学创作的两次勃兴都与西方女性主义文化思潮紧密相关，一次是在“五四”时期，以反封建和个性解放为主题的宏大叙事中，许多文学作品开始关注和思考女性的命运。如凌叔华的《女儿身世太凄凉》、张爱玲的《金锁记》、苏青的《结婚十年》等。其中，尤以丁玲的创作最为强势，《梦珂》《莎菲女士的日记》《我在霞村的时候》等，都是女性主义文本的典范之作，至今仍代表着中国女性主义叙事在思想和艺术上所达到的最高水准。第二次勃兴是在新时期，新时期文学的女性意识也是借助个性主义和思想解放的主题得以表现的。以王安忆的“三恋”为代表的女性主义小说和以叶梦的“创造系列”为代表的女性主义散文，文学叙事逐渐潜入女性意识的深处，在文化层面上对两性权力关系进行深层文化反思和独特审美观照，构成了对传统性别秩序的最赤裸裸的挑战。

除了上述作家以外，近年女性散文的崛起令人刮目相看。张抗抗、王安忆、舒婷、铁凝、韩小蕙等女作家的散文都写得较有深度，更为年轻的赵玫、陈丹燕、周佩红、陈染、虹影等人的散文更富于现代色彩，女性作家群的散文正朝着成熟多样的趋向蓬勃发展。

第四节　文化散文的兴盛

◯唐弢《〈书海夜航〉二集序》——优美而渊博的读书随笔　◯季羡林《法门寺》——宗教想象与历史文化的美妙融合　◯黄永玉《太阳下的风景》——旷达洒脱中的历史诘问　◯余秋雨《文化苦旅》——人文内涵的审美化阐发

新时期学者式文化散文蓬勃兴起，渐至高潮。这类作家发挥了学者兼作家的优势，以感性为情怀，以知性为学养，保持着探究文化底蕴和历史的兴趣、信心与笔力。其中比较突出的代表性作家有唐弢、季羡林、黄永玉、余秋雨等。

一、唐弢

作家小传

唐弢：学养深厚的学者与书评家

唐弢（1913—1992），又名唐韬，原名唐瑞毅，常用笔名晦庵，浙江镇海人。1930年，在地下党领导下参加工人运动，与邮政工人、店员等组织读书会，业余从事文艺活动。1933年起在鲁迅的影响下，开始写散文和杂文。同年6月在《自由谈》上发表散文《故乡的雨》。抗战全面爆发后，参加了1938年版《鲁迅全集》的编校工作。后编辑《文艺界丛刊》。抗战胜利后，与柯灵合编《周报》以及《文汇报》副刊《笔会》等。新中国成立后，曾在上海邮政工会、全国文协上海分会、复旦大学等处任职。1953年任中国作家协会上海分会书记处书记，并任《文艺新地》《文艺月报》副主编。1956年兼上海市文化局副局长。1959年起调北京任中国科学院文学研究所研究员。新时期以来从事文学研究工作，创作了多篇优秀的散文。

唐弢的《〈书海夜航〉二集序》是一篇出色的序文，也是一篇优美的读书随笔和短小精悍的书评。唐弢本人就是一个知识渊博、学养深厚的学者和知名的书评家，文中用来评价《书海夜航》作者的话，也同样适合他自己。文章指出了该书的特长和书中所体现的作者的学养，又通过书名展开联想，述及明朝张岱和现代阿英的两部书，然后拈出《夜航船》中的有趣故事，并在张岱劝人好学以免遭人嗤笑的题目下翻出新意，联系自己的读书写作经历，“将自己的一点心意和盘托出”，指出了学海无涯而个人的学识终归有限，只有虚怀求教，百家争鸣，才能换来文化和学术兴盛的道理，最后在看似随意之间回到作序的题意上。文章所及虽不外乎与书本有关，但却上下古今，书里书外，信手拈来，收放自如，趣味盎然，在偏重知识、叙述掌故的同时兼以评论和抒情，体现了作者高度的文学修养和文字表达能力。

唐弢善于从古事旧典中加以引申发挥，表达出更新颖、更丰富的思想内涵，是这篇文章也是唐弢这类文章的一个重要特色。文章着重讲述了明朝张岱在“夜航船”中的故事，这则故事的本意是说任何人再有学问也难免会有破绽和疏漏，张岱告诫后人尽量避免破绽和疏漏。应该说这则故事本身就是积极的，使人听了有益的。然而唐弢却在此基础上更引申一步，劝告世人，避免错误固然重要，但有了错误不要怕人批评指正也很重要，甚至更重要，“谁都知道，航船的舱身实在是很小，很小的呵”，怎能不允许客船人“转个身”“伸伸脚”呢？一句轻松自如的话道出了犯错乃世人在所难免的道理，也在不经意之中阐述了营造一个宽松自由的学术氛围的重要性。

二、季羡林

作家小传

季羡林：历史、宗教的文化思索者

季羡林（1911—2009），北京大学教授、中国语言学家、文学翻译家，梵文、巴利文专家。山东清平（今临清）人。1934年毕业于清华大学西洋文学系。1941年获德国哥廷根大学哲学博士学位。1946年回国。后任北京大学教授、东方语言文学系主任、副校长、校务委员会副主任、南亚东南亚研究所所长，国务院学位委员会第一、第二届委员，中国科学院哲学社会科学部委员，中国外语教学研究会、中国南亚学会第一届会长，中国高等教育学会第一届副会长，中国语言学会第二届会长，中国外国文学研究会第一届副会长，中国敦煌吐鲁番学会第一届会长。中国民主同盟盟员。1956年加入中国共产党。第六届全国人大常委会委员、第二至第五届全国政协委员。长期从事印度古代语言文学、印度佛教史、中印文化关系史及吐火罗语的研究。著有《印度古代语言论集》《中印文化关系史论文集》，还有《大唐西域记》等。

季羡林的散文《法门寺》以作者亲身经历的法门寺考古活动为中心，由此在艺术虚构、

宗教想象、历史场景和现实生活之间展开灵活丰富的联想，表达了一个学识深厚的中国知识分子对民族传统及现实文化的丰富复杂的情感：既有对文化传统的钦敬赞美，又有清醒冷静的理性思考。文章从对京剧《法门寺》的记忆开始，引入法门寺的考古发现，从琳琅满目的古代器皿，写到富于历史传奇色彩的武则天的裙子，再写到浓缩了宗教、神话和历史的如来佛指骨舍利，不知不觉地把读者带入了一个辽远空阔的历史和文化时空。与此同时，作者对文化传统的当代境遇，对现实文化状况，也有着清醒理智的敏感和思考：当地的老百姓只以金子来衡量佛骨舍利的价值，这与外国新闻记者的强烈反应相比，有着鲜明的反差。当年遭到贬逐的韩愈谏迎佛骨，是企图避免君臣百姓陷于虚幻缥缈的宗教迷信，那么，今天的民众又是否太执迷于实际了呢？作者在韩愈身上寄予了深深的同情和感喟，同时也意识到作为一个当代中国人文知识分子，在现代化进程中所担负的传承民族文化的血脉，光大和再生传统文化的重大责任。

三、黄永玉

黄永玉（1924— ），湖南省凤凰县人，著名画家、文学家。《太阳下的风景》是黄永玉回忆表叔、现代著名作家沈从文的散文名篇。作品创作于“文化大革命”刚刚结束不久，但作者却并没有像当时的“伤痕文学”那样倾泻苦难和怨愤，而是如题目“太阳下的风景”所示的境界那样，以超越的眼光、旷达的心境，回顾了自己与表叔沈从文一生所走过的路程。作者从自己童幼无知时对沈从文的第一次印象写起，叙述了自己早年的漂泊、成长的历程和随着阅历的增长对沈从文人生与艺术追求的日渐理解。在沈从文的身上，他不仅感受到血缘的亲情，更把这位长者看作自己人生与事业的引路人。尤其对沈从文自 20 世纪 50 年代初期起，经历“文化大革命”直至遭遇磨难后的晚景，做出了极其生动的叙述，凸显了这位正直、善良、敏感，对艺术具有精湛的感悟，视艺术和事业为第一生命的现代著名作家的真实形象。同时，通过对自己与沈从文自少年时代从小小的边城奔赴他乡，穿过洞庭湖去“翻阅另一本大书”的生动形象的概括，对两代中国知识分子的坎坷命运发出了深深的感喟：“经历的生活是如此漫长……而恰好就把我们这两代表亲拴在一根小小的文化绳子上，像两只可笑的蚂蚱，在崎岖的道路上作着一种逗人的跳跃。”洒脱中隐含着一丝悲凉，自嘲里透露出对历史和命运的诘问。

这篇散文在艺术上，以表亲两代人一先一后所走过的相似的人生历程的对照为线索，在不拘一格中显现独特的结构用心。文章叙述的时间跨度长、生活场景多、视野开阔、情感奔腾。记的是两个人，但又像是在写一个人，你中有我，我中有你，相互对照，相互映衬，这更加重了某种人生悲剧的分量和悲剧韵味的深长。此外，在叙述过程中，故乡边城的美景首尾照应，笼罩着对两代人一生沧桑历程的叙述，意境深邃优美；写人状物，注重视觉效果，鲜明生动；抒情议论，臧否是非，毫不掩饰主观倾向；笔调生动幽默，行文洒脱而又简洁，令人回味再三。

四、余秋雨

作家小传

余秋雨：“文化苦旅”的跋涉人

余秋雨（1946— ），浙江余姚人，上海戏剧学院教授，当代学者、散文家，获“国家级突出贡献专家”称号，曾以散文集《文化苦旅》震动文坛，从此打出“学者散文”（或曰

“文化散文”）的旗帜，其作品沉静而具有文化底蕴，著有《文化苦旅》《文明的碎片》《山居笔记》《霜冷长河》等散文集，他在散文中探寻中国文化来路，在解读历史中给处于日常迷顿状态的当代人以提醒。用他在《山居笔记》中的话说：“借山水风物与历史精魂默默对话，寻找自己在辽阔的时间和空间中的生命坐标，把自己抓住。”在艺术理论创作方面，他完成于1983年的专著《戏剧理论史稿》，是中国首部完整阐述世界各国自古代到现代的文化发展和戏剧思想的理论著作；1985年创作的《戏剧审美心理学》是中国首部戏剧美学著作，荣获上海市哲学社会科学著作奖。这两部专著均曾获国家级奖项。

余秋雨的《文化苦旅》的基本文化意义是将自然山水置于人文山水的层面，从中再现中国文人艰辛跋涉的脚印，挖掘积淀千年的文化内涵。余秋雨所作的不是一般的文化评述，而是在感性与知性的双重作用下，抒发审美化的人文意义。当山水风物的人文内涵在余秋雨的“启封”下哗哗奔泻而出时，人们所领略到并产生心灵震撼的是与山水风物熔铸在一起的中国文明的历史和文人的命运。比如在《江南小镇》中，余秋雨写道：“山林间的隐蔽还保留和标榜着一种孤傲，而孤傲的隐蔽终究是不能诚恳的；小镇街市间的隐蔽不仅不故意地折磨和摧残生命，反而可以把日子过得十分舒适，让生命熨帖在既清净又方便的角落，几乎能够把自身由外到里融化掉，因此也就成了隐蔽的最高形式。”这样的分析把山水风物都当作一种宗教性的人生哲学的生态气象。

余秋雨散文的沉重感、沧桑感也往往在对文化个案的解析中传达出来。比如哀悼王国维的篇章《一个王朝的背景》：“一个风云数百年的朝代，总是以一群强者英武的雄姿开头，而打下最后一个句点的，却常常是一些文质彬彬的凄怨灵魂。”就文化人格而言，余秋雨是学者与诗人的统一，他的创作洋溢着理想主义者的精神气质。

作品欣赏

“夜航船”作为古代文人吟诗会友、长歌作答的一种文化载体，曾经在许多作家的笔下都生动地描绘过，这无形中又为“夜航船”增添了文化的韵致。余秋雨是怎样借物咏情，探寻文化的历史气象的呢?

夜航船（节选）

五

但是，张岱的劳作，还是让我们看到了一种有趣的“夜航船文化”。这又是中国文化的一个可感叹之处。

在缓慢的航行进程中，细细品尝着已逝的陈迹，哪怕是一些琐碎的知识。不惜为千百年前的细枝末节争得脸红耳赤，反正有的是时间。中国文化的进程，正像这艘夜航船。

船头的浪，泼不进来；船外的风，吹不进来；航行的路程，早已预定。谈知识，无关眼下；谈历史，拒绝反思。十年寒窗，竟在谈笑争胜间消耗。把船橹托付给老大，士子的天地只在船舱。一番讥刺，一番炫耀，一番假惺惺的钦佩，一番自命不凡的陶醉，到头来，争得稍大一点的一个铺位，倒头便睡，换得个梦中微笑。

第二天，依然是这般喧闹，依然是这般无聊。船一程程行去，岁月一片片消逝，永远是喧闹的无聊，无聊的喧闹。

我一次次抚摩过的船橹，竟是划出了这样一条水路？我梦中的亮晶晶的水路，竟会这般黯然？

幸好，夜航船终于慢吞吞地走到了现代。吾乡的水路有了一点好的征兆：几位大师上船了。

我仿佛记得曾坐小船经过山阴道，两岸边的乌桕，新禾，野花，鸡，狗，丛树和枯树，茅屋，塔，伽蓝，农夫和村妇，村女，晒着的衣裳，和尚，蓑笠，天，云，竹……都倒影在澄碧的小河中，随着每一打桨，各各夹带了闪烁的日光，并水里的萍藻游鱼，一同荡漾。诸影诸物，无不解散，而且摇动，扩大，互相融合；刚一融合，却又退缩，复近于原形。边缘都参差如夏云头，镶着日光，发出水银色焰。

——这是鲁迅在船上。

夜间睡在舱中，听水声橹声，来往船只的招呼声，以及乡间的犬吠鸡鸣，也都很有意思。雇一只船到乡下去看庙戏，可以了解中国旧戏的真趣味，而且在船上行动自如，要看就看，要睡就睡，要喝酒就喝酒，我觉得也可以算是理想的行乐法。

——这是周作人在船上。他不会再要高谈阔论的旅伴，只求个人的清静自由。

早春晚秋，船价很便宜，学生的经济力也颇能胜任。每逢星期日，出三四毛钱雇一只船，载着二三同学，数册书，一壶茶，几包花生米，与几个馒头，便可优游湖中，尽一日之长。……随时随地可以吟诗作画。“野航恰受两三人。”“恰受”两字的状态，在这种船上最充分地表现着。

——这是丰子恺在船上。他的船又热闹了，但全是同学少年，优游于艺术境界。

这些现代中国的航船虽然还是比较平缓、狭小，却终于有了明代所不可能有的色泽和气氛。

仍然想起张岱。他的惊人的博学使他以一人之力编出了一部百科全书式的《夜航船》，在他死后24年，远在千里之外的法国诞生了狄德罗，另一部百科全书将在这个人手上编成。这部百科全书，不是谈资的聚合，而是一种启蒙和挺进。从此，法国精神文化的航船最终摆脱了封建社会的黑夜，进入了一条新的河道。张岱做不到这地步，过错不在他。

说到底，他的书名还是准确的：《夜航船》。

我，难道真的被夜航船的笃笃声敲醒过吗？它的声响有多大呢？我疑惑了。

记得有一天深夜，幼小的我与祖母争执过：我说这笃笃声是航船，她说这笃笃声是木鱼。究竟是什么呢？都是？都不是？抑或两者本是同一件事？

祖母早已亡故。也许，我将以一辈子，索解这个谜。

——余秋雨．文化苦旅．北京：知识出版社，1992.

第五节　杂文与报告文学的复兴

◎杂文复苏勃勃生机　◎蔚为壮观的“中国潮”报告文学现象　◎徐迟《哥德巴赫猜想》——新时期报告文学的里程碑

随着新时期文学的全面发展，杂文创作也逐步恢复了生机。针砭现实、参与思想界的拨乱反正、抨击不正之风、批判民族文化中的劣根性成为新时期杂文创作的主要内容。新时期杂文大多发表于各种报刊，如《杂文报》《文学自由谈》《新观察》等。一批20世纪五六十年代就已驰名文坛的杂文作家成为新时期杂文创作的中坚力量，如夏衍、廖沫沙、林放、黄裳、严秀、宋振庭等，都重新执笔，再作新篇。他们大多具有丰厚的学识功底和优秀的写作才能，经过十年风雨的磨炼，他们的见识更为精辟，作品更为成熟。新时期的杂文写作队伍中，还有一批在文学创作以及文艺研究各领域已有建树的作家、专家。像文艺评论家蓝翎就写了不少文笔犀利、见解深刻的杂文。孙犁也创作了一批杂文，如以“芸斋琐谈”为总题发表的一系列短文《谈妒》《谈才》《谈名》《谈谀》《谈谅》《谈慎》等，就是新时期杂文创作中的优秀作品。在这些杂文中，作家以自己的亲身感受，结合文艺界的诸多现象，或褒或贬，既有历史的回顾，又有经验的总结，给人以治学方法、处世准则的教诲。它们于淡泊、质朴的文字中，含深邃的哲理，藏真挚的情怀，具有相当的艺术魅力。

一、杂文

邵燕祥新时期的杂文创作不仅数量多，而且质量颇佳。邵燕祥 20 世纪 50 年代驰名诗坛，80 年代中期开始转向杂文创作，出版了杂文集《蜜和刺》《晨昏随笔》《忧乐百篇》等，诗人的激情在这里转化为直面人生，既尖锐深刻又不失分寸的“韧性”战斗精神。在《切不可过望“好皇帝”》《鞭·马·人》等一批杂文中，一些为表面现象所惑而尚未认清的问题实质，在作者的笔下昭然若揭。如《鞭·马·人》一文对于风行一时甚至为社会大众所广泛认同的“伯乐相马”这一典故，作者别具慧识：“伯乐和千里马，两者在人格上是不平等的，用来比喻封建社会中某种人际关系还算恰如其分，用来比喻当代爱才识才的领导和老同志跟他们发现与扶持的人才就不恰当了。”此文实际上既指出了这一典故中所包含的封建政治意识，又针砭了我们现实生活中所普遍存在的且不为常人所察觉的一种传统落后心理。《说影响》是邵燕祥的又一杂文代表作，文章选择人民最关心的热点问题，从如何注意影响、如何克服腐败现象着笔，将历史与现实对照，具有强烈的现实意义。文章活泼流畅，说理透辟，融理性思维与诗人的激情于一体，词锋犀利。

可喜的是，杂文界还出现了一批中青年作家，如叶延滨、陈小川、李庚辰、金戈、冯并、陈四益、官伟勋、蒋元明、路滔、孙士杰、秦耕等，他们身处改革开放的年代，比较重视自身的观念变革，精力充沛，创作量大，体现出了良好的创作势头。当然，与小说等其他文学领域相比，这批中青年杂文家的影响远不及时下的文坛新秀，但这既有文体自身的原因，也同文坛扶植与宣传不无关系。

二、报告文学

“文化大革命”结束后，报告文学又一次走在了时代和文艺的前列，首先奏响了新时代的动人篇章。徐迟的《哥德巴赫猜想》是新时期报告文学的里程碑，1978 年 1 月《哥德巴赫猜想》在《人民文学》发表后，引起了全社会的强烈反响，它率先冲破了题材的禁区，重新恢复了对知识分子应有的尊重和公正的评价。

从“文化大革命”结束到 80 年代中期是报告文学的复苏阶段，《大雁情》《船长》《痴情》《地质之光》《人妖之间》《正气歌》《命运》《胡杨泪》《生当作人杰》《中国姑娘》等一大批优秀的报告文学在将知识分子、社会精英和普通劳动者作为报告主角的同时，也对“文化大革命”十年的悲剧性历史作了深入透彻的理性审视和反思。这些作品在“文化大革命”刚刚结束的恢复阶段起到了一定的思想启蒙作用。

从改革起步到 20 世纪 80 年代末是报告文学的兴盛时期，从《热流》《励精图治》《中国的回声》《在大时代的弯弓上》《“蓝军司令”》等反映改革进程的报告文学到“中国潮”报告文学现象的出现，形成了蔚为壮观的报告文学热潮。这一时期以《在这片国土上》为开端的宏观全景式报告文学的崛起带动了《唐山大地震》《中国农民大趋势》《强国梦》《西部大移民》《世界大串联》等一批优秀的综合性报告文学的繁盛。社会问题报告文学也在这一时期开始走向繁荣，《神圣忧思录》《中国的“小皇帝”》《丐帮漂流记》《东方大爆炸》等反映社会方方面面问题的报告文学曾轰动一时，而《海葬》《南京大屠杀》《志愿军战俘记事》等史志性报告文学的兴起也为报告文学的兴盛增添了一抹亮色。

新时期报告文学在20世纪80年代末走上了鼎盛的巅峰，报告文学创作由传统的以人物、事件为中心而转向了宏观整体性的关照，多侧面、广视角、大信息量地描述社会生活成为报告文学的强势，这标志着报告文学超越了原有的创作规范，日趋获得能够为广大读者认同的新的创作思路和表达效果。90年代以后，商业性和功利性影响了报告文学的某些社会价值，但关注社会变革、时代进步，追踪社会热点，探求事实真相，反思民族积垢，关注国计民生，仍然是报告文学的主要社会职责，《无极之路》《落泪是金》《历史沉思录》等诸多优秀作品显示着报告文学顽强而旺盛的生命力。

（一）徐迟

徐迟这位老作家在20世纪50年代就以《一桥飞架南北》等作品显出他在报告文学园地的突出成绩，60年代又写出了《祁连山下》等名篇，展现了他绚丽的艺术风采。新时期以来，他进入了报告文学创作的爆发期，接连发表了《地质之光》《哥德巴赫猜想》《生命之树常绿》《在湍流的漩涡中》《刑天舞干戚》等作品。徐迟的这些报告文学新作，从题材上看，主要是写中国知识分子的劳动和斗争生活。这一曲曲优秀知识分子的颂歌，主旋律是中国知识分子对科学事业和伟大祖国的献身精神。在中国进入现代化建设的新时期，知识和知识分子的作用日益重要的时代条件下，作家把注意力集中在知识分子身上，这表现出他对历史进程的敏感和远见。

在塑造人物形象方面，这些作品有明显特点。在真人真事的基础上，作家善于把全景和特写相结合，在展示人物较长生活经历的同时，选择富有典型意义的生动事例或细节，使读者对人物有整体认识，又了解人物的鲜明个性，使作品更具生动性和形象性。《地质之光》写了李四光的生活、思想道路和他最光辉时期的一些大事，作者特别注意突出那些典型情节，如写他冒着风险毅然从伦敦回到新中国，写他谈到中国石油和天然气的远景时轻拨地球仪的神态、动作，这些都凸显了李四光炽热的情怀和宽阔的胸襟。再如写陈景润在病中第一次受到李书记的慰问，他逢人便说端详水果的情节，十分鲜明地表现了人物个性。

形象丰富，诗情澎湃，是徐迟报告文学的重要特色。这些以知识分子为描写对象的作品，每一篇都是一首长篇散文诗，作者展开想象的翅膀，经常用美丽的比喻和象征等手法使描写具象化，并运用诗的语言抒发作者的激情。

（二）黄宗英

黄宗英（1925—　），原籍浙江瑞安，生于北京，当代女作家，擅长报告文学。早在20世纪60年代初期，她就以《特别的姑娘》《小丫扛大旗》等报告文学作品闻名于当代文坛。进入新时期以来，她又创作发表了《大雁情》《美丽的眼睛》《橘》《小木屋》等作品，受到读者的广泛欢迎和好评。

黄宗英的报告文学大多写的是知识分子的生活。她思想深刻，目光敏锐，善于在人们司空见惯的生活现象中，发现一些带有普遍性的社会问题，及时地揭露和剖析，善于在那些默默无闻或颇有争议的人物身上，挖掘出我们时代所具有的闪光精神，热情地肯定和赞扬，表现了她对生活的关注、思考和深情。黄宗英的作品构思新颖，形式活泼多样，语言清新明丽而含蓄深沉。作家注重人物内心世界的探索和自己主观情感的抒发，注重作品氛围的渲染和意境的营造，形成了隽永而凝重的独特风格。《大雁情》就比较完美地体现了这种创作特色。

《大雁情》发表于1979年。作品描写了西安植物园助理研究员秦官属痴情于科学事业的感人事迹。她有一股韧劲，别人说女同志搞林业受不了苦，她却毅然选择了林学专业。她专心研究杨树树种优选，“文化大革命”中被诬为修正主义，她偏不服气，有人要锯杨树，她大喊大叫：“谁敢锯，就先锯了我!”杨树选种课题被撤销了，她又一心扑在药材培植研究上，为洛南县药材生产做出了贡献。有人说她脾气暴、作风不大正派，有人说她不能正确对待群众的冲击，也有人认为她的成绩不算科研成果，单位梁书记的态度则是“为了团结一切可以团结的力量可以宣传她”。作者在这众说纷纭的迷雾之中，不着眼于秦官属做成了什么，而是着重写她是个什么样的人，即写她的外在表现和内在思想感情。通过洛南县干部、群众对主人公的反映和作者本人与她的心的交流，终于拨开了笼罩在主人公身上的层层迷雾，向读者打开了主人公的心灵之窗，揭示了一代知识分子为人民事业献身的崇高精神。作品还不止于此，在作者把笔触探入人物内心、拨开层层迷雾的过程中，始终贯穿着应该如何评价一个人的意图，这不单是为某一个人辩诬，而是深入揭示出我们社会生活中在人与人关系上“左”倾思潮的荒谬性，因而作品达到了更深的思想层次，表现出作者对社会历史的独特思考。

（三）鲁光

鲁光（1937—　），原名徐也成，浙江省永康市人。主要创作成就体现在反映中国体育健儿的一系列报告文学作品上，如《中国姑娘》《中国男子汉》分别获第二届、第四届全国优秀报告文学奖，此外还有《敬你一杯酒》《女排队长之路》《东方的心》等。

《中国姑娘》是鲁光的代表作，也是体育题材报告文学创作的里程碑。作品顺应中国人民在打开了通往世界的大门之后渴望国富民强的共同心愿，热情讴歌了女排姑娘为国争光的爱国主义精神和顽强拼搏的毅力，因而产生了强大的社会效应。《中国姑娘》以史实叙述为经、以人物性格刻画为纬，把一帧帧人物小品融入历史的长篇，生动地描绘出几代运动员、教练员及其家属们的人物群像。新中国第一代女排运动员阙永伍和她的伙伴们，是在席棚下、泥地上滚翻摔跌成长的。为了打破日本女排在训练中滚翻救球的最高纪录，虽然“像一个从浑浊的泥水中钻出来的人一样……躺卧在被自己的汗水浸湿的土地上”，但仍然微笑着，“这是一个胜利者的微笑”。陈招娣的腰伤相当严重，“搞不好会造成瘫痪”。她却“以巨大的毅力坚持锻炼，终于延长了自己的运动寿命”；她裹伤用的胶布，“拼凑起来至少可以做一身衣裤”。这种顽强的斗志、拼搏精神，是因为她们“真正意识到，她们确实不是几个普通的女排运动员，而是一群中国姑娘，是中国人民的代表”。

思考题

1. 《怀念萧珊》等名篇怎样体现出巴金《随想录》中系列散文“辞愈缓而情愈切”的独特艺术风格及其巨大的情感力量?

2. 贾平凹的《月迹》等散文是如何采用儿童充满新奇幻想的视角探寻月亮这一传统意象的?

3. 张洁在散文《拣麦穗》中是怎样表现“梦的失落”这一复式主题的?

4. 余秋雨的散文集《文化苦旅》把山水风物都当作一种宗教性的人生哲学的生态气象体现了怎样的文化意义?

5. 为什么说徐迟的《哥德巴赫猜想》是新时期报告文学的里程碑?

延展阅读

1. 阅读孙犁在新时期创作的散文集《津门小集》《晚华集》《秀露集》《澹定集》《尺泽集》《远道集》《老荒集》《陋巷集》等，以及《父亲的回忆》《母亲的回忆》《亡人逸事》《耕堂读书记》《书的梦》等散文名篇，体会老作家朴素自然、优美流畅的语言和深入浅出的文学技巧，以及贯穿其创作始终的清新淡雅的文风。

2. 阅读杨绛现代阶段创作的剧本《称心如意》《弄假成真》，长篇小说《洗澡》，感受作者幽默和调侃的审美风格；新时期创作的散文《干校六记》、随笔集《将饮茶》在这种幽默乐观之中，又增添了淡远平和的审美旨趣，读者进而可以体会到其中传达出的淡泊、宁静、乐观的生活态度。

3. 阅读贾平凹的小说代表作《商州》《州河》《浮躁》《废都》《白夜》《小月前本》《腊月·正月》《天狗》《晚唱》，散文集《月迹》《心迹》《爱的踪迹》，诗集《空白》以及《平凹文论集》，了解其作品中丰富的社会文化心理内蕴和富于地域特色的风土描摹。

4. 阅读张洁的小说代表作《爱，是不能忘记的》《方舟》《沉重的翅膀》《祖母绿》《无字》等，散文集《在那绿草地上》，长篇纪实文学《世界上最疼我的那个人去了》，体会作家以“人”和“爱”为主题，细腻深挚，优雅淳美的审美风格。

5. 阅读余秋雨《文化苦旅》《文明的碎片》《山居笔记》《霜冷长河》等散文集，了解作家“借山水风物与历史精魂默默对话，寻找自己在辽阔的时间和空间中的生命坐标，把自己抓住”的审美理想，结合其自传《借我一生》，感受作家对中国文化的探索。另外，余秋雨的文学主张曾经遭到过评论界的质疑和争论也是应当适当了解的。

6. 阅读老作家徐迟在不同历史时期创作的报告文学代表作，如20世纪50年代的《一桥飞架南北》、60年代的《祁连山下》，以及新时期以来的《地质之光》《哥德巴赫猜想》《生命之树常绿》《在湍流的漩涡中》《刑天舞干戚》等作品，了解作家对于报告文学这种文体的开拓和发展所做出的巨大贡献。

第二十章　新时期戏剧创作的多方面探索

新时期戏剧文学是在时代变革中起步的，并和社会思潮的奔突流向趋于同步。反思性与探索性构成了十多年来戏剧文学的两大基本特征。总的来说，新时期的戏剧文学经历了复苏、徘徊、探索和调整的过程，也经历了从确立以“人”为表现的中心，到深入开掘“人的心理”，再到寻找和批评“民族文化心理结构”的内容演化过程。新时期戏剧大胆吸收外来戏剧特别是西方现代主义戏剧的优秀成果，以广泛多样的形式表现尖锐深刻的主题，形成了积极探索的发展热潮，逐渐从审美的单一化走向多元化。新时期戏剧思潮和理论争鸣也空前活跃，戏剧领域异彩纷呈，涌现了一批优秀的中青年剧作家、导演、演员和舞台艺术家。

第一节　现实主义戏剧的复苏与发展

◯新时期话剧文学的“人道主义”主题　◯苏叔阳、沙叶新、崔德志、白峰溪等人的现实主义戏剧　◯深受《茶馆》影响的《小井胡同》《天下第一楼》

1977 年至 1980 年是新时期话剧的复苏阶段。这一阶段的话剧无论从创作演出的繁荣，还是从观众踊跃的程度来看，都显示出磅礴的气势和盎然的生机。围绕着“人的重新发现”这一主题，话剧文学首先开始了对“文化大革命”的反思与批判。金振家、王景愚的《枫叶红了的时候》，苏叔阳的《丹心谱》，宗福先的《于无声处》等，便是其中的代表。党的十一届三中全会的召开，使话剧创作从揭露、批判转入反思，现实生活中的拨乱反正、解放思想、厉行改革、振兴经济等一系列重大课题，都在创作中得到了反映。沙叶新的《陈毅市长》，宗福先、贺国甫的《血，总是热的》，梁秉坤的《谁是强者》，中杰英的《灰色王国的黎明》等，以其思想的敏锐、题材的切中时弊而在广大观众中引起强烈的共鸣。这些剧作基本沿用了现实主义的创作方法，对易卜生、斯坦尼斯拉夫斯基的创—表—导体系多有借鉴。随着各项改革的不断推进，社会生活中出现了大量亟待解决的问题，在戏剧中也开始出现了对现实生活问题进行思考的作品，如赵梓雄的《未来在召唤》、邢益勋的《权与法》、赵国庆的《救救她》、崔德志的《报春花》等。尽管这些被称为“社会问题剧”的作品存在着反映现实生活不够深刻、有着明显的时代局限等缺点，但却给读者以启发，在社会上引起了较大的反响。其中具有代表性的剧作家有苏叔阳、沙叶新、崔德志等。进入 20 世纪 80 年代，尽管现代主义话剧的创作实验此起彼伏，但写实性的戏剧仍然获得了进一步的纵深发展。苏叔阳的《左邻右舍》《家庭大事》，白峰溪的“女性三部曲”——《风雨故人来》《明月初照人》《不知秋思在谁家》，李龙云的《小井胡同》，李杰的《田野又是青纱帐》，魏敏等的《红白喜事》，何冀平的《天下第一楼》等，都以典型的性格与细节的刻画、优美的语言，散发着巨大的艺术魅力，体现了新时期话剧向现实主义传统的真正回归和深化。

一、苏叔阳

作家小传

苏叔阳：关注普通人的悲欢离合

苏叔阳（1938—2019），河北保定人，新时期涌现的卓有成就的剧作家，代表性作品主要有话剧《丹心谱》《左邻右舍》《家庭大事》《太平湖》，电影剧本《夕阳街》《盛开的季节》《春雨潇潇》《密林中的小屋》以及长篇小说《故土》等，并出版有《苏叔阳剧本选》。

《丹心谱》是苏叔阳的代表作，创作于1978年初，是新时期出现较早的一部反映知识分子同“四人帮”作斗争的剧作。剧本不仅反映了家庭亲属及朋友之间的矛盾冲突，也反映了“文化大革命”末期革命力量和反革命力量的激烈较量，实质上是当时整个社会斗争风貌的缩影。

《丹心谱》坚持现实主义原则，从生活实际出发来刻画人物形象，无论是正面人物还是反面人物，都避免了公式化、概念化、脸谱化的不良倾向。方凌轩是剧作歌颂的英雄人物，但作家并没有将他人为地神化。方凌轩作为从旧社会过来的老知识分子，受到党和政府的关怀与支持，为了人民的健康勤勤恳恳从事科研工作。当“四人帮”企图从他主持的新药研制课题开刀、实现诬陷打倒周恩来总理的罪恶目的时，方凌轩被推到了矛盾的中心位置。面对险恶的形势，他没有畏惧退缩，没有为求得自身晚年的安稳而苟且妥协，而是正气凛然，敢于斗争。但他缺乏政治斗争经验，公开贴出《方凌轩启事》，决心把冠心病的研究是不是为城市老爷服务的问题辩论清楚。在他真正认清了斗争的实质、政治觉悟上升到新的高度后，作家也没有让他采取超乎寻常的行动，做出轰轰烈烈的壮举，只是写他用自己力所能及的方式进行斗争。在高压、恐吓面前，他不畏惧，坚持科研工作；在荣誉地位引诱面前，他不动心，拒绝把自己的科研纳入为“四人帮”阴谋活动服务的轨道。方凌轩不是按英雄模式塑造的英雄，而是真实生活中的英雄。剧作极力鞭挞的反面人物庄济生，作家也没有人为地进行丑化，仍是以生活本身为依据，如实描写。对这个典型的投机家、野心家，剧作通过真实而又典型的细节对其落落大方、通情达理的虚伪面纱掩藏下的肮脏灵魂做了充分揭露。但是庄济生并非一开始就是一个反面角色，在风平浪静的日子里，庄济生不仅安分守己，而且颇有人情味，他对老丈人方凌轩尊重恭顺，对妻子也很温存，与家人和睦相处。作家从生活实际出发，描写他走向反面时思想性格所发生的变化。围绕科研的斗争刚产生时，他劝诱老丈人听从“四人帮”的旨意遭拒绝，上司又对他施加压力，他也产生过矛盾和痛苦。随着斗争的激化，他为了保全自己、保住乌纱帽，终于心甘情愿充当“四人帮”的走狗，不仅视亲人为仇人，对坚持正义的老丈人和妻子加以陷害，而且参加诬陷周恩来总理的罪恶活动。作家以现实主义笔触刻画的庄济生形象颇有深度，使我们看到了“文化大革命”时期那类反派人物滋生的土壤和根源。

《丹心谱》在构思上也很有特色。剧作以方凌轩的家庭为纽带，以老丈人与女婿之间的冲突为主线联结各种人物关系，戏剧情节并不复杂，但人物之间的矛盾冲突却尖锐激烈，特别是灵魂的搏斗惊心动魄、扣人心弦，给观众带来强烈震撼。

二、沙叶新

沙叶新（1939—2018），回族，江苏南京市人。主要作品有话剧《陈毅市长》《马克思秘史》《寻找男子汉》等，其中，《陈毅市长》荣获第一届全国优秀剧本创作奖和第一届全国少数民族文学创作奖。《陈毅市长》是沙叶新的代表剧作，该剧取材于新中国成立初陈毅任上海市市长期间的事迹，从当时那种复杂的历史背景和特殊的典型环境中，突出表现陈毅“对经济建设的巨大热情，对人民生活的深切关心，对各界人士的真诚团结，对干部作风的严格要求，以及自己对党风党纪的身体力行”①，启示和激励人们重新认识和发扬这种在“文化大革命”中遭到践踏的伟大精神，并把它化为推动社会前进的巨大力量。剧作在历史、现实和未来的联结中，揭示了具有鲜明时代特色的深刻主题。

首先，话剧《陈毅市长》的成功，在于它栩栩如生地塑造了陈毅这样一个光辉的人物形象。陈毅既是一位伟大的无产阶级革命家，又是一个有独特思想、鲜明性格、丰富感情的普通党员。作品通过他对国民党留用人员、资本家、知识分子、工人、干部，以及对自己的亲属等各种对象的态度和言行的描写，表现了他处处以党的利益和政策为重的崇高的党性原则；同时也表现了他能够根据不同对象的思想性格特点对症下药，既团结人又教育人的卓越的领导艺术。

其次，《陈毅市长》的成功，在于它的独创的结构形式。作者突破了“一人一事”的传统形式，采用“冰糖葫芦式”的戏剧结构，把作品写得波澜起伏，跌宕有致。全剧没有一个贯穿始终的中心事件和冲突，十场戏穿插了十个小故事，以陈毅这个中心人物串引各场。每场戏是一个独立发展单位，有独立的故事情节和冲突，从这一点来看，完全是传统的结构形式。但各场之间又是连贯的，集中在一个人身上，共同完成表现陈毅如何当市长这一总情节。可以说，《陈毅市长》是传统的亚里士多德式戏剧结构和布莱希特式戏剧结构别出心裁结合的产物。

最后，《陈毅市长》的成功，还在于它的独创的喜剧风格。过去的喜剧一般只表现反面人物、中间人物或地位低下的小人物，而不表现崇高的英雄人物，新中国成立以来描写老一辈革命家的作品也以正剧为多。沙叶新大胆突破了传统喜剧观，用喜剧手法塑造陈毅这样一个无产阶级革命家的崇高形象。这种艺术上的革新和创造是从生活出发的，因为现实生活中的陈毅本来就是一个幽默风趣的人，在他身上喜剧与崇高有着完美的和谐结合，因此，作者完全有可能用喜剧手法塑造他的感人形象。作者赋予陈毅形象一定的喜剧色彩，并非单纯为了博得一笑，而是为了在达观开朗的笑声中展现陈毅的革命乐观主义精神和平易近人、和蔼可亲的品格，给人一种亲切感，使陈毅形象在观众心中留下更加清晰、深刻的印象。

三、崔德志

崔德志（1927—　），黑龙江青冈人，20 世纪 40 年代开始文学创作，50 年代后致力于话剧创作。1954 年，他创作的《刘莲英》曾获全国独幕剧一等奖，此后他又创作了《时间的罪人》《爱的波折》《生活的赞歌》《韩巧苓》《春之歌》等剧本。创作于 1979 年的《报春花》标志着作家在现实主义道路上的新的迈进。

崔德志的《报春花》作为一部社会问题剧，之所以引起强烈的社会反响，正是因为它及时反映了现实社会中普遍存在而又亟须解决的问题，即必须彻底清除“血统论”“唯成分

---

① 沙叶新．《陈毅市长》创作随想．文汇报，1980-08-01.

论”等极左思潮的流毒和影响，进一步解放人，解放生产力。多年来推行的阶级路线，使人们特别是一部分领导干部习惯以出身、成分去决定一个人的好坏，使许多青年受到不公正的待遇，甚至遭受歧视迫害。“文化大革命”结束后，这种“血统论”仍在许多人的思想意识里存在，严重地阻碍了“四化”建设。作家敏锐地觉察到这一社会问题，大胆冲破思想的禁锢，通过艺术创作进行揭露和批判。剧本描写某工厂围绕能否树立工作成绩优异但家庭出身不好的青年女工白洁为标兵所产生的激烈矛盾斗争展开，厂长李健在“文化大革命”中惨遭迫害，被整得家破人亡，但复出后并不计较个人恩怨得失，为了尽快改变工厂的落后面貌，坚持思想解放，甘冒再次被打倒的风险，决定树立创造5万米无次布纪录的青年女工白洁为标兵。党委副书记吴一萍却坚决反对，她认为白洁出身不好，是教育改造的对象，树这样的人为标兵是丧失“革命原则”与阶级立场，因此不惜任何手段对李健进行诬陷。他们之间的矛盾冲突，不是一般思想认识上的分歧，而是两种思想路线的矛盾冲突。白洁这个纯洁的姑娘，长期遭受精神折磨，做出成绩不但得不到肯定，反受歧视，甚至连爱情的权利也被剥夺了。这正是吴一萍所坚持的“血统论”对人的压制和摧残，剧作的深刻之处正是在于对极左思想路线的危害做了有力的揭露批判。

四、白峰溪

白峰溪（1934— ），女，河北人，原为中国青年艺术剧院演员，20世纪70年代末开始戏剧创作，代表作有剧本“女性三部曲”——《明月初照人》《风雨故人来》《不知秋思在谁家》等。白峰溪对妇女命运有着天然的情感，重视对女性问题的探讨，成为她剧作的一个重要特点和主要价值所在。她的《明月初照人》就是一部较早出现的女性戏剧的代表性作品。全剧10个人物，全都是女性，中心人物是省妇联主任方若明。方若明对工作认真负责，每天东奔西走忙于处理家庭纠纷和各种婚姻问题，在她的帮助和调解下，许多矛盾得以化解，不少妇女找到了幸福美满的爱情婚姻。她也因此成为婚恋自主的维护者、妇女权益的护卫者。然而，更棘手的问题出现了：她的当外语教师的小女儿爱上了水暖工，她的当研究生的大女儿爱上了自己的导师，而这位导师恰恰又是她当年由于组织上的干涉而不能结合在一起的恋人。这一切搅动了方若明内心隐秘的一角，传统的世俗观念和年轻时经历过的爱情隐痛，使得这位妇女干部陷入了深深的烦躁与痛苦之中，同时也暴露出她在言行、表里、对内对外之间的新旧思想的矛盾和冲突。作品由此表现出了中国当代知识女性在不断走向觉醒的历史过程中所遇到的困惑、苦恼与艰难。

五、李龙云

李龙云（1948—2012），祖籍河北河间县，生于北京，1979年考取南京大学中文系研究生，师从剧作家陈白尘，1982年起在北京人民艺术剧院任专职编剧，著有大型话剧《有这样一个小院》《小井胡同》《这里不远是圆明园》《正红旗下》，独幕剧《球迷》《人间烟火》，长篇小说《落马湖王国的覆没》，纪实文学《我所知道的于是之》等。五幕话剧《小井胡同》发表于1981年，是一部典型的“京味”话剧，它用平实流畅的京味语言，用素描的手法来表现老北京各个阶层，特别是中下层老住户那些小人物的喜怒悲欢的日常生活，被誉为“《茶馆》的续篇”。它以北平解放前夕、1958年夏末秋初的“大跃进”期间、“文化大革命”时期、“四人帮”垮台的消息正式传出的前夕、十一届三中全会以后1980年夏末等五个重大历史关头为背景，写出了小井胡同几十年的生活变化。作品既写出了大杂院里的生活画面，又通过市井小民的人心向背透露出历史大变动即将和必将到来的某些消息。

《小井胡同》充分显示了作者写戏的功力和高超的手笔，它的艺术特色主要体现在这样几个方面：

首先，在结构上，纵横交错，杂而不乱。作者从纵向选择了五个历史非常时期，即从1949年北平和平解放前夕到1980年十一届三中全会之后的各个时期进行描写，展现不同时代的风貌。在横向上，选择了一条胡同五户人家共四五十个人物，在纷繁复杂的社会关系中构成一幅现代北京市民生活的风俗画卷。

其次，在人物塑造上，全剧写了40多个人物，囊括了社会三教九流，各行各业。他们大都具有鲜明的个性，哪怕对话很少的角色，如火葬场的工人、换房者等，都能给人留下很深的印象。作者突出表现底层人民的人性美、人情美及人的尊严，如滕奶奶、刘家祥、水三儿、石掌柜等，正是无数小人物的存在和相互依傍“才筑起了中国的脊梁”，使黑暗邪恶不能长久。

最后，整部剧作从剧名、人名到胡同街门贴的对子都成功显示了作者刻意追求的“京味”风格。比如剧名是从北京70多处与井有关的胡同名中择取，人名如水三儿、大牛子、疤瘌眼等“京味”十足，胡同街门贴的对子如“处事留余地，存心居自安”具有老北京市民性格诙谐闲逸的神韵色彩，所有的“京味”因素都协调统一，浑然一体。

六、何冀平

何冀平（1951—　），女，北京人，1982年毕业于中央戏剧学院戏剧文学系，曾任北京人艺编剧，1989年移居香港。她有大量的戏剧及影视方面的创作，如话剧《明月何曾是两乡》《烟雨红船》，电视连续剧《新白娘子传奇》，电影《新龙门客栈》等。《天下第一楼》是又一部被誉为“既有《茶馆》的影子，又有《茶馆》的味”的话剧。它写的是清末民初在北京前门这块商贾云集、尔虞我诈的竞技场上，一个叫“福聚德”的烤鸭店的兴衰聚散之事。剧本着重描写了掌柜卢孟实、“堂头”常贵、“灶头”李小辫、烤炉罗大头等这些旧时被视为下贱“五子行”（旧指厨子、戏子、窑子、澡堂子、剃头挑子）中人的悲剧命运。名噪京师的“福聚德”创立于清朝同治年间，传至民国初年，由于老掌柜的年迈多病和少掌柜的挥霍无度，烤鸭店岌岌可危。就在此时，踌躇满志的卢孟实临危受命，经过多年的呕心沥血，使“福聚德”老店进入了日进百金的鼎盛时期。作品的最后，精明能干的卢孟实终于被少东家排挤出了烤鸭店，“一个人干，八个人拆”的巨大“内耗”也使这个“天下第一楼”最终走向衰败。这既是卢孟实个人的悲剧，同时也是某些传统文化走到今天的悲剧。

一方面，《天下第一楼》明显受到了老舍《茶馆》的影响。无论是《茶馆》中的“茶馆”，还是《天下第一楼》中的“饭馆”，在北京都是各色人等的聚散地；无论是《茶馆》中的“茶文化”，还是《天下第一楼》中的“食文化”，都同属老北京的“饮食文化”；两剧所使用的语言都是“京味十足”的，有利于独具特色的老北京风物人情的摹写；两剧采用的都是典型的现实主义的创作方法，并且都以一个小老板为主要人物，这些很自然地造成了两剧在人物、氛围、语言和风格上的诸多相似。

但另一方面，《天下第一楼》的独创性也是明显的，两剧立意的不同，决定了它们在情节内容上的不同：《茶馆》注重的是与时代的社会环境的联系，而《天下第一楼》更注重的是作品的文化意蕴；在戏剧的结构方面，《茶馆》采用的是人像展览式的结构，而《天下第一楼》采用的是传统的锁闭式结构。这些都标志着新时期话剧在继承中的稳步发展。

话剧《天下第一楼》剧照

第二节 戏剧形式的革新与探索

◯西方现代主义戏剧艺术的广泛引入 ◯探索话剧的总体特征与价值评判 ◯风行一时的“小剧场运动”

1979年至1980年间，文艺界展开了一场“为文艺正名”的自我反省式的大讨论，这一讨论对文学的机械反映论和“工具”论进行了有力的批判，促使文艺的多种功能受到全面的重视。从1980年起往后5年左右的时间里，小说、诗歌的创作不但数量上而且质量上都有了飞跃。然而在戏剧界，由于关于戏剧功能的讨论没能真正广泛深入地展开，话剧不知不觉地落到了其他文学体裁作品的后面。

探索话剧的代表作有：1980年前后，马中骏、贾鸿源、瞿新华的独幕剧《屋外有热流》，谢民的独幕剧《我为什么死了》，这些剧作打破时空顺序的写实手法，开始采用荒诞、象征的现代技法。到1985年前后，大批颇有锐气的探索剧纷纷出台，引起观众的热切关注。影响较大的有刘树纲的《一个死者对生者的访问》，王培公、王贵的《WM（我们）》，陶骏的《魔方》，魏明伦的《潘金莲》，马中骏、秦培春的《红房间、白房间、黑房间》，沙叶新的《寻找男子汉》等。这些探索剧的总体特征是非重复的、多样化的，一个戏一个新的探索，它们充分运用“假定性”，主题注重哲理、文化的表现，人物注重情绪的内在逻辑。这是审美心理上的一次大反叛，既给人以新鲜的直观感受，又给人以较大的思考空间。

当代话剧的改革和探索取得了可喜的成果，主要有以下几个方面值得注意：

第一，追求话剧内容的哲理化。戏剧不再停留在“动情”的目的上，而注重激发观众的想象和思考。有很多无场次话剧都是以哲理意念来重新组合各种生活片段，如《我为什么死了》的情节倒置法，《十五桩离婚案的调查剖析》的散点透视结构，《野人》的多重主题结合等。此外，还有一些作品如《屋外有热流》《车站》等，采用了整体或局部的象征手法，以揭示超乎生活表层的真实的思想意蕴。这些剧作充满形象直喻式的哲理概括，具有寓言般的特殊效果，表达了一种复杂、朦胧、难以用真实生活形态表述的审美感受。

第二，追求话剧结构的多样性。探索话剧打破了在“三一律”规范下的传统团块式分幕分场的结构，追求自然流畅的叙述性结构，总的趋向开放多样。有“蒙太奇”式的结构，如《血，总是热的》，全剧分 17 段，段与段之间靠灯光明暗来衔接，始终不拉大幕，每段的场景又进行若干次切换，多场景、多人物、多时空转换，突出主人公所承受的来自多方面的对改革的压力；有“冰糖葫芦”式结构，如沙叶新的《陈毅市长》，全剧没有统一的中心事件，每场戏围绕着陈毅这一中心人物而展开，分别叙写了 10 件彼此独立的事，这样的结构方式，不仅可以容纳较多的人物和事件，描绘比较广阔的社会生活画面，而且可以从不同侧面立体地展现主人公鲜明而丰满的性格；有“散点透视”式结构，如《红房间、白房间、黑房间》，通过三个房间中的不同人物，显示人生的不同色彩。

第三，追求人物心灵的具象化。长期以来，在戏剧舞台上，剧作家梦寐以求的是如何更好地将人类神秘的心灵世界外化、具象化，新时期探索剧作家在这方面做了大胆的尝试。其中高行健就是一位引人注目的革新者。从 1982 年至 1986 年，他自觉地从戏剧观变革的高度连续创作了五个剧本《绝对信号》《车站》《野人》《现代折子戏》《彼岸》，每个剧本都在戏剧界乃至文艺界引起了不小的反响。他以自己全新的戏剧形式进行了可贵的探索。《车站》一剧，围绕着“走，还是等?”展示的是一些等车人情绪的转化过程。作者通过多声部手法造成一种“复合的语言现象”，表现等待的盲目、焦灼与失望。看见站牌不假思索就站着等车，实际这是一个被取消的站牌，表现了人们经常为社会的潜意识所支配，这是现代人的窘境，剧本也体现了对这种窘境的自嘲。《绝对信号》以人物心理串联时空场景，采用主观化的时空结构方式，舞台上出现了现实、回忆和想象三个时空层次的叠化和交错，收到了强烈的主观性效果，对现代主义戏剧技巧进行了大胆的尝试和实验。

第四，追求剧场艺术的综合化。探索戏剧在艺术表现和演出形式上不拘一格，异彩纷呈，出现了多种艺术因素综合运用的倾向。如从影视艺术中引入心理片段具象化的手法；从小说、诗歌中引入意识流、象征等现代手法；从传统戏曲中学习大幅度夸张、虚拟、变形的表演方式等。王培公、王贵的《WM（我们）》中，冬、夏、秋、春不同季节用不同色彩象征替代，当寒冷冬夜，饥饿难耐，知青们翻墙去老乡家偷鸡、宰鸡、煮鸡时，剧本通过虚拟的形体动作并伴以虚拟的舞台语言，宣泄在特定生存环境中人物的苦涩、艰辛和忧愤等情绪。

探索话剧的舞美设计，建立在充分发挥舞台假定性的基础上，布景道具简洁明快，不求形似，只求意合，一般采用易于转换的中性道具（宜虚不宜实），根据剧情需要，可拼接成不同场景，靠灯光切割分成若干表演区，达到舞台审美效果。如《屋外有热流》的舞台场景用几何图形的景物构成，将弟弟、妹妹寝室隔开的只是一道无形的墙，靠人物虚拟的动作表示进出。这种简洁的舞美设计，获得了不受时空约束的极大自由。

第五，舞台和剧场的构筑，呈现小型多样的风貌。为了改变观演关系，强化剧场的交流效果，许多探索剧作采用小剧场的演出方式，填补了演出样式上的某种空缺，并成为整个戏剧发展探索的重要组成部分。常见的小剧场演出形式有伸出式舞台、中心舞台、圆形舞台等，不论采用哪种形式，都是为了缩短观众与演员之间的距离，营造一种身临其境的戏剧氛围，增加观众的参与感。1982 年，由林兆华导演、北京人民艺术剧院演出的《绝对信号》开启了新时期小剧场运动的先河，它别开生面的演出，受到戏剧界的重视。它显见的价值是改变了话剧形态和表现形式，内在的价值却是开通了艺术创造观念，踏出了话剧革新的新路，打开了新的艺术表现天地。此后，“小剧场运动”在 20 世纪 80 年代探索话剧中风行一时。20 世纪 80 年代的小剧场运动比起此前有着较强的规定性，其主要特点是艺术实验，虽然所实验的思想、观念和手法在西方戏剧界已是老生常谈，但是对于封闭了近 30

年的中国舞台来说，仍然是新奇而有活力的。“小剧场运动”在20世纪90年代更加蓬勃地开展起来，1993年，由中国艺术研究院和中国话剧艺术研究会在北京主办的“93中国小剧场戏剧展暨国际学术研讨会”，演出了《留守女士》《热线电话》等13部作品，推动了小剧场戏剧发展，促进了对中国小剧场戏剧特色的探讨。如果说《绝对信号》是20世纪80年代中国小剧场剧的代表作，那么，《同船过渡》就带有90年代小剧场戏剧的特色，它更多的不是进行实验，而是探索话剧在艰难的处境中如何更贴近观众的心灵，以对生活的诗意发现和精彩的表演赢得观众。还有不少剧本提供了角色（演员）走向观众席倾诉衷肠或即兴交谈的机会，也有导演请观众参加到戏剧事件中来，缩短演员与观众的距离，将长期分割开来的舞台与观众席融合为一个整体性空间，营造强烈的剧场效果。

知识链接

小剧场运动

1887年，法国人安德烈·安托万在巴黎建立了第一个小剧场——“自由剧场”，意在对抗以票房价值为目的的商业性戏剧，促进戏剧的实验。这一举动很快在欧洲各国乃至美国都产生了迅猛的影响，到1924年，美国出现的小剧场达500个之多。这些小剧场热心于戏剧实验，主要演出独幕剧。小剧场运动培育了一批著名的剧作家，推出了一批著名的剧团，对打破商业戏剧的一统天下起到了重要作用。

话剧在20世纪初被引进到中国，在这一过程中，就出现了小剧场的方式；而在随后现代话剧不断成熟和发展的进程中，小剧场方式也始终是整个戏剧艺术的重要组成部分。20世纪80年代，先锋探索剧的兴起，再次为小剧场运动的高潮提供了特定的机遇。在这次小剧场运动中，除了反对商业戏剧以外，更重要的追求是艺术上的实验和突破，特别是对西方现代派的戏剧艺术进行了充分的、深度的引进和尝试。值得注重的是，在这次小剧场运动中，艺术家们还特别注意将西方现代主义戏剧手法与中国传统戏曲的艺术表现形式进行大胆的整合与交融，以此追求真正意义上的先锋性和实验性。至今，小剧场运动仍保持着良好的发展势头。

第三节　新式戏剧的高品格追寻

○西方现代技巧与中国传统“写意”的融合　○《狗儿爷涅槃》《桑树坪纪事》《棋人》

20世纪80年代开始的话剧探索热潮，大大拓展了话剧表现形式、表现手法的领域，但是，探索过程中的矫枉过正，也给探索剧自身带来了新的危机。不少探索剧存在着重形式轻内容、重抽象哲理轻具象、重类型轻典型个性以及冲突过分淡化和结构过分散文化等弊病，不但脱离了观众，也不同程度地违背了话剧的艺术个性。戏剧家们很快意识到这一点，克服浮躁情绪，调整了创作偏向。他们通过反思戏剧的本质，找到了中国话剧失去多时的民族传统，开始注重将西方现代戏剧的象征、直喻、超现实等技巧与中国传统戏曲的“写意”手法相融合，创造真正属于中国的话剧艺术。1985年前后，出现了一些熔创新与传统、写实与写意于一炉的较优秀的作品，如刘锦云的《狗儿爷涅槃》、陈子度等的《桑树坪纪事》、李龙云的《洒满月光的荒原》、过士行的《棋人》等，这些剧作一改对“标新立异”的一味追求，都不同程度地采用了传统的写实、写意手法，上演后相当成功，并获得了高度的赞誉，显示出当代话剧发展的新的生机。

一、刘锦云

刘锦云（1938—　），河北人，1963 年毕业于北京大学中文系，曾长期生活在农村，现任职于北京人民艺术剧院。著有剧本《狗儿爷涅槃》《背碑人》《乡村轶事》《阮玲玉》《杀妃记》等，《狗儿爷涅槃》于 1986 年由北京人艺首演后，反响十分强烈，被认为是新时期戏剧的代表作之一。

话剧《狗儿爷涅槃》剧照

《狗儿爷涅槃》由农民与土地的关系描写中国农民的命运。主人公狗儿爷的父亲当年与人打赌，吞吃了一条小狗，赢得了一块土地，也为儿子赢得这个诨名。狗儿爷对土地的痴迷更甚于父亲，在战争的炮火中，他舍命抢收了地主田里的芝麻，成了土地的主人。其后，靠共产党的政策，狗儿爷有了自己的土地和牲口，还分得了地主的高门楼，娶了年轻漂亮的小寡妇金花，过起了日子；同时大量收购别人的土地，做起了地主梦。孰料，农村搞起了合作化，狗儿爷的土地、门楼、骡子菊花青等一应物品都“归了大队”。狗儿爷又迷失了自我，竟然抑郁成疾，精神错乱。他时时感到“文化大革命”中被打死的地主在嘲笑他的地主梦。于是狗儿爷决心个人奋斗，独自住在小山坡上，开垦荒地，种上庄稼，可是又被割了“资本主义尾巴”。到了十一届三中全会以后，农村实行家庭承包制，狗儿爷终于重新得到了土地，可是他的儿子却蔑视父亲的地主梦，要推倒高门楼，修路开矿。狗儿爷这回彻底失落了，他划着火柴，把自己的土地梦连同高门楼，付诸一炬。《狗儿爷涅槃》将艺术触角探入老一代农民的心灵深处，从另一个角度揭示了中国社会的积弊。农民狗儿爷一生眷恋土地，为土地付出了毕生心血。但他的人生偶像不过是旧时代的地主而已，他的短视、狭隘与愚昧使他在新生活面前感到迷惘、哀伤以至绝望，成为一个悲剧性人物。时代留给他的难以愈合的精神创伤和困境中的无奈又使人产生深深的同情。

在这部剧中，作家把视点调向对人自身的把握与表现，不再囿于某种政治原则和道德原则的化身。作者对狗儿爷的表现运用了“疯癫”的形式，唯其疯，才能更有力地揭示这个特定人物的内心世界，才便于更加浓缩地表现作者所要反映的现实生活和时代特征。此外，《狗儿爷涅槃》在形象的塑造、人物内心世界的刻画，话剧叙事方式、舞台呈现手段和观演关系的探索上，在对中国农村社会变迁的描述与概括上，也都取得了一定进展。

二、陈子度等

《桑树坪纪事》是陈子度、杨健和朱晓平根据朱晓平的系列小说《桑树坪纪事》《桑塬》《福林和他的婆姨》改编的，被认为是新时期话剧走向成熟的重要标志。《桑树坪纪事》以“文化大革命”为背景，对封建传统文化的封闭、落后、愚昧、残忍的一面进行了深刻而尖锐的批判，说明“走出了这五千年梦魂”的艰难。表面上看，桑树坪人似乎已经进入了现代社会，但实际上他们仍然生活在古老的部族式的社会中。在这里，决定一切的，是沿袭千年的土地、生育法则和“酋长”（队长）李金斗的意志。在这里，正如“围猎”这一意象所暗示的那样，群体的力量随时可以轻而易举地扼杀掉任何一种个体性的追求。

作品塑造了一个性格复杂、内涵丰富的人物形象——李金斗。他与上述刘锦云笔下的

“狗儿爷”齐名，这两个形象共同代表了20世纪80年代中国话剧在形象塑造方面的最高成就。一方面，作为桑树坪人的群众领袖，李金斗为了全村老小几十人的生计是费尽心力的。为了给大家多留一点口粮，他低声下气，忍辱负重，苦心周旋。为了抢险，他甚至搭上了自己的一条腿。但在另一方面，在麦客市场上欺行霸市的是他，卖掉月娃的是他，逼死彩芳的是他，为了两孔破窑洞把外姓人无端送进大狱的也是他。这一形象似乎表明：李金斗们“兽行”的主要问题并不在于他们个人的人品，而在于那种封闭、贫瘠、严酷的生存环境，在于那种无所不在、无所不包的千年不变的文化传统。

作品以开放的视野，对现代主义戏剧艺术采取吸纳的态度，将写景与写实、情与理、再现与表现等交融一起。对相关艺术形式采取兼收并蓄的态度，把舞蹈、歌队等融入剧中。歌队的舞台穿插，不仅引起间离效果，而且有助于人们从今天的时代高度审视历史，思考未来；“围猎”式的舞台设计和画面造型，以诗化的意象创作出“弦外之音”，而象征性的转台的运用，又给人以周而复始的历史沉重感；“打牛”“祭奠裸女石雕像”等场面，把“情”与“理”、“表现”与“再现”较好地融合起来。

三、过士行

过士行（1952—　），北京人，做过记者，后从事戏剧创作。著有剧作集《坏话一条街》，其中《鱼人》《鸟人》《棋人》三部作品合称“闲人三部曲”，产生了较大的影响。过士行创作于1994年的《棋人》是90年代以来影响较大的一部作品，它讲述的是一位围棋国手的故事：正当何云清纵横棋坛数十年后感到心灰意冷，决心退出孤寂的黑白世界的时候，围棋奇才司炎的出现使他重新燃起生命的火花。但司炎的母亲——何云清年轻时的恋人，却坚决反对儿子下棋。在她的恳求之下，何云清以一盘“绝棋”使司炎永远失去了再次与人对弈的机会，司炎也为此而死去。故事的最后，司炎的游魂来找何云清，继续那盘其实并未死去的棋局。

《棋人》的主题意蕴明显带有哲理性的特点。作品没有停留在对于市民生活表象化的简单描摹上，而是深入到人物跃动着的生命感受中去拷问生命的意义。世俗追求与精神追求在这里构成了尖锐的矛盾。何云清在冰冷的黑白世界里寂寞地过了50年之后，开始向往一种世俗的快乐与幸福。在充满感性生命活力的媛媛（司炎的女友）的感召下，他体悟到了这种不是靠智慧，而是用心、用情感才能体味到的幸福。然而对于司炎来说，陷入世俗生活却是一种无法忍受的痛苦、一种对于精神的扼杀。他后来把下围棋当作自己生命的最后寄托，而正是这一点导致了他的死亡。世俗幸福和精神追求，究竟应当如何选择取舍？这一问题的提出，不仅提升了作品在思想内容上的哲理性，而且也带来了主题阐释上的多义性。

《棋人》在描绘现实生活的同时，灵活地运用了象征、隐喻、黑色幽默、魔幻等多种现代创作手法，如剧中的围棋是理性和精神的象征，媛媛是感性生命活力的化身等。这些手法的广泛运用，引导读者和观众从一种形而上的高度来思考生命的本质及意义。总之，新时期的戏剧创作始终在追寻高品格的艺术创作之路上不断地向前发展。

思考题

1. 《陈毅市长》采用“冰糖葫芦式”的戏剧结构，强化了戏剧冲突和戏剧性效果。你认为这种结构的特点和作用具体表现在哪里？

2. 新时期的一些成功的“京味”话剧作品如《小井胡同》《天下第一楼》等，都不同程度地体现了对老舍《茶馆》风格的继承和发展，你如何看待当代话剧创作中的这一重要现象？

3. 新时期探索话剧在内容、结构、人物、舞美设计和剧场建筑等方面分别进行了哪些实验？取得了哪些有价值的成果？又有哪些局限与不足？

4.《狗儿爷涅槃》由农民与土地的关系入手，描写了中国农民的命运。你怎么理解这部作品的文化意蕴及艺术探索方面的成败得失？

5. 话剧《棋人》在主题上显示了什么样的哲理化倾向？作品浓郁的生活气息又表现在哪些方面？

延展阅读

1. 新时期较为成功的探索话剧，王培公的《WM（我们）》，陶骏、王哲东的《魔方》（被称为“马戏团晚会”），刘树纲的《一个死者对生者的访问》，魏明伦的《潘金莲》，以及马中骏、秦培春的《红房间、白房间、黑房间》等，都是值得关注的。

2. 近些年，话剧的创作和舞台演出又有了新的发展动向，如根据萧红小说《生死场》、鲁迅历史小说集《故事新编》等改编的同名话剧，一些新近创作和编导的话剧如《恋爱的犀牛》《第一次亲密接触》等，无论在剧本的改编、创作，还是在舞台实践方面，都有了新的探索和突破。这些不断问世的艺术作品，凝结了中国话剧人的一些最新的思考和创造，更加值得关注。

第二十一章　新世纪之交文学发展的新动向

新世纪之交，中国当代文学在以往思想和艺术的积淀下取得了更为丰硕的成果，开拓了更加广阔的文学发展空间，并且伴随时代的变革表现出许多新的动向，主要体现在以下几个方面：现实主义主潮在这一时期不断发展，陈忠实、余华、张炜、王蒙、张平、阿来、王安忆、池莉、张洁、贾平凹等作家的优秀作品大量涌现，长篇小说成果丰硕；现代主义等文艺思潮不断发展革新，与现实主义共存互渗，王朔、王小波、韩少功、莫言、格非等作家的创作体现出现代主义的新发展。与此同时，文坛出现网络文学与传统文学并峙、多种风格流派相间并存和互动的局面。总之，多元化的文学格局在新世纪之交已经基本完成，并将在21世纪的继续裂变中获得崭新的发展。

第一节　新世纪之交文学发展概述

○众声喧哗的多元状态日益明晰　○现实主义主潮的新动向　○现代主义思潮的大量涌现　○诗歌创作的话语互渗　○网络文学的蓬勃跃出

一、新世纪之交文学发展总体态势

继20世纪80年代之后，20世纪90年代至21世纪的第一个10年，中国当代文坛继续呈现出众声喧哗的多元状态，丰富多彩的文学思潮和个性创作不断涌现，现实主义主潮在这种自由开放的空间中继续向前发展，并且在与其他风格流派的互动竞争中不断吸收新鲜的养分，提高自身的艺术水准。大批高质量小说的出现使现实主义写作焕发出时代的新气象，如陈忠实的《白鹿原》、余华的《活着》、阿来的《尘埃落定》、王蒙的“季节系列”、王安忆的《长恨歌》等，他们的成功实践无疑更有力地显示出现实主义精神的深厚底蕴。因此，在当下文坛，现实主义主潮依然具有重要的影响，成为新时期文学中一道亮丽的风景。与此同时，现实主义独揽文坛风景的时代早已过去，新世纪之交的20年更多表现出它全面开放的宽广胸怀，现代主义、后现代主义、女性写作、先锋派、晚生代等文学思潮、写作力量与现实主义文学相间并存，相互介入，不断互渗，交相辉映。文学创作开始出现多种风格流派相间并存的局面。

文学的多元化发展面貌可以总体概括为：一是文学的个体化和个人化与文学的集团化并存，一大批自由撰稿人的出现为多种风格和流派的成立提供了极大的可能性。二是民间立场与知识分子写作齐头并进，优秀的作家作品不断涌现。三是文学载体由原来刊物的一枝独秀发展为多头并进局面，出版社的畅销书、报纸副刊上的随笔、网络文学都对传统文学产生了很大的冲击。

具体来说，在小说方面，女性小说和晚生代小说等形成主要热点。陈染、林白等女作家是以伍尔芙的“自己的房间”为意象、以“性”作为突破禁忌的主要能指来表达女性的独立意识，这隐含了她们对自由的争取；而卫慧、棉棉等创作的“半自传性”作品，则“不经意”地表现出对男性和世俗权威的迎合，缠绵着阴柔的调子与亨利·米勒式的反叛与疯狂，细读之下，这些另类文本讲述的仍然是自恋的故事。女性叙事出现了内存危机，那种固执于绝对独立的自我而拒绝世界的个人化叙事，不仅使女性的反叛意义似是而非，而且趋于丧失自我追问的人生倾向，在貌似疯狂的背后给人留下的是缺乏深度的平面化感觉。评论界对新一代女作家批判精神的丧失提出批评，并认为大众传媒以男性窥视的视点染指女性文学的商业操作，将女性写作作为巨大市场资源加以开发利用，是近期比较明显的文学表现。对此问题的创作思考和文学批评具有较鲜明的当代特征。在21世纪第一个10年，一些女性作家则慢慢地突破自身性别的限制，将文学视野拓展开去，除了对女性的关怀之外，还将笔端触及人性、历史、民族史诗等宏大主题。迟子建的《额尔古纳河右岸》是一曲以历史的视角去关注人性，从多个角度向世人诉说人生挚爱与心灵悲苦的民族史诗。这种以女性特有的温情去书写有别于女性的“半自传性”的作品，是近年来女性写作中的一个重要变化。这不仅丰富了女性写作的内涵，而且对民族的变迁历史中展现的人性，提供了一个新的观察视角。

进入21世纪以来，有关动物叙事的创作一直层出不穷，成绩斐然，有些创作甚至引起了普泛意义上的读者与时代的共鸣，并在学理层面上引发广泛的争议与辩论，更能凸显出这股创作热潮的来势之猛与影响之深。为大众所耳熟能详的作品主要有贾平凹的《怀念狼》、姜戎的《狼图腾》、杨志军的《藏獒》、郭雪波的《银狐》、李克威的《中国虎》等，它们凭借着自身所特有的题材优势、独特的叙事视角、惊人的想象力和创造力迅速占据了当代小说创作中的一个颇为主要的话语表述空间，在各种媒介、学术平台上引起了广泛热议，而诸多学者、评论家的不断介入，更使这种争论以一种学术争鸣的态势，推动动物叙事的研究逐渐成为一门显学，而相关的理论建构的努力也不断地泛出历史地表。现今，科技文明带给人类的陶醉感正渐渐被人们对生存危机的焦虑感取代，文学作品对动物世界的积极关注，对动物伦理的人文关怀，自然很容易吸引读者的目光，唤醒人们的生态意识。

“新生代”是个宽泛的内涵不明确的创作群体概念，被放置在这个群体的诸多作家曾因为他们的“边缘化”“欲望化”“个人化”的叙事策略和言语方式而引起反响，并被称作是“五四”以来文学传统“断裂”的表现，体现出与20世纪80年代文学“一刀两断”的文化姿态。新生代作家主要包括邱华栋、韩东、吴晨骏等。近年来评论者普遍从价值、精神的向度上探讨“新生代”的创作困境，认为“新生代”的“反抗”仅仅停留为一种姿态，忽略了现实和大众生活，没有对社会政治和文学现实做出自己的价值判断，创作心态普遍显得浮躁。有评论者以邱华栋的创作为个案阐析了“新生代”的精神困扰，认为“新生代”小说是以创作个性冒充个人精神，用细节的真实代替整体的真实，暂时的真实冒充历史的真实，缺乏精神上的穿透性，也体现出作家对历史的淡漠。总体而言，“新生代”的文学创作多缺乏苦思冥想的现实深度和理想色彩。

在诗歌方面，目前诗坛上存在所谓“知识分子写作”与“民间写作”的论争。其中虽有争夺话语权的成分，但它确实反映了新世纪之交不同诗人在艺术观念和艺术主张上的分歧，一定程度上反映了精英写作与世俗化写作这两种诗歌创作历来具有的运动形态，它们互相矛盾、互相作用、互相渗透补充，并非绝对对立。两种流派各有特点、优点，也各有弱点。“知识分子写作”注重的是一种精英立场，强调对人的精神启蒙，相对来说缺少一种与民间的沟通，其读者也集中于知识阶层；而“民间写作”相对缺乏在精神上的启蒙，可他们的写作往往能适应大众读者的要求，在读者方面也就相应地比“知识分子写作”较多。“知识分子写作”的代表诗人有王家新、欧阳江河等；“民间写作”的代表诗人有朱文、伊沙等。还有很多不属于这两类的诗人也在诗歌园地默默耕耘着。真正的艺术大师将在中间地带产生，包含中西诗歌的优秀传统。这种多元共生的诗歌局面，有利于诗歌生态的良性发展。

在散文方面，近几年来时尚散文渐成喧哗之势。在纯散文范畴之外，各类新形式、新媒体、新风格的散文创作发展势头迅猛。这些时尚散文在内容上紧紧抓住当今读者的阅读需求，从心理到人际，再到消费，全都给予关注，在艺术形式上出现了新的富有创造力和时代感的语言。写作者以年轻人、文学界之外的人居多，有些作家也尝试着跟进。代表人物有黄集伟等，他的新散文写作拉开了与正宗散文的距离，读来别有一番滋味。此外还出现了“小女人散文”，这类散文清新可人，亲切随意，充满人间烟火味，因此，在市场消费的导向下，拥有相当多的读者，尤其是青年女性读者。

纵观新世纪以来散文的特点，一方面，是思路新颖，没有条条框框的限制，不考虑中规中矩，表达出来即可。其内容、结构、语言都努力出新，别有洞天。一般文化的读者，都能够欣赏。另一方面，是切近生活。许多散文的作者，与现实生活贴得很近，有些作者就生活在底层。目前的时代适逢转型期，很多事物在调整变化中，散文试图用文字表述现实中碰到的新问题、新矛盾，因此多是有感而发，不是为文而文，比纯文学散文增加了更多真实而新鲜的当下生活内容。这些文章的主人公大多是作者自己，感慨出自他们每天的喜怒哀乐，是本真本我的真实表白。

在戏剧方面，戏剧舞台上的名著改编成为当下热门话题。北京人艺近年来上演了曹禺的三部名剧，其中《日出》《原野》与原著相比改动较大；林兆华导演的莎士比亚戏剧《理查三世》，运用了较多创新的手法。对名作的改编，一方面，是由于这些名剧自身的艺术魅力和其存在丰富的可阐释性；另一方面，总是与当下的一些社会现实问题和思潮紧密地联系。

先锋戏剧在20世纪80年代曾有过一次集中的表现，进入新世纪以来，先锋话剧仍以小剧场作为舞台，形式的创新仍是其重要的一面。除了艺术上的创新之外，这些先锋话剧也开始注重话剧的商业价值，同时将一些正在发生的热点问题融入剧作当中，及时表现作者对现实的看法。这种既具有强烈的艺术感，同时又不乏商业性的先锋话剧，近年来受到越来越多观众的青睐，尤其是在校大学生的关注。其中比较典型的就是“孟京辉戏剧”，他的作品在近年来的戏剧领域产生了重要影响。孟京辉的代表作品主要有话剧《思凡》《恋爱的犀牛》《两只狗的生活意见》《空中花园谋杀案》，根据马雅可夫斯基作品改编创作的话剧《臭虫》、由意大利达里奥·福编剧的《一个无政府主义者的意外死亡》以及著作《先锋戏剧档案》等，其中《恋爱的犀牛》影响较大，不断上演。孟京辉戏剧在剧本创作、音乐、舞美、布景及结构的安排上都达到了一定程度的美学突破。

当代文学创作与批评将随着时代与社会的发展而不断跟进，当下的文学创作如果继续以人文的深厚理想和开阔的文化视野烛照人生，尊重传统，并以宽容的心态保持对作品的热爱，保持文学创作新颖鲜活的个性，相信它将在新世纪赢得再度繁荣与辉煌。

二、新世纪之交文学的总体特点

在20世纪80年代文学观念转型和艺术技巧取得成功突破的基础上，新世纪之交的20年，文学相对于以往文学又体现出新的动向。

第一，这种全面刷新广泛散布在各种文学样式中。新世纪之交的文坛是标新立异的个性化创作天地。漫天飞扬的是以“新××”为旗号的名称，如“新写实”“新体验”“新市民”“新状态”等，对“新”的崇尚不只是追求表面的浮华，而是在这些名称背后蕴含着文学在新世纪之交出现的一种本质性变化，那就是文学个体化、创造性特征的全面激活。作家不必一味创作符合主旋律的作品，而是以自由撰稿人身份进行个性化写作，进行先锋性文学尝试。

就现实主义小说主潮而言，它的新动向体现在新现实主义作家大都以“民本主义”关怀作为写作的精神支点，他们对现实世界投以当下人的人性关怀，更多体现为对普通人日常生存的关注，对平民人生尴尬、矛盾、挣扎和进取状态的书写，因此采用平民化叙事和民间化写作视角，并且重新设定叙述对象，原来多是把焦点集中在人生理想和群体的历史命运上，当下调焦对准了现实本真生存状态的个体，特别注意挖掘探索人性的特点和精神世界的细微变化。池莉的小说《来来往往》是这方面的代表，它立足于表现小人物的日常生存状态，强调对生活原色的零度把握，重在表现当代人在生存困境中的无奈和挣扎，具有后现代主义反英雄、反崇高、反文化的哲学韵味。虽然她的作品蒙上了一层灰色的阴影，但是仍不失为一种大胆而有益的新尝试。

新世纪之交，现代主义思潮出现了明显的转折，它失去了往昔的轰动效应。先锋派作家们在文体实验上的探索在经过淋漓尽致的表现之后重新转向关注人物命运，重视故事情节，重建理性深度的追求，这是经过调整后的现代派文学的整体特征。狂欢式写作、私人化写作等逐渐促成现代主义创作的热点。长篇小说领域成就突出，代表作有王朔的《看上去很美》，王小波的《黄金时代》《白银时代》《青铜时代》，韩少功的《马桥词典》，莫言的《檀香刑》等。更引人瞩目的是女性写作带来的私人化倾向，她们的尝试更大胆、更极端，卫慧、棉棉等用“身体写作”的方式去更真实地体验自己的生命，触摸属于个体精神隐私的阴晦角落，用一种犀利偏激的方式表现出新女性对自身价值的再度思考和发问。

知识链接

现代主义

现代主义在中国的传播与流变，起源于20世纪20年代初，几乎与浪漫主义、现实主义同步进入中国文坛，也基本同步于西方现代主义文学运动。现代文坛重要作家鲁迅、周作人、朱光潜、施蛰存、李金发等作家和批评家大量介绍了西方现代主义文学具有代表性的作家，以及唯美主义、象征主义、表现主义、意识流等现代思潮，在文学观念和表现技巧上对传统文学进行现代性的改造，引发了中国文坛上的第一次现代主义浪潮。中国文学界的第二次现代主义浪潮发端于20世纪80年代初的一股争鸣思潮。这次围绕着朦胧诗、意识流小说等新潮文学展开的理论论争，被看作西方马克思主义20世纪30年代的关于表现主义的争论在不同时空的重演。外国文学研究者则率先向国内介绍西方现代主义：陈焜的《西方现代派文学研究》、柳鸣九编的《萨特研究》、袁可嘉编的《外国现代派作品选》[①]以及他为这套选集写的长篇前言。关于现代主义的争论成为当时中国文学批评界最前沿的理论问题之一，现代主义思潮给中国文艺创作和理论批评带来了巨大的震动。几乎与理论同步，创作实践领域开始体现出现代主义的审美素质，王蒙的意识流小说，马原、余华、刘索拉等的先锋派小说开始大量借鉴西方现代主义的艺术技巧和审美理念，并且引发了一系列涉及具体技巧、风格方面的论争。

---

① 《外国现代派作品选》共4册8本，由上海文艺出版社在1980年至1985年间出齐，包括11个流派专辑：后期象征主义、表现主义、未来主义、意识流、超现实主义、存在主义、荒诞文学、新小说、垮掉的一代、黑色幽默和广义现代派等。

虽然我们仍然看到现实主义、现代主义潮流作品大批涌现，但是文学潮流明显在新世纪之交的20年内逐渐淡化了，这是不同于20世纪80年代而出现的新状况。虽然文坛充斥着众多的旗号和名称，但是从新世纪之交的发展过程来看，再也找不到20世纪80年代那种以潮流方式纵向推进、各家轮番登台唱主角的痕迹，潮流历时更替现象的消隐、共时同唱一台戏局面的形成本身就是文学多元格局的一个重要表征。

第二，新世纪之交，文坛出现了一道特别耀眼的风景线，那就是网络文学的蓬勃跃出，这是新时代的文化产物。互联网时代极大地发展了文学的自由传播，计算机和网络技术的发展，使电脑写作、上网写作成为新的写作方式，网络文学就是伴随着这种新的写作方式而出现的一种新型的文学样式。由于使用了新的传播媒介，网络文学在创作方式、文本形态等方面与传统文学有着一定的区别。一方面文学获得了新的载体，传播的因素对文学的影响更加重要，传播得更加广泛，更直接地融入人们的日常生活，成为审美化的日常生活的一部分。另一方面网络的传播赋予文学新的特质，文学发生了新的时代演变，网络虚拟化的特征强化了文学虚构性与想象性的特性。

随着网络文学的不断发展，有些优秀网络文学作品引起了大规模的关注，代表作品有宁肯的小说《蒙面之城》、慕容雪村的小说《成都，今夜请将我遗忘》和《中国，少了一味药》、六六的小说《心术》、韩兵华的职场小说《跳槽王》等。其中，有些网络小说具备了传统小说的优秀品质，从网上走到网下，被传统媒体陆续发表、出版，如《心术》发表于具有权威性、专业性、主流性的杂志《收获》，《中国，少了一味药》则被《人民文学》刊载，网络作家宁肯的小说《蒙面之城》成为2002年茅盾文学奖获奖长篇小说之一。网络文学写作的自由性质有它的两面性，能否健康地发展还有待时间的考验，而且它应该在与传统文学的竞争中取长补短，避免形成新的霸权。同时，需要努力提高艺术的品位和深度，一味追求数量、速度容易流于思想艺术上的肤浅化。就目前情况来看，无论是从精神需要还是阅读方式来讲，传统文学仍然是网络文学不能替代的。

第三，从文学媒介方面看，20世纪90年代以来也呈现出新的变化。刊物由原来的一枝独秀局面变为多头并进，出版社的畅销书、报纸副刊上的随笔、电子刊物等都对文学期刊造成新的冲击。文学期刊策划出一些“旗帜”来招徕作家和读者，《钟山》是全国文学刊物率先打出旗号的，它推出“新写实小说大联展”，这体现出期刊市场竞争意识的觉醒。新世纪之交多元共存、多极发展的文化格局同样影响到文学传播媒介的变化，进入媒体时代之后，媒体的炒作渗入文学领域，为刊物和作家贴标签、树品牌等对文学的包装和策划成为新的传媒手段，这种行为在有效地推广介绍文学作品的同时，又充斥着更多的商业运作意味。因此，近年来当代文学的主要冲突从80年代针对文学与政治的关系而提倡文学独立，更多地转移到如今文学创作与商业操作之间的冲突上来。在市场机制下，知识分子在整个社会中的位置趋向“边缘化”，他们开始质疑和反思自身价值和文化观念。所以新世纪之交的文学作品中的乐观情绪一定程度上被削弱，批判反省的基调得以凸显，形成探索与困惑并存的局面。

新世纪之交包括20世纪最后一个10年，同时也包括新世纪的第一个10年，它既是以往成果的积淀期，也是预言未来的前瞻期，这20年以来当代文学出现的新动向将在新世纪继续发展，并赢得再度繁荣与辉煌。

第二节　现实主义主潮的再次勃兴

○陈忠实《白鹿原》——渭河平原的雄奇史诗　○余华《活着》——对历史的另一种叙述方法　○张炜《九月寓言》——浓厚的民间色彩与传奇主题　○王蒙“季节系列”——知识分子心路历程的真实审视　○张平《抉择》——官场现实主义小说　○阿来《尘埃落定》——浓郁的民族风情　○王安忆《长恨歌》——精致细腻的旧上海风情画　○贾平凹《火炉》——乡村回忆的另类书写　○池莉《来来往往》——平凡生活的生命本质　○张洁《无字》——对女性命运的观照

现实主义是中国当代文学发展的主潮，也是当代文学理论争辩中的一个永恒主题。如果说新时期以前，现实主义问题的讨论常受政治等因素的干扰而浅尝辄止，那么，20 世纪 80 年代之后特别是 90 年代以来，这个问题的研究大大深入了，现实主义文学主潮得以持续健康地发展，尤其是新写实小说写作为现实主义注入新的活力。新写实的内在精神受到存在主义思潮的影响和启示，并且有意通过对生存意义的空缺表现达到对存在的追问与诘责，90 年代“现实主义的复兴”使它在众声喧哗中仍然成为主体性声音。

现实主义作为文学形态是不断发展的，现实主义文学的内核是“现实精神”。从整个世界的文学格局看，现实主义虽然受到多种思潮特别是现代主义思潮的冲击，但它并没有因此退出文学舞台，只不过是改变了以前那样的确定形态，以新的发展状态同现代主义彼此消长，汇成两股并行不悖的文学潮流。从现实主义本身特点来看，它无疑是和现实生活最为贴近的一种文学形态。只要我们还承认文学与现实密切相关，只要人们的艺术需求还有反映和认识现实这一方面的目的，那么，现实主义就无疑是最直接实现这一要求的文学主潮。

在 20 世纪 90 年代以来的现实主义文学发展过程中，多种文体创作都取得了重要成就。其中最突出的是小说，尤其是出现了长篇小说热。90 年代一直到今天是中国现实主义长篇小说创作出现的又一高潮，是中国当代长篇小说创作继 50 年代繁荣期后的又一个活跃时期，作家纷纷写作长篇，长篇小说每年以上百部的数量出版。

一、陈忠实

作家小传

陈忠实：“白鹿原”的守望者

陈忠实（1942—2016），陕西西安人，主要从事小说创作，兼写散文。1965 年初开始发表文学作品，处女作《夜过流沙沟》。1979 年以来发表中篇小说 9 部，短篇小说 80 余篇，报告文学、散文以及创作漫谈 50 余篇。其中 9 部（篇）获全国几个大刊物奖。主要作品有：短篇小说集《乡村》《到老白杨树背后去》，中篇小说集《初夏》《四妹子》，长篇小说《白鹿原》，散文集《告别白鸽》，另有《陈忠实小说自选集》《陈忠实文集》。短篇小说《信任》获 1979 年全国优秀短篇小说奖，《初夏》获 1984 年《当代》文学奖，《十八岁的哥哥》获 1985 年《长城》文学奖，《渭北高原，关于一个人的记忆》获 1990 年至 1991 年全国报告文学奖，长篇小说《白鹿原》1998 年获第四届茅盾文学奖。1979 年加入中国作家协会，1982 年进陕西作协分会从事专业创作，现任陕西省作家协会主席。陈忠实坚持作家应该永远直面现实：“我可能摆脱不了现实对我的诱惑。我写的小说全部都是我生活中感悟体验的结果。这是源于我自身的一种兴趣，兴趣不转移，情结就改变不了。”可以说，长篇小说《白鹿原》所讲述的白、鹿两个家族及其儿女们在近半个世纪历史风云变幻中的命运，是一部渭河平原50年变迁的雄奇史诗，一轴中国农村斑斓多彩、触目惊心的长幅画卷。

《白鹿原》问世后引发的评论如潮水般涌现，几年来，各种评论累加起来足抵原著的10倍之多，这部作品初步经受了读者和时间的检验，并获得了茅盾文学奖，还被权威机构和评论家评为20世纪百年百部优秀文学作品之一，是中国长篇小说创作的重要收获之一。

《白鹿原》内蕴丰厚，包括思想的、文化的、政治的、伦理的、社会历史的、民俗民习的、神秘文化的、人性人情的蕴涵等，还有相当成熟的艺术技巧，包括结构、叙述、语言等。这是一部显示作家在艺术上走向成熟的现实主义巨著。作品恢宏的规模，严谨的结构，深邃的思想，真实的力量和精细的刻画（如白嘉轩等典型形象的塑造），使它成为当代小说中大气磅礴的佳作。

作品欣赏

《白鹿原》梗概

白嘉轩曾经娶过七房女人。在他第六房妻子死后，他路过鹿子霖家的一块坡地，由于白鹿原一直流传着白鹿的神话，白嘉轩认为那块雪地上的植物是白鹿显灵。白嘉轩不动声色地换来了这块地并且将祖坟迁到这里。随后，白嘉轩娶回了他的第七任妻子仙草。白嘉轩在自家田地种上的罂粟种子收获颇丰，开始收购田地，仙草也生下了两个儿子。白鹿村被县令批为“仁义白鹿村”。白嘉轩的两个儿子白孝文、白孝武，鹿子霖的两个儿子鹿兆鹏、鹿兆海，还有白家长工鹿三的儿子黑娃都在学堂读书。仙草又生一子一女——白孝义和白灵，白灵深得父母的喜爱，在念完村学后，到西安城新学堂读书。白嘉轩的姐夫朱先生起草《乡约》规范村民的行为，效果显著。而鹿子霖也被白鹿仓总乡约田福贤委任为第一保障所的乡约。

黑娃在渭北的郭举人家干活，与他的小夫人田小娥私通，并且将她带了回来，鹿三将他们撵出家门，他们住在村东头的破窑洞里。白孝文娶亲之后热衷于床第之乐，奶奶加以规劝。鹿兆鹏在父亲的威逼下与村里的中医冷先生的女儿成亲，而后在白鹿镇的小学担任校长，离家多年。朱先生邀集多位学者在白鹿书院编写县志。河南兵的刘军长围攻西安城，朱先生说“见雪即见开交”，果然河南兵遇见了冯玉祥的部队后撤离时，正赶上下大雪。

在国共合作时期，白灵和鹿兆海这一对情侣决定了各自的政治抉择，白灵参加了共产党，而鹿兆海参加了国民党。鹿兆鹏的身份是共产党员，他动员了黑娃等几个青年农民参加了“农民运动讲习所”，掀起了一场批斗乡村豪绅恶霸的运动。国共分裂后，已经逃走的田福贤又回来开始逮捕那些折磨过他的农会会员，白嘉轩为农会的族人求情。鹿子霖趁机占有了田小娥，而由于光棍白狗蛋的不断骚扰，田小娥和白狗蛋都遭受到了在祠堂里当众受罚的惩处。鹿子霖唆使田小娥在村里演戏的晚上勾引了白孝文。当晚，已经成为土匪的黑娃带人洗劫了白嘉轩家和鹿子霖家，并且将白嘉轩的腰骨打折。鹿兆海从军官学校毕业，但他与白灵因为各自不同的政治信仰，终于不欢而散。白嘉轩发现了白孝文与田小娥的私情，当众严惩了他，并且让白孝武接任族长。

干旱笼罩着白鹿原，白嘉轩带领族中男子祭神求雨而无效。白孝文为了能够和田小娥在一起厮混，将分给自己的田地、房屋都卖给了鹿子霖，最后不得不去乞讨，田福贤推荐他到县保安大队当保安。鹿三无法忍受田小娥给白鹿原带来的羞耻而杀死了她，自己却不时受到田小娥鬼魂的惊吓。鹿兆鹏跟随的红军队伍被国民党军队打散后，负伤的鹿兆鹏被黑娃所在的土匪群落救上了山。鹿兆鹏试图劝说黑娃他们加入红军而没有成功。

几场大雨终于解决了白鹿原的饥旱，乡民们对主持发赈济粮的朱先生非常感激。白灵受党组织的指派返回白鹿原打听鹿兆鹏所在的红军队伍的情况，从白孝文口中知道鹿兆鹏已经脱险。白灵在西安城中与鹿兆鹏假扮夫妻，而在险恶的环境中产生了真挚的爱情。

一场大瘟疫席卷了白鹿原，仙草也未能躲过这一劫难。白嘉轩主持族人建塔镇住了不断作祟的田小娥的鬼魂，瘟疫终于结束了。而白家三儿子白孝义也成了亲。白孝文升为保安团营长，在朱先生的劝说下父子终于和解了。白灵在组织学生反抗的斗争中被政府通缉，鹿兆鹏拜托鹿兆海护送已经有身孕的白灵逃往根据地，伤心的鹿兆海表示自己将终身不娶。鹿子霖的儿媳妇终于得了疯病死去了，白嘉轩梦到了白鹿消失的情景，事实上，正是白灵冤死的征兆。鹿兆海在“围剿”红军的战斗中被红军打死，他的灵柩被运回了白鹿原。在白孝文的斡旋下，黑娃带领众土匪归顺了保安团并当上了营长。

白鹿原在抗战结束后征丁征粮不断，鹿子霖在被岳维山抓入监狱两年多后回到鹿家绝望度日，直到鹿兆海的妻子带着他的孙子归来才振作精神。鹿子霖成为田福贤的助手，重又威风八面。白嘉轩只是谨慎持家，自食其力。朱先生拒绝发表“剿共”宣言，并且坚定地说天下是朱、毛的，在县志出版后了无牵挂地离开人世，自发悼念他的民众悲痛万分。游击队夜袭了田福贤的联保所，白嘉轩偷偷地救治受伤的游击队员。黑娃也响应鹿兆鹏的倡导，联络白孝文，带领整个保安团起义。

鹿兆鹏随军远征，副县长黑娃被定罪，与田福贤等一起被押回白鹿原。白孝文作为县长主持了对岳维山、田福贤、鹿黑娃的枪决大会，鹿子霖也在惊吓中疯了，最后冻死在白鹿原入冬后第一次寒潮侵袭的夜里。

二、余华

余华以极其冷酷的笔调揭示人性丑陋阴暗的角落，文辞处处透着怪异奇特的气息，又富有非凡的想象力，客观的叙述语言和跌宕恐怖的情节形成鲜明的对比。余华对人类生存的异化状况保持着特殊的文学敏感性，罪恶、暴力、死亡是他执着表现的对象，作品给读者带来强烈的震撼和惊悚。他后期的小说在风格上与前期有所变化，长篇小说《活着》逼近生活真实，以平实的民间姿态呈现一种淡泊而又坚毅的力量，提供了历史的另一种叙述方法，但死亡仍是小说的一大主题，极端化处理仍时隐时现。

三、张炜

张炜（1956—　）出版有短篇小说集《芦青河告诉我》，中短篇小说集《浪漫的秋夜》《秋天的愤怒》《童眸》等，中篇小说集《秋夜》等，散文集《融入野地》等，长篇小说《古船》《我的田园》《九月寓言》《柏慧》《家族》等。

张炜早期作品描写两性之间淡淡的朦胧的柔情，显得纤巧柔美。后转入对农村现实的揭示，着重表达对人性的深入思考。自“秋天三部曲”至《古船》，他的风格彻底由原来的纤细敏感走向深厚沉郁，这或许就是他从土地中获得的启示。从《九月寓言》开始的长篇小说中，张炜显示了他对知识分子精神理想和民间立场的坚持。他更多地在思考中国文化的命运和出路问题，包括传统文化的现代性改造和知识分子的精神自救命题。

《九月寓言》描写的是一组发生在田野里的故事，弥漫着浓厚的民间色彩。小说写了一个“小村”从20世纪50年代到70年代的历史，主要由三类故事构成：第一类是传说中的小村故事，第二类是民间口头创作的故事，第三类是现实中的小村故事。第一类故事带有传奇性，如流浪汉露筋与瞎眼女闪婆浪漫野合的故事等；第二类故事主要是通过人物之口转述出来的历史故事，明显经过了叙述者主观的夸张与变形，成为口头创作文本，如金祥忆苦，独眼义士30年寻妻的传奇等；第三类故事即描写现实中的小村，隐隐约约地透露出20世纪70年代中国农村的种种生活信息。但由于小村的历史是以寓言化的形态呈现出的，因此，小村其实是一个基本处于自在状态下的民间社会。

首先，《九月寓言》的艺术特点表现在小说的无时间性上。无时间性不仅仅指那些独立的传奇故事，还包括一些故意摆脱了历史参照系的现实性事件，就好像一般寓言作品中经常使用的“很久以前”“古时候”“从前……”等不确定的时间概念一样，使故事本身与时代背景相分离。如第二章写疯女庆余逃荒到小村，暗示了20世纪60年代初困难时期在农村造成的可怕后果，但这个故事的现实悲剧很快又被农民金祥的传奇冲淡，我们从中可以体会到小说的叙事特色：作家采取了“寓言”的笔法，一次又一次地在现实故事中插入无特指时间性的叙事，把故事从具体历史背景下扯拉开去，拉得远远的，小村的历史也因此游离于人们通常所熟悉的历史轨迹，展示出无拘无束的自在魅力。

其次，小说里的民间传奇故事都与流浪有关，而且当描写到小村青年男女在夜色苍茫中无目的奔跑的意象时，总是洋溢着青春跃动的蓬勃生命力，也可以说，这样的田野聚会与奔跑对小村人来说就类似于民间的狂欢节，是他们所确认的精神需要。“忆苦”也是一种类似民间聚会的集体活动，金祥与闪婆这两个传奇人物都是“忆苦”的好手，尤其是金祥忆苦，他成了幸福的提醒者：“在寒冷的冬夜里，给了村里人那么多希望，差不多等于是一个最好的歌者。”实际上忆苦的政治目的在民间已经很不明确，人们从金祥那种充满神奇、惊险、刺激、怪诞的民间故事里获得的精神满足，就仿佛今天青年人期待听一场流行歌曲一样。金祥是一个出色的民间歌手，他把“忆苦”这个沉重的话题转化为充满趣味与魔力的精神食粮，填充了漫长冬夜中小村人百无聊赖的心理空间。

最后，张炜笔下的小村历史可以用“奔跑”和“停吧”这样的意象来涵盖。一旦由“奔跑”转换为“停吧”，便是善良渐退，邪恶滋生，兽欲开始取代人性力量的时刻。小村的历史就是一个寓言，有人性与兽性的搏斗，有善良与邪恶的冲突，也有保守与愚昧对社会进程的阻碍，一切冲突都可归结为两个动作“奔跑”与“停吧”的转换。小说结尾时的宝驹腾飞，可以说是小村寓言的最高意象。

总之，在张炜史诗般的作品中，感情的勃发、诗性的潺动展现了他的作品与其他写“史”小说的不同之处，显示着作家对纯文学热烈而执着的追求。

四、王蒙

王蒙的创作一直求变求新，常领风气之先，他的“季节系列”包括《恋爱的季节》《失恋的季节》《踌躇的季节》。20世纪的最后一年，他又出版了《狂欢的季节》，这是他“季节系列”的最后一部。“季节系列”在风格上带有集大成的特点，也就是说它集中了王蒙此前艺术探索的许多成果，具有综合性、总结性的特点。“季节系列”四部的艺术特点可以概括为：

第一，“季节系列”篇幅巨大，结构恢宏，故事从新中国成立之初的20世纪50年代写到“文化大革命”结束，时间跨度达到数十年之久；空间上从北京一直开拓到边疆，同样具有广阔的视野。这是王蒙动用了他的全部生命体验、艺术积累写就的压卷之作。

第二，在人物描写方面，除了主要表现男女主人公钱文和东菊外，还塑造了周碧云、犁原、张银波、廖珠珠等许多个性鲜明的人物，他们分别出现在不同的季节里，作家写出了他们性格的复杂性和立体感。王蒙重视用主体的情感和理性去穿透描写对象，因此作品中主观色彩十分浓烈。这是王蒙以往创作的一次全面综合，当然也包括许多重要的超越。

第三，语言上体现出汪洋恣肆的王蒙文学语言的特有气象。他喜用排比句来凸显对象的多义性和丰富性，从而造成一种令人信服的雄辩之势。

第四，王蒙的多卷本小说“季节系列”显然是带有自省性质的，他把自己的革命生涯当作小说资源来开掘，这本身就需要一种鲁迅式的自我解剖精神、《随想录》的作者巴金式的真诚忏悔意识。他的“季节系列”冷静机智，善于条分缕析地挖掘根源，体现了做人的真诚智慧和洞见世事的透彻眼光。

王蒙的长篇小说“季节系列”是中国新世纪之交文学创作的重要收获，作家以数年之久，用自己大半生刻骨铭心的亲身体验，对新中国成立后 30 年的现实，进行犀利而深刻的艺术描写、抒发和剖析，尤其值得称道。王蒙的“季节系列”小说，以亲历者、历史学家的眼光审视民族的历史，特别是展现了一群作为老革命家的知识分子和年轻干部的曲折心路。如果说王蒙早年写的《青春万岁》是创作初期的尝试的话，那么他的“季节系列”已经是成熟时期以新的思想境界对历史现实的再度洞察。

五、张平

张平（1954—　），山西新绛人，1982 年毕业于山西师范大学中文系，历任山西省文联副主席、中国作家协会全委委员等职。主要作品有小说《天网》《孤儿泪》《抉择》《十面埋伏》《对面的女孩》等。其中，长篇小说《抉择》获第五届茅盾文学奖。

《抉择》是当今方兴未艾的反映官场现实小说中的一面旗帜。近年来一批深刻反映官场生活的现实主义力作，披荆斩棘，始终关注现实并深入发掘重大题材，以忧国忧民的历史责任感和义无反顾的勇气，抒人民之忧愤，析腐败之根源，产生了振聋发聩的社会效应。这些反映官场现实的小说力作，既继承了现实主义的传统，深刻反映社会现实，通过对重大题材的选择和开发，强烈地揭露和批判现实，产生震撼人心的审美魅力，又以发展的创作态度，超越批判现实主义的现象化和社会主义现实主义的模式化局限，融进浪漫的气质和深邃的理性。在创作审美观上，始终围绕典型人物的创造生发开去，为我们营造了一个官场现实人物的生动画廊。通过一批杰作重铸现实主义文学的灵魂，使现实主义在当今文坛重放耀眼光辉。

《抉择》从一个点、一个社会现实的缩影反映腐败导致衰亡的历史和现实可能性。一个兴旺的大型国有企业，因为一群腐败分子而垮掉了，几万名干部职工因此沦为贫困者。小说描写市长李高成率队到中纺公司救济慰问，看到的是老干部和工人们不忍目睹的贫困。一生被评为 32 次劳模、人称“劳模专业户”的范秀枝，退休后靠老两口不足 400 元的退休金养活一家三代 11 口人，居住在只有 20 多平方米的黑矮的平房里。这就是曾经为共和国的创建和发展做出过巨大贡献的部分工人的生活现实写照，他们贫困的根本原因不在于国有企业面对市场经济的困境，而在于中纺领导班子的集体腐败。小说将一幕幕正义与邪恶、清廉与腐败、党性与帮派、气节与金钱的尖锐斗争呈现在读者面前，深刻地揭示了震撼人心的三大现实问题：一是腐败的领导集团将导致一个企业甚至一个政权的衰亡；二是钱权交易将把一些地方政府腐蚀一空；三是反腐败斗争具有长期的艰巨性。这部小说揭示了腐败给国家人民带来的严重危害，以触目惊心的现实为我们开拓了一个惊心动魄的题材领域。

《抉择》的艺术特点体现在以下两个方面：

一方面，作者在现实主义的现象摹写中融进浪漫的气质与深刻的理性思考。比如市长李高成发现他所珍爱的妻子竟与腐败分子沆瀣一气时，他审视自己的内心和情感：“你是不是真的感到要失去她？或者，你已经感到了必须要失去她？或者，你已经觉得你们之间已经有了一种无法逾越的东西，你们只能越离越远，已经无法再联系在一起了？至少已经无法像以前那样再联结在一起了？还有那种相爱如初的可能吗？”类似这种心灵的剖白和情感的表述，在小说中占有相当的篇幅，使读者始终在灵与肉、法与情的矛盾旋涡中经受感动和震撼。

另一方面，《抉择》的作者善于刻画人物丰富的内心世界，高度注意人物主体性格和丰富性的统一，从而成功地塑造了典型人物形象。作品始终突出市长李高成坚持原则，有坚定的党性，有清正廉洁、刚直不阿、正义凛然的优秀共产党人的主导品格。但又始终把人物放在利与义、肉与灵、情与法的矛盾冲突中加以表现，避免了人物的平面化和概念化，使李高成的形象既有理性高度又富有真实性。小说中的各色人物，无论是疾恶如仇、清正不阿、重亲情而更重道义的市长李高成，成熟稳健、凛然正气、善解人意的市委书记杨诚，还是那些谦恭中隐藏杀气、温情里暗下砒霜的腐败分子，都描绘得入木三分，鞭辟入里。

当然，在人物塑造上，由于作家带有一定的理想色彩，不难看出概念化的倾向还时有存在。另外，缺乏现代民主意识几乎是当代官场小说的通病，在处置腐败时都要依靠一个最高权力人物来实现。作为发展的现实主义，作家们还应增强现代化的理念。

六、阿来

阿来（1959— ），当代藏族作家，生于四川西北部阿坝藏区的马尔康市（俗称“四土”，即四个土司统辖之地）。1982年开始诗歌创作，80年代中后期转向小说创作。现任成都《科幻世界》杂志主编。主要作品有诗集《棱磨河》，小说集《旧年的血迹》《月光下的银匠》，长篇小说《尘埃落定》，散文《大地的阶梯》等。长篇小说《尘埃落定》获第五届茅盾文学奖。

阿来作为少数民族作家，在实践现实主义写作过程中又体现出不同于余华等汉族作家的民族风情和神秘气息。从他的《尘埃落定》中可以窥见一斑，作品中处处散发出西藏特有的神奇光芒。故事的主人公是声势显赫的康巴藏族土司在酒后和汉族太太生下的一个傻瓜儿子。这个人人都认定的傻子与现实生活格格不入，却有着超时代的预感和举止，成为土司制度兴衰的见证人。小说故事精彩，曲折动人，作家以饱含激情的笔墨，超然物外的审视目光，展示了浓郁的民族风情和西藏文化的浪漫神秘。阿来自己曾说，他一直关注地方史，《尘埃落定》中某些真实的细节来自他长时间地从民间传说和各种资料中积累起来的感性知识。小说的另一个情结是埋在作家心中的英雄主义梦想，这也是他作为一个藏族人血液中遗传的精神气质。在他看来，我们今天的生活舒适但很平庸，所以需要用小说去怀念那生与死、铁与血的大的浪漫。

西藏文化的神秘与芬芳，其特殊的艺术感召力，我们曾经在马原和扎西达娃的小说中有所领略。但是，阿来比他们两人更进了一步，阿来并不是在写异乡异闻，而是在表现一种原初状态的人和魂，阿来的写作没有离开原始的写作状态，他的精神依然笼罩在那片神奇的光芒之中。阿来在《尘埃落定》中表现了一种有节制的叙述，避免了极端的实验小说对读者的歧视，将阅读和理解的张力交给了读者。一种平静的、有张力的汉语在这里发挥了作用，极端的情绪流话语、极端的描述体语言作为实验已经从这里退场，留下的是对语言的真正把握。这种努力是白话汉语言文学走向成熟的一个标志。当然，这部小说在故事和叙述上都有夸张的地方，有些地方似乎前后并不统一。小说对内容的依赖也太多，形式上的力量依然不够。

七、王安忆

作家小传

王安忆：女性的文学与文学中的女性

王安忆（1954—　），祖籍福建同安，生于南京，是著名作家茹志鹃的女儿，1955年随母移居上海。1972年考入江苏徐州地区文工团。1978年回上海任《儿童时代》编辑，后任中国作协理事、作协上海分会专业作家。1975年冬开始发表作品，1980年发表成名作《雨，沙沙沙》。著有小说集《雨，沙沙沙》《王安忆中短篇小说集》《尾声》《流逝》《小鲍庄》，长篇小说《69届初中生》《黄河故道人》《流水三十章》《父系和母系的神话》《长恨歌》，散文集《蒲公英》《母女漫游美利坚》（与茹志鹃合集），儿童文学作品集《黑黑白白》，论著《心灵世界——王安忆小说讲稿》以及《乘火车去旅行》《王安忆自选集》等。其中《本次列车终点》获1982年全国优秀短篇小说奖，《小鲍庄》获第四届全国优秀中篇小说奖，《长恨歌》获第五届茅盾文学奖。不少作品表现了作者对社会人生问题的深沉思考。她善于从平凡的生活中发掘其底蕴，笔墨素淡，情韵幽婉，在文坛上产生广泛的影响。

王安忆20世纪80年代中期以前的作品多为知青题材，表现其人生追求和向往，以心理描写见长。80年代中期以后则着力于对人性和人的生命本相的探索。90年代以后开始追求新的叙事风格，以《叔叔的故事》《乌托邦诗篇》等为代表，她用现实世界的原材料来虚构小说，以小说的精神力量来改造日渐平庸的客体世界，营造体现知识分子群体传统的精神之塔。近来语言的变化更为明显，由简洁而趋臃肿，如在《长恨歌》中，作者对上海这个城市做了细致入微的繁复描绘。

《长恨歌》浓缩了大上海40年岁月的整体风貌，王安忆把故事写成了她关于上海的评述的例证，把她所见过和所能想象的所有上海女人的典型风范，一齐赋予书中的女主人公王琦瑶，王琦瑶生活的每一次重大变故，生命中的每一次情感变化，都与时代风云紧密相连，她的生活历程就是一部老上海的兴衰史，她的活动场景就是一幅老上海的风情画，她简直就是老上海的象征，十里洋场的代表。王安忆营建老上海的开篇第一步是先搭建一个特定的演出场景：弄堂、阁楼、片场、大世界、棚户区、租界洋房等这些挂着老上海特色标签的场所，再加上一段特定的历史时代；在这一构想里甚至可以取消人的存在，因为王安忆说过，她要写的其实就是一个城市的故事，人物的出现只不过是为了给这座城市代言。所以在作品中王安忆格外注重对特定场景的描述，尤其是作为女性写作者的王安忆甚至对这类场景的描写有着天生的热衷，敏锐的观察力和敏捷的才思使她的笔力可以渗透到场景中的任何细微之处。写一条弄堂，她能从位于石窟门、新东区和旧西区弄堂的形形种种，写到弄堂前门后窗阳台晒台的结构功用以及房顶弄底路面的感性特征，乃至弄堂房顶老虎天窗精雕细琢的窗扇、精致的屋瓦，再到晒台矮墙上脱落的水泥、外露的锈红色的砖以及山墙上的裂缝、裂缝里倒长的绿色的草。王安忆不仅对此类场景描写从不吝惜笔墨，甚至有时还会把大段大段关于上海风土人情的描述和议论强行插入故事情节发展的进程中。王安忆这样做其实是有着她的深意的，她不需要用人物出场就达到一种先声夺人的效果，在纸上亮出一个老上海的标志性轮廓。

王安忆的细腻和文采使作品不乏可圈可点的华彩章节，对人物某一侧面的描写也有出彩的地方，溢满全书的繁华辉煌后的疲惫感和大时代里的孤独无依感更是让人唏嘘不已。

但是，作品的缺陷在于所有的人都被抽离了性格，全成了所谓“扁平人物”，他们只是作者用来指称上海某一类型人物的符号，人物失去了具体的性格。

作品欣赏

长恨歌（节选）

王琦瑶是典型的上海弄堂的女儿。每天早上，后弄的门一响，提着花书包出来的，就是王琦瑶；下午，跟着隔壁留声机哼唱“四季调”的，就是王琦瑶；结伴到电影院看费雯丽主演的《乱世佳人》，是一群王琦瑶；到照相馆去拍小照的，则是两个特别要好的王琦瑶。每间偏厢房或者亭子间里，几乎都坐着一个王琦瑶。王琦瑶家的前客堂里，大都有着一套半套的红木家具。堂屋里的光线有点暗沉沉，太阳在窗台上画圈圈，就是进不来。三扇镜的梳妆桌上，粉缸里粉总像是受了潮，有点黏湿的，生发膏却已经干了底。樟木箱上的铜锁锃亮的，常开常关的样子。收音机是供听评弹、越剧，还有股票行情的，波段都有些难调，丝丝拉拉地响。王琦瑶家的老妈子，有时是睡在楼梯下三角间里，只够放一张床。老妈子是连东家洗脚水都要倒，东家使唤她好像要把工钱的利息用足的。这老妈子一天到晚地忙，却还有时间出去讲东家的坏话，还是和邻家的车夫有什么私情的。王琦瑶的父亲多半是有些惧内，被收服得很服帖，为王琦瑶树立女性尊严的榜样。上海早晨的有轨电车里，坐的都是王琦瑶的上班的父亲，下午街上的三轮车里，坐的则是王琦瑶的去剪旗袍料的母亲。王琦瑶家的地板下面，夜夜是有老鼠出没的，为了灭鼠抱来一只猫，房间里便有了淡淡的猫臊臭的。王琦瑶往往是家中的老大，小小年纪就做了母亲的知己，和母亲套裁衣料，陪伴走亲访友，听母亲们喟叹男人的秉性，以她们的父亲作活教材的。

王琦瑶是典型的待字闺中的女儿，那些洋行里的练习生，眼睛觑来觑去的，都是王琦瑶。在伏天晒霉的日子里，王琦瑶望着母亲的垫箱，就要憧憬自己的嫁妆的。照相馆橱窗里婚纱曳地的是出嫁的最后的王琦瑶。王琦瑶总是闭花羞月的，着阴丹士林蓝的旗袍，身影袅袅，漆黑的额发掩一双会说话的眼睛。王琦瑶是追随潮流的，不落伍也不超前，是成群结队的摩登。她们追随潮流是照本宣科，不发表个人见解，也不追究所以然，全盘信托的。上海的时装潮，是靠了王琦瑶她们才得以体现的。但她们无法给予推动，推动不是她们的任务。她们没有创造发明的才能，也没有独立自由的个性，但她们是勤恳老实，忠心耿耿，亦步亦趋的。她们无怨无艾地把时代精神披挂在身上，可说是这城市的宣言一样的。这城市只要有明星诞生，无论哪一个门类的，她们都是崇拜追逐者；报纸副刊的言情小说，她们也是倾心相随的读者，她们中间出类拔萃的，会给明星和作者写信，一般只期望得个签名而已。在这时尚的社会里，她们便是社会基础。王琦瑶还无一不是感伤主义的，也是潮流化的感伤主义，手法都是学着来的。落叶在书本里藏着，死蝴蝶是收在胭脂盒，她们自己把自己引下泪来，那眼泪也是顺大流的。那感伤主义是先做后来，手到心才到，不能说它全是假，只是先后的顺序是倒错的，是做出来的真东西。这地方什么样的东西都有摹本，都有领路的人。王琦瑶的眼睑总是有些发暗，像罩着阴影，是感伤主义的阴影。她们有些可怜见的，越发楚楚动人。她们吃饭只吃猫似的一口，走的也是猫步。她们白得透明似的，看得见淡蓝经脉。她们夏天一律的疰夏，冬天一律的睡不暖被窝，她们需要吃些滋阴补气的草药，药香弥漫。这都是风流才子们在报端和文明戏里制造的时尚，最合王琦瑶的心境，要说，这时尚也是有些知寒知暖的。

——王安忆．长恨歌．北京：人民文学出版社，2004.

八、贾平凹

贾平凹的《古炉》于2011年出版，这部长篇小说共计约64万字，是贾平凹从事写作以来篇幅最长的小说。此前，贾平凹一直坚持关注现实，坚持写中国的农村，从创作生涯早期“商州系列”小说展现的农村、山野风情，以及在20世纪80年代末创作的小说《浮躁》，表现了改革开放之初的农村景象，到90年代创作的小说《高老庄》当中描写的市场经济大潮之下的农村，再到20世纪第一个十年出版的《秦腔》写出自己关于故乡棣花街“忘却的记忆”，乡土世界一直都是贾平凹作品关注的中心。而在《古炉》的创作中，贾平凹延续了之前的创作特征，再一次把视线放在了乡土故乡上，从自身的回忆出发，展现了20世纪60年代“文化大革命”时期的中国农村生活。作者期望从自己的微观记忆当中，找到这些历史事件在中国最底层世界当中，逐渐星火燎原的原因，他在小说后记中说：“我的旁观，毕竟，是故乡的小山村的‘文化大革命’，它或许无法反映全部的‘文化大革命’，但我可以自信，我观察到了‘文化大革命’怎样在一个乡间的小村子里发生的。如果‘文化大革命’之火不是从中国社会的最底层点起，那中国社会的最底层却怎样使火一点就燃？我的观察，来自于我自以为的很深的生活中，构成了我的记忆。这是一个人的记忆，也是一个国家的记忆吧。”

《古炉》描写的是偏远、封闭同时保有着许多传统风俗的古炉村，村子里各种人物的日常生活场景。这些人物在“文化大革命”这场声势浩大的运动到来之时，逐步开始猜忌、分化、破坏、械斗，一个保持着中国“礼义廉耻”传统道德的乡土社会，逐步沉沦瓦解。小说取名“古炉”，小说中的村庄被命名为“古炉村”，实际的原型是陕西省铜川市的陈炉古镇，同时也有更加深刻的寓意在其中。贾平凹自己解释：“在我的意思里，古炉有中国的内涵在里头。中国这个英语词，以前在外国人眼里叫做瓷，与其说写这个古炉的村子，实际上想的是中国的事情，写中国的事情，因为瓷暗示的就是中国。”与此前关于“文化大革命”的写作批判指责国民性相比，贾平凹在《古炉》当中，更加注重历史轨迹的全面展现，乡土世界的整体写照，通过自己的记忆和体验，力图去接近和直面历史。

小说中几个主要人物的刻画，也表现了贾平凹对于历史的思考。小说的叙述中心围绕着一个十二三岁的孩童狗尿苔展开，他因为身材矮小、丑陋，还有出身不好的问题，受到村里人的歧视，只能跟动物和植物交流，却在这场疯狂的运动之外，构成了一个美好的童话世界，他善待生命，敬畏自然，可怜又可爱，与自私、贪婪、愚昧、野蛮的外部世界形成了鲜明的对比。另一个主角霸槽，聪明能干，志向高远，又愤世嫉俗，狂傲不羁，却因为时代，不能使自己的才干通过正确的途径得以发挥，只能在“文化大革命”这场运动当中释放自己被压抑许久的能量。霸槽组织了“红色榔头战斗队”，破“四旧”，搞批斗，并且最终挑动了乡村两大宗族之间的敌对情绪，引发了一场鱼死网破、伤亡惨重的争斗，最终被押赴刑场，毁灭了自己。对狗尿苔与霸槽两个人物的刻画，构成了在历史运动中人性深处善与恶、正与邪两个极端的对照。此外，贾平凹还专门安排了善人这个乡村智者的形象，虽然“在人性暴发了恶的年代，他注定要失败的”，但他依然在那个历史环境下坚持给人说病，规劝人们弃恶从善，努力修补着人伦秩序，维护着传统道德，可以看作是乡村世界里中国传统伦理道德的代表，而小说中善良、隐忍的蚕婆的形象，则是传统乡村当中朴实、敦厚、人性美的象征。

九、池莉

池莉（1957—　），湖北沔阳（现仙桃）人，武汉大学中文系毕业后任《芳草》杂志社编辑，后在武汉文学院从事专业创作，任武汉市文联主席、湖北省文联副主席。主要作品有小说《烦恼人生》《不谈爱情》《太阳出世》《来来往往》《小姐你早》《致无尽岁月》等。其中《烦恼人生》获全国优秀中篇小说奖。20世纪90年代以后问世的《来来往往》等长篇小说不断被改编成影视作品，在社会上引起广泛影响。

池莉的小说大多取材于寻常百姓的凡俗生活，呈现其本真的原生状态。朴实流畅的语言风格，冷静客观的叙述态度，使她成为20世纪80年代末新写实小说的代表作家。她的小说放弃终极理想，直接面对琐屑的现实，以“零度情感”叙写“此岸”的生存状态，揭示平凡生活的生命本质。

长篇小说《来来往往》是一部极易被大众接受的小说。池莉讲述的只是主人公康伟业、段莉娜的人生个案，但他们的故事已经带有极大的普遍性。康伟业因得到厂医李大夫的赏识，而被介绍给段莉娜，这时的康伟业还只是一个爱读书、长得也体面的普通工人，他的自然性和社会性基本上是统一的。与段莉娜的关系深入后，段莉娜凭借强硬的家庭背景使康伟业入了党，提了干，康伟业在社会上有了体面的事业和生活，并且两人由此完成了最彻底的自然性的性行为。康伟业结婚成家生女，由于许多年笼罩在岳父家的权势下，其自身不再在意改变自己；一直高高在上的段莉娜随着生活的变化开始对他心生不满。但随着康伟业下海经商，他的社会地位得到了空前改善，一直蛰伏在康伟业心底的自然属性因为另一个女性——林珠的出现得到了空前的膨胀和爆发。康伟业终于不满足做一个“分离”人，他希望自然性和社会性的完美统一，但坚强起来的康伟业碰到的是更为强大的社会势力和被扭曲的自然心态。他失败了，林珠离他而去，家庭名存实亡，虽然他又有了一个女友，但最终仍无法解开生命的难题，就如同他生命最初的到来一样，他还需要痛苦地继续生存下去。

从某种角度来评判，池莉讲述的只是一个中年爱情危机故事，而且她的本意也许只是要对我们所面临的社会现状做一种记录和解释，但是透过小说中主人公的生活悲喜剧，透过他们来来往往的生存状态，池莉小说中所折射出的理性思索已经成为对人的生存更为普遍的关注。如果我们撇开人类史上所有成功人士光辉的一面，即他们的社会属性的实现，那么，他们在自然属性支配下所书写的另一部历史往往是令人啼笑皆非、痛苦万状的。而更多的人正是无法处理好这一对矛盾，也因此从来没有成功过，只能成就一个在苦痛中挣扎一生的平凡生命，《来来往往》所要阐述的正是这个命题。从陷入绝望的婚外恋到痛苦地抽身离开，《来来往往》剖析了这个时代的许多独有特征和人们内心的苦痛挣扎。

池莉在这部小说中运用鲜活简洁、口语化、有时代气息的叙述语言，叙述个体的生命体验，体现出敏锐的洞察力和穿透力。就是在这种尖刻锐利的表达中，她抵达人性的深处，触及人性的隐秘。

综观王安忆和池莉两位女性作家的小说，我们隐约看到两人共同的一些东西，譬如她们的作品在某种程度上对张爱玲小说的认同，王安忆的《长恨歌》就是一部老上海的兴衰史，女主人公王琦瑶每一次重大生活变故、情感波澜都与上海的时代变迁紧密相连，全书充满繁华落尽的悲凉和孤独，这是对张爱玲“苍凉”精神的延伸和发展。池莉在写作中同样体现出张爱玲小说的旨趣，在《来来往往》中她消解了传统意义上神圣纯洁的初恋、爱情和婚姻观念，而重在探讨人的个体生命体验，体现出关注人本身生存的意识，注重表现他们生存的艰难和个体的孤独无助，具有更彻底的现代精神。通过张爱玲这座桥梁我们感受到的是女作家写作中的共同精神倾向，即注重表现人孤独和无奈的个体生存体验，尤其是善于反思女性本身的命运和价值。